BASTEI
LÜBBE

Taschenbücher von CADANCE M. ROBB
im BASTEI LÜBBE-Programm:

13 548 Die Rose des Apothekers

In Vorbereitung:

13 654 Die Kapelle des Erzbischofs (Juni 1995)

Candace M. Robb

Die Rose des Apothekers

Roman

Ins Deutsche übertragen
von Hans Freundl

BASTEI
LÜBBE

BASTEI-LÜBBE-TASCHENBUCH
Band 13 548

Erste Auflage:
Mai 1994
Zweite Auflage:
Juni 1994
Dritte Auflage:
April 1995

Deutsche Lizenzausgabe 1994
by Bastei-Verlag Gustav H. Lübbe
GmbH & Co., Bergisch Gladbach
Originaltitel: The Apothecary Rose
Lektorat: Iris Schmidt
Titelbild: York Castle Museum
Umschlaggestaltung: Agentur
Kochlowski
Satz: KCS GmbH,
Buchholz/Hamburg
Druck und Verarbeitung:
Brodard & Taupin, La Flèche,
Frankreich
Printed in France

ISBN 3-404-13548-2

Für Gen – Du hast mich als erster nach England gebracht; für Jaqui, den Apotheker; und für Carlie, der immer das Richtige tut.

Danksagungen

Das Leben ist so kurz und die Kunst so schwer zu erlernen,
Die Prüfung so hart und die Eroberung so schmerzlich,
Die furchtbare Freude, die so ferne uns enteilt . . .
Geoffrey Chaucer, Das Parlament der Vögel

Ich danke Lisa Healy für die Geduld und die sorgfältige Bearbeitung, Paul Zibton für die Landkarte und die kritische Lektüre, Christie Andersen dafür, daß sie mir die Zeit gegeben hat, dieses Buch zu schreiben, Liz Armstrong dafür, daß sie meine Kurse in mittelalterlicher Literatur zu einer wahren Freude gemacht hat, Paula Moreshi dafür, daß sie geholfen hat, Körper und Geist gesund zu erhalten, Evan Marshall dafür, daß er schlechte Nachrichten in gute verwandelt hat, Michael Denney und Keith Kahla dafür, daß sie mir geholfen haben, mich in St. Martin wie zu Hause zu fühlen, dem Personal des Borthwick Institute und der Morell Library der University of York, dem York Achaeological Trust, Dr. Tom Lockwood, dem Vorsitzenden des English Department an der University of Washington, und schließlich und vor allem Charles Robb für die Zeit, die er mir geopfert hat, für die Hilfe mit dem Computer, für Essen und Trinken, Kritik und Enthusiasmus, für die Organisation meiner Reisen, dafür, daß er es mir ermöglicht hat, in einem ziemlich kalten Dezember Ruinen in Yorkshire zu erforschen, und dafür, daß er darauf bestanden hat, daß zu einem wohnlichen Haus unbedingt zwei verzogene Katzen gehören.

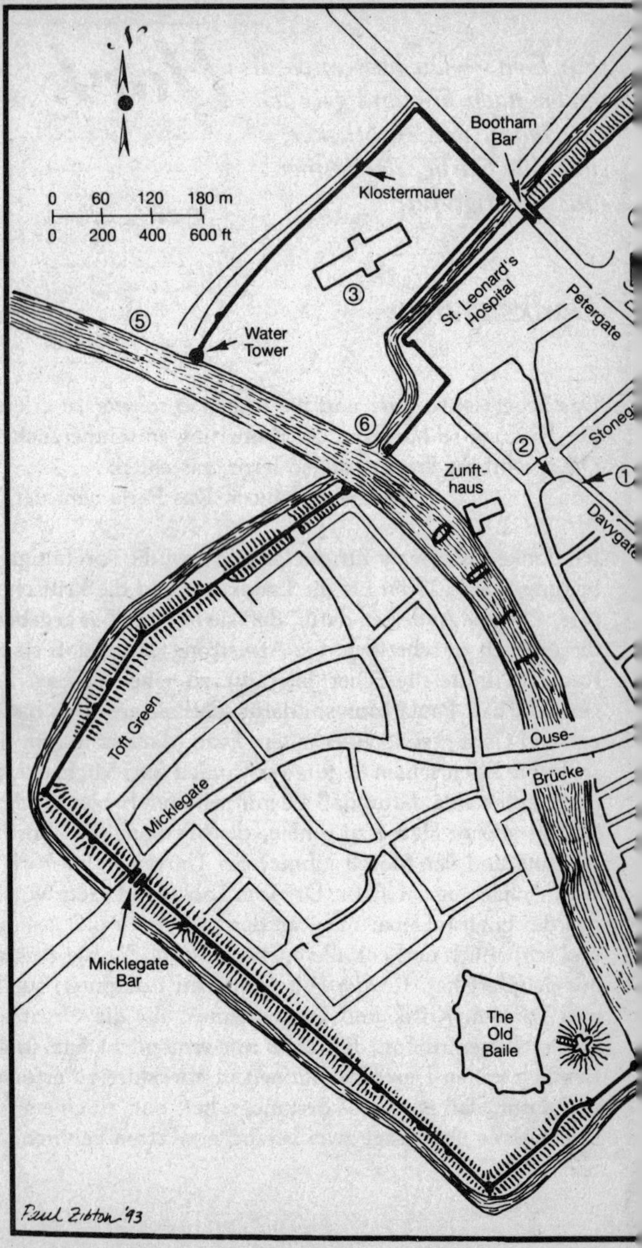
N
0 60 120 180 m
0 200 400 600 ft
Bootham Bar
Klostermauer
③
St. Leonard's Hospital
Petergate
⑤
Water Tower
⑥
Stoneg
②
①
Zunft-haus
Davygate
Toft Green
Ouse-
Brücke
Micklegate
Micklegate Bar
The Old Baile
Paul Zibton '93

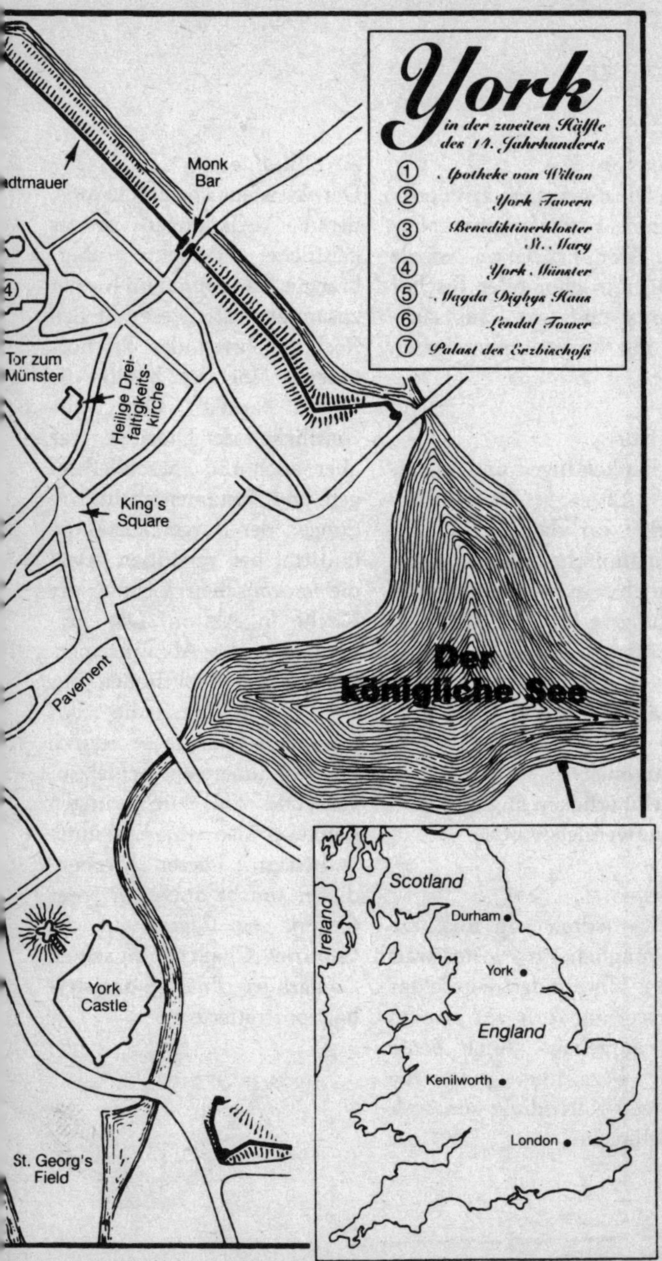
York
in der zweiten Hälfte des 14. Jahrhunderts
① Apotheke von Wilton
② York Tavern
③ Benediktinerkloster St. Mary
④ York Münster
⑤ Magda Digbys Haus
⑥ Lendal Tower
⑦ Palast des Erzbischofs
adtmauer
Monk Bar
Tor zum Münster
Heilige Dreifaltigkeitskirche
King's Square
Pavement
Der königliche See
York Castle
St. Georg's Field
Scotland
Ireland
Durham
York
England
Kenilworth
London

Glossar

Erzdiakon
Jede Diözese war in zwei oder mehrere Erzdiakonate unterteilt. Der Erzdiakon wurde vom Erzbischof oder Bischof ernannt und war hauptsächlich mit Verwaltungsarbeiten befaßt.

Jongleur
Ein Bänkelsänger und Gaukler. Dieser französische Begriff war damals, als das Normannische in England allmählich seine vorherrschende Stellung verlor, noch weit verbreitet.

Leman
Eine Mätresse. Ebenfalls ein normannisches Wort, das im mittelalterlichen England häufig verwendet wurde.

Münster
Die Kathedrale von York, die ursprünglich ein Kloster war. Im 14. Jahrhundert wurde das Münster in York ein zweites Mal aufgebaut. Auch heute noch bezeichnet man die St.-Peter-Kathedrale von York als Münster.

Ablaßkrämer
Der Assistent des Erzdiakons, der die Vorladungen vor das geistliche Gericht überbrachte, das einmal im Monat zusammentrat. Diese mit den Rechtsgelehrten des Bischofs besetzte Instanz besaß die Gerichtsbarkeit über die Geistlichen der Diözesse, war aber auch für Eheschließungen und Testamentsbeurkundungen der Bürger zuständig und trat bei Verstößen gegen die moralischen Gebote der Kirche in Aktion. Das Einkommen eines Ablaßkrämers bestand aus ›Provisionen‹ auf die Geldstrafen, die das Gericht verhängte – durch kleine Gaunereien, Schiebungen und Einschüchterungen konnte er also seine Einkünfte verbessern. Dieser Kirchendiener taucht auch bei jener Gruppe von Pilgern auf, die Geoffrey Chaucer in seinen *Canterbury Tales* so meisterhaft porträtierte.

Prolog

Bruder Wulfstan überprüfte die Farbe der Augen seines Patienten, roch an seinem Schweiß. Die Medizin hatte den Mann nicht gestärkt, sondern geschwächt. Der Doktor fürchtete, diesen Pilger zu verlieren. Enttäuscht und ratlos setzte sich Wulfstan an seinen Arbeitstisch, um über das Problem nachzudenken.

Der Pilger war blaß und hohlwangig im Kloster St. Mary angekommen. Wegen einer Verwundung und nach einem Anfall von Lagerfieber aus den Diensten des Schwarzen Prinzen entlassen, hatte sich der Mann entschlossen, eine Pilgerreise nach York zu unternehmen, denn seine Verwundung hatte ihm seine eigene Sterblichkeit viel stärker bewußt gemacht, als es jemals eine Predigt vermocht hätte. Er hatte die rauhe Überfahrt über den Kanal und einen langen Ritt nach Norden überstanden, auf dem aber seine Wunden wieder aufgebrochen waren. Wulfstan hatte die Blutungen mit Immergrün gestillt, doch gegen die Wiederkehr des Fiebers kannte er kein Mittel. Der Doktor hatte wenig Erfahrung mit den Gebrechen von Soldaten, denn er hatte seit seiner Kindheit in dem friedvollen und weltabgeschiedenen Kloster St. Mary gelebt. Selten entfernte er sich weiter vom Kloster als bis zum Münster von York und zur Apotheke von Nicholas Wilton, die beide nach einem kurzen Fußmarsch zu erreichen waren.

Zwei Tage und Nächte lang mischte Wulfstan Tränke zusammen, legte Pflaster auf und betete. Schließlich, als er schon erschöpft und der Verzweiflung nahe war, fiel ihm Nicholas Wilton ein. Es war bezeichnend für seine Überspanntheit, daß er nicht schon früher an den Apotheker gedacht hatte – Nicholas hatte schließlich einmal eine wundersame Medizin für einen Gast des Erzbischofs zubereitet, der an Lagerfieber erkrankt war und schon dem Tode geweiht schien. Er würde wissen, was zu tun war. Wulfstan schickte als Dank drei Ave Maria gen Himmel. Gott hatte ihm einen Weg gezeigt.

Der Klosterarzt instruierte Henry, seinen Novizen, die Lippen des Pilgers stets feucht zu halten und ihm einen Pfefferminztrank zu bereiten, wenn er sich erhebe. Dann eilte Wulfstan durch den Kreuzgang, um die Erlaubnis des Abtes für einen Gang in die Stadt einzuholen. Er entfernte den Staub und die Stengel von getrockneten Kräutern von seinem Habit. Abt Campian war ein sehr akkurater Mann. Er vertrat die Meinung, eine makellose Erscheinung zeuge auch von einem makellosen Geist. Wulfstan wußte, daß der Abt nichts gegen sein Vorhaben einzuwenden haben würde, doch er hielt sich ebenso gewissenhaft an die Regeln, wie der Abt auf Ordentlichkeit sah. Wulfstan glaubte, daß ihm, wenn er stets Gehorsam üben und sein Bestes geben würde, dereinst ein – wenn auch niederer – Platz im Chor der himmlischen Heerscharen gewiß sein würde. Daß er für alle Ewigkeit in den Armen des Herrn geborgen sein würde. Er konnte sich kein besseres Schicksal vorstellen. Und die Einhaltung der Regeln bereitete ihm den Weg zu dieser wahren Erfüllung.

Nachdem der Abt sein Einverständnis erklärt hatte, trat Wulfstan hinaus in den Dezembertag. Es hatte zu schneien begonnen. Schon den gesamten November und den Dezember hatte er auf den ersten Schnee gewartet, doch ausgerechnet jetzt, da er einen dringenden Gang zu erledigen hatte, schneite es. Wäre er ein abergläubischer Bauer, würde er mutmaßen, das Schicksal habe sich heute gegen ihn verschworen. Doch er bestärkte sich durch die Überzeugung, daß Gott, der ihn schon durch all die kleinen Widrigkeiten seines Lebens geleitet hatte, ihn auch dieses Mal nicht im Stich lassen würde.

Der Doktor zog sich seine Kapuze über den Kopf und eilte schnellen Schrittes durch den kalten Wind, die Augen zusammenkneifend und keuchend, schlüpfte durch das Tor des Klosters und hetzte über das Kopfsteinpflaster der Straße hinein in das geschäftige Treiben von York. Der Lärm der Stadt riß Wulfstan aus seinen Gedanken. Er fühlte einen Stich in der Seite. Sein Herz hämmerte. Diese Anzeichen von Schwäche ängstigten ihn. Er verhielt sich wie ein Narr. Er war zu alt, um noch so schnell zu laufen, insbesondere auf einem Pflaster, das durch den Schnee glatt und rutschig geworden war. Während er sich die Seite hielt, blieb er an einer Kreuzung stehen, um einen Karren vorbeizulassen. Der Schnee fiel nun in dichten, großen und weichen Flocken, die leicht stachen, als sie auf seinen geröteten Wangen schmolzen. *Sich zuerst überhitzen und dann verkühlen. Du bist ein Idiot, Wulfstan.* Er wendete sich in Richtung Davygate und versuchte, nun langsamer zu gehen. Doch Wiltons Geschäft lag gleich hinter der nächsten Kreuzung. Er war seinem Ziel schon so nahe. Er beschleunigte seine Schritte erneut, vorangetrieben von seiner Ungeduld.

Wulfstan hatte den Pilger in der kurzen Zeit liebgewonnen. Er war ein ruhiger, freundlicher Ritter, und er hatte sich einfach nur als Pilger ausgegeben, der beten, meditieren und seinen Frieden mit Gott machen wolle. Er trug einen alten Schmerz mit sich herum, denn er hatte eine Frau geliebt, die zu einem anderen gehörte. Er nannte sie die edelste und schönste Frau, die jemals gelebt habe und die bereits auf Erden durch das Fegefeuer gegangen sei, da sie an einen alten Mann gebunden war, der ihr keine Freude mehr bereiten konnte. »Was würde sie jetzt wohl von mir denken, mein Freund?« hatte er Wulfstan gefragt, während seine Augen sich verschleierten. »Doch sie weilt nicht mehr unter uns.« Der Pilger kam täglich zur Krankenstation, um von Wulfstan seine Verbände wechseln zu lassen. Bei einem dieser Besuche hatte er den Kräutergarten entdeckt und an sich selbst erfahren, wie sehr dieser das Herz erfreute, sogar im Winter. »In einem solchen Garten hat sie Trost gefunden.« Oft ging der Pilger im Garten spazieren, während Wulfstan in den Beeten arbeitete. Er redete wenig und hielt sich an die Klostervorschrift, wonach man nur reden sollte, wenn es unbedingt nötig war. Stets zeigte er sich hilfsbereit aus Rücksicht auf Wulfstans morsche Knochen. Wulfstan genoß die Gesellschaft des ruhigen Mannes und schätzte seine Hilfe, doch er wußte auch, daß es von sündhafter Bequemlichkeit zeugte, sich von ihm helfen zu lassen.

Daher hatte es ihn schwer getroffen, als er erfuhr, daß der

Pilger in der Kapelle zusammengebrochen war. Die Nacht davor hatte der Mann zum Gedenken an seine Liebe durchgewacht. Bruder Sebastian hatte ihn am Morgen gefunden, als er ohnmächtig auf dem kalten Steinboden lag. Gott sei Dank war eine Morgenandacht angesetzt gewesen, denn sonst hätte der Pilger bis zum Abend dort gelegen und sich vielleicht eine tödliche Unterkühlung zugezogen.

Doch es ging ihm immer noch ziemlich schlecht. Wulfstan beeilte sich. Als der alte Mönch die Tür von Wiltons Apotheke aufstieß, keuchte und ächzte er heftig, während er eine Hand in seine Seite gepreßt hatte. Die Dunkelheit im Laden und seine Schwäche ließen ihn für einen Augenblick erblinden; er konnte nicht sehen, ob jemand im Geschäft war. »Der Friede Gottes sei mit euch«, stieß er hervor. Es kam keine Antwort. »Nicholas? Lucie?«

Der Perlenvorhang an der Küchentür raschelte, als jemand hindurchtrat. »Bruder Wulfstan!« Lucie Wilton klappte den Ladentisch hoch und ergriff Wulfstans Hand. »Ihr seht fürchterlich aus!« Auch sie schien gerade im Freien gewesen zu sein. »Eure Hände sind kalt wie Eis!«

Er richtete sich vorsichtig auf. »Ihr wart im Garten.« Es überraschte ihn, wie atemlos und zittrig seine Stimme klang. Er hatte sich offenbar mehr zugemutet, als ihm bekam.

»Wir wollten die Rosen mit Stroh zudecken, um sie vor dem Schnee zu schützen.« Lucie Wilton leuchtete mit einer Öllampe in sein Gesicht. Wulfstan blinzelte. »Kommt herüber an das Feuer in der Küche. Eure Wangen brennen. Euer Herz wird noch zerspringen, wenn Ihr Euch nicht ausruht.«

Wulfstan folgte ihr hinter den Ladentisch und in die Küche, wo er sich demütig und dankbar auf einer Bank neben dem Feuer niedersinken ließ. Aufgrund seines hohen Alters und seiner Atemnot war er nicht mehr in der Lage, gegen die ihm entgegengebrachte Freundlichkeit höflichkeitshalber zu protestieren. Er lächelte Mistress Wilton zu, die sein Herz mit ihrer Schönheit, Edelmütigkeit und Höflichkeit erfreute. Sie hätte ihrem Vater bei Hofe alle Ehre gemacht, dessen war er gewiß. Sir Robert war ein alter Narr.

Sie reichte ihm einen Becher mit erwärmtem Wein. »Nun, was veranlaßt Euch, in das Schneetreiben hinauszugehen? Und noch dazu so arg zu hetzen?«

Er erzählte ihr, weshalb er gekommen war.

»Lagerfieber. Ihr habt einen Soldaten in Behandlung?«

»Er ist jetzt kein Soldat mehr. Er hat jetzt einen grauen Bart und traurige Augen, ich glaube, diese Zeit liegt hinter ihm.« Wulfstan wendete den Blick von Lucies besorgtem Gesicht ab und schaute zur Tür, die in den Garten führte. »Es ist mir zuwider, Nicholas bei der Arbeit mit seinen Rosen zu stören. Vielleicht kennt auch Ihr eine entsprechende Mixtur?«

»Nicholas hat mich noch nicht soweit eingeweiht.«

»Ich störe wirklich sehr ungern, aber der Mann ist schwerkrank.«

Lucie klopfte ihm auf die Schulter. »Wartet hier, ich hole meinen Mann.«

Lucie wurde von ihrem Ehemann ausgebildet, was nicht ungewöhnlich war. Im allgemeinen erlernte eine Frau den Beruf ihres Mannes dadurch, daß sie Tag für Tag an seiner Seite arbeitete. Doch Nicholas hatte Lucie auch formell bei sich eingestellt, um ihre Zukunft zu sichern. Da er sechzehn Jahre älter war als sie und es mit seiner Gesundheit nicht zum Besten stand, sorgte er sich um ihr Auskommen nach seinem Tod.

Ein anderer Mann hätte sich wahrscheinlich gesagt, daß es Lucie bei ihrem Aussehen nicht schwerfallen würde, wieder zu heiraten. Und auch eine bessere Partie zu machen, die mehr ihrer Herkunft entsprach. Denn Lucie war die Tochter von Sir Robert d'Arby von Freythorpe Hadden; sie hätte durchaus einen niederen Lord heiraten können. Und wäre ihre Mutter nicht gestorben, als Lucie noch klein war, dann wäre es wahrscheinlich auch dazu gekommen. Doch nach dem Tode seiner geliebten Amelie hatte Sir Robert jegliches Interesse an dem Schicksal seiner einzigen Tochter verloren. Er hatte sie in ein Kloster geschickt, wo Nicholas sie entdeckt und ihr versprochen hatte, ihr ein Leben zu bieten, das ihrem Wesen mehr zusagen würde. Wulfstan rechnete Nicholas Wilton hoch an, was er für Lucie getan hatte. Auf längere Sicht würde ihr das Erbe des Apothekers eine bessere Position verschaffen als das, was sie als Witwe eines Lords erwarten konnte, und außerdem würde sie dadurch unabhängig werden.

Nicholas kam herein, wischte sich die Hand ab und schüttelte den Kopf. »Der Schnee hat sich dieses Jahr lange Zeit gelassen, aber jetzt fällt er knüppeldick!« Sein schmales Gesicht war von der Kälte gerötet, und seine Augen glänzten. Der Garten war die Leidenschaft des Apothekers.

»Seid Ihr mit den Rosen fertig?« fragte Wulfstan. Die Liebe zur Gartenarbeit verband sie beide. Und das Studium der Heilpflanzen.

»Fast.« Nicholas setzte sich mit dem Seufzer eines Mannes, der angenehm ermüdet ist. »Lucie hat mir gesagt, Ihr habt einen Pilger mit Lagerfieber?«

»Ja. Es steht schlecht um ihn, Nicholas. Er ist schwach und zittert.«

»Wie lang ist der letzte Anfall her?«

»Fünf Monate.«

Es folgten weitere Fragen, der Apotheker runzelte immer wieder die Stirn und nickte hin und wieder. »War er noch bei klarem Verstand, als er ankam?«

»Er war im Vollbesitz seiner geistigen Kräfte. Während ich seine Wunden verband, fragte er mich oft nach den Leuten von York. Früher hat er einmal an der Seite von Sir Robert in einem Feldzug in Frankreich gekämpft.«

Lucie warf ihm einen stählernen Blick zu. Sie empfand nicht viel Zuneigung für ihren Vater.

»Nun, etwas war sehr seltsam«, fuhr Wulfstan fort. »Er hat sich ziemlich aufgeregt, als ich ihm erzählte, Ihr hättet das Geschäft Eures Vaters übernommen, Nicholas. Er behauptete immer wieder, Ihr seiet schon tot.«

»Was, schon tot?« flüsterte Nicholas.

Lucie bekreuzigte sich.

Später erinnerte sich Wulfstan daran, daß dies der Augenblick gewesen war, in dem sich Nicholas' Verhalten verändert hatte. Er begann Fragen zu stellen, die, so erschien es Wulfstan, nur wenig mit der Diagnose der Erkrankung zu tun hatten – er fragte nach dem Namen des Soldaten, danach, wie er aussehe, wie alt er sei, weshalb er nach St. Mary gekommen sei, ob er Besuch erhalte.

Wulfstan wußte nur wenige dieser Fragen zu beantworten. Der Pilger hatte den Wunsch geäußert, namenlos zu bleiben, er hatte niemals etwas von einer Familie erwähnt, er hatte graue Haare, war groß und bewahrte sogar in der Krankheit die aufrechte Haltung eines Soldaten. Es besuchte ihn niemand, doch er kannte die Bewohner von Freythorpe Hadden. Und offensichtlich kannte er auch Nicholas. »Doch dies ist sicherlich unwichtig.« Der Apotheker verschwendete die kostbare Zeit.

Lucie Wilton berührte ihren Ehemann am Arm. Er zuckte zusammen, so als ob er sich durch ihre Berührung verbrannt hätte. »Bruder Wulfstan muß zu seinem Patienten zurück«, sagte Lucie, während sie ihren Mann mit einem besorgten Blick bedachte.

Nicholas erhob sich und begann umherzugehen. Nach einer Weile unbehaglichen Schweigens, währenddessen Wulfstan schon befürchtete, der Apotheker würde ihm keine geeignete Medizin mitgeben können, wendete sich Nicholas mit einem eigenartigen Seufzen zu ihm. »Meine übliche Mixtur wird in diesem Fall nichts ausrichten. Geht zurück zu Eurem Patienten, Bruder Wulfstan. Ich werde Euch eine passende Medizin bringen, noch bevor der Tag sich neigt.« Er machte einen zerstreuten Eindruck und wich Wulfstans Blick aus.

Wulfstan war enttäuscht. Eine weitere Verzögerung. »Es handel sich also um einen schweren Fall? Liegt es an der Art der Wunde?«

»Lagerfieber ist nie einfach zu behandeln.«

Wulfstan bekreuzigte sich.

Lucie legte ihm tröstend eine Hand auf die Schulter. »Ist es sehr schlimm, Nicholas?«

»Das kann ich nicht sagen«, gab dieser kurz angebunden zurück. Dann überlegte er es sich noch einmal, beugte sich herüber und küßte Lucie sanft auf die Stirn. »Du mußt nicht länger hier bleiben, Lucie«, sagte er. Seine Stimme wirkte entspannend auf sie. »Und du brauchst dich auch nicht zu beunruhigen. Vielleicht kannst du die letzten Rosen noch zudecken, wenn du dich beeilst.«

»Ich habe gedacht, ich könnte etwas lernen, wenn ich dir bei der Zubereitung dieser Medizin zusehe.«

Nicholas nahm ihre Hand. »Ich werde dir später alles noch einmal zeigen, meine Liebe. Aber der Schnee wartet nicht.« In seinen Augen stand ein liebevoller, zärtlicher, fast melancholischer Ausdruck.

Ohne noch etwas zu sagen, warf sich Lucie ihren Umhang über und ging hinaus in den Garten.

Wulfstan seufzte.

»Sie ist ein Schatz«, sagte Nicholas.

Wulfstan stimmte ihm zu. »Ich dürft Euch beide glücklich schätzen, daß Ihr Euch gefunden habt.«

Nicholas blickte zu Boden und schwieg. Wulfstan hatte den Eindruck, daß sein Freund es vermeiden wollte, ihm in die Augen zu blicken. Vielleicht stand irgend etwas zwischen ihnen. »Also, Ihr werdet eine besondere Mixtur zubereiten?«

Nicholas klatschte in die Hände, er ging wieder zurück an die Arbeit. »Ihr müßt wieder zu Eurem Patienten. Flößt ihm reichlich Pfefferminz ein, damit er ins Schwitzen kommt.«

»Ich habe Henry schon entsprechend instruiert«, entgegnete Wulfstan, doch da er bemerkte, in welch eigenartiger Stimmung Nicholas war, hielt er es doch für besser, aufzubrechen.

Es wurde ein bitterkalter Heimweg. Nicholas hatte recht. Dieser erste Schnee entschädigte sie überaus reichlich für sein Zuspätkommen.

In der Dämmerung wurde Wulfstan, der vor dem Krankenlager des Pilgers kurz eingenickt war, durch ein Rütteln an seiner Schulter geweckt. Nicholas Wilton war gekommen. Doch irgend etwas stimmte nicht mit dem Apotheker. Wulfstan rieb sich die Augen und blinzelte den Mann an. Nicholas' Augen erschienen unnatürlich groß in seinem blassen Gesicht, so als stehe er unter einem Schock.

»Ihr seht nicht gut aus, Nicholas. Ihr hättet jemand anderen mit der Medizin schicken sollen.«

Der Patient stöhnte. Seine Augen flackerten.

Nicholas zog Wulfstan zur Seite. »Er sieht schlimmer aus, als ich befürchtete«, flüsterte er. Aha, dachte Wulfstan, damit läßt sich der Ausdruck im Gesicht des Apothekers vielleicht erklären. »Ihr müßt ihm sofort die Medizin verabreichen«, sagte Nicholas. »Beeilt Euch. Einen Löffel davon in heißem Wasser. Ich werde solange bei ihm bleiben.«

Wulfstan eilte an das Feuer.

Offensichtlich wachte der Pilger gerade auf, denn Wulfstan hörte ihn aufschreien, und dann vernahm er Nicholas' murmelnde Stimme, die ihn zu beruhigen suchte. Doch der Kranke schrie erneut auf. Wulfstan überraschte das nicht. Der Ritter hatte höchstes Fieber. Bald würde er ins Delirium fallen.

Wulfstan prüfte das Wasser und wartete ungeduldig darauf, daß es zu kochen begann. Der Pilger schluchzte. Schließlich kochte das Wasser. Wulfstan bemaß die Dosis sorgfältig, sprach ein Gebet darüber, rührte den Trank gut um und eilte dann damit zurück zum Bett des Kranken.

Zu seiner Überraschung war Nicholas verschwunden. Er hatte den Pilger allein gelassen. »Seltsam, daß er ohne ein Wort zu sagen gegangen ist«, murmelte Wulfstan.

»Mörder«, zischte der Pilger. »Giftmörder.« Sein Gesicht war rot und triefte vor Schweiß.

»Beruhigt Euch, mein Freund«, sagte Wulfstan. »Aufregung schadet Euch nur.«

Der Pilger atmete schwer. Er warf sich von der einen auf die andere Seite und verdrehte dabei wild die Augen.

Wulfstan tat sein Bestes, ihn wieder zu beruhigen.

»Das sind Fieberphantasien, mein Freund. Heimsuchungen von Luzifer, der Euren Willen brechen möchte. Hört nicht auf ihn.«

Schließlich wurde der Blick des Mannes wieder klarer. »Er war nur ein Alptraum?«

»Ja, ja. Es gibt hier keine Mörder.« Das entsprach der Wahrheit. Wulfstan führte den Becher an die bleichen Lippen des Mannes. »Trinkt dies. Ihr braucht Ruhe. Einen heilsamen Schlaf.«

Die wässerigen, erschreckten Augen des Mannes wanderten zu dem Becher und dann wieder zurück zu Wulfstan. »Habt Ihr diesen Trank zubereitet?«

»Mit meinen eigenen Händen, mein Freund. Nun trinkt.«

Das tat er schließlich auch. »Dann ist er tot. Ich habe ihn getötet«, flüsterte er. Dieser schreckliche Gedanke schien ihn ruhiger zu stimmen. Bald darauf dämmerte der benommene Pilger in den Schlaf. Doch kurz nach Beendigung des Komplets, des Stundengebets, begann er zu stöhnen, erwachte schließlich schweißgebadet und klagte über Schmerzen in den Armen und Beinen. Vielleicht hatte Wulfstan sich getäuscht, und es handelte sich doch nicht um Lagerfieber. Doch vorher hatte sein Patient noch keine derartigen Symptome gezeigt. Wulfstan versuchte, die Schmerzen in den Gliedmaßen durch das Auflegen mit haselnußgetränkten Tüchern zu lindern, doch die Schmerzen dauerten an.

Er rief Henry. Gemeinsam bereiteten sie Wickel zu, mit denen sie die Gliedmaßen des Pilgers umhüllten. Doch es half alles nichts. Wulfstan war nun am Ende seines Lateins. Er hatte alles versucht. Niemand konnte bestreiten, daß er sich redlich bemüht hatte. Der Herr wußte, wie nahe ihm das Leiden des Pilgers ging. Er überlegte, ob er nach Master Saurian schicken sollte, dem Arzt, der die Mönche behandelte, wenn sie erkrankten, doch er hatte sich schon damals, als der Pilger krank geworden war, als wenig hilfreich erwiesen. Außerdem war es schon spät, und Wulfstan befürchtete, Saurian würde sagen, man solle einfach Gottes Willen geschehen lassen. Natürlich sollte Gottes Wille geschehen. Wulfstan mußte nicht Saurian mitten in der Nacht aus dem Bett reißen, nur um diese Antwort zu bekommen. Doch Gottes Wille war den Menschen nicht immer klar ersichtlich.

Der Atem des Pilgers ging immer schwerer. Er rang nach Luft. Henry brachte Kissen, um den Kopf des kranken Mannes höher zu lagern und ihm dadurch das Atmen zu erleichtern.

Es war eine lange Nacht. Der Wind fand alle Ritzen der Krankenstation und rüttelte an der Tür. Vom Herd stieg Rauch auf, der die bereits wässrigen Augen des Doktors noch weiter entzündete. Einmal, als Wulfstan sich über den Kranken beugte, um seine Brauen abzutupfen, griff ihm der Mann an die Kutte, zog ihn näher zu sich heran und flüsterte: »Er hat mich vergiftet. Ich habe ihn nicht getötet. Ich habe sie nicht gerächt.« Dann sank er besinnungslos auf die Kissen zurück.

»Es ist das Fieber, das in Euch brennt, mein Freund«, sagte Wulfstan laut, falls der Pilger noch in der Lage sein sollte, ihn zu hören. »Ohne die Medizin würde es Euch noch schlechter gehen.« Der Mann rührte sich nicht.

Wie bedauerlich, daß der Pilger gerade jenen Mann als Mörder verdächtigte, der gekommen war, ihn zu retten. Als einen Mörder, den der Pilger früher schon getötet zu haben glaubte. War er deshalb so sicher gewesen, daß Nicholas Wilton nicht mehr am Leben war? Hatte er wirklich versucht, ihn zu töten? Bei der Jungfrau Maria und allen Heiligen, da nahm es nicht Wunder, daß Nicholas alarmiert war. Doch während Wulfstan bei dem kranken Pilger wachte, gelangte er zu der Überzeugung, daß es sich bei alldem um Fieberträume handeln mußte. Er konnte sich nicht vorstellen, daß der sanftmütige Pilger Nicholas Wilton angegriffen haben könnte.

Wulfstan starrte in die rauchverhangene Dunkelheit. Sein Herz verkrampfte sich, als die Ohnmacht des Kranken kein Ende mehr nehmen wollte. Sein Atem ging flach, gelegentlich unterbrochen durch ein lautes Keuchen, als bekäme er nicht genügend Luft. Wulfstan bettete seinen Kopf noch höher und betete. Henry kehrte von der Morgenandacht zurück und kniete sich neben ihn.

Doch trotz all ihrer Bemühungen hörte der Pilger in der Morgendämmerung zu atmen auf.

Mit gebrochenem Herzen begab sich Wulfstan in die Kapelle, um für die Seele des Mannes ein Gebet zur sprechen.

Henry gesellte sich zu Wulfstan, als dieser gerade über seinen Gebeten eingenickt war. Der Ablaßkrämer von Erzdiakon Anselm, Potter Digby, wolle mit ihm sprechen, richtete er ihm aus.

Wulfstan konnte sich nicht denken, aus welchem Grund Digby ihn aufgesucht haben könnte. Die Aufgabe eines Ablaßkrämers bestand darin, Gerüchten über Sünder nachzugehen, welche gegen Gesetze der Kirche verstoßen hatten, und jene, die er für schuldig befand, vor das Gericht des Erzdiakons vorzuladen, wo ihnen die entsprechende Strafe auferlegt wurde. Davon erhielt der Ablaßkrämer eine Provision. Digby war unter den Bewohnern der Stadt verhaßt, denn sie wußten, daß er nur darauf wartete, ihnen eheliche Untreue nachweisen zu können; die Ehe war ein Sakrament, und Vergehen gegen das Treuegebot der Ehe stellten Digbys lukrativsten Fälle dar. Die weltlichen Geistlichen hatten selten das Geld, sich von ihren Sünden freizukaufen. Viele sagten auch, nur Digbys unheiligem Eifer sei es zuzuschreiben, daß die Steinmetze und Glaser fleißig an der Kathedrale arbeiteten. Wulfstan bedauerte es sehr, daß das wunderschöne Münster mit dieser Art von Gier in Verbindung gebracht wurde. Eigentlich haßte auch er Potter Digby mit sündhafter Energie. Als Wulfstan Henry den Kreuzgang entlang folgte, fragte er sich, welches Ungemach dieser Mann ihm wohl bescheren würde.

Doch Potter Digby war, wie sich bald herausstellte, aus privatem Anlaß gekommen. Er hatte am vorhergehenden Abend Nicholas Wilton entdeckt, der in der Nähe des Klostertores zusammengebrochen war, und hatte dafür gesorgt, daß ein vorbeikommender Karren ihn nach Hause brachte. Wilton sei so verwirrt gewesen, daß er nicht einmal mehr seine Ehefrau erkannt habe. Digby glaubte daher, für Mistress Wilton würde die Anwesenheit von Bruder Wulfstan hilfreich sein.

»Nicholas? Seltsam.« Wulfstan erinnerte sich an Nicholas' plötzliches Verschwinden. »Er hat sich seltsam verhalten gestern abend. Doch Ihr müßt mir verzeihen. Ich bin die ganze Nacht wach geblieben. Ich habe einen Patienten und Freund verloren. Ich kann nicht zu ihr gehen. Ich könnte ihr nicht viel nützen.«

»Wilton geht es schlecht. Seine Gemahlin hat große Angst.« Digby zuckte mit den Achseln. »Doch vielleicht könnte Bruder Saurian . . .«

»Saurian? Er könnte Mistress Wilton keinen Trost bieten.« Wulfstan geriet ins Schwanken. Obwohl er vor Erschöpfung und vor Hunger zitterte, wollte er Lucie Wilton nicht dem unsensiblen Master Saurian ausliefern.

»Also, wen schlagt Ihr dann vor, Bruder Wulfstan?«

Der Doktor zuckte mit den Schultern. »Ich werde bei meinem Abt um die Erlaubnis nachsuchen.«

Erneut kämpfte sich Wulfstan durch den Schnee. Seine morschen Knochen ächzten und froren, doch das spielte keine Rolle. Er durfte Lucie Wilton in solch einer Situation nicht allein lassen.

Er hätte sich diese Sorgen nicht zu machen brauchen. Bess Merchet, die Besitzerin der York Tavern, unweit von Wiltons Apotheke gelegen, begegnete ihm an der Küchentür. Wulfstan war froh, ihre Vertrauen einflößende Gestalt in der Tür zu sehen. Sie war eine vernünftige Frau, ungeachtet des Brandygeruchs, der in ihrem Atem lag, und eine gute Freundin von Lucie.

»Sie wird sich freuen, Euch zu sehen, Bruder Wulfstan.« Bess zog ihn hinein und drückte ihm einen Becher mit irgend etwas Warmem in die Hand. »Trinkt das und verschnauft Euch etwas. Ich will nachsehen, wie es oben aussieht.« Sie verschwand über die Treppe.

Wulfstan roch an der Mischung aus Branntwein und Kräutern und kam zu dem Ergebnis, daß ihm dieser Trank nicht schaden könne. Er stimmte ihn ruhiger und half ihm ein wenig über den schmerzhaften Verlust hinweg.

Als Wulfstan oben einen Blick auf Nicholas warf, wußte er, daß er bald den Verlust eines weiteren Freundes würde beklagen müssen. »Gütiger Gott, was ist mit Euch geschehen?« Wulfstan kniete sich neben das Bett von Nicholas, ergriff eine Hand des Mannes, die schlaff auf der Bettdecke lag, und versuchte, ein wenig Wärme in sie hineinzureiben. Nicholas starrte an die Decke und bewegte tonlos seine Lippen.

»So geht es schon die ganze Nacht.« Lucie saß an der anderen Seite des Bettes und tupfte ihrem Mann die Tränen ab. Die Schatten unter ihren Augen kündeten davon, daß sie eine ähnlich fürchterliche Nacht wie Wulfstan durchgemacht hatte. »Ihr habt gesehen, wie er gestern abend von hier aufgebrochen ist. Er war bei klarem Verstand und gesund genug, um im Garten zu arbeiten, auch wenn es draußen sehr kalt war. Zurückgekehrt ist er als Krüppel und seiner Sprache beraubt, und er wird von irgendeinem schrecklichen Erlebnis gepeinigt, von dem ich nichts weiß. Deshalb weiß ich auch nicht, wie ich ihm helfen soll.« Sie biß sich auf die Lippen. Es war jetzt nicht die Zeit zu weinen.

Wulfstans Herz quoll über vor Mitleid mit ihr. Er wußte, wie schmerzhaft ihn der Tod des Pilgers getroffen hatte. Um wieviel tiefer mußte der Schmerz sein, von dem sie ergriffen wurde, da sie ihren Ehemann nun in dieser Verfassung vor sich liegen sah. Er mußte einen Weg finden zu helfen. Er schob Nicholas' Hände unter die Bettdecke und zog Lucie weg vom Krankenlager. »Sagt mir alles, was Ihr wißt.«

Sie wußte nicht viel zu berichten, nur daß Digby geholfen hatte, Ihren Ehemann ins Haus zu bringen, da er nicht mehr in der Lage schien, mit seinem rechten Bein aufzutreten. Auch sein rechter Arm war anscheinend nicht mehr zu gebrauchen. Und er konnte nur noch ein heiseres Krächzen von sich geben. Sie faltete ihre Hände und blickte verzweifelt umher auf der Suche nach irgend etwas, was sie trösten konnte.

Wulfstan konnte ihr nicht viel helfen. »Es sieht aus wie eine Lähmung. Ob sie dauerhaft oder vorübergehend sein wird, kann nur die Zeit erweisen. Es liegt alles in Gottes Hand. Wenn ich nur wüßte, wodurch sie verursacht worden ist.« Er dachte daran, wie Nicholas sich verhalten hatte, als er Wulfstan über den Pilger ausgefragt hatte, und daran, wie er reagiert hatte, als er den kranken Pilger zu Gesicht bekommen hatte. »Er war erregt, als er die Krankenstation verlassen hat. Vielleicht ist er dann in der Dunkelheit gestürzt. Ein Schlag auf den Kopf kann eine derartige Lähmung hervorrufen. Oder ein Schlag auf die Wirbelsäule. Oder ein extremer Schock.«

»Ein Schock.« Lucie warf einen Blick zu Nicholas, wendete dann ihren Kopf ab, so daß nur noch Wulfstan sie hören konnte. »Könnte der Pilger etwas damit zu tun haben?« fragte sie mit weicher, sanfter Stimme.

Wulfstan fielen die Vorwürfe wieder ein, die der sterbende Mann geäußert hatte. Doch er hatte keinerlei Beweise. Und nun, da der Mann tot war, sah er keine Notwendigkeit, Lucie zusätzlich zu ängstigen. »Der Zustand meines Patienten hat Nicholas aufgewühlt, dessen bin ich sicher. Er sagte, er habe nicht erwartet, daß es so schlimm um den Mann stehe. Doch das reicht noch nicht für einen Schock.« Er betrachtete Lucies gebeugten Kopf. »Was ist los, mein Kind? Was ängstigt Euch?«

»Der Besuch von Erzdiakon Anselm heute morgen.«

»Anselm? Er ist hierhergekommen?«

»Sie haben seit Jahren nicht mehr miteinander gesprochen. Schon nicht mehr, seit wir verheiratet sind. Es war sehr seltsam, daß er ausgerechnet heute zu uns gekommen ist. Er stand einfach frühmorgens in der Tür, noch bevor der erste Kunde kam. Er hatte schon erfahren, daß es Nicholas sehr schlecht geht. Er hat seine Anteilnahme zum Ausdruck gebracht und sich aufgeführt wie ein tief besorgter Freund. Nach all den Jahren. Dabei ist er nicht einmal gekommen, als unser Martin gestorben ist.« Martin war ihr einziges Kind gewesen. Er starb an der Pest, noch bevor er gehen konnte.

Irgend etwas an dieser Geschichte beunruhigte Wulfstan. Denn letzten Abend hatte der Erzdiakon auch ihn besucht. Wulfstan hatte dem Ganzen wenig Beachtung geschenkt. Der Erzdiakon war zum Abendessen mit Abt Campian gekommen. Vor dem Essen hatte er noch kurz die Krankenstation aufgesucht, neugierig, zu sehen, ob sich etwas verändert hatte, seit er das letzte Mal zum Aderlaß hier gewesen war. Anselm hatte in St. Mary die Schule besucht. Vergangenen Abend war er sehr umgänglich gewesen, hatte sich nach Bruder Wulfstans Gesundheit erkundigt und Henry erzählt, welch großen Respekt er früher vor Wulfstan gehabt habe, denn dieser sei in seinen jungen Jahren ein recht stämmiger Kerl gewesen. Anselm hatte auch nach dem Pilger gefragt, dem einzigen Patienten, den sie zur Zeit hatten. Es schien sich um einen reinen Höflichkeitsbesuch zu handeln.

Wulfstan zog Lucie auf eine Truhe neben dem Fenster. »Erzählt mir etwas über den Besuch des Erzdiakons!«

»Er hatte erfahren, daß Nicholas krank war. Er wollte wissen, ob es schlimm sei. Ich habe ihm geantwortet, ich wüßte es nicht, und ich könnte ihm auch nicht mehr erzählen als sein Ablaßkrämer. Er gab sich überrascht. Hat gefragt, weshalb ich annähme, sein Ablaßkrämer hätte ihm davon erzählt. Ich berichtete ihm, daß Digby Nicholas gefunden hatte. Das gefiel ihm nicht besonders. ›Vor der Krankenstation des Klosters? Was wollte Nicholas dort?‹ Es klang so, als ob es sich bei der Abtei um ein Feindeslager handeln würde, um einen Ort, an den sich Digby besser nicht hätte begeben sollen.«

»Meine Krankenstation hat er gemeint?« Das gefiel wiederum Wulfstan nicht.

»Der Erzdiakon hat mich mit seinen Fragen aufgeschreckt. Ich habe ihm erzählt, daß Nicholas eine Medizin zu einem Patienten gebracht hat. ›Zu dem Soldaten?‹ wollte er wissen. Ich sagte, ja, zu dem, der sich als Pilger ausgegeben hat. Daraufhin ist das Gesicht des Erzdiakons noch blasser geworden, als es schon war. Er hat seine Hand auf den Ladentisch gelegt, um sich abzustützen. Ich habe ihn gefragt, was er denn für einen Verdacht habe. Er wollte wissen, was im Kloster geschehen sei. Das wußte ich natürlich nicht. Ich vermute, daß der Erzdiakon mehr weiß als ich. Ich habe ihn nach dem Namen des Pilgers gefragt. Ich bin sicher, daß er es weiß. Er hat geblinzelt und weggeschaut. ›Ich habe diesen Pilger noch nicht gesehen, Mistress Wilton‹, sagte er. Das war eine von diesen Halbwahrheiten, mit denen uns die Schwestern damals vor der Welt abschirmen wollten. Ich beharrte auf meiner Frage. Er hat sich kerzengerade aufgerichtet und gesagt, er werde zurückkommen. ›Wer ist der Pilger?‹ habe ich noch einmal gefragt. ›Ich werde zurückkommen‹, hat er wiederholt und ist davongeeilt.«

Lucie blickte aus dem Fenster und knirschte mit den Zähnen. »Der verdammte Priester. Er weiß, wer der Mann ist. Warum will er es uns nicht sagen? Ich glaube, das alles hat etwas mit dem Soldaten zu tun.« Sie schaute Wulfstan mit zornigen Augen an. »Wer ist der Pilger, Wulfstan?«

»Meine liebe Lucie, Gott ist mein Zeuge, ich weiß es nicht.«

»Ich möchte mit ihm sprechen.«

Wulfstan schüttelte den Kopf. »Er ist tot.«

Sie machte einen bestürzten Eindruck. »Tot? Wann ist er gestorben?«

»Letzte Nacht. Wer immer er war, er kann uns jetzt nicht mehr helfen.«

Lucie bekreuzigte sich. Es brachte Unglück, wenn man von kürzlich Verstorbenen schlecht redete. »Möge er in Frieden ruhen.«

Wulfstan flüsterte ein »Amen«, während er die Augen auf den Boden gesenkt hielt und gegen die Tränen ankämpfte. Er war so aufgewühlt, daß er sich nicht mehr unter Kontrolle hatte.

Lucie, die seine schlechte Verfassung bemerkte, ergriff seine Hand. »Es tut mir leid, daß Ihr Euren Patienten verloren habt.«

»Es ist schlimmer als das. Er war auch ein Freund.« Wulfstan versagte die Stimme. Er wischte sich über die Augen und holte tief Luft. »Verzeiht mir. Ich fürchte, ich bin keine große Hilfe für Euch.«

Sanft küßte sie ihn auf die Stirn. Es war nur eine flüchtige Berührung, doch diese zärtliche Geste bewegte den alten Mönch zutiefst. Er stützte seinen Kopf in die Hände und begann zu weinen. Lucie legte einen Arm um ihn und zog ihn an sich.

Später, als Wulfstan sich mit einem Becher Branntwein wieder gestärkt hatte, erzählte er von seiner Freundschaft mit dem

Pilger. Und von dem Kummer, der diesen Mann geplagt hatte.

»Er schein ein guter Mensch gewesen zu sein. Ich danke Euch, daß Ihr trotz Eures Schmerzes gekommen seid. Wer hat Euch Bescheid gesagt?«

»Digby. Er ist zu mir gekommen, um mir von Eurem Unglück zu erzählen.«

»Das Ganze ist ziemlich seltsam, Bruder Wulfstan. Digbys plötzliche Hilfsbereitschaft, der Besuch des Erzdiakons. Ich glaube, wenn ich wüßte, welche Verbindung zwischen Erzdiakon Anselm und dem Pilger und zwischen dem Erzdiakon und Nicholas bestand, dann würde ich verstehen, was geschehen ist.«

Wulfstan sagte nichts. Vor langer Zeit hatte er Nicholas versprochen, Lucie niemals etwas über die Vergangenheit zu erzählen, und daran wollte er sich auch jetzt halten. Doch es ließ ihm keine Ruhe, daß Nicholas zur selben Zeit so schwer erkrankt war, als er und Anselm und der Ablaßkrämer sich in St. Mary aufgehalten hatten. Es bereitete ihm Schwierigkeiten, dies alles nur als eine Verkettung von Zufällen zu sehen.

Gott erschuf die Versuchung in Gestalt von Eva, die er aus Adams Rippe formte. Er nahm die schlechten Teile des Mannes und schuf damit die Frau. Dies liegt offen zutage, es ist für jedermann sichtbar, doch nur wenige Männer beherzigen die Warnung. Und durch ihre Verblendung stürzen sie ins Unglück.

Anselm, der Erzdiakon von York, kniete auf dem kalten feuchten Steinboden, um für seinen liebsten Freund zu beten. Seine Gedanken kreisten ständig um Nicholas. Der sanftmütige Nicholas, der durch seine Liebe zu einer Frau zugrunde ging und der sich nun in einem Zustand befand, der vermuten ließ, daß er wohl nicht mehr lange leben würde. Vielleicht war das auch das beste.

Anselm rutschte unbehaglich hin und her. Die feuchte Kühle hatte seine Knie umfangen und begann, zu seinen Lenden hochzuklettern. Doch seinem Freund zuliebe und um ihn zu retten, brachte er dieses Opfer dar. Für Nicholas hätte er jedes Opfer auf sich genommen. Er hatte für Nicholas in seinem Leben schon viele Opfer gebracht. Doch Anselm bedauerte kein einziges davon. Seine Gebete für Nicholas kamen aus dem Herzen.

Nicholas konnte man nicht für das Unglück verantwortlich machen, das ihm widerfahren war. Er hatte sich nicht freiwillig auf den Pfad der Sünde begeben. Sein Vater hatte seinem Schicksal eine Wendung zum Schlechten gegeben, sein Vater, der ihn von der Klosterschule genommen und als Lehrling in seiner Apotheke angestellt hatte, welche unmittelbar neben einer Taverne lag, nicht weit entfernt vom Herzen der Stadt und ihrer Verderbtheit. Nicholas' Vater hatte ihn gedrängt, sich nach Frauen umzusehen, sich eine Gefährtin zu erwählen, die ihm einen Sohn gebären sollte, einen Stammhalter, der das Geschäft weiterführen würde. Nicholas, stets der gehorsame Sohn, hatte sich daraufhin von Anselm abgewendet und war in die Fänge eines verruchten Weibes geraten, das in der Lage war, drei Männer gleichzeitig zu umgarnen und alle drei mit sich in das Verderben zu reißen. Ihre Tochter trug nun ihren Teil dazu bei, und Nicholas war gezwungen, das böse Spiel bis zu seinem bitteren Ende mitzuspielen.

Nicholas' Vater war gebrochenen Herzens gestorben, denn er mußte seinen Sohn unverheiratet zurücklassen, und er befand sich im Besitze eines schrecklichen Geheimnisses, das all das zunichte machen konnte, was er in mühseliger Arbeit erschaffen hatte. Das war der Preis der Sünde. Doch Nicholas mußte verschont bleiben. Der schöne, sanftmütige, liebenswürdige Nicholas.

Anselm beugte sein Haupt und bat Gott um Verzeihung.

Einige Wochen später, es war schon nach Dreikönig, saß Bruder Wulfstan am Kohlenfeuer in der Krankenstation und betrachtete betrübt seine Hand. Zuerst hatte sie zu kribbeln begonnen, dann war sie taub geworden. Schon eine Fingerspitze der Medizin hatte ausgereicht. Genug Aconitum, um jemanden zu töten, wenn man es als Salbe auftrug. Kein Wunder, daß sein Freund und nun auch Sir Oswald Fitzwilliam umgekommen waren, nachdem sie das Mittel zu sich genommen hatten. Gott vergebe ihm, doch er hatte nicht bemerkt, daß er schon so alt und unfähig geworden war. Doch hier war der Beweis. Ein Arzt sollte niemals eine von einem Fremden hergestellte Medizin anwenden, wenn er sie nicht zuvor geprüft hatte. Doch eben dies hatte er versäumt. Und auch nachdem der Patient gestorben war, hatte Wulfstan noch nicht daran gedacht, die Medizin zu untersuchen, sondern hatte sie auf ein Bord an der Wand gestellt, bereit für das nächste Opfer. Gott möge ihm vergeben, allein Wulfstans Unfähigkeit hatte seinen Freund, den edelmütigen Pilger, das Leben gekostet. Und nun auch noch Sir Oswald Fitzwilliam, den Küster des Erzbischofs. Bei der heiligen Jungfrau Maria und allen Erzengeln, was sollte er nur tun?

Was hatte dies zu bedeuten? Nicholas Wilton genoß überall in der Grafschaft großes Ansehen. Weshalb nur konnte er einen solchen Fehler begehen?

Wulfstan starrte auf seine Hand, als ihm eine mögliche Erklärung zu dämmern begann. Vielleicht hatte sich Nicholas auch am Nachmittag schon unwohl gefühlt und die Medizin fehlerhaft zusammengemischt. Ein Pulver sah ja wie das andere aus. Wenn er schon krank war, könnte er dann vielleicht vergessen haben, welches Pulver das Aconitum war und welches dasjenige aus der Wurzel der Schwertlilie? Wulfstan betete immer um Gottes Beistand, wenn er eine Medizin zusammenstellte. Eine Medizin konnte so leicht zu einem Gift werden. Doch Nicholas hatte an diesem Nachmittag keinerlei Anzeichen einer Krankheit gezeigt. Seine Gesichtsfarbe war ein wenig fahl gewesen, doch er hatte überhaupt eine schwache Konstitution, und zudem hatte er während des ersten ernsten Frostes mehrere Stunden im Garten gearbeitet. Dazu kam sein eigenartiges Naturell. Daran mußte es wohl gelegen haben. Doch, Herr im Himmel, dies allein reichte nicht aus, um Verdacht zu schöpfen. Nach all den Jahren, in denen er Nicholas vertraut hatte.

Eines war klar. Wulfstan mußte den noch nicht verwendeten Rest der Medizin zu Lucie Wilton zurückbringen. Sie mußte auf Nicholas achtgeben, während er sich erholte. Es mußte verhindert werden, daß Nicholas irgendeine Medizin zusammenmischte, so lange nicht eindeutig feststand, daß er sich wieder im Vollbesitz seiner geistigen Kräfte befand.

Wulfstan war so überreizt, daß er, als er an der Apotheke ankam, den Eindruck hatte, Lucie Wilton würde sofort wissen, was er bei sich trug, nachdem sie einen Blick auf das Päckchen in seiner Hand geworfen hatte. Doch woher sollte sie das erfahren haben?

»Ein Geschenk für Nicholas? Eine neue Mixtur, die ihn wieder zu Kräften bringt?«

»Ich wünschte, es wäre so, Lucie, mein Kind.«

Sie runzelte die Stirn wegen des Tones, der in seiner Stimme lag, dann führte sie ihn in die Küche und deutete mit der Hand auf einen Stuhl neben dem Feuer.

Da es draußen frostig kalt gewesen war, begann Wulfstan nun zu schwitzen. Er wischte sich den Schweiß vom Gesicht. Lucie reichte ihm einen Becher. »Bess Merchet hat uns etwas von Toms Ale gebracht. Ihr seht aus, als hättet Ihr es nötiger als ich.«

»Gott sei mit Euch.« Dankbar nahm er den Becher entgegen und nahm mehrere tiefe Schlucke daraus.

»Nun, mein Freund, erzählt mir, was nicht in Ordnung ist.« Lucies Stimme war ruhig, doch ihre Augen blickten wachsam. Als er den Becher mit Bier aus ihrer Hand genommen hatte, hatte er bemerkt, daß ihre Hände kalt waren. Doch er hatte sie natürlich auch nervös gemacht, dadurch daß er unerwartet vorbeigekommen war und sich so geheimnisvoll verhielt.

»Verzeiht mir. Ich komme von einem Totenlager. Sir Oswald Fitzwilliam, der Küster des Erzbischofs. Und ich fürchte, ich bin dafür verantwortlich.«

»Ihr, Bruder Wulfstan?«

Er stellte den Becher neben sich ab und hielt das Päckchen in die Höhe. »Ihr müßt wissen, ich habe ihm dies verabreicht, und erst, als es ihm schlechter ging, habe ich die Medizin untersucht. Mein Kind, schon die geringste Dosis dieses Mittels ist für einen erwachsenen Menschen tödlich.«

Lucie, die ihre Augen auf das Päckchen gerichtet hielt, fragte ruhig: »Und Ihr bringt es zu mir, um es prüfen zu lassen? Ihr hofft, Ihr habt Euch geirrt?«

Wulfstan schüttelte den Kopf. »Ich habe mich nicht geirrt, Lucie.«

Sie blickte zu ihm auf und ließ ihre hellen, blauen Augen auf ihm ruhen. »Weshalb habt Ihr es dann mitgebracht?«

»Es ist die Medizin gegen das Lagerfieber, die Nicholas an jenem Tag für mich zusammengestellt hat, an dem er erkrankt ist.«

Zuerst dachte er, sie hätte ihn nicht verstanden, denn sie verhielt sich völlig still. Dann stieß sie hervor: »Heilige Muttergottes!« und bekreuzigte sich. »Seid Ihr sicher?« Ihre Augen hatten sich geweitet, nachdem ihr die Bedeutung seiner Worte klar geworden war.

»Ich weiß, daß Ihr immer alles sehr sorgfältig etikettiert«, sagte Wulfstan.

»Ich wußte nicht, daß davon noch etwas übrig war.«

»Der Pilger starb noch in jener Nacht, in der ich es ihm verabreicht habe. Nicholas hatte mir genug davon gegeben für mehrere Tage. Es wäre sündhaft gewesen, es nicht aufzuheben.«

»Aber wenn Ihr wußtet . . .«

»Erst seit heute weiß ich es. Erst heute bin ich auf die Idee gekommen, das Mittel zu untersuchen.«

Lucie biß sich auf die Lippen und dachte nach. »Ich weiß nicht, wie sich die Medizin gegen das Lagerfieber zusammensetzt. Um welches Gift handelt es sich?«

»Aconitum.«

»Und Ihr seid sicher, daß das Aconitum in dieser Medizin stark genug ist, um einen Menschen zu töten?«

»Meine Hand ist immer noch taub, nachdem sie nur mit einer kleinen Prise davon in Berührung gekommen ist.«

Lucie schlang ihre Arme um sich. »Bei beiden Männern sind

Schmerzen in den Gliedmaßen aufgetreten?« Wulfstan nickte. »Schwierigkeiten beim Atmen?« Er nickte erneut. Lucie legte ihren Kopf in die Hände.

»Verzeiht mir, daß ich Euren Schmerz noch vertiefe. Ich hätte es Euch nicht gesagt, doch ich glaube, es ist wichtig, daß Ihr ein Auge auf Nicholas habt. Ihr dürft ihn erst dann wieder in das Geschäft lassen, wenn er vollkommen wiederhergestellt ist, geistig wie körperlich.«

Sie nickte, ohne aufzublicken.

Wulfstan beugte sich hinunter, um nach seinem Becher zu greifen. Lucies Katze, die sich vor dem Feuer ausgestreckt hatte, kam herüber und rieb sich an Wulfstans Bein. Wulfstan kraulte ihre Stirn. Melisende schnurrte.

»Er muß zuvor bereits krank gewesen sein«, sagte Lucie. Wulfstan hob den Becher mit Bier hoch. Melisende sprang auf seinen Schoß und machte es sich darauf bequem. »Das denke ich auch. Er hat nicht erkannt, daß er an diesem Tag nicht mehr im Vollbesitz seiner Kräfte war.«

Lucie blickte erneut auf, in ihren Augen standen Tränen. »Kann es an der Kälte gelegen haben? Hätte ich ihn nicht bei den Rosen im Garten arbeiten lassen dürfen?«

Wulfstan fühlte sich schrecklich. Lucie Wilton einer Unachtsamkeit zu zeihen, war das letzte, was er wollte. Sie hatte schon soviel gelitten. »Lucie, mein Kind, wie hättet Ihr ihn denn vom Garten fernhalten sollen? Ihr braucht Euch keine Vorwürfe zu machen.«

»Das ist nicht einfach. Er schwindet dahin.«

»Ihr dürft die Hoffnung nicht aufgeben. Gott wird ihn erst dann zu sich rufen, wenn seine Zeit abgelaufen ist.«

»Aber auch wenn er sich erholen sollte . . .« Lucie berührte die Tränen auf ihren Wangen, als ob deren Nässe sie erstaunen würde, dann wischte sie sie mit dem Tuch weg, mit dem sie sich nach dem Eingießen des Bieres auch die Hände abgewischt hatte. »Der arme Nicholas. Es wird ihm das Herz brechen, wenn er sich wieder erholt hat und feststellen muß, daß sein Lebenswerk zusammengebrochen ist.«

»Weshalb sollte es zusammenbrechen?«

Lucie richtete ihre lieblichen, tränenerfüllten Augen auf den alten Mönch. »Zwei Menschen sind gestorben. Nach der städtischen Verordnung dürfen wir nicht länger praktizieren. Die Gilde kann gegen die Verordnung nichts ausrichten. Ich kann mir nicht vorstellen, daß Gildenmeister Thorpe einen Weg findet, Nicholas eine zweite Chance zu geben. Wir sind ruiniert, Bruder Wulfstan.«

Wulfstan streichelte die Katze und bat im stillen um Gottes Rat. Er mußte diese Katastrophe verhindern.

Lucie ging einige Male zwischen dem Feuer und der Tür hin und her, blieb dann mitten im Raum vor einem Regal stehen und sortierte gedankenverloren die Töpfe und Schüsseln vor sich.

»Es ist wirklich fürchterlich«, sagte Wulfstan, mehr zu der Katze als zu Lucie.

Doch Lucie schien durch diese Worte wieder zu sich zu kommen und setzte sich geschwind neben den alten Mönch. »Werter Freund, verzeiht mir. Bisher habe ich nur daran gedacht, was all dies für Nicholas und für mich bedeuten wird, doch auch Euer Lebenswerk ist in Gefahr.«

»Meines? Mein Lebenswerk ist in Gefahr?«

»Eure Krankenstation.«

»Meine... Weshalb sollte ich meine Krankenstation verlieren?«

»Wenn Abt Campian erfährt, daß Ihr die Medizin verabreicht habt, ohne sie vorher zu überprüfen...«

Herr Jesus, würde sein Abt ihn dann vielleicht von seinen Pflichten entbinden? Natürlich würde er das tun. Und auch mit Recht. Das Alter hatte ihn unvorsichtig werden lassen.

»Falls wir uns nicht selbst retten können«, sagte Lucie ruhig.

»Uns selbst retten?«

»Indem wir dies zu unserem Geheimnis machen.«

»Wir sollen es niemandem sagen?«

»Niemandem.« Sie blickte hinunter auf ihre Hände und schaute dann wieder Wulfstan ins Gesicht. »Was wäre daran so schlimm? Was mich betrifft, so werde ich nicht erlauben, daß

Nicholas wieder eine Medizin zusammenmischt, bevor sowohl Ihr als auch ich zu der Überzeugung gekommen sind, daß er wieder vollständig gesund ist und über klaren Verstand verfügt. Und ich habe auch keinen Zweifel, daß Ihr niemals mehr eine Medizin verabreichen werdet, die Ihr zuvor nicht selbst überprüft habt.« Sie musterte Wulfstan mit ihren klaren Augen. Jetzt waren sie wieder trocken. Sie war ruhig und gefaßt.

Wulfstan schöpfte neue Hoffnung. »Soweit hatte ich noch gar nicht gedacht. Doch Ihr habt natürlich recht, was die möglichen Konsequenzen betrifft. Für alle drei von uns.« Er trank sein Bier aus.

»Dann bleibt dies also unter uns?«

Gott helfe ihm, doch Wulfstan wollte weder dieses Haus ins Unglück stürzen, noch wollte er seine Krankenstation verlieren. Er nickte. »Es soll unser Geheimnis bleiben.«

Lucie drückte ihm die Hand.

»Doch wenn er wieder genesen ist . . .«, begann Wulfstan.

»Ich werde auf ihn aufpassen.« Lucie ließ seine Hand los und bückte sich, um das Päckchen aufzuheben. »Nach den Vorschriften muß ich dies hier verbrennen.«

Wulfstan nickte. »Tut es. Ich würde es gern für Euch erledigen, aber . . .«

Lucie schüttelte den Kopf. »Nein, das ist meine Aufgabe.« Sie beugte sich zu ihm hinunter und küßte ihn auf die Wange. »Danke, Bruder Wulfstan. Ihr wart unsere Rettung.«

Er konnte nicht glauben, daß ein solch süßes Geschöpf etwas mit dem Bösen zu tun haben könnte. Gott hatte ihm einen Weg gewiesen.

Nachdem Wulfstan gegangen war, ging Lucie im Zimmer auf und ab und schlang ihre Arme um sich. Sie warf einen Blick auf den Krug mit dem Bier. Ein Becher könnte ihr nicht schaden. Doch es war erst früher Nachmittag. Es würden noch Kunden kommen. Sie mußte ihre sieben Sinne beisammenhalten. Alles hing jetzt von ihr ab.

Kapitel 1

Der einäugige Spion

Master Roglio faltete sorgfältig seine astrologischen Tabellarien zusammen und packte die Instrumente wieder ein, mit denen er das Auge untersucht hatte. Owen bemerkte, daß die Hände des Arztes leicht zitterten, seine Schultern verkrampft waren wie bei jemandem, der den Atem anhält, und daß er es vermied, ihm in die Augen zu blicken. Master Roglio hatte fürchterliche Angst. Owen schaute zu dem Duke of Lancaster, der finster blickend in der Ecke saß. Lancaster war zwar alt, aber nach König Edward der zweitmächtigste Mann im Staat. Ihn zu verärgern, war nicht ungefährlich.

Es hätte sich geziemt, mit seiner Frage noch zu warten, doch Owen hatte nun schon drei Monate gewartet, und jetzt konnte er sich nicht länger zurückhalten. »Das Fleisch heilt, doch das Auge bleibt dunkel. Ihr könnt keine Veränderung feststellen, nicht wahr, Doktor?«

Roglios Augen wanderten zu dem alten Herzog, der sich interessiert nach vorne gebeugt hatte. Roglio zuckte vielsagend mit den Schultern. »Gottes Wille könnte noch ein Wunder bewirken.«

»Doch Ihr könnt es nicht«, sagte der alte Herzog knurrend.

Roglio sah sich dem stählernen Blick des Herzogs ausgesetzt. »Nein, Mylord.« Es gelang ihm, dabei nicht mit einer Wimper zu zucken.

Das Fleisch genas, doch das Auge blieb dunkel. Ein Auge. Gott hatte den Menschen aus gutem Grund mit zwei Augen ausgestattet, daran gab es keinen Zweifel. Und er hatte Owen auf einem Auge erblinden lassen. Auch dies mußte zweifellos einen Grund haben.

Owen hatte seine beiden Augen gut genutzt. Er war Lancasters erster Bogenschütze gewesen, hatte die anderen Bogenschützen ausgebildet und war zum Hauptmann aufgestiegen. Eine außerordentliche Leistung für einen Waliser. Kein Tier konnte seinen Pfeilen entkommen. Er hatte stets darauf geachtet, nur zur Nahrungsbeschaffung zu töten oder um seinem Grundherrn zu Diensten zu sein. Alles zum höheren Ruhme Gottes.

Christliche Barmherzigkeit hatte ihn um all dies gebracht. Ein Jongleur und dessen Leman. Bretonen. Owen hatte sie für unabhängiger gehalten als die Waliser. Sie hatten keinen Grund, für die Franzosen zu spionieren. Die Mätresse hatte unverblümt mit den Männern geflirtet, und die Soldaten brachten ihr großes Interesse entgegen. Der Jongleur jedoch hatte nicht viel zu lachen; ihn fanden die Männer weniger unterhaltsam. Einzig Owen verstand seine bretonischen Lieder, wenn auch nur mit Mühe. Die Sprache war eine Mischung aus Cornish und Französisch. Die Männer wurden aufsässig. Den Jongleur umzubringen, hätte ihnen großen Spaß bereitet. Owen trat dafür ein, ihn in Frieden zu lassen. Und er setzte sich durch.

Zwei Nächte später drang der Jongleur in das Lager ein und schlitzte den wertvollsten Gefangenen die Kehlen auf, jenen, für deren Freilassung die Franzosen hohe Lösegelder gezahlt hätten. Owen faßte den Mann. *Undankbarer Bastard. Hat man dir denn nicht Gnade erwiesen?* Von hinten näherte sich die Mätresse. Owen wirbelte herum. Ein Hieb, der auf sein Genick gezielt war, traf statt dessen sein linkes Auge. Schreiend rammte er sein Schwert in ihren Bauch, riß es wieder heraus und drehte sich um, konnte den Jongleur zu seiner Linken aber nicht sehen, der auf seine Schulter einstach. Dank seiner trainierten Muskeln war Owen jedoch in der Lage, ein Breitschwert auch mit einer Hand zu führen, und es gelang ihm, die Schulter des Mannes bis zum Hals hin aufzuschlitzen. Als die beiden Bretonen in ihrem eigenen Blut am Boden lagen, sank auch Owen nieder und begann sich vor Schmerzen zu krümmen. Dies war seine letzte soldatische Handlung gewesen.

Was also nun?

Er mußte alles wieder von neuem erlernen. Bis jetzt hatte er sich darüber noch keine Gedanken gemacht, sondern darauf gehofft, die Erblindung möge vorübergehender Natur sein. Eine kurzzeitige Unpäßlichkeit, wie alle bisherigen Verwundungen. Wenn er auf ein Hindernis stieß, das er nicht gesehen hatte, tat er es achselzuckend ab, betrachtete es als kleine Buße für seine vielen Sünden, als eine Lektion in Demut. Doch die Lektion war nicht einfach zu lernen. Vertraute Gegenstände erschienen ihm fremd. Die Welt wirkte schief. Wenn er blinzelte, zwinkerte sie zurück.

Owen begriff, wie wertvoll es war, zwei Augen zu haben. Bei zwei funktionierenden Augen hatte es sein Sehvermögen nicht beeinträchtigt, wenn in eines ein Staubkorn eingedrungen war. Es war lediglich eine kleine Störung des Wohlbefindens gewesen. Nun aber machte ihn dies hilflos wie ein Kleinkind.

Völlige Dunkelheit. Er wußte, daß es soweit kommen konnte. Auch zu sterben lag im Bereich des Möglichen.

Alles hatte sich verändert.

Der alte Herzog hatte die Meinung vertreten, auch wenn Owen ein Auge verloren habe, sei er noch nicht unnütz geworden – wenn ein Bogenschütze zielte, hielt er schließlich auch immer ein Auge geschlossen. Doch Owen betrachtete seine Erblindung als Ergebnis seines fehlerhaften Verhaltens und die Schulterwunde als die unvermeidliche Folge seiner Erblindung. Ein einäugiger Mann war verwundbar. Er würde die Sicherheit jener gefährden, die mit ihm kämpften.

Lancaster überließ ihn eine Zeitlang sich selber, dann bereitete er ihm eines Tages eine Überraschung. »Ihr habt eine natürliche Begabung als Mime, Owen Archer. In meinen Diensten habt Ihr Euch als tapferer Ritter erwiesen. Ihr habt einen rauhen Akzent, wie er bei den Bewohnern der Grenzmarschen üblich ist. Ihr wärt besser ein freier Mann denn ein Bediensteter eines Herrn. Niemand kann über Euch verfügen, Ihr habt keine

Familienehre zu verteidigen, Ihr müßt nicht durch Geheimbündnisse Macht zu erringen versuchen. Ich kann Euch vertrauen. Nach ein wenig Ausbildung könntet Ihr mein Informant werden. Was haltet Ihr davon?«

Owen legte seinen Kopf schief wie ein Vogel und musterte mit dem gesunden Auge seinen Herrn. Lancaster verfügte über einen eigenartigen Humor und verstand es meisterhaft, seine Stimme nüchtern und ausdruckslos zu halten, ohne einen Anflug von Gefühlen. Doch in diesem Moment war der Blick des Herzogs außergewöhnlich ernst.

»Ich soll Euer Spion werden?«

Der alte Herzog grinste. »Eine weitere Eurer Tugenden. Immer gerade heraus und gleich zum Kern der Sache kommen.«

»Ein einäugiger Spion erscheint mir als ebenso nutzlos wie ein einäugiger Bogenschütze, Mylord.« Besser, er sagte es gleich selbst, bevor jemand anderes es tun würde.

»Ganz zu schweigen davon, daß er mit seiner Lederklappe und seiner häßlichen Narbe sofort auffällt.« Der Herzog kicherte über seine Bemerkung. »Euer untypisches Aussehen wird Eure beste Tarnung sein.«

»Ein interessanter Gedanke«, erwiderte Owen.

Der alte Herzog warf seinen Kopf zurück und brüllte vor Lachen. »Mit der Zurückhaltung eines Bediensteten formuliert. Ausgezeichnet!« Plötzlich wurde Lancaster wieder ernst und beugte sich nach vorne. »Mein Schwiegersohn hat mich einen meisterhaften Taktiker genannt. Und das bin ich auch, Owen Archer. Man behauptet die Macht nicht, indem man beim König seine Aufwartung macht und in die Schlachten zieht. Ich brauche vertrauenswürdige Spione. Ihr wart sehr wertvoll für mich als Hauptmann der Bogenschützen. Doch als mein Informant könntet Ihr von noch größerem Wert für mich sein. Allerdings müßt Ihr dazu wissen, was gespielt wird und wer die Spieler sind. Ihr müßt es verstehen, sowohl in den Menschen als auch in ihren Briefen zu lesen. Wollt Ihr Euch der Mühe unterziehen, dies zu lernen?«

Ein Spion arbeitete allein. Owens Behinderung würde niemand anderem als ihm selbst schaden können. Der Vorschlag sagte ihm zu. »Ja, Mylord. Gerne.«

Gott meinte es gut mit ihm. Owen verbrachte die Nacht in der Kapelle und sprach Dankgebete. Nun bot sich ihm wieder eine Chance, sich nützlich zu machen.

Zwei Jahre später stand Owen in der Kirche von Westminster Abbey, um der Totenmesse für den alten Herzog beizuwohnen. Gott hatte ihn zu sich gerufen und Owen dadurch einen erneuten Schlag versetzt. Er konnte sich nicht vorstellen, daß der Herzog irgendwelche Vorkehrungen für seine Zukunft getroffen hatte. Wäre das Herzogtum an einen Sohn Lancasters übergegangen, dann hätte sich vielleicht noch eine Möglichkeit geboten. Aber der Herzog hatte nur Töchter gehabt. Der neue Duke of Lancaster, John of Gaunt, war der Schwiegersohn des alten Herzogs, Ehemann seiner Tochter Blanche, doch er war zudem der Sohn von König Edward und aufgrund dessen schon ein mächtiger und einflußreicher Fürst. Von ihm konnte man schwerlich erwarten, einen einäugigen Waliser zu beschäftigen. Owen hatte in den letzten Tagen viel über seine Zukunft nachgedacht. In den Diensten des Herzogs hatte er einige Ersparnisse ansammeln können. Am besten würde es wohl sein, so hatte er sich überlegt, wenn er sich nach dem Kontinent einschiffen und dann nach Italien weiterreisen würde. Ein Land mit vielen Fürsten und vielen Händeln und Intrigen. Irgend jemand würde dort schon Verwendung für ihn haben.

Er übte hart, bis sein gutes Auge zu ermüden begann und seine Arme und Schultern schmerzten. Er konnte immer noch gut schießen, fast so gut wie früher. Doch auf der Linken war er verwundbar. Er trainierte das Schießen von der Pferdekruppe aus, und er kräftigte seine Nackenmuskeln, damit er flink herumschnellen konnte.

Und dann ließ John Thoresby, Lordkanzler von England und Erzbischof von York, nach ihm schicken. Thoresby hielt sich in

London auf, um für den König verschiedene Angelegenheiten zu erledigen. Owen sollte ihn in Kentilmore aufsuchen.

Owen nahm den Becher entgegen, der ihm angeboten wurde, und probierte den Wein. Er hatte noch keinen besseren Wein geschmeckt, nicht einmal an der Tafel des Herzogs. Der Lordkanzler und Erzbischof von York behandelte ihn sehr nobel. Owen konnte sich nicht denken, was er von ihm wollte.

John Thoresby lehnte sich in seinem Sessel zurück. Er nippte mit stillem Vergnügen an seinem Wein. Im Ofen prasselte ein Feuer und erwärmte das private Vorzimmer. Wandteppiche fingen das Leuchten der Flammen auf und schickten ihre warmen Farben in den Raum.

Owen konnte mit seinem einen Auge die Wandteppiche nicht betrachten, ohne daß es auffiel. Er mußte dazu seinen Kopf drehen, insbesondere für die Teppiche auf der linken Seite. Es gab nur eine Lösung. Es auffällig tun. Dem Manne schmeicheln, indem man seine Besitztümer pries. Er wendete seinen Kopf und ließ sein Auge durch den Raum wandern. Es begann mit einer Eberjagd, die bei der linken Tür anfing, durch den ganzen Raum führte und schließlich mit einem Festgelage in der Großen Halle endete, wo der Kopf des Tieres dem Sieger überreicht wurde. Die einzelnen Wandteppiche bildeten ein Ensemble, das genau für diesen Raum zusammengestellt worden war. »Diese Wandteppiche sind wundervoll. Eine normannische Arbeit, vermute ich. Das dichte Gewebe und das tiefe Grün. Ganz gewiß normannisch.«

John Thoresby lächelte. »Wie ich sehe, habt Ihr nicht Eure gesamte Zeit in der Normandie auf dem Schlachtfeld zugebracht.«

»Und Ihr die Eurige nicht nur mit Verhandlungen.« Owen grinste. Er wollte nicht den Eindruck erwecken, er lasse sich dadurch einschüchtern, daß der Lordkanzler ihm die Ehre hatte angedeihen lassen, ihn in seinen Räumen zum Wein einzuladen.

»Ihr seid ein tapferer walisischer Mann, Owen Archer. Und anpassungsfähig. Als der alte Herzog mich bat, Euch in meine Dienste zu stellen, meinte ich zunächst, die Schmerzen hätten seinen Verstand verwirrt. Er starb nicht friedlich, wie Ihr wohl wißt.«

Owen nickte. Lancaster hatte einen langen Todeskampf geführt. Master Roglio hatte gesagt, das Fleisch des Herzogs habe sich von innen heraus selbst verzehrt, so daß er am Ende nur mehr Wasser zu sich habe nehmen können, das seinen Körper wieder als ein blutiger Ausfluß verlassen habe. Owen war tief bewegt, daß sein Herr sich im Todeskampf noch seiner erinnert hatte.

»Er hat Euch gelehrt, zuzuhören, zu beobachten und wenn Ihr etwas in Erfahrung gebracht hattet, dies für Euch zu behalten.« Thoresby beobachtete Owen über den Rand seines Bechers hinweg. »Ist das richtig?«

»Ja, Mylord.«

»Soviel Vertrauen müßte einen gewöhnlichen Bogenschützen überwältigt haben.« Thoresby hielt seine Augen unverwandt auf Owen gerichtet.

Der Erzbischof war nicht schwer zu durchschauen. Mit Ehrlichkeit würde Owen bei ihm am weitesten kommen. »Als ich auf einem meiner Augen erblindete, glaubte ich, ich würde sterben. Das Vertrauen, das mein Herr in mich setzte, hat mich aus meiner tiefen Verzweiflung gerettet. Er hat meinem Dasein wieder einen Sinn gegeben, als ich schon alles verloren glaubte. Ich verdanke ihm mein Leben.«

»Ja.« Thoresby nickte. »Doch mir verdankt Ihr nichts. Ich erwäge lediglich, einem alten Kameraden eine Bitte zu erfüllen.«

»Ihr hättet die Bitte ignorieren können, und nur Gott hätte davon gewußt.«

Thoresby verzog eine Augenbraue. Ein Lächeln spielte auf seinen Lippen. »Der Erzbischof von York soll einen Mann, der auf dem Totenbett liegt, hintergehen?«

»Wenn er zu der Überzeugung gekommen ist, daß dies besser ist für die ihm anvertraute Seele.«

Thoresby stellte seinen Becher ab und lehnte sich nach vorn, wobei er seine Hände auf die Knie stützte. Der Ring des Erzbischofs glänzte an seinem Finger. Die Amtskette des Kanzlers glitzerte im Feuerschein. »Ihr amüsiert mich, Owen Archer. Ihr gebt mir Grund zu glauben, daß ich Euch vertrauen könnte.«

»Als Erzbischof oder als Lordkanzler?«

»Beides. Es geht um York. Und um zwei vor ihrer Zeit verstorbene Männer im Kloster St. Mary. Ihr kennt das Kloster?«

Owen schüttelte den Kopf.

»Gut. Ich möchte jemanden damit beauftragen, der unvoreingenommen ist. Stellt Nachforschungen an, deckt die Tatsachen auf und berichtet mir darüber.« Der Erzbischof goß sich Wein nach und bedeutete Owen, es ihm gleichzutun. »Wir bedienen uns selbst. Ich wollte vermeiden, daß uns bei dieser Unterredung heute abend jemand belauscht.«

Owen goß sich ebenfalls nach und lehnte sich zurück, um sich die Geschichte anzuhören.

»Ich muß Euch sagen, daß der neue Duke of Lancaster ebenfalls Interesse an Euch zeigt. Ihr würdet ein gutes Los ziehen mit Gaunt. Es wäre eine sichere Zukunft für Euch – sicherer jedenfalls als bei mir. Ich bin in meine Ämter gewählt, er ist der Sohn des Königs und auf Lebenszeit Duke of Lancaster. Ich sage Euch dies, weil Ihr noch Gelegenheit haben werdet, mit ihm zu sprechen. Einer der beiden Männer, um die es geht, war einer von Gaunts Leuten.«

Owen dachte über den Hinweis nach. Gaunt war gefährlich und bekannt für seine Hinterhältigkeit. Owen konnte sich gut vorstellen, mit welcher Art von Arbeit Gaunt ihn beauftragen würde. Ihm zu dienen würde eine Ehre sein, aber nicht ehrenhaft. Nicht für Owen. Gewiß hatte Gott ihn nicht errettet, damit er nun eine derartige Arbeit verrichten sollte.

»Es schmeichelt mir, daß zwei solch mächtige Männer mir eine Beschäftigung anbieten, und ich danke Euch dafür, daß Ihr mir die Möglichkeit gebt, eine Wahl zu treffen. Doch ich ziehe es vor, dem Erzbischof und Lordkanzler zu dienen. Ich tauge eher für die Arbeit in Euren Diensten.«

Thoresby legte den Kopf schief. »Also nicht ehrgeizig, wie ich sehe. Ihr seid ein Gaukler auf der Bühne, auf der Ihr Euch gegenwärtig bewegt. Seht Euch vor.« Sein Blick war ernst, fast besorgt.

Eine Welle des Schmerzes zuckte durch Owens erblindetes Auge, wie eine Attacke von Hunderten heißer, scharfer Nadelstiche. Er hatte gelernt, diese Anfälle als Warnung zu akzeptieren. »Ich bin ein vorsichtiger Mann, der weiß, wo sein Platz ist, Mylord.«

»Das glaube ich auch, Owen Archer. In der Tat.« Thoresby erhob sich, stocherte eine Weile im Feuer herum und kehrte dann zu seinem Sessel zurück.

Owen stellte seinen Becher ab. Er wollte einen klaren Kopf behalten.

Auch Thoresby schob seinen Becher beiseite. »Die mysteriöse Geschichte beginnt folgendermaßen: Sir Geoffrey Montaigne, einer der letzten Gefolgsleute des Schwarzen Prinzen, unternimmt eine Pilgerreise nach York, um für seine Sünden Abbitte zu leisten. Wir wissen nicht, wegen welcher Sünden, denn während er in den Diensten des Schwarzen Prinzen stand, gab Montaignes Verhalten keinerlei Anlaß zu Tadel. Vielleicht für irgendwelche Sünden aus seiner Vergangenheit. Bevor er in die Dienste des Schwarzen Prinzen getreten war, hatte er für Sir Robert d'Arby von Freythorpe Hadden gekämpft, einen kurzen Ritt von York entfernt. Daß Montaigne in York das Kloster St. Mary als Ziel seiner Pilgerreise wählte, spricht dafür, daß es sich um ein Vergehen während seiner Zeit bei d'Arby gehandelt haben könnte. Gut. Er trifft kurz vor Weihnachten in York ein und erkrankt nach wenigen Wochen an Lagerfieber. Der Ritt nach Norden hatte eine alte Wunde wieder aufbrechen lassen, was ihn geschwächt und ein Fieber wieder hervorgerufen hatte, unter dem er schon in Frankreich gelitten hatte – alles nach Angaben des Arztes der Krankenstation des Klosters, Bruder Wulfstan. Drei Tage später ist Montaigne tot.«

Thoresby legte eine Pause ein.

Owen konnte bei dieser Geschichte nichts Seltsames erkennen. »Lagerfieber ist häufig tödlich.«

»In der Tat. Ich habe gehört, daß Ihr nach Eurer Verwundung dem Lagerarzt geholfen habt. Hattet Ihr viele Fälle von Lagerfieber in Behandlung?«

»Ja, viele.«

»Master Worthington hat Eure hingebungsvolle Arbeit gerühmt.«

»Ich bin auch selbst vor einigen Jahren an dem Fieber erkrankt. Ich wußte, was sie durchzumachen hatten.«

Der Erzbischof nickte. »Um den Tod Montaignes wäre kein großes Aufheben gemacht worden, hätte es nicht binnen eines Monats einen weiteren Todesfall im Kloster gegeben. Sir Oswald Fitzwilliam of Lincoln, ein häufiger Gast im Kloster, der hier die Vergebung von Sünden zu erreichen suchte, die man nur allzuleicht erraten konnte, wenn man ihn kannte. Kurz nach Dreikönig erkrankt er an Winterfieber. Es verschlimmert sich. Er schwitzt überreichlich, klagt über Schmerzen in den Gliedmaßen, kann kaum noch sprechen und hat Fiebervisionen. Nach ein paar Tagen stirbt er. Ein ähnlicher Tod wie bei Montaigne.«

»Ein ähnlicher Tod? Aber das sah nicht aus wie Lagerfieber.«

»Das Ende von Montaigne war sehr ähnlich.«

»Hat der Arzt sie vergiftet?«

»Das glaube ich nicht. Das wäre zu offensichtlich.« Thoresby griff zu seinem Becher und nahm einen Schluck.

»Verzeiht mir, Euer Gnaden, aber wie kamt Ihr dazu, Euch mit dieser Angelegenheit zu beschäftigen?«

Der Erzbischof seufzte. »Fitzwilliam war mein Küster, bis er in die Jahre kam. Eine schmerzliche Fehlentscheidung von mir. Er erwies sich als gierig und verschlagen. Ich habe das ganze Gewicht meines Amtes eingesetzt, um dafür zu sorgen, daß Gaunt ihn in seine Dienste nahm. Damit habe ich mir nicht viele Freunde gemacht. Ich vermute, mein Küster wurde vergiftet. Ich kann nicht behaupten, daß ich um ihn trauere, doch ich möchte wissen, wer ihn ermordet hat.«

»Und Montaigne?«

»Ah. Soweit ich weiß, war er ein gottesfürchtiger Mann, der

keine Feinde hatte. Vielleicht hat sein Tod gar nichts mit dieser Sache zu tun.« Der Erzbischof lehnte sich zurück und schloß die Augen. »Doch das glaube ich nicht. Die Fälle sind viel zu ähnlich.« Er warf einen Blick auf Owen. »Wurde er versehentlich vergiftet?« Er zuckte mit den Schultern. »Oder konnte er seine Absichten besser verbergen als Fitzwilliam?« Er lächelte. »Da gibt es noch einen interessanten Punkt. Montaigne hat in St. Mary seinen Namen nicht genannt. Er gab sich schlicht als Pilger aus. Einfach und bescheiden. Oder doch auch verschlagen?«

Eine nicht uninteressante Aufgabe. Owen fand Gefallen daran. »Welche Nachforschungen habt Ihr bislang angestellt?«

»Ich habe einige Fragen gestellt und dabei in Erfahrung gebracht, daß Abt Campian der Ansicht ist, beide seien eines natürlichen Todes gestorben. Besser gesagt, er hofft, sie seien es. Er fürchtet, wir könnten dem Doktor seiner Krankenstation, Bruder Wulfstan, etwas anzuhängen versuchen. Und der Erzdiakon von York hat mir versichert, daß, falls hier etwas nicht mit rechten Dingen zugegangen sei, sein Ablaßkrämer davon wissen würde. Ich übergebe die Angelegenheit Euch, Owen Archer. Vergeßt diese Aussagen. Beginnt ganz von vorne.«

»In welcher Verkleidung soll ich mich in York präsentieren?«

»Ich glaube, am tauglichsten wäre etwas, das der Wahrheit so nahe wie möglich kommt. Stellt Euch als Soldat vor, der die Lust am Töten verloren hat und ein neues Leben beginnen möchte. Seht Euch in der Stadt nach einer ehrlichen Arbeit um, mit einem kleinen Empfehlungsschreiben Eures verstorbenen Herrn, das Euch weiterhelfen wird. Johannes, mein Sekretär, wird dies vorbereiten, bis Ihr in York eintrefft. Ihr werdet selbstverständlich auch mit den nötigen Geldmitteln ausgestattet werden. Meldet Euch bei Johannes, wenn Ihr ankommt und auch, wann immer Ihr etwas braucht. Üblicherweise würde sich der Erzdiakon von York um diese Angelegenheit kümmern, doch ich möchte nicht, daß er von Eurer Aufgabe erfährt.«

»Verdächtigt Ihr ihn?«

Thoresby lächelte. »Zum gegenwärtigen Zeitpunkt verdächtige ich noch jeden.«

»Bis auf Johannes.«

Thoresby nickte.

»Und wie soll es weitergehen, wenn ich meine Aufgabe erfüllt habe?«

»Das werden wir sehen.«

Owen verließ den Erzbischof mit gemischten Gefühlen. Nun mußte er sich nicht nach Italien einschiffen. Er hatte ein interessantes Rätsel zu lösen. Doch es war eine geistige Herausforderung, keine körperliche. Nach Anhaltspunkten suchen, Menschen der Lüge überführen. Nicht gerade seine stärksten Seiten. Das bereitete ihm ein wenig Sorgen. Noch mehr Kopfzerbrechen allerdings machte ihm, daß er vorgeben sollte, die Lust am Töten verloren zu haben. Glaubte der Erzbischof etwa, dies würde den Tatsachen entsprechen? Keinesfalls. Für eine gerechte Sache würde er ohne weiteres töten können. Er hatte nicht seine Nerven verloren. Hielt der Erzbischof ihn vielleicht für einen Feigling? Sein Gesicht rötete sich.

Aber nein. Der Erzbischof würde gewiß keinen Feigling anheuern. Er mußte sich diesen Gedanken aus dem Kopf schlagen. Zweifel würden ihn nur davon abhalten, sein Bestes zu geben. Und er mußte Erfolg haben. Erfolg würde ihm seine Zukunft in England sichern. Gott hielt immer noch eine schützende Hand über ihn.

Kapitel 2

Der Schritt in den Irrgarten

Am nächsten Morgen machte sich Owen erneut auf nach Kenilworth. Gaunt war zu Weihnachten mit seinem Gefolge im Schloß abgestiegen und hatte seinen Aufenthalt dort verlängert, weil die Straßen noch zu schlammig waren für seine schweren Wagen, die vollgeladen waren mit Haushaltsgegenständen. Owen hoffte, einer seiner alten Waffenbrüder, die nun in Gaunts Diensten standen, würde Fitzwilliam gekannt haben. Er hatte die Verbindungen zu seinen alten Freunden abgebrochen, als er Spion geworden war, denn er wollte durch nichts an die vergangenen Zeiten erinnert werden.

Als er spät am Nachmittag im Schloß ankam, waren seine Freunde, die den ganzen Tag die jungen Rekruten trainiert hatten, gerade dabei, sich auszuruhen. Bertold, sein Nachfolger als Hauptmann der Bogenschützen, begrüßte ihn herzlich. Bei ihm befanden sich Lief, Gaspare und Ned. Alle fünf hatten sie früher in Frankreich gekämpft. Bertold und Lief hatten Owen blutend und vor Schmerzen fast besinnungslos neben den Leichen des Jongleurs und seiner Leman gefunden.

Die vier Bogenschützen saßen um einen rauchenden Ofen in Bertolds Quartier herum, einem kleinen, aber abgeschlossenen Raum, der zu den Vorzügen gehörte, die mit der Position eines Hauptmanns in Lancasters Heer verbunden waren. Sie hatten ein kleines Fäßchen Bier geöffnet.

»Du hast dich nicht um einen Deut verändert, seit du Hauptmann geworden bist.« Owen zog an Bertolds zottigem schwarzem Haar, das mit einem schmierigen Lederriemen nach hinten gebunden war, während einige wilde Strähnen, die sich nicht bändigen ließen, in sein von Narben übersätes Gesicht fielen.

»Kein Grund, sich besonders herauszuputzen, wenn man Bogenschützen ausbildet«, brummte Bertold. »Wir haben's hier nicht mit feinen Herren zu tun.«

»Du sagst es«, erwiderte Owen.

Der großäugige Ned erhob seinen Humpen, um Owen zu begrüßen. »Mit dieser Augenklappe wirst du nie wie ein feiner Herr ausschauen.«

»Stimmt. Aber den Damen gefällt's.«

Alle lachten, und Gaspare machte neben sich Platz auf der Bank. Er wußte um die Schwäche der Frauen für Narben an den richtigen Stellen. Er war groß, gutaussehend, hatte breite Schultern und hatte schon manch eine Frau dadurch verführt, daß er sie gebeten hatte, die Narbe zu küssen, die von einem seiner Ohren bis zu den Lippen verlief, wo ein Messer seine unauslöschliche Spuren hinterlassen hatte, und sie dann gefragt hatte, ob sie denn auch sehen möchte, wohin die Narbe sich von seiner Brust aus fortsetze. »Bei den Damen, die an den hohen Tischen sitzen, brauchst du dir nicht viele Chancen auszurechnen. Diese Damen stehen über uns.«

»Sie haben nach oben geheiratet. Das wäre auch noch eine Möglichkeit.«

Alle lachten.

»Du hast also keine Sehnsucht mehr nach dem Soldatenleben?« fragte Gaspare.

Diese Frage kam wie ein Hieb, doch Owen entschied sich, sie zu überhören. »Wie sind die neuen Rekruten?«

»Weich wie immer«, knurrte Bertold.

Lief, ein großgewachsener Mann aus dem Norden, beschäftigte sich damit, ein Schilfrohr auszuhöhlen. Owen betrachtete seine großen, dicken Finger und war aufs neue erstaunt über die Behendigkeit, mit der dieser Mann sie einsetzte. »Sie entwickeln sich ein bißchen langsamer als zu der Zeit, in der du sie noch ausgebildet hast. Gibt keine walisischen Geschichten mehr, um sie aufzuheitern.« Lief hielt seine Augen auf seine Arbeit gerichtet. Owen sah, wie er hinter seinem roten Bart lächelte.

Bertold reichte Owen einen Humpen. »Scheint, du könntest einen Krug voll vertragen.«

Owen nahm ihn dankbar entgegen und trank ihn in einem

Zug leer. Seine Freunde applaudierten und klopften ihm auf die Schultern.

»Du redest zwar ein bißchen geschwollen daher, aber du trinkst immer noch wie einer von uns. Bringst du gute Nachrichten?« fragte Bertold dann ein wenig ernster. »Ich will dir gern anbieten, diese undankbare Aufgabe wieder zu übernehmen. Ich habe nie darauf gedrängt, Hauptmann der Bogenschützen zu werden.«

»Tut mir leid, alter Freund. Ich werde zu einer Mission in den Norden aufbrechen, und ich wollte vor meiner Abreise meine alten Kameraden noch einmal sehen.«

Lief blies in das Schilfrohr, um es zu reinigen, hielt es über das Feuer und blickte hindurch, dann ließ er es sinken und beugte sich zu Owen hinüber. »Was für dringende Angelegenheiten hat denn Gaunt im Norden zu erledigen? Es geht um die Highlander, habe ich recht?« fragte er mit gedämpfter Stimme.

»Ich arbeite nicht für ihn«, antwortete Owen. »Sondern für den Lordkanzler und Erzbischof von York.«

»Für Thoresby?« Gaspare klang überrascht.

»Ja.«

Bertold schüttelte den Kopf. »Bei Kirchenmännern weiß man meistens nicht, woran man ist. Wie kommt es, daß du jetzt für den arbeitest?«

»Der alte Herzog hat mich Seiner Eminenz empfohlen.«

Ned musterte ihn gedankenvoll. »Das Auge ist nicht mehr besser geworden?«

Owen schüttelte den Kopf. »Und es wird sich auch nicht mehr bessern.«

»Du könntest immer noch als Hauptmann der Bogenschützen arbeiten«, sagte Bertold ruhig.

»Ich habe meine Meinung darüber nicht geändert. Und ich werde sie auch nicht ändern.«

Bertold zuckte mit den Achseln.

»Außerdem habe ich für seine alten Freunde Neuigkeiten über Sir Oswald Fitzwilliam. Wißt Ihr, wo sie sich aufhalten könnten?«

Bertold runzelte die Stirn. »Neuigkeiten über Fitzwilliam?«

»Jawohl.«

»Was hat der Schweinehund jetzt wieder angestellt?« schnarrte Lief.

»Er ist tot.«

Ned beugte sich nach vorn. »Tatsächlich? Und wem verdanken wir das?«

»Kann ich nicht sagen. Lagerfieber. Ein schwerer Anfall hat ihm im Kloster St. Mary in York den Garaus gemacht.«

»Pah.« Lief spuckte auf das Schilf zu seinen Füßen. »Wann ist der denn einmal in die Nähe eines Lagers gekommen, das würde ich gern wissen?«

»Er ist also nicht in Kämpfe verwickelt gewesen?«

Ned lachte. »Hängt davon ab, was du damit meinst. Dadurch, daß er immer seine Nase in Dinge gesteckt hat, die ihn nichts angingen, hat er genug Nahkampferfahrung gesammelt.«

»War er ein Spion?«

Alle wurden still.

»Ich nehme es euch nicht übel. Als ich noch einer von euch war, hatte ich keine Zeit, mich mit Spionen zu beschäftigen.«

Bertold schlug ihm auf den Oberschenkel. »Du wirst immer einer von uns bleiben.«

Owen hob seinen Humpen in die Höhe. »Dann schenkt mir noch einmal nach.«

Sie tranken weiter, während sie ihre Unterhaltung fortsetzten.

»Fitzwilliam ist also wirklich tot?« fragte Ned und kam damit wieder auf Owens Mitteilung zurück.

»Das hat man mir erzählt.«

Lief spuckte ein weiteres Mal auf das Schilf. »Wirklich ein Glücksfall.«

»Hast du Schwierigkeiten mit ihm gehabt?«

»Schwierigkeiten? Alles, was der angefaßt hat, hat zu Schwierigkeiten geführt.«

Ned gab Lief einen Tritt an den Stiefel. »Immer noch Kummer wegen der schönen Alice?«

»Diese Hure. Besser, daß ich sie los bin. Irgendwann hätte sie mich wahrscheinlich im Schlaf erstochen. So eine war das.«

Gaspare lehnte sich zu Owen hinüber. »Er wollte sie heiraten. Bis er den alten Hurensohn in ihrem Bett entdeckt hat.«

Lief sprang brüllend auf, um mit den Fäusten auf Gaspare loszugehen. Bertold stieß ihn zurück auf die Bank.

»Das dumme Mädchen. Mit Lief wäre sie besser dran gewesen.«

»Hat Fitzwilliam sie geheiratet?«

»Geheiratet?« Bertold grinste. »Er war der Küster deines neuen Herrn. Warum sollte er ein Mädchen wie Alice heiraten, eine Küchenmagd?«

»Aha.«

»Ich habe Männer kennengelernt, die schlimmer waren als er.« Gaspare zuckte mit den Schultern. »Aber wieso kennst du ihn? Als er hierhergekommen ist, warst du am Tisch schon einen Platz höhergerückt.«

»Ich habe an Thoresbys Tisch von ihm gehört. Wie du gesagt hast, er war der Küster seiner Eminenz.«

»Was wollte er in einem Kloster?« fragte Lief.

»Es hieß, er hätte eine Pilgerreise nach York unternommen.«

»Ja«, sagte Gaspare. »Er ist vor Weihnachten abgereist. Bevor wir das Savoy verlassen haben.«

»So lang ist das schon her? Er ist erst viel später in York eingetroffen.«

Ned schüttelte den Kopf. »Nur ein Schwachkopf wie er reist mitten im Winter in den Norden.«

»Ja«, bestätigte Bertold. »Die Herzogin hat Lord March als verrückt bezeichnet, weil er diese Reise auf sich genommen hat, um seine Frau zu holen.«

»Da könnte doch schon eine Geschichte dahinterstecken«, meinte Ned. »Fitzwilliam hat Lady March gut gekannt. Er reist in den Norden, um sie zu besuchen, der Ehemann folgt. Bist du sicher, daß das Lagerfieber ihn umgebracht hat?«

»So hat man es mir erzählt. Aber ich habe nichts von dieser Dame gewußt. Hat er sie unterwegs besucht?«

Ned zuckte mit den Schultern. »Wer kann das wissen? Lord March besitzt ein Landgut südlich von York. Zu Weihnachten hat die Herzogin seiner Ehefrau Jocelyn angeboten, in ihren Haushalt einzutreten. Also hat er sich in den Norden aufgemacht, um sie zu holen, obwohl die Herzogin gesagt hatte, daß es für die Dame zu anstrengend sein würde, durch den Schnee und den Frost zu reisen und daß sie auch erst an Ostern bei ihr anfangen könnte. Aber das hat er in den Wind geschlagen, der raffgierige Schweinehund. Denn das Gehalt sollte natürlich erst ab dann gezahlt werden, wenn seine Frau ihre Arbeit im Schloß aufgenommen haben würde. Er hatte Angst, Geld zu verlieren, während sie sich oben im Norden bis Ostern amüsieren würde.«

Gaspare schnaubte. »Amüsieren ist das richtige Wort, wenn es um diese feine Dame geht, jedenfalls nach dem zu urteilen, was man mir erzählt hat.«

Owen schöpfte Hoffnung. Wenn es so einfach zu beweisen sein sollte, daß Fitzwilliam nach Nordengland gereist war, sich dort irgendwo mit Lady Jocelyn getroffen hatte und dann von deren eifersüchtigem Ehemann schwer verwundet worden war, dann würde er seine Nachforschungen abschließen können, ohne sich im Februar ebenfalls auf die beschwerliche Reise in den Norden begeben zu müssen. »Diese Lady Jocelyn hält sich also gegenwärtig in Kenilworth auf?«

»Ja«, sagte Gaspare. »Du kannst sie heute abend in der Nähe des Hohen Tisches unter den anderen Hofdamen sitzen sehen. Und Lord March wird auch nicht weit entfernt sein.«

Lady Jocelyn starrte in die Ferne und machte einen gelangweilten Eindruck, während eine ihrer Begleiterinnen unablässig über das Wetter redete. Owen hätte die hübsche Begleiterin Fitzwilliams Mätresse vorgezogen. Lady Jocelyn hatte ein reizendes, kindliches Gesicht, rund, mit Grübchen und einem Rosenmund versehen, doch ihre Augen waren steinern. Sie beobachtete ihn, als er sich näherte, wahrscheinlich taxierte sie ihn im stillen danach, ob er ihr irgendeinen Nutzen würde bieten können, dachte Owen. Der schmale Mund lächelte.

»Lady Jocelyn.« Er verbeugte sich vor ihr.

Sie legte eine Hand auf ihren Busen, von dem das modisch tiefliegende Dekolleté viel preisgab, wendete ihre Augen für einen Moment ab, richtete sie dann aber wieder auf ihn mit der gespannten Aufmerksamkeit eines Raubtieres. »Ihr seid ein Gast des Herzogs?«

»Ein Gefolgsmann des alten Herzogs. Ich möchte hier meine Habseligkeiten zusammensuchen. Ich stehe nun in den Diensten des Lordkanzlers.«

Diese Bemerkung brachte ein schwaches Leuchten in ihre Augen. Ein Mitglied eines mächtigen Hofes. »Und Euer Name, Sir?«

»Owen Archer, Mylady.«

»Ihr wolltet mich sprechen?«

»Ich habe eine Nachricht für Euch von . . .« – Owen blickte zu der Begleiterin, dann wieder zu Jocelyn – ». . . einem alten Bekannten.«

Ein leichtes Erröten. »Ich fürchte, meine Pflichten füllen meine Tage vollends aus. Ich muß mich um die Garderobe meiner Lady kümmern und ihren Schoßhund am Vormittag spazierenführen, hinaus in den Rosengarten. Allein dies nimmt den größten Teil der Zeit bis zum Mittagsmahl in Anspruch.«

»Dann darf ich es wohl dieser Tätigkeit zuschreiben, daß sie eine solch bezaubernde Röte in Eure Wangen zaubert, obwohl sie Euch kaum zur Ruhe kommen läßt. Vielleicht habe ich das Glück, Euch einmal bei einem Eurer Spaziergänge zu begegnen. Ich spaziere oft umher, um mit meinen Gedanken allein zu sein.« Owen verbeugte sich vor ihr, dann vor ihrer Begleiterin. »Myladies«, sagte er und ging.

Als er sich schon anschickte, in die Nacht hinauszutreten, rief ihm Bertold zu: »Trink einen Humpen mit uns!«

Owen schüttelte den Kopf, denn er wußte, sie würden dann gefühlsselig die alten Tage wieder aufleben lassen und sich betrinken, bis sie kaum noch zu ihren Feldbetten würden zurückstolpern können. Er würde am nächsten Morgen erwachen mit einem teuflischen Hämmern in seinem Schädel und einem Mund, der so trocken sein würde wie der Sand der Wüste. In einem derartigen Zustand wollte er nicht Lady Jocelyn begegnen.

»Ich kann nicht mehr sitzen, mein Freund. Ich muß mir ein bißchen die Beine vertreten, damit ich heute nacht schlafen kann.«

»Dann ein Wort unter Freunden. Sei vorsichtig mit Lady Jocelyn. Lord March ist sehr eifersüchtig. Er drückt ein Auge zu, wenn seine Ehefrau mit den Mächtigen herumturtelt, aber nicht, wenn es sich um einen Angehörigen des Hofstaats handelt, ganz gleich, wie gewählt du dich ausdrücken kannst.«

Bertold hatte ihm den richtigen Köder hingeworfen. Als Owen sich mit seinem Freund zusammensetzte, schickte er ein stummes Gebet gen Himmel, daß es ihm gelingen möge, von Bertold heute abend all das zu erfahren, was er wissen mußte, bevor die Vergangenheit in Form einer riesigen Woge von Bier über sie hereinbrechen würde. In seinem Kopf spürte er schon die anderen Humpen, die er geleert hatte.

»Ich hätte mir eigentlich gedacht, daß die Dame ein bißchen zu rundlich im Gesicht und ein wenig zu langweilig für deinen Geschmack ist«, meinte Bertold.

»Und wo steckt dieser Lord March, vor dem ich mich in acht nehmen soll?«

Bertold deutete mit einem Kopfnicken zu dem Tisch, der links vom Hohen Tisch des Herzogs stand. »Der Glatzköpfige, der das Maul aufreißt.«

Lord March war der Mittelpunkt des Tisches, er beugte sich darüber und brüllte mit rotem Gesicht einem süffisant grinsenden Mann etwas ins Ohr. Er war groß und schlaksig und nach der neuesten Mode gekleidet, mit schier endlos weiten Ärmeln und so engen Beinkleidern, daß jedermann sehen konnte, daß sein Disput ihn nicht nur fesselte, sondern auch erregte.

»Eine imposante Erscheinung.«

»Im Augenblick steht er in der Gunst der richtigen Leute, deswegen würde ich ihm nicht in die Quere geraten.«

»Gaunt fördert ihn?«
»Er hat ein großes Geschick für Verträge.«
»Ich werde aufpassen.«

Die Morgensonne schien warm auf Owens Gesicht, doch die Luft war kalt, und ein scharfer Wind fuhr unter seine Kleider und ließ jene Körperteile frösteln, die die Sonne nicht erreichte. Die Narbe in seinem Gesicht brannte und zog in der kalten, trockenen Luft, und da er der Helligkeit wegen blinzeln mußte, wurde es noch schlimmer. Am liebsten wäre er in das Bett zurückgekehrt, das er in Bertolds Kammer aufgestellt hatte, um den ganzen Tag zu verschlafen, doch er hatte eine Aufgabe zu erfüllen. Als er die Beete im Küchengarten entlangging, spürte er, daß ihn jemand beobachtete, doch der einzige Mensch, den er sehen konnte, war ein alter Diener, der den Weg harkte. Owen blieb mehrmals stehen, um eine Ranke abzubrechen und den Geruch der Kräuter zu riechen. Er bevorzugte würzige, scharfe Kräuter. Seine Mutter hatte ihm im Winter immer einen Brei aus Rosmarin und Salbei zu essen gegeben, um das Blut heiß zu halten. Sie hatte ihn in einem hölzernen Napf zubereitet, dem das ganze Jahr über der Geruch des Breies anhaftete.

Schon lange hatte er nicht mehr daran gedacht. Seltsam, daß der Geruch einer Pflanze ihm das Gefühl vermittelte, er könne die Hand ausstrecken und das Gesicht seiner Mutter berühren. Ihre glatte, weiche Haut. Ihr grobes, lockiges Haar, so ähnlich wie das seine, aber silbern und bronzefarben. Seit zehn Jahren oder länger hatte er sie nicht mehr gesehen. Ihr Haar würde jetzt völlig silbern sein oder weiß. Ihre Wangen und ihre Augen eingesunken. Sie würde alt und müde aussehen. Doch er war sich ziemlich sicher, daß sie noch lebte. Er würde es wissen, wenn sie gestorben wäre, wenn der starke Geist seiner Mutter diese Welt verlassen hätte. Oder etwa nicht? Am besten, er grübelte nicht länger darüber nach.

Die Wege im Rosengarten waren breiter als jene im Küchengarten und wurden von Flußgestein gesäumt. Hier würde die

Herzogin mit ihren Jungfern spazierengehen oder an sonnigen Frühlingstagen sitzen. Die Wege wanden sich nebeneinander her und trafen sich an einer Urne, die leer war bis auf einige trockene Blätter, die auf ihrem Boden umhertanzten. Auf den Beeten waren die braunen Zweige, aus denen im Sommer Knospen hervorbrechen und erblühen würden, mit Stroh bedeckt. Ein Geruch von Fäulnis hing in der Luft. Deprimierend. Er eilte weiter.

Die Buchsbaumhecke, die den Garten begrenzte, war ein willkommenes Ziel. Ihre dunkelgrünen Blätter funkelten wie die Waffen von Männern, die zur Schlacht gerüstet sind. Oder waren die hellen roten Beeren Blutstropfen? Warteten die Soldaten am Ende der Schlacht darauf, daß ihr Herr ihre vielen Verwundungen wahrnehmen und sie freistellen würde, damit sie mit dem Schiff nach Hause fahren konnten? Owen schüttelte diesen Gedanken ab. Mit welch einer Düsternis dieser winterliche Garten seine Seele erfüllte. Oder lag es an dem Bier, das er letzte Nacht getrunken hatte?

Als Owen unter einem Bogen in der Hecke hindurchging, fühlte er erneut Augen in seinem Rücken. Und auch jetzt sah er niemanden, als er sich umdrehte.

Ein gutes Stück vor ihm, auf einem Weg zwischen zurechtgestutzten Obstbäumen, erblickte er Lady Jocelyn, die einen Hund an der Leine führte, der so pummelig war, daß er mit seinem Bauch den Boden säubern konnte, während er dahinwackelte. Ganz offensichtlich bevorzugte der Hund eine langsamere Gangart als die Dame, denn sie zog und zerrte alle paar Schritte an dem juwelenbesetzten Halsband. Lady Jocelyn strebte auf den Irrgarten zu. Owen beschleunigte seine Schritte, um sie nicht zu verlieren. Er war bisher erst einmal im Irrgarten gewesen, und dabei war er zu der Überzeugung gelangt, daß man sich nur in Begleitung von jemandem, der sich gut darin auskannte, in einen Irrgarten begeben sollte. Als er näher kam, wurde der Hund aufmerksam. Er spitzte seine Ohren, begann zu kläffen und scharrte mit den Pfoten im Sand. Lady Jocelyn blickte sich um und winkte kurz, als sie

Owen erkannte, hob dann den bellenden Hund auf und verschwand im Labyrinth.

Owen blieb verblüfft stehen. Hatte sie aus irgendeinem Grund ihre Meinung geändert und wollte nun nicht mehr mit ihm reden? Hatte er sie mißverstanden? Hatte sie ihn mißverstanden? Seine Narbe schmerzte, und im Stehen wurde die Kälte unangenehm bemerkbar. Die Nachwirkungen des Bieres auszuschlafen, wäre vielleicht doch die bessere Idee gewesen. Doch sollte er so leicht aufgeben? Vielleicht sollte er sich zum Eingang des Irrgartens begeben und nach ihr rufen. Wenn sie nicht antwortete, würde er sich umdrehen und verärgert wieder abziehen.

Als er sich näherte, begann der Hund wieder zu kläffen, irgendwo tief drinnen im Labyrinth. Lady Jocelyn hatte also nicht am Eingang auf ihn gewartet. Fast war er schon soweit, wieder umzukehren. Was konnte es noch nutzen, wenn er sie rief? Der kläffende Hund würde ihn wahrscheinlich übertönen. Doch irgendwann mußte er der Dame noch seine Fragen stellen.

Owen trat unter den am Eingang Wache stehenden Eiben hindurch und sah sich unverhofft Lord March gegenüber. In seinem pelzbesetzten Umhang und seiner Pelzmütze sah er viel größer aus als gestern.

»Verfolgt Ihr Lady March?« wollte er wissen. In seiner Stimme lag eine schneidende Schärfe.

»Verfolgen? Dies war nicht meine Absicht, Lord March, doch als ich sie sah, wie sie das kleine Hündchen hinter sich herzerrte, dachte ich, ich könnte ihr vielleicht zur Hand gehen.«

Das Gesicht des Lords kam näher. Owen gefiel seine Farbe nicht. Zu rot für diesen Anlaß. »Ihr wolltet einer jungen Frau, die ohne Begleitung ist, in die Abgeschiedenheit eines Irrgartens folgen?«

Owen war versucht zu lachen. Der Hund hätte schon dafür gesorgt, daß er sich ihr nicht zu weit genähert hätte. Doch stattdessen begann er nach einer beschwichtigenden Antwort zu suchen. In Momenten wie diesem bereute er es, daß er nicht seinen ursprünglichen Plan ausgeführt hatte und als Söldner nach Italien gegangen war. Dort wäre er gewiß nicht in Wortgefechte verstrickt worden. Vielleicht wollte Lord March, daß er sich unterwürfig zeigte. Owen machte eine leichte Verbeugung. »Verzeiht mir. Ich verstehe, was Ihr dahinter vermuten müßt. Ich hatte keineswegs die Absicht, Lady Jocelyns Tugend in irgendeiner Weise in Frage zu stellen.«

Lord March wurde noch röter. Seine lauernden Augen waren nun so nahe bei Owens Gesicht, daß dieser die roten Spuren des Branntweins erkennen konnte, den Lord March am Abend zuvor wohl genossen hatte. »Ihr habt gestern abend am Tisch mit ihr gesprochen.«

Gütiger Gott, das war es also. Mit der Wahrheit hätte er sich am ehesten aus dieser Situation herauswinden können, wäre es nur nicht um Lady Jocelyns verblichenen Liebhaber gegangen. Owen überlegte schnell. »Gestern abend. Ja. Um ehrlich zu sein, dafür wollte ich mich bei ihr entschuldigen. Ihr müßt wissen, meine Kameraden haben mich dazu herausgefordert, an die liebreizende neue Hofdame das Wort zu richten. Sie flößten mir mit Hilfe von Bier Mut ein und schickten mich zu ihr mit der Lüge, sie sei unverheiratet. Sie klärte mich unverzüglich über den wahren Sachverhalt auf. Heute morgen komme ich mir vor wie ein Schwachkopf.«

»Ihr wolltet Euch also mit meiner Gemahlin amüsieren, stimmt das?«

Ein Faustschlag landete in Owens Gesicht. Er konnte es nicht fassen. War Lord March hierhergeschlichen, um sich zu prügeln? Sein Schlag hatte Owen am Kinn getroffen. Nun schien er auf seine Augenklappe zu zielen. Owen fing den Arm ab, der auf ihn zuschwang, und versetzte Lord March einen Hieb auf den Mund. Dadurch wurde er zurückgeworfen, und Owen fand Zeit, seinen Kiefer zu befühlen und sich zu vergewissern, daß eventuelle blaue Flecken unter seinem Bart verborgen bleiben würden. Er wollte sich nicht mit den Anzeichen einer erst kürzlich durchgestandenen Schlägerei auf seine Reise begeben. Man war in den Schenken nicht gern gesehen, wenn man mit blauen Flecken übersät war und auch noch eine Augenklappe trug. Lord March rüstete sich zur nächsten Attacke. Owen packte die Arme des Mannes und war erstaunt, wie leicht es ihm gelang, ihn stillzuhalten.

»Ich hege nicht den Wunsch, diese Auseinandersetzung fortzuführen, Mylord. Ich versichere Euch, Ihr habt keinen Grund, mich anzugreifen. Ich habe Euren Namen in keiner Weise verunglimpft.«

Die Augen des Lord blitzten haßerfüllt. Welch ein verdammtes Pech. Owen hatte gehofft, in dieser Hofgesellschaft so viel über Fitzwilliam herauszufinden, daß sich die Reise in den Norden erübrigen würde. Nun mußte er abreisen, ohne irgend etwas in der Hand zu haben und auch ohne sich sicher fühlen zu können, denn weil er Lord March durch seine körperliche Überlegenheit gedemütigt hatte, würde dieser von nun an sicherlich nichts unversucht lassen, ihn zu töten. Oder zumindest schwer zu verletzen.

»Ihr seid ein Mann von Thoresby, wie ich gehört habe«, sagte Lord March. »Verschwindet zurück nach London und laßt die Finger von meiner Frau, oder ich lasse Euch die Gedärme einzeln herausreißen.«

Owen ließ vorsichtig die Arme des Mannes los, trat ein paar Schritte zurück, verbeugte sich und versuchte es ein weiteres Mal mit einer Erklärung. Doch er erntete nur neues Wutgeheul des offensichtlich übergeschnappten Lords.

Was tun? Wenn Owen sich einfach umdrehen und weggehen würde, könnte der Kerl von hinten mit einer Waffe auf ihn losgehen. Lord March schien nicht mehr so weit bei Sinnen zu sein, daß man annehmen konnte, es würde ihm etwas ausmachen, ob er einen Mann von vorn oder von hinten angriff. Doch auch Stehenbleiben war keine Lösung. Und rückwärts den ganzen Weg durch den Rosengarten zurück zu gehen, erschien ihm auch unklug.

Owen hätte sich gar nicht so viele Gedanken zu machen brauchen. Lord March tat den nächsten Schritt, indem er mit einem Messer auf Owen zustürzte. Der Hieb war gut gezielt und traf eine sehr verwundbare Stelle. Seine linke Schulter.

»Verdammt!« schrie Owen, stieß dem Mann das Messer aus der Hand und versetzte ihm mit aller Kraft, die er aufbringen konnte, einen Schlag in den Magen, denn der Wahnsinnige hatte seine alte Wunde wieder aufgerissen, an deren Heilung er so lange und so hart gearbeitet hatte. Als Lord March sich vor Schmerzen zusammenkrümmte, ließ Owen seine Faust auch noch auf den Kiefer des Mannes krachen. Lord March fiel nach hinten und blieb auf dem Boden liegen, während Blut aus seinem Mund schoß. Wahrscheinlich hatte er sich die Zunge abgebissen.

Owen warf das Messer in die Hecke und marschierte zornig davon, während er eine Hand auf seine verletzte Schulter preßte, um die Blutung aufzuhalten.

Kapitel 3

Das Rauhbein und die Lady

Als Owen zur Waffenkammer gelangte, streifte er seinen Umhang und seine Lederweste ab und stellte erfreut fest, daß es sich bei der Wunde um nichts Ernsthaftes handelte, daß sie schlimmer aussah, als sie in Wirklichkeit war. Sie würde schnell heilen. Gaspare half ihm, sich sauberzumachen und die Wunde zu verbinden, dann schenkte er ihm ein Glas Branntwein ein. »Damit du wieder auf die Beine kommst.«

»Ich habe härter ausgeteilt, als ich einstecken mußte, da bin ich mir sicher. Der Schwachkopf hätte nicht auf mich losgehen sollen. Er ist ein Feigling.«

»Wir haben dich doch gewarnt, dich von Jocelyn fernzuhalten. Der Mann ist von ihr verhext worden. Man sagt, Gaunt hat die Lady in sein Gefolge aufgenommen, damit Lord March hier bei seiner Arbeit bleibt. Er ist immer wieder in den Norden gereist, um sie zu kontrollieren.«

»Um ehrlich zu sein, sie ist beileibe nicht so verführerisch, daß eine derart eifersüchtige Hinwendung zu rechtfertigen ist.«

»Freut mich, das zu hören, Hauptmann. Ich hatte schon Angst, der Verlust des einen Auges könnte dir auch den Verstand geraubt haben, was die Beurteilung von Frauen angeht.«

Owen kippte Gaspare den Rest des Branntweins ins Gesicht.

Lachend machte er sich dann auf den Weg zu Bertolds Kammer, wo er die Salbe hervorholte, die seine Narbe weich und kühl hielt, und reichlich davon auftrug. Dann legte er sich aufs Bett. Er mußte eingenickt sein, denn als er wieder zu sich kam, wurde sein Kopf gerade behutsam auf ein weiches Seidenkissen gebettet.

Lady Jocelyns Rosenmund verzog sich besorgt, doch dann lächelte sie erfreut. Ihre steinernen Augen waren schon viel sanfter geworden. »Hauptmann Archer, ich bin erfreut zu sehen, daß Ihr erwacht seid. Wo wurdet Ihr verwundet?«

Ihr Kleid war gefährlich tief ausgeschnitten, nach der neuesten Mode, und er konnte sehen, wie sich ihre Brüste hoben und senkten, während sie atmete. Sie war aufgeregt. Plötzlich sah er ganz deutlich vor sich, wie es zu dieser Heirat gekommen sein mußte. Sie hatte sich in Schwierigkeiten gebracht, March hatte sie befreit, daraufhin hatte sie ihn geküßt, in ihr Bett gelockt und sich über ihr Opfer hergemacht. Gütiger Herr im Himmel. Owen wünschte, er wäre irgendwo anders als ausgerechnet hier in Bertolds Kammer allein mit einer Frau, die wahrscheinlich ziemlich unangenehm werden würde, wenn sie feststellen würde, daß er nichts von ihr wollte. Und dies alles wäre nicht geschehen, wenn er sie nicht nach Fitzwilliam gefragt hätte.

»Ich bin nicht ernstlich verwundet, doch für den Mund Eures Gatten kann ich nicht bürgen.«

»Er wird für ein paar Tage Schwierigkeiten beim Essen haben, doch es wird sich wieder richten.«

»Ich weiß nicht, weshalb er derartig aufgebracht war, und es hat auch nichts geholfen, daß ich ihm erklärte, warum ich mit Euch zu sprechen wünschte.«

»Ja, der alte Freund ...«

»Sir Oswald Fitzwilliam.«

»Ozzie?« Sie legte eine Hand auf ihre weiße Brust. »Ihr habt etwas von ihm gehört?«

»Ich habe eher etwas über ihn gehört, Mylady. Fitzwilliam ist tot.« Ihre Augen weiteten sich. Owen setzte sich auf und ergriff ihre Hand. »Verzeiht mir, daß ich Euch mit dieser Nachricht schockiert habe, doch ich wußte nicht, wie ich es Euch auf schonendere Weise hätte beibringen können.«

»Ozzie.« Sie schüttelte den Kopf. »Ich habe ihn doch noch gesehen, als ... Wer hat ihn umgebracht?«

Hier war es wieder, die Annahme, Fitzwilliam sei ermordet worden, einer seiner unzähligen Feinde habe ihm den Garaus gemacht. Owen begann zu zweifeln, ob es ihm jemals gelingen würde, das Durcheinander im Leben dieses Mannes zu entwirren und herauszufinden, ob und wenn ja, von wem er ermordet wurde. »Ihr habt damit angefangen, daß Ihr ihn noch gesehen hättet. Wann habt Ihr ihn zum letzten Mal gesehen? An Weihnachten? Hat er Euch vielleicht auf dem Weg nach York besucht?«

Sie wendete den Blick ab. »Er war ein alter Freund.«

»Ein Freund der Familie? Hatte ihm Lord March vielleicht eine Botschaft für Euch mit auf den Weg gegeben?«

»Ja, natürlich. Was dachtet Ihr denn?«

»Dann hätte ich mir den Bluterguß und die Wunde erspart, wenn ich Eurem Gemahl gegenüber Fitzwilliam erwähnt hätte.«

Sie blickte ihn erschreckt an. »O nein. Nein, ich bin Euch sehr dankbar, daß Ihr nichts gesagt habt. Es ist . . .« Sie führte eine zusammengeballte Faust zu ihrem Mund. Ihre Augen glänzten in dem staubigen Tageslicht, das durch das hohe Fenster hereinfiel. »Ich bin Euch äußerst dankbar.« Sie streckte ihre Hände nach ihm aus.

»Lady Jocelyn, Ihr könnt mir auf andere Weise danken.«

Sie zog ihre Hände wieder zurück, als wäre er plötzlich zu heiß geworden, um ihn zu berühren, und betrachtete ihn ruhig.

»Ich möchte Informationen. Fitzwilliam hat Euch zu Weihnachten aufgesucht. Wovon hat er gesprochen? Wofür wollte er im Kloster St. Mary um Vergebung bitten?«

Sie schwieg.

»Ich weiß, daß er Euer Geliebter war.«

Sie holte tief Luft und machte Anstalten aufzustehen. Er legte seine Hände auf ihre Schultern, um ihr zu bedeuten, sie solle hierbleiben. Ihr Busen bebte. Einesteils bedauerte er es, daß er diese günstige Gelegenheit ungenutzt hatte verstreichen lassen, sich einen angenehmen Nachmittag zu machen. Doch zugleich überwog seine Abneigung gegenüber dieser Angelegenheit, und er wollte sie so schnell wie möglich zu Ende bringen.

»Ich möchte Euch nicht verletzen, Lady Jocelyn. Ich möchte einfach nur wissen, hinter was Fitzwilliam her war, bevor er starb. Wen er in York aufgesucht haben könnte. Erzählt mir alles, was Ihr wißt, und ich werde Euch unbehelligt gehen lassen.«

»Und wenn ich Euch nichts sage?« Ihre Stimme hatte einen

neckischen Tonfall. Sie betrachtete es immer noch als ein Spiel, als eine Art Flirt.

Das ganze Leben schien für sie aus einer Abfolge von Flirts zu bestehen, dachte er. Er mochte diese Art von Frauen nicht. Sie waren verstiegen. Dumm. Nichtsnutzig. »Es wäre mir lieber, Euch nicht in Angst versetzen zu müssen, meine liebe Jocelyn.«

Ihre kräftige Gesichtsfarbe sagte ihm, daß er recht hatte, daß sie diese Situation als erregend empfand und enttäuscht sein würde, wenn er sie gehen ließe, ohne sie zumindest geküßt zu haben. Und Owen hielt es für unklug, diese Frau zu enttäuschen. Also beugte er sich hinüber und drückte einen leichten Kuß auf ihren Rosenmund. »Ihr seid äußerst liebreizend. Doch ich möchte Euch nicht kompromittieren.«

Sie senkte ihren Kopf bedächtig. »Hauptmann Archer.«

»Ich kann gut verstehen, daß Fitzwilliam von Euch entzückt war.«

Ihr Lachen überraschte ihn. »Entzückt. Fitzwilliam. Ihr seid ein elender Lügner, aber ein charmanter. Ein sehr charmanter.«

Sie war doch nicht so dumm. »Ich . . .«

»Offensichtlich wurde Ozzie ermordet, und sein Herr, diese Rabenkrähe, hat Euch ausgeschickt, um herauszufinden, wer es gewagt hat, das Blut eines Thoresby-Mannes zu vergießen, wie unrein dieses Blut mittlerweile auch gewesen sein mag.«

Owen kam sich ziemlich dumm vor. Die steinernen Augen hätte ihm eine Warnung sein sollen. »Ihr habt in jeder Hinsicht recht, Mylady. Euer scharfer Verstand macht mich sprachlos.«

»Unter einer Bedingung werde ich Euch sagen, was ich weiß.«

»Und welche wäre das?«

»Ihr werdet morgen von hier abreisen, ohne weitere Fragen zu stellen.«

»Und wie wollt Ihr mich dazu bringen, daß ich mich auch an mein Versprechen halte?«

»Mein Gemahl würde Euch eine ernsthafte Verletzung beibringen lassen.«

»Ah. Ihr würdet von Vergewaltigung schreien, und er würde seine Bluthunde auf mich hetzen?«

»Genau.«

Wie hatte er sich in ihr dermaßen täuschen können? »Weshalb seid Ihr so besorgt?«

»Ich kann mir keinen Skandal leisten, da ich nun zum Hofstaat der Herzogin von Lancaster gehöre. Es ist für mich eine Ehre, hier sein zu dürfen. Es bedeutet alles für Jamie... für Lord March.«

»Doch mit Eurer Drohung nehmt Ihr einen Skandal in Kauf.«

»Ich würde dabei die verletzte Seite sein, Hauptmann Archer. Eine alltägliche Begebenheit. Eine Frau, die von einem Soldaten geschändet wird. Niemand würde groß Fragen stellen.«

»Der Lordkanzler vielleicht schon.«

»Ich bin sicher, daß John Thoresby Euch nicht aufgrund Eurer Tugendhaftigkeit ausgewählt hat. Weshalb sollte er bezweifeln, daß Ihr die Situation ausgenutzt habt, als ich allein in Eure Kammer kam, um nach Eurer Verletzung zu sehen?«

»Das war sehr töricht.«

Sie zuckte mit den Achseln. »Die Leute halten mich für eine dumme Frau. Das ist mir egal. Es kommt mir gelegen. Es erlaubt mir, für Überraschungen zu sorgen.«

»In der Tat. Nun, ich glaube nicht, daß ich durch einen Skandal irgend etwas gewinnen könnte. Also könnt Ihr Euch auf mich verlassen.«

Sie glättete ihre Bluse. »Ich war schwanger. Jamie war wütend. Nachdem ich zwei Jahre gewartet hatte, wurde ich gerade im ungünstigsten Moment schwanger. Die Herzogin bestand darauf, daß ich im Norden blieb. Meine Anstellung sollte erst nach der Niederkunft beginnen. Jamie ist zu Ozzie gegangen. Hat ihm gesagt, das Kind stamme möglicherweise von ihm. Ozzie ist in den Norden gereist und hat mich zu einer Hebamme gebracht, die sich gegen Bezahlung der Angelegenheit angenommen und mich von meinen Nöten befreit hat.«

»War es Fitzwilliams Kind?«

»Ich bin mir nicht sicher.«

»Wodurch hat Lord March ihn eingeschüchtert?«

Lady Jocelyn machte einen gekränkten Eindruck. »Er mußte ihn nicht einschüchtern. Ozzie liebte mich. Er hätte alles für mich getan. Er nahm an, das Kind stamme von ihm, und da ich es nicht aufziehen wollte, hat er sich bereit erklärt, mir dabei behilflich zu sein, es loszuwerden. Auf eine sichere Art und Weise.«

»Will Lord March denn keinen Erben?«

»Das hat noch Zeit. Im Augenblick geht es ihm darum, seine Position beim neuen Herzog zu festigen.«

»Und Ihr seid darauf aus, Euch mit der Herzogin gut zu stellen?«

»Natürlich. Das geht Hand in Hand.«

»Natürlich. Diese Hebamme. Wo war sie?«

»Vor den Toren von York, am Fluß. Magda Digby, die Flußfrau. Eine grauenhafte Kreatur. Doch sie war gut zu mir. Wie Ihr seht, hat dieses Erlebnis mir nicht allzusehr zugesetzt.«

»Und Fitzwilliams Pilgerfahrt nach York?«

Sie rümpfte die Nase. »Er hatte hier eine unglückliche Liaison mit einer Küchenmagd. Die Herzogin erfuhr davon und hat ihn weggeschickt, um Buße zu tun.«

»Was geschah mit der Küchenmagd?«

»Sie sollte einen der Bediensteten heiraten.«

»Ist ihr Name Alice?«

»Ihr kennt sie?«

»Einer von meinen ... von Bertolds Bogenschützen wollte sie heiraten, bevor Fitzwilliam auf der Bühne erschienen ist.«

»Ich werde es gegenüber der Herzogin erwähnen – wenn Ihr gegangen seid. Möchtet Ihr noch etwas wissen?«

»Hatte er irgendwelche Feinde in York?«

Sie ließ ein kurzes Lachen hören. »Ein Mann wie Ozzie hatte überall Feinde.«

Kapitel 4
In Nordengland

Die Reise von Kenilworth nach York war genauso unangenehm wie eine Fahrt über den Ärmelkanal. Owen dachte an die beiden in der Abtei gestorbenen Pilger und war versucht, ihren Tod der Tatsache zuzuschreiben, daß sie mitten im Winter in dieses gottverlassene Land gereist waren. Am Tag heulte der kalte Nordwind in seinen Ohren, peitschte in sein Gesicht und fuhr auch noch durch die wärmsten Kleider. In der Nacht verstärkten die hungrigen Schreie der Wölfe die dämonische Stimme des Windes. Mit einem Trupp von Soldaten wäre die Reise gewiß ein wenig erträglicher gewesen. Oder zumindest in Begleitung von Bertold, Lief, Ned und Gaspare. Sobald sich dieser Gedanke in seinem Kopf einzunisten begann, kämpfte Owen dagegen an. Seine Zeit als Soldat war vorüber. Er mußte dieses Leben vergessen.

Als Owen in York ankam, war er erschöpft, fror und verwünschte die Stadt. Er kam von Süden her, über Micklegate Bar, überquerte die Ouse-Brücke, wo es nach Fischbuden und öffentlichen Aborten roch, überquerte King's Square, ritt Petergate entlang und begab sich dann als erstes zum Münster, um sich Thoresbys Sekretär vorzustellen. Die Stadt bestand aus einem Gewirr enger Gassen, die durch die vorspringenden Obergeschosse der Häuser verdunkelt wurden und in denen es nach Exkrementen und Müll stank, genau wie in London und Calais. Er fragte sich, wie man all diese Schwachköpfe dazu bringen konnte, an diesem überfüllten Ort zu leben, der noch dazu dem von den Mooren hereinbrausenden Nordwind preisgegeben war.

Doch das Münster beeindruckte ihn. Nach seiner Fertigstellung würde es eine großartige Kathedrale sein. Er legte den Kopf zurück, schaute hinauf und stellte sich die Spitzen vor, welche die beiden quadratischen Türme an der Vorderseite krönen würden. Die Leute von Yorkshire wußten jedenfalls, wie sie sich bei Gott dafür zu bedanken hatten, daß er ihnen während des langen, kalten Winters beistand.

Ein mürrischer Priester führte Owen zu den erzbischöflichen Gemächern, nachdem der Versuch, ihm den Weg zu beschreiben, fehlgeschlagen war. Keiner konnte den Akzent des anderen verstehen. Als Owen die Gemächer betrat, huschte eine seltsame Gestalt an ihm vorüber. Klein, drahtig, mit olivfarbenem Teint, strähnigem Haar und verschlagenen, wässerigen Augen. Ein fischiger Geruch blieb in der Luft hängen, nachdem der Mann aus der Tür geschlüpft war. Er gehörte nicht unbedingt zu der Sorte von Menschen, die man in den Gemächern eines Erzbischofs anzutreffen vermutete.

Owen war erleichtert, als er Johannes gegenübertrat, dem jungen Adlatus des Erzbischofs, einem freundlich dreinblickenden jungen Mann mit ruhiger Ausstrahlung. »Seine Gnaden wird erfreut sein zu hören, daß Ihr sicher angekommen seid. Die Schotten können im Winter den Reisenden hier manchmal gefährlich werden.«

»Auf den Straßen bin ich einigen Halsabschneidern begegnet und in den Wäldern ein paar Dieben.«

Ein schwaches Lächeln. »Euer Akzent wird die Strauchdiebe abschrecken, denn die Leute hier glauben, daß jeder, der ein wenig seltsam spricht, zu den schottischen Banden gehört. Ich verstehe, warum Kanonikus Guthrum Euch so argwöhnisch gemustert hat.«

»Seine Gnaden hat vergessen, mich davor zu warnen. Ich werde mich bemühen, weniger auffällig zu sprechen.«

Johannes legte zwei Dokumente auf den Tisch. Das eine trug das Siegel des Erzbischofs, das Siegel des anderen kannte er nicht. Der Geistliche schob Owen das zweite Dokument zu. »Master Roglio hat für Euch ein Empfehlungsschreiben für den Abt von St. Mary verfaßt. Der Klosterrat verehrt Roglio. Dies wird vielleicht seine Zunge lösen.«

»Dann wißt Ihr also von meinem Auftrag?«

Ein leichtes Nicken. »Ich beneide Euch nicht um Eure Aufgabe. Ihr werdet feststellen, daß es nicht einfach ist, aus Bewohnern von Yorkshire Informationen herauszupressen. Auch in der Stadt nicht.«

»Und das andere Dokument?«

»Eine Empfehlung für Camden Thorpe, den Meister der Kaufmannsgilde. Ich werde ihm den Brief morgen schicken. Vielleicht könnt Ihr eine Anstellung in der Apotheke von Wilton erhalten, am St. Helen's Square. Nicht weit vom Münster und vom Kloster entfernt.«

»Eine Anstellung?«

»Zu Eurer Tarnung. Der Apotheker wurde zu Weihnachten krank. Ist durch eine Lähmung ans Bett gefesselt. Seine Gnaden dachte, Ihr könntet Mistress Wilton unter die Arme greifen. Eure Erfahrung, die Ihr als Assistent eines Lagerarztes gesammelt habt, dürfte es Euch erlauben, auch in solch einer Position glaubwürdig aufzutreten.«

Diese Aussichten gefielen Owen. »Wie erfahre ich, was der Gildenmeister antwortet?«

»Ich werde Euch in Eurer Unterkunft benachrichtigen lassen.«

Owen merkte auf. »Unterkunft. Danach sehne ich mich schon seit langem. Nach einer heißen Mahlzeit und einem warmen Bett. Wo ist diese Unterkunft?«

Johannes setzte eine bedauernde Miene auf. »Ich fürchte, das weiß ich nicht. Seine Gnaden hält es für unklug, Euch gleich in der ersten Nacht hier unterzubringen. Man soll Euch nicht mit irgendwelchen Amtspersonen in Verbindung bringen können, Ihr versteht? Ich schlage Euch vor, Bess Merchet in der York Tavern aufzusuchen. Sie liegt gleich neben Wiltons Apotheke. Wenn sie keine Kammer frei hat, wird sie Euch gewiß irgendeine andere Schlafstatt beschaffen können, wo Ihr nächtigen könnte, ohne mit einer Waffe in der Hand ins Bett gehen zu müssen.«

»Man ist wirklich sehr freundlich in dieser Stadt.«

»Nicht gegenüber Fremden. Und gewiß auch nicht gegenüber Leuten mit einem seltsamen Akzent.«

»Ihr macht mich nicht gerade neugierig darauf, die Leute von York kennenzulernen.«

»Es ist wenig hilfreich, wenn man zu vertrauensselig ist.«

»Eine komische Figur habe ich schon gesehen.«

Der Geistliche erinnerte sich an seinen vorherigen Besucher. »Potter Digby, der Ablaßkrämer von Erzdiakon Anselm.«

Diese Information brachte Owen zum Schmunzeln. Ablaßkrämer zu sein bedeutete, wie ein Wiesel hin und her zu flitzen, und Potter Digby ähnelte nichts anderem so sehr wie dieser verschlagenen Kreatur. »Er sieht aus, als wäre er für diesen Beruf geboren worden.«

Johannes überdeckte sein Lachen mit einem Husten. »Ich weiß, daß ich Euch noch mit einer Barschaft ausstatten muß.«

Owen verstand den Wink und machte sich bereit zu gehen, doch als er den Raum durchquerte, blieb er noch einmal stehen. Der Name Digby. Konnte es sich um einen Zufall handeln? »Wie finde ich die Hebamme, die man die Flußfrau nennt?« Er wollte den Namen vorerst noch aus dem Spiel lassen.

Johannes blickte überrascht auf. »Wozu möchtet Ihr sie kennenlernen? Habt Ihr eine Frau, die sich in anderen Umständen befindet?«

Owen schüttelte den Kopf. »Fitzwilliam hatte mit ihr zu tun, kurz bevor er nach St. Mary reiste.«

»Ah.« Johannes nickte. »Hinter den Mauern am anderen Ende des Klosters St. Mary findet Ihr einen Fußweg, der zum Fluß hinunterführt. Ich würde mich aber nur bei Tageslicht dorthin begeben.«

»Oh?«

»Ziemlich gefährlich, dort unten am Fluß.«

»Der Fußweg oder die Leute?«

Johannes gestattete sich ein Lächeln. »Beides.«

»Wie kann ich also diese Frau finden, wenn ich auf meine Schritte achten muß?«

»Ihre Hütte steht auf einem grasbewachsenen Felsen im Schlick. Wenn der Fluß steigt, besitzt sie eine eigene kleine Insel.«

»Hat sie auch einen Namen?«

»Magda Digby. Die Mutter des Ablaßkrämers.«

»Interessant.«

»Eine interessante Familie, ja.«

Als Owen nach draußen trat, brachte ihn ein Geräusch zu seiner Linken dazu, mit angehaltenem Atem stehenzubleiben. Er drehte sich um, auf einen Angriff gefaßt. Mit seinem guten Auge erspähte er einen Mann, der um die Ecke eines Hauses verschwand. Er ließ einen fischigen Geruch hinter sich zurück. Owen grinste. Anscheinend hatte er das Wiesel neugierig werden lassen.

Die York Tavern ermöglichte Bess Merchet und ihrem Ehemann Tom ein gutes Auskommen. Die Kundschaft war besser geworden, seit Bess die Schenke vor acht Jahren übernommen hatte, nach ihrer Heirat mit Tom. Sie hatte das ganze Ungeziefer hinausgedrängt, das menschliche und auch das andere, hatte geschrubbt und repariert, bis das Wirtshaus sauber und ansehnlich aussah. Tom erkannte, was er an ihr hatte, überließ ihr das Sagen, und die kleine Schenke begann zu florieren.

Der Fremde kam herein, als Bess gerade das letzte Gewürz in dem Eintopfgericht verrührte, das sie für ihre Nachbarin zubereitet hatte.

Nun, dachte sie sich, als er in der Tür stand und sich überlegte, ob er eintreten sollte oder nicht, der Mann hat bestimmt auch seine Lebensgeschichte, und es ist wahrscheinlich keine üble, möchte ich wetten. Groß, breitschultrig, ein richtiger Soldat. Beinkleider und Weste aus Leder, gute Stiefel, einen schweren Umhang über der Schulter zurückgeworfen. So einer kam nicht zum Betteln, wenngleich er sich wegen der Lederklappe über dem Augen und der Narbe, die über seine Wange lief, heute wahrscheinlich schwertun würde als Soldat. Ihr gefielen seine dunklen Locken und der goldene Ohrring. In ihm steckte irgendwie etwas Teuflisches.

»Also, Fremder, möchtet Ihr hereinkommen oder wollt Ihr die ganze Wärme auf die Straße hinaus entweichen lassen?«

Owen lachte und schloß die Türe hinter sich. »Dann seid Ihr wohl die Wirtin Merchet?«

Waliser Dialekt. Und ein Mann mit einer Behinderung, die jedoch durch einen starken Willen und einen scharfen Geist wettzumachen war.

»Ich bin Bess Merchet, die Eigentümerin. Was kann ich für Euch tun?« Sie wischte ihre kräftigen Hände an ihrer Schürze ab und rückte ihre seidenbesetzte Haube zurecht.

»Ich brauche eine Kammer. Im Münster hat man mir gesagt, ich sollte es hier zuerst versuchen. Ich würde in ganz York keine bessere Unterkunft finden.«

Bess legte ihren Kopf schief. »Habt Ihr am Münster zu tun?«

»Ich muß eine Arbeit finden, bevor mein Geld zu Ende geht. Doch sorgt Euch nicht, werte Frau, ich verfüge noch über ein erkleckliches Sümmchen, das ausreicht, um Eure beste Kammer zu bezahlen. Der Erzbischof höchstpersönlich wird sich dafür verbürgen. Mein verstorbener Herr hatte ihn gebeten, sich meiner anzunehmen.«

Herr im Himmel. Als ob es einem Wirtshausbesitzer allein um die Zahlungskraft seiner Kunden ginge. Aber immerhin war der Erzbischof mit im Spiel. Nun denn. »Welche Art von Arbeit? Ihr seht nicht aus wie jemand, der mit Handelsgeschäften zu tun hat oder mit einem Pflug umzugehen weiß.«

»Damit habt Ihr recht. Ich war Soldat, bis ich auf dieser Seite mein Augenlicht verlor.« Er deutete auf seine Klappe. »Nun, habt Ihr eine Kammer für mich?«

»Nicht so geschwind. Bess Merchet braucht Zeit für ihre Entscheidungen.« Er machte einen überraschten Eindruck. War wohl nur willfährige Frauen gewöhnt. So waren sie eben, die Soldaten. Doch er schien einer von der angenehmeren Sorte zu sein, alles in allem. »Wer war Euer Herr?«

»Der verstorbene Duke of Lancaster.«

»Ah! Der von dem Emporkömmling Gaunt beerbt worden

ist?« Das war der Stoff, aus dem gute Geschichten gedrechselt wurden. So etwas mochte sie. Das war gut fürs Geschäft. »Sagt mir, ist die Herzogin Blanche wirklich so schön, wie man sagt?«

»O ja. Und Ihr würdet Euch schwertun, eine edlere und feinere Dame in König Edwards Reich zu finden.«

»Und weshalb verschafft Euch der Erzbischof keine Arbeit?«

Er schenkte ihr sein bezauberndstes Lächeln. »Ich verspreche Euch, ich kann alles bezahlen.«

Er dachte also, er könne sie durch sein Lächeln betören? Es war zwar schön anzusehen, doch sie ließ sich dadurch nicht von ihrem Ziel abbringen. »Ihr möchtet also diese Frage nicht beantworten?«

Sein Lächeln verschwand. »Ich war lange genug der Spielball von mächtigen Herren. Ich beneide Leute wie Euch, die ihre Zukunft selber planen können und wissen, was auf sie zukommt.«

Bess schnaufte vernehmlich. Als ob die einfachen Leute ihr Leben selbst in der Hand hätten.

»Soweit es eben möglich ist«, fügte er hinzu.

Er war doch empfindsamer, als sie gedacht hatte. Ein gutes Zeichen. »Also, welche Art von Arbeit könnt Ihr verrichten?«

»Ich bin stark und kenne mich gut mit Pflanzen aus. Es würde mir gefallen, als Gärtner zu arbeiten. Und ich weiß auch ein wenig über Medizin. Ich bin nach meiner Verwundung dem Lagerarzt zur Hand gegangen.«

Bess verkrampfte sich. Sie glaubte nicht an Zufälle. Es war gewiß kein Zufall, daß dieser Waliser durch ihre Tür gekommen war, genau der Mann, den ihre Nachbarin benötigte. Wer hatte ihn hierher zu Lucie und all ihren Schwierigkeiten geschickt?

»Ihr scheint mir jene Art von Hilfskraft zu sein, die zum Beispiel ein Apotheker ganz gut gebrauchen kann.«

»Ich hatte vor, mit dem Gildenmeister zu sprechen.«

»Ihr habt noch nirgendwo vorgesprochen?«

»Ich hielt es für besser, mir zuerst eine Unterkunft zu besorgen.«

Ein vorsichtiger Mann. »Wie ist Euer Name, Waliser?«

Sein Auge weitete sich überrascht. Ein Grinsen breitete sich langsam über sein Gesicht aus. Ein ernstes Grinsen. »Ihr habt ein gutes Ohr.«

»Euer Dialekt ist nicht schwer zu erkennen.«

»Man hat mich gewarnt, die Leute hier könnten mich für einen schottischen Highlander halten.«

»Aber nicht Bess Merchet.«

Owen zog den Handschuh von seiner rechten Hand und streckte ihr diese entgegen. »Owen Archer ist mein Name.«

Bess schüttelte seine Hand. Eine warme, trockene Hand, die nichts von Angst oder Furcht verriet. Und ein kräftiger Zugriff. Nun, eben ein Bogenschütze. Ein starker Mann.

»Wie ist es nun mit der Kammer?«

Bess holte tief Luft. Ein Gefühl sagte ihr, daß dieser Mann ihr Schwierigkeiten bringen konnte, doch durch den Handschlag hatte er sie überzeugt. Und er sah ziemlich müde von der Reise aus. Sie nickte, nachdem sie sich entschieden hatte. »Ich habe eine Kammer.« Sie führte ihn die Treppe hinauf.

Zwei Pritschen, ein Fenster und ein wenig Platz zum Umhergehen – eine komfortable Kammer. Es gab sogar eine Truhe, in der er seine Habseligkeiten verstauen und ein paar Haken, an die er seine feuchten Oberkleider hängen konnte. Bess trat zurück, damit er sich umsehen konnte.

Sein Auge schweifte durch den Raum und blieb dann am Eingang haften.

»Dort auf der anderen Seite der Halle. Sind das Einzelkammern?«

Die dumme Magd mußte die Tür offengelassen haben, als sie mit dem Putzen fertig war. »Ja, aber die sind nicht verfügbar.«

»Ich zahle Euch dafür einen höheren Preis, als Ihr sonst verlangt.«

Schon wieder fing er mit dem Geld an. Bess schüttelte den Kopf. »Das würde mir den Verdienstausfall nicht ersetzen. Ich habe sie für einen Stammkunden reserviert. Dazwischen vermiete ich sie nur für kurze Aufenthalte. Was sollte ich denn mit Euch tun, wenn er am nächsten Montag wieder vorbeikommt?«

»Ich bezahle Euch das Doppelte für diese Kammer, wenn Ihr sie mir allein überlaßt.«

Bess runzelte die Stirn. Sie mochte Leute nicht, die ihr Geld zum Fenster hinauswarfen. Außerdem war es auch nicht richtig, ein Bett unbelegt zu lassen.

»Eine Einzelkammer ist ein kostbares Gut, Owen Archer. Wieso seid Ihr so scharf darauf?«

Er sagte nichts.

Sie las Unbehagen in seinem Gesicht. Das ließ sie neugierig werden.

»Ihr sucht nicht etwa einen Platz, um Euch zu verstecken?«

»Nein.«

Sie wartete, während sie die Hände in die Hüften gestemmt hatte.

Unten auf der Straße ratterte ein Karren vorüber. Eine Katze lief den Gang entlang.

Owen grinste. »Ihr seid gut im Verhören anderer Leute.«

Bess wartete.

»Es ist ganz einfach. Es ist wegen meinem Auge und all den Jahren, die ich als Soldat verbracht habe. Jemand schleicht sich immer an meine linke Seite heran.« Er wirbelte herum. Bess preßte sich an die Wand. Er stieß mit einem imaginären Schwert zu.

»Allmächtiger!« Bess bekreuzigte sich.

Er trat zurück und steckte sein unsichtbares Schwert wieder in die Scheide.

»Ich möchte hier keine Unannehmlichkeiten bekommen«, warnte sie ihn.

»Es ist nicht meine Absicht, Euch Unannehmlichkeiten zu bereiten.« Seine Stimme klang ruhig. Er blickte sie mit dem gesunden Auge fest an.

Bess glättete ihre Schürze, rückte ihr Seidenhäubchen zurecht und unterdrückte ein Lächeln. Oh, wäre sie nur zehn Jahre jünger und ein wenig besser gestellt. »Oben im hinteren Teil gibt es einen kleinen Raum. Ich halte ihn normalerweise für Besuche der Familie frei. Er ist ziemlich schlicht, aber er hat ein Fenster zu Wiltons Garten.«

Zum Garten des Apothekers. Ideal. »Ich möchte nicht Eure Familie vertreiben.«

Bess hörte aus Owens Stimme mehr Höflichkeit als Aufrichtigkeit heraus. Er wollte die Kammer haben, ihre Familie konnte zum Teufel gehen. Doch die Aussicht auf Extraeinnahmen erschien ihr verlockend. Ihr Ehemann Tom brauchte neue Stiefel, und für den Karren mußte sie einen Esel kaufen – Flick wurde allmählich altersschwach.

»Macht Euch keine Sorgen wegen meiner Kinder. Sie besuchen mich nur sehr selten. Und sie sind auf einem Bauernhof aufgewachsen – mein zweiter Ehemann, Peter, Gott sei seiner Seele gnädig, hat bei Scarborough einen Hof bewirtschaftet. Sie sind genügsam. Kommt, ich zeige Euch die Kammer.«

Sie entschuldigte sich wegen der knarrenden Leiter, die in den dritten Stock hinaufführte. Ihr und Tom machte das nichts aus, doch der Bogenschütze war vielleicht anderes gewöhnt.

»Wo ich aufgewachsen bin, mußten wir unserer Kammer mit Ziegen teilen«, versicherte er ihr.

»Nun, das müßt Ihr hier nicht tun.« Sie stieß die Tür auf. Er beugte sich nach vorn, um einzutreten, richtete sich drinnen wieder auf und streckte seine Arme über dem Kopf aus. Seine Finger berührten die Decke. Er ging zum Fenster hinüber, öffnete es, lehnte sich hinaus und wendete sich dann lächelnd wieder um.

»Das ist gut genug für mich, werte Frau Merchet.«

Es gefiel ihr, wie sich ihr Name in seinem Dialekt anhörte. Sie nannte ihm eine Summe, die geringfügig über dem Doppelten dessen lag, was sie für den unteren Raum verlangte.

»Das ist mehr als fair. Ich werde für vierzehn Tage im voraus bezahlen.«

Bess zählte ihm die Vorschriften der Hausordnung auf und ließ ihn dann allein. Sie mußte den Eintopf zu Lucie hinüberbringen. Sie entschloß sich, Lucie jetzt noch nichts von Owen zu erzählen. Besser, sie wartete noch eine Weile, um herauszufinden, ob der Handschlag hielt, was er versprach.

Lucie Wilton nickte erschöpft ein, als sie sich in eine Ecke der Bettkammer gesetzt hatte, und ihr Kopf fiel auf die Geschäftsbücher. Die Kammer war klein und eng, und Lucie hatte nicht mehr gut geschlafen, seit ihr Ehemann krank geworden war. Auch jetzt wurde ihr Schlummer durch das Murmeln von Nicholas unterbrochen. Doch es war gut, daß er sie geweckt hatte. Sie hatte nicht vorgehabt, einzuschlafen. Sie hatte den Laden geschlossen, um das Mittagsmahl zu sich zu nehmen und die Geschäftsbücher durchzugehen. Die Dinge entwickelten sich gut. Seit der Erkrankung von Nicholas hatten sie keine Kunden verloren. Die Bücher zeigten, daß alles seinen gewohnten Gang ging.

Auch mit den Beständen war alles in Ordnung. Nicholas hatte immer peinlich genaue Aufzeichnungen gemacht über die Arzneien, die sie zubereitet hatten, so daß er den Anbau im Garten entsprechend anpassen konnte. Einige Wurzeln und Borken mußte er immer noch einkaufen, auch Mineralien und Edelsteine – Perlen und Smaragde waren bei einigen ihrer wohlhabenderen Kunden sehr beliebt –, doch die meisten Kräuter, die sie brauchten, bezogen sie aus ihrem eigenen Garten.

Lucie hatte große Mühe darauf verwendet, die Spur der tödlichen Aconitum-Dosis in den Aufzeichnungen zu verwischen, eine kleine Prise in dieses Medikament, eine kleine Prise in jenes, über eine ganze Woche lang. Das würde niemandem auffallen.

Doch sie fragte sich beunruhigt, wie lange sie wohl der Arbeit noch gewachsen sein würde. Sie rieb sich den Nacken und setzte sich langsam wieder auf, wobei jeder Muskel ihres Körpers schmerzte. Sie hatte den Gildenmeister um einen Lehrling gebeten. Da sie sich aber selbst noch in der Ausbildung befand, wußte sie, daß er ihr diesen Wunsch wohl kaum erfüllen würde. Er war zu höflich gewesen, um ihr dies unverblümt ins Gesicht zu sagen, doch sie wußte Bescheid. Aufrichtig waren nur die lobenden Worte gewesen, die er für ihre Arbeit gefunden hatte. Schließlich war ihnen kein einziger Kunde abgesprungen, seitdem Nicholas darniederlag.

Doch Lucie bezahlte dafür mit einer Übermüdung, die sie nicht mehr lange einfach ignorieren konnte. Bess, Gottes Segen sei mit ihr, bereitete es Freude, sie zu bemuttern. Sie kümmerte sich auch um fast alle Mahlzeiten. Und heute morgen hatte sie einen ganzen Arm voll Kleider zum Flicken mitgenommen. Sie würde zweifellos auch den Hausputz übernehmen, wenn sie ihr die Chance dazu geben würde. Lucie hatte den Kampf gegen den Staub aufgegeben – überall im Haus hatte sich über die Böden und die Möbel eine feine Staubschicht gelegt. Doch nicht im Laden. Dieser war makellos. Den Laden hatte sie noch nie vernachlässigt. Nicholas war stolz auf sie. Und sie war stolz auf sich selbst. Lehrling zu sein, war das eine, Verantwortung zu haben das andere. Sie genoß es, hatte ihre Freude daran, fürchtete sich aber auch davor. In jeder Minute und bei jedem Körnchen, das sie abmaß, war sie sich bewußt, welch großes Vertrauen die Bewohner von York in sie setzten. Sie hatte die Macht über Leben und Tod. Ein Versehen, eine falsche Berechnung konnte tödliche Auswirkungen haben. Sie prüfte alles zwei- oder dreimal nach und konzentrierte sich vollständig auf die jeweilige Aufgabe.

Doch ohne ausreichend Schlaf würde sie diese Umsichtigkeit und Wachsamkeit nicht mehr lange aufbringen können. Sie mußte endlich wieder einmal richtig schlafen. Sie mußte eine Hilfe bekommen. Wenn schon kein Lehrling, dann wenigstens ein Mädchen zur Bedienung der Kunden.

»Lucie, schläfst du am Tisch?«

Sie schreckte auf und zuckte zusammen, als ein Schmerz ihr vom Kopf über den Hals in den Arm schoß. Aber es war gut, daß Nicholas wieder bei Sinnen war, wieder redete und sie auch wieder erkannte. Er sprach undeutlich, als würde sein Mund noch nicht richtig funktionieren, aber es war immerhin verständlich. Und als seine Augen sich ihr zuwendeten, sah er sie und nicht irgendein Phantom wie in jenen fürchterlichen ersten Nächten nach seinem Anfall.

Er hatte danach gefragt, ob der Pilger schon wieder auf den Beinen sei. Sie hatte ihm erzählt, nicht einmal seine Medizin habe ihn retten können. Nicholas hatte sich bekreuzigt und seinen Kopf gesenkt. Lucie betete darum, ihm niemals die volle Wahrheit sagen zu müssen.

Kapitel 5

Die Rose des Apothekers

In seiner Kammer setzte sich Owen auf den Schemel neben dem Fenster und nahm seine Klappe ab, um das vernarbte Gewebe rund um das Auge zu massieren. Er mußte kräftig reiben. Die Haut war ziemlich starr geworden nach dem langen Ritt durch die Kälte, und von Zeit zu Zeit schossen Schmerzen wie Nadelstiche durch das Auge. Fünf Tage war er unterwegs gewesen, durch eisigen Regen und Schnee. Nur Schwachköpfe reisten mitten im Februar in den Norden. Er suchte in seinem Bündel nach der Salbe, welche die Haut wieder geschmeidiger machen würde. Sie reichte nur noch für einen Tag. Ein guter Grund für einen Besuch in der Apotheke.

Er wollte den richtigen Augenblick dafür abwarten, legte sein Hemd und die Beinkleider ab und zog seine Füße aus den Stiefeln. Sie stanken. Er stank auch. Er mußte sich erkundigen, wo die öffentliche Badeanstalt war.

Als er weder hinter den Fenstern gegenüber noch unten jemanden sah, lehnte er sich aus dem Fenster und musterte den Garten des Apothekers. Sehr gepflegt, in einer unüblichen Weise angelegt. Mehr Vielfalt als in den meisten dieser Gärten. Er sah fast aus wie ein Klostergarten. Dort hinter der Buchsbaumhecke, das mußte ein Schuppen sein. Er konnte die Rückseite des Hauses sehen. Eine Tür, die in den Garten führte, ein Fenster unten, zwei oben. Ein bescheidenes, aber bequemes Haus.

Unten bellte Bess Merchet einen Befehl. Owen grinste. Sie konnte ihm vielleicht nützlich sein. Und er mochte sie. Sie war nicht auf den Kopf gefallen, forsch und sah recht hübsch aus für eine Mutter von mehreren erwachsenen Kindern – helles rotes Haar, ein rundlicher, aber fester Körper – und sie hatte Sinn für Humor. Es entging ihr wahrscheinlich nur wenig. Sie würde all die Gerüchte kennen, die es wert waren, daß man sie kannte.

Er zog seine Stiefel an, band sich die Augenklappe wieder um und ging mit seinem Salbentöpfchen und seiner Geldbörse nach unten.

»Ihr müßt sehr hungrig sein«, begrüßte ihn Bess. Sie bedeutete ihm, an einem auf Böcken stehenden Tisch Platz zu nehmen. »Kit! Ein Eßbrett und eine Portion Eintopf. Und ein bißchen was von dem frischen Bier.«

Ein Mann, der einen Eimer bei sich trug, trat durch die Hintertür. Er nickte Owen zu. »Ich bin Tom Merchet.« Er war ein paar Jahre jünger als Bess, stämmig und hatte freundliche Augen. »Ihr müßt Master Archer sein.«

»Ja. Nennt mich Owen, wenn Ihr wollt. Ich schätze, ich werde mich eine Zeitlang hier bei Euch aufhalten.«

Tom stellte seinen Eimer ab und ging hinüber, um einen Humpen mit Bier abzufüllen. Nachdem er ihn vor Owen hingestellt hatte, trat er zurück und verschränkte die Arme. »Nur zu. Probiert mein Ale. Möchte doch wissen, ob das nicht besser ist als alles, was Ihr in London kriegen könnt.«

Owen nahm einen großen Schluck und stellte den Humpen dann mit einem kräftigen Poltern auf den Tisch zurück. Er nickte und lächelte. »Man hat mir schon fabelhafte Geschichten über das Bier in der York Tavern erzählt, aber alle haben sie untertrieben.« Er meinte es aufrichtig.

Tom nickte und ging wieder hinaus.

Eine junge Frau brachte das Essen herein. Bess folgte ihr kurz darauf. »Geh jetzt, Kit, und iß hinten dein Mittagsmahl.« Das Mädchen trippelte davon.

Owen verzehrte genüßlich das Eintopfgericht. Während der ganzen Zeit fuhrwerkte Bess in seiner Nähe herum, rückte Bänke zurecht und wischte Spinnweben weg. Als er fertig gegessen hatte, trank er das restliche Bier aus und schob die Bank vom Tisch zurück.

»Da habt Ihr schnell einen Freund gefunden, weil Ihr sein Bier so stark gelobt habt«, sagte Bess.

»Ich spreche gerne ein Lob aus, wenn es berechtigt ist. Ich habe noch in keinem Wirtshaus besser gespeist und getrunken.

Der Eintopf hätte auch dem Tisch eines Lords alle Ehre gemacht. Bogenschützen, auch Hauptleute von Bogenschützen, kommen nicht oft in den Genuß einer solch vorzüglichen Verpflegung.«

»Die Kräuter und ein Teil der Gemüse stammen aus Wiltons Garten. Nicholas war mir gegenüber immer sehr großzügig.«

»Das ist der Apotheker?«

»Ja. Um die Ecke auf der Davygate.«

»Ist er ein guter Apotheker?«

Bess rümpfte die Nase. »Der beste von ganz Nordengland.«

Owen bemerkte die Einschränkung. Nicht der beste im ganzen Königreich, sondern von Nordengland. Sie neigte also nicht zu Übertreibungen. Sie bestritt also nicht, daß es nicht vielleicht in London einen besseren Apotheker geben könnte.

»Ich brauche eine Salbe für mein Auge.«

Ein spitzbübisches Lächeln erhellte ihr Gesicht. »Man wird Euch dort eine passende Salbe zusammenmischen.«

»Warum lächelt Ihr?«

Bess zuckte mit den Schultern. »Es ist nichts. Ich muß nur gleichzeitig an so viele Dinge denken.«

Das verschlagene Grinsen in ihren Augen verursachte Owen Unbehagen. Er mußte auf der Hut sein. »Nun, ich möchte Euch jetzt gleich meine Vorauszahlung für vierzehn Tage geben, bevor ich mich in der Stadt umsehe.«

Bess steckte das Geld in ihre Schürzentasche und lächelte in sich hinein. Es würde Lucie gewiß nicht schaden, dieses bezaubernde Rauhbein kennenzulernen. Ein kleines Abenteuer zu erleben, während ihr alternder, kränkelnder Ehemann ans Bett gefesselt war. Das würde Lucies Blut wieder in Wallung bringen und sie stärken für die harten Zeiten, die vor ihr lagen. Bess wußte, Lucie Wilton würde Owen Archers Aufmerksamkeit erregen. Sie war blond, gut gewachsen, schlank, hatte klare blaue Augen und ein gewinnendes Lächeln – ein Lächeln, das man heutzutage viel zu selten sah.

Owen erinnerte Bess an Will, ihren ersten Ehemann, einen Scholaren in Scarborough, der gerne nach den Mädchen schaute. Bess hatte Will mit ihren kupferfarbenen Locken und ihrer frechen Zunge eingefangen. Will hatte ihr Lesen und Schreiben beigebracht. Der schlaue Will. Der stattliche Will.

Bess wußte, wie es war, einen Ehemann zu pflegen, der im Sterben lag, und zugleich von der Angst vor der Zukunft gepeinigt zu werden. Sie hatte zwei Ehemänner zu Grabe getragen, die sie beide geliebt hatte. Die Väter ihrer Kinder. Die arme Lucie hatte nicht einmal Kinder, die sie trösten konnten.

Owen Archer war genau der richtige Mann, der Lucie wieder ein wenig aufheitern konnte.

Doch der Zeitpunkt seines Eintreffens beunruhigte Bess. Es paßte alles einfach zu gut zusammen.

Owen beabsichtigte nicht, sich mit dem Apotheker länger zu unterhalten, er wollte ihn nur einfach sehen, um den Mann ein wenig einschätzen zu können. Die Tür zur Apotheke war einen Spalt offen.

Eine Frau stand hinter dem Ladentisch und füllte ein Pulver in den Beutel eines Kunden, der hin und her lief und über das Wetter jammerte. Der Kunde war gut gekleidet, aber er sprach den rauhen Dialekt Nordenglands. Höchstwahrscheinlich handelte es sich um einen Kaufmann. Er schien nicht den geringsten Anstoß daran zu nehmen, daß er von einer Frau bedient wurde, die Owen für die Tochter des Apothekers hielt.

Die Frau warf Owen einen Blick zu. Dann einen zweiten, mit einem Anflug von Unbehagen. Er bedauerte das, denn sie war eine ansehnliche junge Frau mit ebenmäßigen Gesichtszügen und klaren Augen. Doch er konnte sich schon vorstellen, wie sie ihn sah. Als einen von Narben entstellten Fremden in verstaubter Lederkleidung. Als jemanden, der ihr Unheil bringen könnte. Und vielleicht hatte sie damit auch recht. Er wartete, bis der Kaufmann gegangen war, dann trat er näher. Sie musterte ihn gelassen, wobei ihre Augen längere Zeit auf der Narbe verweilten, die sich vom unteren Rand der Augenklappe quer über die ganze Wange zog.

»Ist der Herr des Hauses anwesend?«

Sie holte tief Luft. »Nein, im Augenblick nicht. Was kann ich für Euch tun?«

Wie dumm von ihm. Er wußte, daß der Apotheker bettlägerig war. Und mit dieser Frage hatte er sie gleich am Anfang gegen sich aufgebracht. »Habt Ihr eine Salbe aus Beifuß und Schwarzwurz? Meine Narbe verhärtet sich und zieht sich im kalten Wind zusammen.«

Sie griff über den Tisch und befühlte seine Wange.

Er grinste erfreut. »Eure Berührung ist sehr wohltuend.«

Sie zog ihre Hand zurück, als habe sie sich verbrannt. »Auch wenn es Euch offensichtlich schwerfällt, aber Ihr müßt mich als Apothekerin betrachten.« Ihre Stimme klang scharf.

Ziemlich frech von der Tochter, sich als Apothekerin auszugeben. »Verzeiht mir. Doch Eure Berührung hat mich irritiert.«

»Nichts als schöne Worte . . .«

»Ich habe Euch um Verzeihung gebeten.«

Sie nickte. »Honig und Ringelblume. Sie sind am besten geeignet, um die Haut weich und geschmeidig werden zu lassen. Ihr könnt die Hofdamen fragen.«

»Die Haut weich machen. Ja. Das ist es, was ich brauche. Doch dazu auch ein Mittel, um das Feuer zu mildern, das hin und wieder zurückkehrt. In die Narben meine ich.« Er grinste.

Sie nicht. In ihren blauen Augen stand die Härte von Granit.

Er ließ das Lächeln verschwinden und hustete. »Verzeiht mir.«

»Ich kann noch etwas hinzufügen, was die Haut kühlt.« Sie legte ihren Kopf schief, blickte aber immer noch so reserviert wie vorher. »Eure Sprache hat eine seltsame Musik. Ihr stammt nicht aus Nordengland.«

»Wales ist mein Heimatland. Und die Narbe habe ich mir in den Diensten des Königs eingehandelt.«

»Dann seid Ihr ein Soldat?«

Er sah, daß sie enttäuscht war. Er kam nicht sonderlich gut voran.

»Nein, nicht mehr. Ich habe meinen Irrtum eingesehen.« Er schickte ihr sein bezauberndstes Lächeln entgegen.

»Dann habt Ihr Glück gehabt.« Sie sagte es, ohne auch nur im geringsten anzudeuten, daß er sie für sich eingenommen habe.

»Damit kann ich meine unbeholfene Art des Umgangs mit Frauen entschuldigen.« Mit den Frauen von York im besonderen.

Sie lächelte, aber nur aus Höflichkeit, und trat dann beiseite, um die Salbe zusammenzustellen. Owen betrachtete sie dabei und bemerkte, wie flink und anmutig ihre Bewegungen waren und wie sicher sie zu Werke ging. Ihr Haar war unter einem sauberen weißen Kopftuch zusammengebunden, wodurch ihr schlanker Hals voll zur Geltung kam. Er wünschte, er hätte zwei Augen, um sich an ihrem Anblick zu erfreuen.

Sie schnaubte, als sie sich ihm wieder zuwandte. »Sind mir Hörner gewachsen?«

Er wurde rot, und es wurde ihm bewußt, wie unverblümt er sie angestarrt hatte. Doch angebetet zu werden würde sie doch gewiß auch zu schätzen wissen. Dieses Mal wollte er sich nicht entschuldigen. Er hatte nichts getan, was sie hätte beleidigen können. Aber er wechselte das Gesprächsthema. »Haltet Ihr Bienen?«

»Bienen?«

»Wegen des Honigs für die Salben.«

»Nein, wir haben keine Bienen. Ich würde schon gerne Bienen halten, aber ich habe keine Zeit, mich um sie zu kümmern, weil mein Ehemann krank ist. Wir bekommen den Honig von der Abtei. Von St. Mary. Kennt Ihr Euch mit Gärten aus?«

Ihr Ehemann? Sie war doch gewiß nicht Mistress Wilton. »Früher einmal habe ich als Gärtner gearbeitet.«

Sie schien verwirrt zu sein. Welch klare blaue Augen sie hatte. Und wie ihr Blick sich in seine Seele bohrte.

»Als ich noch ein Knabe in Wales war.«

»Ah. Ihr seid aber weit weg von Eurer Heimat.«

»In der Tat.« Er liebte diese Augen.

Sie räusperte sich und deutete mit einem Kopfnicken auf den Topf, den er in der Hand hielt.

»Oh. Ja.« Er reichte ihn ihr.

Mit einem flachen Löffel wog sie die Salbe ab. Es paßte auf Anhieb.

»Ihr habt ein geschultes Auge.«

»Seit fünf Jahren werde ich von meinem Mann ausgebildet«, sagte sie mit stillem Stolz.

Nun hatte sie es schon wieder gesagt. »Dann müßt Ihr Mistress Wilton sein.« Sie nickte. Wirklich enttäuschend. Sie war verheiratet, und ausgerechnet mit dem Mann, von dem er hoffte, er würde ihm eine Anstellung geben. Er bot ihr seine Hand. »Owen Archer. Ich halte mich in York auf, also werden wir für eine gewisse Weile Nachbarn sein.«

Sie zögerte, dann schüttelte sie seine Hand. Es war ein warmer, fester Händedruck. »Wir freuen uns, Euch als Kunden zu gewinnen, Mr. Archer. Die Merchets werden gut auf Euch achtgeben.«

»Ihr habt gesagt, Euer Ehemann sei krank?«

Ihr Gesicht verfinsterte sich. Sie reichte ihm den Topf mit der Salbe. »Geht sparsam damit um. Es ist eine starke Medizin.«

Er bedauerte es, diese Frage gestellt zu haben. »Ich werde achtgeben.«

Die Glocke über der Tür schellte. Als Mistress Wilton über ihn hinweg zur Tür schaute, wich die Farbe aus ihrem Gesicht.

Owen drehte sich um, um zu sehen, welches Ungeheuer sie erschreckt hatte. Der Ablaßkrämer, Potter Digby. Owen sah ihn jetzt schon zum zweiten Mal.

Mistress Wilton bewegte sich nicht. Owen nahm den Topf. »Bisher habe ich die Narbe immer zweimal am Tag eingerieben. Gilt das auch für das neue Mittel?«

Die blauen Augen bewegten sich und blickten ihn an. Die Farbe kehrte in ihre Wangen zurück. »Zweimal am Tag? Dann muß Euch die Narbe sehr zusetzen. Wie lange ist es her, daß Ihr verwundet wurdet?«

»Drei Jahre.«

Der Ablaßkrämer trat links von Owen an den Ladentisch.

An seine blinde Seite. Diese elende Kreatur. Owen riß sich zusammen. Langsam und mit beiläufigem Gesichtsausdruck legte er seinen rechten Ellbogen auf den Tisch und wendete sich nach links, um Digby ins Auge zu fassen.

Der Ablaßkrämer nickte Owen zu und sagte dann zu Mistress Wilton: »Ich möchte mich nach dem Befinden von Master Wilton erkundigen. Geht es ihm dank Gottes Hilfe wieder besser?«

»Er gesundet von Tag zu Tag mehr, Master Digby. Ich danke Euch für Eure Genesungswünsche.«

Owen fiel auf, daß ihre Stimme zuvor, obgleich auch er ihr Unbehagen bereitet hatte, bei weitem nicht so kalt geklungen hatte wie jetzt. Er hoffte, sie würde mit ihm nie so reden.

Digby schien es nicht zu bemerken. »Ich habe Master Wilton in meine Gebete eingeschlossen.«

»Dafür sind wir Euch sehr dankbar.«

Nein, das waren sie nicht. Zumindest sie nicht, das war offensichtlich.

»Gott sei mit Euch.« Der Ablaßkrämer verbeugte sich leicht und schlüpfte aus der Tür.

Rätselhaft. Ein Besuch des Ablaßkrämers würde wahrscheinlich nur bei wenigen Leuten eitel Freude auslösen, doch Mistress Wiltons Reaktion war noch weit über Ablehnung und Abscheu hinausgegangen. Anscheinend hatten die beiden noch offene Rechnungen aus der Vergangenheit zu begleichen. Owen nahm sich vor, dieser Frage später einmal nachzugehen.

Mistress Wilton hielt sich am Ladentisch fest, ihre Handknöchel traten weiß unter der Haut hervor. Sie schien überrascht zu sein, daß Owen immer noch da war. Er ärgerte sich, daß er diese schattenhafte Kreatur mit in den Laden gebracht hatte.

»Ein unangenehmer Mensch«, meinte Owen.

»Es heißt, daß er seine Arbeit ganz gut beherrscht.«

»Weshalb riecht der Ablaßkrämer nach Fisch?«

»Wegen seiner Mutter. Sie lebt unten am Fluß.«

»Ah ja. Eine Hebamme, glaube ich.«

Mistress Wilton verkrampfte sich. »Woher kennt ein Fremder wie Ihr sie?«

Verdammt, er hatte sich verplappert. »Der Ablaßkrämer ist mir schon einmal über den Weg gelaufen. Man hat mir gesagt, er wäre der Sohn der Flußfrau.«

Mistress Wilton nickte.

»Aber der Fischgeruch. Er lebt doch nicht bei ihr? Als Ablaßkrämer muß er doch beim Münster wohnen.«

»Ja, er lebt in der Stadt. Aber da er unverheiratet ist, bringt er seine Wäsche zu seiner Mutter.« Mistress Wilton blickte zu dem Perlenvorhang im Türrahmen hinter sich. »Ich muß nach Master Wilton sehen.«

»Natürlich. Ich danke Euch für die Salbe, Mistress Wilton.« Owen legte einen Schilling auf den Tisch. »Ist das genug?«

»Damit könnt Ihr sechs solcher Töpfe kaufen, Master Archer. Zwei Pennies reichen aus.«

Er holte das entsprechende Kleingeld hervor. »Ich hoffe, es geht Eurem Ehemann wirklich von Tag zu Tag besser.«

Sie brachte ein schwaches Lächeln zustande. Mistress Wilton strahlte eine Traurigkeit aus, die ihn faszinierte.

Draußen blieb Owen einen Augenblick an dem Durchgang stehen, der in den Garten führte. Wenn alles gutging, dann würde er seine Zeit hier in der Nähe der schönen Mistress Wilton verbringen. Er würde seine ganze Überredungskunst einsetzen, um den Gildenmeister zu überzeugen.

Owen kehrte in das Wirtshaus zurück und fragte dort nach dem Weg zur öffentlichen Badeanstalt. Er rechnete damit, daß er nach seinem Besuch bei Magda Digby ein Bad dringender als alles andere brauchen würde.

Wieder allein im Laden, kämpfte Lucie gegen das Zittern ihrer Hände und gegen die Tränen an, die sie von ihrer Arbeit abzulenken drohten. Sie war verantwortlich für ein Leben. Der Schlaftrunk für Alice Baker durfte nicht zu stark werden. Lucie mußte einen klaren Kopf behalten. Doch warum war der Ablaßkrämer vorbeigekommen? Wußte er etwas? Digby konnte sie vernichten. Würde Erzdiakon Anselm dies zulassen?

Gewiß mochte er Nicholas viel zu sehr, um es so weit kommen zu lassen. Und Potter Digby war ein zu großer Speichellecker, um sich gegen den Erzdiakon zu stellen. Sie hoffte es zumindest. Wie erbärmlich, daß sie dankbar sein mußte für das unnatürliche Interesse des Erzdiakons an ihrem Ehemann.

Doch nun genug damit. Bruder Wulfstan konnte nichts gewinnen, wenn er noch jemand anderem außer ihr von dieser Angelegenheit erzählte. Der Ablaßkrämer konnte es nicht wissen. Auch der Erzdiakon nicht. Sie zwang sich, nicht mehr an ihre Sorgen zu denken, machte den Trunk fertig und etikettierte ihn. Als sie ihn wegstellte, streifte ihre Hand den Honigtopf, der auf dem Ladentisch stehengeblieben war, nachdem sie für den Fremden die Salbe zubereitet hatte. Während sie die Hand ausstreckte, um den Topf wieder auf das Regal zu stellen, erinnerte sich Lucie, daß ihre Haut gekribbelt hatte, als sie ihn heruntergenommen hatte, weil sie gespürt hatte, daß sein dunkles Auge auf ihr ruhte. Sie hatte die Hitze, die in seinem Blick lag, durch die eng verwobene Wolle ihres Gewandes gefühlt. Gott sei Dank hatte er das andere Auge bedeckt gelassen.

Lucie errötete bei ihren Gedanken. Bei der heiligen Jungfrau Maria und allen Heiligen, sie war eine verheiratete Frau. Und dieser Owen Archer hatte sie beleidigt. Er hatte sie wie ein dummes kleines Mädchen behandelt. Als ob sie hinter dem Ladentisch fehl am Platze wäre. Nicholas hatte sie niemals so behandelt.

Johannes hatte recht gehabt, was den Schlamm betraf. Während Owen überlegte, wie er vorgehen sollte, beobachtete er mehrere Leute, die am Flußufer hinter dem Wasserturm von St. Mary ausglitten und hinunterrutschten. Dann wurde er für sein Warten belohnt. Eine Frau mit einem Kleinkind in den Armen gelang es, den Abstieg ohne ein Mißgeschick zu meistern, indem sie einen auf den ersten Blick gar nicht sichtbaren Pfad nahm. Er war ein wenig entfernt vom Turm und verlief in einer Zickzacklinie den Abhang hinunter, vorbei an Felsen und struppigen Büschen. Auf diesem Weg brauchte man länger als auf dem anderen, schlammigen und schlüpfrigen Pfad, doch Owen war auch nicht mehr so sicher auf den Beinen wie früher. Er legte keinen großen Wert darauf, den Abhang hinunterzurutschen. Also prägte er sich ein, wie die Frau gegangen war, und folgte ihr dann auf diesem Weg, so gut es ging. Wenn man nur ein Auge hatte, kam man hier nur langsam voran. Er mußte sein gutes Auge ständig hin und her wenden, um den Pfad vor und hinter sich im Blick zu behalten. Doch schließlich erreichte er das Flußufer. Hier war der Schlamm stellenweise gefroren, an anderen Stellen aber auch matschig. Owen begriff, weshalb die Leute, die hinter ihm kamen, ihre Köpfe nach unten gerichtet hielten und mit den Augen den Boden vor ihren Füßen absuchten. Es war schon kalt genug, man mußte nicht auch noch mit den Füßen im Schlamm versinken. Owen fühlte, wie die Feuchtigkeit, die hier unten am Fluß herrschte, seine Lederkleidung und seine neuen Stiefel durchdrang. Gewiß würde sich niemand freiwillig dazu entscheiden, hier unten zu leben.

Er hielt nach dem Häuschen Ausschau. Was er sah, waren wackelige Gebilde aus Treibholz, Schlamm und Zweigen. In der Nähe der Klostermauern standen die Hütten dicht beisammen, weiter flußaufwärts zogen sie sich auseinander. Dann entdeckte er es, das eigenartige Gebäude, dem ein umgekipptes Boot, von dem eine Seeschlange herunterblickte, als Dach diente. An der Türe saß eine Frau, die in schlammbesprenkelte Lumpen in unterschiedlichsten Farben gehüllt war, und schabte an etwas herum, das aussah wie eine Alraunwurzel. Das mußte die Flußfrau sein.

Owen hatte sich, während er hinuntergestiegen war, überlegt, welchen Grund er ihr für seinen Besuch nennen sollte, doch als er sie da mit dem Messer in der Hand sitzen sah, wurde er wieder unschlüssig. Er erwog, umzukehren und an einem anderen Tag wiederzukommen, wenn er sich einen triftigeren Grund überlegt haben würde. Doch es war zu spät, sie hatte schon aufgeblickt und ihn ins Auge gefaßt.

»Werte Frau Digby?« fragte Owen und lüftete seine Mütze.

»Werte Frau.« Sie nickte und lachte, es war ein komisches, bellendes Geräusch. Vielleicht hatte die Kälte am Fluß ihre Lungen in Mitleidenschaft gezogen. »So nennen mich nur Leute, die etwas von mir wollen. Was wollt Ihr von mir, Vogelauge?«

Owen war verblüfft, daß sie so unverblümt auf seine Behinderung anspielte. Doch durfte er erwarten, daß man ihm an einem Ort wie diesem mit ausgesuchter Höflichkeit begegnete? »Ja, ich komme, um Euch um einen Gefallen zu bitten.«

»Habt Euer Auge wohl im Krieg verloren, was?«

Sie arbeitete ihm regelrecht in die Hände. »Nicht verloren. Das Auge ist unter der Klappe immer noch da.«

»Und jetzt wollt Ihr wissen, ob Mutter Magda es wieder sehend machen kann?«

Er nickte.

Sie erhob sich ächzend und grummelnd, steckte das Messer in ein Halfter, das sie sich umgebunden hatte, und bedeutete ihm mit der Hand, in der sie immer noch die Alraunwurzel hielt, er solle in die Hütte eintreten. Ein warmes, wenn auch stark rauchendes Feuer hieß ihn willkommen. Er mußte sich bücken, um den Wurzeln und Pflanzen auszuweichen, die von den Dachsparren herunterhingen.

»Könnt Ihr diese Wurzeln und Pflanzen denn hier unten am Fluß trocknen?«

»Das Feuer hält sie trocken. Gut für die Wurzeln, gut für die Knochen. Es wird Euch etwas kosten, wenn Magda sich Euer Auge ansehen soll, auch wenn sie nichts ausrichten kann.«

Er warf eine Silbermünze auf den Tisch neben dem Feuer. »Das ist für das Ansehen. Wenn Ihr mich heilen könnt, werde ich in Gold bezahlen.«

Sie musterte ihn von oben bis unten. »Ihr seht wohlhabend aus. Gute Kleider, viel Geld. Warum kommt Ihr zu einer wie Magda?«

»Eine Freundin hat Euch mir empfohlen. Ihr habt ihr einmal geholfen.«

Magda zuckte mit den Schultern. »Bin eine Hebamme. Habe nicht zu tun mit Augen.«

»Dann habe ich Eure Zeit vergeudet.«

»Nein.« Sie winkte ihn zum Feuer. »Laßt Magda sehen.«

Er setzte sich, so daß sein Kopf sich auf gleicher Höhe mit ihrem befand, zog die Klappe herunter und lehnte sich zurück.

Sie beugte sich über ihn, und er bemerkte, daß sie stark nach Fluß und nach Erde roch. Sie hatte schmierige Hände. Doch ihre Berührung war sanft. Sie untersuchte sein Auge und trat dann seufzend zurück. »Das Licht ist daraus verschwunden. Ihr habt alles getan, damit die Narbe nicht zu hart werden konnte. Ihr habt alles getan, was Ihr tun konntet.«

Ihre Worte trafen ihn hart, und Owen erkannte, daß er schon nahe daran gewesen war, die Geschichte, die er sich zurechtgelegt hatte, auch selbst zu glauben, nämlich daß er in der Hoffnung zu ihr gekommen sei, sie könne ihm vielleicht wieder zu seinem Augenlicht verhelfen. Welch ein Narr er doch war. Weshalb sollte diese schmierige, stinkende alte Hexe mehr vermögen als Master Roglio?

Sie schnaubte. »Ihr seid zornig. So ist es immer. Und jetzt glaubt Ihr vielleicht, Magda könnte ein bißchen Mitschuld tragen an Eurer Erblindung. Ja. So geht es immer.« Sie griff nach der Silbermünze.

»Ihr habt mich nicht nach meinem Namen gefragt. Oder nach dem Namen der Frau, die Euch mir empfohlen hat.«

»Ist besser, man erfährt keine Namen.«

»Sie hat Euch durch einen Freund von mir kennengelernt.«

Die Hexe warf ihm durch den verräucherten Raum hindurch einen scharfen Blick zu. »Er ist also wegen Informationen gekommen, und nicht, um geheilt zu werden. Magda hört in Eurer Stimme, was ihr wirklich wollt. Eine schöne, weiche Stimme. Ein reizendes walisisches Rauhbein. Sproß von Arthurs Geschlecht, kein Zweifel.« Sie lachte. »Macht Euch von dannen, Vogelauge. Magda will mit einem von Eurer Sorte nichts zu tun haben.«

»Ich bin wegen des Auges bei Euch. Ich habe deswegen meine Stellung als Hauptmann verloren.«

Sie musterte ihn erneut von oben bis unten und befühlte seine

Schultern. »Ein kräftiger Waliser. Ihr seid ein Bogenschütze, ja?«

»Ich war einer.«

»Hauptmann der Bogenschützen. Ihr habt es weit gebracht. Beschäftigt Euch wieder mit Eurem Bogen, Hauptmann Archer. Nur Euer Stolz hält Euch davon ab. Ihr seid nicht mehr so schnell und so sicher wie früher. Jetzt geht. Magda muß Talismane machen für Leute, die sie brauchen.«

Während Bess vor dem Ofen des Bäckers darauf wartete, daß das Brot für den Abend fertig wurde, dachte sie an Owen Archer. Der Mann hatte einen Auftrag, daran gab es keinen Zweifel. Er hatte diesen ruhigen, stillen Blick, wie eine Katze, die am Eingang eines fremden Gartens steht und durch Umherschnuppern herauszufinden zu machen versucht, ob Gefahr drohen könnte und wie stark die Konkurrenz ist, die ihre Augen flink hin und her gleiten läßt und sich bemüht, das Opfer nicht zu erschrecken. Er hatte zwar nur noch ein Auge, doch sie war sich sicher, daß ihm nicht allzuviel entging.

Was also hatte ihn wirklich nach York geführt? Er beabsichtigte, längere Zeit hierzubleiben, so daß er eine Arbeit brauchte. Er war Soldat gewesen, Bogenschütze, und mit seinem Ohrring und seinem guten Aussehen hatte er früher bestimmt viele Frauen beeindruckt, schätzte sie. Er war Waliser. Er verstand etwas von Gärten und Heilpflanzen. Und er konnte lesen. Dies war die Information, die sich von alldem anderen abhob. Dies und seine Kleider. Neue Kleider, die mehr gekostet haben mußten, als es sich ein ehemaliger Soldat leisten konnte. Doch die Narbe war nicht neu. Was also hatte er getan, seit er den Soldatendienst quittiert hatte? Hatte er Lesen gelernt? War er einem Arzt zur Hand gegangen? Und was hatte ihn hierher geführt?

Er stand irgendwie in Verbindung mit dem Erzbischof.

Ein Soldat. Das Münster. Bess ließ diese beiden Gedanken in ihrem Kopf kreisen, während sie mit den ofenwarmen Brotlaiben hantierte. Kit konnte man nicht mehr als einen leichten Korb anvertrauen, sie war zu unbeholfen, um auf ihre Schritte zu achten, also mußte Bess allein zwei vollgefüllte Körbe tragen. Wegen Kits Ungeschicklichkeit kehrten sie erst in der Dämmerung wieder zum Wirtshaus zurück, und Tom, der die Vorbereitungen zur Bewirtung der Abendgäste traf, erwartete sie schon ungeduldig.

»Ist jemand hiergewesen, während ich weg war?« fragte sie Tom bei einem Becher Bier. Damit pflegten sie sich zu stärken für die anstrengenden Stunden, die nun vor ihnen lagen.

»Potter Digby. Er hat mich wegen Owen Archer ausgefragt. Wollte wissen, wer der Fremde ist, und ich habe ihm gesagt, es wäre am besten, wenn er selber mit dem Gentleman reden würde. Habe ihm auch gesagt, daß Master Archer manchmal hier unten sein Bier trinkt, er würde ihn bestimmt nicht verfehlen.«

Bess wünschte, sie wäre selbst hiergewesen. »Was hat Digby gesagt?«

Tom zuckte mit den Achseln. »Er wollte wissen, ob wir einen einäugigen Fremden aufgenommen haben. Ich habe gefragt, warum er das wissen möchte. Ob das den Ablaßkrämer etwas angehen würde. Er hat gemeint, vielleicht, das könne er nicht sagen.« Tom spuckte in das Feuer. »Der hochmütige Tropf. Stinkt ständig nach Fisch. Wo schläft der überhaupt, möchte ich wissen?«

Bess schloß ihre Augen und ließ die Wärme des Herdfeuers auf sich einwirken, um sich von der Kälte zu erholen, der sie draußen ausgesetzt gewesen war. Also war Owen vielleicht wegen Erzdiakon Anselm hergeschickt worden. Der Erzdiakon verbrachte den Großteil seiner Zeit damit, Geld für die Fertigstellung des Münsters zu sammeln.

»Und das ist alles?«

»Ja, er ist dann gleich wieder gegangen.«

»War sonst noch jemand da?«

»Owen Archer ist auch kurz hereingekommen. Hat nach der öffentlichen Badeanstalt gefragt. Straßenschmutz. Ich habe ihm gesagt, er würde Fieber kriegen, wenn er sich unnötig badet. Aber Digby könnte wirklich ein Bad vertragen.«

»Ist Archer dann gleich zur Badeanstalt gegangen?« fragte Bess, ungeduldig, alles zu erfahren.

»Ich habe ihm den Weg beschrieben. Dann ist er weggegangen.« Tom setzte seinen Becher ab und beugte sich nahe zu Bess. »Also, Frau, was hältst du von diesem Owen Archer?«

Bess vergewisserte sich, daß sie allein waren. »Ich glaube, er sucht nach irgend etwas oder irgendwem. Ich vermute, es hat etwas mit dem Münster zu tun. Vielleicht ist eine Spende von irgendwelchen Soldaten nicht bis in die Schatulle des Münsters gekommen.« Sie zuckte mit den Schultern, »Ich weiß es nicht.«

Tom grinste. »Ich kenne meine Bess. Du wirst das bestimmt bald herauskriegen.«

Kapitel 6

Die Einbestellung

Erzdiakon Anselm lächelte Johannes an, um seine Verärgerung zu verbergen. Der junge Mann wußte nicht, was sich gehörte. Er war nicht mehr als der Sekretär des Erzbischofs, während er, Anselm, die Position des Erzdiakons von York bekleidete. Doch Johannes verstand es, ihm unmißverständlich, wenngleich überaus höflich und ohne irgendein unziemliches Wort zu äußern, klarzumachen, daß er ihn für unbedeutend hielt, für einen Eindringling, der einen wichtigen, vielbeschäftigten Mann bei der Arbeit störte.

»Ein einäugiger Fremder hat Euch aufgesucht«, begann der Erzdiakon.

Johannes legte den Brief beiseite, in dem er gerade gelesen hatte, faltete seine Hände und wandte Anselm seine volle Aufmerksamkeit zu. »Ich habe bemerkt, daß Euer Ablaßkrämer ihm begegnet ist, als er hereinkam.«

Arroganter Knilch. Dieser Anflug von Sarkasmus in seiner Stimme. Diese Selbstgefälligkeit, die in seinen wulstigen Lippen stand. »Der Fremde war wie ein niederer Höfling gekleidet. Ein Sendbote von Lord Thoresby? Wird er demnächst nach York kommen?«

Johannes rührte keinen Muskel. Seine Augen ruhten mit unerschütterlicher Gelassenheit auf Anselm. »Habt Ihr dringende Fragen mit Seiner Gnaden zu besprechen?«

Als ob er den Erzdiakon durchleuchten wollte. Anselm riß sich zusammen. »Das Fenster für Hatfield. Er wollte die Angelegenheit mit dem König besprechen.« Anselm befaßte sich auch damit, das Geld für Yorks Geschenk an den König zusammenzubringen, das zu Ehren von dessen verstorbenem Sohn William of Hatfield übergeben werden sollte. Und der König sollte nun entscheiden, welches Motiv das Fenster zieren sollte.

Johannes griff nach einem Stück Pergament und seiner Feder. »Ich bin gerne bereit, ihm einen Brief zu . . .«

Anselm schnaubte. »Schreiben kann ich auch selber«, zischte er mit zusammengebissenen Zähnen.

Johannes nickte. »In der Tat.« Er legte seine Feder wieder beiseite. »Nun, um Eure Frage zu beantworten, ich habe keinen Hinweis darauf, daß ein Besuch Seiner Gnaden unmittelbar bevorsteht.«

Verdammter Schweinehund. Er wollte Anselm dazu zwingen, nach der Identität des Fremden zu fragen. Doch so weit wollte Anselm sich nicht treiben lassen. Er hatte auch seine Methoden.

Gebadet und satt, wie er nun war, lockte es Owen, sich mit einem Humpen von Toms Bier in die Ecke zu setzen und dem Geplauder um sich herum zuzuhören. Doch diese Art Kameradschaft erinnerte ihn nur an bessere Zeiten, als er mit seinen Männern zusammengesessen hatte, sie ihre Verwundungen miteinander verglichen, die neuen Rekruten aufgezogen und sich ihrer Heldentaten mit den Waffen und in den Betten gerühmt hatten. Der obere Teil seines Rückens, seine Hände und Oberarme waren dann immer fast steif von der Anspannung des Schießens gewesen, und er zitterte vor Müdigkeit, wenn er seinen Humpen zum Munde führte, doch er war mit sich im reinen nach einem Tag harter Arbeit. Todmüde, erschöpft, aber im vertrauten Kreis seiner Kameraden. Das war Zufriedenheit.

Aber dies hier nicht. Owen saß verkrampft auf seinem Platz, immer damit rechnend, daß sich von seiner Linken her Gefahr näherte, nervös wegen der Anspannung, die sich nicht entladen konnte, und gepeinigt von unregelmäßigen Wellen scharfer, stechender Schmerzen in seinem linken Auge. Niemand kannte ihn hier. Er war nun nicht mehr der Hauptmann der Bogenschützen, der von vielen verehrt, aber von keinem herausgefordert wurde. Niemand scherte sich darum, daß es für ihn genauso einfach war, einen Mann zu Boden zu stoßen, wie eine verängstigt in der Ecke kauernde Katze aufzuheben. Und es spielte nicht die geringste Rolle, ob er sich bis zur Besinnungslosigkeit betrank.

Er haßte sein Leben. Er war zu nichts mehr nütze. Bei der alten Hexe hatte er sich heute wie ein Tölpel benommen. Sie wußte nun, daß er nach York gereist war, um Informationen zu beschaffen. Er hatte alles fast noch verschlimmert. Um ein Haar hätte er Fitzwilliam erwähnt. Allein ihr war es zu verdanken, daß er es nicht getan hatte. Einen solchen Fehler durfte er sich nicht noch einmal erlauben.

Die Tür ging auf, die Stimmen wurden leiser, und die Leute auf den Bänken rückten zusammen, als der Ablaßkrämer die Schenke betrat. Gütiger Himmel, wie mußte es auf die Seele eines Mannes wirken, wenn er stets auf solche Weise empfangen wurde? Owen bemitleidete Digby fast. Zumindest riß ihn dies aus seinem Selbstmitleid. Owen setzte sich auf. Er durfte sich heute abend nicht betrinken. Er hatte noch etwas zu erledigen.

Der Ablaßkrämer bemerkte ihn. Owen nickte ihm zu, ohne zu lächeln. Er wußte, daß Digby Tom nach ihm ausgefragt hatte. Es war unwahrscheinlich, daß Digby heute schon mit seiner Mutter gesprochen hatte. Er würde also noch nicht wissen, daß Owen sie aufgesucht hatte. Digby rief Merchet seine Bestellung zu und ging dann zu Owen hinüber. Niemand rief ihm etwas zu oder lud ihn ein, sich an einen Tisch zu setzen, während er durch die Reihen ging.

»Unsere Wege kreuzen sich nun schon zum dritten Mal an diesem Tag«, sagte der Ablaßkrämer.

»Das vierte Mal. Vielleicht habt Ihr mich nicht bemerkt, als ich das Münster verließ. Ihr wart im Schatten.«

Digbys Gesichtsausdruck veränderte sich nicht. Er streckte seine Hand aus. »Potter Digby.«

Owen lehnte sich mit verschränkten Armen zurück. »Ja, ich weiß. Anselms Kirchendiener.« Er ergriff die ausgestreckte Hand nicht. »Owen Archer.«

Digby setzte sich Owen gegenüber und schien wegen der Zurückweisung überhaupt nicht beleidigt zu sein. Ein Mann mit einem dicken Fell.

»Ich gebe mich nicht gern mit Fremden ab, die von meiner blinden Seite her auf mich zurücken.«

Digby zuckte mit den Achseln. »In dem Gewerbe, in dem ich arbeite, entwickelt man unangenehme Gewohnheiten. Es ist am besten, wenn man den Sünder nervös macht. Das treibt ihn zu einem Geständnis.« Digby grinste. Ein seltsames Grinsen, das auf seinen Mund beschränkt blieb.

»Ihr müßt ganz gut zurechtkommen.«

Digbys Grinsen erreichte seine Augen. »Ja. Und auch die Schatulle des Münsters wird gut gefüllt.«

Diese Offenheit gefiel Owen. Digby war doch nicht der erbärmliche Speichellecker, für den er ihn bisher gehalten hatte.

Tom brachte Digbys Bier. »Nun, ich habe Euch ja gesagt, daß er hier sein würde.« Er beugte sich zu Owen hinüber. »Nehmt Euch in acht vor ihm, Master Archer. Wem er über den Weg läuft, dem bringt er Unglück.« Obwohl Tom lächelte und zwinkerte, als er sich entfernte, war Owen klar, daß Tom meinte, was er sagte.

Owen musterte sein Gegenüber. Die Hand, die den Krug hob, war ruhig. Die Ablehnung, die ihm seine Mitmenschen entgegenbrachten, störte den Ablaßkrämer nicht.

»Vermißt Ihr nicht die Zeit, in der Ihr in dieser Stadt noch Freunde hattet?«

Digby stellte den Humpen ab, der nun halbleer war, und wischte sich den Mund mit dem Ärmel ab. »Freunde?« Er rümpfte die Nase. »Ich habe den Freund, den ich brauche, den Erzdiakon. Und ihm zuliebe würde ich auch weiterhin in den Hütten unterhalb der Mauern der Abtei leben. Stadt des Ungeziefers nennt man diese Siedlung. Wie vielen Männern von dort gelingt es, bis in das Herz der Stadt vorzudringen?«

Nicht vielen. Owen war richtig beeindruckt. »Wie ist es Euch gelungen, den Erzdiakon auf Euch aufmerksam zu machen?«

Ein verschlagenes Grinsen. »Ich habe ihm eine Information gegeben, die ihm ein hübsches Sümmchen für seine neue Kapelle im Münster eingebracht hat.«

»Welche Art von Information?«

»Das spielt keine Rolle.« Digby trank sein Bier aus und erhob sich. »Erzdiakon Anselm möchte mit Euch sprechen. Kann ich ihm ausrichten, daß Ihr ihn morgen in seinen Gemächern aufsucht?« Bess, die gerade einen Krug auf den Nachbartisch stellte, hielt den Atem an.

»Erzdiakon Anselm?« Also hatte der Erzdiakon Digby auf ihn angesetzt. »Es wird mir eine Ehre sein.«

Als sich die Tür hinter dem Ablaßkrämer schloß, lebte die Unterhaltung der Gäste hörbar wieder auf.

Bess ging mit einem Henkelkrug Bier zu Owen. Owen deckte seine Hand über seinen Krug, doch Bess hatte schon gesehen, daß er kaum etwas getrunken hatte.

»Man kümmert sich hier viel um mich.« Er nickte in Richtung Tür. »Habt Ihr zugehört?«

»Ein wenig. Ich wage zu behaupten, daß Ihr Digbys Phantasie beflügelt habt und daß er dem Erzdiakon jede Menge Ideen in den Kopf setzen wird. Ihr werdet ihn sicherlich enttäuschen müssen.«

Später, als Tom ihm in die Dachkammer hinaufleuchtete, befragte Owen ihn nach dem Erzdiakon.

Tom schüttelte den Kopf. »Manche halten ihn für einen Heiligen. Vielleicht ist er auch einer. Doch die meisten Heiligen sind ziemlich blutleere Gestalten. Er aber ist ein aufrichtiger Mann. Ihr habt nichts von ihm zu befürchten, wenn Ihr nichts zu verbergen habt.«

Tom stellte eine Kerze in Owens Fenster und ging.

Owen ließ sich auf die Pritsche sinken und entfernte seine Augenklappe. Er starrte in die flackernde Flamme. Das Bild verzerrte sich leicht. Sein Pulsschlag beschleunigte sich. Konnte er vielleicht auf seinem linken Auge wieder etwas sehen? Er legte eine Hand darüber. Verdammt. Das Sehen auf seinem gesunden Auge war nur durch den Einfluß des Bieres ein wenig verzerrt worden. Schon das zweite Mal an diesem Tag, daß er ein Wunder erwartet hatte. Welch ein Narr er doch war. Er holte das Töpfchen mit der Salbe hervor und roch daran. Ringelblume und Honig. Und noch irgend etwas. Der Honig überdeckte seinen Geruch. Er nahm ein wenig von der Salbe auf einen Finger und verrieb es auf der Haut. Zuerst Wärme, dann ein Kribbeln, schließlich Taubheit. Blauer Eisenhut. Damit mußte man vorsichtig sein. Aconitum konnte tödlich wirken.

Kapitel 7
Geistliche Herren

Mit Roglios Brief in Händen begab sich Owen am nächsten Tag zum Kloster. Frischgefallener Schnee ließ das Pflaster rutschig werden. Daher war er froh, als die glatten Steine am Tor der Abtei von Schlamm abgelöst wurden. Schlamm mochte zwar schmutzig sein, doch auf ihm lief man nicht so schnell Gefahr, zu stolpern. Es bedrückte ihn, daß er schon über Derartiges nachdachte. Der Verlust eines Auges hatte ihn in einen jammernden alten Mann verwandelt.

Roglios Schreiben verschaffte ihm Zugang zum Abt, der ihm versicherte, Bruder Wulfstan würde höchst erfreut sein zu hören, daß der Doktor des Erzbischofs sich seiner entsann.

Doch Wulfstan war entgegen der Vermutung des Abtes ganz und gar nicht angetan, als er von dem Besucher hörte. Er wollte in Ruhe gelassen werden, um weiter mit dem Teufel zu ringen, der ihn um sein Seelenheil zu bringen drohte.

Mit dem Pilger hatte es begonnen. Seit dem Abend jenen Tages, an dem der Pilger erkrankt war, hatte Wulfstan keinen Frieden mehr gefunden.

Nicht deswegen, weil der Pilger krank geworden war. Viele Wallfahrer suchten in einem ähnlichen Zustand das Kloster auf. Der Hauch des Todes brachte auch die hartgesottensten Haudegen dazu, sich Gott zuzuwenden. Vielleicht war dies jener verhängnisvolle Fehler gewesen, der sein Leben aus dem Gleichgewicht gebracht hatte. Er hätte seinen Freund in Frieden sterben lassen sollen, ohne großes Aufheben. Statt dessen hatte Wulfstan in seinem Ehrgeiz alles unternommen, um ihn zu retten. Der Mann hatte sein Herz gerührt. Wulfstan konnte nicht glauben, daß der Herr diesen Pilger sterben lassen wollte – weshalb hätte er ihn denn sonst hierher geleitet, zu einem Arzt mit langer Erfahrung und großem Können?

Welch ein arroganter alter Schwachkopf er doch gewesen war! Es schmerzte Wulfstan, darüber nachzudenken. Er hatte sich durch den Schnee gekämpft, angetrieben von dem Bemühen, eines von Gottes Geschöpfen am Leben zu erhalten – und seinen persönlichen Ruhm zu mehren.

Er hatte Nicholas' Zerstreutheit an jenem Tage wenig Aufmerksamkeit geschenkt, später jedoch erinnerte er sich daran. Wir konnte Wulfstan denn wissen, daß der Mann bereits krank war und am Abend desselben Tages von einer Lähmung befallen werden würde, die ihn für mehrere Tage der Sprache berauben und ans Bett fesseln würde, das er immer noch nicht verlassen hatte? Nicholas hatte im großen und ganzen einen gesunden und munteren Eindruck erweckt. Doch die Fragen, die er gestellt hatte, und sein plötzlicher Stimmungsumschwung hatten schon auf ein fieberiges Gehirn hingedeutet.

Und die Symptome, die der Pilger nach der Verabreichung der Medizin gezeigt hatte – heilige Muttergottes, jetzt stand ihm alles so klar vor Augen. Damals jedoch hatten sie ihm Rätsel aufgegeben. Er meinte, die Anzeichen falsch interpretiert zu haben, daß sein Freund doch nicht an Lagerfieber, sondern an irgendeiner anderen Erkrankung litt, und daß Nicholas dies erkannt hatte und deshalb so bestürzt gewesen war. Möglicherweise hatte er die falsche Medizin zubereitet.

Oh, die Wahrheit war noch viel schlimmer. Viel schlimmer.

Wie ein Narr hatte Wulfstan über den sterbenden Mann gewacht, hatte seine Gliedmaßen massiert, um seine Schmerzen zu lindern, und ihm geholfen, sich aufzusetzen, damit er Luft kriegte. Er hatte für ihn gebetet, betrübt darüber, daß solch ein edler Ritter sein Leben unter derartigen Qualen zu Ende führen sollte.

Und dann hatte Wulfstan den Rest der Medizin, den er aufgehoben hatte, Fitzwilliam verabreicht, dem Küster des Erzbischofs. Und er hatte miterleben müssen, wie auch dieser

Mann unter Erstickungsanfällen und Gliederschmerzen dahingerafft wurde, genau wie der Pilger.

Erst danach hatte Wulfstan die Medizin untersucht. Erst danach. Er war ein dummer alter Esel. Was er dabei entdeckte, brach ihm das Herz. Eine tödliche Dosis Aconitum. Und er war es, der sie verabreicht hatte. Wulfstan hatte zwei Männer umgebracht, indem er versucht hatte, sie zu retten.

Aconitum. Blauer Eisenhut. In kleinen Dosierungen wirkt er schmerzlindernd, fördert das Schwitzen und bekämpft Entzündungen. In größeren Dosierungen verursacht er fürchterliche Gliederschmerzen, Schwächeanfälle, das Gefühl, ersticken zu müssen, und schließlich führt er durch Atem- oder Herzlähmung zum Tode. Es war nicht ungewöhnlich, daß eine Medizin Aconitum enthielt. Aber gleich soviel. Daß Nicholas einen solch schwerwiegenden Fehler hatte begehen können. Wulfstan hatte bislang nie einen Grund gehabt, den Mixturen von Nicholas Wilton zu mißtrauen oder denen seines Vaters, der vor ihm die Apotheke geführt hatte. Es war ihm einfach nicht in den Sinn gekommen, die Medizin vorher zu überprüfen. Und dabei, Herr im Himmel, wäre es doch so einfach gewesen. Sie ruft auf der Haut ein warmes, kribbelndes Gefühl hervor, dem eine Taubheit folgt. Als er schließlich die Medizin überprüft hatte, war seine Hand die ganze Nacht lang taub gewesen.

Dies war der dunkelste Augenblick in Wulfstans Leben. Noch nie hatte er darüber nachgedacht, welche Macht er über das Leben von Menschen ausübte. Er konnte Menschen töten. Er hatte durch seine Nachlässigkeit Menschen getötet.

Alter Narr. Der Apotheker mußte schon zu der Zeit, als er die Medizin zusammengestellt hatte, nicht mehr bei klarem Verstand gewesen sein. Und schließlich war Nicholas auch noch vor dem Kloster zusammengebrochen, kurz nachdem er die Mixtur abgeliefert hatte.

Nur kurze Zeit, nachdem der Pilger ihn einen Mörder genannt hatte. Dies vor allem beunruhigte Wulfstan. Denn die Medizin enthielt eben eine solch hohe Dosis Aconitum. Eigens für den Pilger zubereitet. Noch niemals hatte er erlebt, daß sich

Nicholas bei der Herstellung einer Medizin dermaßen geirrt hatte. Er könnte sich bei den Bezeichnungen vertan haben. Und auch das Abmessen war nie vollkommen exakt. Doch hier handelte es sich um einen gravierenden Irrtum, der jedermann, der sich mit der Angelegenheit beschäftigte, sofort auffallen mußte.

Und aus diesem Grunde fürchtete er, daß es kein Irrtum gewesen war. Daß Nicholas wirklich ein Gift hatte zubereiten wollen. Daß er beabsichtigt hatte, den Pilger umzubringen, den Mann, der ihn einen Mörder genannt hatte, der gehofft hatte, Nicholas sei schon gestorben und der so sicher gewesen war, ihn vor fünfzehn Jahren getötet zu haben.

Wulfstans Verdacht erschütterte ihn. Aber gewiß versuchte er dadurch nur, seine eigene Schuld zu tilgen, indem er einen anderen verantwortlich machte. Nicholas Wilton konnte doch gar nicht geplant haben, den Pilger zu ermorden. Er kannte ja nicht einmal seinen Namen.

Doch Nicholas hatte viele Fragen über diesen Mann gestellt. Fragen, die nichts mit der Diagnose zu tun hatten. Und Wulfstan hatte ihm alles erzählt, was er wußte. Das hatte möglicherweise genügt.

Nein. Nicholas war ein guter Mensch. Das war einfach nicht vorstellbar. Und außerdem, welches Motiv hätte er haben sollen? Nicholas hatte alles erreicht, was man als Laie erreichen konnte. Er war Apothekenmeister, sein Geschäft wurde von den wohlhabendsten Einwohnern Yorks aufgesucht, und er war mit einer wunderschönen Frau verheiratet, die an seiner Seite arbeitete. Einzig ihre Kinderlosigkeit bereitete ihm Kummer.

Wulfstan hatte herausgefunden, daß seine Güte und seine Unschuld die Fundamente bildeten, die ihn befähigten, mit Medikamenten umzugehen. Gott hatte es ihm ermöglicht, diesen wunderbaren Beruf auszuüben, weil er sich seiner Gnade als würdig erwiesen hatte.

Doch er selbst war nicht länger unschuldig. Durch seine Nachlässigkeit hatte er zwei Männer umgebracht. Und er hatte sich entschlossen, niemandem etwas davon zu erzählen. Niemand durfte erfahren, daß die beiden Männer keines natürlichen Todes gestorben waren. Der Klatsch der Leute würde die Wiltons ruinieren und, Gott verzeihe ihm, das Vertrauen, das Abt Campian in Wulfstan setzte, vollends zerstören. Er konnte es einfach nicht tun. Er konnte es Lucie Wilton nicht antun. Und auch sich selbst nicht. Er durfte ihr Leben nicht zerstören, nachdem sie eine neue Chance erhalten hatte. Und was ihn selbst betraf, so wußte er, daß er von nun an äußerst umsichtig sein würde.

Also hatte er sich entschieden, niemandem außer Lucie Wilton von seinem Verdacht zu erzählen. Sie sollte Nicholas im Auge behalten. Er hatte sich davor gefürchtet, es ihr zu sagen. Doch sie hatte es mit bemerkenswerter Ruhe und Gelassenheit aufgenommen.

Wulfstan vertraute Lucie. Doch seine eigene Schuld an den Todesfällen, seine Unachtsamkeit quälte ihn.

Und in dieser Verfassung war ihm ein Besucher alles andere als willkommen. Doch er konnte jemanden, der ihm eine Botschaft von dem Arzt des Erzbischofs überbringen wollte, nicht abweisen.

Als Owen den Raum betrat, blickte Wulfstan von seinem Arbeitstisch auf, doch er vermied es, Owen in die Augen zu schauen.

Owen überreichte ihm den Brief.

Die Hände des Mönchs zitterten, als er das Siegel erbrach und zu lesen begann. Er hatte ein weiches, freundliches und volles Gesicht. Doch Owen bemerkte die Angst in seinen hellen Augen. Sie war verschwunden, als er schließlich den Blick hob.

»Master Roglio. Der Herr segne ihn dafür, daß er sich meiner erinnert. Ich habe nur sehr wenig für ihn getan. Eine Medizin für den Erzbischof.« Wulfstan runzelte die Stirn. »Ich kann mich gar nicht mehr genau daran erinnern. Ich hatte alles bis auf die Alraune. Man baut sie hier nicht an, müßt Ihr wissen. Sie ist ein Teufelskraut.« Er strich sich über die weißen Stoppeln auf seinem Kinn, während er seine Erinnerungen zu sammeln versuchte.

»Der Erzbischof brauchte ein schmerzstillendes Mittel?«

In die hellen Augen trat wieder diese ängstliche Ausdruck. »Ihr versteht etwas von meinem Fach, wie ich sehe. Ja, die Alraune wirkt gegen Schmerzen.«

Es überraschte Owen nicht, daß der Mönch empfindlich reagierte. Zwei Männer waren unter seiner Obhut gestorben. Doch er hatte gehofft, der Mann würde bereitwillig erzählen, was er wußte. »Es erstaunt mich, daß Ihr auf der Alraune bestanden habt. Ihr baut doch gewiß den Blauen Eisenhut an – Aconitum?«

Der Mönch erbleichte. »Natürlich. Doch Master Roglio hat gesagt, die Körpersäfte des Erzbischofs seien zu lebhaft. Aconitum würde sie überhitzen. Also schickte ich einen Helfer zu Wilton – er besitzt einen vorzüglichen Garten, in dem nahezu alles wächst –, um die zu Pulver zermahlene Wurzel holen zu lassen, und habe damit die Medizin selbst zubereitet. Ja, so ist es gewesen. Und wegen dieses kleinen Hilfsdienstes erinnert sich Master Roglio an mich.«

»Master Wilton.« Owen nickte. »Ich habe seine Frau kennengelernt. Sie hat mir eine Salbe für mein Auge zusammengestellt.«

»Nicholas Wilton hat Glück mit Lucie. Sie kennt sich schon sehr gut aus.«

»Daran zweifle ich nicht. Ihre Mixtur war besser als jene, die man mir in Warwick gegeben hat.«

»Ihr seid in guten Händen.«

»Von meiner Kammer in der York Tavern aus kann man Wiltons Garten überblicken. Habt Ihr häufiger mit ihm zu tun?«

Die Schultern verspannten sich. »Von Zeit zu Zeit.« Der Mönch wendete sich wieder seiner Arbeit zu.

Owen schaute sich im Raum um. Er war hell und warm und von den Gerüchen der Medikamente erfüllt, die der Mönch an seinem Arbeitstisch zusammengemischt und in Töpfe und Krüge gefüllt hatte, die nun auf den Regalen nebeneinanderstanden. Die Binsenmatten auf dem Fußboden waren frisch und trocken. Zur Zeit lagen keine Patienten in den Feldbetten an der hinteren Wand.

»Die Brüder von St. Mary scheinen sich guter Gesundheit zu erfreuen, wie ich sehe.«

»Nicht mehr als üblich. Der Frühjahrsaderlaß steht bevor. Davor ist es immer ziemlich ruhig.«

»Niemand möchte zu häufig mit den Blutegeln zu tun haben.«

Wulfstan zeigte ein schwaches Lächeln. »Ihr studiert offenbar die menschliche Natur.«

»Als Hauptmann der Bogenschützen mußte ich das auch tun.« Owen entschloß sich, in die Offensive zu gehen. »Ich freue mich zu sehen, daß die Krankheiten, die in diesem Winter hier grassiert haben, offenbar überstanden sind.«

Die roten Wangen bekamen Flecken. Eine nervöse Hand stieß an das Häufchen mit Schwertlilien-Pulver. Eine feine Wolke legte sich über Wulfstans Gesicht. Er nieste in seinen Ärmel und wischte sich dann über die Augen. Der Mönch trat hinter seinem Tisch hervor und setzte sich neben Owen. »Woher wißt Ihr, daß hier Krankheitsfälle aufgetreten sind?«

Owen zuckte mit den Schultern. »Gestern abend habe ich den Leuten in der Schenke zugehört. Auf diese Weise erfährt man viel über die Stadt. Da war die Rede von zwei Todesfällen mit ähnlichen Symptomen, innerhalb eines Monats. Ein Todesfall bedeutet nicht viel. Wahrscheinlich war für den Mann die Zeit gekommen. Aber zwei Todesfälle können auch drei, vier, ein Dutzend bedeuten.«

Wulfstan rieb sich über den Nasenrücken. Er hatte seine Augen geschlossen, ein müder alter Mann. »Inzwischen ist genügend Zeit vergangen, und für niemanden besteht mehr ein Anlaß zur Sorge.« Er schüttelte den Kopf. »Und daß zwei Todesfälle geschehen sind, heißt nur, daß für beide eben die Zeit abgelaufen war. Gott in seiner Güte hat beide als Pilger zu sich genommen. Daß zwei derartige Fälle geschehen sind, zeugt von seiner grenzenlosen Liebe zu uns Menschen.«

Owen zuckte mit den Achseln. »Ich dachte mir eigentlich, sie seien gestorben, weil sie mitten im Winter in den Norden gereist waren. Auch für mich war es eine anstrengende Reise, und ich erfreue mich guter Gesundheit.«

Das Licht, das durch das Gartenfenster fiel, erhellte die Schweißtropfen, die dem Mönch auf der Stirn standen. »Auch dies hat natürlich eine Rolle gespielt. Der erste Pilger war, als er zu uns gekommen ist, in einem Zustand, der es ihm nicht mehr erlaubte zu reisen. Ich glaube, er wußte, daß der Tod ihn hier ereilen würde.«

Owen bemerkte eine Gefühlsaufwallung in der Stimme des alten Mönches. »Ihr habt ihn gut gekannt?«

Wulfstan senkte den Kopf und schloß seine Augen für kurze Zeit, bevor er antwortete. »Wir wurden Freunde, während ich ihn hier behandelte.«

»Dies war auch für mich immer das Schwierigste in den Lagern. Einen Freund zu verlieren, um den ich mich gekümmert hatte.«

Wulfstan starrte schweigend an die hintere Wand des Raumes. Seine Augen waren naß.

»Blieb es an Euch hängen, seine Familie zu informieren?« fragte Owen behutsam.

»Dafür ist Abt Campian zuständig. Doch soweit ich weiß, war er hier bei uns ein Pilger ohne Namen, ein Durchschnittsmensch.«

»Er hat Euch also nicht von seinem Zuhause erzählt?«

»Er war schon zu lange Soldat. Ich bezweifle, ob er sich überhaupt noch an sein früheres Zuhause erinnern konnte.«

Owen nickte. »Das kann ich sehr gut verstehen.«

»Für einen Soldaten seid Ihr sehr rücksichtsvoll.«

»Ich habe eine Verwundung erlitten, die mein Leben verändert hat.«

Wulfstan warf einen mitfühlenden Blick auf die Augenklappe.

»Und der andere Pilger, der verstorben ist? Fitzwilliam. Ist auch er schon krank hier angekommen?«

Wulfstan schüttelte den Kopf. »Sein zügelloses Leben hat ihn hier eingeholt.« Dann schaute er Owen scharf an. »Weshalb kennt Ihr seinen Namen?«

»Ich habe ihn gestern abend gehört. Daraufhin bin ich neugierig geworden, denn auch er stand in den Diensten von Lancaster. Ich befand mich gerade in Kenilworth, als die Nachricht von seinem Tode eintraf.«

Der Mönch verkrampfte sich. »Was haben die Leute über ihn gesprochen?«

»Daß seine Feinde sich verabredet hätten, ihn umzubringen. Verzeiht mir. Ich habe ein Thema zur Sprache gebracht, das Euch aufwühlen muß.«

Wulfstan holte tief Luft. »Es ist nicht gut für die Abtei, wenn hier zwei Pilger sterben.«

»Wir haben nur von Fitzwilliam gehört. Und wir vermuteten, er sei von einem seiner Feinde auf der Straße überfallen und getötet worden.«

Wulfstan senkte den Kopf.

»Er war ein Galgenvogel«, sagte Owen. »Er war immer im Gerede.«

»Er hatte eine verkommene Seele. Geboren unter einem schlechten Stern. So jedenfalls redeten die Leute hier in der Gegend über ihn.«

»Habt Ihr ihn gut gekannt?«

»Ich wußte, wer er war. Er verbrachte viel Zeit in unserem Kloster. Doch bis dahin war es ihm immer gelungen, meine Krankenstation zu meiden.«

»Ihr mochtet ihn nicht.« Owen hörte aus Wulfstans Stimme einen warnenden Unterton heraus, der besagte, daß er nun am Ende seiner Geduld angelangt war.

»Verzeiht mir. Ich bin nicht hierhergekommen, um Euch auszuhorchen.«

»Schon gut.«

Owen schaute auf den Kräutergarten. Lavendel und Santoline säumten die Beete, deren Schneedecke in einem Monat dunkler Erde gewichen sein würde, in der sich die ersten grünen Triebe zeigten.

Er spürte, daß der Klosterarzt ihn beobachtete.

»Master Roglio hat gemeint, ich müßte mir unbedingt die beiden großen Kräutergärten von York ansehen – Euren und den von Master Wilton. Bislang hielt ich den Kräutergarten von Kenilworth für ausgezeichnet. Er ist zweimal so groß wie dieser. Doch Roglio hat gesagt, es gebe dort nicht eine solche große Vielfalt wie hier.«

»Der Kräutergarten hat eine lange Tradition in St. Mary. Doch Wiltons Garten ist das Werk eines einzelnen Mannes – von Nicholas Wilton. Er ist sein ganzer Stolz. Sein Meisterwerk, in der Tat. Ich war derjenige, den der Gildenmeister heranzog, als es darum ging, darüber zu befinden, ob Nicholas vertrauenswürdig und verläßlich genug war, um zum Apothekermeister erhoben zu werden. Ich konnte mir bis dahin nicht vorstellen, daß es einem Laien gelingen könnte, sich Zugang zu all jenen Werken zu verschaffen, die er dazu kennen mußte. Doch ich glaube, er hat schon von Anfang an, als er hier noch Student war, darauf hingearbeitet.«

»Er hat also die Schule des Klosters besucht?«

Owen hätte gern gewußt, vor welcher Frage sich Wulfstan fürchtete.

»Ihr müßt mich entschuldigen«, sagte Wulfstan. »Ich habe viel zu erledigen.« Er erhob sich.

Auch Owen stand auf. »Es tut mir leid, Euch aufgehalten zu haben. Ich freue mich schon darauf, im Frühjahr Euren Garten zu besichtigen.«

Wulfstan runzelte die Stirn. »Beabsichtigt Ihr, so lange hierzubleiben?«

»Ich bin hierhergekommen, um mir eine Arbeit zu suchen.« Owen berührte seine Augenklappe. »Ein Einäugiger gibt keinen guten Soldaten mehr ab, so denke ich jedenfalls.«

In den Augen stand Mitgefühl. »Konnte Master Roglio nichts unternehmen?«

Owen schüttelte den Kopf.

»Schade. Wenn es irgend jemand vermocht hätte, dann er. Welche Art von Arbeit sucht ihr?«

Owen blickte sich um. »Ich weiß, daß das für jemanden in meinem Alter sehr ungewöhnlich ist, aber ich möchte als Lehrling bei einem Apotheker oder Arzt eintreten.«

Wulfstan legte die Stirn in Falten. »Vom Soldaten zum Heiler ist es ein großer Sprung. Doch wenn Gott Euch ruft, wird er Euch auch einen Weg weisen.«

Owen bemerkte, wie der Mönch sich im Geiste schon wieder mit seiner Arbeit beschäftigte. »Nun habe ich Euch lange genug belästigt.« Er verabschiedete sich.

Owen fühlte sich nach diesem Besuch nicht wesentlich klüger. Was hatte er Neues erfahren? Daß Bruder Wulfstan die beiden Todesfälle in der Abtei nahegegangen waren und daß ihm irgend etwas Sorgen bereitete. Fragen zu den Todesfällen und zu Nicholas Wilton hörte er nicht gern. Vielleicht hatte das überhaupt nichts zu bedeuten, doch Owen nahm sich vor, darüber nachzudenken. Und der Klosterarzt war offenbar der Ansicht, daß Fitzwilliam an einer Krankheit gestorben war. Doch sollte der Mann in Wulfstans Krankenrevier ermordet worden sein, dann würde es sehr schlecht für den Arzt aussehen, daher würde er sich hüten, irgend etwas zuzugeben.

Ein wenig ergiebiges Gespräch, alles in allem. Owen entschloß sich, die Gelegenheit wahrzunehmen und einige der übrigen Mönche danach zu befragen, was sie über Fitzwilliam wußten. Er winkte einem jungen Mönch zu, der gerade vorübereilte.

»Ich hoffte, hier jemanden zu finden, der sich an einen Cousin von mir erinnert, an Sir Oswald Fitzwilliam?«

Der keck dreinblickende Mönch musterte Owen von oben bis unten und grinste dann. »Ihr seht ihm aber gar nicht ähnlich, Eurem Cousin, Sir . . .?«

»Archer, Owen Archer.« Er streckte seine Hand aus.

Der junge Mönch verbeugte sich leicht, hielt seine Hand jedoch im Ärmel verborgen. »Ich bin Bruder Jonas. Ich erinnere mich an Euren Cousin. Er war ein . . .« Jonas wendete seine Augen für einen Moment ab, als wolle er nachdenken, »er war ein Mann mit Charakter. Sein Tod kam unerwartet.«

»Es hat mich überrascht, wie er gestorbenn ist. Da er die Angewohnheit hatte, sich Feinde zu schaffen, habe ich eher damit gerechnet, daß er einmal eines gewaltsamen Todes sterben würde.«

Die Augenbrauen hoben sich. »Ich habe gehört, er soll ziemlich hinter den Damen her gewesen sein. Mit seinen engen Beinkleidern und kurzen Hemden war es offensichtlich, worauf er aus war. Aber das war auch das Schlimmste, was ich von ihm gehört habe.«

»War er hier beliebt?«

»Er war nicht unbeliebt.« Der Mönch blickte umher und schob dann seine Hand noch tiefer in seine Ärmel. »Ich muß mich nun wieder meiner Arbeit zuwenden. Soll ich Euch den Weg zum Ausgang zeigen?«

»Nicht notwendig.« Owen nickte ihm zu, ging auf dem Korridor weiter und trat dann hinaus in den Kreuzgang. Dort traf er auf einen weiteren, älteren Mönch. »Gott sei mit Euch.«

»Und auch mit Euch, mein Sohn«, flüsterte der alte Mönch.

»Verzeiht mir, daß ich Euch bei Eurer Meditation störe, doch ich würde gern wissen, ob auch Ihr zu den Brüdern gehört habt, die meinem Cousin, Oswald Fitzwilliam, zur Seite gestanden haben.«

In dem mageren Gesicht des Mönchs spiegelte sich Überraschung. Er schüttelte den Kopf. »Ich kann über Euren Cousin nichts sagen. Ich habe mit den Pilgern, die zur Abtei kommen, nicht zu tun.« Er erhob sich steif, schlug zum Segen das Zeichen des Kreuzes und schlurfte davon.

»Ich kannte Fitzwilliam«, sagte eine Stimme hinter Owen.

Owen drehte sich um. Vor ihm stand ein rundlicher Mönch mit klaren Augen und einem fröhlichen Lächeln, der seine Hände in die Ärmel geschoben hatte und sich leicht hin und her wiegte. »Ich bin Bruder Coelestin, der Zellerar.«

»Natürlich. Euch hat er ausgewählt.«

»Habt Ihr eine Erlaubnis, mit uns über Euren Cousin zu sprechen?«

Diese Frage überraschte Owen. Bruder Coelestin hatte

anfangs so freundlich geklungen. »Ich habe keine derartige Erlaubnis. Ich habe mit einem Empfehlungsschreiben Bruder Wulfstan aufgesucht. Doch ich dachte, wenn ich schon einmal hier bin . . .«

»Habt Ihr Eurem Cousin nahegestanden?«

»Wir haben schöne Zeiten zusammen verbracht.«

Coelestin nickte. »Die meisten Brüder haben Fitzwilliam akzeptiert, weil er der Küster des Erzbischofs war. Doch ich mochte ihn. Es ist nicht einfach, der Küster eines solch mächtigen Mannes wie Seiner Gnaden zu sein. Fitzwilliam wurde überwacht. Jede seine Verfehlungen wurde festgehalten. Er galt als aufmüpfig. Aber ich glaube nicht, daß er im Grunde seines Herzens ein schlechter Mensch war. Oh, ich habe mir keine Illusionen darüber gemacht, daß er künftig nicht mehr sündigen würde, aber er war entschlossen, sich zu bessern.«

»Wie kam es, daß Ihr ihn so gut kennenlerntet?«

Coelestin kicherte. »Ich habe ihn einmal im Keller erwischt. Wo er mehr zu sich nahm, als ihm zustand.«

»Und hat er Abbitte geleistet?«

»Es hat keinen derartigen Vorfall mehr gegeben.«

»Welchen Eindruck machte er bei diesem letzten Besuch?«

Der Mönch blickte den Kreuzgang entlang und überlegte. »Er war ruhiger als sonst. Bleich. Ich glaube, er war schon krank, als er ankam.«

»Hat ihm Eurer Meinung nach etwas Sorgen bereitet?«

»Er kam niemals ohne einen Grund hierher.«

Am Ende des Kreuzganges öffnete sich eine Tür.

Der Zellerar schaute mit ängstlichem Blick zu der Tür hinüber. »Ich muß mich um meine Arbeit kümmern«, sagte er dann abrupt. »Gott sei mit Euch.«

Owen wendete sich um und erblickte Abt Campian, der sich zielstrebig näherte. Die gerunzelte Stirn des Abtes sagte Owen, daß das Spiel zu Ende war.

»Ich gab Euch die Erlaubnis, mit Bruder Wulfstan zu sprechen. Nun höre ich, daß Ihr die Brüder in ihren Meditationsstunden stört, um Fragen nach Sir Oswald Fitzwilliam zu stellen. Ihr mißbraucht meine Gastfreundschaft, Hauptmann Archer.«

»Verzeiht mir. Ich dachte, da ich schon einmal hier bin . . .«

»St. Mary ist ein Ort der Meditation und des Gebetes.«

»Ich bitte um Verzeihung wegen meiner Eigenmächtigkeit.«

»Ich werde Euch von Bruder Sebastian hinausführen lassen.« Campain winkte einen jungen Mönch herbei, der im Schatten gewartet hatte.

Owen folgte dem Mönch ohne Widerstreben zum Tor. »Ist Euer Abt sehr zornig auf mich?«

Bruder Sebastian lächelte. »Er ist nicht zornig. Er verlangt Gehorsam. Er erwartet, daß alle die Regeln befolgen.«

»Er kann sich glücklich preisen, daß er in einer wohlgeordneten Welt lebt.«

»Wir sind froh, daß er unser Abt ist.«

Owen verließ das Kloster mit einem Gefühl der Enttäuschung. Er hatte über Fitzwilliam nichts in Erfahrung gebracht, was seinen Tod hätte erklären können. Die Brüder von St. Mary schienen es für plausibel zu halten, daß er aufgrund der Anstrengungen, die ihm die Reise im kalten Winter abverlangt hatte, gestorben war. Owen fragte sich nun zum letzten Mal, ob Thoresby ihn auf eine Fährte angesetzt hatte, die ins Nichts führte.

Aber vielleicht würde ihm der Besuch beim Erzdiakon mehr Aufschluß bringen.

Ein Asket, dachte Owen, als Anselm ihm bedeutete, Platz zu nehmen. Groß, hager, mit graubrauner Hautfarbe, sogar um die Augen herum. Und ein Unterton in der Stimme, der dafür sorgte, daß man Distanz wahrte.

»Wie mir gesagt wurde, habt Ihr gestern den Sekretär des Erzbischofs aufgesucht.«

Darum also ging es ihm. Owen entspannte sich. Thoresby hatte ihn darauf vorbereitet.

»Seine Gnaden, der Erzbischof, wollte Henry, dem verstorbenen Duke of Lancaster, einen Gefallen erweisen, indem er mich mit einem Empfehlungsschreiben und mit den Geldmitteln ausstattete, die mein ehemaliger Herr mir zukommen lassen wollte. Er hat Johannes damit beauftragt, die Angelegenheit abzuwickeln, denn er erweist dem verstorbenen Herzog diesen Gefallen in seiner Eigenschaft als Lordkanzler.«

»Ein Empfehlungsschreiben? Was führt Euch nach York?«

»Ich suche Arbeit.«

Die kalten Augen musterten ihn. »Welche Dienste habt Ihr für den verstorbenen Herzog verrichtet?«

»Ich war Hauptmann der Bogenschützen.«

»Und der neue Herzog wollte Euch nicht weiterbeschäftigen?«

»Ich habe mein Soldatendasein beendet. Ich möchte einen Beruf erlernen, als Lehrling eines Meisters.«

Anselms Nasenlöcher blähten sich. »Ein Hauptmann der Bogenschützen, der nun damit zufrieden wäre, als einfacher Lehrling zu arbeiten?«

»Es ist Gottes Wunsch, daß ich einen Neuanfang mache. Ich glaube fest daran, daß der Verlust eines meiner Augen ein Zeichen Gottes war, das mir sagen sollte, daß ich mit dem Töten aufhören soll. Daß ich Ihm nun auf andere Weise dienen soll.«

»Woran denkt Ihr dabei?«

»Ich würde gerne als Lehrling in einer Apotheke arbeiten.«

»Vom Mörder zum Heiler?« Die Stimme klang belustigt, doch die Augen blieben weiterhin kalt.

»Ich habe dem Lagerarzt geholfen, Mixturen zusammenzumischen und dergleichen.«

»Ich fürchte, in York gibt es nur wenige derartige Ausbildungsmöglichkeiten. Und außerdem kann ein Bogenschütze wahrscheinlich auch nicht lesen und schreiben.«

»Ich beherrsche beides. Der alte Herzog hat mich dazu angehalten, es zu lernen, damit ich später wieder eine Beschäftigung finden würde.«

»Bemerkenswert.« Er ließ es wie eine Beleidigung klingen.

»Und Gott hat mir an jenem besonderen Tag meine neue

Bestimmung gezeigt. Ich habe davon erfahren, in welcher Lage sich Master Nicholas Wilton befindet.«

Der Erzdiakon schreckte auf, als dieser Name fiel.

»Ich kenne mich gut aus in der Gärtnerei und habe auch Erfahrung in der Zusammenstellung von Medikamenten.«

»Lehrling bei Nicholas Wilton?« Anselm erhob sich.

»Dort braucht man gerade jemanden.«

Der Erzdiakon schüttelte den Kopf. »Ihr irrt Euch. Ihr würdet von seiner Ehefrau ausgebildet werden. Es ist nicht ratsam, sich von einer Frau ausbilden zu lassen. Noch dazu von einer mit fragwürdigem Hintergrund.«

»Ich habe bis jetzt nichts Schlechtes über Mistress Wilton gehört.«

Der Erzdiakon schniefte. »Das werdet Ihr schon noch. Außerdem würde es ein Gerede geben. Ihr seid ein alleinstehender Mann im Heiratsalter, Mistress Wilton ist jung und hübsch, und ihr Ehemann ist ans Bett gefesselt. Ich denke, Ihr versteht das Problem.«

»Ich werde woanders meine Unterkunft nehmen.«

Der Erzdiakon lenkte ein. »Ich sehe, daß Ihr ernsthaft eine Position zu finden sucht. Das bewundere ich. Doch ich muß Euch empfehlen, Euch diese Möglichkeit aus dem Kopf zu schlagen. Ich werde tun, was ich kann – und mein Einfluß ist beträchtlich. Ich versichere Euch, Ihr werdet eine Anstellung finden. Vielleicht nicht in York, doch ich nehme an, Ihr seid auch bereit, woandershin zu gehen?«

»Das ist sehr freundlich von Euch.«

Der Erzdiakon neigte seinen Kopf leicht. »Keine Ursache, Hauptmann Archer.«

Anselm hatte Männer wie Owen Archer auch früher schon kennengelernt, Männer mit honigsüßen Zungen, glänzenden Locken und großen, hellen Augen mit langen Brauen. Solche Männer trugen einen Teil der Rippe Evas in sich. Sie waren böse und verschlagen. Aber die Frauen fanden sie attraktiv, denn die

Hexen erkannten sich selbst in ihnen. Dieser Mann war von Lucie Wilton gerufen worden. Dessen war sich Anselm gewiß. Lucie war wie ihre Mutter. Und Bess Merchet unterstützte sie. Welch eine Macht mußte von dieser Verbindung ausgehen. Keine der Frauen ließ demütig ihren Schleier fallen, wenn er sich näherte. Freche, unnatürliche Weibspersonen. Verkommen.

Und Owen Archer war mit ihnen verbündet. Er mußte unter Beobachtung gestellt werden.

Bess saß auf einem Schemel hinter dem Ladentisch und unterhielt sich mit Lucie, wenn gerade keine Kunden im Laden waren. Sie empfand Mitleid mit ihrer Freundin, die so stark an das Geschäft, an Nicholas und an das Haus gebunden war, daß sie überhaupt nicht mehr unter die Leute kam.

»Was hältst du von Owen Archer?« fragte Bess. Er hatte ihr erzählt, daß er in der Apotheke gewesen war und Mistress Wilton kennengelernt hatte. Bess bemerkte mit Interesse, daß sich das hübsche Gesicht ihrer Freundin mit einer leichten Röte überzog.

»Es ist nicht meine Gewohnheit, meine Meinung über Kunden zum besten zu geben«, antwortete Lucie, wobei sie vermied, Bess in die Augen zu schauen.

Bess schnaubte. »Wie ich mir gedacht habe.«

»Was soll das bedeuten?« Lucie blickte ihre Freundin herausfordernd an.

»Er hat dich bezaubert.«

Lucies Wangen entflammten. »Nein, das hat er nicht getan. Wenn du es genau wissen willst, er war ziemlich grob. Er hat mich wie ein Dienstmädchen behandelt. Hat geglaubt, er könnte mir mit schönen Worten den Kopf verdrehen.«

Bess zuckte zusammen. Sie hatte nicht mit Lucies Widerspenstigkeit gerechnet, als sie von dieser unschuldigen Romanze geträumt hatte. Ach, du liebe Zeit! Nun, vielleicht war es doch besser so. »Kann sein, daß er wirklich ein übler Bursche ist.

Erzdiakon Anselm hat ihn zu sich rufen lassen. Er ist gerade bei ihm.«

»Woher weißt du das?«

»Ich habe gestern abend Owen Archer und Potter Digby im Schankraum miteinander reden hören.« Bess gefiel die Angespanntheit in Lucies Stimme nicht. Und auch nicht, daß sich die aufgestiegene Röte schnell wieder verflüchtigt hatte. »Beunruhigt dich das?« fragte Bess.

»Warum sollte ich mir darüber denn Gedanken machen? Ich kenne den Mann doch kaum.« Lucie drehte sich abrupt um und stieß einen Tonbecher vom Tisch. Er zerbrach in zwei Teile, als er auf dem Boden aufschlug. Tränen schossen Lucie in die Augen und liefen ihre Wangen hinunter.

»Lucie, meine Liebe, was ist denn los?«

Lucie schüttelte den Kopf. »Ich bin müde. Bitte geh, Bess.«

»Du brauchst eine Hilfe im Laden.«

»Sag das dem Gildenmeister Thorpe.«

»Warum schließt du heute nicht mal ein bißchen früher?«

»Bitte laß mich allein, Bess. Bitte.«

Lucie sank auf den Schemel nieder, den Bess freigemacht hatte, und schlang die Arme um sich. Sie glaubte nicht an Zufälle. Seit jener Nacht, in der Nicholas von Digby nach Hause gebracht worden war, hatte der Erzdiakon sie ausspionieren lassen. Digby hatte vorher noch nie von ihnen ein Medikament bezogen. Seine Mutter war eine Hebamme. Sie behandelte ihn, wenn er krank war. Doch nun war er plötzlich ein Stammkunde. Und dann war er gestern Owen Archer in ihrer Apotheke begegnet, und schon am Abend hatte der Erzdiakon ihn zu sich rufen lassen. Fragte Erzdiakon Anselm alle ihre Kunden aus? Er machte ihr angst. Und er machte auch Nicholas angst. Doch Nicholas leugnete dies. »Er kommt als Freund, Lucie. Du brauchst dir wegen seiner Besuche keine Sorgen zu bereiten.« Sie aber verstand Nicholas' Stimmungen richtig zu deuten, ob er nun krank war oder nicht, und wußte, daß er nach den Besuchen des Erzdiakons ziemlich aufgewühlt war. Er empfand für Anselm nicht mehr als Lucie.

Kapitel 8
Magda Digby, die Flußfrau

Owen verbrachte den Abend an einem Eckplatz in der York Tavern und hielt nach Digby Ausschau. Er rechnete ganz sicher damit, daß der Mann hereinstürmen und ihn fragen würde, was er von seiner Mutter wolle. Doch er kam nicht.

Bess gesellte sich am späteren Abend zu ihm. Sie setzte sich ihm gegenüber und prostete ihm mit einem Humpen Bier zu. »Ich glaube, das habe ich jetzt verdient.« Sie nahm einen Schluck und lächelte zufrieden. »Er hat ein Gefühl dafür, mein Tom. Normalerweise sind Frauen die besseren Braumeister, aber mein Tom ist die Ausnahme von der Regel.« Sie nahm einen weiteren großen Schluck. »Nun, was haltet Ihr von den Leuten von York?«

»Ich habe noch nicht viele kennengelernt. Der Erzdiakon scheint wegen meiner Verbindung mit dem Erzbischof gekränkt zu sein. Das war auch der Grund, weshalb er mich sprechen wollte. Herauszufinden, was ich am Münster zu tun hatte.«

»Mit Anselm ist nicht leicht auszukommen. Ein guter Mann auf seine Art. Er hat eine Menge Geld zusammengebracht für die Hatfield-Kapelle im Münster. Das macht sich gut für uns alle. Das muß ich ihm zugestehen. Wenn der König zur Einweihung kommt, dann wird er ein großes Gefolge mitbringen. Gut fürs Geschäft.«

Owen war versucht, die Anspielung des Erzdiakons auf Mistress Wiltons Hintergrund zur Sprache zu bringen, doch er wollte Bess nicht wissen lassen, daß er auf eine Anstellung bei den Wiltons aus war. Er war sich nicht sicher, wie Bess reagieren würde. »Was andere Bewohner von York betrifft, so habe ich einige Mönche in St. Mary gesprochen. Sie scheinen recht freundlich zu sein.«

»Mönche.« Bess schüttelte den Kopf, so daß die Schleifen auf ihrer Kopfbedeckung zitterten. »Verstecken sich vor der Welt.

Verhätschelte kleine Buben, wenn Ihr mich fragt. Kein Wunder, daß sie freundlich sind.« Sie trank von ihrem Bier. »Dann habt Ihr also die Abtei aufgesucht?«

»Ich hatte ein Empfehlungsschreiben für Bruder Wulfstan, den Klosterarzt. Ich dachte mir, er wisse vielleicht jemanden, der einen Gärtner oder einen Arztgehilfen braucht. Oder einen Apothekergehilfen. Irgendeine Arbeit in dieser Art.«

Sie musterte ihn über den Rand ihres Kruges hinweg. »Und wußte er jemanden, der eine solche Arbeit zu vergeben hat?« fragte sie ruhig.

Owen hatte ins Schwarze getroffen. Er konnte nun nicht mehr aus. »Er hat die Wiltons erwähnt.«

Bess schnaubte. »Das kann ich mir denken.«

»Der arme Mann hat einen sehr unerfreulichen Winter hinter sich.«

»Wilton?«

»Nein, Bruder Wulfstan.«

Bess runzelte verwirrt die Stirn.

»Die beiden Pilger, die im Kloster gestorben sind.«

»Oh.« Sie zuckte mit den Schultern. »Ihr könnt das natürlich als Bruder Wulfstans Mißgeschick betrachten. Auch die Leute haben das eine Zeitlang getan. Sie haben Angst vor einer Seuche. Aber es kann wieder geschehen. Ganz plötzlich. Heute geht das Leben noch seinen gewohnten Gang, morgen sind alle Nachbarn krank.« Bess seufzte. »Lohnt sich nicht, darüber nachzudenken.«

»Habt Ihr einen dieser Männer gekannt?«

»Der zweite war der berühmt-berüchtigte Fitzwilliam. Ja. Er ist hier ein- oder zweimal eingekehrt. Ich mußte mich vor ihm in acht nehmen. Wollte den Frauen immer gleich unter die Röcke, der junge Mann.«

»Auch unten im Süden hatte er einen gewissen Ruf.«

»Stimmt. Ihr müßtet ihn gekannt haben.«

»Ich habe von ihm gehört, bin ihm aber nie begegnet.«

Bess schüttelte den Kopf. »Ein Mann, der alle seine Chancen im Leben vertan hat.« Sie schüttelte sich. »Da klatsche ich über einen Toten, über einen Mann, den ich kaum gekannt habe. Was wollt Ihr als nächstes unternehmen?«

Owen wußte nicht, wie er wieder auf Fitzwilliam zurückkommen könnte. »Ich hoffe, ich kann mit einigen Gildemeistern sprechen. Vielleicht können sie mir etwas vermitteln. Der Sekretär des Erzbischofs hat ein paar Briefe verschickt.«

Bess nickte. »Ihr werdet gewiß bald etwas finden, ein unternehmenslustiger junger Mann wie Ihr.« Bess trank ihren Krug aus, stand auf und schüttelte Staub von ihrer Schürze. »Danke, daß Ihr mir Gesellschaft geleistet habt. Ich muß jetzt zurück an meine Arbeit.«

Owen lächelte in sich hinein, als er sie beobachtete, wie sie wegging und dabei leere Becher einsammelte und Tische abwischte. Sie hatte die gewünschte Information erhalten, während sie den Eindruck erweckt hatte, es ginge ihr nur um eine angenehme Plauderei. Sie wußte, wie man Leute ausfragte. Von ihr konnte er vielleicht noch etwas lernen.

Als Owen am nächsten Morgen herunterkam, händigte ihm Bess eine Nachricht aus. »Ein Bote vom Münster hat sie hergebracht.« Sie blinzelte ihm verschwörerisch zu. »Das würde dem Erzdiakon wahrscheinlich gar nicht gefallen, was?«

Owen las das Schreiben, während Kit ihm Brot, Käse und sein Frühstücksbier brachte. Johannes wollte ihn sofort sprechen. Owen beeilte sich mit dem Frühstück und brach dann zum Münster auf.

Johannes begrüßte ihn und entschuldigte sich dafür, daß er es so dringend gemacht hatte. »Ich wollte sichergehen, daß Ihr als erstes zu mir kamt. Ich muß Euch warnen, Archer, seid vorsichtig mit Euren Befragungen.«

»Hat sich jemand beschwert?«

»Abt Campian. Er möchte wissen, ob Seine Gnaden Euch geschickt hat, um den Tod von Fitzwilliam zu untersuchen.«

Ein stechender Schmerz zuckte durch Owens linkes Auge. »Für diese Art von Arbeit bin ich nicht geschaffen.«

»Ist überhaupt jemand für die Arbeit geschaffen, die er tut?«

»Ich möchte den Erzbischof nicht enttäuschen.«

»Ich habe dem Abt gesagt, daß Ihr einige Fragen stellt als Gegenleistung dafür, daß der Erzbischof Euch behilflich ist, eine Anstellung zu finden.«

»Sehr geschickt. Danke.«

Johannes nickte.

»Ist er erzürnt?«

Johannes dachte über die Frage nach. »Es ist eher so, daß er sich übergangen fühlt. Wir hätten ihn ins Vertrauen ziehen sollen. Er sagt, es steht Euch frei, wieder das Kloster aufzusuchen und mit ihm die Angelegenheit zu besprechen.«

»Das werde ich tun.«

»Und er lockt Euch mit einigen Informationen über Fitzwilliam. Er hatte offenbar irgend etwas mit Magda Digby zu tun.«

Owen merkte auf. »Ich werde sofort hingehen.« Er erhob sich.

»Habt Ihr die Mutter des Ablaßkrämers schon kennengelernt?«

Owen nickte. »Eine gerissene Frau, diese Magda Digby. Nach der Unterhaltung mit ihr bin ich mir ziemlich dumm vorgekommen.«

Johannes lächelte. »Ich wünsche Euch viel Glück. Und noch etwas. Gildenmeister Thorpe möchte Euch zur Mittagszeit sprechen. Er will sich mit Euch über eine Anstellung in der Apotheke von Wilton unterhalten.«

Owen hatte diesen Vormittag also viel zu erledigen. Falls sich der Hinweis des Abtes als brauchbar erweisen sollte, würde er auch Magda Digby noch vor der Mittagszeit aufsuchen. Er hätte dies schon gern hinter sich gebracht, bevor er erneut mit Mistress Wilton zusammentraf.

Abt Campian bot Owen einen Becher Bier an. »Zu Eurer Stärkung. Ich vermute, Ihr wollt gleich Magda Digby aufsuchen. Glaubt mir, Ihr hättet mir vertrauen sollen.« Er fegte ein unsichtbares Staubkörnchen vom Tisch, faltete seine Hände vor sich und blickte Owen an.

»Ich bitte um Entschuldigung«, sagte Owen. »Ich bin in solchen Dingen manchmal ein wenig unbeholfen.«

»Ihr habt eine undankbare Aufgabe übernommen. Doch ich vermute, das Interesse, das John Thoresby der Angelegenheit entgegenbringt, rechtfertigt den Aufwand.« Die Finger flatterten leicht. Er hatte die saubersten Hände, die Owen bisher gesehen hatte.

»Ich möchte mein Leben neu beginnen«, erklärte Owen. »Dazu brauche ich die Unterstützung des Erzbischofs. Werdet Ihr es irgend jemandem sagen, daß ich ein Mann des Erzbischofs bin?«

»Nur falls nötig.« Die Augen von Abt Campian glichen dunklen Seen mit ruhigem Wasser. Owen glaubte ihm. »Natürlich ist dies alles Zeitverschwendung. Sir Oswald Fitzwilliam war krank. Er starb, obwohl mein Arzt sich redlich um ihn bemühte und wir ihn in unserer Gebete einschlossen. Seine Zeit war um.«

Das Auftreten des Abtes erschwerte es, ihm zu widersprechen. Doch Owen mußte seine Aufgabe zu Ende führen. »Der Erzbischof will Gewißheit haben.«

Die Finger flatterten erneut. »Man kann nie Gewißheit haben.«

»Nein.«

Sie schwiegen eine Weile. Owen trank von seinem Bier und ließ die Ruhe des Abtes aus sich wirken. Schließlich begann Campian wieder zu reden. »Fitzwilliam hat die letzten Tage seines Lebens auf unserer Krankenstation verbracht, unter den aufmerksamen Augen Bruder Wulfstans und seines Novizen Henry. Ich kann mir nicht denken, wie es irgend jemandem gelungen sein könnte, sich Zugang zu dem Mann zu verschaffen.«

»Er ging in die Krankenstation, weil er schon krank war.«

Die Augenbrauen hoben sich. »Ah, Ihr denkt also an ein Gift, das erst später zu wirken begann ...«

»Ich behaupte nichts, ich sammele nur Fakten.«

»Wollt Ihr etwas über Fitzwilliam und Magda Digby erfahren?«

»Ja.«

»Wahrscheinlich hat es nichts zu besagen.«

»Ich muß es wissen. Bitte.«

»Ich erzähle es Euch im Vertrauen. Niemand sonst weiß etwas von seiner Verbindung mit der Flußfrau, bis auf die Digbys.«

»Aber ich muß es dem Erzbischof berichten.«

Die Finger hoben und senkten sich. »Das wäre nicht sehr glücklich. Doch ich möchte Euch helfen.«

»Ich werde es dem Erzbischof nur berichten, wenn ich muß.«

Der Abt nickte. »Ich glaube Euch.« Er blickte zur Decke, um seine Gedanken zu sammeln, und wendete sich dann wieder Owen zu. »Ich habe mir angewöhnt, die Gründe, die einen Pilger zu uns führen, für mich zu behalten. Manchmal möchten sie ihre Sorgen auch mit anderen besprechen, doch in der Regel bin ich der einzige, dem sie sich anvertrauen. Es handelt sich dabei nicht um eine Beichte, damit Ihr mich richtig versteht. Ich verstoße also nicht gegen meine Schweigepflicht, wenn ich Euch davon erzähle.«

»Ich verstehe.«

»Der Teufel versucht die Menschen in sehr vielfältiger Weise. Habt Ihr schon davon gehört, daß Körperteile als Reliquien gehandelt werden?«

»Gerüchteweise.«

»Fitzwilliam hatte vor seinem zweiten Besuch bei uns versucht, einen Arm für eine große Summe Geldes an die falsche Person zu verkaufen. Unnötig zu sagen, daß er, wäre er jemand anderes gewesen . . .«

»Dann muß der Erzbischof doch davon wissen.«

»Er weiß nicht, woher der Arm stammte.«

»Und Ihr schon?«

»Fitzwilliam hat es mir anvertraut. Bei seinem letzten Besuch. Er sagte mir, die Leute würden Magda Digby falsch einschätzen. Sie sei eine Heilerin und eine gute Frau. Sie habe ihm gerade aus einer Schwierigkeit herausgeholfen.«

»Weshalb hat er Euch das erzählt?«

»Er wollte wissen, wie er Ablaß für eine Sünde erreichen könne, die zu begehen er sie gezwungen hatte.«

»Hat er sie gezwungen, ihm den Arm zu verkaufen?«

Der Abt senkte seinen Kopf und schloß die Augen. Owen wartete. »Ich weiß nicht, in welcher Beziehung dieser Vorfall mit seinem Tod steht. Ich kann mir nicht denken, wie sie zu ihm hätte vordringen können. Doch möglicherweise hatte sie ein Interesse daran, ihn zum Schweigen zu bringen.«

»Oder der Ablaßkrämer?«

»Oder ihr Sohn, ja.«

»Erzählt Ihr mir dies, weil Ihr die Digbys vernichten wollt?«

Die sanften Augen weiteten sich erschreckt. »Nein. *Deus juva me*. Ich hoffe, Ihr werdet davon nichts dem Erzbischof berichten. Doch falls Ihr herausfindet, daß ein Zusammenhang mit Fitzwilliams Tod besteht ...« Er blickte auf seine makellosen Hände nieder. Dann sagte er leise: »Ich hoffe, Ihr berichtet dem Erzbischof auch, daß ich mich kooperativ gezeigt habe.«

»Weshalb?«

»Ich bin nicht sein Mann. Ich wurde noch zur Zeit seines Vorgängers zum Abt ernannt. Er kennt mich nicht. Hat keine Bindung zu mir.«

»Wie lange liegt der Vorfall mit dem Arm zurück?«

»Sechs Jahre.«

»Die Frau erinnert sich möglicherweise gar nicht mehr daran. Vielleicht weiß sie auch gar nicht, wer Fitzwilliam war.«

»Aber ihr Sohn weiß es. Er wurde zu dieser Zeit zum Ablaßkrämer bestellt. Ich bin sicher, er hat Angst, daß er ruiniert ist, wenn es herauskommt.«

»Was habt Ihr Fitzwilliam gesagt?«

»Wie meint Ihr das?«

»Wie er die Sache mit der Flußfrau wiedergutmachen könnte.«

»Ich habe ihm empfohlen, für ihre Seele zu beten.« Die

Augen ruhten auf Owen. Davon war der Abt überzeugt. Beten war für ihn die Anwort auf die Übel der Welt. Man mußte nur genug beten.

Nachdem Owen den in sich ruhenden Abt verlassen hatte, spürte er ein Gefühl der Dankbarkeit für dessen Hilfsbereitschaft.

Ganz offensichtlich aber hatte dieser die Unterredung als peinlich empfunden.

Die auf dem Kopf stehende Seeschlange begrüßte Owen alleine. Die Flußfrau saß diesmal nicht vor der Hütte. Owen klopfte. Ein Grunzen antwortete. Er nahm es als Erlaubnis, einzutreten. Als er den heißen, verrauchten Raum betrat und seine Augen sich an das gedämpfte Licht gewöhnt hatten, glaubte Owen, mitten in eine Satansbeschwörung geraten zu sein. Eine Katze lag ausgestreckt vor einem Tisch neben der Feuerstelle, atmete heftig, rührte sich aber nicht, als sich Magda mit einem kleinen, scharfen Messer über sie beugte. Sie würdigte den Eindringling keines Blickes, sondern zischte nur: »Ruhig!« Sie machte einige oberflächliche Einschnitte rund um eine aufklaffende Wunde, legte dann das Messer weg und nahm Nadel und Faden zur Hand. Owen verfolgte mit leichter Übelkeit, wie sie die Wunde nähte. Dann wischte sie sich ihre blutigen Hände an ihrem Rock ab und wendete sich ihm zu.

»Vogelauge ist also wieder da, he?«

»Ihr habt gerade die Wunde einer Katze versorgt?«

»Das ist Bessy, die Katze der kleinen Kate. Diese Katze bedeutet ihr alles. Die Wunde wäre vereitert, und es hätte sich ein Abszeß gebildet. Magda konnte helfen.« Sie beugte sich hinunter, um auf die Geräusche zu lauschen, die die Katze von sich gab, dann richtete sie sich wieder auf. »Und was führt Euch dieses Mal hierher?«

Owen hatte sich entschlossen, gleich zu Sache zu kommen. »Vor sechs Jahren habt Ihr einen Arm an Fitzwilliam verkauft, den Küster des Erzbischofs.«

Magdas Augen verengten sich. »Woher wollt Ihr denn das wissen?«

»Fitzwilliam hat es dem Abt erzählt, bevor er starb.«

»Und der Abt hat ihm geglaubt? Diesem verlogenen Schurken? Jaja. Der Zögling des Erzbischofs.« Sie spuckte ins Feuer.

»Ihr wißt, daß Fitzwilliam tot ist?«

»Ja.«

»Er ist möglicherweise vergiftet worden.«

Magda ließ ein bellendes Lachen hören und setzte sich auf eine Bank neben dem Feuer. »Magda hat also den Zögling vergiftet, um den Arm zurückzubekommen? Ist es das, was Ihr denkt?« Sie wischte sich die Augen mit ihrer Bluse ab. »Wenn Ihr glaubt, Ihr könnt hier eine Mörderin überführen, dann müßt Ihr nicht mehr ganz bei Verstand sein.«

»Erzählt mir von dem Arm.«

Sie blinzelte ihn an. »Warum sollte Magda Euch irgend etwas erzählen?«

»Ein Skandal könnte für die Karriere Eures Sohnes das Ende bedeuten.«

»Der Abt würde reden?«

»Nur wenn es unbedingt notwendig ist.«

Sie rieb sich das Kinn. »Ihr seid ein Mann des Erzbischofs.«

»Mich interessiert der Tod von Fitzwilliam.«

Sie zuckte mit den Schultern. »Das Jüngelchen war eine Wanze. Ein Ungeziefer. Er war es nicht wert, ihn zu töten.« Sie winkte Owen zu einem Schemel.

Owen nahm vorsichtig auf der Kante des Schemels Platz. »Ihr glaubt also nicht, daß seine Feinde ihn aus dem Weg räumen wollten?«

Sie lachte. »Das Jüngelchen ist immer wieder mal geschnappt worden. Man hat ihn nicht ganz für voll genommen.«

»Erzählt mir von dem Arm.«

Magda schnaubte. »Er ist mit einer von seinen kleinen Geliebten vorbeigekommen, einem von den Mädchen, die immer gleich schwanger werden. Hat Magda dabei überrascht, wie sie gerade einen verfaulten Arm abgetrennt hat. Der Arm hätte den Mann umgebracht. Das Jüngelchen hat gefragt, ob er ihn haben kann. Magda hat ihn ignoriert und den Arm in ihre Abfallgrube geschmissen. Dann hat sie dem Mädchen einen Trank verabreicht, um sie von ihrer Leibesfrucht zu befreien. Am nächsten Morgen war der Arm verschwunden.« Sie zuckte mit den Achseln. »Hätte Magda dem Kerl hinterherlaufen sollen? Verfaultes Ding. Hat schon gestunken. Magda hat sich gewundert. Erst Potter hat mir erzählt, daß Kirchenmänner für so etwas Geld bezahlen. Sie stellen es in einem juwelenbesetzten Korb aus. Und die Leute beten es an.« Sie lachte. »Beten den verfaulten Arm eines Kesselflickers an. Das gefällt Magda. Meinetwegen, sollen sie es tun.«

»Wenn der Erzdiakon davon erfahren und es mißverstanden hat, ist die Stellung Eures Sohnes in Gefahr.«

»Potter lernt viel von seiner Mutter. Was es ihm ermöglicht, von den Leuten Geld für ihre Sünden einzutreiben. Dieses einträgliche Geschäft wird der Erzdiakon doch nicht aufgeben wollen, nehme ich an.«

»Man hat Eurem Sohn also nicht gedroht?«

»Nein. Und das Jüngelchen hat auch nicht aufgeschrien.« Sie schüttelte den Kopf. »Ablaßkrämer zu sein, ist ein törichtes, gefährliches Geschäft. Und Potter ist ein Schwachkopf.«

Der kleine Patient auf dem Tisch wimmerte. Magda ging hinüber, um nach dem Tier zu sehen. »Bessy, kleines Mädchen, es wird schon wieder werden. Schlaf ruhig.« Sanft streichelte sie über den Kopf der Katze, tröstete und beruhigte sie. Nach kurzer Zeit war die Katze eingeschlafen.

Magda goß sich etwas aus einem Krug ein und setzte sich wieder. »Magda bietet Euch nichts zu trinken an. Ihr würdet es ja doch nicht annehmen, habe ich recht?«

Owen lächelte. Sie überraschte ihn. Er hatte erwartet, auf eine Gestalt aus der Unterwelt zu treffen, eine Ketzerin, eine Halsabschneiderin, eine Lügnerin. Doch sie war, wie es schien, eine Heilerin, die ihr Handwerk verstand, mit sich selbst im reinen war und die Leute mochte, mit denen sie zu tun hatte.

»Warum ist Potter Kirchendiener geworden?«

Magda zuckte mit den Achseln. »Aus Gier. Glaubt, er kann sich damit ein warmes Plätzchen im Himmel erkaufen.« Sie zuckte abermals mit den Achseln. »Er ist ein guter Kerl. Nur vom rechten Weg abgeraten.«

»Hat Fitzwilliam vor Weihnachten eine Frau zu Euch gebracht?«

»Ja. Auch eine, die von Gier zerfressen wurde.«

»War das Kind von ihm?«

»Ja, das Kind war von dem Jüngelchen. Lord March ist auch nicht mehr der alte.«

Owen hielt das für eine interessante Information, denn ihm fielen die verräterischen Beinkleider wieder ein. »Woher wißt Ihr das?«

Magda schüttelte den Kopf. »Ihr seid ein Fremder in York und kennt die Leute noch nicht, in deren Gesellschaft Ihr Euch hier befindet. Magda Digby, die Flußfrau, ist weit und breit bekannt. Die Mutter von Lord March ist wegen eines Bannspruchs zu Magda gekommen. Und dann auch noch einmal vor der Verlobung. Es konnte nicht gutgehen. Die Verbindung hätte nicht geschlossen werden dürfen. Er hätte dadurch vielleicht ein Ungeheuer gezeugt. Irgend etwas Böses.«

»Könnt Ihr mir irgend etwas über Fitzwilliam erzählen, was mir helfen würde zu verstehen, weshalb er starb?«

Magda stand auf uns wischte sich die Hände an ihrem Rock ab. »Magda hat Euch von dem verfaulten Arm erzählt. Das muß genügen, um meinen Potter in Frieden zu lassen.« Sie öffnete die Tür, um ihm zu zeigen, daß er gehen sollte.

Kapitel 9
Ein Vertrag

Graue Wolken und ein eisiger Wind kündigten Schnee an. Owen stand hinter Magda Digbys Hütte und schaute den Fluß hinunter. Die Kälte traf ihn wie ein Schock nach der trockenen Hitze, die in der Hütte geherrscht hatte, doch er hoffte, dadurch würde sein Kopf ein wenig klarer werden. Er mußte nachdenken. Gewiß hatte er während dieser zwei Tage etwas erfahren, das helfen konnte, die Umstände von Fitzwilliams Tod aufzuklären. Irgend etwas von dem, was man ihm erzählt hatte, mußte eine besondere Bedeutung haben. Wenn er nur die Muße hätte, alles genauestens zu durchdenken.

Er fühlte sich so ähnlich wie damals, als er im Lager mit dem verbundenen Auge aufgewacht war. Er hatte versucht, mit dem linken Auge zu blinzeln, um auch jenen Teil des Zeltes, der in dessen Blickfeld lag, sehen zu können. Dieser Reflex hatte sich gehalten. Es war zum Verrücktwerden. Sogar jetzt, als er am schlammigen Ufer entlangging, hatte er geblinzelt, um das schäumende Wasser des Flusses zu seiner Rechten und gleichzeitig die Hütten, die sich zu seiner Linken an die Mauern des Klosters drängten, ins Auge zu fassen. Doch die Hütten gerieten erst dann in sein Blickfeld, wenn er den Kopf wendete.

Damit konnte er sich helfen, wie unbefriedigend es auch war. Das mußte er auch mit Fitzwilliams Tod tun. Seinen Kopf wenden. Bis jetzt hatte er nach irgendwelchen Feinden dieses Mannes gesucht, nach den Feinden, die ein Galgenvogel wie er einfach haben mußte. Alle Leute sagten, Fitzwilliam habe viele Feinde gehabt, doch niemand konnte auch nur einen nennen, der Grund genug gehabt haben könnte, ihn umzubringen, und dem es zuzutrauen war, daß er sich der Mühe unterzog, ihn auf eine geschickte Art und Weise aus dem Weg zu räumen. Vielleicht tauchte diese Person noch auf. Doch wer könnte Fitzwilliam noch gehaßt haben? Ned hatte angedeutet, Fitzwilliam sei ein Spion gewesen. Vielleicht war York ja auch nicht der richtige Ort, um nach dem Mörder zu suchen. Vielleicht sollte er sich besser an den Hof des Herzogs von Lancaster halten. Fitzwilliam war ein Spion von Lancaster gewesen, dem Sohn des Königs, und er hatte als Küster von Thoresby, dem Erzbischof und Kanzler des Königs, fungiert. Aber es gab auch noch eine andere Sichtweise. Möglicherweise war Fitzwilliam nicht von seinen eigenen Feinden, sondern von denen seines Herrn oder seines Beschützers ermordet worden. John of Gaunt, der Herzog von Lancaster, hatte viele Feinde. Und auch der Lordkanzler von England und Erzbischof von York hatte sich bei seinem kometenhaften Aufstieg gewiß viele Feinde und Neider geschaffen.

Owen entschloß sich, künftig auch diese Möglichkeit stärker in Erwägung zu ziehen.

Doch nun mußte er zum Haus von Camden Thorpe, dem Vorsitzenden der Kaufmannsgilde, gehen.

Camden Thorpe musterte unter seinen buschigen Augenbrauen den einäugigen Fremden. Er war überrascht von der Erscheinung des Mannes. Er hatte jemand Jüngeren erwartet, obwohl der Erzbischof geschrieben hatte, der Mann sei Hauptmann der Bogenschützen des verstorbenen Herzogs von Lancaster gewesen. Er hatte gehofft, es würde jemand kommen, der noch stärker formbar war.

»Der Erzbischof empfiehlt Euch mir für eine Anstellung als Lehrling in Wiltons Apotheke. Seid Ihr Euch bewußt, auf was Ihr Euch damit einlaßt?«

»Das bin ich, und ich bin sehr lernwillig.« Der Tonfall der Stimme unterstrich seine Worte.

Thorpe zog an seinem Bart, während er überlegte. Obwohl Lucie Wilton nicht ausdrücklich darum gebeten hatte, war Camden der Meinung, daß sie in ihrem Geschäft ein paar starke Männerarme gebrauchen konnte. Der Garten machte eine Menge Arbeit. Das Frühjahr stand vor der Tür, die Beete mußten umgegraben, frisch bepflanzt und gepflegt werden. Und dieser Owen kannte sich bereits im Geschäft ein wenig aus. Man konnte ihm zutrauen, daß er sich in der Zeit um den Laden kümmerte, in der Lucie nach Ihrem Ehemann sah. Eine eigenartige Angelegenheit, die Erkrankung von Nicholas Wilton. Camden hatte noch nie erlebt, daß ein Mann eine solch schwere Lähmung erlitten hatte, so plötzlich aus heiterem Himmel, und doch immer noch lebte. Es mußte an der ausgezeichneten Pflege von Mistress Wilton liegen. Er hatte bemerkt, wie abgespannt und mager sie aussah. Die Frau fand keine Zeit mehr zum Ausruhen. Wahrscheinlich verbrachte sie Nächte am Bett ihres siechen Gemahls, in einem Stuhl dösend, um es nicht zu überhören, wenn er nach ihr rief, und tagsüber arbeitete sie hart im Geschäft und im Garten, um alles Nötige zu erledigen. Er deutete auf die Augenklappe. »Müßt Ihr das tragen?«

Der Waliser berührte seine Klappe. »Ja, obwohl es mir schadet, wie ich wohl weiß. Doch wie Ihr sehen könnt«, er hob die Klappe an, und es erschien ein verrunzeltes Augenlid, das sich nicht mehr schließen ließ, »ist die Alternative nicht sehr erbaulich.«

Camden seufzte. »Armer Teufel. Ihr müßt unter dieser Wunde sehr gelitten haben.«

»Ich habe dadurch einen Vorgeschmack auf die Hölle erhalten.«

Er erweckte den Eindruck, als sei er vor seiner Verwundung von Frauen umschwärmt worden, denn er war ansonsten eine stattliche, drahtige Erscheinung. Seine Frau Mary würde sagen, der Mann sei ganz stattlich bis auf die Klappe. Frauen würden sich heute von ihm gewiß nicht mehr sonderlich angezogen fühlen. Daher würde wohl kaum ein Gerede über ihn und Mistress Wilton entstehen. Alles in allem war er vielleicht genau der richtige Mann.

»Ich bin stark in Bedrängnis, Wiltons Ersuchen nach einem Lehrling nachzukommen, müßt Ihr wissen. Wirklich sehr in Bedrängnis. Das Problem besteht darin, daß viele Eltern es als

Beleidigung auffassen würden, wenn ich deren Sohn zu einer Frau in die Lehre schicken würde, die selbst ihre Ausbildung noch nicht abgeschlossen hat, Ihr versteht? So befähigt Mistress Wilton auch ist, sie hat noch nicht die Meisterprüfung abgelegt. Doch wenn sie noch einige Monate lang das Geschäft allein führt, können wir sie als Geselle aufnehmen. Ich möchte diese Entscheidung den Mitgliedern der Gilde überlassen. Doch für einen Knaben ist es natürlich eine bessere Empfehlung, wenn er von einem richtigen Apothekermeister ausgebildet worden ist, wie Ihr wohl begreifen werdet.«

Owen zuckte mit den Schultern. »Ich bin in einer anderen Situation.«

»Ja, genau das ist es. Das ist es.« Camden kratzte sich die Nase und musterte den Mann. Das eine Auge hatte gewiß etwas Teuflisches. Doch es hielt seinem Blick stand, ohne abzuschweifen oder auszuweichen. Er vermochte keine Heimtücke darin zu entdecken. »Obwohl Ihr also meine Bedenken kennt, seid Ihr immer noch interessiert?«

»Ja.«

Thorpe zog ein letztes Mal an seinem Bart und schlug sich dann auf die Schenkel. »Und Ihr seid unabhängig, wie man wohl sagen kann. Gut. Das macht einen großen Unterschied. Einen großen Unterschied.«

»Eine Frage habe ich noch, Master Thorpe.«

»Nur zu.«

»Erzdiakon Anselm hat angedeutet, Mistress Wilton habe einen fragwürdigen Hintergrund. Was meinte er damit?«

Der Erzdiakon. Der Teufel sollte ihn holen. Würde er seinen Rachefeldzug niemals aufgeben? »Fragwürdig? Dummes Geschwätz. Da ist nichts dran. Meines Erachtens hat Mistress Wilton einen höchst respektablen Hintergrund. Sie ist die Tochter von Sir Robert d'Arby of Freythorpe Hadden.« Sehr gut. Camden bemerkte, daß der Waliser neugierig geworden war.

Owen setzte sich auf. »Sie ist die Tochter eines Ritters?«

Alle Männer wollen nach oben. Man erwähne etwas von einer Verbindung mit adeligen Kreisen, und schon werden sie hellhörig. Das funktioniert immer. »Ich weiß, woran der Erzdiakon denkt. Ihre Mutter war Französin. Eine junge, hübsche Französin. Als sie nach einer Fehlgeburt starb – dieses Kind war nicht von ihm –, steckte Sir Robert Lucie in ein Kloster und begab sich auf eine Pilgerreise. Da haben die Leute natürlich zu reden angefangen. Doch Lucie Wilton sollte man nicht die Sünden ihrer Mutter vorhalten.«

»Wie kommt es, daß seine Tochter einen Kaufmann geheiratet hat?«

Thorpe zuckte mit den Schultern. »Wilton hat Lucie im Kloster besucht. Sich in sie verliebt. Die Tante hat schließlich die Erlaubnis zur Hochzeit gegeben – d'Arby war immer noch im Heiligen Land. Das Mädchen sah darin wahrscheinlich die Möglichkeit, auszubrechen. Wie auch immer, ihre Vergangenheit sollte für Euch kein Grund zur Beunruhigung sein.«

»Aber was veranlaßte ihn, seine künftige Ehefrau in ihrem Kloster zu besuchen?«

»Ihr hegt ein ungewöhnliches Interesse für Mistress Wilton.« Vielleicht sollte Camden sich doch Sorgen bereiten.

»Ein Lehrling arbeitet Seite an Seite mit seinem Meister. Es hat den Anschein, als würde Mistress Wilton mindestens genauso wie ihr Mann mein Meister sein. Daher möchte ich gerne etwas über sie wissen.«

Thorpe dachte darüber nach. Das Argument hatte etwas an sich. »Lady d'Arby, die Mutter von Mistress Wilton, war eng befreundet mit Nicholas. Sie war fasziniert von seinem Garten. Nicholas half ihr, den Irrgarten in Freythorpe Hadden zu reparieren.«

»Dann ist Nicholas Wilton also wesentlich älter als seine Frau?«

»Ja, aber nicht um soviel wie manche andere Männer.« Thorpe erhob sich. »Und nun wißt Ihr alles, was Ihr wissen müßt, Owen Archer.«

Sie brachen zur Apotheke auf. Es fiel leichter Schnee, nasser Schnee, der sofort schmolz, als er auf dem Boden auftraf. Owen fragte sich, wie Lucie wohl auf den Vorschlag des Gildenmeisters reagieren würde. Es hatte ihr nicht sonderlich gefallen, wie er sie gestern angeschaut hatte.

Mistress Wilton blickte von ihrem Hauptbuch auf, sah Thorpe, lächelte, wischte ihre Hand an der Schürze ab und streckte sie ihm entgegen.

»Master Thorpe.«

»Ich habe gute Nachrichten für Euch, Mistress Wilton.« Er schüttelte ihr die Hand und trat zur Seite, um Owen nach vorn zu lassen.

Lucie fuhr zusammen, dann nickte sie ihm zu. »Master Archer. Was geht's dem Auge?«

»Es ist schon besser heute, Mistress Wilton. Ich bin Euch sehr dankbar.«

»Vielleicht können wir nach hinten gehen, um uns zu unterhalten?« schlug Camden vor.

Lucie führte sie durch einen Vorhang in die Küche.

»Um welche gute Nachricht handelt es sich?«

Camden rieb sich die Hände über dem Feuer und setzte sich dann an den Tisch.

»Was würdet Ihr davon halten, es mit Mister Archer als Lehrling zu versuchen?«

»Was?«

In diesem Ausruf liegt eher Ungläubigkeit als Ablehnung, dachte Owen.

Camden Thorpe beeilte sich mit der Erklärung. »Ich weiß, er ist nicht das, was Ihr erwartet habt. Doch überlegt es Euch. Er hat Erfahrung in der Gartenarbeit und im Auswiegen von Medikamenten, wenngleich er in beidem keine formale Ausbildung genossen hat. Und er kann gut schreiben. Er könnte Euch bei den Büchern zur Hand gehen.«

Lucie Wilton errötete. Sie warf einen Blick zu Owen, wendete sich dann wieder Thorpe zu. »Master Thorpe, bitte haltet mich nicht zum Narren.« Ihre Augen blitzten. »Er ist ein erwachsener

Mann und kein Lehrling. Ihr wollt ihn hier unterbringen, damit er mich ersetzen soll.«

Camden wirkte gekränkt. »Er ist zur Ausbildung hier, ich versichere es Euch.«

»Ich habe mit einem Knaben gerechnet.«

»Nun ja, das war eben das Problem, versteht Ihr das denn nicht? Ein Knabe, der später einmal Apothekermeister werden will, möchte wahrscheinlich nicht bei jemandem in die Lehre gehen, der selbst noch nicht ganz ausgelernt hat, ganz gleich, wie kompetent er – oder sie – auch sein mag. Ich habe Owen die Situation geschildert, und er interessiert sich immer noch für den Posten.«

»Warum?«

»Ich kann dem Soldatendasein nichts mehr abgewinnen.«

»Er hat ein Empfehlungsschreiben des Erzbischofs.«

Sie musterte Owen von oben bis unten. »Es ist eine Menge mühseliger Arbeit, Mister Archer.«

»Es würde mir sehr gelegen kommen, Mistress Wilton. Man wird mir wahrscheinlich nicht viele Anstellungen anbieten. Die Leute sehen mich, Klappe über dem Auge, ehemaliger Soldat, und reagieren argwöhnisch. Ein Knabe ist besser zu handhaben, denken sie. Aber sie irren sich. Ich bin in der Welt herumgekommen, keine Sorge. Ich möchte jetzt ein ruhiges Plätzchen finden, wo ich ungestört meiner Arbeit nachgehen kann. Ich bin nicht ehrgeizig. Was kümmert es mich, ob ich bei Eurem Ehemann oder bei Euch angestellt bin?«

Thorpe nickte begeistert. »Um Euch das Angebot noch zu versüßen, werde ich Tildy Tompkins beauftragen, Euch tagsüber in der Küche zu helfen. Eine Leistung der Gilde für ein krankes Mitglied. Das schulden wir Euch und Nicholas.«

»Und wo wird Owen wohnen?«

Owen grinste, weil sie seinen Vornamen benutzte. Sie betrachtete ihn also schon als ihren Lehrling.

»Er wird seine Mahlzeiten zusammen mit Euch verzehren, aber er wird anderswo in York Unterkunft nehmen.«

»Dann werde ich ihm dafür etwas bezahlen müssen.«

»Ich habe ein bißchen Geld«, sagte Owen. »Ich kann selbst für meine Unterkunft bezahlen.«

»Das wird nicht nötig sein.« Lucie stand auf. »Ich will nachsehen, ob Nicholas wach ist, damit ich Euch ihm vorstellen kann.«

Graue Haare, graue Augen, graue Haut. Nicholas Wilton simulierte seine Krankheit nicht. In dem kleinen Raum waren alle Fensterläden geschlossen, nur zwei Öllampen spendeten Licht, und es roch daher wie in einem Krankenzimmer. Owen hoffte, Lucie würde nicht allzuviel Zeit hier oben verbringen.

Nicholas nickte ihnen zu. »Ich bin Euch . . .«, er runzelte die Stirn und schloß die Augen, »sehr dankbar, C. . .mden.«

Camden Thorpe eilte an das Bett des Kranken und nahm seine Hand. »Dem Himmel sei Dank, Ihr könnt wieder reden, werter Freund.«

Nicholas drückte seine Hand. Tränen standen in seinen Augen.

Camden winkte Owen nach vorn. »Das ist Owen Archer. Ich bin zuversichtlich, daß er Euch eine große Hilfe sein wird.«

Owen nahm die gebrechliche Hand in die seinige. Rasender Puls. Feuchte Handfläche. Nach seiner Erfahrung war die Hand eines Sterbenden trocken, sofern er nicht unter hohem Fieber litt. Nicholas Wilton hatte Angst. Vor dem Tod? Vor dem Gildenmeister? Vor Owen?

Während Owen in seinen Humpen starrte und über die Ereignisse des Tages nachdachte, schlüpfte Digby auf die Bank ihm gegenüber. Er sah nicht sehr freundlichen aus.

»Was fällt Euch ein, meine Mutter auszufragen?« begann er.

»Ich wünsche Euch einen guten Abend.«

»Ich möchte wissen, hinter was Ihr her seid.«

»Magda Digby hat mich um einiges schlauer werden lassen.«

»In welcher Angelegenheit habt Ihr sie befragt?«

Owen zuckte mit den Schultern. »Ich bin ein neugieriger Mensch.«

»Sie sagt, Ihr arbeitet für den Erzbischof. Macht er sich Gedanken wegen Fitzwilliams Tod?«

»Sollte er das denn?«

»Sie hat gesagt, Abt Campian hat Euch von dem Arm erzählt. Weshalb hat er das getan? Was hat er gegen uns Digbys?«

»Könnte der Abt denn etwas gegen Euch haben?«

»Ich möchte es wissen.«

»Ihr müßt Euch wegen des Diebstahls des Armes bedroht gefühlt haben.«

Digby schüttelte den Kopf. »Es ist bekannt, daß sich die armen Leute bei ihr behandeln lassen. Es hätten Vermutungen angestellt werden können. Wie hätte sie beweisen können, daß sie dafür kein Geld erhalten hat? Und ich wurde kurz darauf zum Kirchendiener berufen. Es hatte den Anschein, als hätte sich Fitzwilliam ruhig verhalten.«

»Ihr habt nie den Versuch unternommen, sicherzustellen, daß er auch wirklich den Mund hielt?«

Digby blinzelte. »Was meint Ihr damit? Daß ich ihn umgebracht hätte? Ihn zum Schweigen gebracht hätte? Wollt Ihr mich beschuldigen?« Seine Stimme hob sich. Köpfe wendeten sich um, drehten sich dann jedoch schnell wieder weg, als den Leuten bewußt wurde, wer hier saß.

Owen zuckte mit den Achseln. »Kirchendiener zu werden muß viel für Euch bedeutet haben. Ich war im Haus Eurer Mutter. Ich kann mir vorstellen, daß man alles daransetzt, um von dort wegzukommen.«

Digby schüttelte den Kopf, als könne er nicht glauben, was er da hörte. »Ein Kirchendiener müßte einigermaßen verrückt sein, wenn er seine Laufbahn dadurch aufs Spiel setzt, daß er den Küster des Erzbischofs ermordet.«

So gesehen, war der Verdacht ziemlich lächerlich. Owen rückte von dieser Strategie ab. Sie führte zu nichts. »Der Abt hat mir berichtet, daß Fitzwilliam bereute, was er getan hatte.

Er erkannte, daß er Eure Mutter in große Schwierigkeiten hätte bringen können. Und er hat sie respektiert.«

Digbys Gesicht lief rot an. »Das hat er gesagt?«

»Ja. Also habt Ihr wegen dieser alten Geschichte nichts zu befürchten, glaube ich. Wollt Ihr etwas trinken?«

»Nein.« Digby schwieg eine Weile und konzentrierte sich darauf, seine verblichene Mütze in seinen Händen herumzudrehen.

»Wollt Ihr wirklich nichts trinken?«

Digby schüttelte den Kopf und eilte dann davon, sichtlich verwirrt.

Lucie wachte auf, als Nicholas' Schreibzeug zu Boden fiel. Sie konnte noch nach dem Tintenfäßchen greifen, bevor es auszulaufen begann. Nicholas erwachte mit einem Zucken. »Ich bin eine Last für dich.«

»Du bist müde. Der Besuch von Camden Thorpe hat dich erschöpft.«

»Ich freue mich, daß du eine Hilfe erhältst, Lucie.«

Sie berührte seine Hand, sein Gesicht und lächelte ihn an. »Ich bin auch froh. Aber jetzt schlafe. Deine Aufzeichnungen können warten.«

Er ergriff ihre Hand. »Ich muß sie zu Ende bringen. Alles niederschreiben. Der Garten. Meine Mixturen.«

»Dazu ist immer noch Zeit.« Sie entzog ihm sanft ihre Hand und strich ihm das Haar aus der Stirn.

Er seufzte. »Du bist zu gut für mich.«

»Unsinn.« Sie küßte ihn auf die Stirn und schloß seine Augen. Dann machte sie die Lampen aus und schlüpfte neben ihm ins Bett. Diese Nacht wollte sie sich den Luxus erlauben, wieder einmal im Bett zu schlafen. Nicholas war einigermaßen ruhig.

Doch es war nicht mehr wie früher. Nicholas drehte sich nicht herum, um Lucie in die Arme zu nehmen. Und auch wenn er es getan hätte, wäre das Gefühl nicht mehr dasselbe gewesen. Lucie empfand nicht mehr die Geborgenheit von früher. In diesem Bett hatte sie sich beschützt gefühlt. Das war vorbei. Ihre künftige Sicherheit hing davon ab, daß sie das Geheimnis wahrte. Zuerst war ihr dies sehr einfach erschienen. Doch dann überkamen sie Zweifel. War es wirklich so einfach? Sie wünschte, sie würde wissen, was Nicholas in jener Nacht in der Abtei zugestoßen war. Wen hatte er dort getroffen? Weshalb war der Ablaßkrämer dort gewesen? Entsprang das Interesse des Erzdiakons nur der Besorgnis eines Freundes? Und wenn es so war, wieso fürchtete sich Nicholas dann vor ihm?

Sie witterte überall Gefahr. Sogar bei dem neuen Lehrling. Sie konnte sich gar nicht richtig darüber freuen, daß Gildenmeister Thorpe ihre Bitte befolgt hatte.

Statt dessen beschäftigte sie die Frage, hinter was der Waliser her war. Oh, er würde eine wertvolle Hilfe darstellen, daran hatte sie keinen Zweifel. Doch weshalb hatte er sich sosehr um diese Stelle bemüht? Er wollte ein neues Leben beginnen, hatte er gesagt. Vielleicht. Zunächst hatte sie den Verdacht gehegt, er und der Gildenmeister planten, ihr die Apotheke zu entreißen, indem sie sie unterstützten, solange bis Nicholas starb. Das bot ihnen Gelegenheit, mit den Büchern, den Kunden und der Situation des Geschäfts vertraut zu werden, um es ihr dann abzunehmen, wenn ihr Mann tot war, mit der Begründung, sie sei zu unerfahren, eine Frau und außerdem die Tochter einer sündigen Französin. Deshalb auch hatten sie die Nonnen gequält. Sie hatte sich so sittsam verhalten, daß die anderen Mädchen in ihr ein Tugendlamm sahen, doch die Nonnen, die sie ständig unter Beobachtung hielten, lauerten auf die geringsten Anzeichen eines Fehltritts, denn sie wußten, daß ihre Mutter einen Liebhaber gehabt hatte und daß ihre Verfehlung sie das Leben gekostet hatte. Tagein, tagaus folgten sie ihr, überwachten sie, hörten mit, was sie sagte, und suchten in all ihren Worten und Taten nach Anhaltspunkten dafür, daß der Charakter ihrer Mutter auf sie abgefärbt hatte.

Einmal war sie dieser Überwachung so überdrüssig geworden, daß sie einen Ausbruchsversuch geplant hatte. Einzig Schwester Doltrice, die Pflanzenkundlerin und Ärztin des

Klosters, was ihr freundlich gesonnen, denn Lucie hatte von ihrer Mutter eine Liebe zum Garten und das Interesse für den Umgang mit Heilpflanzen geerbt. Schwester Doltrice verfolgte sie nicht mit Argusaugen. Also begann Lucie eines Morgens nach dem Frühstück über Magenschmerzen zu klagen. Sie schlug sich auf den Magen und ließ Tränen ihre Wangen herunterlaufen. Schwester Winifrith brachte sie auf schnellstem Wege in die Krankenstation.

Ihr Plan bestand darin, sich davonzustehlen, nachdem Schwester Doltrice sie für die Nacht dort untergebracht hatte, durch die Gartentüre zu schlüpfen und zwischen den Büschen und Außengebäuden hindurch zu jener Stelle in der Mauer zu laufen, die durch das Gewicht eines umgefallenen Baumes eingedrückt worden war.

Während sie in der Krankenstation auf den Einbruch der Nacht wartete, trank Lucie von dem Pfefferminztee, den Schwester Doltrice ihr zubereitet hatte, und döste in dem warmen Raum, während die Ärztin mit ihrer Arbeit beschäftigt war. Am frühen Abend erklärte die Schwester, Lucies Gesichtsfarbe habe sich gebessert, erlaubte ihr aufzustehen und begann sie mit Geschichten über ihre große Familie und deren Farm in der Nähe von Helmsley zu unterhalten, einer Farm, die zwischen heidekrautbestandenen Bergen eingebettet war und unweit des kühlen, klaren Wassers von Trilicum Beck lag. Es waren fröhliche Geschichten voll von Albernheiten und Liebe, und Lucie verlor sich in ihnen, so daß sie allmählich einnickte und sich in das warme, weiche Bett kuschelte, wo ihre süßen Träume sie bis zur Morgendämmerung umfangen hielten.

Nachdem sie am Morgenunterricht teilgenommen hatte, kehrte sie wieder zur Krankenstation zurück und fragte Schwester Doltrice, weshalb die übrigen Schwestern sie so schlecht behandelten.

»Wegen deiner Mutter, meine Kleine. Weil sie nicht verstehen, daß deine Mutter, die damals noch so jung und von der Wildheit des Nordens erschreckt war, Trost bei einem Mann fand, der sie liebte und wieder zum Lächeln brachte.«

»Könnt Ihr ihnen nicht sagen, daß sie aufhören sollen?«

Sie seufzte. »Und sie dazu bringen, daß sie sich fragen, weshalb ich für so etwas Verständnis habe?«

Lucie schaute in das Gesicht der Ärztin und sah, wie schön sie früher einmal gewesen sein mußte – und auch immer noch war, in gewisser Weise – und begriff, was sie damit meinte.

Schwester Doltrice schüttelte ihr die Hand. »Wir haben jetzt Geheimnisse ausgetauscht, die wir niemals einer fremden Seele anvertrauen dürfen.«

»Welches Geheimnis habt Ihr von mir erfahren?«

»Daß dein Bauch auch dann zu schmerzen beginnt, wenn du dich einen Tag lang an den Pfefferminztränken und den endlosen Geschichten von Schwester Doltrice laben willst. Das ist doch viel besser, als wegzulaufen, meinst du nicht auch?«

»Ihr habt es gewußt?«

Die Ärztin ging in die Knie und nahm Lucie in ihre Arme. Sie war warm und roch nach Blumen und Kräutern. »Um ein guter Heiler zu sein, muß man in den Herzen der Menschen ebenso zu lesen verstehen wie in den Ausscheidungen des Körpers.«

»Ist das unser Geheimnis?«

»Ja, unser kleines Geheimnis. Und du bist hier immer willkommen.«

Lucie vertraute Schwester Doltrice, wie sie noch niemandem vertraut hatte, seit ihre Mutter gestorben war. Nur Nicholas konnte sie später ebensolches Vertrauen entgegenbringen.

Und dem Lehrling? Wahrscheinlich nicht. Einmal hatte sie Schwester Doltrice gefragt, wie man erkennen könne, ob ein Fremder vertrauenswürdig sei. »Schau ihm in die Augen und frage ihn«, hatte sie geantwortet.

Lucie hatte diese Antwort enttäuscht, die überhaupt keine richtige Antwort zu sein schien.

Sie hielt das immer noch für dumm. Und für unklug. Denn jemand, der eine solche Frage stellte, zeigte damit doch, daß er etwas zu verbergen hatte. Und sie wollte den Waliser nicht neugierig machen. Insbesondere, da er mit dem Erzbischof und dem Erzdiakon in Verbindung stand. Sie wünschte, es gäbe eine

Möglichkeit, ihn als Lehrling abzulehnen. Doch sie brauchte eine Hilfe. Man konnte ja nicht wissen, wie lange der Gildenmeister brauchen würde, um einen Ersatz zu beschaffen. Und das Angebot des Gildenmeisters abzulehnen, nachdem sie so dringend um eine Hilfskraft nachgesucht hatte, würde nur Verdacht erwecken.

Kapitel 10

Dornen

Nicholas Wilton ging Owen im Kopf um und ließ ihn nicht schlafen. Der Mann mußte etwas Schlimmeres als eine plötzlich Lähmung erlitten haben. Nicht daß Owen auf dies oder jenes hätte hinweisen und sagen können, dies sei ungewöhnlich bei dieser Krankheit, daß eine Lähmung etwa das Haar nicht zum Ergrauen, die Haut nicht zum Einschrumpfen und die Handflächen nicht zum Schwitzen bringen könne. Eine Lähmung konnte all diese Symptome hervorrufen. Sein Verdacht beruhte mehr auf einem unbestimmten Gefühl, das er nicht zu begründen vermochte.

In der Morgendämmerung zog er sich an und machte sich auf zu Wiltons Garten. Sein Atem gefror in der kalten Luft. Seine Stiefel knirschten im Schnee. Er ging die Wege entlang und vorbei an der Buchsbaumhecke bis zu dem Holzstoß. In dem Verschlag daneben fand er eine Axt. Er legte seine Hemdbluse ab. Zunächst fröstelte ihn, doch er hatte vor, sich durch die Arbeit ins Schwitzen zu bringen. Und er wollte in eine trockene Hemdbluse schlüpfen, wenn er sich wieder abkühlte. Eine Angewohnheit, die er aus seinem Soldatenleben beibehalten hatte. Mit der Zielstrebigkeit, die er sich beim Bogenschießen angeeignet hatte, machte er sich über den Holzstoß her und stellte sich dabei vor, er habe den bretonischen Jongleur vor sich. *Undankbarer Schweinehund.* Er hackte auf ihn ein. *Ich habe mich für dein Leben eingesetzt.* Ein weiterer Hieb. *Ich habe es riskiert, mich vor meinen Kameraden lächerlich zu machen.* Er hackte weiter. *Du und dein Flittchen.* Wieder ein Hieb. *Sie hat mich entmannt.* Krach. *Bretonischer Bastard.*

Zuerst schmerzte seine verletzte Schulter, weil sie steif war, doch nachdem sich die Muskeln erwärmt hatten, lockerte sie sich, und er entdeckte wieder, wie erfrischend körperliche

Arbeit sein konnte. Sein Geist beruhigte und klärte sich. Seine Bewegungen wurden rhythmisch und flüssig.

Ein Husten unterbrach ihn.

»Ihr beginnt den Tag mit einer bemerkenswerten Energie.« Lucie Wilton reichte ihm ein Tuch. »Ihr werdet Euch abtrocknen wollen. In der Küche gibt es ein warmes Frühstück.«

Offensichtlich hatte sie ihn gehört und war herausgeeilt, um nachzusehen, ob die Geräusche möglicherweise von einem Einbrecher stammten. Ihr Haar war offen und nur von einem Schal bedeckt. Die fahle Morgensonne fiel auf rot-goldene Strähnen und brachte sie zum Glänzen. Herr im Himmel, wie gerne hätte er ihr Haar berührt. Doch auch so, wie sie ihm hier gegenüberstand, strahlend und verletzlich in der Morgensonne, spürte er ihre Reserviertheit, mit der sie eine schützende Distanz aufrechtzuerhalten wußte.

Er erinnerte sich an das Tuch in seiner Hand. Plötzlich merkte er auch, wie ihm die Kälte in die Glieder fuhr. Und außerdem war es unbequem, wie er hier mit nacktem Oberkörper vor ihr stand. Schnell trocknete er sich ab und griff nach seinem Hemd.

»Ihr habt genug Holz für vierzehn Tage gehackt«, sagte sie. »Und das alles mit leerem Magen. Ihr habt mich schon fast überzeugt, Owen Archer.« Neckische Worte, wie sie vielleicht auch seine Schwestern ihm gegenüber gebraucht hätten.

Doch sie hatte ihn mißverstanden. Er hatte nicht deswegen Holz gehackt, um sie zu beeindrucken. »Ich brauchte ein bißchen Bewegung«, sagte er. Es klang lächerlich.

Lucie Wilton nickte, nicht sonderlich interessiert an dieser unbeholfenen Bemerkung, und ging den verschneiten Weg durch den Garten voraus.

Während er aß, befragte sie ihn nach seinem Wissen über Medikamente und Kräutergärten. Seine Antworten schienen sie zufriedenzustellen. Ihre Fragen beeindruckten ihn. Sie war in der Tat so weit, daß sie vom Lehrling zum Gesellen aufsteigen konnte, soweit er es zu beurteilen vermochte. Sie war flink, wie Gaspare. Sie nahm Informationen in sich auf und benutzte sie sogleich, indem sie von seinen Antworten neue Fragen ableitete. Es war offensichtlich, daß sie mehr über Heilkräuter und Medikamente wußte als Owen. Viel mehr.

Allmählich erschöpften sich ihre Fragen, sie verstummte und starrte auf ihre Hände auf dem Tisch. Dann hob sie ihre kühlen, ruhigen Augen und schaute ihn an. »Ich glaube Euch, daß Ihr das Soldatenleben hinter Euch lassen und einen Beruf erlernen wollt. Doch warum gerade in York? Warum nicht in Wales, in der Nähe Eurer Familie? Ihr sprecht mit großer Zuneigung von Eurer Mutter und Eurem Heimatland.«

Ja, warum eigentlich? Er erklärte ihr, daß der alte Herzog Thoresby gebeten hatte, Owen dabei behilflich zu sein, in einem Gewerbe Fuß zu fassen. Doch es klang auch in seinen Ohren ziemlich hohl. Wie unglaubwürdig mußte dieser Erklärungsversuch dann erst ihr erscheinen.

Lucie Wilton seufzte, stand auf und machte sich am Herd zu schaffen. Sie wirkte stolz und stattlich, wie sie dastand, obwohl sie nur ein einfaches Kleid trug, das an mehreren Stellen gestopft worden war, aber schon wieder ausfranste. Sie war wohl eine ungeduldige Näherin. Er fragte sich, weshalb sie sich nicht schon früher um eine Hilfe bemüht hatte. Wiltons Geschäft konnte sicherlich eine Hilfskraft tragen. Die Kücheneinrichtung entsprach der eines Kaufmannshaushalts: Balken, Regale, ein Tisch auf Böcken und Stühle aus Eichenholz. Das Geschirr auf den Regalen war einfach, aber gut gebrannt. Nur wenig davon sah so aus, als würde es benutzt werden. Das meiste war staubbedeckt. Es war nicht schwer zu erkennen, womit man sich in diesem Haus beschäftigte. An den Balken waren Kräuter zum Trocknen aufgehängt, deren abbrechende Teile herunterfielen, so daß sich getrocknete Blüten und Blätter mit dem Staub von den Regalen vermischten und auf dem Boden eingetreten wurden und sich allmählich eine Schmutzschicht über den Fußboden legte.

Lucie setzte sich wieder. Sie verzog ihren Mund ärgerlich. »Soldaten sind ein kaltes, unmenschliches Volk.«

Eine solche Bemerkung hatte er von ihr nicht erwartet. Er

mußte nachdenken, wo ihre Unterhaltung unterbrochen worden war. »Werde ich verurteilt, weil ich nicht nach Wales zurückkehre?«

»Ihr seid ein freier Mann, mit genügend Geld, um Euch eine Einzelkammer in einem Wirtshaus leisten zu können. Mit genügend Geld auch, um Eure Angehörigen wissen zu lassen, daß ihre Gebete erhört wurden und es Euch wohlergeht. Ist es Euch nicht in den Sinn gekommen, sie aufzusuchen, bevor Ihr Euer neues Leben anfingt?« Tränen des Zorns standen in ihren Augen. Der Gefühlsausbruch hatte ihr Farbe ins Gesicht getrieben.

Da sie sich offensichtlich bewußt war, daß sie sich eine Blöße gegeben hatte, senkte sie den Blick und begann, unsichtbare Krümel vom Tisch aufzusammeln.

Owen wußte nicht, wie er auf ihren Ausbruch reagieren sollte. Um ehrlich zu sein, hatte er schon lange nicht mehr an seine Familie gedacht. Sie war ein Teil seiner Kindheit. Wales gehörte der Vergangenheit an. Doch das sagte er nicht. Er schwieg eine Weile und versuchte, einen Grund für diesen Angriff zu finden. Eine Möglichkeit fiel ihm ein. »Euer Vater war auch Soldat, wie ich gehört habe.«

Sie verkrampfte sich. Ihre Augen wurden kalt.

Er hatte den Grund erraten, aber seine Bemerkung war unpassend. »Ich möchte nicht neugierig sein.« Dabei war es gerade die Neugier gewesen, die ihn in all den letzten Tagen umgetrieben hatte.

Seine Entschuldigung konnte sie nicht besänftigen. »Ihr werdet zuerst den Eingang zum Laden auskehren und die Lampen anzünden. Danach könnt Ihr das Brennholz vor der Küchentür aufstapeln. Später werde ich Euch umherführen . . .«

Ein kalter Luftzug fuhr in die warme Küche, als Bess Merchet die Tür von außen öffnete. »Ich dachte schon, daß ich Euch hier finden würde.« Ihre Wangen hatten eine rosige Farbe. Sie legte eine Pause ein, um Luft zu holen, und ihre Augen fielen auf die Reste des Frühstücks. »Ihr beide seid schon früh auf. Aber auch der Ablaßkrämer. Er ist gerade in der Schenke gewesen, um mir mitzuteilen, daß der Erzdiakon Euch sprechen möchte, Owen Archer. Ich habe Digby versprochen, es Euch sofort auszurichten.«

Owen warf einen Blick zu Lucie.

Sie sah blaß aus, sagte aber mit ruhiger Stimme: »Kehrt erst den Laden aus, bevor Ihr geht.«

Der Erzdiakon lächelte. Sein Gesicht drückte Unbehagen aus, aber er lächelte trotzdem. »Ich vermute, Ihr dachtet, mein Versprechen von gestern sei reiner Höflichkeit entsprungen, Archer. Doch Gott in seiner Gnade hat mich in die Lage versetzt, es schon heute einzulösen. Ich habe heute morgen erfahren, daß ein Apotheker in Durham einen Lehrling braucht.« Anselm lehnte sich zurück. Die Ellbogen ruhten auf den Lehnen seines thronähnlichen Sessels, und seine Fingerspitzen trafen sich zu einer wohlgefälligen Pyramide.

Mit dieser Wendung hatte Owen nicht gerechnet. Er antwortete nicht gleich, denn er mußte nachdenken, wie er am besten auf diese schlechte Nachricht reagieren sollte.

Der Erzdiakon kicherte. »Ich sehe, daß ich Euch in der Tat eine Überraschung bereitet habe.«

Owen entschloß sich, auf ganz einfache Weise zu reagieren. »O ja, das habt Ihr, Erzdiakon. Denn Ihr selbst habt ja gesagt, daß solche Positionen sehr rar sind. Das habe ich mir gestern zu Herzen genommen, und . . . nun ja, ich habe einen Vertrag bei Master Nicholas Wilton unterschrieben.«

Die Pyramide stürzte in sich zusammen, als der Erzdiakon seine Hände auf die Lehnen des Sessels fallen ließ und diese so fest umklammerte, daß sich seine weißen Knöchel unter der Haut abzeichneten.

»Ihr habt was getan?«

»Nun, Ihr werdet verstehen, daß ich mich entschlossen habe, die erstbeste Stelle anzunehmen, die man mir anbieten würde. Dort werde ich zwar von einer Frau ausgebildet, die selbst ihre Ausbildung noch nicht abgeschlossen hat, aber ich mußte einfach zugreifen, denn möglicherweise wäre ich verhungert, bis ich etwas anderes gefunden hätte.«

»Ihr . . .« Der Erzdiakon bekam sich wieder in die Gewalt. »Das ist äußerst unglücklich.« Der Ärger schnürte ihm die Kehle zu.

Owen stand auf. »Ich bin Euch trotzdem sehr dankbar.«

Anselm warf ihm wütende Blicke zu, wendete dann aber seine Augen ab. Er nickte.

»Das ist ein bindender Vertrag . . .«, sagte Owen.

»Geht!« Anselm stieß das Wort hervor, als ob er Gift ausspeien wollte.

Owen tat, wie ihm geheißen, und eilte davon, bevor er alles noch verschlimmerte. Im Hof des Münsters blieb er stehen und ließ sich die Reaktion des Erzdiakons noch einmal durch den Kopf gehen. Es war anzunehmen, daß Anselm verärgert war, weil er seine Zeit wegen Owen verschwendet hatte. Doch weshalb überhaupt hatte er sich so stark eingesetzt? Um Thoresby zu gefallen? Vielleicht. Doch Owen konnte sich nicht vorstellen, daß Anselm in den wenigen Stunden zwischen ihren beiden Begegnungen eine Botschaft nach Durham geschickt und auch schon Antwort erhalten haben konnte. Daher handelte es sich bei dieser Stelle sehr wahrscheinlich um einen Schwindel. Welchen Zweck verfolgte der Erzdiakon damit? Hatte er gehofft, Owen würde auf der Straße von Highlandern überfallen werden? Und ums Leben kommen? Anselms Verärgerung schien jedoch weniger damit zu tun zu haben, daß er Zeit vergeudet hatte, sondern damit, daß Owen für Nicholas Wilton arbeitete. Und seine Verärgerung machte ihn gefährlich. Das gefiel Owen nicht.

Owen saß Lucie gegenüber und verzehrte schweigend seine Mahlzeit. Einmal ertappte er sich dabei, wie er sie beobachtete, doch er wendete seine Augen sofort wieder ab und starrte auf den Eintopf in seiner Schüssel. Sie übte eine unheimliche Wirkung auf ihn aus, es war, als ob er in die Rolle eines kleinen

Bruders schlüpfen würde. Es irritierte ihn, doch immer, wenn er ihrem ernsten, ruhigen Blick begegnete, vermochte er ihm nicht standzuhalten, sondern schaute verwirrt weg, so wie jetzt.

Es gelang ihnen, den Tag in friedlichem Nebeneinander zu verbringen. Er hatte einen Überblick über den Haushalt, den Laden und den Garten erhalten und war sehr beeindruckt.

Er beendete seine Mahlzeit früher als Lucie und stand auf, um das Feuer zu schüren.

»Schichtet es nicht zu hoch auf«, sagte sie.

»Dann wird es in der Nacht ausgehen.«

»Das will ich auch. Morgen früh möchte ich als erstes den Herd saubermachen.«

»Dann müßt Ihr das Feuer neu entfachen.«

»Das ist immer so, wenn ich den Herd reinige.« Sie schaute ihn an, als hielte sie ihn für einen Einfaltspinsel.

»Wann werdet Ihr dazu die Zeit finden?«

»Vor Anbruch der Dämmerung.«

»Wie wollt Ihr wissen, wann es Zeit ist, aufzustehen?«

»Ich werde neben dem Ofen schlafen. Wenn das Feuer ausgeht, werde ich von der Kälte wach.«

»Laßt mich das tun.«

»Nein, ich erledige es selbst.«

»Dann das Dienstmädchen.« Sie sollte am nächsten Tag anfangen.

»Nein.«

»Warum ist es Euch so wichtig, den Herd zu säubern?«

»Ich will ihn einfach sauber haben.«

»Ich möchte Euch helfen.«

»Ihr habt genug Arbeit. Und außerdem, was versteht Ihr vom Säubern eines Herdes?«

»Ein Mann lernt vieles während der Feldzüge.«

»Auf den Feldzügen werden keine Herde mitgeführt.«

Er lenkte ein. »Da habt Ihr recht.« Er bemerkte, daß sie ihn stirnrunzelnd beobachtete.

Jetzt war sie an der Reihe, wegzuschauen. »Es ist ungewöhnlich, daß ein Soldat eine derartige Hilfe anbietet«, sagte sie.

»Ich war nicht schon immer Soldat. Als Knabe habe ich meiner Mutter geholfen.«

»Hat Eure Mutter Euch beigebracht, wie man einen Herd säubert?«

»Ja, das hat sie mir beigebracht. Und noch viele andere Dinge. Die Eurige nicht?«

»Meine Mutter starb, als ich noch klein war«, antwortete Lucie.

»Aber Ihr hattet ja noch Schwestern.«

»Ja.« Ihre Wachsamkeit gewann wieder die Oberhand. »Woher wißt Ihr das?«

»Von Camden Thorpe. Ich habe ihm ein paar Fragen gestellt. Reine Neugier. Er hat auch gesagt, daß Eure Mutter den Garten von Nicholas sehr mochte.«

»Er erinnerte sie an zu Hause.« Ihre Stimme klang gepreßt und angespannt. Er bewegte sich auf gefährlichem Grund.

Er versuchte, sie zu entkrampfen. »Meine Mutter glaubte, daß die Verantwortung für einen Garten die höchste Form der Verehrung des Herrn ist. Sie hat alle ihre Kinder dazu angehalten, sich mit der Gärtnerei zu befassen.«

Es half. Sie schaute ihn an. »Und hat es Euch näher zu Gott gebracht?« fragte sie.

Er versuchte, sie anzulächeln. »Es hat mir gezeigt, wieviel der Herr für uns getan hat.«

Ihre Mundwinkel zuckten. Sie hatte Sinn für Humor. »Nun, Ihr wißt ja, wieviel Arbeit noch vor Euch liegt.« Sie ging zum Feuer und schwieg eine Weile. »Und was habt Ihr während Eures Soldatenseins gelernt?«

»Daß ich es gerne hörte, wie ein Pfeil die Luft durchschnitt und sein Ziel mitten ins Schwarze traf, doch ein Krieg ist nicht begrenzt auf die Heere, die ihn ausfechten.«

Er hatte eine Laute in der Ecke entdeckt. Er griff nach ihr, Lucie zuckte zusammen, als die Saiten, durch die Bewegung in Schwingungen versetzt, Töne von sich zu geben begannen.

Eigentlich wollte sie ihn zurechtweisen, doch sein wohlklingendes, sicheres Spielen veranlaßte sie zu schweigen. Er hatte die Laute mit einer klagenden Weise wieder zum Leben erweckt und begann nun auch zu singen. Lucie wollte nicht, daß er bemerkte, wie sehr es ihr gefiel. Obwohl sie müde war und sich gern eine Weile ausgeruht hätte, stand sie auf und begann, die Küche aufzuräumen, während Owen spielte. Sie versuchte, ihn nicht anzusehen. Er verlor sich in dem Lied und ließ sich ganz von der Geschichte mitreißen.

Die Musik steigerte sich zu einem zitternden Kreischen und brach dann ab.

Beide waren still und lauschten dem verklingenden Echo der Musik. Das Feuer prasselte und zischte. Ein Ast schlug draußen gegen das Haus.

Lucie fröstelte. »Was für eine schöne Sprache.«

»Bretonisch. Ich habe sie von einem Jongleur gelernt«, sagte Owen. »Sie ist mit der Sprache meines Heimatlandes verwandt. Wenn ich auch am Anfang nicht gleich alle Worte verstanden habe, so hat sich mir doch gleich ihr Herz erschlossen.«

Lucie setzte sich vorsichtig hin. Offenbar wurde ihr klar, wie wenig sie von diesem Mann wußte, mit dem sie von nun an ihre Tage verbringen würde. »Wovon handelt das Lied?«

»Überall in der Bretagne gibt es große Steinhügel – man nennt sie dort Dolmen –, die aus Steinen errichtet sind, die so schwer sind, daß nur Riesen sie bewegt haben können. Es heißt, es handelte sich dabei um die Gräber der Vorfahren. In einem von ihnen lebt eine alte Hofdame, die gelobt hat, ihr Volk vor den Routieren von König Edward zu schützen.«

»Routiere«, flüsterte Lucie.

Owen dachte, sie verlange eine Erklärung für diese Bezeichnung. »Soldaten, die unser edler König über den Kanal schickt, ohne ihnen einen Sold zu zahlen. Die Leute erzählen, daß Hunderte von ihnen auf den Straßen umherziehen, plündern und vergewaltigen. Vielleicht ist das aber auch übertrieben.«

»Meine Mutter hat mir von ihnen erzählt.«

»Eure Mutter war Französin?« Er hatte festgestellt, daß sie

nicht sehr freudig reagierte, wenn er erkennen ließ, daß er über sie Bescheid wußte.

Lucie nickte. »Es gibt wirklich Hunderte von Routieren auf den Straßen.«

»Sie sind die Geißel der Franzosen.«

»Meine Mutter hat gesagt, daß der Krieg eine Geißel war.«

»Ja. Nun, wahrscheinlich hat sie so gedacht. Für uns hier, auf unserer Insel, ist das etwas anderes. Unsere Kriege werden in fremden Ländern ausgefochten. Wenn unser König siegreich ist, bringen die Rückkehrer Beute mit sich. Wenn unser König unterliegt, kehrten die wenigen, die überlebten, mit leeren Händen zurück. Aber in Frankreich leiden die Menschen, ob der König nun siegt oder nicht. Die Soldaten von beiden Seiten brennen ihre Dörfer und Städte nieder, um den Feind auszuhungern. Für ein heimatloses, hungriges Kind bedeutet es keinen Unterschied, ob es von den Truppen des eigenen Königs oder von denen des Gegners vertrieben worden ist.«

Lucie schaute ihn an, als würde sie ihn jetzt zum ersten Mal richtig sehen. »Ihr redet gar nicht wie ein Soldat.«

Er zuckte mit den Achseln.

»Auf welche Weise rettet diese Frau ihr Volk?«

»Indem sie die schutzlose Hofdame spielt, die sich im Wald verlaufen hat, lauert sie den Routieren auf und überrascht sie dann mit Fallen, die sie ausgelegt hat, und mit ihrer Geschicklichkeit im Umgang mit dem Messer. Sie sagt ihnen, sie hätte alles verloren und möchte sich ihnen anschließen. Zum Beweis ihrer ehrlichen Absichten bietet sie ihnen an, sie zum Haus eines edlen Herrn am Rande des Waldes zu führen, wo große Schätze und Wein zu finden sein sollen. Dort hat sie einen Hinterhalt vorbereitet. Diesen Teil des Liedes kennt man überall in der Bretagne. Was danach folgt, unterscheidet sich je nach Version. Diese hier erzählt von ihrer Liebe zu einem Routier, der sich von seinen Kumpanen absondert, erschreckt durch das, was aus ihm geworden ist. Als die Soldaten sich den gefangenen Männern nähern, läßt sich die Hofdame dazu bewegen, ihn zu verstecken. Sie führt ihn zu einem Kreis von stehenden Steinen auf einem Berg. Als er die Schreie seiner Kameraden vernimmt, entbrennt er in Wut darüber, was sie getan hat. ›Du hast die Freiheit, den Tod zu wählen‹, sagt sie zu ihm. ›Sag mir, daß dies deine Wahl ist, und ich werde dich meinen Leuten übergeben. Oder schau in dein Herz und gib zu, daß du sinnloses Morden nicht mitansehen kannst.‹«

»Welche Möglichkeit wählt er?«

»Das sagt das Lied nicht.«

Lucie wirkte enttäuscht. »Ist das eine wahre Geschichte?«

»Das weiß ich nicht.«

»Sie kann nicht wahr sein. Denn dann hätte der Jongleur die Retterin seines Volkes verraten, indem er dieses Lied vortrug.«

»Vielleicht hat er es deswegen in seiner eigenen Mundart gesungen.«

»Ihr habt es verstanden. Viele Eurer Bogenschützen werden wahrscheinlich auch Waliser sein.«

»Und sind auch so verschwiegen wie ich.«

»Und andere. Hat Euch nie jemand gefragt, wovon das Lied handelt?«

»Ich habe gesagt, es ist ›Aucassin et Nicolette‹ auf Bretonisch.«

»Ihr habt ihn beschützt?«

Owen seufzte. »Und als Gegenleistung für meinen Schutz hat er mir ein Auge genommen. Oder besser gesagt, seine Mätresse.«

Lucie griff über den Tisch und befühlte die Narbe. »Weshalb hat die Mätresse Euch das Augenlicht genommen?«

»Sie wollte ihn verteidigen.«

»Vor Euch? Ich verstehe nicht.«

Er erzählte ihr die Geschichte. »Ich war ein Dummkopf. Und jetzt muß ich mühsam wieder von vorne anfangen, einen neuen Weg im Leben finden. Aber das Soldatenleben hatte mich auch damals schon abzustoßen begonnen.« Er hatte das schon so viele Male gesagt, daß er es inzwischen selbst glaubte. »Doch was die beiden mir angetan haben, das kann ich nicht vergeben. Sie sind mir in den Rücken gefallen, nachdem ich alles getan hatte, um ihnen zu helfen.«

Lucie beobachtete ihn einige weitere Minuten lang. »Ihr fühlt Euch ohne das Auge verkrüppelt. Aber anderen erscheint Ihr gar nicht als Krüppel. Ich möchte allerdings nicht unbedingt behaupten, daß es hilfreich ist, das zu wissen.«

»Das sind freundliche Worte. Ich danke Euch dafür. Aber Ihr könnt Euch nicht vorstellen, wie es ist, wenn man die Hälfte seines Sehvermögens verliert.«

»Nein, das kann ich nicht.« Sie stand auf und fügte hinzu: »Ich muß Nicholas das Abendessen bringen und dann ein wenig schlafen.«

»Soll ich Euch helfen?«

»Nicht dabei.«

Owen sah, daß sie es ernst meinte, und ging gedankenversunken zum Wirtshaus zurück.

Als er eintrat, rief ihm Bess zu: »Ihr habt einen Besucher.« Sie nickte zur hinteren Ecke hin. »Es ist lange her, seit uns Gildenmeister Thorpe die Ehre gegeben hat. Ihr kurbelt unser Geschäft an, Owen Archer.«

Nur wenige Köpfe wendeten sich um, keine Unterhaltung wurde unterbrochen, als Owen an den Tischen vorüberging. Das war ein gutes Zeichen. Er war als Stammgast akzeptiert worden. Er war zufrieden.

Doch seine Zufriedenheit verflog, als er den Gesichtsausdruck von Gildenmeister Thorpe sah. Das runde, behagliche Gesicht des Mannes war von Sorgen zerfurcht. »Erzdiakon Anselm hat ein Theater veranstaltet wegen Eurer Anstellung. Wollte den Brief sehen, den Johannes geschickt hatte. Hat alle möglichen Fragen gestellt. Hat angedeutet, Ihr würdet gar nicht derjenige sein, als der Ihr Euch ausgebt. Das Ganze ist wirklich sehr beunruhigend.«

Owen erzählte ihm von der angeblichen Anstellung in Durham.

Camden Thorpe zog an seinem Bart. »Ist das nicht merkwürdig? Davon hat er mir kein Sterbenswörtchen gesagt. Im

Gegenteil. Er klang so, als würde er Euch für irgendeinen Gesetzlosen halten, der für eine Weile untertauchen muß.«

»Ich frage mich, wie wohl Erzbischof Thoresby diesen Vorgang interpretieren würde.«

Thorpe runzelte die Stirn, unsicher, was Owen damit meinte. »Das Empfehlungsschreiben?«

»O ja.« Der Gildenmeister lächelte. »Der Erzdiakon ist ziemlich durcheinander, habe ich recht?«

Owen gelang es, Camden Thorpe davon zu überzeugen, daß alles in Ordnung war, doch er selbst war davon nicht so recht überzeugt. Der Erzdiakon hatte äußerst starke Vorbehalte gegen Owens Anstellung. Offenbar hatte er seine Maskerade durchschaut. Aber wieviel wußte er wirklich, und weshalb beunruhigte dies den Erzdiakon derartig, daß er es riskierte, sich gegenüber dem Gildenmeister lächerlich zu machen? Nach Owens Ansicht mußte es sich um einen zutiefst verzweifelten Mann handeln. Und auch solche Männer waren gefährlich.

Doch warum ausgerechnet der Erzdiakon?

Lucie träumte, sie laufe durch den Irrgarten von Freythorpe Hadden, hin und wieder stolpernd, ganz außer Atem vor Lachen. Sie fürchtete, er würde sie einholen. Und sie fürchtete auch, er würde es nicht tun. Sie wartete zitternd darauf, daß er seine Hände um ihre Hüften legte, sie zu sich zog und sie auf den Hals küßte . . .

Sie wachte fröstelnd auf. Das Feuer war ausgegangen. Aber ihr Gesicht war heiß. Sie hatte von Owen Archer geträumt. Sie mußte verrückt sein.

Anselm ging auf und ab. Er hatte Archer unterschätzt. Er hatte schneller gehandelt, als Anselm es für möglich gehalten hatte. Archer mußte ein Mann von Erzbischof Thoresby sein. Thoresby hatte Archer geschickt und es ihm ermöglicht, sich in Wiltons Haushalt einzuschleichen. Um den Tod des Küsters des

Erzbischofs zu untersuchen. Natürlich, das war Thoresby zuzutrauen. Wie dumm von Anselm, dies nicht vorhergesehen zu haben. In Anbetracht von Fitzwilliams Charakter würde der Erzbischof natürlich zuerst an Mord denken. Der verdammte Fitzwilliam. Und der verdammte Bruder Wulfstan, dieser schusselige Mönch. Wäre Fitzwilliam nicht ums Leben gekommen, hätte kein Hahn nach dem anderen Toten gekräht. Doch nun hatte sich John Thoresby eingeschaltet, der mächtigste Mann Yorks.

Seltsam, daß sich der Erzbischof um das Schicksal eines Mannes kümmerte, der ihm nur Ärger eingebracht hatte. Anselms Vater würde keinen Finger rühren, sollte Anselm unter mysteriösen Umständen ums Leben kommen. Er würde keinerlei Nachforschungen anstellen. Er würde es umgehend vergessen. Er, dessen Sohn in der Kirche die Position des Erzdiakons von York erreicht hatte. Nicht nur, weil Anselm als zweiter Sohn für eine kirchliche Laufbahn bestimmt war. Sein Vater hatte ihn abgelehnt, weil Anselm keinen Geschmack gefunden hatte an der Gewalt. Nachdem Anselm einmal sein Wesen zu erkennen gegeben hatte, konnte er durch nichts mehr die Anerkennung seines Vaters gewinnen, geschweige denn seine Liebe. Doch der Erzbischof, ein wirklicher Schutzherr, wollte in Erfahrung bringen, auf welche Weise der verruchte Fitzwilliam umgekommen war, ein junger Schnösel, dessen Bestreben es stets gewesen war, die Gebote der Kirche sooft wie möglich zu brechen.

Welch ein glücklicher Mann, dieser Oswald Fitzwilliam. Ohne Zweifel war er sehr behütet aufgewachsen, daher rührte auch seine Vorliebe für die Sünde. Der Mensch sucht das Unbekannte. Das Geheimnisvolle. Anselm hatte schon früh die Sünden des Fleisches kennengelernt. Alle Neugier war ihm ausgetrieben worden durch den Abschaum, den sein Vater zu Soldaten herangezogen hatte, die Kanaillen, unter die seine Mutter, die Hure, ihn geworfen hatte. Die Tugendhaftigkeit, die an der Klosterschule erwartet wurde, war für ihn eine Befreiung gewesen.

Kapitel 11
Digbys Handel

Lange nachdem der Gildenmeister nach Hause gegangen war, saß Owen immer noch in seiner Ecke. Die murmelnden Stimmen, den sauren Geruch von Bier, Wein und ungewaschenen Körpern und den kalten Luftzug, der um seine Beine strich, wenn jemand die Tür zur Straße öffnete, nahm er kaum wahr. Er rieb sich über sie Narbe und starrte gedankenversunken auf den Boden.

Er dachte nicht über Fitzwilliam nach, sondern über sein Zuhause. Es fiel ihm schwer, sich daran zu erinnern, es war, als ob er durch dichten Nebel zu spähen versuchte. Es war schon so lange her, und so vieles war in der Zwischenzeit geschehen – sowohl bei seinen Familienangehörigen als auch bei ihm, daran bestand kein Zweifel. Das Dorfleben war schwierig. Bei jeder Reise mußte man Berge überwinden und Wälder durchqueren, und man geriet dabei von einer Jahreszeit in die andere, mit Ausnahme des Sommers. Die Arbeit verkrümmte den Rücken und den Geist. Es gab dort keine Ärzte wie Roglio oder Apotheker wie Wilton. Die Leute hatten ihre eigenen Heilmittel – insbesondere seine Mutter kannte viele –, meist aber linderten diese nur die Schmerzen, anstatt die Krankheiten zu kurieren. Krankheiten und Verletzungen bedeuteten sehr häufig den Tod. Würde Lucie ihm glauben, wenn er ihr erzählte, daß er deswegen nicht nach Hause zurückgekehrt war, weil er es nicht ertragen hätte, keinen seiner Angehörigen mehr lebend vorzufinden? Seine Mutter, ihr Lächeln, ihre Stimme, ihr Geist, in der Erde verfaulend, Nahrung für die Eichen und Eschen und für die Würmer. Und seine Schwestern – Angie mit ihren blitzenden Augen, Gwen mit ihrer langsamen, verträumten Art – so viele junge Frauen starben im Kindbett. Er bekreuzigte sich.

Lucie Wilton hatte durch ihre Verärgerung düstere Gedanken

in ihm wachgerufen. Für sie zu arbeiten war bis jetzt nicht sehr erbaulich gewesen.

Besser, er beschäftigte sich wieder mit dem Tod von Fitzwilliam. Schließlich war er nach York gereist, um diesen Todesfall zu untersuchen. Je schneller er Antworten auf die Fragen des Erzbischofs fand, desto früher konnte er die Stadt wieder verlassen. Und er mußte sie verlassen. Er war dabei, sein Herz an eine Frau zu verlieren, der er niemals etwas bedeuten würde, auch wenn Nicholas sterben sollte. Sie hatte Owen schon zurückgewiesen, bevor sie ihn einigermaßen kennengelernt hatte. Es gab niemanden, dem er sein Leid klagen konnte, er mußte es einfach akzeptieren.

Es akzeptieren. Owen blickte auf, sah, daß Tom zu ihm herschaute, und hob seinen Krug.

Tom schlenderte herüber. »Ihr seht niedergeschlagen aus, Master Archer«, sagte er. »Schlechte Nachrichten vom Gildenmeister?«

»Das hat nichts mit ihm zu tun. Ich trauere den alten Tagen nach.«

Tom runzelte mitfühlend die Stirn. »Ja. Hauptmann der Bogenschützen. Nicht viele gelangen auf der Leiter so weit nach oben.«

»Das Schicksal hat es gut mit Euch gemeint, Tom, weil es Euch eine Arbeit beschert hat, die Euch bis ins hohe Alter ein Auskommen ermöglichen wird. Und eine schöne Frau.«

Tom begann zu strahlen. »Ja, der Herr war sehr gütig zu mir.« Er nickte und machte sich mit seinem Henkelkrug voller Bier wieder auf, um durch die Reihen der Gäste zu schreiten.

Owen nahm einen tiefen Schluck und ließ den herb-würzigen, malzigen Geschmack des Bieres auf seiner Zunge zergehen. Tom Merchet war ein hochbegabter Künstler. Seine Kunst erfreute die Mitmenschen. Demgegenüber nahm sich Owens früheres Handwerk – andere Menschen zu töten und zu verstümmeln – als unwürdig und verwerflich aus. Vielleicht würde ihm seine neue Anstellung die Möglichkeit bieten, dies wiedergutzumachen.

Er stellte sich vor, wie er und Lucie Seite an Seite arbeiten würden, so wie Tom und Bess. Eine Schenke betreiben. Lucie würde dem Haus ein anderes Gepräge geben. Bess war frech. Die Männer blickten ihr herausfordernd in die Augen und riefen ihr nach. Und sie zahlte mit gleicher Münze zurück. Doch wenn sie es mit Lucie zu tun hätten, würden die Männer die Augen senken, so wie sich Knaben gegenüber der Mutter ihres besten Freundes verhalten. Ihre Stimmen würden einen gedämpfteren Tonfall annehmen. Und er ...

Owen konnte sich nicht vorstellen, daß sie ihn heiraten würde. Einen mordenden Trampel. Einäugig, unbeholfen ...

Er ließ seinen Humpen auf den Tisch krachen. Seine Nachbarn schauten neugierig zu ihm herüber. Als sie sahen, wie er verlegen errötete, wendeten sie sich kopfschüttelnd wieder ab und setzten ihre Unterhaltung fort.

Doch als der Ablaßkrämer erschien, erwachte ihr Interesse wieder. Er blieb zuerst an der Theke stehen und begab sich dann mit einem Humpen Bier in der Hand zu Owens Tisch.

Auch das Eintreffen des Ablaßkrämers vermochte Owen keineswegs aufzuheitern. Da er hoffte, ihn durch Unhöflichkeit wieder vertreiben zu können, hielt Owen seinen Blick weiterhin unverwandt auf sein Bier gerichtet. »Sagt mir nicht, der Erzdiakon möchte mich schon wieder sprechen.«

»Nicht an sich.«

Owen nickte, ohne aufzublicken.

Digby wurde zappelig. Er hatte gedacht, seine Antwort würde Owen überraschen. Er lehnte sich über den Tisch. »Er möchte, daß ich Euch verfolge und herausfinde, wer Euch geschickt hat, und warum.«

Owen hob den Blick. »Ist der Erzdiakon immer so mißtrauisch Fremden gegenüber?«

»Nein.«

»Warum dann mir gegenüber?«

Digby grinste. »Das hat er nicht gesagt. Aber ich weiß es. Er glaubt, der Erzbischof hat Euch geschickt, um den Tod von Fitzwilliam zu untersuchen.«

»Und woher wißt Ihr, daß der Erzdiakon dies vermutet?«

»Weil ich das auch glaube.« Digby nahm einen tiefen Schluck. Er hatte seit gestern abend wieder Selbstbewußtsein gewonnen.

»Der Erzdiakon hat Euch doch gewiß nicht beauftragt, mir dies zu sagen?«

Digby lachte. »Natürlich nicht.«

»Warum erzählt Ihr es mir dann?«

»Weil ich wissen will, was Ihr wissen wollt.«

»Ihr meint, ob ich vom Erzbischof nach York geschickt wurde, um den Tod von Fitzwilliam zu untersuchen?«

»Genau.«

»Nun, so möchte ich fragen, was ist an seinem Tod denn zweifelhaft? Es heißt, daß er aufgrund der winterlichen Kälte gestorben ist.«

Digby schnaubte. Es war ein unangenehmes Geräusch. »Nicht Fitzwilliam. So schwer krank war er nicht.«

»Ihr habt ihn gekannt?«

»Ja, sehr gut sogar. Eine leicht anzuzapfende Spendenquelle für die Schatulle des Münsters. Der Dreck klebte an ihm wie Spinnweben an einer Katze.«

»Daß er den Arm aus der Abfallgrube Eurer Mutter gestohlen hat, war nicht sein schwerstes Vergehen?«

»Ach. Das war gar nichts.«

»Ihr glaubt, er wurde ermordet?«

»Jawohl. So enden Leute seines Schlages immer.«

»In der Krankenstation des Klosters?«

»Dort ist er gestorben.«

»Einer der Brüder?«

»Unwahrscheinlich. Aber möglich. Sie sind nicht alle Heilige.«

»Wie der Erzdiakon.«

Digby schnaubte erneut. »Er am allerwenigsten. Alle sind mit der Erbsünde geboren, genau wie Ihr und ich.«

Er am allerwenigsten. Eine interessante Bemerkung.

»Ihr wollt damit also sagen, daß Ihr ebenso wie auch der Erzdiakon glaubt, daß dieser Fitzwilliam ermordet wurde und daß ich hierher geschickt wurde, um den Mörder zu finden. Ist das richtig?«

Digby grinste.

»Es wäre auch seltsam, wenn Ihr andere Ziele verfolgen würdet als Euer Auftraggeber.«

Digby blickte hinunter auf seinen Krug. »Ich habe dabei kein sonderlich gutes Gefühl.«

»Weshalb seid Ihr dann so stark interessiert?«

Digby blickte Owen stirnrunzelnd an, als könne er die Frage nicht verstehen. »Ich bin ein Diener des geistlichen Gerichts. Es ist meine Aufgabe, Sünder der Gerechtigkeit zu überantworten. Irgend jemand hat auf geheiligtem Grund einen Mord verübt. Ich muß herausfinden, wer das getan hat.«

»Doch der Erzdiakon unterstützt Euch nicht?«

»Er deckt jemanden.«

»Wen?«

Digby schaute zur Seite. »Ich weiß zuwenig, um eine Anschuldigung zu erheben. Ich kenne die Zusammenhänge nicht.«

Er blickte Owen mit ernster Entschlossenheit in die Augen. »Ich will Euch etwas mitteilen, über das Ihr nachdenken könnt. Man spricht von zwei Todesfällen. Nein. Von zwei Mordfällen.« Er betonte besonders das letzte Wort.

Owen nahm es zur Kenntnis. »Ihr meint damit den ersten Todesfall, den Mann ohne Namen?«

Digby zwinkerte. »Denkt darüber nach. Ehrliche Männer weigern sich nicht, ihren Namen zu nennen. Ich vermute, er war in eines von Fitzwilliams krummen Geschäften verwickelt.«

»Jetzt wird es interessant. Doch aus welchen Grund soll ich glauben, daß es sich um Mord handelt? Was wißt Ihr?«

Digby trank sein Bier aus. »Laßt einem ziemlich durstig werden, diese Unterhaltung.«

Owen machte Bess auf sich aufmerksam. Sie goß dem Ablaßkrämer Bier nach. »Setzt es auf meine Rechnung, Bess.«

Sie grinste. »Man braucht mehr als ein Bier, um den Ablaßkrämer zu bestechen, Master Archer.«

Digby blickte verärgert.

»Nur damit er mir noch ein wenig länger Gesellschaft leistet«, sagte Owen.

Bess zuckte mit den Schultern und entfernte sich wieder.

Owen bemerkt Digbys Verstimmung. »Ich dachte, Ihr hättet ein dickes Fell.«

»Ich trage es den Leuten nicht nach, daß sie mich nicht mögen, weil ich herumschnüffle. Das ist natürlich. Aber ich bin nicht korrupt. Der Erzdiakon würde mich nicht beschäftigen, wenn ich bestechlich wäre.«

»Ihr sprecht gut von ihm. Und doch Ihr seid auch der Überzeugung, daß er einen Mord vertuschen will. Ihr werdet Euch entscheiden müssen.«

»Jedermann hat eine schwache Stelle. Irgend jemanden oder irgend etwas, für das er alles zu riskieren bereit ist.«

»Und was ist das bei ihm?«

Digby blickte sich um und rückte dann näher. »Nicholas Wilton.«

Owen gefiel diese Antwort nicht. »Was meint Ihr damit?«

»Alte Freunde. Sind zusammen zur Schule gegangen.«

»In die Klosterschule?«

»Ja. Ihr wißt, was ich meine. Leute, die in allen Notlagen zusammenhalten. Die immer gleich rennen, wenn der andere in Schwierigkeiten steckt. Aber vor einigen Jahren haben sie sich wegen irgend etwas gestritten. Haben seitdem nicht mehr miteinander gesprochen. Aber nachdem Wilton zusammengebrochen war, ist der Erzdiakon sofort am nächsten Tag bei ihm im Geschäft vorbeigekommen. Jetzt geht er regelmäßig dorthin. Ihr werdet ihn sehen, da Ihr nun ja dort angestellt seid.« Ein komisches Leuchten stand in Digbys Augen.

Owen beachtete es nicht. »Und der Erzdiakon schickt Euch, um nach seinem Freund zu sehen, wenn er selbst verhindert ist?«

Digby schüttelte den Kopf. »Er weiß nichts von meinen Besuchen. Und er soll es auch nicht wissen. Ich bin aufrichtig Euch gegenüber.«

Ihre Blicke trafen sich. Owen nickte. »Ich glaube es Euch. Welches Spiel spielt Ihr, das frage ich mich? Weshalb sucht Ihr die Apotheke auf?«

Digby grinste. »Um herauszufinden, ob Mistress Wilton nervös wird, wenn sie mich sieht.«

»Jedem würden solche Besuche Unbehagen bereiten.«

»Ich meine, nervöser als sonst.«

»Und wird sie es?«

»Ich bereite der liebreizenden Mistress Wilton in der Tat großes Unbehagen.«

Owen war versucht, Digby sein hinterhältiges Grinsen mit einem Fausthieb auszutreiben, doch er zügelte sich.

»Ihr habt gesagt, der Erzdiakon versuche, etwas zu vertuschen, und habt dabei Nicholas Wilton ins Spiel gebracht. Und auch Mistress Wilton weiß etwas. Dann vermutet Ihr also, daß Nicholas Wilton die beiden Männer umgebracht hat?«

Digby zuckte mit den Achseln. »Darauf läuft alles hinaus, so schwer es auch fällt, es zu glauben. Ihr müßt wissen, daß ich auch dort war an jenem Abend, an dem Nicholas Wilton die Medizin ins Kloster gebracht hat.«

Owen beugte sich vor. »Er hat die Medizin hingebracht?«

Digby genoß die Aufmerksamkeit, die er erregt hatte. »Für den ersten Pilger. Er hatte Lagerfieber. Jedermann weiß, daß Nicholas Wilton eine geheime Mixtur kennt, die besonders gegen Lagerfieber wirkt. Bruder Wulfstan war zu ihm gegangen, um die Medizin zu holen. Ich bin ihm auf dem Weg begegnet. Er hat gesagt, Wilton würde sie später vorbeibringen. Er müsse diese besondere Mixtur erst herstellen.«

»Glaubt Ihr, daß er den Pilger vergiftet hat?«

»Das meine ich.«

»Aus welchem Grund?«

Digby seufzte. »Ich weiß es nicht. Wilton ist kein Hitzkopf. Also glaube ich, daß es etwas gibt, was wir noch nicht wissen.

Vielleicht hat der Fremde ihm früher einmal etwas angetan. Da ich aber nicht weiß, wer der Mann war, kann ich mir nicht denken, worum es sich handeln könnte.« Er beugte sich näher zu Owen. »Aber ich will Euch eines sagen. Ich habe Wilton gesehen, als er an jenem Abend vom Kloster zurückkam. Der Mann hat ausgesehen, als würde er jeden Moment zusammenbrechen. Dann hat er zu zucken und zu torkeln angefangen, und schließlich ist er besinnungslos zu Boden gestürzt.«

»Was habt Ihr getan?«

»Ich bin in die Krankenstation gelaufen, um Bruder Wulfstan zu holen, doch der hatte mit dem Pilger alle Hände voll zu tun. Der Pilger hat wild um sich geschlagen und unablässig geschrien. Also bin ich wieder nach draußen gelaufen, um mich um Wilton zu kümmern. Ich konnte ihn nicht auf die Beine bringen. Also habe ich einen Bauern angehalten, der mit einem Eselkarren des Weges kam, und habe Wilton damit nach Hause gebracht.«

Owen schaute Digby lange an. »Und was ist Eure schwache Stelle?«

Digby grinste. »Ich werde nicht so dumm sein, Euch das zu verraten, Master Archer.« Er nahm einen Schluck. Dann lehnte er sich zurück. »Ich habe Euch jetzt mehr erzählt, als Ihr Euch zu erträumen wagtet, habe ich recht? Ich glaube, dafür schuldet Ihr mir eine kleine Gegenleistung.«

Das war es also. »Woran denkt Ihr dabei?«

»Wie ich schon gesagt habe, ist es stets mein Anliegen, daß ein Sünder gesteht und Buße tut.«

Owen fragte sich, warum es ihm so schwerfiel zu glauben, daß dieser Mann seinen Beruf wirklich ernst nahm. Daß es ihn mit Stolz erfüllte, arme Sünder zu überführen. Sein Erscheinungsbild sprach gegen ihn, keine Frage. Aber das galt auch für Owen. Es war komisch: Nachdem er Potters Mutter kennengelernt hatte, war Owen bereit, dem Mann zu glauben. Vielleicht war es an der Zeit, wieder mehr seinen Instinkten zu vertrauen. Mit dem Denken allein war er nicht weit gekommen. »Wie wäre es mit dem Namen des ersten Pilgers? Wenn ich Euch diesen

Namen sage, werdet Ihr mir dann berichten, was Ihr mit Hilfe dieser Information herausgefunden habt?«

Digbys Gesicht erhellte sich. »Das schwöre ich.«

Sie lehnten sich beide nach vorne. »Sein Name war Sir Geoffrey Montaigne.«

»Montaigne«, flüsterte Digby. »Geoffrey Montaigne. Ich glaube, das ruft in mir Erinnerungen wach.«

»Das habe ich gehofft.«

Owen hatte auch gehofft, Digby würde abziehen, nachdem er die Information erhalten hatte, doch er blieb weiterhin stirnrunzelnd vor seinem Bier sitzen.

Nun gut. Owen lehnte sich zurück, um sich noch einmal durch den Kopf gehen zu lassen, was ihm Digby alles erzählt hatte. Nicholas Wilton hatte für Montaigne eine Medizin zubereitet und war dann selbst schwer erkrankt. Digby konnte das bezeugen. Owen setzte sich wieder aufrecht hin.

»Was wolltet Ihr an jenem Abend in der Abtei?«

Digbys Augen trafen sich mit denen von Owen, schweiften dann wieder ab. »Ich bin der Diener des geistlichen Gerichts. Ich muß überall nach dem rechten sehen.«

Owen wußte, daß Digby jetzt log. Es ermutigte ihn, daß er dies wußte. Denn das bedeutete, daß alles andere stimmte, was Digby gesagt hatte. »Eine kluge Antwort. Was habt Ihr zu verbergen?«

»Ich habe Euch meine Hilfe angeboten.«

»Dann solltet Ihr mir alles sagen, was Ihr wißt!«

»Ich möchte nicht, daß Ihr falsche Gedanken hegt.«

»Ihr wart also aus zwielichtigen Gründen dort?«

»Ich habe auf dem Erzdiakon gewartet. Ich hatte mit ihm etwas zu besprechen.«

»War er denn im Kloster?«

»Er hat an diesem Abend mit dem Abt gespeist.«

»An jenem Abend, an dem Nicholas Wilton, der alte Freund des Erzdiakons, vor den Toren des Klosters zusammengebrochen ist? Am Vorabend jenes Tages, an dem Anselm seine Freundschaft mit Nicholas Wilton wieder aufleben ließ?«

Digby schaute ihn besorgt an. »Es ist nicht so, wie es den Anschein hat. Dessen bin ich gewiß.« Er schüttelte den Kopf. »Montaigne. Geoffrey Montaigne.« Er verstummte wieder.

Wenn Owen Digby Glauben schenkte, dann mußte er auch eine Antwort auf die Frage finden, weshalb er selbst nicht weitergekommen war. Er hatte die Angelegenheit von einem falschen Blickwinkel aus betrachtet, hatte sich ausschließlich auf Fitzwilliam konzentriert und auf die Dinge, mit welchen dieser sich vor seinem Tode beschäftigt haben könnte. Aber wenn das Ganze schon mit dem Tod von Montaigne und nicht erst mit dem von Fitzwilliam begonnen hatte, dann ... Vielleicht ging es bei dieser Angelegenheit um viel mehr als nur um den Tod des erzbischöflichen Küsters. Und der Pilger Montaigne war der Schlüssel dazu, nicht Fitzwilliam. Konnte das sein?

Was wußte er über den Mann? Montaigne, ein tugendhafter, ritterlicher Soldat, wie ihn alle beschrieben, die ihn gekannt hatten, war nach York gekommen, um Buße zu tun für eine Sünde in seiner Vergangenheit, und die Reise hatte bei ihm wieder das Lagerfieber hervorgerufen. Dieses Fieber konnte zum Tod führen, und der lange Ritt hatte eine alte Wunde wieder aufbrechen lassen, was ihn zusätzlich geschwächt hatte, so daß es um so wahrscheinlicher war, daß das Fieber ihn letztlich umgebracht hatte. Der Klosterarzt hatte auch gesagt, Montaigne habe damit gerechnet, in der Abtei zu sterben.

Doch Bruder Wulfstan wurde von einem Unbehagen umgetrieben. Vielleicht fühlte er sich verantwortlich dafür, daß der Pilger unter seiner Obhut gestorben war, doch das glaubte Owen eigentlich nicht. Der Mönch hätte sich nicht als Arzt halten können, wenn er sich jeden Todesfall im Kloster selbst angelastet hätte, genausowenig wie ein Hauptmann seine Position ausfüllen konnte, wenn er jeden gefallenen Soldaten seinem eigenen Versagen zuschrieb. Man brachte den Soldaten alles bei, was man wußte, und alles weitere lag allein dann an ihnen und am Willen Gottes. Auch Wulfstan hatte wahrscheinlich alles getan, was er konnte.

Doch Wulfstan war trotzdem unglücklich und betrübt.

Digby zufolge hatte Wulfstan, nachdem er mit seinem Latein am Ende war, Wilton um Hilfe gebeten. Und Nicholas Wilton war vor den Toren des Klosters zusammengebrochen, nachdem er die Medizin abgeliefert hatte, die er speziell für Montaigne zubereitet hatte. Und zur selben Zeit speisten der Abt und der Erzdiakon zusammen, und Digby lungerte draußen irgendwo herum. Ziemlich verzwickt.

Wenn jemand vergiftet wurde, konnte es wie ein Fieberanfall aussehen. Aber wenn der Mann sowie schon im Sterben lag, warum sollte sich jemand die Mühe bereiten, ihn umzubringen?

Weil das Warten immer besonders hart ist. Besonders wenn das Leben auf des Messers Schneide steht. *Seid geduldig.* Das hatte Owen seinen jungen Bogenschützen eingehämmert. *Überstürzt nichts. Wartet auf den günstigsten Augenblick, um den Bogen abzuschießen. Laßt nicht zu, daß Angst oder Verzweiflung euch dazu verleiten, den Bogen zu früh loszulassen. Durch eure Panik ändert sich nichts, nur eure Fähigkeit, logisch zu denken.* Nicht wenige jedoch vergaßen diese Lektion, wenn sie im Kampfe standen.

Wenn Montaigne vergiftet worden war, dann deshalb, weil jemand in Panik geraten war. Er wäre sowieso gestorben, wenngleich auch ein wenig langsamer. Owen konnte sich vorstellen, wie es vor sich gegangen war. Wenn Bruder Wulfstan nicht mit Schwierigkeiten rechnete, dann überprüfte er die Medizin wahrscheinlich nicht. Und aus diesem Grund erschien Digbys Verdacht plausibel. Bruder Wulfstan hätte sich nicht an Nicholas Wilton um Hilfe gewendet, wenn er den Verdacht gehabt hätte, dieser würde planen, seinen Patienten zu vergiften. Wenn also die Medizin nichts geholfen hätte, dann hätte Wulfstan dies als ein Zeichen Gottes angesehen, daß er Montaigne eben jetzt zu sich rufen wollte. Der Mönch hätte es schicksalsergeben akzeptiert. So war es in der Kirche üblich.

Damit war möglicherweise die Frage nach dem Wie beantwortet.

Doch das Warum? Owen schaute Digby an, der mit einem zufriedenen Gesichtsausdruck vor sich hinstarrte.

»Also?«

»Ich kann Montaigne einordnen. Er war der Liebhaber von Lady d'Arby. Die Leute sagen, ihr Kind hat sie umgebracht.«

Der Name kam Owen bekannt vor, aber er konnte im Moment nichts damit anfangen. »Lady d'Arby?«

»Die Mutter von Mistress Wilton. Ihr solltet vielleicht mit den Bewohnern von Freythorpe Hadden sprechen. Dame Phillippa und Sir Robert.«

»Er war der Geliebte der Mutter von Mistress Wilton?«

Digby nickte. »Die wunderschöne Amelie. Sir Roberts Kriegsbeute.«

»Und Montaignes Kind hat sie das Leben gekostet? Darin bestand also der Skandal?«

»Es ist viel geredet, aber nichts unternommen worden. Sie starb. Montaigne verschwand. Lord d'Arby ging auf eine Pilgerfahrt ins Heilige Land.«

»Wer ist Dame Phillippa?«

»Sir Roberts Schwester. Sie kümmert sich um ihn.«

»Wo liegt Freythorpe Hadden?«

»Im Süden. Fragt Eure Herrin.« Digby trank seinen Humpen aus, erhob sich und streckte Owen eine Hand entgegen.

Owen legte seine Hände um den Bierkrug. »Es wäre unklug, Digby, wenn wir zeigen, daß wir uns gut verstehen.«

Der Ablaßkrämer zuckte mit den Schultern und ging.

Er ließ Owen in einer noch schlimmeren Verfassung zurück, als er ihn vorgefunden hatte. Montaigne war der Geliebte von Lucies Mutter gewesen. Das gefiel Owen ganz und gar nicht.

Kapitel 12

Knoten

Owen lag wach, aufgewühlt durch all das, was Digby ihm erzählt hatte.

Montaigne und Amelie, Lady d'Arby. Es hatte einen Skandal gegeben. Vielleicht hatte Nicholas Wilton den Wunsch gehegt, die Familienschande seiner Ehefrau zu rächen. Aber dabei handelte es sich doch um eine uralte Geschichte. Auf der anderen Seite konnte natürlich die Rückkehr Montaignes nach York alte Wunden wieder aufgerissen haben.

Owen dachte an den verschrumpelten alten Mann, den er in dem Krankenzimmer gesehen hatte. Nicholas machte eigentlich nicht den Eindruck, daß er fähig war, einen solch hinterhältigen Plan auszuhecken und in die Tat umzusetzen.

Und dann kam Owen ein schrecklicher Gedanke. Er versuchte, ihn zu verdrängen, doch es gelang ihm nicht. Lucie Wilton könnte die Medizin zubereitet haben. Sie hatte das nötige Wissen dafür. Sie konnte genausogut wie ihr Ehemann einen Gifttrank zusammenmischen. Digby hatte gesagt, Wilton habe die Medizin zum Kloster gebracht, doch der Ablaßkrämer konnte natürlich nicht wissen, wer sie zubereitet hatte.

Vielleicht doch Lucie Wilton. Sie hatte durchaus Gründe, Montaigne zu hassen. Sie hatte eine tief verwurzelte Abneigung gegen Soldaten. Owen hatte angenommen, dies läge an ihrem Vater, der sie in ein Kloster gesteckt und sich davongemacht hatte, nachdem ihre Mutter gestorben war. Doch vielleicht war Montaigne in Wirklichkeit der Grund dafür. Montaigne hatte sich nicht zu erkennen gegeben, aber das spielte keine Rolle. Kinder hatten eine gute Beobachtungsgabe. Vielleicht hatte Lucie ihn gesehen und wiedererkannt. Owen mußte herausfinden, ob sie das Kloster aufgesucht hatte, nachdem Montaigne dort eingetroffen war. Der Gedanke an diese Möglichkeit jagte einen stechenden Schmerz durch sein erblindetes Auge. Er rieb die Narbe unter seiner Klappe.

Es gab keinen Ausweg. Lucie Wilton war möglicherweise schuldig. Dadurch, daß sie eine hübsche junge Frau war, durfte er nicht sein Beurteilungsvermögen trüben lassen. Er wußte sehr gut, daß eine Frau genauso heimtückisch und hinterhältig wie ein Mann sein konnte. Schließlich war es nicht der Jongleur gewesen, der ihm die Wunde am Auge zugefügt hatte.

Doch welch ein deprimierender Verdacht. Es mußte diese häßliche, unerlöste Welt sein, die Lucie Wilton möglicherweise dazu gebracht hatte, ihre Berufung zum Heilen zu verraten und ihre gottgegebenen Fähigkeiten zum Zwecke eines Mordes einzusetzen.

Nicholas Wilton desselben Verbrechens zu verdächtigen, hatte Owen dagegen kein Herzeleid bereitet. Er verachtete sich. Er war von Lucie Wilton eingenommen und erlaubte diesem Gefühl, seine Urteile zu beeinflussen. Es war durchaus möglich, daß Lucie den Tod ihrer Mutter auf diese Weise hatte rächen wollen. In Anbetracht ihrer Ausbildung als Apothekerin war es sogar sehr wahrscheinlich, daß sie auf diese Art vorgegangen sein könnte.

Natürlich, wenn man all dies berücksichtigte, dann hatte Digby recht mit seiner Vermutung, daß Montaigne ermordet worden war. Doch wo blieb dann Fitzwilliam?

Immerhin war es nicht völlig ausgeschlossen, daß Digby sich irrte. Der Beweis lag in Montaignes Grab. Alle Beweise befanden sich im Grab eines unbekannten Pilgers. Wurden solche Gräber überhaupt markiert? Welche Worte sprechen die Mönche von St. Mary über dem Grab eines unbekannten Pilgers? Wie kennzeichneten sie es? Ein ehrbarer Pilger, der am soundsovielten Tage im sechsunddreißigsten Jahr der Herrschaft von König Edward III. von England verstorben war?

Das Grab war der Ort, in dem der Schlüssel zu dem Ganzen lag. Owen drehte sich auf die linke Seite, wodurch ein stechender Schmerz durch seine Schulter schoß. Fluchend rollte er sich wieder auf die rechte Seite zurück.

Welch unangenehme Aufgaben ihm dieser Ermittlungsauftrag auferlegte – zuerst hatte er eine Rangelei mit Lord March gehabt, und jetzt mußte er ein Grab öffnen. Und die Ruhe eines Toten auf geheiligtem Boden zu stören, war ein Sakrileg. Würde Gott ihn dafür zur Verantwortung ziehen? Er hatte keine Zeit, sich jetzt darüber Sorgen zu bereiten. Er würde wahrscheinlich keine andere Gelegenheit mehr erhalten, der Sache auf den Grund zu gehen. Abt Campian würde sich wahrscheinlich energisch weigern, dem Vorhaben seine Zustimmung zu geben. Und Thoresby würde es ablehnen, auf diese Art Beweise zu beschaffen.

Owen gefiel es nicht, daß er im Leben fremder Leute herumstochern mußte. Dadurch unterschied er sich überhaupt nicht mehr vom Ablaßkrämer.

Am nächsten Morgen suchte Owen nach Digby. Er entdeckte ihn, als dieser in der Nähe des Marktplatzes im Schatten eines Hauses stand und ein Mädchen und einen Soldaten beobachtete, die am Ende der Stände die Köpfe zusammensteckten und leise miteinander tuschelten.

»Wieder auf der Jagd nach Sündern?« fragte Owen Digby.

Der Soldat blickte zu ihnen herüber und flüsterte dann dem Mädchen etwas ins Ohr.

Digby trat weiter in den Schatten zurück und legte einen Finger auf die Lippen.

Das Pärchen trennte sich, das Mädchen ging zu einem Stand, und der Soldat gesellte sich zu einem Kameraden.

»Ich habe einen Auftrag für Euch, mein Freund«, sagte Owen grinsend.

Digby warf ihm einen angewiderten Blick zu. »Dann sind wir jetzt also Freunde, habe ich recht?«

»Ihr habt dies ja schon bei unserer Unterredung in der Schenke zum Ausdruck gebracht.«

»Habe ich Euch damit Schwierigkeiten bereitet?«

»Ich hoffe nicht. Das wird sich im Laufe der Zeit schon noch zeigen.«

»Nun, Ihr habt mir den Morgen verdorben. Was wollt Ihr?«

Wulfstan lächelte über Henrys Versuch, den Kopf des Mönches mit dem Verband zu umwickeln. Michaelo hatte diesen Morgen wieder seine Kopfschmerzen bekommen, und Wulfstan dachte, dies sei eine günstige Gelegenheit, Henry in jener Behandlung zu unterweisen, auf die der Mönch am besten ansprach. Zuerst Mutterkraut mit einem Becher erwärmten Weines vermischt, um den bitteren Geschmack der Kräuter zu überdecken, dann ein mit Minzwasser getränktes Tuch um den Kopf. Wulfstan hatte zwar den Verdacht, Michaelo komme hauptsächlich wegen der Extraration Wein und der Gelegenheit, hier zu sitzen und zu träumen, während die Medizin zu wirken begann, doch auch wenn es zutreffen sollte, war dies ein eher harmloses Laster. Er erschien ja nicht jede Woche mit seinen Beschwerden. Zweimal im Monat, und zudem in unregelmäßigen Abständen, daher konnte man seine Beschwerden durchaus ernst nehmen. Schlimmstenfalls handelte es sich um eine läßliche Sünde.

Henry hatte das Gebräu aus Mutterkraut und Wein zusammengemischt und auch das Tuch getränkt, doch er tat sich schwer mit dem Knoten.

»Es gibt wohl keine Fischer in deiner Familie«, bemerkte Wulfstan.

»Ich war noch nie draußen auf dem Wasser, Bruder Wulfstan, noch habe ich jemals einen Fischerknoten geknüpft. Bin ich sehr ungebildet?«

»Ich glaube nicht, daß man schon als intelligent gilt, wenn man einen Knoten knüpfen kann, Henry. Du wirst es schon noch lernen.« Wulfstan zeigte es ihm ein weiteres Mal. Henry versuchte es erneut. »Schon besser. Viel besser, Gott sei es gedankt.« Wulfstan löste den nicht ganz gelungenen Knoten und reichte das Tuch Henry. »Tränke es noch einmal, und versuche es erneut.«

Bruder Michaelo ließ diese Prozedur mit erstaunlicher Gelassenheit über sich ergehen, nippte gelegentlich an dem Wein und summte vor sich hin. Der Wein entfaltete offensichtlich seine Wirkung. In der Tat, hierin mußte der Schlüssel zum Verständnis von Michaelo liegen, dachte Wulfstan, er liebte den Wein. Er dankte Gott dafür, daß er Michaelo nicht als Lehrling hatte übernehmen müssen.

Henrys nächster Versuch mit dem Knoten wurde von Bruder Sebastian unterbrochen, der atemlos hereinstürzte. »Potter Digby möchte Euch sprechen, Bruder Wulfstan.«

Die Nennung des Namens Digby versetzte Wulfstan einen Stich in die Magengrube.

»Der Abt hat gesagt, ich soll ihn hierherführen. Ist hier alles sicher?« Sebastian, ein gesunder Mann, dachte bei der Krankenstation immer gleich an Aderlaß und Tod.

»Ziemlich sicher«, versicherte ihm Wulfstan, obwohl er wünschte, er könnte das Gegenteil behaupten und dadurch den Ablaßkrämer in die Flucht schlagen. Heilige Muttergottes, hoffentlich wartete Digby dieses Mal nicht wieder mit schlechten Nachrichten auf. »Schickt ihn herein.«

Wulfstan schaute sich Henrys Werk an. »Nun, Henry, ich glaube, das wird ganz gut halten.«

»Würde man ein Boot auf diese Weise festbinden, dann würde schon die erste Welle es flußabwärts spülen.«

Bruder Wulfstan erkannte Digbys Stimme. »Beim Kopf von Bruder Michaelo besteht keine Gefahr, daß er weggespült wird«, erwiderte Wulfstan, verärgert darüber, daß der Besucher sein Lob wieder aufgehoben hatte.

Bruder Michaelo schnaufte und öffnete die Augen. »Was riecht hier nach Flußwasser? Das kann doch nicht das Tuch sein?«

Wulfstan zog Digby beiseite. Henry versicherte Michaelo, daß er das Tuch mit Brunnenwasser getränkt hätte. Der Ablaßkrämer folgte Wulfstan zu dem kleinen Herd im hinteren Teil des Raumes.

»Verzeiht mir, daß ich Euch bei der Arbeit störe.«

Wulfstan schloß seine Augen und war auf schlechte Nachrichten gefaßt. »Was bringt Ihr für Neuigkeiten, Digby?«

»Keine Neuigkeiten. Ich habe eine Frage, wenn es Euch nicht zu viele Umstände bereitet. Es ist für die Diözesanberichte.«

»Mein Abt ist zuständig, wenn es um die Diözesanberichte geht.«

»Verzeiht mir, ich glaubte, Ihr wärt derjenige, an den ich mich zu wenden hätte. Ihr müßt wissen, es geht um den Pilger, der in Eurer Krankenstation verstarb – in eben diesem Raum hier – in jener Nacht, in der der erste Schnee fiel.«

Deus juva me. Wulfstans alte Beine drohten zusammenzubrechen. »Ich vergesse, was sich gehört. Nehmt doch Platz, und ruht Euch aus.« Er setzte sich ebenfalls und umfaßte seine Knie durch die grobe Wolle seiner Mönchskluft, um zu verhindern, daß sie zu zittern begannen. »Der Pilger. Ja. Worum geht es dabei?«

»Habt Ihr seine Leiche auf dem Gelände des Klosters beerdigt?«

Wulfstan überlegte sich die Frage. Was konnte dahinterstecken? Weshalb kümmerte sich der Erzdiakon darum, wo jemand beerdigt worden war? Um sicherzugehen, daß er wirklich bestattet worden war? Wulfstan hatte gehört, daß es einen schwunghaften Handel mit Körperteilen gab, die als Reliquien ausgegeben wurden. Der Erzdiakon hatte gewiß keinen Grund zu argwöhnen, die Mönche von St. Mary würden mit falschen Reliquien Handel treiben. Nein. Wahrscheinlicher war, daß sie die Ursache für den Tod des Pilgers anzweifelten. Sie hoffen, die Leiche hier in York wieder ausgraben zu können und sie dann von Master Saurian untersuchen zu lassen. Wulfstan hatte schon von dergleichen gehört – daß man Tote wieder ausgrub. Doch der Erzbischof würde gewiß nicht zulassen, daß geheiligter Boden auf diese Weise entweiht wurde? Heilige Muttergottes. Wulfstan war sich nicht sicher, ob man nach drei Monaten überhaupt noch etwas würde feststellen können. Aber wenn das Gift noch nachzuweisen war ... Man würde ihn verantwortlich machen. Gütiger Gott. Und ihm würde nichts anderes übrigbleiben, als mit dem Finger auf Nicholas Wilton zu zeigen. Und Lucie würde ihre materielle Sicherheit einbüßen. Und er, der Doktor – Lucie hatte schon darauf hingewiesen –, wie sollte Abt Campian ihm denn vertrauen, daß er einen solchen Fehler nicht wieder begehen würde? Man würde ihn für zu alt erklären und ihm seine Arbeit nehmen.

»Bruder Wulfstan?« Digby beugte sich stirnrunzelnd vor. »Ich brauche nur ein einfaches Ja oder Nein.«

Das stimmte. Es fiel ihm kein Grund ein, weshalb er die Antwort verweigern könnte. »Meine Gedanken sind heute morgen bei Bruder Michaelo, Master Digby. Ja. Wir haben den ehrwürdigen Ritter auf dem Boden des Klosters beerdigt, so wie er es sich gewünscht hatte.«

»Aha. Dann hat er dem Kloster also eine Schenkung hinterlassen?«

Wulfstan nickte. »Der Abt kann Euch den genauen Betrag nennen.«

»Und welchen Namen habt Ihr in den Grabstein gemeißelt?«

Diese Frage verwirrte Wulfstan. »Keinen Namen, einfach nur ›Ein Pilger‹, wie er es gewünscht hatte.«

»Aber die Schenkung. Von wem soll sie eingezogen werden?«

»Er hatte das Geld bei sich. Kriegsbeute, wie er sagte. Doch für all diese Fragen ist der Klosterarzt wirklich nicht zuständig.«

Der Ablaßkrämer erhob sich. »Ihr habt mir sehr geholfen.«

Wulfstan geleitete ihn zur Tür, wo Sebastian wartete, um Digby zum Tor zurückzuführen.

Der Ablaßkrämer griff nach der Tür, als Sebastian sie schon beinahe hinter ihm geschlossen hatte. »Aber er wird Euch doch gewiß seinen Namen gesagt haben. Oder vielleicht gab es irgend etwas in seinen Habseligkeiten, durch das er identifiziert werden konnte?«

Wulfstan schüttelte den Kopf. »Ich kann mich dafür verbürgen. Er hat seinen Namen niemals genannt, und es gab nichts, aus dem man hätte schließen können, wer er war.«

»Hat ihn irgend jemand besucht, während er hier war?«

»Nein, niemand.«
»Niemand aus der Stadt?«
»Überhaupt niemand, Master Digby.«
Der Ablaßkrämer zuckte mit den Schultern und ging.

Wulfstan kehrte zu seiner Arbeit zurück, doch er war aufs höchste alarmiert. Der Erzdiakon mußte Digby geschickt haben. Doch warum? Was hoffte er dadurch zu gewinnen? Vielleicht stand bei einer solchen Schenkung dem Münster ein gewisser Teil zu. Diese Dinge gingen ihn nichts an. Und doch hatte er dem Ablaßkrämer die gewünschten Auskünfte gegeben. Gewiß hatte Digby den Doktor nicht aufgesucht, um solcherart Informationen zu erhalten. Falls nicht der Abt die Schenkung abgestritten hatte, um das gesamte Geld in St. Mary zu behalten, wo die Ausgaben stets die Einnahmen überstiegen. Die Mauer des Obstgartens mußte repariert werden, ein teures Meßgewand war zerrissen worden und konnte nicht mehr geflickt werden, und die Fäulnis hatte einige der Tische im Refektorium befallen. Aber würde der Abt denn den Erzdiakon belügen? Wulfstan konnte das nicht glauben. Er hatte noch nie erlebt, daß der Abt sich hinter einer Lüge versteckt hätte. In der Tat, Wulfstan hoffte inständig, daß er sich in seinem Oberen nicht irrte. Er hatte ihn stets als Vorbild angesehen.

Ob der Pilger im Kloster bestattet worden sei und wie sein Name gelautet habe, das hatte der Ablaßkrämer wissen wollen, überlegte Wulfstan. Sein Name. Vielleicht war er jemand gewesen, der vermißt wurde? Das war es. Wenn jemand unerkannt reisen wollte, dann nannte er nirgends seinen Namen. Und Digby hatte nicht nach einer Beschreibung verlangt. Wie auch immer, der Pilger hatte wirklich den Eindruck eines ehrenhaften Burschen gemacht.

»Bruder Wulfstan, Ihr habt Euch geschnitten.« Henry nahm das Messer aus Wulfstans Hand und legte einen Tupfer auf die Stelle auf der Hand, aus der Blut hervorquoll.

Wulfstan starrte eine Weile auf sein eigenes Blut, bevor er es richtig wahrnahm. »Meine Güte.« Er hatte Petersilie geschnitten für einen Morgentrank. Dabei war ihm das Messer abgerutscht, und er hatte sich in die Hand geschnitten, es aber zunächst gar nicht bemerkt, ebensowenig wie all seine übrigen Leiden und Beschwerden. Er bekreuzigte sich und sprach ein Dankgebet. Das hätte wesentlich schlimmer ausgehen können. »Nun, hier siehst du, wie gefährlich Tagträumereien sein können, wenn man mit scharfen Instrumenten hantiert, Gott sei gepriesen.« Wulfstan versuchte, es auf die leichte Schulter zu nehmen, um Henrys Besorgnis zu zerstreuen.

»Laßt es mich auswaschen«, bot der Novize an.

Wulfstan ließ sich von ihm helfen, dann sprach er beim Abt vor wegen einer Erlaubnis, in die Stadt gehen zu dürfen.

»Hat es etwas mit dem Besuch des Ablaßkrämers zu tun?« wollte Abt Campian wissen.

Wulfstan konnte Fakten zurückhalten, doch er konnte nicht lügen. »Ja. Ich möchte herausfinden, weshalb Erzdiakon Anselm ihn zu mir geschickt hat. Er hat doch nach mir gefragt?«

Der Abt nickte. »Ich habe mich darüber auch gewundert. Was wollte er denn?«

Wulfstan sagte es ihm.

Der Abt seufzte. »Sehr mißlich. Hätte er mich gefragt, ich hätte ihm den Namen des Pilgers nennen können. Montaigne. Sir Geoffrey Montaigne. Ich vermute, der Erzdiakon möchte ihn von seiner Liste derjenigen Bewohner streichen, die eheliche Untreue begangen haben, nun, da beide Seiten tot sind.«

Wulfstan schüttelte den Kopf. »Ich verstehe nicht.«

»Nennt dem Erzdiakon einfach nur den Namen, Wulfstan, damit dürfte die Sache erledigt sein.«

Wulfstan wendete sich zum Gehen.

»Ihr wollt doch hoffentlich nicht in Sandalen in die Stadt gehen, Bruder Wulfstan?«

Der Doktor blickte auf seine staubigen Zehen hinunter. Er hatte seinen Umhang übergeworfen, aber vergessen, seine Stiefel anzuziehen. »Natürlich nicht. Ich war in großer Eile.«

Abt Campian legte Wulfstan eine Hand auf die Schulter und schaute ihm tief in die Augen. »Wollt Ihr wirklich diesen Botengang übernehmen, mein alter Freund?«

»O ja. Natürlich. Ich habe mich einfach zu sehr beeilt.« Wulfstan hetzte in seine Zelle zurück. Vielleicht war es nur deshalb zu all diesen Schwierigkeiten gekommen, weil Gott ihm sagen wollte, daß er einfach zu alt war, um noch die Verantwortung für das Leben der Mönche von St. Mary zu tragen.

Aber sein Gedächtnis war noch in Ordnung. Sir Geoffrey Montaigne. Den Namen würde er sich merken.

Die warme Sonne hatte den Schnee auf den Straßen schon zum Schmelzen gebracht, und es war noch lange nicht Mittag. Die kalte Nässe durchdrang das Leder von Wulfstans alten Stiefeln. Sie waren völlig durchweicht, als er schließlich in der Halle stand, um auf den Erzdiakon zu warten.

»Bruder Wulfstan.« Der Erzdiakon lächelte, als der Klosterarzt in sein Gemach geleitet wurde. »Womit kann ich Euch helfen?«

Wie sollte er anfangen? Wulfstan fühlte sich unvorbereitet. Während des ganzen Marsches hatte er sich wegen seiner nassen Füße gesorgt und sich immer wieder den Namen des Pilgers vorgesagt, um ihn nicht zu vergessen. »Ich . . .« Im Zweifelsfalle halte dich immer an die Wahrheit. »Wegen des Besuches Eures Kirchendieners heute, ich . . . nun, ich glaube, Ihr könnt ermessen, wie sehr eine einfache Seele der Besuch des Ablaßkrämers beunruhigt. Und seine Fragen. Sie waren so seltsam. Ich fragte mich, ebenso wie mein Abt, weshalb er sie mir gestellt hat?« Das war es. Er hatte alles herausgebracht.

Erzdiakon Anselm hob ein Stück Pergament hoch, legte es wieder hin, zog ein Tintenfaß näher zu sich heran, berührte seine Augenbrauen und sagte schließlich: »Ich höre jetzt zum ersten Mal davon, daß Digby Euch aufgesucht hat, Bruder Wulfstan. Doch vielleicht sehe ich keinen Zusammenhang zwischen Euch und einer seiner gegenwärtigen Nachforschungen. Wenn Ihr mir sagen wollt, wonach er gefragt hat . . .«

»Es ging um den Pilger, der vor Weihnachten im Kloster verstorben ist. Er wollte wissen, ob der Pilger auf Klosterboden beerdigt worden ist und wie er geheißen hat.«

Anselm lehnte sich vor, nun weitaus stärker interessiert als zuvor. Wulfstan wußte nicht, ob er darüber erfreut sein sollte oder nicht. »Und was habt Ihr geantwortet?«

»Hat er Euch nicht berichtet?«

»Noch nicht. Wie ich schon sagte, ich wußte nichts von seinem Besuch.«

»Oh, ja.«

»Eure Antwort, Bruder Wulfstan?«

»Der Pilger wurde auf dem Boden des Klosters beerdigt, wie er es gewünscht hatte. Doch den Namen des Pilgers konnte ich ihm nicht nennen.«

»Und hat er nicht gesagt, warum er Euch diese Fragen stellte?«

Wulfstan schüttelte den Kopf. Er bemerkte, daß Anselm die Angewohnheit von Bruder Michaelo teilte, die Nasenflügel zu blähen, wenn er nachdachte. Wie ein Pferd. Eine seltsame Angewohnheit für einen Menschen. »Also habt Ihr ihn nicht damit beauftragt, mich zu befragen?«

»Ich versichere Euch, daß das nicht der Fall ist, Bruder Wulfstan, und ich entschuldige mich dafür, falls Euch sein Besuch irgendwelches Ungemach bereitet hat.«

»Seltsam.« Jetzt fragte sich Wulfstan, ob er unter diesen Umständen dem Erzdiakon noch den Namen des Pilgers nennen sollte. Nachdem Anselm gesagt hatte, daß er den Ablaßkrämer nicht zu ihm geschickt hatte, mußte Digby derjenige sein, der den Namen wissen wollte, nicht der Erzdiakon. Wulfstan hatte ein ungutes Gefühl im Magen wegen dieser mysteriösen Angelegenheit. Und er fühlte sich verpflichtet, seinen toten Freund zu beschützen. Geoffrey. Sein Freund hatte nicht gewollt, daß sein Name bekannt werde. Aber Abt Campian hatte ihm aufgetragen, dem Erzdiakon den Namen zu nennen.

Der Erzdiakon erhob sich, und Wulfstan tat es ihm gleich.

»Ihr habt gesagt, Ihr hättet ihm den Namen des Pilgers nicht nennen können«, sagte der Erzdiakon, während er Wulfstan zur Türe geleitete. »Heißt das, Ihr habt ihn nicht gewußt?«

Herr im Himmel. Durfte er ungehorsam sein? »Nein, Erzdiakon, ich wußte seinen Namen nicht.« Was auch stimmte. Zu dieser Zeit hatte er ihn noch nicht gekannt.

»Anonym bis ins Grab.«

Wulfstan nickte beklommen.

Wieder draußen auf der Straße, fühlte er sich schwach und benommen. Und ihm war kalt. Seine Gliedmaßen schmerzten. Er dachte an das behagliche Herdfeuer bei Lucie Wilton. Die Apotheke lag von hier aus näher als das Kloster. Und er fühlte sich schwindelig und verkühlt. Also entschloß er sich, ihr einen Besuch abzustatten und nach Nicholas zu fragen.

Doch er hatte nicht vorausgesehen, daß der neue Lehrling sich um den Laden kümmern würde.

»Ich . . . ich komme, um Mistress Wilton zu besuchen. Und um nach dem Befinden von Nicholas zu fragen. Ich war gerade in der Stadt und . . .«

Owen nickte. »Mistress Wilton ist in der Küche. Sie wird sich gewiß über Euren Besuch freuen.«

Bruder Wulfstan ging nach hinten.

Lucie saß am Feuer und stickte. »Was für eine angenehme Überraschung!« Dann wich ihr Lächeln einem sorgenvollen Stirnrunzeln. »Was ist los, Bruder Wulfstan? Ihr seht aus, als würde Euch etwas beunruhigen?«

Er hatte eigentlich nicht davon sprechen wollen. Doch ihre besorgte Miene bewog ihn, sich ihr anzuvertrauen. Schließlich steckten sie beide unter einer Decke, gewissermaßen. »Potter Digby hat mir heute morgen einen Besuch abgestattet. Er hat wegen des Pilgers Fragen gestellt, der in jener Nacht gestorben ist, in der Nicholas seinen Anfall hatte.«

Lucie forderte ihn auf, sich zu setzen, und goß einen Becher Wein voll, dazu gab sie einige Gewürze, dann erhitzte sie den Wein mit einem Schürhaken. »Nun«, sagte sie, nachdem sie ihm den Becher gereicht und sich wieder gesetzt hatte, »erzählt mir, was er genau wollte.«

»Er wollte wissen, ob ich den Namen des Pilgers gekannt habe, ob ihn irgend jemand besucht hat und wo er begraben ist. Ich muß annehmen, er vermutet, daß irgendeine Verfehlung begangen worden ist. Das ist eben die Aufgabe des Ablaßkrämers.«

Lucie wirkte gedankenverloren. »Aber diese Fragen haben doch alle nicht auf den entscheidenden Punkt gezielt?«

»Ich weiß nicht, warum er sie gestellt hat. Und warum er sie mir gestellt hat. Auch der Erzdiakon konnte mir das nicht sagen.«

»Der Erzdiakon? Habt Ihr mit ihm gesprochen?«

»Ich habe ihn aufgesucht. Mein Abt hielt es für das beste. Deshalb bin ich in die Stadt gegangen. Aber der Erzdiakon wußte anscheinend nichts von dem Besuch des Ablaßkrämers bei mir.«

»Und konntet Ihr Digby den Namen des Pilgers nennen?«

Wieder sah Wulfstan sich zu einer Lüge gezwungen. »Ich ... nein. Ich konnte ihn ihm nicht nennen.«

Lucie musterte sein Gesicht. »Ihr hättet ihm den Namen gesagt, wenn Ihr ihn gewußt hättet, habe ich recht?«

»Einem Mann wie Digby gegenüber großzügig zu sein, fällt mir schwer.«

»Ihr würdet also lügen?«

Wulfstan errötete. »Das nicht. Ich würde versuchen, ... zu vermeiden, es ihm sagen zu müssen.«

»Und das habt Ihr auch getan? Es vermieden? Wißt Ihr denn, wer der Pilger war?«

Wenn er ja sagte, würde die nächste Frage unweigerlich jene nach dem Namen des Pilgers sein. Erneut rang der alte Mönch mit sich, ob er die Identität seines Freunde preisgeben sollte. Aber was konnte es Lucie nutzen, wenn sie wußte, für wen Nicholas seine tödliche Medizin zusammengemischt hatte? »Ich konnte es Digby nicht sagen, das ist die Wahrheit.« Strenggenommen entsprach das auch tatsächlich der Wahrheit.

Lucie schien zufrieden zu sein. Sie nahm ihr Stickzeug wieder auf. »Vielleicht geht es um irgendwelche alten Geschichten. Wir brauchen uns keine Sorgen zu bereiten, werter Freund. Er hat keine Möglichkeit, unserem Geheimnis auf die Spur zu kommen. Trinkt Euren Wein, damit er Euch ein wenig aufwärmt.«

Wulfstan nahm einen Schluck. Er erfüllte ihn mit wohliger Wärme. Er nahm einen weiteren Schluck, lehnte sich zurück und entspannte sich. Natürlich hatte Lucie recht. Sie hatten ihr Geheimnis niemandem verraten.

Während er am Feuer saß und Lucies liebreizendes Gesicht beobachtete, das sich über die Stickarbeit beugte, fiel Wulfstan auf, wie sehr sie jetzt ihrer Mutter glich. Das Haar war zwar nicht schwarz wie das von Amelie, der Mund war kräftiger, das Kinn eckiger, doch ... Geoffrey Montaigne. Jetzt erinnerte er sich. Der Liebhaber von Lady d'Arby. Es war ein derartiger Skandal gewesen, daß sogar Wulfstan davon gehört hatte. Die hübsche Amelie, Lady d'Arby, und der stattliche junge Ritter, der sie auf der Kanalüberfahrt begleitet hatte. Sie trug ein Kind von ihm, bevor sie starb. Sir Robert hatte sich zu lange in Calais aufgehalten, als daß er als Vater in Frage kommen konnte. Geoffrey Montaigne.

»*Mon Dieu*«, flüsterte er. Lady d'Arby war die einzige Liebe Geoffreys gewesen.

Lucie blickte auf und runzelte die Stirn. »Was ist?«

Wulfstan wurde rot. Er schüttelte den Kopf. Gott sei Dank hatte er ihr den Namen nicht gesagt. Er wollte bei ihr keine schlimmen Erinnerungen wachrufen. Und außerdem, wer wußte, was man der Achtjährigen damals erzählt hatte? Er hatte wenig Ahnung von der Kindererziehung. »Es ist nichts.«

»Ihr saht nicht so aus, als wäre nichts.«

»Es war etwas Banales – ich habe mir gedacht, wie sehr Ihr Eurer Mutter ähnelt. Die Art, wie Ihr Euren Kopf gehalten habt.«

Nun war Lucie an der Reihe, zu erröten. »Ich bin nicht halb so hübsch wie meine Mutter.«

Der heilige Paulus hatte gesagt, es sei unklug, Frauen zu schmeicheln. Sie würden zuviel Gewicht auf ihr Äußeres legen. Doch für die arme Lucie gab es dieser Tage so wenig, worüber sie sich freuen konnte. »Ich glaube, Ihr seid noch schöner als Eure Mutter.«

Lucie lächelte ihn verwirrt an. »Bruder Wulfstan. Ihr schmeichelt mir.«

»Ich bin schon ein alter Mann, meine liebe Lucie. Doch ich erkenne die Schönheit, wenn ich sie sehe.« Er erhob sich und wedelte mit seinen Ärmeln, um sein rot gewordenes Gesicht zu verbergen. »Aber jetzt muß ich zurück zur Vesper.«

Sie nahm seine Hand. »Danke, daß Ihr gekommen seid.«

»Ich bin froh, daß Ihr ein wenig Zeit für mich gefunden habt.«

Er nickte Owen zu, als er den Laden durchquerte. Wulfstan fühlte, daß Owen ihn beobachtete, bis er die Tür hinter sich geschlossen hatte. Dieser Mann gehörte nicht als Lehrling in Lucie Wiltons Apotheke. Wulfstan gefiel die Vorstellung nicht, daß er sich dort einnistete und sein Raubtierauge auf ihre unschuldige Schönheit warf. Ein Lehrling sollte ein junger Mann sein. Ein Knabe. Jemand, der unschuldig war.

Aus dem Schatten im zweiten Stock des Nachbarhauses beobachtete Digby, wie Wulfstan die Apotheke verließ. Dann betrat er sie.

Owen hob die Hand, um Digby zum Schweigen zu veranlassen, während er auf Lucies Bewegungen in der Küche lauschte. Sie sprach mit Tildy, dem neuen Dienstmädchen. Sie konnte nicht mithören. Er nickte. »Also, was habt Ihr herausgefunden?«

»Ich könnte Euch dasselbe fragen. Gerade habe ich ihn beobachtet, wie er die Apotheke verlassen hat.«

»Er hat mit Lucie über Euren Besuch gesprochen.«

»Weswegen ist er hergekommen?«

»Ihr werdet es mir sagen.« Owen richtete sein Augen auf Digby, bis der Mann errötete.

»Anscheinend war er ein bißchen durcheinander«, sagte Digby. »Ziemlich verstört durch meine Fragen wegen des Grabes von Montaigne. Aber er wußte nicht, wer Montaigne war. Und laut seiner Aussage hat der Pilger keinerlei Besuch bekommen.«

»Also wissen wir immer noch nicht, was den guten Klosterdoktor so nervös macht. Glaubt Ihr ihm?«

»Ja. Er ist ein Unschuldslamm. Nimmt seine Gelübde ernst.«

»Das Grab von Montaigne liegt im Kloster?«

Digby schaute ihn besorgt an. »Ich möchte den Frieden eines Grabes nicht stören.«

»Das würde ich auch nicht von Euch verlangen. Ich danke Euch, Digby. Ihr seid ein tüchtiger Mann.«

Als Digby gegangen war, lief Owen im Laden hin und her. *Er hat keine Möglichkeit, unserem Geheimnis auf die Spur zu kommen.* Heilige Muttergottes. Und doch hatte es den Anschein, als würde sie die Identität des Pilgers noch nicht kennen. Konnte es sich um eine verabredete Geheimsprache zwischen ihnen handeln? Für den Fall, daß jemand mithörte? Oder hatten sie beide irgendein anderes Geheimnis? Lieber Herr Jesus, bitte laß sie unschuldig sein.

Aber sie hatte ein Geheimnis. Das sie mit Wulfstan teilte. Von dem Wulfstan fürchtete, der Ablaßkrämer könnte es entdecken. Und es hatte etwas mit Montaignes Tod zu tun. Das sah nicht unbedingt nach einem Unschuldslamm aus.

Kapitel 13

Digbys Schwäche

Bruder Michaelo glitt in den Raum. »Euer Ablaßkrämer hat heute dem alten Wirrkopf einen Besuch abgestattet, als ich gerade bei ihm in Behandlung war.«

»Ich weiß.«

Die Augen des jungen Mannes weiteten sich erschreckt. »Ihr habt noch einen weiteren Freund in St. Mary?«

»Wie entzückend, Michaelo, daß du eifersüchtig bist. Doch der Doktor selbst hat es mir gesagt. Der alte Narr hat sich Sorgen bereitet, warum ich ihm den Ablaßkrämer geschickt haben könnte. Er wird allmählich unberechenbar, Michaelo. Das kann ich nicht zulassen.«

Michaelo zuckte mit den Schultern und gähnte. »Ich kann nicht verstehen, weshalb Ihr soviel Aufhebens wegen Nicholas Wilton veranstaltet, diesem abgetakelten Alten. Ein Apotheker, ein Kaufmann, mehr nicht.« Er seufzte und ließ sich in den Sessel fallen.

»Er war auch einmal so stattlich wie du, mein junger Geck.«

»Aber jetzt ist er gelähmt.«

»Die Jugend läßt dich grausam werden.«

»Ich bezweifle, ob Ihr Euch auch um mich sorgen werdet, wenn ich einmal alt und gelähmt bin.«

»Dann werde ich schon lange tot sein.«

»Aber würdet Ihr es tun? Euch um mich sorgen?«

Anselm blickte zur Seite. Natürlich nicht. Michaelo kam aus reiner Begierde zu ihm, nicht aus Liebe. Anselm bedeutete für Michaelo die Chance, aus dem Kloster auszubrechen. Bei Nicholas war es anders gewesen. Er hatte Anselm geliebt. Bis der Abt ihn eingeschüchtert hatte. Aber auch danach noch hatte sie ein Band der Zärtlichkeit verbunden. Es würde niemals wieder jemanden geben wie Nicholas. Es konnte niemanden dergleichen geben. Doch Anselm war auf Michaelos Loyalität angewiesen. »Natürlich würde ich mich um dich kümmern, Michaelo. Du bedeutest mir sehr viel.«

Michaelo streckte sich zufrieden und stand auf. »Soll ich wegen des alten Wirrkopfes etwas unternehmen?«

»Er bereitet mir Sorgen.«

»Und was erhalte ich als Gegenleistung?«

»Ich werde beim Erzbischof ein gutes Wort für dich einlegen. Werde ihm aufzeigen, wie wertvoll du für ihn in der Position des Sekretärs des Lordkanzlers sein könntest. Das willst du doch, oder? An den Hof gelangen?« Michaelo war dieses Leben gewöhnt. Im Kloster, wo er sich eingesperrt fühlte und wo einzig der Wein des Doktors ihm ein wenig Entspannung bot, würde er langsam verrückt werden.

Michaelo glühte. »Was ist mit dem Fischigen?«

»Ich werde die Sache mit Digby regeln.«

»Man hat ihn mit dem einäugigen Waliser gesehen. In der York Tavern. Und auch noch anderswo.«

Anselm tat so, als überrasche ihn das nicht. »Digby ist ein Schurke.«

»Er sieht ziemlich gut aus, der Waliser.«

Anselm überhörte diese Bemerkung. Michaelo war zu träge, um sich noch mit anderen Männern einzulassen. Aber doch nicht so träge, um nicht auf Wulfstan achtgeben zu können. Er wußte, es war besser, Anselm nicht zu enttäuschen. Er konnte es sich nicht erlauben, daß Anselm Abt Campian oder Erzbischof Thoresby von Michaelos kleinen Diebstählen und den Bestechungsgeldern erzählte, durch die er sich vor der Arbeit zu drücken versuchte. Ein solches Verhalten wäre alles andere als eine Empfehlung für die Position gewesen, die er anstrebte.

»Die Abtei ist im Winter ein sehr ungesunder Ort, mein junger Liebling. Paß auf, daß du dir keine Krankheit einhandelst.«

Michaelo zog einen Schmollmund. »Ihr seid meiner überdrüssig geworden.«

»Überhaupt nicht, Michaelo. Ich sorge mich vielmehr um dein Wohlergehen.«

Michaelo verabschiedete sich.

Anselm ging in seinem Gemach auf und ab. Digby hatte ihn verraten. Potter Digby, den Anselm aus dem Dreck gezogen und auf den Weg der Gnade gebracht hatte. Er hatte sich mit Owen Archer in der Schenke dieser Dirne getroffen. Mit ihm einen Plan ausgeheckt. Gegen den Mann, der ihn aus der Stadt des Ungeziefers herausgeführt und vor der Verdammnis gerettet hatte, die ihm sicher gewesen wäre, hätte er weiterhin unter dem Einfluß seiner Mutter, dieser alten Hexe, gestanden. Hundsfott. Undankbares Monster.

Bruder Wulfstan trat benommen den Heimweg an.

Der ehrenwerte Geoffrey war der Geliebte von Lady d'Arby gewesen. Er hatte einen solch unschuldigen Eindruck erweckt. Als Wulfstan damals von der ehebrecherischen Affäre gehört hatte, hatte er an irgendeinen verwegenen Ritter gedacht. An jemanden vom Schlage Fitzwilliams. Oder Owen Archers. Gewandt, gerissen und rücksichtslos. Doch Geoffrey hatte nichts dergleichen an sich. Er war gottesfürchtig, freundlich, gebildet und rücksichtsvoll. Wie konnte Geoffrey Sir Robert betrügen, den Mann, in dessen Diensten er gestanden hatte? Wäre Wulfstan ein Bauer statt ein Mönch, würde er es vielleicht dann verstehen? Er hätte es sich nie träumen lassen, daß Geoffrey jene Frau verführt hatte, an die er sich mit solcher Hochachtung erinnerte. Dies mußte die Sünde gewesen sein, die Geoffrey hierher getrieben hatte, um seinen Frieden mit Gott zu finden.

Aber er hatte doch auch davon gesprochen, daß er jemanden getötet hatte. Wulfstan hatte sich nichts dabei gedacht. Schließlich war der Mann Soldat gewesen. Er hatte den armen Nicholas versehentlich für jemand anderen gehalten. Oder vielleicht doch nicht?

Nicholas Wilton ist Master? Der Sohn des alten Paul? Nein, das kann nicht sein. Ihr müßt Euch irren. Nicholas Wilton ist schon seit fünfzehn Jahren tot.

Geoffrey war fast aufbrausend geworden, während er seine Behauptung wiederholte.

Wulfstan hatte Nicholas davon berichtet.

Herr im Himmel. Heilige Maria Muttergottes und alle Heiligen.

Doch aus welchem Grund sollte Geoffrey versucht haben, Nicholas zu töten? Aus Eifersucht? Weil Nicholas und Lady d'Arby befreundet gewesen waren?

Wulfstan ging in die Kapelle. *Lieber Gott*, betete er, während er auf den Steinplatten kniete, *hilf mir zu verstehen. Sage mir, was ich tun soll.*

Er starrte auf die Statue von Maria, der Heiligen Jungfrau und Muttergottes. Er wußte nicht mehr, wie lange er schon dort kniete. Er war vollkommen durcheinander. Es ergab keinen Sinn. Und was war mit dem Erzdiakon? Er war mit Nicholas in der Klosterschule befreundet gewesen. Mehr als befreundet. Falls Geoffrey versucht hatte, Nicholas zu töten und Anselm davon wußte ... Es wurde alles zuviel für Bruder Wulfstan.

Er rappelte sich von dem feuchten Steinboden auf, rückte seine Kutte zurecht und entschloß sich, Abt Campian aufzusuchen.

Owen fragte Lucie, ob er nach der Vesper ausgehen könne. Es war Zeit, sich noch einmal mit Wulfstan zu unterhalten. Wenn er dem alten Mönch zu lange Zeit ließ, über Digbys Besuch nachzudenken, dann würde er womöglich mit den falschen Leuten darüber reden. Wer auch immer das sein mochte. Und er mußte hinter das Geheimnis kommen, das Wulfstan und Lucie teilten.

Owen freute sich nicht sonderlich auf diese Unterhaltung. Seine Fragen würden den alten Mönch nur aufregen. Es gefiel ihm nicht, Wulfstan zu jagen. Doch es war besser, ihm ein paar unangenehme Stunden zu bereiten, als ihn in eine Falle laufen zu lassen.

Abt Campian war überrascht. »Ihr seid heute schon der zweite Besucher für Bruder Wulfstan. Hat dies irgend etwas zu tun mit dem Besuch von Potter Digby?«

»Ich weiß, daß er hier war.«

»Das ist interessant. Der Erzdiakon wußte nichts davon.« Campians normalerweise ruhige Augen flackerten nervös. »Die Fragen des Ablaßkrämers bezogen sich auf Sir Geoffrey Montaigne. Ich vermute, Ihr wißt, um wen es sich dabei gehandelt hat?«

»Ja.«

»Und Eure Untersuchungen über den Tod Fitzwilliams haben Euch dazu geführt, nun auch Nachforschungen über den Tod Montaignes anzustellen?«

Trotz der wenigen Informationen, die er besaß, hatte Campian den wahren Sachverhalt erschließen können. Owen begriff, weshalb dieser Mann die Position eines Abtes erreicht hatte. »Es ist von äußerster Wichtigkeit, daß Ihr mein Geheimnis für Euch behaltet.«

»Aber Bruder Wulfstan? Was soll ich ihm sagen? Er ist durch den Besuch des Ablaßkrämers aufgeschreckt worden. Und jetzt kommt Ihr auch noch. Er ist ein alter Mann. Die beiden Todesfälle haben ihn tief erschüttert. Insbesondere der von Montaigne.«

»Wenn ich von ihm erfahren habe, was ich wissen will, dann werde ich ihm von meinem Auftrag erzählen.«

Der Abt senkte den Kopf für eine Weile, dann blickte er wieder auf. Owen las in seinen Augen ruhige Entschlossenheit. »Morgen kommt der Erzbischof. Ich beabsichtige, mit ihm über diese ganze Angelegenheit zu sprechen.«

»Kann ich mit Bruder Wulfstan reden?«

»Nicht, bevor ich mit Seiner Gnaden gesprochen habe.«

»Kommt mit mir, um mit dem Sekretär des Erzbischofs, mit Johannes, darüber zu reden. Er wird Euch sagen, daß Seine Gnaden billigt, was ich tue.«

Der Abt ließ sich nicht ins Wanken bringen. »Morgen werde ich mit dem Erzbischof sprechen.«

Digby kleidete sich sorgfältig an und sagte seiner Wirtin, der Witwe Cartwright, er werde heute abend mit dem Erzdiakon speisen.

»Er muß sehr zufrieden mit Euch sein, daß er Euch eine derartige Ehre erweist.« Die Witwe überlegte, wem sie als erstes davon erzählen solltet. Neuigkeiten über den Ablaßkrämer wurden überall begierig aufgenommen. Alle Leute waren interessiert, seine Karriere zu verfolgen. Wenn es Digby gutging, dann hatte irgend jemand anderer große Probleme am Hals. Gut zu wissen, wann man sich besonders vorsehen mußte.

Über gefrorenen Schlamm und rutschige Pflaster eilte Digby zum Münster. Als die Abenddämmerung hereinbrach, gefroren die zuvor von der Sonne zum Auftauen gebrachten Straßen wieder, und von den vereisten Tümpeln stieg ein leichte Nebel auf, der sich mit der feuchten Luft des Flusses mischte. Als Digby beim Haus des Erzdiakons ankam, hatte die Kälte schon seinen wollenen Umgang durchdrungen.

Während er sich vor dem Feuer aufwärmte, trank Digby einen Becher erhitzten Wein und goß sich dann einen weiteren ein. Als sie zum Essen am Tisch Platz nahmen, fühlte er sich schon wieder ziemlich wohl und freute sich auf einen angenehmen Abend. Der Erzdiakon schien bester Laune zu sein. Er sprach von den Fenstern des Münsters und Digbys wichtiger Rolle bei der Beschaffung von Geldmitteln. Sie tranken auf ihre erfolgreiche Partnerschaft und machten sich dann über einen ausgezeichneten Braten her. Vielleicht lag es am Wein, von dem er auf Drängen des Erzdiakons reichlich genoß, oder an dem Lob, das ihm abgestattet wurde, jedenfalls lockerte sich Digbys Zunge immer mehr. Er schwätzte über dies und jenes, wurde immer vertraulicher und brachte schließlich auch jene Angelegenheit zur Sprache, die ihm Kopfzerbrechen bereitete und seine Selbstzufriedenheit beeinträchtigte – nämlich, daß er Wilton im Verdacht habe, den Pilger im Kloster vergiftet zu haben, daß es ihm jedoch schwerfallen würde, ihn der Gerechtigkeit zu überantworten, da er von der freundschaftlichen Verbundenheit des Erzdiakons mit dem Apotheker wisse. Natürlich ging Digby nicht so weit, den Erzdiakon zu beschuldigen, er würde seinen Freund decken. Er entschuldigte sich vielmehr dafür, den Erzdiakon mit diesem Verdacht zu schockieren. Doch Menschen veränderten sich schließlich im Laufe der Zeit und könnten in Situationen geraten, die ihr gesamtes Denken umstürzen und sie in die Irre leiten könnten.

Anselm wirkte überrascht. »Das ist eine schwerwiegende Anschuldigung, Digby. Daß mein Freund sich zu einem Verbrechen hätte verleiten lassen. In der Tat, das, was Ihr beschreibt, ist durchaus nicht abwegig. Aber Nicholas ist doch davor gefeit. Ich habe noch niemals eine Spur des Bösen in ihm entdeckt.« Der Erzdiakon rollte seinen Becher zwischen seinen Händen hin und her. »Doch als mein Kirchendiener habt Ihr Eure Urteile stets erst nach gründlicher Überlegung gefällt. Vielleicht könnt Ihr mir zu neuen Erkenntnissen verhelfen.«

Das Lob beflügelte Digby noch mehr als der Wein. Er führte alle Einzelheiten auf, die er zusammengetragen hatte. Bis auf die Vermutung, daß der Erzdiakon die Angelegenheit Nicholas zuliebe zu vertuschen beabsichtige. Denn nun, da er dem Manne gegenübersaß und von dessen ruhiger, ehrfürchtiger Haltung eingenommen war, kam er zu der Überzeugung, daß man Anselm etwas Derartiges nicht unterstellen konnte.

Anselm setzte seinen Becher ab und nickte, nachdem Digby geendet hatte. »Ich danke Euch dafür, daß Ihr diese Angelegenheit mit mir besprochen habt. Ich werde heute abend darüber nachdenken und Euch morgen meine Entscheidung wissen lassen.«

Als sie das Mahl fortsetzten, fiel Digby auf, daß der Erzdiakon abwesend wirkte, was allerdings auch kein Wunder war. Er wäre kein guter Freund, würde er eine solche Anschuldigung einfach ruhigen Blutes zur Kenntnis nehmen. Digby verabschiedete sich unmittelbar nach der Nachspeise. Er wurde erfüllt von dem warmen Gefühl, das Richtige getan zu haben.

Doch auf dem Heimweg ernüchterte ihn die kalte, eisige Luft schnell wieder. Und je nüchterner er wurde, desto stärker wurden seine Befürchtungen. Er dachte daran, was er getan hatte, daran, wie gefaßt und ruhig der Erzdiakon die Anschuldigungen gegen seinen Freund aufgenommen hatte. Er hatte zwar die Stirn gerunzelt, doch er hatte keinen Protest erhoben. Er hatte sich gar nicht sonderlich überrascht gezeigt.

Allmählich dämmerte Digby, daß es ziemlich unklug von ihm gewesen war, alles auszuplaudern. Er begann zu zittern. Er wußte, daß dies teilweise die Nachwirkungen des Weines waren, der seine Nerven zum Vibrieren gebracht hatte, doch er war zu aufgeregt, um gleich ins Bett zu gehen. Und obwohl es ziemlich eisig war und auch schon wieder leicht zu schneien begonnen hatte, ging er die Lop Lane entland, dann weiter die Footless Lane, am Krankenhaus St. Leonard vorbei und gelangte schließlich zum Lendal Tower. Hier, wo man den vorüberfließenden Fluß riechen konnte, hatte er schon oft Ruhe gefunden.

Er stand auf dem Gehweg neben dem Turm, schaute auf den Fluß hinunter, der aufgrund der beginnenden Schneeschmelze schon angeschwollen war, und versuchte, die vertrauten Geräusche auf sich einwirken zu lassen. Doch die Bewegung des Wassers unter ihm ließ ihn schwindlig werden, und er kriegte ein flaues Gefühl im Magen. Wenn er die Augen schloß, sah er das dahinfließende Wasser noch immer, doch jetzt bewegte es sich kreisförmig in einem Becken. Die Galle stieg ihm hoch, und sein Kopf hämmerte. Zuviel Wein. Oh, gütiger Herr Jesus und alle Heiligen, er war stockbetrunken.

Er fühlte eine Hand auf seiner Schulter. »Geht es Euch nicht gut, mein Freund?«

Digby erkannte die Stimme mit einer Mischung aus Scham und Furcht. Er schnappte nach Luft und umklammerte die rohen Steine des Turms, bevor er die Augen öffnete.

»Ich fürchte, ich habe bei Eurer Bewirtung zuviel des Guten getan«, sagte Anselm. »Der Wein hat Euch Übelkeit verursacht.«

Es war zu dunkel, um das Gesicht des Erzdiakons zu sehen, doch etwas in dessen Stimme erschreckte Digby. Oh, er versuchte, mitleidsvoll und entschuldigend zu klingen, doch es lag auch ein befremdlicher Unterton in seiner Stimme. Vielleicht war es nur Mißbilligung.

»Verzeiht mir. Es war töricht von mir...« Digbys Zunge fühlte sich dick und geschwollen an. Er hatte furchtbaren Durst.

Der Erzdiakon legte schützend einen Arm um Digby. »Kommt. Ich werde Euch nach Hause begleiten.«

»Ich werde es schon allein schaffen.«

Der Erzdiakon klopfte ihm auf die Schulter. »Bitte. Es ist meine Christenpflicht.« Er begann Digby fortzuführen, einen Arm auf seinem Rücken, eine Hand an seinem Ellbogen. Der Gehweg war in der Tat ziemlich glatt. Digby war dankbar für Anselms Hilfe. Er vergaß, wovor er sich gefürchtet hatte. Als sie zum Ende des Weges gelangten, blieb der Erzdiakon stehen und schaute die verschneite Uferböschung hinunter, die neben ihnen schroff abfiel und deren helle Schneeflächen in Schatten übergingen und sich schließlich im Glitzern der vorüberrauschenden Ouse verloren. Hier war das Wasser ziemlich tief.

Die steile Böschung und die Bewegung des Wassers lösten bei Digby einen weiteren Schwindelanfall aus. Er stellte sich mit dem Rücken zum Wasser. »Ich muß nach Hause.«

»Nach Hause. Ja. Wie nennt man Eure Mutter? Flußfrau? Ja. Der Fluß. Er ist eigentlich Euer Zuhause, nicht wahr, mein Freund?« Digby fragte sich, was der Erzdiakon damit bezweckte. Es war doch ganz einfach. Er mußte nach Hause. Doch der Erzdiakon redete immer weiter. »Sogar in einer Nacht wie dieser mußtet Ihr hier stehenbleiben, um dem Lied des Flusses zu lauschen. Was sagt es Euch, Digby? Was flüstert der Fluß Euch zu?«

Digby schüttelte den Kopf, lehnte sich gegen den Erzdiakon und verbarg seinen Kopf in der rauhen Wolle seines Umhangs.

»Wendet Ihr der Ouse den Rücken zu? Törichter Mann.« Die Stimme wurde roher. »Dreht niemals einer Frau den Rücken zu. Seht ihr in die Augen. Schaut in ihre Abgründe. In ihre Hinterhältigkeit. Ja, Ihr blickt zur Seite, während sie Euch lockt, Euch zuflüstert. Dreht Euch um, Digby, und schaut. Schaut tief hinein, Digby. Seht ihre Niedertracht.«

Starke Hände rissen Digby herum. Er griff nach dem Umhang, doch da war nur noch Luft. Die silbrige, eilig dahinrauschende Ouse machte ihn schwindlig. Er schrie auf.

Eine Hand preßte sich auf seinen Mund, die Beine wurden ihm weggeschlagen, dann wurde er hochgehoben und nach hinten gestoßen. Oh, mein Gott, nein! Digby stürzte zu Boden und rutschte die Uferböschung hinunter, schrammte über Steine und Felsbrocken. Es war so kalt, so fürchterlich kalt. Der Schnee brannte in seinen aufgerissenen Händen, als er versuchte, nach einem Felsen, einem Busch oder irgend etwas zu greifen, an dem er sich festhalten konnte. Das Donnern des Wassers zeigte ihm an, daß er gleich in die Fluten eintauchen würde. Das Wasser hob sich, um ihn aufzunehmen, zu umarmen. Zuerst schlug er verzweifelt um sich, doch die Kälte und die Schmerzen schwächten ihn. Er sank tiefer, hinab in die wärmeren Schichten des Wassers, es war angenehm, beruhigend. Nein. Es war verrückt. Er mußte wieder Luft holen, aber hier unten durfte er nicht atmen. Er kämpfte sich nach oben, nur nach oben. Sein Kopf stieß gegen irgend etwas. War er versehentlich weiter getaucht? Er änderte die Richtung, aber es schien die falsche zu sein. Er geriet in Panik. Wo war oben, wo war unten? Er wußte es nicht mehr. Sein Brustkorb wurde eingedrückt. *Ich bin tot,* dachte er. *Er hat mich umgebracht.* Ein tiefer Seufzer entrang sich seiner Seele, und dann ergab er sich dem Fluß.

Kapitel 14

Fegefeuer

Die Übergangszeit zwischen Winter und Frühjahr, in der sich die Erde langsam wieder erwärmte, brachte meist viele Krankheiten mit sich. Im Geschäft war viel zu tun, und Lucie war froh über Owens Hilfe. Sie konnte ihm den Laden allein überlassen, während sie nach Nicholas schaute, denn sie wußte, Owen würde zu ihr kommen und sie fragen, wenn er bei irgendeiner Medizin im Zweifel war.

Diesen Morgen hatte sie ihre neugewonnene Freiheit dazu genutzt, die Treppe hinaufzuschleichen und zu lauschen, während sich der Erzdiakon mit Nicholas unterhielt. Sie wußte, daß dies ein tadelnswertes Verhalten war, doch sie mußte irgendwie herausfinden, was zwischen den beiden vor sich ging. Weshalb der Erzdiakon immer wieder erschien. Nicholas wollte nicht darüber reden, und sie befürchtete, wenn sie ihn zu sehr drängte, würde er noch verschlossener werden.

Sie verpaßte den Anfang ihrer Unterhaltung. Und was sie dann hörte, war nicht sonderlich erhellend. Doch es erschreckte sie.

». . . aber was hat er damit zu tun?« fragte Nicholas mißmutig. »Du hast gesagt, daß keiner etwas davon erfahren soll. Du hast es mir versprochen.«

»Er ist eine unberechenbare Kreatur, Nicholas.«

»Er darf nicht . . .«

»Pst, Nicholas, pst!« Einen Moment herrschte Schweigen. Lucie hielt den Atem an, aus Angst, in der plötzlich eingetretenen Stille entdeckt zu werden. Sie hatte ihren Kopf gegen die Tür gepreßt und den Schleier beiseite geschoben, damit sie deutlicher hören konnte. »Du hast nichts zu befürchten«, sagte Anselm schließlich. »Er wird nichts erfahren und niemandem etwas erzählen können. Das verspreche ich dir.«

»Wie denn? Du hast doch gesagt, er ist unberechenbar.«

Lucie gefiel die Aufregung in Nicholas' Stimme nicht. Das würde ihm wieder einen Rückfall einbringen. Sie wünschte, sie könnte die beiden unterbrechen, doch es war unmöglich.

»Ich habe . . .«, der Erzdiakon machte eine Pause, ». . . ihn auf eine neue Spur gesetzt. Auf eine, die ihn längere Zeit beschäftigen wird.«

Langes Schweigen.

»Ich kann damit nicht mehr leben!« schrie Nicholas plötzlich.

»Es wäre besser gewesen, du wärst damit gleich zu mir gekommen.« Die Stimme des Erzdiakons war kalt. »Aber jetzt ist es eben so, wie es ist.« Seine Stimme wurde wieder etwas sanfter. »Ruh dich jetzt aus, Nicholas. Ich werde gehen. Ich will dich nicht ermüden.«

Nachdem sie diese Worte gehört hatte, wendete sich auch Lucie zum Gehen. Sie trat einen Schritt nach unten, doch dann erblickte sie am Ende der Treppe Owen, der sie schweigend beobachtete. Gütiger Gott. Hinter ihr hörte sie Schritte, die sich der Tür näherten. Ihr Herz raste. Vor Anselm hatte sie wesentlich mehr Angst als vor Owen Archer. Sie lief nach unten und vergaß in ihrer Panik, ihre Röcke zu heben, so daß sie darauf trat. Sie war kurz davor, hinzustürzen. *Töricht. Dumm.* Starke Arme fingen sie auf. Owen zog sie an sich und trug sie hinunter in die Küche. Tildy schrubbte gerade den Tisch ab. Sie riß die Augen auf, als sie ihre Herrin in den Armen des Lehrlings sah. Owen setzte Lucie schnell ab.

»Mistress Wilton ist auf der Leiter im Laden gestolpert. Sorg dafür, daß sie eine Weile sitzenbleibt, und bring ihr etwas zu trinken.«

»Oh. Ja, Sir. Madam.« Tildy führte Lucie zu der Bank vor dem Feuer und half ihr, ihren Schleier wieder zu richten.

Owen kehrte in den Laden zurück. Der Erzdiakon stand im Türrahmen und strich sich über das Gesicht. Als er Owen erblickte, nickte er und ging.

Lucie akzeptierte gerne den Schal, den Tildy ihr um die Schultern legte, und das erwärmte Bier. Ihre Hände zitterten, als sie den Becher zu den Lippen führte. Tildy klagte wegen des zerrissenen Saumes und setzte sich sofort hin, um ihn zu nähen. Während Tildy daran arbeitete, versuchte Lucie, das Gefühl zu vergessen, das sie empfunden hatte, als Owens starke Arme sie umfaßt und hochgehoben hatten. Und seinen Geruch. Seine Wärme.

Warum hatte er denn dort gestanden? Wie lange war er dort gewesen? Das waren die wichtigen Fragen. Nicht wie es sich anfühlte, in seinen Armen zu liegen.

Und dann die Unterhaltung zwischen dem Erzdiakon und Nicholas. Wer war unberechenbar? Womit konnte Nicholas nicht leben? Daß sie gelauscht hatte, hatte ihr nicht mehr eingebracht als einen Schrecken und das verwirrende Gefühl, das sie in Owens Armen durchflutet hatte.

»Das wär's«, sagte Tildy, stand auf und warf einen Blick auf den geflickten Saum. »Ist nicht besonders schön, wird Euch aber nicht mehr zum Stolpern bringen.« Sie errötete, als Lucie sich bei ihr bedankte, und kehrte dann wieder zu ihrer Arbeit zurück. Lucie atmete tief durch und ging in das Geschäft. Owen bediente gerade einen Kunden, also wartete sie, hantierte mit Töpfen und Löffeln und versuchte, ihn nicht anzuschauen. Als sie dann wieder unter sich waren, fragte sie: »Habt Ihr nach mir gesucht? Hat es ein Problem gegeben?«

»Ja. Eine Frage wegen der Salbe für Alice de Wythe.«

»Ich habe Nicholas etwas rufen hören. Ich wollte nicht, daß der Erzdiakon ihn zu sehr aufregte.«

»Es tut mir leid, wenn ich Euch erschreckt habe.«

»Ich schulde Euch Dank dafür, daß Ihr mich im Fallen aufgefangen habt. Mein Saum . . .« Ihr Gesicht wurde heiß unter seinem Blick. Das eine Augen schien förmlich durch sie hindurchzusehen. »Was war das für eine Frage?«

Er zuckte zusammen, dann grinste er. »Das ist zweifellos ein unverfänglicheres Thema.« Sie wollte ihm schon ins Gesicht schlagen wegen dieser Unverschämtheit, doch er ließ sein Grinsen sofort verschwinden und ging ohne ein weiteres Wort wieder an die Arbeit.

Doch der Zwischenfall war noch nicht vergessen. Während des Tages ertappte sie ihn immer wieder dabei, wie er sie intensiv beobachtete, so daß es ihr Unbehagen zu bereiten begann. Es war nicht das scheue, vorsichtige Beobachten, das zeigte, daß er sich angezogen fühlte, sondern eine argwöhnische Wachsamkeit. Er hatte sich nicht einwickeln lassen durch die Erklärung, die sie ihm dafür gegeben hatte, daß sie mit dem Ohr an der Tür lauschend vor dem Krankenzimmer gestanden hatte. Vielleicht aber auch überlagerte ihr eigene Angst ihr Urteilsvermögen. Aber er wunderte sich jedenfalls. Er mußte sich auch wundern, wenn er sie dabei ertappte, wie sie ihren Ehemann und einen seiner Besucher belauschte. Sie mußte künftig stärker auf der Hut sein.

Und doch schien nicht nur sie Owen an diesem Tage abzulenken. Wenn er sie nicht beobachtete, dann behielt er ständig die Ladentür im Blick, als erwarte er einen Besucher.

Schließlich fragte sie: »Hat sich jemand Bestimmtes für heute angesagt? Ihr starrt auf die Ladentür, als könnte Euer aufmerksames Auge die Person herbeizwingen.«

»Ich . . ., nein. Ich erwarte niemanden.«

Owen lief in seiner Kammer auf und ab und versuchte zu vergessen, was er empfunden hatte, als Lucie in seinen Armen gelegen hatte, ihr Herz an seiner Brust gepocht und sie ihre Arme um seinen Hals geschlungen hatte. Den ganzen Abend über hatte er sich unten in der Schenke immer wieder dabei ertappt, wie er an sie dachte. An den Duft ihres Haares, ihre Zartheit. Wichtiger wäre es gewesen, sich darüber Gedanken zu machen, wie er herauskriegen konnte, weshalb sie die Unterhaltung zwischen ihrem Gatten und dem Erzdiakon belauscht hatte. Hatte sie irgendeinen Verdacht? Oder hatte sie Angst, sie könnten etwas wissen?

Der heutige Tag war ihm wie fast die Hölle auf Erden erschienen. Er versuchte, sich die Gedanken an Lucie aus dem Kopf zu schlagen, während er auf die Erlaubnis wartete, mit Wulfstan reden zu dürfen. Er sorgte sich wegen des Mönches. Das hätte er dem Abt sagen sollen. Vielleicht hätte er es ihm dann doch erlaubt, den Mönch zu sprechen.

An diesem Abend hatte Owen in der Schenke auch auf Digby gewartet, doch er war nicht erschienen. Ärgerlich, daß er nicht gekommen war. Owen mußte ihn darüber informieren, daß Bruder Wulfstan dem Erzbischof von seinem Besuch erzählt hatte. Und er mußte sich vergewissern, daß er alles wußte, worüber Digby und Wulfstan gesprochen hatten, bevor er den Klosterdoktor aufsuchte.

Er versuchte, sich hinzusetzen, doch er fand keine Ruhe. Es war noch nicht allzu spät. Digby tauchte vielleicht doch noch auf. Möglicherweise hatte Owen zu früh aufgegeben. Aber die Warterei fand er quälend. Bess war zu beschäftigt, um sich mit ihm zu unterhalten, und Tom redete sowieso nicht gern.

Außerdem hatte das lange Herumsitzen Owen ruhelos werden lassen. Er fühlte einen dumpfen Schmerz im unteren Teil seines Rückens, weil er so lange auf der harten Holzbank gesessen hatte. Sogar ein Sattel war noch besser für die Muskeln. Er würde spazierengehen. In Richtung von Digbys Unterkunft, das war die Idee. Wenn das Haus dunkel war, würde er einfach weitergehen. Wenn nicht, dann würde er versuchen, mit dem Ablaßkrämer zu reden. Danach würde er ruhiger schlafen können.

Der Schnee auf den Straßen war wieder zu eisigen Klumpen gefroren. Es fiel neuer Schnee, der ihm ins Gesicht stach und ihm zeitweise die Sicht nahm, wenn die Flocken auf seinen warmen Augenbrauen auftauten und das Wasser über sein Auge hinunterfloß. Owen fluchte und blinzelte, um wieder klare Sicht zu bekommen. Er wußte, auch wenn er noch zwei Augen besäße, hätte er dasselbe Problem. Ihn beunruhigte, daß er keine zweite Verteidigungslinie hatte, die er aktivieren konnte, wenn ein Auge versagte. In einem kurzen Augenblick der Blindheit konnte er stolpern und auf den gefrorenen Boden stürzen. Er war wirklich ein alter Mann geworden, der von Ängsten gepeinigt wurde.

Es waren nur noch wenige Leute unterwegs. Vielleicht war es doch schon ein wenig zu spät. Er bezweifelte, ob Digbys Wirtin noch wach sein würde. Nun, er mußte jedenfalls hinaus an die frische Luft.

Er erreichte das Haus, dessen Erdgeschoß hell erleuchtet war. Die Haustür stand weit offen. Eine kleine Traube von Menschen hatte sich auf der Straße angesammelt, und alle beobachteten das Haus. Einige zerlumpte Kinder lungerten vor der Tür herum.

Das Licht aus dem Haus glänzte in den Augen der Zuschauer, als sie ihn musterten und dann einen Schritt in den Schatten zurücktraten. Die Kinder verzogen sich von der Tür, als er klopfte.

»Sie wird Euch nicht hören«, sagte ein Knabe, dessen Füße von Lumpen umwickelt und dessen verfilztes Haar von Schnee bedeckt war. »Sie weint vor der Leiche.«

»Vor wessen Leiche?« fragte Owen.

Die Kinder liefen davon.

Owen betrat den kleinen Laden, in dem die Witwe Cartwright ihre Näharbeiten verrichtete. Zwei Männer standen in dem Durchgang zum Hinterzimmer. Dort hatte eine Frau einen rhythmischen Totengesang angestimmt.

Als Owen eintrat, wichen die Männer zur Seite.

Er konnte nun die schwarzgekleidete Frau sehen, die sich im Rhythmus des Klagelieds nach vorn bewegte, die Hände an den Kopf gelegt. Owen ging zu ihr hin. Auf einem Holztisch lag ein bleicher, aufgequollener Körper. Digby. Der Gestank des Todes hatte den charakteristischen Fischgeruch des Mannes schon ziemlich verdrängt. Jemand hatte Münzen auf seine Augen gelegt.

In einer Ecke saß Witwe Cartwright und schluchzte lauthals. Die Trauernde war Magda Digby. Owen sprach sie an. Sie hörte nicht. Er berührte sie an der Schulter. Ihr Klagelied erstarb. Langsam, als würde sie aus einem tiefen Schlaf erwachen, kam sie wieder zu sich und schaute ihn an mit ihren Augen, die so rot und geschwollen waren, daß er sich fragte, ob sie damit überhaupt noch etwas sehen konnte. Doch er irrte sich.

»Vogelauge. Schaut Euch meinen Sohn an. Der Fluß hat ihn genommen. Der Fluß.« Sie blinzelte zu Owen, als erwarte sie von ihm eine Erklärung. Ihre Augen glitten über sein Gesicht und blieben dann auf der Hand liegen, die er ihr auf die Schulter gelegt hatte. Sie legte ihre rauhe Hand darüber. »Es ist gut, daß Ihr gekommen seid.«

»Ich werde mit Euch trauern, Mutter Digby. Er war mein Freund.«

»Magda wird Euch Eure Freundlichkeit nicht vergessen.«

»Warum hat man ihn hierher gebracht?«

»Potter wollte auf christliche Weise begraben werden, nicht so, wie es seine Mutter getan hätte. Also hat Magda ihn hierher gebracht. Anselm wird Potter so beerdigen, wie er es gewünscht hat. Ist seine Pflicht. Aber er würde es nicht vor dem Haus der Flußfrau tun. Nein. Leute wie Anselm glauben, es sei verhext. Er würde nicht erscheinen. Also ist Magda hierher gekommen. Sie erfüllt ihren Teil. Niemand wird einer Mutter verbieten zu trauern.«

Sie nickte, dann krümmte sie sich wieder zusammen und setzte ihren Klagegesang fort.

Owen ging rückwärts aus dem Raum. Die beiden Männer beobachteten ihn.

»Wie ist er gestorben? Ist er ertrunken?«

Einer der Männer richtete sich auf und warf sich in die Brust. »Und wer seid Ihr, daß Ihr hier Fragen stellt?« wollte er wissen.

»Ich war ein Freund.«

Der andere Mann schniefte. »Ein Freund des Ablaßkrämers?« Er spuckte in die Ecke. »Und ich bin der König von Frankreich.«

»Wer ist hier zuständig?«

»Erzdiakon Anselm«, sagte der erste Mann. »Wir warten auf ihn.«

Der andere trat näher an Owen heran und beäugte sein Gesicht. »Ihr seid Wiltons Lehrling. Man sagt, Ihr hättet Euch mit dem Ablaßkrämer ein paarmal in der Schenke getroffen...« Seine Augen richteten sich zur Eingangstür hinter Owen.

»Was tut Ihr hier?«

Owen erkannte die kalte Stimme des Erzdiakons. Er drehte sich um. Es war unklug, Anselm im Rücken zu haben. »Wo ist das geschehen? Und wann?«

»Man hat ihn heute abend aus dem Fluß gezogen.« Anselms Stimme war sehr ruhig für jemanden, der erschienen war, einen Toten aufzusuchen.

»Aber er hat sich doch mit dem Fluß ausgekannt.«

»Er kannte sich aus, ja. Vielleicht war er zu selbstsicher. Was glaubt Ihr, Owen Archer? Und ich fragte mich, warum Ihr hier seid?«

»Er sagt, er war ein Freund des Ablaßkrämers«, bemerkte der Mann, der in die Ecke gespuckt hatte.

»Tatsächlich?« Die Stimme des Erzdiakons wurde weicher, fast ölig. »Eine seltsame Wahl. Die einen Fremden garantiert verdächtig werden läßt.«

»Ich wußte das vorher nicht. Bei uns zu Hause gibt es keine Ablaßkrämer.« Es schien keinen Grund zu geben, weshalb er hier noch länger verweilen sollte. »Ich will Euch nicht von Eurer Arbeit abhalten.« Er trat einen Schritt zur Tür.

Der Erzdiakon trat zur Seite.

Owens Beine fühlten sich schwer und müde an. Er wollte vielleicht noch irgend etwas sagen. Ein paar freundliche Worte über Digby, der sich mit ihm angefreundet hatte. Der Mann hatte zwar unsympathisch gewirkt, doch auf seine eigene Art war er überzeugt gewesen, Gott zu dienen. Owen blieb neben Anselm stehen. »Ich möchte einer der Sargträger sein.«

Die Nasenlöcher des Erzdiakons blähten sich, eine Augenbraue ging in die Höhe. »Wir werden ihn ohne eine Trauerfeier begraben. Er war von niederer Herkunft.«

»Wann wollt Ihr ihn bestatten?«

»Morgen früh.«

»Wo?«

»In der Heiligen Dreifaltigkeitskirche vor Goodramgate.«

Owen ging, entschlossen, am nächsten Tag zeitig aufzustehen und an der Beerdigung teilzunehmen.

Wieder zurück in seiner Kammer im Wirtshaus, zog Owen seine Stiefel aus und lehnte sich auf dem Bett zurück. Rasende Schmerzen schossen durch seinen Kopf. Er rieb sich die Schläfen, immer fester, bis ihm auch das weh tat. Er legte seinen Kopf in seine Hände. Wenn er sein Auge schloß, sah er Digby auf dem Tisch liegen. Vollgesogen mit Flußwasser. Die Münzen glitzerten in seinen Augen.

Owen fühlte sich verantwortlich. Digby hatte geglaubt, mit seiner Arbeit dem Herrn zu dienen, während Owen nur den Auftrag des Erzbischofs im Kopf gehabt hatte. Sie waren so verschieden. Er hatte ihn für einen Schnüffeldienst eingesetzt, und jetzt war Digby tot. Ein Zufall? Oder witterte Owen aufgrund seiner neuen Beschäftigung überall Verrat und Hinterlist? Er war zu müde, um sich darüber weiter den Kopf zu zerbrechen.

Doch wie zuverlässig war Digby eigentlich gewesen? Er hatte sich geirrt mit seiner Vermutung, Montaigne könnte etwas mit Fitzwilliam zu tun gehabt haben; der Erzbischof hätte es ihm mitgeteilt, falls es hier eine Verbindung gegeben hätte. Und konnte Owen Digbys Vermutung Glauben schenken, Wilton und der Erzdiakon hätten ein ganz besonderes Verhältnis zueinander – Wilton sei Anselms schwache Stelle? Für einen Soldaten war klar, was damit gemeint war. Aber ausgerechnet ein Erzdiakon? Was war mit Montaigne und Lady d'Arby? Konnte das stimmen?

Stechende Schmerzen fuhren durch Owens erblindetes Auge. Vielleicht ging es in seinem Kopf deshalb so durcheinander. Er mußte schlafen. Wenn er sich ausruhen konnte, beruhigte sich oft auch das Auge. Er hatte noch etwas Branntwein aus Thoresbys Londoner Kellern bei sich. Aber er hatte es satt, immer aus der Flasche zu trinken. Es widerte ihn an, immer noch wie ein Soldat auf einem Feldzug zu leben, mit leichtem Gepäck zu reisen, bereit, jederzeit wieder aufzubrechen. Er war kein Soldat mehr. Er wollte einen Becher für seinen Branntwein. Daher ging er nach unten, um sich einen zu holen, und nahm dabei seine Flasche mit.

Ein Lichtschein führte ihn zur Küche. Bess Merchet saß an einem kleinen Tisch neben dem Herd. Auf dem Tisch standen ein Krug, ein Becher und eine kleine Lampe. Bess hatte eine Hand auf den Becher gelegt und starrte in die Glut des Feuers.

Owen blieb in der Tür stehen. Ihre in Falten gelegte Stirn zeigte ihm an, daß auch Bess mit Gedanken beschäftigt war, die sie vom Schlafen abhielten. Sie hob den Becher zu ihren Lippen, nippte daran, setzte ihn wieder ab und legte dann den Kopf schief, als ob sie ihn erst jetzt gehört habe. Sie drehte sich um und nickte ihm zu. »Sehr freundlich von Euch, Owen Archer, daß Ihr gerade jetzt erscheint.«

Diese Art der Begrüßung irritierte ihn etwas. »Ich komme wegen eines Bechers.« Er hielt seine Flasche hoch. »Die letzte Flasche mit dem vorzüglichen Branntwein des Lordkanzlers. Ich dachte, er würde mir beim Einschlafen helfen.«

Bess grinste und hob den Krug vor sich in die Höhe. »Möchte gern wissen, ob er auch so gut ist wie der vom Erzbischof.« Sie deutete mit einem Kopfnicken auf die Bank neben sich. »Nehmt Euch einen Becher von dem Regal rechts von Euch.«

Nachdem sie festgestellt hatte, daß Thoresby als Erzbischof bessere Weine kredenzte denn als Lordkanzler, und sich behaglich zurückgelehnt hatte, fragte Owen: »Habt Ihr vielleicht über mich nachgedacht?«

Bess runzelte die Stirn und nahm einen Schluck aus ihrem Becher. »Ich war heute abend wieder einmal bei den Wiltons drüben. Ich habe mir wegen Lucie Sorgen gemacht. Dann bin ich heimgekommen, konnte aber nicht einschlafen. Schließlich bin ich hier heruntergegangen, um nachzudenken. Bei einem Becher Branntwein kann ich am besten nachdenken. Ich muß mich entscheiden, was ich tun soll, versteht Ihr, denn ich kann nicht ruhig in meinem Bett schlafen, bevor ich nicht weiß, daß Ihr ihr nichts Böses wollt.«

»Lucie Wilton?«

»Ja.«

»Würdet Ihr sie vor mir warnen?«

»Sie hat Euch akzeptiert, ich weiß. Was geschehen ist, ist geschehen. Aber ich verlange eine Antwort, Owen Archer. Ihr seid gut informiert hier aufgetaucht. Hinter was seid Ihr her?«

»Das habe ich Euch schon gesagt.«

»Wie kommt es, daß Ihr gewußt habt, daß Lucie Hilfe brauchte?«

»Johannes hat es mir gesagt, der Sekretär des Erzbischofs. Das hat nichts mit irgendeinem Geheimnis zu tun. Als ich hierherkam, hat er mir gesagt, der Erzbischof hätte ein Empfehlungsschreiben an Camden Thorpe geschickt. Mein verstorbener Herr hatte den Erzbischof gebeten, mir bei der Suche nach einer Arbeit behilflich zu sein.«

»Ihr schnüffelt ständig herum, das will ich damit sagen. Stellt Fragen. Alles scheint irgendwie mit dem Münster zu tun zu haben.«

Owen grinste. »Ihr habt mich verfolgt.«

»Nein, niemals. Aber der Erzdiakon läßt Euch zu sich rufen. Der Erzbischof tritt für Euch ein. Ich bin nicht auf den Kopf gefallen.«

»Mein verstorbener Herr hatte mir einen kleinen Betrag vermacht, der vom Erzbischof verwaltet wurde. Als erstes habe ich hier den Sekretär des Erzbischofs aufgesucht, um über die Auszahlung des Betrages zu sprechen. Das hat Anselm nicht gefallen.«

Bess atmete hörbar. »Das entspricht gewiß der Wahrheit, kein Zweifel. Aber es ist nicht die ganze Wahrheit. Noch nicht einmal die halbe.«

Sie war ein zäher Gegenspieler. Beim Umgang mit Pfeil und Bogen würde Owen sie übertreffen, sogar mit einem Auge. Aber ihren Worten war er nicht gewachsen. Bess würde an jedem seiner Worte, Gesten oder Handlungen herumkritisieren. Er mußte sich vorsehen.

»Ich weiß nicht, wie ich Euch davon überzeugen soll, daß ich Eurer Freundin nichts Böses will.«

»Das könnt Ihr nicht.« Sie beugte sich vor. »Aber laßt Euch warnen, Owen Archer. Euer Charme kann Bess Merchet nicht blenden. Wenn Ihr den Wiltons Unglück bringt, werfe ich Euch hinaus. Oder ich tue Euch noch Schlimmeres an.« Sie lehnte sich wieder zurück, lächelte grimmig und war zufrieden, daß sie ihre Drohung losgeworden war.

Owen glaubte ihr. Und es war auch ziemlich wahrscheinlich, daß sie eine Gelegenheit erhalten würde, ihre Drohung auszuführen. Die Wiltons schienen nicht gerade wenig Dreck am Stecken zu haben.

Sofern Digbys Tod kein Unfall gewesen war. Jemanden vergiften war eine Sache, doch er konnte sich nicht vorstellen, daß Lucie Wilton Digby in den Fluß gestoßen haben könnte.

»Ihr steht Lucie sehr nahe.«

»Das arme Ding. Sie hat es nicht leicht gehabt im Leben, auch wenn sie die Tochter eines Ritters ist. Meine eigene Mary hat mehr Liebe und Zuwendung erfahren. Nachdem ihr Vater gestorben war, habe ich darauf geachtet, daß mein nächster Mann jemand war, der sie wie seine eigene Tochter lieben würde.«

»Tom ist wirklich ein guter Mann.«

»Nein, nicht Tom. Peter. Tom ist mein dritter Mann.« Owen mußte grinsen. Er glaubte ohne weiteres, daß sie imstande war, zwei Männer zu überleben. Vermutlich auch noch Tom. Bess nippte an ihrem Wein. »Ich habe versucht, für Lucie eine Mutter und eine Freundin zu sein.« Sie seufzte in ihren Becher und warf dann einen Blick auf Owen. »Doch warum könnt Ihr nicht schlafen? Ihr seid heute schon sehr früh hinaufgegangen.«

»Und wieder herunter, um spazierenzugehen. Ich bin ein aktiveres Leben gewöhnt.«

Bess rümpfte die Nase. »Mit scheint, Ihr seid schon aktiv genug. Ich habe Euch beim Holzhacken gesehen.«

»Ich bin zufällig an dem Haus vorbeigegangen, wo Digby wohnt. Irgend etwas war los. Es war zu grell erleuchtet, Leute hatten sich davor versammelt.«

Bess setzte sich auf. »Ärger bei Witwe Cartwright? Ich hatte sie gewarnt, sie sollte diesen Mann nicht aufnehmen. Er ist eine hinterhältige Kreatur. Von ihm ist nichts Gutes zu erwarten.«

»Das ist gewiß vorbei. Er ist nämlich tot. Ertrunken. Man hat ihn heute nacht aus dem Fluß gezogen.«

Bess bekreuzigte sich. »Warum habt Ihr mir das nicht gleich gesagt? Ihr habt mich dazu verleitet, über einen Toten etwas Unfreundliches zu sagen.« Sie fröstelte und bekreuzigte sich abermals. »Das hättet Ihr mir ersparen sollen.«

»Verzeiht mir.«

Bess nahm einen Schluck. Dann seufzte sie und schaute Owen lange an. »Geht Euch sein Tod nahe?«

»Ja.«

»Deshalb habt Ihr noch einen Branntwein gebraucht?«

»Ja.«

Sie schüttelte den Kopf. »Trauert über den Tod des Ablaßkrämers. Ziemlich seltsam für einen Soldaten.«

»Stimmt. Ihr denkt, ein Soldat muß schon viele Tote gesehen haben, so daß ihn das kaltläßt. Aber Digby scheint ein guter Mann gewesen zu sein. Er hat geglaubt, dem Herrn zu dienen. Und ich . . .«

Plötzlich beugte sich Bess vor und zog alarmiert die Luft ein.

»Feuer!« rief jemand.

Bess sprang auf und stieß dabei ihren Becher um. »Das ist Tom!«

Owen folgte ihr durch das dunkle Wirtshaus. Jetzt konnte auch er den Rauch riechen.

Tom lief ihnen über den Weg, taumelte zurück und blieb stehen.

»Was ist los, Tom? Wo brennt es?«

Er deutete mit einem Kopfnicken zu Owen. »In seiner Kammer. Heilige Maria Muttergottes, ich dachte schon, Ihr wärt ein toter Mann, Master Archer.«

Owen eilte hinauf. Dicker Rauch quoll aus seiner Kammer. Seine Bettstatt schwelte. An der Wand daneben zuckten Flammen empor. Owen gelang es, das Bett zum Fenster zu zerren und hinauszuwerfen. Besser, es verkohlte draußen als im Haus, wo Menschen schliefen. Die tranige Fackel, die den Brand ausgelöst hatte, warf er gleich hinterher. Am Morgen wollte er sie sich noch genauer ansehen.

Tom eilte mit einem Eimer Wasser in das Zimmer. Bess brachte Tücher.

Nach kurzer Zeit war das Feuer erstickt.

»Ich wußte, er bringt uns Schwierigkeiten«, murmelte Bess.

Tom kratzte sich am stoppeligen Kinn, als er sich den Schaden anschaute.

Bess seufzte. »Es dauert einen Tag, um hier sauberzumachen und auszulüften. Owen kann heute nacht in einer der anderen Kammern schlafen.«

»Ich glaube, ich werde nicht viel Schlaf kriegen.«

Tom nickte. »Das glaube ich auch.«

Bess drehte sich um und richtete ihre Augen auf Owen. »Wißt Ihr, wer das getan haben könnte?«

Er schüttelte den Kopf. »Wer hat denn gewußt, in welcher Kammer ich untergebracht war?«

»Ja, das ist die Frage.« Tom kratzte sich am Kopf. »Ich und meine Frau. Kit. Der Stallbursche, der seine Nase in alles steckt.« Er zuckte mit den Schultern. »Vielleicht auch noch einige der Gäste. Schwer zu sagen. Die Leuten haben Augen.«

Inzwischen hatten sich auch die anderen Gäste unten versammelt und verlangten Aufklärung.

»Am besten, wir behalten das für uns«, meinte Owen. »Ich sage, ich habe eine Kerze umgestoßen. Was bei einem Einäugigen nicht ganz ungewöhnlich ist.«

Tom runzelte die Stirn und warf Bess einen Blick zu.

»Geh hinunter und sag es den Leuten. So wie er es vorgeschlagen hat.«

Tom dachte darüber nach, nickte und ging dann hinunter, um den Gästen die Geschichte zu erzählen.

Owen sammelte seine Sachen zusammen, die er am anderen Ende des kleinen Raumes untergebracht hatte.

Im Türrahmen blickte er noch einmal zurück auf die nassen, geschwärzten Dielen und die versengte Wand. »Es hat nicht lange gebrannt.«

Bess war still. Owen drehte sich so, daß er sie sehen konnte. Sie hatte die Arme vor der Brust verschränkt und schaute ihn an.

»Ich habe gute Lust, Euch zu sagen, Ihr sollt Eure Sachen packen, aber das wäre schlecht fürs Geschäft. Ich meine, Ihr seid es uns jetzt schuldig, uns die volle Wahrheit zu sagen. Warum Ihr hier seid. Was Ihr herausfinden wollt.«

Rauchschwaden zogen durch den Raum. Owens Auge brannte. Er fühlte sich schlecht. »In Eurer Kammer. Können wir dort reden?«

Bess ging voraus. Tom, der die übrigen Gäste beruhigt hatte, folgte ihnen.

Es war ein großer, luftiger Raum. Auf der einen Seite stand ein Federbett, auf der anderen ein Tisch, auf dem Geschäftsbücher aufgestapelt waren. Owen legte seine Sachen auf den Boden und ging hinüber zu dem Tisch, Tom und Bess ebenfalls. Er musterte ihre Gesichter. Beide waren ziemlich ernst. Es war ein edler Zug von ihnen, daß sie ihn weiter hier wohnen ließen. Er hatte nicht einen Augenblick daran geglaubt, daß sie es nur wegen des Geschäfts taten. Also entschloß er sich, ihnen reinen Wein einzuschenken.

Bess grunzte zufrieden, als er von seinem Auftrag erzählte. »Ich wußte es. Habe ich nicht gesagt, Tom, daß mehr hinter ihm steckt, als es den Anschein hat?«

»O ja.« Tom blinzelte, er kämpfte gegen den Schlaf.

»Und jetzt hat man Potter Digby tot aus der Ouse gezogen, und jemand wirft eine Fackel in Eure Kammer.« Bess' Augen glänzten vor Aufregung.

Tom schreckte auf. »Digby? Dieser fischige Schurke ist ertrunken?«

»Man hat ihn heute nacht gefunden.«

»Er hat für Euch herumgeschnüffelt?«

Owen nickte.

Tom schüttelte den Kopf. »Scheint mir ganz so, als hättet Ihr in ein Wespennest gestochen.«

Nachdem Tildy sich in ihre kleine Kammer zurückgezogen hatte und Bess zur Schenke zurückgekehrt war, setzte sich Lucie an Nicholas' Bett, lauschte seinem schweren Atem und überlegte, durch welchen Trank sie ihm Linderung verschaffen könnte. Daß er ständig nach Luft ringen mußte, schwächte ihn, dessen war sie sich sicher. Er fand keine Ruhe. Wie konnte er auch Ruhe finden, wenn er ständig nach Luft ringen mußte? Und wie konnte er dann wieder gesund werden, wenn er keinen Schlaf fand? *Ich kann damit nicht mehr leben.* Wußte er, was er getan hatte? Er hatte absichtlich ... Nein. Sie wollte es nicht zulassen, daran auch nur zu denken.

Bess dachte, Nicholas würde bald sterben. Deshalb hatte sie heute abend soviel von Will und Peter erzählt, ihren beiden verstorbenen Ehemännern. Sie wollte, daß Lucie vorbereitet war. Sie sollte wissen, daß das Leben weiterging. Sie sollte anfangen, sich nach jemandem umzusehen, der an Nicholas' Stelle treten konnte. Und wer wäre dafür besser geeignet als Owen Archer? Die gute Bess. Wenn das Leben nur so einfach wäre.

Owen Archer. Der Rätselhafte. Doch Lucie gab zu, daß er ein harter Arbeiter war. Niemals beklagte er sich. Für keine Arbeit war er sich zu gut. Und man mußte ihm alles nur einmal erklären. Er vergaß nichts. Und dann diese Stimme. Wie er die Laute spielte. Er hatte nicht die Seele eines Soldaten. Vielleicht hatte er den Verlust eines Auges wirklich als einen Fingerzeig genommen, fortan ein gottgefälligeres Leben zu führen. Er hatte ihr bisher keinen Grund geliefert, ihm zu mißtrauen. Was ihr an ihm nicht gefiel, waren die Gefühle, die er in ihr auslöste. Er konnte nichts dafür. Es lag an ihrer eigenen Sündhaftigkeit. Weil Nicholas nun schon solange krank war.

Nun gut. Nicholas würde noch nicht sterben. Lucie würde es einfach nicht zulassen. Also würde sie auch weiterhin ihre

Gefühle für Owen bekämpfen müssen. Doch das bedeutete nicht, daß sie unhöflich sein mußte.

Sie würde versuchen, ihm von nun an freundlicher gegenüberzutreten.

Lucie mußte eingenickt sein, als ein Krach von draußen Nicholas' keuchenden Atem übertönte und sie auffahren ließ. Sie ging zum Fenster. Auf der anderen Seite der Straße bot sich ihr ein Anblick, der jeden Stadtbewohner in Angst und Schrecken versetzen mußte. Feuer. Rauch stieg vom oberen Stockwerk des Wirtshauses auf. Herr im Himmel. Bess und Tom – wußten sie es? Waren sie wach? Irgend etwas Unförmiges flog aus dem Fenster und landete krachend unten im Schnee. Es schien zu schwelen. Es folgte eine Fackel, die mit einem Zischen auf dem schneebedeckten Boden aufschlug. Dann erschienen Gesichter am Fenster. Ein Junge lief hinaus in den Hof. Lucie rannte mit klopfendem Herzen nach unten.

Sie rief den Knaben.

»Was brennt denn?«

»Die Dachkammer. Von Hauptmann Archer.« Der Junge deutete mit einem Kopfnicken zu dem schwelenden Haufen auf dem Boden. »Das war sein Bett.«

Lucie klammerte sich an den Zaun. *Nein. Nicht Owen. Bitte, Gott.* »Und was ist mit Master Archer?« Ihr Hals war so zugeschnürt, daß der Junge sie nicht verstehen konnte. Sie wiederholte die Frage.

»Er war nicht in seiner Kammer. Das nennt man Glück, was?«

»Wurde jemand verletzt?«

»Nein, soweit ich gesehen habe.«

Lucie dankte ihm und ging wieder ins Haus, solange es ihre Beine noch zuließen. Sie hatte das Gefühl, ihre Beine würden sie nicht mehr lange tragen.

Sie setzte sich in die Küche, denn sie wollte nicht gleich wieder zu Nicholas zurückkehren. Ihre Reaktion auf die Nachricht, daß es sich um Owens Kammer gehandelt hatte, schockierte sie. Heilige Muttergottes, es war, als ob sie . . . Nein. Nicht, als ob. Sie durfte sich nicht selbst belügen. Sie liebte Owen. Sie hatte sich für so stark gehalten. Zumindest für stark genug. Und dann verliebte sie sich in einen einäugigen Soldaten. Der erste Eindruck, den Bess von ihm gewonnen hatte, war der eines charmanten Galgenvogels gewesen. Ein Mann, der bei Frauen ankam. Lucie konnte es nicht glauben. Ein Soldat. Zum Töten ausgebildet. Und er wiederum hatte anderen das Kriegshandwerk beigebracht. Soldaten gehörten zu einem Bruderbund des Todes. Das machte sie lebensuntauglich. Ihr eigener Vater war ein kalter, gefühlloser Mann gewesen. Er hatte sie verstoßen, als ihre Mutter im Sterben lag. Nur ein einfaches Mädchen verliebte sich in einen Soldaten.

Doch Owen schien nicht wie ihr Vater zu sein. Er ähnelte mehr Geoff, dem blonden Geliebten ihrer Mutter.

Owen sagte, er habe mit dem Soldatenleben abgeschlossen.

Eine List. Eine Pose, durch die er sie zu gewinnen hoffte. Sie durfte nicht vergessen, daß er Soldat gewesen war.

Doch ihr Körper erinnerte sich daran, wie er sie aufgefangen hatte. Vielleicht hatte er ihr sogar das Leben gerettet.

Weil er sie im Dunkeln vom Fuße der Treppe aus beobachtet hatte. Warum hatte er das getan? Was bezweckte er eigentlich? Vielleicht ging es ihm doch darum, ihr die Apotheke abspenstig zu machen, wenn Nicholas gestorben war. Er mußte dazu nur einen Skandal aufdecken. Und in dieser Hinsicht konnte er hier fündig werden. In der Verordnung stand nichts von einer zweiten Chance, nichts von Ausnahmeregelungen aufgrund von Krankheit. Schon wenn er die kleinste Information in die Hände kriegte, konnte er sie ruinieren.

Sie war nicht mehr ganz bei Sinnen, daß sie ihm derartige Dinge unterstellte und ihn gleichzeitig liebte.

Lucie legte ihren Kopf auf die Arme und versuchte, sich zu beruhigen, sich einzureden, daß er schließlich nur ein Lehrling war, daß sie sich um jeden anderen, mit dem sie soviel Zeit zusammen verbrachte, genauso sorgen würde, daß sie ihn gar nicht lieben konnte, nicht lieben durfte. In ihrem Leben ging es ohnehin schon drunter und drüber.

Anselm lag ausgestreckt vor dem Altar und zitterte vor Angst. Sollte er jetzt sterben, dann würde er für alle Ewigkeit im Feuer der Hölle schmoren. Er hatte nun zweimal gemordet. Er, der das Leben mit dem Schwert abgelehnt hatte, hatte zwei Menschenleben ausgelöscht, in zwei aufeinanderfolgenden Nächten. Der zweite Mord, der Flammentod des einäugigen Teufels, beunruhigte ihn weniger. Er war sogar ziemlich sicher, Gottes Willen ausgeführt zu haben, indem er Owen Archer in die Hölle geschickt hatte. Und obwohl Archer in Thoresbys Diensten stand, hatte Anselm keine Angst. Der Erzbischof würde keinen Grund finden, Anselm mit Archers Tod in Verbindung zu bringen.

Alles in allem hatte Anselm wegen der Beseitigung von Archer ein gutes Gewissen. Doch bei Digby war es etwas anderes.

»Herr, gütiger Retter«, flüsterte Archer. »Ich bin dein . . .« Er zögerte, unsicher, wie er fortfahren sollte. Er wußte nicht, wie und worum er beten sollte. Er hatte Potter Digby umgebracht. Kein Gebet der Welt, wie sehr es auch aus dem Herzen kommen würde, würde dies jemals wieder ungeschehen machen können. Anselm hatte seinen Ablaßkrämer ermordet, jenen Mann, der hart für ihn gearbeitet und ihn seinem Ziel, die Hatfield-Kapelle fertigzustellen, beträchtlich nähergebracht und ihn bisher nie hintergangen hatte. Anselm hatte Digby aufgrund eines Gerüchts ermordet. Weil er Digby verdächtigt hatte, ihm untreu zu werden. Weil er befürchtet hatte, Digby würde Nicholas Wilton öffentlich beschuldigen, so daß Anselm es nicht würde übergehen können und sich gezwungen sehen würde, seinen Freund, seinen engsten Freund, zu verurteilen.

Digby umzubringen, war ein Fehler gewesen. Das war ihm schon klargeworden, als er vom Fluß nach Hause gegangen war. Digby hatte ihn nicht verraten. Er hatte ihm von seinen Vermutungen erzählt. Wie immer. Warum also hatte er ihn ermordet? Welcher Teufel hatte ihn befallen, seinen Verstand verwirrt und ihn zu dieser Tat getrieben? »O Herr, bitte vergib mir. *Mea culpa, mea culpa, mea maxima culpa.*«

Vielleicht war es doch Gottes Wille gewesen? Vielleicht hatte Digby doch jemandem von seinen Verdächtigungen erzählt? Und hatte Nicholas verraten? Und Gott hatte Anselm doch beauftragt, Nicholas zu beschützen. Zu diesem Zweck hatte er Nicholas und Anselm in der Klosterschule zusammengebracht.

Seit er Nicholas das erste Mal gesehen hatte, wußte Anselm, daß seine Aufgabe darin bestand, Nicholas zu beschützen. Nicholas, der so brillant, bescheiden, schön und zart wie ein Engel war. Natürlich war Nicholas eines von Gottes besonderen Geschöpfen. Dazu ausersehen, in alle Ewigkeit an der Seite Gottes zu sitzen.

Und Anselm war dazu berufen, ihn zu beschützen.

Anselm wußte, was es hieß, schutzbedürftig zu sein. Sein Vater hatte ihr Anwesen als Trainingslager für junge Soldaten benutzt. Anselm hatte seinen Vater enttäuscht, denn er war ruhig und strebsam und zart wie ein Mädchen, wie sein Vater einmal voller Verachtung gesagt hatte. Nur seine Mutter hatte sich um ihn gekümmert. Sein älterer Bruder war wie sein Vater. Seine Schwester war eine Reiterin. Anselm war der einzige Trost seiner Mutter.

Und dann schob sie ihn beiseite, um mit einem jungen Mann ein Techtelmechtel zu beginnen. Trieb ihn aus dem Haus. Dumm, wie er damals war, lungerte er fortan in den Stallungen herum, was seinem Vater eines Tages auffiel. Er nahm ihn ins Training. Ringen. Fechten. Bogenschießen. Anselm erwies sich als ein hoffnungsloser Versager. Die anderen jungen Männer lachten ihn aus. Sein Vater war beschämt. Eines Nachts, nachdem er zuviel Wein getrunken hatte, zerrte er den Knaben aus seinem weichen Bett und übergab ihn seinen Männern zur Befriedigung ihrer Gelüste. »Das macht man mit kleinen Buben, die immer am Rockzipfel hängen.«

Am nächsten Morgen versteckte sich Anselm aus Schmerz und Scham. Schließlich suchte seine Mutter nach ihm. Er erzählte ihr, was geschehen war, obwohl er sich schämte, denn er war sicher, sie würde Mitleid mit ihm haben und sich in irgendeiner Weise für ihn einsetzen. Aber sie wischte alles beiseite. »So geht es eben zu unter Männern, mein kleiner Schwächling. Ich kann dich nicht vor der Welt beschützen.«

Er versuchte, ihr zu erklären, was er für Schmerzen erlitten und welche Angst ihn erfaßt hatte.

Sie lachte. »Glaubst du denn, für mich ist das anders, mein kleiner Dummkopf? Schau das nächste Mal zu, wenn dein Vater zu mir ins Bett kommt. Schau zu.«

Er tat es. Sein Vater schlug sie zuerst und nahm sie dann mit einer Heftigkeit, daß sie vor Schmerzen aufschrie. Danach weinte sie, zusammengekrümmt wie ein kleiner Ball.

Anselm ging zu ihr und versuchte, sie zu trösten. Der Geruch seines Vaters hing im Raum.

Er schwor, seinen Vater zu töten, wenn er sie das nächste Mal so behandeln würde. Anselm paßte auf. Doch dann kam der junge Soldat zu ihr, den seine Mutter sich ausgesucht hatte. Sie zeigte sich ihm in schamloser Weise, zog ihn zu sich und drängte ihn, sich auf sie zu legen. Sie waren wie brünstige Tiere.

Nachdem der Mann gegangen war, kroch Anselm zu seiner Mutter. Überall an ihr haftete der Geruch von Sex. Anselm drückte seinen Kopf zwischen ihre Brüste. Sie stieß ihn weg.

»Ich habe es gesehen.«

»Kleine Schlange. Hinaus mit dir!«

»Du hast gesagt, ich soll zuschauen.«

»Aber nur das eine Mal. Nur damals.«

»Laß mich dich lieben, so wie er es getan hat.«

»Mein Gott!« Sie setzte sich auf und hüllte sich in die Laken. »Dein Vater hat recht. Du bist unnatürlich.«

Er sah Abscheu in ihren Augen. Bei ihr, die ihn geliebt hatte. Der einzige Mensch, der ihn jemals geliebt hatte. Hier stimmte etwas nicht mehr. Er griff nach ihr.

Sie rief nach der Magd. Die herzlose Dirne. Sie hatte ihn gehätschelt und verzärtelt, so lange es ihr gefallen hatte, und als er völlig von ihrer Liebe abhängig geworden war, hatte sie ihn weggeworfen. Er stürzte sich auf sie und versuchte, ihr die Augen auszukratzen. Man zog ihn weg und schickte ihn wieder hinaus zu den Soldaten. Sie hatten ihren Spaß mit ihm – so lange, bis er schließlich einen Beschützer fand.

O ja, er wußte, wie es war, wenn man einen Beschützer brauchte.

Dann hatte man ihn in das Kloster St. Mary gesteckt. Und nun war er an der Reihe, jemanden zu beschützen. Der Herr wußte, daß er diese Aufgabe gut bewältigt hatte. Sogar sein Vater wäre stolz auf ihn. Und auch diese Dirne. Sie hätte ihn zu fürchten gelernt.

Aber war er nicht zu weit gegangen? Konnte er sich im Willen Gottes irren? Es gelang ihm nicht mehr, sich daran zu erinnern, durch welches Zeichen Gott ihm den richtigen Weg gewiesen hatte. Das ängstigte ihn.

Der bedauernswerte Digby. Anselm tat es leid. Er wünschte, er hätte Digby nicht töten müssen.

Kapitel 15

Ein Teil des Puzzles

Toms Worte verfolgten Owen noch am nächsten Morgen. *In ein Wespennest gestochen.* Ja, das hatte er zweifellos getan. Owen ging durch die erwachende Stadt zur Heiligen Dreifaltigkeitskirche. Über Nacht hatte sich der Wind gedreht, und es wehte nun ein mildes Lüftchen, das die gefrorenen Straßen wieder zum Auftauen brachte. Er stapfte durch den Schneematsch, der durch seine Stiefel drang und dessen nasse Kälte er schmerzhaft an seinen Füßen spürte. Feuchter Nebel legte sich über sein Gesicht und seinen Hals. Der verfluchte Norden. Um wieviel kälter mußte es aber Digby gewesen sein, als er im Wasser der Ouse untergetaucht war. Owen fröstelte, als er die von Kerzen erhellte Kirche betrat. Es roch nach Bienenwachs und Rauch, hauptsächlich aber nach feuchten Steinplatten. Das flackernde Licht der Kerzen störte sein Auge. Er wich zur Seite hin aus, wo es ein wenig dunkler war.

Die Worte, die der Priester über dem Sarg sprach, klangen wenig aufrichtig. Er wies auf die Bedeutung eines Ablaßkrämers hin, sprach davon, daß Gott in seiner Gnade Digby aus dem Schmutz der Stadt des Ungeziefers emporgehoben und zum Münster geführt habe. Dabei warf der Priester einen vielsagenden Blick auf Magda Digby, die etwas abseits stand und die Gruppe der Trauergäste beobachtete. Auf der anderen Seite stand der Schreiber des Erzdiakons, der Anselm vertrat. Nicht weit von Owen entfernt stand Johannes, der Vertreter des Erzbischofs. Witwe Cartwright, die ganz in Schwarz gekleidet war, hatte sich unmittelbar vor die Kanzel gestellt. Dazu kamen noch rund zehn Personen, hauptsächlich weißhaarige Frauen, die auf jeder Beerdigung erschienen, die in der Gemeinde abgehalten wurde. Ihre Antwortgebete hallten dumpf wider in dem steinernen Gebäude.

Draußen vor den Gräbern breitete sich der Nebel, der vom

Fluß heraufzog, wie ein Leichentuch über der Trauergemeinde aus. Der Priester sprach ein paar Worte, warf eine Schaufel Erde auf den Sarg und zog sich dann zurück. Um ein warmes Frühstück zu sich zu nehmen, kein Zweifel. Auch die anderen verließen den Friedhof, bis auf Magda Digby, die sich vor dem offenen Grab hinkniete und trockene Blätter, Zweige und Blumen auf den Sarg hinunterwarf. Sie flüsterte vor sich hin, während sie ihr Werk verrichtete.

Owen beobachtete sie, erfüllt von einer Schwermütigkeit, die er sich nicht erklären konnte. Er hatte für zuviel Wirbel gesorgt. Er war offensichtlich zu ungeschickt vorgegangen. Das war zwar unangenehm, doch er konnte damit leben. Doch was er nicht ertragen konnte, war der Gedanke, daß durch seine Unzulänglichkeit ein Mensch sein Leben verloren hatte. Sogar im Krieg vermied man Operationen, die mehr Menschenleben kosteten als unbedingt nötig. Doch Digby war kein Soldat gewesen. Und hier war kein Krieg. Niemand sollte hier aufgrund eines Fehlers von Owen sein Leben verlieren. Es war verkehrt gewesen, Digby für sich einzuspannen. Verkehrt. Und seiner Bequemlichkeit und Arroganz entsprungen. Er hatte Digby als jemanden betrachtet, den man benutzen konnte. Einen Ablaßkrämer. Der sowieso schon schmutzig war. Und schuldig.

Magda versuchte mit großer Mühe, wieder aufzustehen. Sie stützte sich mit der einen knochigen Hand auf dem schlammigen Boden ab, die andere hatte sie auf den Rücken gepreßt. Owen bot ihr seine Hand an. Dunkle, umschattete Augen blickten ihn an.

»Danke Euch. Magda weiß über Euch Bescheid. Potter hat es mir erzählt. Thoresby hat Euch geschickt, genau, wie Magda gesagt hatte.«

Owen schaute sich um, denn er fürchtete, jemand könnte sie hören. Er sah niemanden, doch der Nebel konnte trügen. »Ich bin Wiltons Lehrling«, sagte er so laut, daß jeder Lauscher es hören mußte.

»O ja.« Sie kaute auf ihrem Zahnfleisch herum und musterte

ihn. »Magdas Sohn hat Euch geholfen. Potter hat Euch für einen guten Menschen gehalten.« Sie nickte, klopfte Owen auf die Schulter und trottete davon.

»Es tut mir leid, daß er tot ist!« rief Owen ihr hinterher.

Sie warf ihm einen Blick über die Schulter zurück. »Euch und mir. Die anderen kümmert's einen Dreck.« Sie zuckte mit den Achseln. »Potter hätte bei mir unten am Fluß bleiben sollen. Ich hätte ihm alles beigebracht, was er wissen mußte. Ablaßkrämer sind tote Männer.« Sie hüllte sich in ihren Umhang und verschwand im Nebel.

Während er Magda nachschaute, dachte Owen über ihre Worte nach. Sie glaubte offenbar, das Interesse, das der Erzdiakon ihrem Sohn entgegengebracht hatte, sei letztlich verantwortlich für seinen Tod. Der Erzdiakon. Er hatte versucht, sich Owen vom Hals zu schaffen. War er auch daran interessiert gewesen, seinen Kirchendiener zum Schweigen zu bringen, nachdem dieser begonnen hatte, Fragen über Montaigne zu stellen? Hätte Owen seinen Tod verhindern könne, wenn er ihm erzählt hätte, daß Wulfstan den Erzdiakon aufgesucht hatte? Owen betete darum, daß dies nicht der Fall war.

Erzbischof Thoresby, der Lordkanzler von England, lehnte sich in seinem Sessel zurück und schloß die Augen. »Es war sehr klug von Euch, damit zu mir zu kommen, Campian. Es wäre nicht richtig, die Besorgnisse Eures Arztes anderen zu offenbaren. Oder auch Eure.«

»Ich wußte, daß Ihr daran interessiert seid, Fitzwilliams Tod zu untersuchen. Aber der Ablaßkrämer hat Bruder Wulfstan befragt. Und dies beunruhigte mich.«

»Ihr sagt, Archer wußte von dem Besuch des Ablaßkrämers?«

»Ja.«

»Ich bezweifle, ob er sich ihn als Gehilfen gewählt hat.«

»Er hat nicht gesagt, daß er Digby geschickt hat.«

Thoresby beugte seinen Kopf für eine Weile nach vorn, um

nachzudenken. Entweder vertraute er Archer oder nicht. Er konnte ihn nicht nur von Fall zu Fall unterstützen. »Ihr solltet Bruder Wulfstan ermutigen, mit meinem Mann zu sprechen.«

»Er mißtraut dem Waliser.«

Thoresby hob eine Augenbraue. »Vielleicht hat der Klosterdoktor eine bessere Menschenkenntnis als der Erzbischof.«

Sie lächelten beide über sein Witzchen.

»Ich werde Bruder Wulfstan entsprechend anweisen.«

»Es ist interessant, daß Anselms Ablaßkrämer solch großes Interesse an Montaigne gezeigt hat. Und zu meinem Küster hat er keine Fragen gestellt?«

»Nein, zu Fitzwilliam nicht.«

Der Erzbischof schloß erneut seine Augen. Es ärgerte ihn, daß er die Verbindung zwischen dem Ritter und Lady d'Arby nicht bedacht hatte. Hier galt es, einen kompliziert verschlungenen Knoten aufzulösen. Und dies alles wegen des Schurken Fitzwilliam. Wie komisch, wenn sein Küster tatsächlich ein unschuldiges Opfer gewesen wäre. In dieser Angelegenheit war vieles seltsam. Der Ablaßkrämer hatte von sich aus eingegriffen. Warum? Und jetzt war auch er tot. Hatte den Klosterarzt befragt, mit dem Erzdiakon gespeist und war dann ertrunken. Ein Mann, der unten am Fluß aufgewachsen war, einfach ertrunken. Das schmeckte Thoresby nicht. Es bedeutete Ärger für das Münster.

»Weshalb mißtraut Bruder Wulfstan Archer?«

Der Abt zwinkerte entschuldigend. »Ich muß gestehen, ich weiß es nicht. Er behält alles für sich. Wir sind schweigsame Menschen. Das ist die Vorschrift.«

»Sagt mir eines – hat mein Mann Archer die Abtei aufgesucht?«

»Ja. Er trug ein Schreiben von Master Roglio bei sich, dem Arzt des verstorbenen Herzogs.«

»Roglio ist auch mein Arzt.«

Campian errötete, als er den Zusammenhang erkannte, der ihm bis jetzt entgangen war. »Und Euer Arzt. Ich weiß nicht viel von dieser Angelegenheit, Euer Gnaden. Doch Euer Küster ist unter Wulfstans Obhut gestorben.«

»Ich glaube nicht, daß Euer Doktor ein Mörder ist, Campian. Er ist vielleicht seiner Aufgabe nicht mehr so gut gewachsen wie früher, doch er ist kein Mörder.«

Campian wischte sich über die Augenbrauen. »Gott sei Dank. Er ist mein ältester Freund.« Er nahm einen Schluck Wein. Seine Hand zitterte. »Aber dann wußtet Ihr ja, daß Archer ihn aufgesucht . . .«

»Er hat mir von dem Besuch nichts gesagt, also habe ich gefragt. Wulfstans Mißtrauen spiegelt vielleicht ganz einfach nur seine eigene Schuld wider. Er vermutet, daß es Archers Auftrag ist, die beiden Todesfälle zu untersuchen.«

Campian nickte. Dann sagte er zögernd, ohne sein Gegenüber anzuschauen: »Da gibt es noch etwas, Euer Gnaden.«

Mon Dieu, noch ein kleiner Skandal?

»Diese Fragen nach Montaignes Grab. Ihr wollt ihn doch nicht exhumieren lassen?«

»Weshalb sollten wir das tun?«

»Um nach Spuren von Gift zu suchen?«

Was nun? Hatten sie die Leiche vielleicht an Reliquienhändler verkauft? Thoresby kannte Campian nicht so gut, wie es nötig gewesen wäre. Der Abt war schon im Amt gewesen, bevor Thoresby zum Erzbischof ernannt worden war. Campian war keiner von seinen Leuten. Er schien aufrichtig und offen zu sein, doch Thoresby hatte schon viele begnadete Schauspieler kennengelernt. Er wollte keinen weiteren Skandal riskieren. »Ich glaube, daß nicht einmal Roglio genügend über diese Zusammenhänge weiß, um durch eine solche nachträgliche Untersuchung die Todesursache festzustellen. Es ist die Seele, die den Täter entlarvt. Die Tat.«

Campian wischte sich erneut über seine Augenbrauen. »Ich bin sehr erleichtert. Der Frieden von St. Mary ist in jüngster Zeit schon zur Genüge gestört worden. Zwei Todesfälle haben für Aufsehen gesorgt. Einige meiner jungen Mönche wurden nach Hause zurückgerufen. Mehrere der älteren Brüder haben sich geweigert, Wulfstans Balsam auf ihre schmerzenden Gelenke aufzutragen. Viele haben vor dem Aderlaß im Frühjahr diesmal mehr Angst als sonst. Der arme Wulfstan weiß dies alles und ist ziemlich bedrückt. Es scheint, daß nur noch Bruder Michaelo die Krankenstation aufsucht.«

»Michaelo? Ihn kenne ich nicht.«

»Ein adretter junger Mann. Und faul. Sucht immer nach einer Möglichkeit, sich vor der Arbeit zu drücken. Was mich zu einem weiteren Punkt bringt. Michaelo hat sich in der Krankenstation aufgehalten, als der Ablaßkrämer Bruder Wulfstan befragt hat. Und später an diesem Tag hat er um die Erlaubnis gebeten, den Erzdiakon wegen einer Familienangelegenheit aufzusuchen. Seine Familie hat einen beträchtlichen Betrag für die Hatfield-Kapelle gespendet. Sie hofft, das Wohlwollen des Königs zu gewinnen.«

Michaelo. Ein Verbindungsglied. »Ein adretter junger Mann, sagt Ihr?«

Campian seufzte. »Ich vermute, Anselm ist von seinem Entschluß, all dies aufzugeben, wieder abgekommen.«

»Ich habe nie daran geglaubt, daß er es aufgeben wollte, Campian. Ich habe ihn nicht wegen seiner Tugendhaftigkeit ausgewählt.« Thoresby erhob sich. »Diese Angelegenheit bereitet mir immer mehr Schwierigkeiten. Ich muß darüber nachdenken, was zu tun ist.«

Auch Campian stand auf. »Ich überlasse es Euch, Euer Gnaden. Wenn ich in irgendeiner Weise helfen kann, bitte laßt es mich wissen.«

»Fürs erste könnt Ihr Archer die Erlaubnis geben, mit Wulfstan zu sprechen.«

Abt Campian verbeugte sich und sagte: »Euer Gnaden.« Dann ging er.

Längere Zeit stand Thoresby noch am Fenster und durchdachte verschiedene Möglichkeiten. Dann ließ er Johannes rufen. »Es ist an der Zeit, Archer auf einen Becher Wein herzubitten. Für heute abend, Johannes. Vor dem Abendessen.«

Owen hatte schon den halben Weg zur Apotheke zurückgelegt, als der Bote von St. Mary ihn einholte.

»Gott sei mit Euch.« Der Knabe preßte seine Handflächen zusammen, nickte und blickte dann auf zu Owen. »Hauptmann Archer?«

»Gut geraten. Wie viele einäugige Männer gibt es denn in York?«

Der Knabe verzog das Gesicht und dachte nach. »Sieben, glaube ich. Nein. Cowely hat gar keine Augen mehr. Aber . . .«

Owen bedeutete ihm zu schweigen. »Das spielt keine Rolle. Was bringst du mir für eine Nachricht?«

»Der Abt läßt ausrichten, Ihr könnt heute morgen mit Bruder Wulfstan sprechen, Hauptmann.«

Abt Campian begrüßte Owen feierlich. »Seine Gnaden hat mir mitgeteilt, ich könne Euch vertrauen. Ich habe Bruder Wulfstan gesagt, daß er Euch Auskunft geben soll. Ihr könnt jetzt zu ihm gehen.«

Owen dankte ihm. »Eine Frage noch. Weiß Bruder Wulfstan, wie der erste Pilger hieß?«

Campian nickte. »Ich habe es ihm gesagt, nachdem der Ablaßkrämer gegangen war. Ich dachte mir, der Erzdiakon hätte Digby geschickt, um das herauszukriegen. Ich habe Bruder Wulfstan angewiesen, dem Erzdiakon den Namen zu nennen.«

Owen stöhnte auf. »Und hat er ihm den Namen gesagt?«

»Nein.« Der Abt sah belustigt aus. »Bruder Wulfstan hat mir den Gehorsam verweigert. Nicht, daß er den Erzdiakon angelogen hätte. Wulfstan ist unfähig zu lügen. Das konnte er noch nie. Der Erzdiakon hat ihn nicht direkt nach dem Namen gefragt.«

»Gott sei Dank«, meinte Owen und begab sich auf den Weg zur Krankenstation. Wulfstan mochte ein schlechter Lügner sein, doch er war mit Sicherheit dazu imstande, jemanden irrezuführen. Und es gab noch eine weitere interessante Tatsache.

Wulfstan hatte den Namen des Pilgers schon gewußt, als er mit Lucie Wilton gesprochen hatte, doch auch ihren Fragen war er offenbar ausgewichen. Die beiden verband ein Geheimnis. Aber sie teilten nicht alle Geheimnisse miteinander.

Der Novize Henry saß am Tisch und las in einem Manuskript. Bruder Wulfstan döste am Feuer.

»Er ist müde«, flüsterte Henry, als Owen eintrat. »Könnt Ihr nicht ein andermal kommen?«

»Nein, das kann ich nicht.«

Henry ging hinüber und weckte Wulfstan mit einer Sanftheit, die Owen rührend fand.

Wulfstans verschlafene Augen brauchten einige Zeit, bis sie Owen erkannten. »Oh. Ja. Abt Campian sagte, Ihr würdet mich aufsuchen.«

»Können wir allein sprechen?«

Henry blickte Wulfstan an, und dieser nickte. »Mach eine Meditation über das, was du heute morgen gelesen hast. Wir werden am Nachmittag darüber sprechen.«

Der junge Mann rollte das Manuskript zusammen, steckte es ein und ging hinaus.

»Er ist ein guter Junge.«

Owen setzte sich dem alten Mönch gegenüber. »Verzeiht mir, daß ich gleich zur Sache komme, doch Ihr müßt erfahren, weshalb ich hier bin, daher möchte ich mich nicht mit irgendwelchen Spielchen aufhalten.«

Wulfstan nahm eine kühle, fast feindselige Haltung an. »Ihr habt mit mir gespielt. Ihr seid ein Mann des Erzbischofs. Das hättet Ihr sagen sollen.«

»Ich hoffte, so wenig wie möglich offenbaren zu müssen. Hat Euer Abt Euch darauf hingewiesen, daß Ihr darüber Stillschweigen bewahren sollt?«

»Darauf muß man mich nicht hinweisen.«

Die Feindseligkeit des alten Mönches enttäuschte Owen, doch er konnte es Wulfstan nicht verdenken. Er hätte genauso reagiert. Es war am besten, das Ärgste gleich hinter sich zu bringen. »Es geht um folgendes. Ich glaube, daß Geoffrey Montaigne vergiftet wurde. Und vielleicht auch Sir Oswald Fitzwilliam.«

Wulfstan blickte auf seine Sandalen hinunter, doch Owen bemerkte die Schweißtropfen, die auf seiner Stirn standen.

»Ich beschuldige nicht Euch, Bruder Wulfstan. Ich glaube vielmehr, daß irgend jemand Euch benutzt hat. Ich vermute, Ihr habt das Verbrechen entdeckt und seid jetzt in Sorge, daß man Euch dafür verantwortlich macht.«

Wulfstan sagte nichts.

»Wenn Ihr mir sagt, was Ihr wißt, wird St. Mary einiges an Ärger erspart bleiben.«

Der Klosterarzt blickte mit verängstigten Augen auf. »Welche Art von Ärger?«

»Die Exhumierung von Montaignes Leiche.«

»Nein, Herr im Himmel, nein. Bitte stört Geoffreys Ruhe nicht.«

»Ich will das auch nicht. Seid Ihr bereit, mir zu sagen, was Ihr wißt?«

»Ich dachte, der Erzbischof wäre daran interessiert, etwas über den Tod von Fitzwilliam zu erfahren?«

»Ich glaube, die beiden Todesfälle hängen zusammen.«

Wulfstan seufzte und blickte hinunter auf seine Hände.

»Wen versucht Ihr zu schützen?«

Der alte Mönch stand auf und stocherte im Feuer. »Mein Abt wünscht, daß ich Euch unterstütze. Aber es ist sehr schwierig für mich.« Er machte sich weiter am Feuer zu schaffen. »Wer wird noch erfahren, was ich Euch sage?«

»Das wird davon abhängen, was ich herausfinde. Vielleicht werde ich es niemandem außer Seiner Gnaden berichten.«

»Und Ihr werdet Geoffreys Totenruhe nicht stören?«

Wulfstan kehrte an seinen Platz zurück. Er faltete seine Hände und neigte den Kopf. »Ich bin davon überzeugt, daß es ein Unglücksfall war.«

»Was?«

»Ich habe es erst entdeckt, nachdem Fitzwilliam . . . Ich hatte keine Ahnung, daß die Medizin tödlich war.« Er warf Owen einen ängstlichen Blick zu. »Er war ja schon krank, müßt Ihr wissen. Er muß schon krank gewesen sein.«

»Nicholas Wilton?«

Wulfstan schloß die Augen. Dann nickte er einmal.

»Erzählt mir genau, was passiert ist.«

Unter großem Händeringen erzählte ihm Wulfstan die Geschichte. Den Großteil der Geschichte. Er verschwieg die seltsamen Fragen, die Nicholas gestellt hatte, als Wulfstan wegen der Medizin zu ihm gekommen war. Und daß er mit Lucie Wilton über seine Entdeckung gesprochen hatte, erwähnte er auch nicht.

Was Owen da vernahm, war für ihn wie eine Offenbarung. »Ihr habt Euch nichts dabei gedacht, als Montaigne ihn einen Mörder nannte?«

»Er lag im Fiebertraum. In der Regel ignoriere ich Aussagen, die ein Kranker in einem derartigen Zustand von sich gibt.«

Owen stand auf, ging einige Minuten hin und her und dachte über das nach, was er soeben gehört hatte. Wulfstan saß auf seinem Platz, hatte die Hände in die Ärmel geschoben und starrte in das Feuer. Doch sein Gesicht verriet ihn, es war schweißbedeckt und gerötet. Er hatte noch nicht alles erzählt, was er wußte. Owen war deswegen nicht überrascht. Er hatte nicht damit gerechnet, daß es leicht sein würde.

»Was habt Ihr getan, nachdem Ihr entdeckt hattet, wieviel Aconitum in dem Medikament enthalten war?«

»Ich habe es weggeworfen.«

»Wohin?«

»Ich . . .« Wulfstan schloß die Augen. Offensichtlich suchte er nach einer für ihn ungefährlichen Antwort. »Ich habe es verbrennen lassen.«

»Ihr habe Euren Novizen den Auftrag gegeben, es zu verbrennen?«

»Ich . . . Nein.« Der Mönch konnte nicht lügen. Darauf baute Owen. Er mußte nur Geduld aufbringen.

»Also wo habt Ihr es hingebracht?«

»Ich habe es einem Freund gegeben.«

»Also weiß noch jemand davon?«

»Er wird mit niemandem darüber reden.«

»Wollt Ihr immer noch Spielchen mit mir treiben?«

Die Röte im Gesicht verstärkte sich. »Ihr wißt jetzt, daß Ihr Geoffrey nicht zu exhumieren braucht. Ihr wißt, wodurch er zu Tode gekommen ist. Ist das noch nicht genug?«

»Seid Ihr denn sicher, daß die tödliche Dosis Aconitum in diesem Medikament nur ein Unglücksfall war?«

»Was hätte es denn sonst sein sollen? Ich kannte damals den Namen des Pilgers noch nicht, also konnte ich ihn Nicholas Wilton auch nicht sagen.« *Aber Nicholas hat diese komischen Fragen gestellt. Er hat gewußt, für wen er die Medizin zubereitete.*

»Er ist nicht mehr im Kloster gewesen, nachdem Geoffrey zu uns kam. Wie konnte er also wissen, für wen das Medikament bestimmt war? Und warum sollte er einen Fremden vergiften?«

Schweiß lief Wulfstan den Rücken hinunter, und er rutschte unbehaglich hin und her. Wenn er nun einen Mörder deckte? Was war dann? Lucie Wilton war unschuldig. Sie mußte er schützen. Aber was war mit Nicholas' Fragen? Und der Lähmung. War sie durch den Schock hervorgerufen worden, den der Anblick seines Opfers ihm bereitete hatte, durch das Gewicht der Sünde, das seine Seele bedrückte?

»Ich habe gefragt, ob Ihr sicher sein könnt, daß es sich um einen Unglücksfall handelte, Bruder Wulfstan?«

Wulfstan tupfte sich die Stirn ab. Rückte auf seiner Bank herum. Schloß seine Augen und bedeckte das Gesicht mit den Händen. Owen hörte, wie er in sich hineinmurmelte. Der Pfeil hatte sein Ziel getroffen, dessen war er sich ganz sicher.

Schließlich setzte sich Wulfstan aufrecht hin und blickte Owen in die Augen. Owen sah die Angst, die in seinem hochroten Gesicht stand. »Man kann einem anderen Menschen nicht in das Herz schauen. Nicholas war für mich immer ein ausgezeichneter Apotheker und ein guter Mensch. Doch ich bekenne, ich weiß nicht, was ich von seinem Verhalten an diesem Tage halten soll. Er hat Fragen zu dem Patienten gestellt, Fragen, von denen ich nicht glaube, daß sie . . .«, er runzelte die Stirn, während er nach dem passenden Wort suchte, »etwas damit zu tun hatten, den Zustand des Patienten zu diagnostizieren.«

Owen entlockte Wulfstan behutsam diese Fragen, bis ihm schließlich klar wurde, daß Nicholas Wilton dadurch genug erfahren hatte, um die Identität des Pilgers erraten zu können. »Verzeiht mir, daß ich Euch dies alles zumute. Es fällt mir nicht leicht, Euch zu verhören.«

Wulfstan nickte. Tränen schimmerten in seinen Augen.

»Sagt mir, könnt Ihr sicher sein, daß die Medizin, die Ihr untersucht habt, von Nicholas zusammengestellt worden ist?«

Wulfstan seufzte. »Ich bin sicher.«

»Niemand könnte sie Euch untergeschoben haben?«

»Ich hatte sie sorgfältig markiert.«

»Und es wäre Euch aufgefallen, wenn jemand sie ausgetauscht hätte?«

Wulfstan gab sich geschlagen. »Ich glaube, es wäre mir aufgefallen. Ich vermute, ich kann nicht völlig sicher sein.«

»Sehr bedauerlich, daß Ihr die Medizin weggegeben habt.«

»Ich wollte sie loswerden. Ich hatte Angst, es würde sie vielleicht noch jemand unabsichtlich zu sich nehmen.«

»Dann haben also auch andere Personen Zugang zu den Medikamenten?«

»Niemand hat die Erlaubnis. Aber wenn mir irgend etwas passieren sollte . . .«

»Wer hat die Medizin verbrannt?«

»Ich habe es Euch schon gesagt. Ein Freund.«

»Hier im Kloster?«

Die Augen flackerten. »Nein.«

»Irgend jemand in der Stadt?«

Wulfstan hob sein Kinn entschlossen. Er würde niemanden verraten, der unschuldig war. »Ich habe nicht gesehen, wo sie verbrannt wurde. Ich weiß nicht genau, wo sie vernichtet wurde.« Er holte tief Luft.

Owen fragte sich, wen der alte Mönch wohl mit solcher Hartnäckigkeit zu schützen versuchte. Wer mochte ihn zu solch heldenhaftem Schweigen verleiten? Wem hatte der Mönch so weit vertraut, daß er ihm seine Entdeckung mitteilte?

Und dann ging Owen ein Licht auf. Jene Person, welcher der Mönch auch neulich seinen Kummer anvertraut hatte. Jene, mit der er ein Geheimnis teilte.

»Ihr habt Mistress Wilton von Eurer Entdeckung erzählt?«

Wulfstan beugte seinen Kopf und machte das Kreuzzeichen. Er kämpfte gegen seinen Wunsch an, den einäugigen Fremden zu verfluchen.

»Ihr glaubtet, sie sollte es wissen. Damit der Irrtum sich nicht wiederholen würde.«

Der alte Mönch sagte kein Wort.

»Ich muß wissen, wer von dieser Angelegenheit erfahren hat«, sagte Owen nachdrücklich. »Falls Nicholas nicht der Mörder war, sondern irgend jemand, der sich noch auf freiem Fuß befindet, dann ist jeder, der etwas weiß, in Gefahr. Ich warne Euch. Und ich muß Euren Freund warnen.«

Wulfstan blickte ungläubig auf. »In Gefahr?«

»In einer Situation wie dieser stellt jedes Wissen eine Gefahr dar.«

»*Deus juva me*. Daran hatte ich nicht gedacht.«

»War es Mistress Wilton?«

»Nun, da ich das weiß, kann ich ja meinen Freund warnen.«

»Denkt doch einmal nach. Ich arbeite in Wiltons Apotheke. Wenn ich weiß, das Mistress Wilton in Gefahr schwebt, dann kann ich sie beschützen.«

Das kann er gewiß, dachte Wulfstan. Dieser breitschultrige Mann konnte Lucies Beschützer sein. Und was konnte dagegen Wulfstan tun? Wie sollte er sie beschützen? »Ja, ich habe es Lucie Wilton erzählt, damit sie ein Auge auf Nicholas haben sollte. Und ich habe sie gebeten, die Medizin zu verbrennen.«

»Es ist Euch bestimmt nicht leichtgefallen, ihr davon zu erzählen.«

»Ich habe es nicht gern getan.«

»Für sie muß es ein Schock gewesen sein.«

»Lucie Wilton ist eine mutige Frau. Sie hat es gefaßt aufgenommen. Sie hat sofort verstanden, weshalb ich sie ins Vertrauen gezogen habe.«

»Sie hat nicht aufgeschrien und die Hände gerungen?«

»Das ist nicht ihre Art.«

»Für Euch muß es eine große Erleichterung gewesen sein. Ihr habt wahrscheinlich keine große Erfahrung darin, wie man mit einer ohnmächtig gewordenen Frau umgeht.«

»Ich hätte es ihr nicht gesagt, wenn ich gewußt hätte, daß sie es nicht würde ertragen können.«

»Sie war überhaupt nicht schockiert?«

Wulfstan legte die Stirn in Falten. Die Frage deutete in eine unangenehme Richtung. »Ich glaube nicht, daß sie es mir offen gezeigt hätte, wenn sie schockiert gewesen wäre.«

»Kennt Mistress Wilton die Identität des Pilgers?«

»Nein.«

»Seid Ihr Euch sicher?«

Wulfstan zuckte mit den Achseln. »So sicher, wie ein Seele sich über eine andere sein kann.«

»Er war der Geliebte ihrer Mutter. Wußtet Ihr das?«

Bruder Wulfstan errötete. »Ich habe es erfahren.«

»Und niemand aus der Familie von Mistress Wilton, weder ihr Vater noch ihr Ehemann, wußte, daß Montaigne sich im Kloster aufhielt?«

Wulfstan schüttelte den Kopf. »Ich kann mir nicht denken, wie sie es erfahren haben sollten.«

Das reichte. »Es tut mir leid, daß ich Euch das antun mußte. Mistress Wilton kann sich glücklich schätzen, Euch als Freund zu haben, Bruder Wulfstan. Ich werde Euch nicht weiter bedrängen.« Owen stand auf. »Ich danke Euch für Eure Auskünfte. Ich werde sie nur dazu verwenden, die Wahrheit aufzudecken.«

Bruder Wulfstan dankte ihm und begleitete ihn zur Tür.

»Denk daran. Paßt auf Euch auf. Vertraut niemandem.«

»Nicht einmal Abt Campian?«

»Nein.«

»Oder Lucie Wilton?«

Ihr erst recht nicht. »Behaltet einfach alles für Euch und traut niemandem. Wenn ich die volle Wahrheit weiß, werde ich Euch informieren, damit Ihr Eure Wachsamkeit wieder aufgeben könnt.«

»Ihr werdet auf Lucie Wilton aufpassen?«

»Das verspreche ich Euch.«

Wulfstan glaubte Owen. Aber das änderte nichts daran, daß er sie wie ein Verräter fühlte. Er kniete sich vor seinem kleinen Altar der Heiligen Muttergottes nieder und betete.

Kapitel 16

Die Alraune

Der Wind trug den Geruch des Flusses mit sich. Owen stampfte gedankenverloren durch den Schnee und das Eis. Wulfstan hatte Lucie Wilton schützen wollen. Owen wollte Lucie Wilton ebenfalls beschützen. Und Nicholas wollte sie höchstwahrscheinlich auch schützen, sie war schließlich seine Frau. Jeder sorgte sich um die hübsche Lucie. Doch was war, wenn sie insgeheim über sie alle lachte und die Macht, die sie über sie besaß, zu ihren eigenen Zwecken ausnutzte? War es möglich, daß Lucie Genaueres über den Pilger erfahren und Rache genommen hatte? Diese Frage bedrückte ihn schwer. Hatte sie etwa die Medizin zusammengestellt und sie Nicholas gegeben, damit er sie überbringen sollte?

Lucie war gerade mit einem Kunden beschäftigt, als Owen die Apotheke betrat. Er nickte ihr zu und ging in die Küche. Das Dienstmädchen schrubbte unter den kritischen Augen von Bess Merchet den Steinboden vor dem Herd.

»Sag Owen guten Morgen, Tildy.«

Tildys riesige Augen standen in einem schmalen, bleichen Gesicht, das bis auf ein Feuermal an der linken Wange recht hübsch war. Sie wollte aufstehen.

»Das ist nicht notwendig«, sagte Bess. »Sag einfach nur hallo.«

»Morgen, Master Owen.« Ihre Stimme zitterte angespannt, und sie sprach zu seinen Füßen.

»Nicht ›Master‹, Tildy. Er ist der Lehrling.«

Owen grinste. »Guten Morgen, Tildy. Ich sehe, daß du viel zu tun hast. Ich werde versuchen, dir nicht in die Quere zu geraten.«

Tildy lächelte dankbar.

Bess schniefte.

Tildy zog ihre Schultern ein, als erwarte sie einen Hieb. Als dieser ausblieb, beugte sie sich wieder über ihre Arbeit und schrubbte mit einer Energie darauflos, als wolle sie den Stein zerreiben.

»Vielleicht sollte ich nach dem Master sehen«, meinte Owen.

Bess seufzte und schüttelte den Kopf. »Nicht nötig. Der Erzdiakon ist bei ihm.«

Lucie rief von der Tür aus nach Owen. »Kümmert Euch um den Laden, Owen. Ich muß nach Nicholas sehen.«

Er ging nach vorne und war froh, Bess' aufmerksamem Blick zu entfliehen. Nun, da er die Merchets ins Vertrauen gezogen hatte, wurde er nervös, wenn er sich in deren Gesellschaft befand, denn er fürchtete, einer von ihnen könnte sich versprechen und ihn dadurch verraten. Und die Art, wie Bess ihn beobachtete, bereitete ihm Unbehagen; er hatte das Gefühl, sie wisse von seinen Sünden, wisse, daß er ein Galgenvogel war. Er bemitleidete Tildy.

Lucie stieg ängstlich, aber entschlossen die Treppe hinauf. Sie schob ihren Schleier zur Seite und lehnte sich an die Tür.

»Er war ein sterbender Mann, Nicholas.«

»Erst Montaigne und jetzt Digby. Anselm, wo wird das noch enden?«

»Du darfst dich nicht aufregen, Nicholas. Vergiß die beiden.«

»Du bist so kalt.«

»Hast du so ein kurzes Gedächtnis? Geoffrey Montaigne hat dich damals überfallen und halbtot liegen lassen.«

»Als er mich an jenem Abend gesehen hat, Anselm. Sein Gesicht.«

Lucie unterdrückte einen Aufschrei. Geoffrey Montaigne. Der Geliebte ihrer Mutter. Sie sank auf der obersten Stufe zu Boden. Geoffrey Montaigne und Nicholas? Was, um Himmels willen war zwischen ihnen vorgefallen? Und warum sprachen die beiden jetzt von Geoffrey? Er war verschwunden, nachdem ihre Mutter gestorben war.

Sie lehnte sich wieder an die Tür. Jemand weinte. Das mußte

Nicholas sein. Sie konnte sich nicht vorstellen, daß der Erzdiakon weinte. Das Ungeheuer würde die Fortschritte, die Nicholas dank ihrer Pflege erzielt hatte, wieder zerstören. Anselm murmelte etwas.

»Ich... Tu es nicht. Es geht mir gut«, sagte Nicholas. »Nur... Ich muß... es gibt ein paar Dinge, die ich sagen muß.«

Erst Montaigne und jetzt Digby. Worin bestand die Verbindung zwischen beiden? Lucie saß im Dunkeln und versuchte, sich einen Reim auf das zu bilden, was sie eben gehört hatte. *Geoffrey Montaigne hat dich damals überfallen und halbtot liegen lassen.* Wulfstan hatte Nicholas erzählt, der Pilger habe nicht glauben wollen, daß er Apothekenmeister sei, weil er gedacht habe, Nicholas sei schon tot. Und der Pilger hatte zusammen mit ihrem Vater in Frankreich gekämpft. Das mußte es sein. Der Pilger war Geoffrey Montaigne. Gütiger Gott im Himmel. Was hatte das zu bedeuten? Weshalb hatten er und Nicholas eine Auseinandersetzung gehabt? Warum hatte sie davon nichts erfahren?

»Du darfst ihr nichts antun, Anselm.«

»Wir reden nicht von ihr.«

»Anselm, das mußt du mir versprechen.«

»Sie haben dich zerstört, Nicholas. Zuerst ihre Mutter – und jetzt sie. Sie sind... Teufel.«

Lucie war bestürzt über die Gehässigkeit, die in der Stimme des Erzdiakons lag.

»Lucie ist eine gute Frau.«

»Sie hat dich verblendet. Und jetzt hat sie unten ihren einäugigen Geliebten und wartet darauf, daß du stirbst.«

Das Ungeheuer. Lucie war kurz davor, in die Kammer zu laufen und ihm die Augen auszukratzen. *Nein, Nicholas. Höre nicht auf ihn.*

»Du bist blind, Anselm.« Nicholas' Stimme klang matt. Sie sollte sich eigentlich um ihn kümmern. Doch wenn Anselm den Verdacht hegen würde, sie könnte gelauscht haben – Herr im Himmel, er hatte derart haßerfüllt gesprochen. Sie hatte das

Gefühl, er könne durch die Tür sehen und würde sie mit seinen Augen verfolgen, seinen kalten, unmenschlichen Augen. Sie floh in die Küche.

Tildy blickte auf, als Lucie atemlos hereinstürzte und sich gegen den Türrahmen lehnte. »Mistress Wilton!«

»Lucie, was ist los?« fragte Bess, die sogleich in der Küche erschien.

Sie schüttelte den Kopf. »Nichts. Ich war . . .« Sie schüttelte abermals den Kopf. »Ich muß zurück an die Arbeit.«

»Unsinn. Schau dich doch einmal an.«

»Es ist nichts, Bess. Bitte.« Sie eilte in den Laden.

Auch Owen wunderte sich, als er sie sah. Ihr Schleier saß schief. An den Schläfen schauten Haarsträhnen unter ihrer Haube hervor und fielen lockig ihre Wangen herunter. »Ihr hättet Euch nicht zu beeilen brauchen.«

»Ich brauche einige Töpfe vom obersten Regalbrett. Es ist einfacher, wenn ich sie Euch herunterreichen kann.« Sie war außer Atem.

»Vielleicht solltet Ihr Euch eine Weile hinsetzen.«

Sie überraschte ihn dadurch, daß sie auf die Bank hinter dem Ladentisch niedersank. Schatten hatten sich auf der bleichen Haut unter ihren Augen gebildet. Fühlte sie Schuld, oder lag es an der Sorge um Nicholas? Owen hoffte, daß die Sorge und die Arbeitsüberlastung dafür verantwortlich waren. Sie rieb sich einen Ellbogen, als verspüre sie dort Schmerzen.

»Kann ich Euch irgend etwas bringen?«

Sie schüttelte den Kopf. »Ihr braucht mir nur bei den Töpfen behilflich zu sein.«

»Laßt mich hinaufsteigen«, bot Owen an.

Lucie seufzte. »Wenn wir gut zusammenarbeiten sollen, dann müßt Ihr aufhören, meinen Anordnungen zu widersprechen. Ihr sollt sie einfach nur ausführen. Seht Ihr Euch dazu in der Lage?« Sie richtete sich ihr Haar und rückte den Schleier wieder gerade.

»Ich dachte . . .«

Sie stand auf. »Ich weiß, was Ihr gedacht habt. Eine Frau

sollte nicht auf Leitern steigen und schwere Töpfe heben. Wenn Ihr schon einmal miterlebt habt, wie eine Frau ein Haus saubermacht, dann werdet Ihr wissen, was für ein Unsinn das ist.«

Sie war verärgert. Vielleicht hatte Bess ihr nicht gesagt, wohin er gegangen war. »Ich war bei Digbys Beerdigung.«

Lucie nickte. »Das war Euer gutes Recht. Bess hat mir von Eurem Mißgeschick gestern nacht erzählt, als Ihr die Kerze umgestoßen habt.«

»Dann werdet Ihr verstehen, warum ich das Soldatendasein aufgegeben habe.«

Sie schüttelte den Kopf. »Ich habe Euch bei der Arbeit beobachtet. Das Auge beeinträchtigt Euch nicht sonderlich. War es wegen Digby? Sein Tod hat Euch durcheinandergebracht.«

Ihre Augen waren so klar. Und so ehrlich. Er wollte sie nicht anlügen. »Der Tod in Friedenszeiten ist etwas anderes als der Tod auf dem Schlachtfeld. Wenn jeden Tag viele Männer sterben, stumpft das Herz dagegen ab. Aber Digbys Zeit war noch nicht abgelaufen.«

Sie schaute ihn an und versuchte, seine Antwort zu verarbeiten. *Erst Montaigne und jetzt Digby.* Sie schüttelte den Kopf. Sie mußte sich diesen Gedanken aus dem Kopf schlagen. »Ihr überrascht mich wieder einmal, Owen Archer. Vielleicht kann ein Mann wirklich sein Wesen ändern. Ich möchte es jedenfalls glauben.«

»Wie war denn mein Wesen vorher?«

»Es war das eines Soldaten.«

»Und was ist das Wesen eines Soldaten, frage ich Euch? Glaubt Ihr, daß ich dieses Leben freiwillig gewählt habe? Daß ich Gefallen gefunden habe am Töten? Daß ich gerne für meinen König töten wollte und auch getötet werden wollte? Ich habe mir dieses Leben nicht ausgesucht. Die Männer des Königs haben mich dazu bestimmt, weil ich gut mit dem Bogen umgehen konnte.«

»Und während Ihr Euch dieses Können angeeignet habt, habt Ihr da nicht bemerkt, wohin das führen würde?«

»Nein. Es war ein Spiel, so wie alles andere, was Kinder spielen. Ich war gut darin, also wurde es mein Lieblingsspiel. Und so bin ich darin immer besser geworden.«

Sie wendete sich von ihm ab. »Es gibt Arbeit zu erledigen.«

»Weshalb seid Ihr so? Warum kann ich nichts tun, um Euch zu gefallen?«

»Ihr seid nicht hier, um mir zu gefallen.«

»Natürlich bin ich das. Ich bin Euer Lehrling. Eure Einstellung bedeutet mir alles.«

Bedeutet mir alles. Die Worte blieben im Raum stehen. Lucie blickte ihn an, ihr Ärger wich dem Schrecken. Er war versucht, sie an den Schultern zu packen und zu schütteln. *Ihr bedeutet mir alles.*

Sie schaute weg und fegte ein paar Staubkörnchen von ihrer Schürze. »Ihr habt Euch nur darum zu sorgen, daß mir Eure Arbeit gefällt. Also, fangen wir an.«

Owen gab auf und folgte ihr zu der Leiter, blieb an ihrem Fußende stehen und sagte auch kein Wort, als das Gewicht der schweren Tontöpfe ihn zu der Überlegung brachte, wie sie beim Anheben dieser Last wohl ihr Gleichgewicht zu halten vermochte. Einmal geriet sie ins Taumeln, und er umfaßte ihr Hüften, um sie zu stützen. Welche schlanke Hüften. Er spürte, daß sie den Atem anhielt. Sie schaute zu ihm hinunter, nur eine Sekunde lang, mit einem komischen, ängstlichen Blick, und wendete sich dann wieder ihrer Arbeit zu.

Als sie wieder von der Leiter heruntergestiegen war, sagte sie: »Ich muß Euch erneut dafür danken, daß Ihr mich gestützt habt. Ich wäre sonst gefallen.«

Er nickte nur, aus Angst, das Falsche zu sagen.

»Nicholas möchte Euch nach seinem Mittagsmahl sprechen. Er will Euch einige Bücher geben, die Ihr studieren sollt.«

»Darauf freue ich mich. Ich habe gehört, daß jetzt gerade der Erzdiakon bei ihm ist.«

Lucie schwieg, während sie Kamille auf ein Stück Pergament schüttelte. Owen bemerkte einen starren Zug um ihren Mund. Ihre Hand zitterte leicht.

»Sein Besuch bereitet Euch Sorgen?« fragte Owen.

»Es regt Nicholas auf. Das ist nicht gut für ihn.« Sie reichte ihm einen Topf mit Kamille. »Den könnt Ihr wieder zurückstellen.«

Während Owen auf der Leiter stand, betrat ein Knabe den Laden. Es war der Stallbursche von dem Wirtshaus am Micklegate. Ein Pferd lahmte, jedoch konnte man es im Augenblick nicht entbehren.

Lucie stellte einige Fragen, die der Junge sorgfältig beantwortete. Owen kannte sich mit Pferden aus. Und die Behandlung, die Lucie empfahl, entsprach genau dem, was auch er getan hätte.

Er beobachtete sie, wie sie die Medizin zubereitete. Erfahren und selbstsicher. Sie hatte sich mittlerweile wohl so viel Wissen und Können angeeignet, daß sie genauso wie Nicholas ein tödliches Gift zusammenmischen konnte. Aber hatte sie dazu auch die Nerven?

»Kein Grund zur Beunruhigung, Jenkins«, sagte sie, während sie den Jungen aus den Augenwinkeln beobachtete, der von einer Seite des Ladens zur anderen lief. »Diese Salbe wird die Stute wieder zum Laufen bringen.« Sie legte einen Deckel auf das Töpfchen, stellte es auf den Ladentisch und streckte ihre Hand aus, um das Geld entgegenzunehmen. Der Knabe zählte die Münzen ab und zeigte sich erleichtert, als sie ihn darauf hinwies, daß er ihr zuviel gegeben hatte.

»Ich danke Euch sehr, Mistress Wilton.« Er errötete unter ihrem Lächeln. Owen konnte gut ermessen, wie der Junge sich fühlen mußte.

»Gebt sie nicht auf, Jenkins«, sagte Lucie, als sie ihm den Topf reichte. »Damit kann sie wieder gesund werden.«

Der Junge schaute sie zweifelnd an.

»Nicht alle lahmenden Pferde müssen gleich getötet werden. Gebt ihr ein wenig Zeit.« Lucie beugte sich über den Tisch und klopfte auf den Deckel des Töpfchens, das der Knabe eng an seinen schmierigen Umhang gedrückt hatte. »Das ist eine spezielle Mischung meines Mannes.«

»Man sagt, daß es ihm sehr schlecht geht.«

»Das stimmt, Jenkins. Doch seine Medizin ist so gut wie immer.«

Der Junge nickte und verließ eilig den Laden.

»Ihr werdet bemerkt haben, daß ich das Geld verlangt habe, bevor ich ihm das Medikament aushändigte«, sagte Lucie. »Jack Cobb muß seine Rechnungen immer sofort bezahlen. Die meisten Leute sind vertrauenswürdig ... oder verdienen es, das man ihnen entgegenkommt. Aber Jack Cobb bezahlt seine Rechnungen monatelang nicht und hofft darauf, daß die Kaufleute es vergessen. Ein reicher, selbstsüchtiger Mann. Aber hier kommt er damit nicht durch.«

Eine Frau mit einem starken Willen. Sicher in ihrem Urteil. Wenn sie zu der Überzeugung gelangt war, ein Mann verdiene eine Bestrafung für den Tod ihrer Mutter, würde sie dann mit derselben Kaltblütigkeit ans Werk gehen?

»Ich werde mir den Namen Jack Cobb merken. Gibt es auch noch andere Leute, die nicht ...«

Lucie drehte sich plötzlich zur Küchentür hin um, durch die der Erzdiakon in den Laden getreten war. Owen, der Anselm nicht gehört hatte, erkannte, daß Lucie darauf gelauscht haben mußte. Was bedeutete, daß sie dieser Besuch stärker ängstigte, als er vermutete.

»Wie geht es ihm?« wollte Lucie wissen.

»Er ist müde, daher dachte ich, es wäre am besten zu gehen.« Anselm entdeckte Owen in der Ecke. »Ich wünsche Euch beiden einen guten Tag.«

Lucie wischte sich die Hände an der Schürze ab. »Owen kann Euch hinausbegleiten, Erzdiakon.« Sie eilte aus dem Raum. Owen hörte ihre leichten Schritte auf der Treppe.

»Ich finde schon selbst hinaus«, sagte Anselm und ging.

Nach dem Mittagessen, das Tildy ihnen schüchtern serviert hatte, führte Lucie Owen in das Krankenzimmer hinauf. Nicholas saß im Bett, abgestützt von Kissen, und hatte mehrere schmale, gebundene Bücher vor sich auf der Decke liegen.

»Lucie ist ... zufrieden mit Euch.« Nicholas rang um Worte, schweratmend und nach einem Satz schon schweißgebadet.

»Aber ich fürchte, Anselm hat recht. Wir begehen einen Fehler, wenn wir Euch weiterhin behalten.«

»Was sagst du da?« Lucie kniete sich neben Nicholas und tupfte sein verschwitztes Gesicht mit einem süßlich duftenden Tuch ab.

»Ein Lehrling bei einer Frau, die selbst noch nicht ausgelernt hat.« Nicholas schüttelte den Kopf. »Das ist nicht gut für ihn.«

Lucie schoß Farbe ins Gesicht. »Unsinn. Wo sonst könnte er Zugang zu den notwendigen Büchern erhalten als bei dir? Gar nicht zu reden vom Garten. Er ist bei der erfolgreichsten Apotheke von ganz Nordengland angestellt.« Ihre Augen blitzten vor Empörung.

»Lucie, meine Liebe.« Nicholas griff nach ihrer Hand. »Ein Apothekermeister in Durham braucht ihn.«

Owen fühlte sich wie jemand, der heimlich eine Unterhaltung belauschte. Er erinnerte sie daran, daß er auch noch da war. »Ich habe meine Situation selbst gewählt. Es ist alles so, wie ich es mir vorgestellt habe.«

Nicholas schüttelte den Kopf. »Es ist für ihn kein guter Posten. Anselm hat recht.« Lucie schloß ihre Augen, um Nicholas' flehentlichen Blick nicht sehen zu müssen. »Du wolltest Owen etwas zum Studieren mitgeben.«

»Lucie.«

Sie beugte sich über ihn. »Muß ich dich an unsere Vereinbarung erinnern, Nicholas? Ich führe die Apotheke, so lange, bis du wieder gesund bist. Ich treffe die Entscheidungen.«

Der Apotheker blickte auf seine Hände hinunter und schüttelte den Kopf.

Wie ein Kind, dachte Owen. Ein Kind, das ungezogen war und nun seine Strafe empfängt.

»Gut.« Lucie richtete sich wieder auf und winkte Owen zu Nicholas ans Bett.

Die Hände des Apothekers zitterten, als er Owen die wichtigen Kapitel der Bücher zeigte. Er stank. Nicht nach Krankenzimmer, sondern nach Angst. Ein Geruch, den ein Soldat sehr gut kennt.

»Ihr solltet Euch vor dem Erzdiakon in acht nehmen«, flüsterte Nicholas Owen zu, nachdem Lucie die Kammer verlassen hatte.

»Er will nicht, daß ich hier bin, das ist mir schon klar.« Owen schaute dem kranken Mann in die Augen. Sie waren wäßrig und rotgerändert. Die Angst tat ein übriges. »Weshalb, Master Nicholas? Weshalb möchte der Erzdiakon, daß ich verschwinde?«

»Anselm wacht über meine Seele.«

»Ich kann schwerlich glauben, daß ich Euren Seelenfrieden bedrohe.«

Nicholas sagte nichts. Seine wäßrigen Augen flogen hierhin und dorthin und blieben überall einen Moment haften, wichen jedoch Owens Gesicht aus.

»Ich bin genau das, was Ihr hier braucht. Das wißt Ihr.«

»Anselm . . . sieht es anders.«

»Warum?«

»Es ist selbstsüchtig von mir, Euch auf diese Art und Weise zu benutzen.«

»Unsinn. Ich bin aus freien Stücken hierhergekommen. Ich bin zufrieden. Ich will hier und nicht woanders sein.«

Nicholas holte rasselnd Luft und schloß die Augen. »Potter Digby. Ihr habt ihn gekannt?«

»Ein wenig. Warum?«

»Er hätte nicht sterben sollen. Keiner von ihnen hätte sterben sollen.«

»Keiner von ihnen?« Lief das hier auf ein Geständnis hinaus? Owen rückte näher. »Was meint Ihr damit?«

Nicholas riß die Augen weit auf. »Ich . . .« Er schüttelte den Kopf. Tränen traten in seine Augen und liefen seine fiebrig glühenden Wangen hinunter. »Beschützt sie.« Sein Kopf fiel zurück auf das Kissen. Er rang nach Luft, und seine knochigen Hände fuhren zu seiner Kehle. Owen rief nach Lucie.

Sie eilte die Treppe hinauf. »Heilige Muttergottes!« Nicholas wälzte sich in dem Bett hin und her und krümmte sich, während er verzweifelt nach Luft schnappte. Der Geruch von

Schweiß und Urin erfüllte den Raum. Lucie kniete sich nieder und ergriff eine seiner klauenartigen Hände.

»Nicholas, mein Lieber. Was fehlt dir?« Er stöhnte und preßte ihre Hand auf seine Brust. »Deine Brust? Hast du hier Schmerzen?«

Die Augen flackerten. »Luft. Alraune.«

Lucie setzte sich erschreckte auf. »Brauchst du etwas so Starkes?«

Nicholas keuchte schwer. »Eine Prise. In die Milch. Du weißt schon.«

Lucie zögerte. Doch als er sich wieder zu krümmen begann, wendete sie sich zu Owen.

»Paßt auf ihn auf. Wenn er anfängt, die Augen zu rollen, oder Erstickungsanfälle hat, dann ruft mich sofort.«

Nicholas wurde wieder ruhiger. Doch als Owen schon dachte, daß es ihm jetzt wieder besser ging, warf Nicholas die Decke zurück und begann sich in einem heftigen Schmerzanfall zu krümmen.

Lucie, die gerade mit der Medizin zurückkehrte, schob den kleinen Tisch mit der Öllampe neben Owen. »Schaut mir zu«, sagte sie mit angespannter Stimme. In ihren Augen spiegelten sich die Schmerzen, die ihr Mann zu erleiden hatte. »Paßt auf, daß ich es genauso mache, wie ich es sage.«

Owen sah ihr zu.

Lucie hielt ein kleines Silberschälchen hoch, kleiner als ein Fingerhut. »Zermahlene Alraune, nur eine kleine Prise, nicht mehr.« Ihre Hände zitterten, als sie das Schälchen in eine schwere Tonschale eintauchte, auf die eine Wurzel in der die Gestalt eines Menschen aufgemalt war. Owen hielt die Schale fest. Dann goß sie den Inhalt des Schälchen in eine größere Schale.

»Getrocknete Milch des Mohns, genau soviel.« Sie nahm eine größere Prise, und Owen neigte die zweite Schale für sie, die eine kunstvoll gefaltete Blume zeigte. »Kochendes Wasser bis zwei Fingerbreit unter der Kante.« Ihre Stimme klang jetzt ruhiger. Sie goß das Wasser in die Schale. »Über der Lampe gut vermischen, dann abkühlen lassen, aber dabei weiter vermischen, bis ich meine Hand drei Atemzüge lang an die Schale legen kann. Die Kehle des Patienten darf nicht verbrüht werden.«

»Kann ich es für Euch zusammenmischen? Ich bin sicher, Master Nicholas hätte gern, daß Ihr seine Hand haltet!«

Lucie nickte und tauschte mit Owen die Plätze. Mit ihrer Schürze trocknete sie den Schweiß von Nicholas' Stirn. »Sei ruhig, Nicholas. Gleich wirst du ohne Schmerzen einschlafen.«

Owen schüttelte die Flüssigkeit und ging entsprechend ihren Anweisungen vor. Nachdem sie gesehen hatte, daß er seine Hand drei Atemzüge lang an die Tonschale gelegt hatte, nickte sie, und er reichte ihr das Gefäß. Er hob Nicholas' Kopf an und hielt ihn, während dieser Schleim aushustete und um Luft rang. Als Nicholas sich etwas beruhigt hatte, half ihm Lucie beim Trinken. Nach ein paar Minuten hörte das Stöhnen auf.

»Ich danke dir«, sagte Nicholas. Wegen der Anstrengung beim Reden mußte er husten. Er zuckte vor Schmerzen zusammen.

»Rede nicht mehr, Nicholas, mein Lieber. Schlaf jetzt.«

Owen senkte seinen Oberkörper zurück auf das Bett.

»Braucht Ihr einen Priester?« fragte der Erzdiakon von der Tür her.

»Anselm!« Nicholas keuchte und schlug sich an die Brust.

Mit zwei Sätzen war Owen an der Tür.

Lucie fiel neben Nicholas auf die Knie, dessen Augen schreckgeweitet waren. »Ich habe ihn nicht zurückgerufen, Nicholas.« Sie hielt ihn eng an sich gedrückt und versuchte, ihn zu beruhigen.

»Mein Master braucht dringend Ruhe, Erzdiakon!« rief Owen und zog Anselm mit sich durch die Tür. »Wir wissen Eure Gebete zu schätzen, aber es wäre besser, wenn Ihr sie woanders sprecht.« Er verschloß die Tür hinter ihnen.

»Anselm ist verrückt, Lucie«, flüsterte Nicholas und umklammerte ihre Hand. »Halte dich von ihm fern.«

»Das werde ich tun, mein geliebter Mann. Aber jetzt schlaf.

Du mußt dich ausruhen.« Sie strich über seine Stirn und bemerkte mit Erleichterung, daß die Milch des Mohns ihn beruhigte. »Und ich werde ihn von dir fernhalten. Er bringt dich um.«

Auf der Treppe fragte der Erzdiakon: »Was ist passiert?« Als habe er ein Recht, dies zu erfahren.

Owen führte ihn wortlos in den Laden hinunter. Als sie dort angelangt waren, sagte er in einem, wie er hoffte, kontrollierten und emotionslosen Tonfall: »Nicholas Wilton leidet große Schmerzen. Eure Besuche regen ihn zu sehr auf. Ihr müßt ihn in Ruhe lassen.«

Anselm starrte Owen an. »Ihr überschreitet Eure Kompetenzen, Owen Archer. Ihr seid nicht der Herr dieses Hauses.«

»Wenn Ihr sein Freund seid, dann laßt ihn jetzt in Ruhe. Er hatte einen Anfall, und wir mußten ihm einen Alrauntrank verabreichen, um seine Schmerzen zu lindern. Er muß jetzt schlafen.«

Der Gesichtsausdruck des Erzdiakons veränderte sich. In seine Augen trat aufrichtige Besorgnis. Das Wohlergehen von Nicholas lag ihm also am Herzen. »Die Alraune. Dann hat sich sein Zustand verschlechtert.«

»Ich glaube schon.«

»Das wußte ich nicht. Natürlich werde ich gehen und ihn in Ruhe schlafen lassen. Er muß wieder gesund werden. Ihr müßt alles unternehmen, um seinen Zustand zu verbessern.« Anselm hatte schon eine Hand auf die Türklinke gelegt. »Ich möchte sein Schicksal nicht gerne Euch anvertrauen, Owen Archer. Ein Ablaßkrämer hält sich immer von den Leuten fern. Das muß er auch tun, um unvoreingenommene Urteile fällen zu können. Sich mit einen Ablaßkrämer anzufreunden, sieht danach aus, als wollte man sich Vorteile erkaufen.«

»Ihr wollt mich beschuldigen?«

»Ich möchte Euch nur warnen.«

»Ich werde keine Vorteile dadurch erhalten.«

»Gott erbarme sich seiner Seele.«

»Ihr seid außergewöhnlich besorgt um mein Wohlergehen.«

»Ihr seid bei meinem Freund angestellt. Ich möchte nicht, daß Ihr Schande über dieses Haus bringt.«

»Das werde ich nicht tun.«

»Das hoffe ich für Euch.« Der Erzdiakon eilte aus dem Laden.

Er hatte nicht gesagt, was er wirklich dachte, dessen war sich Owen gewiß. Aber daß er sich um Nicholas sorgte, war offensichtlich. Daß er sich sorgte und ärgerte.

Nach dem Abendessen befaßte sich Owen mit Nicholas' Büchern. Lucie flickte, und Tildy schälte Bohnen. Lucie erklärte Tildy dabei leise die Arbeit des nächsten Tages.

Hin und wieder blickte Lucie angestrengt auf, als könnten ihre Augen die Dielen durchdringen und ins Krankenzimmer sehen. Owen fragte sich, was dieser alte, sterbende Mann ihr noch bieten konnte. Nicht einmal Kinder konnte er ihr mehr schenken. Weshalb stand Lucie so unerschütterlich zu Nicholas Wilton? Vielleicht weil er für sie jemanden getötet hatte?

Oder weil der das Gift für sie überbracht hatte? Aber wenn er tatsächlich der uneingeweihte Bote gewesen sein sollte, was hatte dann seinen Zusammenbruch ausgelöst? War es ein Gift gewesen, das erst später wirkte?

Ein Mann war vergiftet worden. Dann noch einer. Im ersten Fall war es darum gegangen, jemanden zu töten, im zweiten Fall sollte jemand zum Schweigen gebracht werden. Hatte sie Nicholas vergiftet, um ihn zum Schweigen zu bringen?

Owen blickte von dem Buch auf, in dem zu lesen er vorgegeben hatte. Lucie hörte Tildy zu, die die einzelnen Bestandteile des morgigen Suppentopfes wiederholte. ». . . wenn die Gerste kocht, den Rest vom Schweinefleisch dazugeben, dann Bohnenkraut, Salz und ein Büschel Fenchel . . .«

»Nicht Fenchel, Tildy, sondern Liebstöckel«, korrigierte Lucie sie behutsam. Sie stopfte eine Haarsträhne unter Tildys Kopftuch zurück. Das Mädchen lächelte. Lucie tätschelte ihr die Hand. »Du bist ein gutes Mädchen, Tildy, und eine große Hilfe für mich.«

Solch eine Frau konnte nicht ihren Ehemann vergiften oder den Geliebten ihrer Mutter umbringen. Wie hatte er nur auf derartige Gedanken verfallen können? Er schaute zu, wie Lucie Tildy zeigte, welche Töpfe sie benutzen sollte, wo die Gewürze aufbewahrt wurden und wie die Etiketten zu lesen waren. Sie war geduldig und erklärte Tildy alles, was sie wissen mußte, so wie sie es auch bei ihm getan hatte.

Er versuchte sich vorzustellen, wie sie in ihrer geduldigen, gründlichen Art den Plan faßte, den Mann zu vergiften und sich überlegte, wie das Gift überbracht werden konnte. Wie sie an ihre Mutter dachte, an das Kind, wegen dem diese gestorben war, daran, wie Lucie danach ins Kloster geschickt worden war, und wie sie dann erfahren hatte, daß dieser Mann zurückgekehrt war, daß er nun schwerkrank im Kloster lag und daß Nicholas gebeten worden war, eine Medizin für ihn zuzubereiten, um sein Leben zu retten. Vielleicht hatte sie Nicholas dann angeboten, die Zubereitung der Medizin für ihn zu übernehmen. Oder das Töpfchen fertig einzupacken, während Nicholas sich warm anzog. Ein paar zusätzliche Prisen von Aconitum, und fertig war das tödliche Gift. Wem sollte das denn auffallen?

Ein Mann war vergiftet worden, um ihn zu töten, ein anderer, um ihn zum Schweigen zu bringen. Fitzwilliam war ein Unfall gewesen. Und als dann Bruder Wulfstan entdeckt hatte, was geschehen war, hatte sie sich bereit erklärt, das Gift zu verbrennen und zu schweigen. Wie praktisch.

Konnte sie Nicholas dies angetan haben? War sie deshalb so sehr um ihn besorgt? Aus Schuldbewußtsein?

»Ich wünsche Euch dann eine gute Nacht, Owen«, sagte Tildy, die mit einer Kerze vor ihm stand. Ihre Nähe erschreckte ihn. Er hoffte, sein Kopf war über das Buch gebeugt gewesen.

»Gute Nacht, Tildy.«

Nachdem Tildy gegangen war, sagte Lucie: »Irgend etwas bereitet Euch Kummer.«

Er konnte sich eben nur schwer verstellen. »Ich muß noch soviel lernen. Ich hoffe, ich mache mich nicht zum Narren dadurch, daß ich glaube, ich kann es auch in meinem Alter noch schaffen. Ich bin kein Kind mehr. Aus dem Lehrlingsalter bin ich längst heraus.«

»Ihr macht es sehr gut. Ihr braucht Euch deswegen nicht zu sorgen.«

Er wünschte, sie wäre nicht plötzlich so freundlich zu ihm. Er mußte eine Gelegenheit finden, mit ihr allein zu reden, um herauszufinden, was sie wußte. Oder was sie bereit war, zuzugeben. Er mußte es langsam angehen. Sie durfte nicht erraten, worauf er hinauswollte. »Es ist hier alles ganz anders als in den Feldlagern. Kinderkrankheiten, schwangere Frauen, die Krankheiten alter Leute – damit habe ich bisher überhaupt noch nichts zu tun gehabt. Dort ging es meistens um Verwundungen und Lagerfieber.«

Sie reagierte nicht so, wie er erhofft hatte, entspannt und bereit, über ihren Beruf zu reden. Ihr Gesicht rötete sich. »Ich hoffe, Ihr findet die Arbeit hier nicht allzu langweilig.«

Mein Gott, er brachte nicht einmal ein unverbindliches Geplauder mit ihr zustande.

»Überhaupt nicht. Ich habe bis jetzt schon ziemlich viel gelernt. Master Nicholas ist eine einzigartige Kapazität. Es heißt, er kennt eine ausgezeichnete Medizin gegen Lagerfieber. Wir haben damals mit verschiedenen Mixturen experimentiert. Woraus besteht sein Mittel?«

Sie zog an einem Faden, der sich verdreht hatte, und fluchte, als er riß. »Wir sind hier nicht in einem Lager.«

»Aber es gibt doch gewiß Männer in York, die als Soldaten an dem Fieber gelitten haben. Es kehrt wieder. Das ist sein Fluch.«

»Nicholas hat darüber noch nicht mit mir gesprochen.« Ihr Tonfall zeigte an, daß sie das Thema beenden wollte.

Owen ließ es sein. Es reichte ihm fürs erste, zu wissen, daß ihr dieses Gesprächsthema Unbehagen bereitete. Er wendete sich wieder seiner Lektüre zu.

Nach einiger Zeit bemerkte er, daß Lucie gedankenversunken ins Feuer starrte und ihr Flickzeug in den Schoß hatte sinken lassen. Der Schein des Feuers glänzte in den Tränen, die ihr die Wangen hinunterliefen.

Er klappte das Buch zu und ging zu ihr. »Was ist los? Kann ich Euch helfen?«

Sie schüttelte den Kopf. Ihre Schultern zitterten, als sie um Fassung rang.

Nachdem sie sich ein wenig beruhigt hatte, fragte Owen: »War es ungewöhnlich, daß Master Nicholas nach der Alraune verlangt hat?«

»Er verschreibt die Alraune gewöhnlich nur, wenn die Schmerzen so stark sind, daß man die Gefahr einer Überdosis in Kauf nehmen muß. Er muß also unter sehr starken Schmerzen gelitten haben.« Sie wischte sich die Tränen weg. »Ich danke Euch für Eure Hilfe heute nachmittag.«

»Ich bin froh, etwas für Euch tun zu können.«

»Sein Zustand erschreckt mich. Ich mußte immer daran denken, daß er sterben könnte, wenn die Dosis der Alraune nicht ganz richtig bemessen ist.« Sie blickte auf ihre Hände hinunter. »Was tun wir eigentlich? Wir besitzen Macht über Leben und Tod.«

»Besser als bei einem Soldaten, der nur die Macht hat, den Tod zu bringen.«

»Nein.« Sie berührte seine Hand. »Nein, hört mir zu. Ihr dürft nie vergessen, was wir tun. Wir können genausogut den Tod bringen wie die Genesung.« Ihre Augen fixierten die seinen.

Was wollte sie ihm damit sagen? »Aber die Dosis, die Ihr dem Master gegeben habt, war ungefährlich.«

»Ja, natürlich.« Sie drückte seine Hand, zog ihre eigene dann aber schnell unter verlegenem Erröten wieder zurück. »Ich bin nicht ganz bei mir.«

»Dies alles ist nicht leicht für Euch.«

»Vielleicht wäre es besser, wenn Ihr jetzt geht.«

»Wie Ihr wünscht.«

»Ich wünschte, nichts von alledem wäre geschehen. Ich wünschte . . .« Ihre Stimme versagte. Sie beugte ihren Kopf und fuhr sich mit einen Schürzenzipfel über die Augenwinkel.

Owen nahm ihre kalten Hände in die seinen und küßte sie.

»Owen . . .« In ihren sanften Augen war nichts von Verärgerung zu sehen.

Er legte ihr die Hände auf die Schulter, zog sie an sich und küßte sie auf den Mund. Ihre Lippen waren warm. Es war ein leidenschaftlicher Kuß, den sie erwiderte. Dann schob sie ihn von sich. Sie schaute zu ihren Händen hinunter, und eine Röte überzog ihr Gesicht.

»Eines sollt Ihr nie vergessen, Lucie Wilton«, flüsterte Owen, der sich seiner Stimme nicht mehr sicher war. »Ich werde alles tun, um Euch zu helfen. Ich kann nicht anders. Ich werde mich Euch nicht aufdrängen. Aber wenn Ihr mich braucht, werde ich alles tun, worum Ihr mich bittet.«

»Ihr dürft so etwas nicht sagen.« Sie schaute ihn immer noch nicht an. »Ihr kennt uns noch nicht.«

»Ich kann nichts für das, was ich fühle.«

»Ihr müßt jetzt gehen.«

Owen küßte noch einmal ihre Hände und eilte dann fort, hinaus in den Nebel. Er kam sich vor wie ein Narr und ärgerte sich über sich selbst, doch zugleich fühlte er sich erleichtert. Sie hatte ihm ihre Hände nicht entzogen. Sie war nicht verstimmt. Sie hatte ihn mit demselben Verlangen geküßt, das auch er empfand. Lucie Wilton hatte ihn, den Einäugigen, der sich wie ein kleiner Junge aufführte, nicht als abstoßend empfunden. Er hatte sie in seinen Armen gehalten, sie geküßt und ihr endlich das sagen können, was er immer schon hatte sagen wollen, seit er sie das erste Mal gesehen hatte. Sie war nicht vor ihm ausgerissen. Er fühlte sich beschwingt. Er hatte triumphiert.

Andererseits verachtete er sich. Entgegen jeder Vernunft hatte er sich in eine Frau verliebt, die möglicherweise eine Mörderin war. Deren Verbrechen er aufzudecken hatte. Sie verfügte über genügend Wissen, um Montaigne zu vergiften. *Wir können ebensogut den Tod bringen wie die Genesung,* hatte sie gesagt. Und vielleicht hatte sie auch ein Motiv. Oder einen Grund, ihren Ehemann dazu zu überreden, das Verbrechen zu begehen, was noch schlimmer war, als wenn sie es selbst getan hätte. Damit hätte sie auch Nicholas in die Hölle mitgerissen.

Und dann gab es auch noch das andere Verbrechen, das er in Erwägung gezogen hatte. Konnte sie vielleicht Nicholas die Krankheit gebracht haben? Er dachte daran, wie die beiden oben in der stickigen Kammer miteinander umgingen. Wie aufopfernd sie ihn pflegte. Nein. Um dies zu bewirken, hätte es einer abgrundtief verkommenen Seele bedurft. Das konnte er ihr nicht unterstellen. Das wollte er nicht glauben.

Und Anselm. Wie paßte er ins Bild? Weshalb hatte er so große Angst davor, daß Owen in der Apotheke seines Freundes arbeitete?

Owen versuchte, sich auf diese Frage zu konzentrieren. Doch seine Gedanken kehrten immer wieder zu Lucie zurück. Heute hatte er sie zweimal in den Armen gehalten. Sie war wirklich wunderhübsch. Und sie erwiderte seine Gefühle. Lieber Gott, bitte laß sie keine Mörderin sein.

Anselm schloß die Augen und schlug sich den mit Knoten versehenen Lederriemen auf den bloßen Rücken, immer und immer wieder, um das Fleisch abzutöten und es dem Retter anzubieten als Gegenleistung für Nicholas' Befreiung von dem Bösen, das ihn umgab. Nicholas mußte leben. Er mußte leben, damit er den Irrtum seines Lebens einsehen und wieder zu Anselm, seinem Beschützer, zurückfinden konnte. Er mußte es verstehen. Gott hatte Anselm mit dieser Aufgabe betraut. Weshalb wollte Nicholas das nicht einsehen? Was hatten sie ihm angetan? Anselm geißelte sich, bis sein Körper von göttlichem Licht entflammt war. Es würde ihm gelingen. Der Herr war ihm wohlgesonnen.

Kapitel 17
Ein Zwischenbericht

Eine Beerdigung, eine Befragung, ein Krankenbett, eine Romanze – und keine Antworten. Owen fühlte sich als Versager in seinem neuen Leben. Und dabei hatte er gedacht, das einfachere Leben zu wählen. Als Söldner in Italien wäre zwar ebenfalls sein Geist gefordert gewesen, aber auch seine Erfahrung als Soldat. Sein Körper. Vielleicht förderte dieses Leben als Spion seine Faulheit. Es widerte Owen an, daher nahm er sich vor, einen Humpen Bier mit auf seine Kammer zu nehmen, um sich die nötige Bettschwere anzutrinken. Er hatte seine Ehre verloren. Es wäre besser gewesen, wirklich nur Wiltons Lehrling zu sein. Dann hätte er sich in seine Arbeit stürzen können. Sich ganz seiner neuen Aufgabe widmen können. Doch das Wissen, daß es nur für eine begrenzte Zeit war, bremste seinen Eifer. Es gefiel ihm gar nicht, daß Lucie Wilton von ihm abhängig zu werden drohte, denn sie würde ihn noch früh genug verlieren. Wenn der Erzbischof feststellte, daß Owen ihm nicht allzusehr von Nutzen sein konnte, würde er ihn wahrscheinlich wegschicken, vielleicht auch auf eine Mission, von der er dann nicht mehr zurückkehren würde. Mit diesen düsteren Gedanken kehrte Owen in die York Tavern zurück.

Bess erwartete ihn ungeduldig mit in die Hüften gestemmten Händen. »Da seid Ihr ja endlich.«

»Ich hoffe, heute abend erwartet mich kein Besucher, Bess. Ich bin nicht mehr in der Lage, mich mit jemandem zu unterhalten.«

Sie musterte ihn von oben bis unten. »Ich sehe, daß Ihr ein bißchen niedergeschlagen seid, aber der Sekretär des Erzbischofs möchte Euch sprechen. Er erwartet Euch im Münster.«

»Es ist schon spät.«

»Er hat gesagt, es ist ganz gleich, wann Ihr zurückkommt.«

Dies schien kein gutes Zeichen zu sein. Vielleicht wünschte der Erzbischof, daß er seine Nachforschungen einstellte.

Vielleicht wollte er ihn auch wieder aus seinen Diensten entlassen. Dann konnte Owen sich wirklich als Lehrling bei Lucie Wilton einrichten. Und wenn Nicholas eines Tages starb ...

Johannes öffnete die Tür. Der Erzbischof thronte bequem neben dem Herd. Owen konnte sich nicht vorstellen, daß Thoresby von irgendwelchen Zweifeln geplagt wurde. Sein Leben war geregelt, seine Ziele klar. Männer in hohen Positionen wie er mußten nicht mitansehen, wie ihnen ihr Leben Stück für Stück entglitt, wie ein fehlendes Körperglied, ein erblindetes Auge oder eine Verwundung ihr Wohlergehen beeinträchtigte. Nur wenn sie der Teufel ritt, begaben sie sich in gefährliche Situationen. Sie konnten zwar umgebracht werden, aber die Leute, die sie angriffen, vergewisserten sich dann genauestens, ob sie Erfolg hatten. Der Tod war eine saubere Sache. Natürlich ging es Thoresby gut. Er würde kaum in die Lage geraten, sich zu fragen, ob sein Schicksal schon besiegelt war und was als nächstes auf ihn zukäme.

»Nun, Owen Archer, ich hielt es für angebracht, mich mit Euch über Eure Fortschritte zu unterhalten.«

Ohne Vorwarnung, natürlich. Zuerst überließ er ihn sich selbst, dann verlangte er plötzlich einen Bericht. Aufgrund einer plötzlichen Laune, kein Zweifel. Aber vielleicht bot sich ihm dadurch eine Gelegenheit, seine Freiheit wiederzuerlangen. »Euer Gnaden, ich muß bekennen, ich kann die Frage, wie Fitzwilliam zu Tode kam, noch nicht endgültig beantworten. Ich habe bisher nur neue Fragen.«

Thoresby bedeutete Owen, sich in den Sessel ihm gegenüber zu setzen, wo sein gutes Auge vom Feuer abgewandt war. Immerhin, daran hatte er gedacht. Oder Johannes hatte es so arrangiert.

Johannes reichte Owen einen Kelch Wein. Owen prostete Thoresby zu und trank. »Das ist sehr willkommen, Euer Gnaden. Ich hatte einen ziemlich unangenehmen Tag. Er begann mit einer Beerdigung und endete mit einem Besuch am Krankenbett meines im Sterben liegenden Masters.« Owen genoß den Wein.

Thoresby lächelte. Das Lächeln war nicht so freundlich, wie Owen es sich gewünscht hätte. Thoresby mußte ihn wegen irgend etwas verdächtigen, hatte vielleicht irgend etwas gehört, was ihm nicht gefallen hatte. Jetzt war keine Zeit für Ausflüchte.

»Ihr sagtet, Ihr hättet neue Fragen?« Thoresbys Stimme klang seidig. Das war gefährlich.

Owen stellte den Kelch ab und beugte sich vor. »Um mich kurz zu fassen, ich habe den Mann verloren, der mir bei meinen Nachforschungen behilflich war. Digby, den Ablaßkrämer. Er ist ertrunken. Nicht durch einen Unglücksfall, wie ich annehme.«

Die Augenbrauen hoben sich, doch Owen ließ sich dadurch nicht täuschen. Die Augen des Erzbischofs drücken keinerlei Überraschung aus. »Weshalb der Ablaßkrämer?« fragte Thoresby. »Weshalb habt Ihr dem Manne vertraut, der in ganz York am wenigsten Ansehen genießt?«

»Er hat mir seine Dienste angeboten, im Austausch für ein paar Informationen. Ich hatte keinen Grund, ihm zu mißtrauen.«

»Daß er Ablaßkrämer war, wäre schon für die meisten Männer Grund genug gewesen, ihm nicht zu trauen.«

Owen zuckte mit den Schultern. »Ich bin Waliser. Ich schwimme von Natur aus gegen den Strom.« Er grinste.

Thoresby zauberte wieder das Lächeln auf seine Lippen. »Diese Informationen, die Ihr Digby gegeben habt, konnte er sie verwenden?«

Das war nicht gut. »Eine reine Frage der Formulierung, Euer Gnaden. Auch er interessierte sich für die beiden Todesfälle im Kloster. Er wollte helfen. Ich sagte ihm, wie der erste Tote hieß. Und er konnte mir berichten, weshalb der Mann nach York gekommen war.«

»Und hat Euch das weitergebracht?«

»Ich glaube schon.« Owen hob seinen Kelch, den Johannes

unauffällig nachgefüllt hatte, und nahm einen kräftigen Schluck, während er überlegte, wie er die Geschichte so drehen konnte, daß Lucie Wilton aus dem Spiel blieb. Doch Thoresbys Gesichtsausdruck ließ es ihm geraten erscheinen, bei der Wahrheit zu bleiben. »Digby war an dem Abend, an dem Montaigne starb, im Kloster.«

Jetzt zeigten die Augen Überraschung.

»Er hat Nicholas Wilton ohnmächtig vor den Toren des Klosters aufgefunden. Wilton hatte gerade eine Medizin für Montaigne abgeliefert.« Er machte eine Pause. »Es wäre hilfreich gewesen, wenn Ihr mir von der Verbindung zwischen Montaigne und der verstorbenen Lady d'Arby erzählt hättet.«

Thoresby musterte Owen kühl. »In bezug auf die Untersuchung des Todes von Fitzwilliam hielt ich das nicht für wichtig.«

»Digby schon. Er war der Meinung, daß alles zusammenhängt. Er wußte nur nicht, wie.«

»Seltsam, daß Digby sich für diese Angelegenheit interessiert hat.«

»Digby war ein neugieriger Mann.«

»Wenn er Euch schon so viel erzählt hat, dann wird er Euch doch gewiß auch gesagt haben, weshalb er sich dafür interessierte«, meinte Thoresby. »Anscheinend hat er Euch vertraut.«

Die Augen des Erzbischofs glitten über Owens Gesicht, als stünde darin die Wahrheit geschrieben, die er zurückzuhalten versuchte.

Wie seelenruhig dieser Mann ist, dachte Owen. Wie sicher er sich in seiner Welt fühlt.

»Ich bin mir nicht sicher, ob Ihr es glaubwürdig finden werdet.«

»Nur zu.«

Owen holte tief Luft. »Digby hatte den Verdacht, Erzdiakon Anselm würde Nicholas Wilton schützen. Es bestürzte ihn, daß der Erzdiakon möglicherweise in einen Mord verwickelt war.«

Thoresby schloß die Augen. Als er sie wieder öffnete, blickte er mit gerunzelter Stirn ins Feuer. »Also auch hier eine Verbindung. Was hatte Wilton getan, daß Anselm meinte, ihn schützen zu müssen?«

Owen wünschte, er könnte aufstehen und im Raum hin und her gehen. Der Erzbischof wußte offenbar, daß Anselm und Nicholas früher eng befreundet gewesen waren. Er hatte aber keine Ahnung, wieviel der Erzbischof sonst noch wußte. Vielleicht wußte er auch schon alles. Owen wünschte, dies wäre ein Duell mit Worten. Besser vielleicht noch ein schweißtreibender Ringkampf. Er wußte nicht recht, woran er war.

»Was hatte Wilton getan, Archer?« fragte Thoresby ruhig.

»Digby glaubte, er hätte Geoffrey Montaigne vergiftet. Den Liebhaber der Mutter seiner Frau.«

Der Erzbischof starrte eine Weile ins Feuer, dann seufzte er und führt seinen Becher zum Mund. »Dann glaubt Ihr vielleicht auch, daß Wilton Montaigne vergiftet hat, aus Rache für seine Frau, und daß das Schuldgefühl ihn jetzt langsam umbringt.«

»Ich glaube nicht, daß Mistress Wilton nicht weiß, wer der Pilger war.«

Thoresby schaute ihn scharf an. »Mögt Ihr Mistress Wilton?«

Owens Magen verkrampfte sich. Er fühlte sich wie die Katze in der Ecke, unfähig, diesen Mann aus einer anderen Welt zu durchschauen, der über sein Schicksal bestimmte. »Sie ist meine Arbeitgeberin, Euer Gnaden.«

»In der Tat. Aber sie ist auch eine schöne Frau und wird wohl bald Witwe werden.«

»Ihr zieht mein Urteilsvermögen in Zweifel. Aber laßt mich ausreden. Es gibt noch eine weitere Verwicklung. Euer Erzdiakon. Obwohl sie früher sehr eng befreundet waren, hat Anselm seit Jahren nicht mehr mit Nicholas gesprochen. An jenem Morgen aber, nachdem Nicholas seinen Anfall erlitten hatte, erschien der Erzdiakon plötzlich und gab sich äußerst besorgt. Jetzt besucht er Nicholas regelmäßig, seine Besuche aber regen Nicholas auf – und zwar so sehr, daß er gestern beinahe umgekommen wäre.«

Thoresby hörte schweigend zu. Dann rückte er in seinem Sessel hin und her. »Alles sehr interessant, Owen Archer, doch ich habe Euch den Auftrag erteilt, Nachforschungen über den Tod meines Küsters Fitzwilliam anzustellen.«

»Die beiden Todesfälle hängen zusammen, Euer Gnaden, dessen bin ich mir sicher. Und ich glaube auch, daß der Tod von Fitzwilliam ein Unglücksfall war, nicht aber der von Montaigne.«

»Ein Gift, das für Montaigne bestimmt war, wurde Fitzwilliam verabreicht?«

Owen nickte.

»Und Digby hatte einen entsprechenden Verdacht?«

»Ja, und jetzt ist er tot.«

»Nicholas Wilton kann Digby schwerlich umgebracht haben.«

»Vielleicht der Erzdiakon?«

Thoresby schaute Owen mit ernstem Blick an. »Glaubt Ihr das wirklich?« fragte er schließlich.

»Es paßt zu Digbys Vermutungen. Und außerdem hat er auch versucht, mich loszuwerden.«

»Oh?«

Owen erzählte ihm von Anselms Behauptung, er habe für ihn eine Anstellung in Durham arrangiert, in weniger als einem Tag. »Ich glaube, er hat gehofft, ich würde von dort nicht mehr zurückkehren.«

»Interessant. Was wißt Ihr über Anselm?«

»Recht wenig. Was sollte ich denn wissen?«

Thoresby lächelte über die Frage. »Ihr seid ein unerschrockener Mann. Der alte Herzog hat sich seine Leute mit Bedacht ausgesucht.« Er nickte Johannes zu, der seinen Kelch wieder auffüllte, ebenso wie den von Owen. Die Amtskette des Lordkanzlers glänzte im Feuerschein, als Thoresby mit ihr spielte. Er nickte, hob seinen Kelch, nahm einen Schluck Wein und nickte abermals.

»Kennt Ihr die Pflichten eines Erzdiakons, Owen?«

»Er hat in erster Linie mit der Geldbeschaffung zu tun, nicht?«

Thoresby nickte. »Als Erzdiakon von York ist es Anselms

Aufgabe, Geld für den Bau der Kathedrale zu beschaffen. Ihr habt ja gesehen, daß sie noch nicht fertig ist. Der Bau ist eine langwierige Angelegenheit. Die Kathedrale soll Yorks Huldigung an den Herrn darstellen. Und an den König. Die Hatfield-Kapelle liegt dem König sehr am Herzen.« Er nahm einen weiteren Schluck. »Daraus ergibt sich eine paradoxe Position. Der Erzdiakon muß einerseits ein Geistlicher sein, andererseits sich auch mit weltlichen Dingen auskennen – eine Eigenschaft, die man bei Männern der Kirche nur selten findet.«

Owen nickte, fragte sich aber, worauf der Erzbischof hinauswollte.

Thoresby kicherte. »Euer einziges noch verbliebenes Auge ist sehr ausdrucksstark. Ihr denkt, ich schweife ab. Vielleicht liegt es am Wein.« Er stellte den Kelch ab. »Aber da täuscht Ihr Euch, mein Freund. John Thoresby schweift niemals ab.«

»Ich hätte mir nie erlaubt, dies zu unterstellen, Euer Gnaden.«

»Ich habe Anselm ausgesucht – und es hat sich herausgestellt, daß es eine gute Wahl war –, weil er sich bis dahin als nicht sonderlich fromm erwiesen hatte. Er ist ein guter Gelehrter, ein überzeugender Redner, der eine gewisse Ernsthaftigkeit ausstrahlt – das verhärmte Gesicht, der hagere Körper –, aber in einem Kloster wäre er fehl am Platze. Ihr müßt wissen, er hat eine Schwäche für junge Männer.«

»Ich habe gehört, daß er und Nicholas in der Schule eng befreundet waren.«

Thoresby lächelte. »Ihr habt Nicholas am Ende seines Lebens kennengelernt, auf dem Krankenlager. Aber früher war er ein beeindruckender junger Mann – auf eine ganz besondere Art. Er hatte bezaubernde blaue Augen. Und er konnte zuhören.« Thoresby schüttelte den Kopf. »Anselm wurde in seinen Bann geschlagen. Es gab einen Skandal. Nicht weil zwei Jungen zusammen im Bett erwischt wurden. Das passiert in Klosterschulen häufig – und Ihr werdet es vom Militär her auch kennen. Aber Anselm war der Lieblingsnovize von Abt Gerard. Gerard wollte Anselm in der Kirche zu einer hohen Position verhelfen. Der Abt war außer sich. Und der Zorn öffnete ihm die Augen. Er erkannte Anselms Charakter, sah, daß sein Schützling die treibende Kraft gewesen war und Nicholas sich von dem Interesse, das der Ältere ihm entgegenbrachte, geschmeichelt fühlte und sich schließlich dazu hinreißen ließ, mit ihm das Bett zu teilen. Anselm erhielt einen strengen Verweis. Daraufhin lebte er fast wie ein Asket, aber Gerard wußte, daß dies nur Tarnung war.«

»Er hat Euch deshalb empfohlen, Anselm als Erzdiakon zu bestellen, um ihn von seinen Novizen fernzuhalten?«

»Es war Anselms Bitte. Er wollte den Versuchungen enthoben werden.«

»Bewundernswert.«

»Ihr grinst dabei. Aber Anselm ist ein guter Mann. Ich hatte bislang keinen Grund zur Klage. Es war sein Pech, ein Zweitgeborener zu sein, der für die Kirche bestimmt war. Wäre er nicht Geistlicher geworden, hätte sein Wesen keine Rolle gespielt. Oh, er hätte es wahrscheinlich als unangenehm empfunden, Söhne zu zeugen, aber solange er diese Pflicht in gewissen Zeitabständen versehen hätte, wäre es ihm freigestellt gewesen, seine Vergnügungen dort zu suchen, wo er sie fand. Anselm verdient durchaus Mitleid. Es war nicht sein freier Wille, die kirchliche Laufbahn einzuschlagen.«

»Es ist schwierig für mich, einen Mann zu bemitleiden, der versucht hat, mich auf eine gefährliche, vielleicht tödliche Reise zu schicken.«

»Ich kann es kaum glauben, daß er so ... ungeschickt gewesen sein kann.«

Das hieß nicht, daß Thoresby es Anselm nicht zutraute. Owen schwieg ein paar Minuten und dachte darüber nach. »Ich vermute, der Erzdiakon ist über die Leidenschaft, die er für Nicholas Wilton empfunden hat, niemals hinweggekommen?«

»Sie waren enge Freunde. Ich glaube, das trifft auch für Wilton zu. Aber ihre Freundschaft zerbrach nach dem Tod von Lady d'Arby.«

Owen straffte sich. Genau so etwas wollte er hören. »Weshalb?«

Thoresby zuckte mit den Schultern. »Anselm hat die Freundschaft zwischen Nicholas und Lady d'Arby nicht gerne gesehen. Aber warum sie dann gegeneinander gekämpft haben, nachdem sie verstorben war, das weiß ich nicht.«

»Ich wünschte, ich hätte all das schon gewußt, als ich mit meinen Nachforschungen begonnen habe.«

»Ich konnte mir damals nicht vorstellen, mein Küster könnte versehentlich vergiftet worden sein. Er hatte ziemlich viele Feinde.«

Die beiden Männer schauten sich eine Augenblick lang an.

»Habt Ihr irgendwelche Beweise?« fragte Thoresby schließlich.

»Noch nicht. Ich habe Bruder Wulfstans Aussage, daß er Fitzwilliam jene Medizin verabreicht hat, die für Montaigne hergestellt worden war. Erst nach dem zweiten Todesfall hat Wulfstan das Medikament untersucht und herausgefunden, daß es eine zu hohe Dosis Aconitum enthielt. Genug, um jemanden umzubringen. Rückblickend stellte er fest, daß beide auf eine ähnliche Weise gestorben waren und all jene Symptome gezeigt hatten, die bei einer Vergiftung mit Aconitum auftreten.«

»Ist er sich sicher?«

»Ja.«

»Warum hat er niemandem von seiner Entdeckung erzählt?«

»Weil er fürchtete, er würde dabei auch nicht ungeschoren davonkommen.«

»Wo ist die Medizin?«

»Sie ist verbrannt worden. Damit sie kein Unheil mehr anrichten kann.«

»Eine verspätete Vorsichtsmaßnahme.« Thoresby seufzte. »Hat Bruder Wulfstan Nicholas Wilton mit seiner Entdeckung konfrontiert?«

»Der Mann liegt im Sterben, Euer Gnaden.«

»Also hat er es ihm nicht gesagt.« Thoresby schien diese

Information zu irritieren. »Habt Ihr Wilton irgend etwas gesagt?«

»Nein. Wünscht Ihr, daß ich diese Angelegenheit weiter verfolge?«

Thoresby lehnte sich zurück und starrte an die Decke. Er preßte seine Hände zusammen und schürzte die Lippen. »Es ist schwierig für mich, dies alles zu akzeptieren, denn ich hatte erwartet, es würde sich hier um einen klaren Fall von Rache handeln und mein Küster sei das ausgesuchte Opfer gewesen. Ich verstehe das Motiv noch nicht. Ziemlich schwach. Es reicht mir noch nicht ganz, Owen Archer. Bringen wir die Sache zu ihrem Ende, wollt Ihr?«

Owen nickte und erhob sich, um zu gehen. Dann aber blieb er stehen und runzelte die Stirn. »Ich würde gerne Montaignes Leiche exhumieren lassen.«

»Zu welchem Zweck?«

»Um nach Spuren des Giftes zu suchen. Denn Wulfstan hat die Medizin ja vernichtet.«

»Ich halte das für keine gute Idee, Archer. Ich möchte nicht noch mehr Unruhe in die Abtei bringen.«

Er enthielt ihm Informationen vor und band ihm die Hände, was wollte der Mann eigentlich von ihm? »Was schlagt Ihr mir dann vor, Euer Gnaden?«

»Haltet Euch an die Lebenden, um Antworten auf Eure Fragen zu finden, Archer. Ihr habt ja schon herausgefunden, daß es sich um einen komplizierten Knoten handelt. Jetzt entwirrt ihn auch.«

Lucie saß an Nicholas' Bett und wälzte die wenigen Fakten, die sie besaß, im Kopf herum. Wäre Nicholas nicht so krank, würde sie Geoffreys Namen erwähnen, um zu sehen, wie er reagierte. Aber nach dem gestrigen Anfall war er noch stark geschwächt. Und wenn es stimmte, was sie vermutete, nämlich daß er Geoffrey nicht zufällig vergiftet hatte, dann würde es ihn vielleicht umbringen, wenn er wüßte, daß sie ihm auf die Spur gekommen war. Aber was konnte Nicholas zu diesem Mord getrieben haben?

Sie hatte Angst.

Diese weiblichen Teufel. Wer außer ihr war damit noch gemeint? Ihre Mutter? Was konnte Anselm gegen sie haben? Welcher Niederträchtigkeit verdächtigte er sie?

Ja, natürlich. Daß ihre Mutter sich mit Geoffrey eingelassen hatte und, wie er argwöhnte, sie sich mit Owen.

Aber das stimmte nicht.

Und weshalb sollte Geoffrey Nicholas angegriffen haben?

Sie mußte mehr erfahren. Geoffrey Montaigne, ihre Mutter, Nicholas, Erzdiakon Anselm, Potter Digby. Was verband sie alle? Wer könnte darüber etwas wissen? Es mußte zurückgehen in die Jugend ihrer Mutter.

Ihre Tante Phillippa. Natürlich. Sie würde ihr am Morgen eine Nachricht überbringen lassen. Sie würde ihr mitteilen, daß Nicholas im Sterben lag und sie die Unterstützung ihrer Tante brauchte. Ja, das würde sie tun. Mit Tante Phillippa im Haus würde sie sich sicherer fühlen.

Kapitel 18

Lucie reiht sich ein in den Tanz

Nicholas schlief. Sein Atem war zwar abgehackt, aber doch wieder einigermaßen regelmäßig, so daß Lucie davon ausgehen konnte, daß seine Schmerzen nachgelassen hatten. Sie legte sich neben ihn. In der Kammer war es dunkel bis auf die schmale Flamme des Gaslichts. Die Katze kletterte ihr auf die Brust und wärmte sie. Lucie kraulte Melisende geistesabwesend, während sie zur Decke hinaufstarrte und überlegte, wie sie am besten an Tante Phillippa herantreten konnte. Ihr Fragen über ihre Mutter zu stellen, wäre nichts Ungewöhnliches, wohl aber, wenn sie auch noch Geoffrey und Nicholas erwähnen würde. Ihre Tante würde sofort mißtrauisch werden. Phillippa hatte immer nur ungern von dieser Zeit erzählt. Lucie wußte, daß es eine Menge gab, was ihre Tante ihr vorenthalten hatte. Sie würde herauszufinden versuchen, was Lucie gehört hatte, worauf sie hinauswollte. Vielleicht hatte Lucie die größten Chancen, wenn sie kein großes Aufheben machte. Sie konnte sagen, sie hätte irgendwo aufgeschnappt, daß Geoffrey und Nicholas sich früher einmal gestritten hätten. Wenn sie es auf die leichte Schulter nahm, dann würde auch ihre Tante es tun. Sie durfte gerade so viel sagen, daß Phillippa sich genötigt fühlte, klarzustellen, was der Wahrheit entsprach und was Gerüchte waren. Vielleicht konnte sie sagen, sie habe in den Geschäftsbüchern eine seltsame Eintragung entdeckt.

Die Geschäftsbücher. Lucie hatte bis jetzt noch nicht an sie gedacht. Der Erzdiakon hatte gesagt, Geoffrey habe Nicholas angegriffen und ihn halbtot liegen gelassen. Dann war Nicholas also verletzt worden. Vielleicht konnte sie darüber etwas in den Büchern finden. Ihr Schwiegervater hatte ebenso gewissenhaft wie Nicholas alle Geschäftsbewegungen aufgezeichnet. Konnte es dann nicht einen Eintrag über einen Wundverband oder über eine bestimmte Salbe geben?

Sie setzte sich auf, weckte Melisende, die fauchte und sich träge eine neue Schlafposition suchte. Lucie störte sie noch ein weiteres Mal, als sie ihre Beine aus dem Bett schwang und auf den kalten Fußboden trat. Die alten Geschäftsbücher wurden hier in ihrer Bettkammer aufbewahrt, und zwar in einer schweren Eichentruhe unter dem Vorderfenster. Sie entzündete die Öllampe, warf sich ein Tuch um die Schultern und ging zu der Truhe hinüber.

Es war Lucies Hochzeitstruhe, und davor war sie die Hochzeitstruhe ihrer Mutter gewesen. Aus dieser Truhe hatte Lucie Erinnerungsstücke an ihre Kindheit hervorgeholt, als sie mit Martin schwanger gewesen war. Welch glückliche Tage hatte sie damals verbracht. Gott war ihr wohlgesonnen gewesen und hatte ihr diese Zeit der Freude geschenkt. Und während seines kurzen Lebens hatte Martin sie mit Glück erfüllt. Durch ihn fühlte sie sich an ihre eigene Kindheit erinnert, sie sah ihre Mutter vor sich mit ihren dunklen Haaren und hellen Augen, über die Truhe gebeugt, aus der sie ihre Schätze hervorzauberte, meist Geschenke von Geoff, ihrem ritterlichen Galan. Auch Lucie brachte er Geschenke mit. Eine geschnitzte Puppe mit seidenem Haar, einen kleinen Wagen, in der er sie durch den Irrgarten zog. Er hatte das sonnigste Lächeln und die schönste Stimme der Welt . . . Und ihn sollte Nicholas vergiftet haben? Dieser Gedanke brannte in Lucies Herz. Doch sie sagte sich, daß sie jetzt keine Zeit hatte, weiter darüber nachzugrübeln.

Sie nahm einen Armvoll zusammengenähter Bücher heraus, deren Einbände kunstvoll mit ungewöhnlichen Kräutern illustriert waren, und legte sie beiseite. Dieses Bücher stammten von Nicholas. Darunter lagen ältere, ledergebundene Bücher mit vertrockneten und rissigen Einbänden. Lucie blätterte sie durch, nicht ohne hin und wieder bei detaillierten Darstellungen von astrologischen Symbolen innezuhalten. Paul Wilton, ihr Schwiegervater, hatte sich mehr für diesen Teil seiner Arbeit interessiert als für die botanische Seite, die Nicholas faszinierte. Lucie fand es verwirrend, den Aufzeichnungen ihres Schwiegervaters zu folgen. Er begann in mehreren Büchern mit Eintragungen, dann kehrte er an den Anfang zurück und füllte die leeren Stellen in all diesen Büchern, bevor er schließlich ein neues Buch anfing. Manchmal auch unterbrach er seine Aufzeichnungen in dem einen Buch, um in ein anderes zurückzuspringen. Lucie war sich unsicher, nach welchem Datum sie suchen sollte, doch sie wußte, daß es sich um die Zeit zwischen der Heirat ihrer Mutter und dem Aufenthalt Geoffreys in York handelte. Sie wußte auch, daß Geoffrey kurz nach ihrer Geburt nach York gekommen war. Schon vor langer Zeit hatte sie Tante Phillippa danach gefragt, als sie von der romantischen Vorstellung beseelt war, Geoffrey könnte ihr Vater sein. »O nein, meine liebe Kleine, du bist meine Nichte, die Tochter von Robert. Daran besteht kein Zweifel.«

Ihre Tante konnte nicht verstehen, wie schön es für Lucie gewesen war, sich vorzustellen, sie entstamme der Liebesbeziehung ihrer Mutter, und ihr Vater sei jener blondhaarige Ritter, der ihre Mutter zum Lachen gebracht hatte. Sie wollte nicht die Tochter dieses verbissenen Mannes sein, der immer brüllte und sie ›kleine Dame‹ nannte. Mehr als seine Schimpfereien verletzte es sie, daß Sir Robert sie niemals bei ihrem Namen rief. Als ob er sich nicht mehr daran erinnern könnte. Das erschreckte sie. Wenn sie bei ihrem Vater in Vergessenheit geraten konnte, dann auch bei Gott. Geoffrey vergaß ihren Namen nicht. Und auch nicht, was ihre Lieblingsfarbe war. Und die kleinen Geheimnisse, die sie ihm anvertraut hatte, ebenfalls nicht ...

Lucie schüttelte den Kopf. Sie hatte so lange über dem Buch gekauert, daß Nadelstiche durch ihre Hand fuhren, mit der sie die Seiten umblätterte, und auch das eine Bein begann schon einzuschlafen. Sie nahm die Geschäftsbücher an sich, von denen sie glaubte, sie würden sich auf die Ehejahre ihrer Mutter beziehen, und ging damit zu dem Tisch, der vor dem Gartenfenster stand.

Langsam wühlte sie sich durch die Bücher, und hielt inne, wenn ein ›N‹ auftauchte, das Paul Wiltons Abkürzung für Nicholas gewesen war. In den Aufzeichnungen erschienen nicht die vollständigen Namen, sondern immer nur ein oder zwei Initialen, was ausreichte, um die Kunden und Lieferanten zu unterscheiden. Die meisten Einträge, in denen Nicholas vorkam, bezogen sich auf die Pflanzen und Samen, die er eingekauft hatte. Im Laufe der Zeit war Nicholas immer stärker in die Apotheke seines Vaters hineingewachsen. Die Verantwortung, die ihm übertragen wurde, hatte immer mehr zugenommen.

Und dann wurde sie fündig. Es handelte sich um eine Eintragung ungefähr aus der Zeit, zu der ihre Mutter gestorben war. Sie wollte schon fast aufgeben, kurz bevor sie darauf stieß. ›MD hat Wunde kauterisiert und bandagiert. Die Nacht über geblieben, um nach Ns Auge zu sehen, wenn er aufwachte. Salben und Verbände zurückgelassen. EA, D'Arby und DP stimmen überein, daß N genug gebüßt hat.‹ Außerdem ging aus den Aufzeichnungen hervor, daß MD ein reichlich bemessenes Honorar erhalten hatte und dem Münster eine Spende zugeflossen war, deren Höhe Lucie erstaunte. ›EA‹ stand zweifellos für den Erzdiakon, d'Arby war ihr Vater, und mit ›DP‹ war Dame Phillippa gemeint. Sie stimmten darin überein, daß Nicholas nun genug gebüßt hatte, aber wofür? Welche Sünde erforderte eine derart großzügige Spende an das Münster? Hatte es irgend etwas mit dem Tod ihrer Mutter zu tun? Und wer verbarg sich hinter der Abkürzung ›MD‹?

Owen erwachte in der Morgendämmerung aus einem leichten Halbschlaf, der ihn schließlich umfangen hatte, nachdem er den größten Teil der Nacht wachgelegen hatte. Sein Magen schmerzte höllisch, und sein Kopf fühlte sich an, als hätte sich darin eine Gruppe von Dämonen versammelt, die mit schrillen, hysterischen Stimmen durcheinanderplapperten. So viele Fragen, so wenig Antworten, und so viele Zwänge, die zu beachten waren. Er durfte Montaigne nicht exhumieren, er konnte Lucie nicht befragen, denn dann würde sie erfahren, daß er sie verdächtigte. Und er konnte Nicholas keine Fragen mehr stellen, denn der Mann lag im Sterben. Anselm war verrückt. Thoresby – was war mit John Thoresby? Der selbstsichere, souveräne Lordkanzler von England und Erzbischof von York? Er schickte Owen aus, um Nachforschungen über den Tod seines Küsters anzustellen, doch Owen hatte das Gefühl, daß Thoresby weit mehr wußte, als er zu verstehen gab. Warum? Traute er Owen nicht? Und wenn das der Fall war, was tat Owen dann eigentlich hier? Er war zwar keineswegs davon überzeugt, daß die Exhumierung Montaignes irgendwelche Beweismittel zutage fördern würde, aber daß Thoresby ihm diesen Wunsch so kategorisch abgeschlagen hatte . . .

Diese Gedanken führten zu nichts. Er mußte darüber nachdenken, wo er Antworten auf seine offenen Fragen finden konnte. Er mußte mit jemandem reden, der etwas über Lady d'Arby, Montaigne und Nicholas wußte. Bess lebte noch nicht lange genug in York, um etwas über diese Zeit zu wissen, was nicht der Gerüchteküche entstammte.

Magda Digby. Die Zeit lag zwar lange zurück, aber Owen vermutete, daß in York wohl wenig passieren würde, von dem die Flußfrau nicht Kenntnis erhielt. Er trug etwas Salbe auf seine Narbe auf, legte seine Klappe darüber, schlüpfte in seine Stiefel und verließ das Wirtshaus. Er konnte mit Magda reden und wieder zurück sein, bis Lucie die Apotheke öffnete.

Nach ihrer durchwachten Nacht entschloß sich Lucie, Owen zu ihrer Tante Phillippa zu schicken. Sie legte die Geschäftsbücher beiseite und schlief ein wenig, stand aber beim ersten Licht des Tages schon wieder auf, frühstückte mit Tildy und besprach mit ihr die Tagesarbeit. Lucie erwartete Owen, aber er kam nicht. Sie schaute nach, ob er sich draußen beim Holzstoß aufhielt. Die Luft war frostig, und am Himmel zogen sich Schneewolken zusammen. Unter der Buchsbaumhecke spitzten die ersten grünen Triebe der Frühlingskrokusse durch die dünn gewordene Schneedecke. Die Vorboten des Frühjahres erfreuten ihr Herz. Doch ihre Irritation wuchs, als sie im Garten keine

Spur von Owen entdeckte. Nun, da sie sich entschlossen hatte, ihn zu ihrer Tante zu schicken, wollte sie keine weitere Verzögerung hinnehmen.

Sie würde zur York Tavern gehen und ihn holen. Tildy konnte solange auf Nicholas achten und ihr Bescheid sagen, wenn er aufwachte.

Tom war damit beschäftigt, den Inhalt der Fässer abzuschätzen. Er blickte mit einem Lächeln auf, als sie eintrat. »Lucie Wilton. Willkommen, Nachbarin.« Er bemerkte, das sie ein wenig durcheinander war. »Geht es um Nicholas? Ist es schlimmer geworden?«

Sie nickte. »Ich möchte Owen zu meiner Tante Phillippa schicken.«

»Und du hast gedacht, du würdest ihn hier finden? Nein, er ist schon bei Tagesanbruch weggegangen.«

Von oben ertönte Bess' Stimme, die bellend ihre Befehle erteilte.

»Hast du eine Ahnung, wohin er gegangen ist?«

Tom kratzte an seinem Bart, dann schüttelte er den Kopf. »Er hat mir nichts gesagt. Ich habe gedacht, er würde zu dir gehen. Geh hinauf und frag Bess, ob sie etwas weiß.«

»Sie scheint beschäftigt zu sein.«

»O ja. Sie versucht, Owens Kammer wieder in Schuß zu bringen. Sie ruht nicht eher, bis alle Spuren des Feuers beseitigt sind. Aber geh ruhig hinauf. Sie wird nichts dagegen haben, dich zu sehen.«

Bess stand im Türrahmen der kleinen Kammer, die Hände in die Hüften gestemmt, und klopfte mit einem Fuß auf den Boden. »Ich weiß nicht, Kit. Ich weiß nicht, was ich mit dir noch machen soll. Du hast überall Ellbogen, mein Kind. Nichts ist sicher, wenn du in der Nähe bist.«

»Bess?«

Bess drehte sich um. Ihr Gesicht war fast genauso rot wie die Haarsträhnen, die sich in dichten, feuchten Locken von ihrer

Haube herunterrankten. Ihre Ärmel hatte sie bis zu den Ellbogen aufgekrempelt, so daß ihre muskulösen Oberarme zu sehen waren. »Ach du meine Güte, du erscheinst gerade in dem Moment, in dem ich dem Mädchen erklären will, wie man einen Boden richtig schrubbt. Kannst du dir vorstellen, daß sie fünfzehn Jahre durchgebracht hat, ohne das zu lernen?«

Normalerweise hätte Lucie über die Schimpftirade ihrer Freundin gelächelt, doch an diesem Morgen war sie zu sehr von ihrem Vorhaben eingenommen. »Hast du Owen gesehen?«

»Ist er nicht bei dir? Als er heute im Morgengrauen gegangen ist, habe ich gedacht, du hättest ihn so früh zu dir bestellt.«

Lucie wendete sich zu der Leiter. »Dieser verdammte Mann.«

Der Gesichtsausdruck ihrer Freundin sowie die Verbitterung und die Frustration, die in diesen drei Worten lag, alarmierten Bess. Sie ergriff Lucies Arm. »Was ist denn los, meine Liebe? Geht es Nicholas wieder schlechter?«

Lucie nickte.

»Und du braucht jemanden, der den Laden hütet, während du an seinem Bett sitzt?«

»Ich will Owen zu meiner Tante Phillippa schicken.«

»Zu deiner Tante? Warum? Was kann sie dir nutzen? Ich werde mich um den Laden kümmern.«

»Du hast doch hier deine Arbeit.«

»Kit ist auch noch da.«

»Ich brauche meine Tante. Es wird Zeit, daß sie mir mal ein bißchen hilft.«

»Gut, ich will darüber nicht mit dir streiten. Aber warum willst du Owen hinschicken? Schick doch John, meinen Stallburschen. Er ist ein guter Mann, reitet schnell und wird im Nu wieder zurück sein.«

»Ich will dich nicht unnötig belasten, Bess.«

»Das ist keine Belastung für mich, meine Liebe. Ich will dir nur helfen.«

Lucie schaute auf ihre Hände hinunter. »Ich wünschte, du könntest es.«

Bess verschränkte ihre Arme vor der Brust. »Wie ich es mir

schon gedacht habe. Es geht dir nicht nur darum, daß deine Tante dir hilft. Da ist noch mehr im Busch. Komm, gehen wir nach unten. Dann erzählst du Bess alles.«

»Ich kann nicht länger bleiben, Bess«, sagte Lucie, während sie ihrer Freundin nach unten in den Schankraum folgte.

»Dann werden wir uns bei dir zu Hause unterhalten. Mir ist das gleich.«

»Nein. Dort kann ich nicht reden.«

Bess führte sie in die Küche, setzte sie auf einen Stuhl und legte ihr die Hände auf die knochigen Schultern. »Du ißt nicht mehr richtig, Lucie. Es wird alles nur noch schlimmer, wenn du nicht mehr richtig ißt.« Sie goß für Lucie und für sich je einen Becher Bier ein.

Lucie wurde durch Bess' Anteilnahme schon fast dazu verleitet, sich ihr anzuvertrauen, und überlegte, wo sie beginnen sollte, wie sie erklären sollte, welche Ängste sie in bezug auf Nicholas hegte. Doch dann erschien es ihr doch wieder als ein Treuebruch, wenn sie ihrer Freundin erzählen würde, daß sie befürchtete, ihr Ehemann habe jemanden umgebracht.

»Ich muß mit meiner Tante reden, Bess. Ich muß ein paar Dinge in Erfahrung bringen, das ist alles.«

»Wirklich?« Bess nahm ihre Haube ab und machte sich an ihrem aufgesteckten Haar zu schaffen. Sie durchstach es so ruckartig und ungeduldig mit hörnernen Haarnadeln, daß Lucie zusammenzuckte. Bess prüfte ihre Arbeit durch ein energisches Schütteln, und nachdem sie zufrieden festgestellt hatte, daß dadurch ihr Kunstwerk nicht zusammenstürzte, setzte sie ihre Haube wieder auf, lehnte sich über den kleinen Tisch zu Lucie hinüber und faßte ihre Freundin scharf ins Auge. »Warum fängst du nicht am Anfang an?«

Und da brach mit einemmal alles aus Lucie heraus, ohne daß sie es gewollt hatte: sie erzählte von den Entdeckungen Wulfstans, von alldem, was sie mitgehört hatte, sowie von den Eintragungen, die sie in den Geschäftsbüchern gefunden hatte.

»Heilige Muttergottes«, murmelte Bess, als Lucie mit ihrem Bericht fertig war. »Da hast du aber auf deinen schmalen Schultern eine schwere Last mit dir herumgetragen. Hast du Nicholas wegen alldem zur Rede gestellt?«

Lucie rieb sich die Schläfen, eine hilflose Geste. »Wie hätte ich das tun können? Er ist doch so krank. Hätte ich ihn durch Fragen beunruhigen sollen, die schlimme Erinnerungen in ihm wachgerufen hätten?«

Bess nickte. »Nun, du hast immerhin darüber nachgedacht. Ich will dir sagen, was du tun kannst. Es gibt in deinem Haushalt jemanden, der das alles erfahren sollte. Er wird dir bestimmt helfen.«

Lucie schob den Becher zur Seite und stand auf. »Du willst mir schon wieder Owen aufdrängen. Kannst du an nichts anderes denken, Bess? Warum sollte ich mich meinem Lehrling anvertrauen? Er ist ja fast immer noch wie ein Fremder für mich. Wie soll ich wissen, ob ich ihm vertrauen kann?«

»Ich weiß, daß du ihm vertrauen kannst, meine Liebe. Ich will nicht versuchen, dich zu verkuppeln. Nicht heute morgen. Nicht, wenn du in solchen Schwierigkeiten steckst.«

»Ich werde mich schon selber darum kümmern.«

»John wird zu deiner Tante gehen.«

»Nein, ich werde Owen zu ihr schicken.«

»Bitte, meine Liebe. Es wäre doch viel vernünftiger, John zu schicken. Er kennt den Weg. Er weiß, wo die Highlander den Reisenden auflauern. Wir haben ihn schon hierhin und dorthin geschickt mit Besorgungen, und niemals ist etwas schiefgegangen. Er ist jung und furchtlos. Er glaubt, es sei alles ein Spiel.«

Lucie sah ein, daß Bess recht hatte. »In Ordnung. Bitte schick John zu ihr. Und danke, Bess.«

»Du bist wie meine eigene Tochter, Lucie. Das ist das mindeste, was ich tun kann.«

Lucie umarmte ihre Freundin. »Verzeih mir, daß ich so aufbrausend war.«

»Kein Wunder, daß du ein bißchen gereizt bist. Ich nehm's dir nicht übel.«

»Wenn du Owen Archer siehst, schick ihn bitte ins Geschäft. Er ist schon überfällig.«

Owen mußte eine Weile warten, bis Magda die Wunde eines Mannes versorgt hatte. Je länger er hier warten mußte, desto später würde er in die Apotheke zurückkehren. Das Warten frustrierte ihn. Aber wenn er aufgab, dann hatte er den Weg umsonst unternommen, und wenn Lucie auf ihn wütend war, dann wollte er ihr wenigstens einen Grund nennen können. Schließlich aber schickte Magda den Mann weg und gesellte sich zu Owen, der am Feuer saß. Sie wischte sich ihre Hände ab und nickte zufrieden. »War eine wichtige Arbeit heute morgen, den armen Kirby zu retten. Ein guter Fischer. Bester Aalfänger an der Ouse.«

»Wo hat er sich verletzt?« Der Mann hatte eine klaffende Wunde am Bauch gehabt.

»Die Leute kommen zu Magda, weil sie wissen, daß sie ihre Sünden nicht ausplaudert. Der Mann hat sich am Bauch geschnitten. Das muß Euch genügen.« Sie schnitt eine Scheibe von einem harten Laib Brot ab, der von ihr auf dem Tisch lag, und belegte sie mit einem überreifen Stück Käse, daß es Owen den Magen umdrehte. »Aber was ist mit Euch, was hat Euch hierhergeführt?«

»Kann ich mich darauf verlassen, daß ihr mein Anliegen genauso verschwiegen behandelt wie das des Aalfängers?«

»Ja. Ihr wart Potters Freund. Potters Freund ist Magdas Freund. Bis auf den, den er für einen Freund gehalten hat, der aber nie einer war. Der Erzdiakon. Eine Rabenkrähe. Hat Magdas Kleinen umgebracht.«

»Wißt Ihr das sicher?

Sie spuckte ins Feuer. »Magda hat viele Freunde. Ein paar Augen waren auch am Turm in jener Nacht. Sie haben gesehen, wie die Krähe Potter hinuntergestoßen hat. Er hatte zu tief in den Topf mit Met geschaut. Und die Krähe hat ihre Chance genutzt.«

»Warum?«

»Ihr wißt, warum. Um seinen Liebling zu schützen. Den sanftäugigen Nicholas.«

»Ihr wißt, was Nicholas Potters Ansicht nach getan hat?«

»O ja. Potter war der Wahrheit schon ziemlich nahe gekommen.« Sie wischte sich die Händen an ihrer Bluse ab, schnitt sich eine weitere Scheibe ab und belegte auch sie mit dem Käse. »Ist ein guter Käse. Ihr seid ein Narr, daß Ihr darüber die Nase rümpft.«

»Worin bestand die Verbindung zwischen Nicholas und Geoffrey Montaigne? Aus welchem Grund könnte Nicholas ihn getötet haben?«

»Der Galan der feinen Dame hat einmal versucht, Nicholas umzubringen. Vielleicht hätte er es noch einmal versucht. Oder Erinnerungen aufgerührt, die man am besten ruhen lassen wollte.«

»Ich muß mehr darüber wissen, werte Frau Digby. Ich muß wissen, ob es sonst noch jemanden gibt, den Anselm vielleicht gern zum Schweigen bringen möchte.«

Sie zuckte mit den Achseln. »Magda. Sir Robert d'Arby und Dame Phillippa. Vielleicht sogar das Mädchen Lucie. Sie ist mit dem Sanftäugigen verheiratet, stimmt's? Phillippa war so dumm, in diese Hochzeit einzuwilligen. Magda hatte es ihr gesagt. Das würde nicht gutgehen.«

»Warum nicht?«

Magda blinzelte ihn an. »Ihr grabt tief, Vogelauge. Was hat ein Bogenschütze mit dieser Geschichte zu tun?«

»Potter hat Euch gesagt, hinter was ich her bin.«

»Der mächtige Thoresby will das alles wissen?«

»Es scheint, daß der Tod von Fitzwilliam damit zusammenhängt. Er möchte Klarheit haben.«

»Zurück bis Kain und Abel, was? Den Tod von Fitzwilliam kann man nicht mehr ungeschehen machen.«

»Das will er auch nicht. Der Tod seines Küsters hat ihn in eine Verlegenheit gebracht. Und er möchte sichergehen, daß nichts dahintersteckt, was seine eigene Person gefährden könnte.«

»Er braucht keine Angst haben.«

»Warum war die Heirat ein Fehler?«

»Ihr kennt die Geschichte von Anselm und Nicholas? Daß

der Anselm mit den Visionen den hübschen, kränklichen Knaben Nicholas unter seine Schwingen und in sein Bett genommen hat?«

»Anselm hatte Visionen?«

Magda lachte. »Wenn Ihr Euch diese Krähe anschaut, könnt Ihr dann einen wohlgestalteten Jüngling entdecken? Nein, er hat ihn mit Geschichten über die Muttergottes und das Jesuskind geködert. Geschickt, nicht wahr?«

»Hat Abt Gerard davon gewußt?«

»Dieser Narr. Er hätte Fitzwilliam sogar den verfaulten Arm abgekauft.«

»Was könnt Ihr mir sonst noch über Nicholas und Anselm sagen? Haben sie ihre Beziehungen weitergeführt?«

Magda schüttelte den Kopf. »Nein. Wäre es so gewesen, wäre nichts von alledem passiert. Nein, Nicholas war dafür nicht geschaffen. Aber er hat den Visionen der Krähe geglaubt.«

»Also hatte Anselm Einfluß auf ihn?«

»Magda hat schon Leute gesehen, die auf blutigen Knien dorthin gekrochen sind, wo ihre Heiligen Visionen gehabt haben, Vogelauge. Das schlägt manche Leute mächtig in Bann.«

»Habt Ihr Dame Phillippa davon erzählt?«

»Ja. Hat viel Gutes bewirkt.«

»Ihr wart befreundet?«

»O ja. Magda hat ihr geholfen, das Mädchen Lucie zur Welt zu bringen. Amelie d'Arby hatte sich dumm angestellt. Aber Euch interessieren doch die Beschwerden von Frauen nicht. Es ist genug, wenn Ihr wißt, daß der sanftäugige Jüngling von Lady d'Arby verhext worden ist. Also hat sie sich ihm anvertraut anstatt Magda, als das Kind des blondes Galans in ihr heranreifte. Magda wäre nicht so dumm gewesen. Die Lady hat sich selber umgebracht durch seine Hilfe. Und Montaigne hat Nicholas Wilton dafür verantwortlich gemacht. So einfach ist das.«

Eine Abtreibung, die mißglückt war? War es wirklich so einfach gewesen? »Erzähl mir etwas über die Beschwerden von Amelie d'Arby!«

Magda zuckte mit den Achseln. »Lord d'Arby brachte sie als Kriegsbeute heim. Ein hübsches, junges französisches Mädchen, das ihm Söhne gebären sollte. Ein Jahr verging, und sie wurde immer noch nicht dick mit einem Kind. Lord d'Arby verlor die Geduld. Die dumme Magd des Mädchens hat dann Lady d'Arby zu Magda gebracht. Würde sie ihm keinen Sohn schenken, würde er einen Weg finden, sie wieder loszuwerden. Magda zweifelte nicht daran. Hab' ihr Flohkraut und Krapp gegeben. Und eine Alraune, die unter dem Fenster ihres Herrn vergraben werden sollte. Damit kein anderer Mann Gelüste verspüren würde, mit Amelie d'Arby das Bett zu teilen. Sie war eine bezaubernde Schönheit.«

»Hat es funktioniert?«

»Nein. Also hat sie sich dem Sanftauge anvertraut. Hat gedacht, er könnte es besser.«

»Sie hat sich nicht an den Vater von Nicholas gewendet?«

»Schon. Aber er hat sie in die Kirche geschickt, um zu beten. Also hat sie von dem Jüngling Hilfe erhofft. Das dumme Mädchen.«

»Und dann bekam sie Lucie?«

»Ja, genau. War nur eine Frage der Zeit. Das Mädchen hatte viel gelitten im Krieg. Sie brauchte Zeit, um zu vergessen, wie der Kopf ihres Bruders auf einem Pfahl aufgespießt war. Aber die Geburt hätte sie fast umgebracht. Nicholas hat sich darauf verlassen, daß sie mit seinen Tränken vorsichtig umgehen würde. Aber die Frau war zu verängstigt. Magda hat das gesehen. Aber Sanftauge war jung und verhext.« Magda schüttelte den Kopf.

»Und er hatte immer noch nichts dazugelernt, als sie später wieder zu ihm gegangen ist, um eine Geburt zu verhindern?«

»Weiche Augen«, sagte Magda und deutete auf ihre Augen, »weiche Birne.« Sie faßte sich an den Kopf. Dann kicherte sie.

»Warum wollte sie das zweite Kind nicht?«

Magda zuckte mit den Schultern. »Das kann Euch Phillippa sagen.«

»Ihr habt nie danach gefragt?«

Magda schnaubte. »Jeden Tag kommen Leute zu Magda. Wie kann sie sich da um alles kümmern?«

»Ihr habt gesagt, Nicholas sei von Lady d'Arby verhext gewesen. Meint Ihr damit, er sei in die Mutter der Frau verliebt gewesen, die er dann geheiratet hat?«

Magda grinste. »Zuviel für Euren Geschmack, was?«

»Warum hat Potter niemals Nicholas Wilton vorgeladen, damit er sich dafür rechtfertigte?«

»Potter hat das nicht alles gewußt. Wäre nicht gut gewesen für ihn, wenn Potter alles gewußt hätte. Magda hatte versprochen, daß die Krähe niemals ein Wort erfahren würde.«

»Welche Macht hat der Erzdiakon über Euch?«

Magda zuckte mit den Schultern und spuckte abermals ins Feuer. »Magda darf sich keine Feinde schaffen. Sie hat keinen Beschützer. Die Krähe könnte Magdas Hütte niederbrennen lassen und ihr die Macht zu heilen nehmen.«

»Und dennoch erzählt Ihr mir das alles.«

»Wenn die Krähe Potter umgebracht hat, dann hat sie sich Magdas Schweigen verscherzt. Er muß bestraft werden. Ihr werdet das auch so sehen. Magda weiß es.«

Owen fühlte sich wie ein Schwindler. Er hatte nicht die Absicht, das Recht in die eigenen Hände zu nehmen. Wenn Erzbischof Thoresby entscheiden sollte, daß Anselm bestraft werden mußte, dann war es etwas anderes. Wahrscheinlicher war jedoch, daß Thoresby vor den Verbrechen seines Erzdiakons beide Augen zudrücken würde. »Nicholas Wilton ist nicht unbedingt ein vertrauenswürdiger Apotheker.«

»Sanftauge ist schwach, nicht böse. Dieser Narr. Wie konnte er Montaigne vergiften? Der Mann lag sowieso schon im Sterben. Er ist nur deshalb in Schwierigkeiten geraten, weil er nicht warten konnte.«

Owen mußte die Frage stellen. »Ist es möglich, daß Lucie Wilton die tödliche Medizin zusammengestellt hat? Um den Tod ihrer Mutter zu rächen?«

Magda runzelte die Stirn. »Wieso? Ihr Mann hat doch ihre Mutter umgebracht, nicht Montaigne.«

»Wie konnte Lucie einwilligen, Nicholas Wilton zu heiraten?«

»Phillippa hat es dem Mädchen eingeredet.« Magda lachte, als sie Owens Gesichtsausdruck sah. »Diese Geschichte gefällt Euch nicht. Aber die Lady hat um den Tod gebeten, den Sanftauge ihr gebracht hat. Es war ihr eigener Wille.«

»Glaubt Ihr, er liebt Lucie? Nicholas, meine ich.«

Magda faßte Owen scharf ins Auge, bis es ihm auf seinem Sitz unbehaglich wurde. Sie schnaubte. »So wie Vogelauge das Mädchen liebt?« Magda lachte, als er es abzustreiten versuchte. »Ihr habt Euch zu sehr bemüht, es zu verbergen. Magda kann das sehen.« Sie schüttelte den Kopf, und ihre Augen blickten freundlich. »Aber ja, Nicholas liebt sie durchaus.«

Es war schon später Vormittag, als Owen Magdas Hütte verließ.

Als Lucie von der York Tavern in die Apotheke zurückkam, wurde sie zornig, als sie feststellte, daß Owen immer noch nicht eingetroffen war, doch sie verkniff sich einen Wutausbruch und dankte Tildy dafür, daß sie allein die Stellung gehalten hatte. »Master Nicholas ist noch nicht wach?«

»Ich habe gehört, wie er den Erzdiakon begrüßt hat, nachdem der zu ihm hinaufgegangen war, aber . . .«

Ein Schauer durchlief Lucie, als sie das hörte. »Erzdiakon Anselm ist oben bei ihm?«

»Ja, Ma'am.«

»Hast du ihm denn nicht gesagt, daß dein Master schläft?«

Tildy nickte. »Schon, aber er wollte trotzdem hinaufgehen. Ihr habt nicht gesagt, daß ich ihn wieder wegschicken sollte.« Ihre Augen waren vor Schreck geweitet, weil sie befürchtete, sie könnte etwas Falsches getan haben.

»Du hast schon recht, Tildy, ich habe dir nicht gesagt, wie du dich verhalten sollst, wenn der Erzdiakon vorbeikommt. Du warst eine große Hilfe. Geh nun wieder zurück zu deiner Arbeit.«

Lucie schlich die Stufen hinauf. Nicholas kreischte und wimmerte. »Wir sind verflucht«, jammerte er. »Du hast den Fluch über uns gebracht.«

Es war überhaupt nicht gut für ihn, wenn er sich so aufregte. Es würde seinen Zustand nur wieder verschlimmern. Der Erzdiakon würde ihn durch seine Besuche noch umbringen. Lucie konnte nicht länger tatenlos zusehen, ganz gleich, was Nicholas sagte. Sie öffnete die Tür. Anselm saß am Bett, tätschelte Nicholas' Hand und flüsterte ihm etwas ins Ohr.

Auf den totenbleichen Wangen ihres Ehemannes standen zwei rote Flecken. Sein Haar war schweißnaß.

»Nein, Nicholas, lieber Nicholas, so etwas darfst du nicht sagen.« Anselm flötete, als habe er ein verängstigtes Kleinkind vor sich.

Nicholas versuchte, ihm seine Hand zu entziehen, aber Anselm hielt sie fest. »Du bringst mich um, Anselm«, wimmerte Nicholas.

»Wie kannst du so etwas sagen? Ich bin dein Beschützer.«

»Laß mich allein.«

»Hinaus jetzt«, sagte Lucie.

Anselm zuckte zusammen und drehte sich um. »Verschwinde, Frauenzimmer!«

Kein Name. Nur ›Frauenzimmer‹, herausgespuckt wie ein Fluch. Und die aufdringliche Art, wie er sich Nicholas gegenüber verhielt. Gott verzeihe ihr, aber sie verabscheute den Erzdiakon. Das verlieh ihr Stärke. »Wollt Ihr mir vorschreiben, was ich in meinem eigenen Haus zu tun und zu lassen habe? Er ist mein Mann. Ich habe alles unternommen, was in meiner Kraft steht, damit er wieder gesund wird, und dann taucht Ihr auf und verderbt alles wieder. Schaut Euch doch an, wie sehr ihn Eure Besuche aufregen. Er hat es doch selber gesagt. Ihr bringt ihn um. Hinaus jetzt mit Euch!« Sie schrie, und sie zitterte vor Zorn.

Anselm erhob sich. Graubraun und fleischlos, wie ein vertrockneter Leichnam. Er bereitete ihr Übelkeit. »Nicholas wäre nicht in diesem Zustand, wenn Ihr Euch nicht eingemischt hättet«, zischte er.

»Was meint Ihr damit? Was soll das heißen?«

»Anselm, bitte«, jammerte Nicholas. »Bitte geh.«

Anselm wendete sich zu Nicholas um. »Willst du das auch? Willst du, daß ich dich mit ihr allein lasse?«

»Ja.«

»Dann bist du ein verdammter Narr. Ich werde dich in dein Unglück rennen lassen, wenn du unbedingt willst.« Anselm rauschte an Lucie vorbei, blieb aber im Türrahmen stehen und richtete seine finsteren Augen auf sie. »Ich gehe auf seine Aufforderung hin, nicht auf Eure.«

Sie blieb zitternd stehen, bis sie hörte, daß die Ladentür ins Schloß fiel. Dann setzte sie sich auf das Bett zu Nicholas, der mit geschlossenen Augen auf dem Rücken lag und seine Hände in die Decke krallte. Sie nahm das Abdecktuch von der Schüssel mit parfümiertem Wasser und kühlte seine Gesicht, seinen Hals, dann löste sie seine Hände von der Decke und rieb sie. »Du bist so gut zu mir«, flüsterte Nicholas und öffnete die Augen.

»Was ist hier eigentlich los, Nicholas? Du kannst mir nicht mehr weismachen, daß der Erzdiakon dein Freund ist. Du hast ihm gesagt, daß er einen Fluch über euch gebracht hat. Was heißt das, Nicholas? Was ist zwischen euch?«

Nicholas schüttelte den Kopf. »Verzeih mir.«

»Wofür? Was hast du getan?«

Er schloß die Augen wieder. »Anselm haßt dich. Nimm dich vor ihn in acht!«

»Warum, Nicholas? Wenn ich mich vor ihm in acht nehmen soll, muß ich doch wissen, warum.«

Aber Nicholas schüttelte nur den Kopf und drehte sich weg.

Kapitel 19

Bess greift ein

Als Owen die Apotheke betrat, hatte er sich schon eine Entschuldigung für sein Zuspätkommen zurechtgelegt. Aber Lucie gab ihm keine Gelegenheit, sie vorzubringen.

»Paßt auf das Geschäft auf, während ich weg bin. Wenn Ihr Euch über irgend etwas unsicher seid, laßt es liegen, bis ich zurückkomme. Eure Entschuldigung könnt Ihr Euch solange aufheben.« Sie warf sich ihren Umhang über und rauschte aus der Tür.

Sie hatte allen Grund, über ihn verärgert zu sein. Doch daß sie so kurz angebunden gewesen war, überraschte ihn. Er steckte den Kopf in die Küche und fragte Tildy, ob sie ihm irgend etwas Warmes zu trinken geben könne. Das Mädchen sprang auf und lächelte, froh darüber, daß sie sich nützlich machen konnte. »Du solltest nicht zu freundlich mir gegenüber sein, Tildy. Deine Herrin ist nicht gut auf mich zu sprechen.«

»Sie ist heute schon die ganze Zeit außer sich, Sir. Sie hat sich um Master Wilton gesorgt.« Tildy schüttelte den Kopf und seufzte. »Ihr müßt wissen, Erzdiakon Anselm ist erschienen und hat ihn aufgeregt. Mistress Wilton hat ihn angeschrien und hinausgeworfen.«

»Sie hat ihn angeschrien?« Owen hatte Lucie noch nie brüllen gehört.

»Ich mußte es einfach hören, Sir, es war so laut. Alle haben sie geschrien. Master Wilton hat so erbärmlich geklungen. Wird es Ärger geben, Sir?«

»Weiß du, wo die Herrin jetzt hingegangen ist?«

Sie schüttelte den Kopf. »Aber ich hoffe, sie wird sich über den Erzdiakon beschweren. Er hat keinen Grund, hierherzukommen und Master Wilton zu ängstigen.«

»Könnte sie zu Bess Merchet hinübergegangen sein?«

Tildy zuckte mit den Achseln. »Sie war schon drüben, um

nach Euch zu suchen, und ist eine Weile dort geblieben. In der Zeit ist der Erzdiakon gekommen.«

Dann hatte Anselm also die Apotheke beobachtet? Hinter was war er her? »Danke für die Brühe, Tildy. Jetzt mach mit deiner Arbeit weiter, und ich werde mich um den Laden kümmern, und zusammen werden wir dann versuchen, Mistress Wilton wieder ein bißchen zu beruhigen.«

Wohin konnte sie nur so eilig gegangen sein, nachdem sie Anselm hinausgeworfen hatte? Er konnte sich vorstellen, in welcher Verfassung sie gewesen sein mußte, nachdem sie die Auseinandersetzung zwischen Nicholas und Anselm mitbekommen hatte.

Bruder Wulfstan war verblüfft, als er hörte, daß Lucie Wilton ihn sprechen wolle. Sie saß in Abt Campians Empfangszimmer und hielt ein flaches Päckchen in Händen. Als er eintrat, wandte sie ihm ihr bleiches Gesicht zu, das von einer schlaflosen Nacht kündete. »Was ist denn los, Lucie?«

»Ich versuche, etwas herauszufinden, Bruder Wulfstan«, sagte sie müde. »Deshalb bin ich hier.« Sie wickelte das Päckchen aus. Es war ein Buch mit einem zersprungenen Ledereinband.

»Das ist eines der Geschäftsbücher meines Schwiegervaters. Ich habe darin eine Eintragung gefunden, die ich besser verstehen möchte. Es geht um Nicholas.«

»Und Ihr meint, ich kann Euch dabei behilflich sein?« Heilige Muttergottes, hoffentlich drehte es sich nicht um Anselm und Nicholas.

»Ich habe etwas mitgehört, was mich beunruhigt hat. Der Erzdiakon und Nicholas haben miteinander gestritten. Es ging um Geoffrey Montaigne. Ihr wißt, der Geliebte meiner Mutter. Wußtet Ihr, daß er der Pilger war, der hier im Kloster starb?« Sie las die Wahrheit in seinen Augen. »Warum habt Ihr es mir nicht gesagt?«

»Ich habe es erst erfahren, nachdem der Ablaßkrämer, Gott

sei seiner Seele gnädig, zu mir gekommen war, um mich über ihn zu befragen. Der Abt hat es mir dann gesagt.«

»Geoffrey hat Nicholas früher einmal verwundet. Und dieser Eintragung nach muß es in jener Nacht geschehen sein, in der meine Mutter starb. Wißt Ihr etwas darüber?«

»Nicholas wurde verwundet? Von Montaigne? Aber weswegen?«

»Das ist es ja, was ich wissen will.«

Wulfstan nickte zu dem Buch hin. »Was steht da?«

Sie reichte es ihm.

Er las, irritiert von den Initialen. »D'Arby, das ist natürlich Euer Vater.«

»Ja. Und die anderen sind Erzdiakon Anselm und Dame Phillippa, meine Tante. Aber ich muß auch noch wissen, wer ›MD‹ ist. Oder war. Habt Ihr eine Vorstellung?«

»MD kauterisierte . . . Magda Digby, kann das sein? Nicholas' Vater hat mit ihr gehandelt. Erst Nicholas hat dann die Verbindung mit ihr abgebrochen. Sie soll eine ganz gute Chirurgin sein, soweit ich weiß, obwohl sie der Gilde nicht angehört. Wer könnte sie stützen? Die Leute gehen zu ihr, wenn sie auf Geheimhaltung Wert legen. Was bedeutet das alles, Lucie?«

»Ich weiß es nicht. Ich fürchte . . .« Sie schüttelte den Kopf und machte eine ruckartige Bewegung, als wolle sie einen bestimmten Gedanken verscheuchen. »Nein. Ich werde noch nichts sagen, bevor ich nicht mehr weiß. Haltet Ihr es für möglich, daß Magda Digby zu mir kommen würde? Mit mir reden würde?«

»Ihr glaubt doch nicht . . . Ihr glaubt doch nicht, daß Nicholas Montaigne vergiften wollte?« Der alte Mönch hatte vergeblich versucht, diesen Verdacht zu unterdrücken. Denn sollte Nicholas die tödliche Medizin absichtlich zubereitet haben, dann wäre er, Wulfstan, auf die hinterhältigste Weise als Handlanger benutzt worden.

»Was wißt Ihr von der Freundschaft meiner Mutter mit Nicholas?«

Wulfstan warf ihr einen verunsicherten Blick zu. »Was könnte das denn hiermit zu tun haben?«

»Waren Geoff und Nicholas Nebenbuhler?«

»Nebenbuhler? Ich ... Oh, Lucie, was denkt Ihr denn?«

Lucie hatte das Buch wieder an sich genommen und begann, es einzupacken. »Ich muß mit Magda Digby und meiner Tante Phillippa sprechen. Ich muß es herausfinden. Könnt Ihr jemand zu der Flußfrau schicken?«

»Nein. Wir dürfen uns mit ihr nicht einlassen. Es ist sogar die Frage, ob sie überhaupt eine Christin ist.«

»Aber ihr Sohn war doch Kirchendiener.«

Bruder Wulfstan zuckte mit den Schultern. »Er hat ihren Lebenswandel nicht gebilligt.«

»Ich muß mit ihr sprechen.«

Wulfstan setzte sich und nahm ihre Hände in die seinen. »Lucie, mein Kind, verfolgt diese Angelegenheit bitte nicht weiter. Wir können an der Vergangenheit nichts mehr ändern. Gottes Wille ist geschehen. Vertraut auf ihn, daß alles sich nach seinem Ratschluß entwickelt.«

Die Hände des alten Mönchs waren heiß vor Aufregung. Lucie drückte sie, und es tat ihr leid, daß sie ihn in diese Sache mit hineingezogen hatte. Aber immerhin hatte er die Abkürzung ›MD‹ enträtseln können.

»Ich werde auf mich aufpassen«, versprach sie ihm.

Bess saß in Owens saubergemachter Kammer und rang mit sich. Lucies Besuch heute morgen hatte sie dermaßen aufgewühlt, daß sie Kits kleinen Bruder damit beauftragt hatte, ihrer Freundin zu folgen. Er hatte ihr vom wuterfüllten Abgang des Erzdiakons aus der Apotheke und Lucies überstürztem Aufbruch zum Kloster berichtet. Jetzt war Lucie wieder zurück und arbeitete im Laden an der Seite von Owen, und sie waren beide stark beschäftigt, denn sie hatten erst verspätet geöffnet. Doch wie lange würde sie sich noch unter Kontrolle haben? Sie hatte einen Weg eingeschlagen, der ihr nur immer neuen Ärger einbringen konnte. Was sollte sie tun?

Lucie einen Knaben hinterherzuschicken, war kein Schutz für

sie. Wenn Lucie nur endlich Owen ins Vertrauen ziehen würde. Er konnte sie beschützen. Und er mußte erfahren, was Lucie herausgefunden hatte. Die beiden mußten miteinander reden. Bess konnte Owen natürlich erzählen, was Lucie ihr berichtet hatte, aber dann würde sie Lucies Vertrauen verlieren. Das wäre unklug.

Sie mußte nachdenken.

Lucie hatte nur wenig mit Owen gesprochen, seit sie vom Kloster zurückgekehrt war. Er hatte versucht, mehr über ihren Zusammenstoß mit Anselm herauszufinden, aber sie waren durch einen Kunden unterbrochen worden. Lucie hingegen wunderte sich, weshalb Bess so sicher war, daß man Owen trauen konnte.

Gegen Abend wurde es in der Apotheke allmählich ruhiger. Owen erzählte Lucie, was Tildy über den Besuch des Erzdiakons berichtet hatte.

»Tildy soll keine Geschichten erzählen.«

»Sie hat sich wegen Euch Sorgen gemacht. Und ich ebenfalls.«

»Warum denn?«

»Weil er Euch hätte verletzen können.«

Lucie musterte Owen eingehend. »Ihr glaubt, der Erzdiakon hätte auf mich losgehen können? Wie kommt Ihr darauf?«

Sehr geschickt, Owen. Gleich mitten hinein ins Fettnäpfchen. Er überlegte sich schnell eine Erwiderung. »Wenn es laut zugeht, dann heißt das, daß die Leute aufgeregt sind. Alles kann dann passieren.«

In ihrem Lächeln spiegelte sich seine eigene Verärgerung über seine schwache Antwort. »Von Euch einmal die volle Wahrheit zu hören, würde eine angenehme Abwechslung sein.«

Mein Gott, er brachte seine Besorgnis zum Ausdruck, und sie nahm es als Anlaß, ihn zu beschimpfen. »Ich verstehe nicht, was Ihr meint.«

»Nein, ich glaube, das könnt Ihr auch nicht. Ihr könnt gehen. Ich werde schließen.«

Er machte sich fertig, aber er wollte noch einen Versuch starten. »Ich weiß nicht, warum es mir immer wieder gelingt, Euch gegen mich aufzubringen.«

»Das spielt keine Rolle.«

»Doch.«

»Wo wart Ihr heute morgen?«

»Ich mußte bei Johannes vorsprechen wegen meines Geldes.«

»Tom Merchet hat gesagt, Ihr seid seid schon sehr früh weggegangen.«

»Ich konnte nicht mehr schlafen.«

»Kommt morgen ein wenig früher. Ich habe jemanden zu meiner Tante Phillippa geschickt. Ich muß für sie eine Schlafstatt herrichten, daher brauche ich Euch im Geschäft.«

»Ihr wollt Eure Tante herkommen lassen?«

»Nicholas geht es von Tag zu Tag schlechter. Ich brauche sie hier.«

»Wen habt Ihr zu ihr geschickt?«

»Den Stallburschen von Bess. Sie hat es mir angeboten.«

Owen wäre auch gerne gegangen. Dame Phillippa gehörte zu den Menschen, mit denen er gerne noch reden wollte. Allein. Ohne Lucie. »Warum habt Ihr mich nicht geschickt?«

»Ich brauche Euch im Geschäft«, sagte sie, aber ihrem Tonfall nach meinte sie es nicht sehr freundlich.

Owen machte sich auf zum Münster. Er wollte Thoresby berichten, was Magda Digby ihm über Potters Tod erzählt hatte. Der Erzbischof stand vor einem Tisch und studierte einige große Landkarten, die darauf ausgebreitet waren.

»Was gibt es?« fragte Thoresby.

»Als wir das letzte Mal miteinander gesprochen haben, habt Ihr angedeutet, Anselm könnte Digby ermordet haben.«

Thoresby neigte seinen Kopf. »Ich halte es zumindest für möglich. Der Ablaßkrämer hat am Abend vor seinem Tod mit dem Erzdiakon gespeist. Ich weiß, daß Anselm nie großen Wert gelegt hat auf Digbys Gesellschaft. Warum also hat er ihn an diesem Abend eingeladen?«

Wieder hielt er Informationen zurück, wieder spielte er mit Owen. »Magda Digby hat gesagt, jemand hätte gesehen, wie der Erzdiakon seinen Ablaßkrämer in den Fluß gestoßen hat.«

»Es tut mir leid, das zu hören. Ich wünschte, ich hätte mich geirrt.« Thoresby verließ seine Landkarten und ging zum Feuer hinüber. Mit hinter dem Rücken gefalteten Händen blieb er davor stehen. »Ihr habt mich doch nicht aufgesucht, nur um mir das zu sagen?«

»Wenn er Digby ermordet hat, wie können wir dann verhindern, daß er versucht, auch noch andere Leute umzubringen? Mistress Wilton und Bruder Wulfstan schweben möglicherweise in großer Gefahr.«

»Er stellt ein Problem dar.«

Johannes war mit einem Krug Wein und Bechern hereingekommen. Jetzt räusperte er sich.

Thoresby drehte sich zu ihm um. »Habt Ihr eine Idee?«

»Es gibt noch dieses Aufgabe im Durham. Diese finanzielle Angelegenheit. Das wäre doch etwas für Euren Erzdiakon. Das Vermächtnis von Sir John Dalwylie?«

»Durham? Dalwylie?« Thoresby runzelte die Stirn, dann grinste er. »Durham, ja. Ausgezeichnet.« Er nahm den Becher Wein entgegen, den Johannes ihm reichte. »Erzdiakon Anselm wird bei Tagesanbruch nach Durham aufbrechen. Die Straßen sind zu dieser Jahreszeit eine Katastrophe. Zwei Tage, vielleicht drei, hin und zurück. Ein Tag, um die Sache abzuwickeln. Er wird also mindestens fünf Tage abwesend sein. Falls er keinen Unfall hat, natürlich.«

Bess setzte sich zu Owen an den Tisch. »Das ist wirklich eine Ehre, so früh am Abend«, sagte er.

»Mir geht etwas im Kopf um.«

»Mir auch.«

»Ah ja? Was habt Ihr für ein Problem? Wo seid Ihr denn hingegangen in aller Herrgottsfrühe?«

»Ich habe Magda Digby besucht.«

»Immer noch damit beschäftigt, wegen der Todesfälle im Kloster herumzuschnüffeln?«

»Aus diesem Grund bin ich hier.«

»Und was ist mit Lucie Wilton? Wenn Ihr Eure Schnüffelei beendet habt, wollt Ihr sie dann ohne eine Erklärung verlassen?«

»Das wäre vielleicht das beste.«

»Ihr enttäuscht mich, Owen Archer.«

»Was soll ich denn tun?«

»Ist Euch jemals eingefallen, daß sie ein Recht darauf hat, zu erfahren, weswegen Ihr hier seid?«

»Es ist besser, sie weiß nichts davon. Sie ist ziemlich hartnäckig. Sie würde sich vielleicht zu stark einmischen und könnte dadurch in Gefahr geraten. Ich kann es ihr nicht sagen.«

»Aber glaubt Ihr nicht, daß es sie in gewisser Weise auch betrifft?«

»Ich werde schon auf sie aufpassen.«

»Ah ja? Und wo wart Ihr heute morgen, als der Erzdiakon wieder erschienen ist?«

Owen schloß seine Augen. »Ich werde mich schon um sie kümmern. So etwas wird nicht wieder geschehen.«

»Und wie soll das gehen?«

»Der Erzdiakon wird York für eine Weile verlassen.«

»Für eine Weile. Wie schön. So lange, wie Ihr braucht, um alles durchzuwühlen, bevor Ihr dann verschwindet. Habt Ihr Euch schon einmal überlegt, daß Lucie aber immer noch da sein wird, wenn Ihr gegangen seid? Wenn der Erzdiakon wieder zurückkehrt?«

»Ich glaubte nicht, daß er noch einmal zurückkehren wird.«

Bess schaute in sein ernstes Gesicht, während ihr langsam klar wurde, was er meinte. »Oh. So ist das also.«

Owen rieb sich die Wange unterhalb seiner Augenklappe.

»Sie ist so aufbrausend. Ich kann mir nie sicher sein, ob ich nicht irgend etwas verkehrt anstelle, was sie dann gegen mich aufbringt.«

»Habt Ihr Euch mit ihr gestritten?«

»Fast jede Unterhaltung ist ein Streitgespräch.«

»Sie hat zur Zeit viel am Hals. Jede Menge Schwierigkeiten und die große Verantwortung. Ihr könntet ihr besser helfen, das wißt Ihr.«

»Wie denn?«

»Vertraut Euch Ihr an, so wie Ihr es mir gegenüber getan habt. Laßt sie wissen, worin Eure Aufgabe besteht und was Ihr inzwischen alles herausgefunden habt.«

»Ich kann nicht.«

»Bereitet sie darauf vor, daß Ihr nicht ewig hier sein werdet.«

»Es ist am besten, sie erfährt nichts.«

»Dann glaubt Ihr also, daß sie bis jetzt noch nichts weiß?« Owen straffte sich. »Was habt Ihr ihr erzählt?«

»Ich? Nichts. Aber sie hat Augen und Ohren.«

Owen dachte darüber nach. Er erinnerte sich daran, wie sie oben am Ende der Treppe gestanden hatte. »Der Erzdiakon und Master Wilton? Hat sie ihre Gespräche belauscht?«

Bess zuckte mit den Achseln. »Und was wäre, wenn sie es getan hätte?«

»Es ist gefährlich, Bess.«

Sie rollte mit den Augen. »Glaubt Ihr, ich wüßte das nicht?«

»Was hat sie gehört, Bess?«

»Das kann ich Euch nicht sagen. Sie würde es merken.«

»Ich werde ihr nichts davon erzählen.«

Bess schüttelte den Kopf. »Sie würde herauskriegen, daß ich geplaudert habe. Ihr müßt Euch ihr anvertrauen. Zu Eurer eigenen Sicherheit, Owen. Ihr müßt es einfach tun.«

»Ich kann nicht.«

»Warum denn nicht, um Himmels willen?«

»Woher weiß ich, daß ich ihr trauen kann?«

»Was könnte sie denn Eurer Ansicht nach tun? Es Nicholas erzählen?«

Er starrte in sein Bier.

»Das ist lächerlich. Ihr müßt ihr trauen. Laßt sie wissen, daß sie Euch auch vertrauen kann. Sie wird sich in Gefahr begeben, wenn Ihr es nicht tut. Sie ist schon fast dabei, es zu tun.«

»Hängt das damit zusammen, daß sie jemanden zu ihrer Tante Phillippa geschickt hat?«

»Was glaubt Ihr denn? Daß sie vielleicht plötzlich zu der Einsicht gelangt ist, sie brauche Familie?«

»Vielleicht. Nicholas liegt schließlich auf dem Sterbebett.«

»Ihr seid ein Narr, Owen Archer. Ich habe mir heute morgen solche Sorgen um sie gemacht, daß ich Kits kleinen Bruder hinter ihr hergeschickt habe. Sie ist zum Kloster gegangen, um den Doktor zu sprechen. Sie entwickelt Ideen. Darüber, wie der Pilger gestorben sein könnte. Und sie stochert herum, versucht herauszufinden, was passiert ist. Potter Digby hat das auch getan und ist schließlich in der Ouse gelandet. Wie hoch schätzt Ihr ihre Chancen ein, daß sie heil davonkommt?«

»Ich habe Euch schon gesagt, daß der Erzdiakon weggeschickt wird.«

»Dann hat er also Digby ins Wasser gestoßen, wie?«

»Das habe ich nicht gesagt.«

»Redet mit ihr. Es ist zu gefährlich, sie in Unkenntnis zu lassen.«

»Warum habt Ihr es ihr denn nicht gesagt?«

Bess schaute ihn erbost an. »Ich habe Euch geschworen, es niemandem zu erzählen, oder etwa nicht? Für wen haltet Ihr mich?«

»Sie ist heute zum Kloster gegangen? Warum?«

Bess stand auf. »Ich habe meinen Teil beigetragen. Jetzt seid Ihr an der Reihe.« Sie entfernte sich durch die Reihen der Tische.

»Verdammtes Weibsstück«, murmelte Owen. Das Auge zog und schmerzte. Er nahm sich sein Bier mit hinauf in die Kammer.

Lucie saß am Tisch neben dem Gartenfenster und starrte in das Geschäftsbuch. MD. Mit ihr mußte sie reden. Sie mußte eine Möglichkeit finden, sich mit Magda Digby zu treffen. Die Schwierigkeit bestand nicht darin, sich die Zeit dafür zu nehmen. Sie brauchte einen Führer. Letztes Frühjahr war eine junge Frau ertrunken, als sie in den Uferböschungen hinter den Klostermauern ausgerutscht war. Vielleicht war auch der Ablaßkrämer ausgerutscht und deswegen in die Ouse gefallen.

Sie schaute zu Nicholas hinüber, der ihr den Rücken zugedreht hatte. Sein Atem ging sehr unregelmäßig, daher schien er nicht zu schlafen. Er hatte sich umgedreht, als sie versucht hatte, mit ihm über ihre Mutter zu reden. »Warum soll ich plötzlich nicht mehr von ihr reden, Nicholas? Wir haben doch schon oft von ihr gesprochen. Es war für mich immer ein Trost, mich mit dir über sie zu unterhalten.«

»Ich kann nicht«, hatte er geantwortet und sich weggedreht.

Um wieviel einfacher wäre es doch, wenn er ihre Fragen beantworten würde. »Ich weiß, daß Geoffrey Montaigne dich verwundet hat, als meine Mutter starb.« Sie beobachtete, wie sein Rückgrat sich versteifte, aber er drehte sich nicht zu ihr hinüber, und er sagte auch nichts. Verdammt.

Da saß Lucie nun also vor dem Geschäftsbuch, verärgert über Nicholas und zugleich erschreckt über sein Verhalten. Er hatte sich sosehr verändert. Lag es nur an seiner Krankheit? Nein. Sie hätte ihn im Gegenteil sanfter und zugänglicher machen müssen. Er verhielt sich wie ein Mann, der etwas zu verbergen hatte. Wie einer, der Schuld auf sich geladen hatte. Sie gelangte mehr und mehr zu der Überzeugung, daß er Geoffrey Montaigne wirklich vergiftet hatte. Aber warum? Sie mußte erfahren, was zwischen ihnen vorgefallen war.

Es war ein langer Tag gewesen. Schließlich vermochten auch ihre Sorgen sie nicht mehr wachzuhalten. Sie nickte über dem Buch ein, wurde aber bald wieder aufgeschreckt, als draußen etwas gegen die Hausmauer prallte. Sie setzte sich auf und lauschte. Da war es wieder, kleine Steine wurden gegen die Mauer geschleudert. Sie stand auf und schaute hinunter in den

Hof. Dort erblickte sie ein Gestalt, die schwarz gekleidet war und eine Kapuze trug. Bruder Wulfstan? Als die Gestalt sie bemerkte, verschwand sie schnell im hinteren Teil des Gartens. Zu schnell für den alten Mönch. Lucie zündete die Öllampe an und ging nach unten. Sie warf sich ihren Umhang über die Schultern und trat aus dem Haus. Irgend etwas flackerte in dem dunklen Garten. Da, wieder. Am Schuppen. Ein Feuer. Ihr Herz raste. Jemand hatte es entdeckt und versuchte, sie zu alarmieren. Gott sei Dank. Sie stellte die Lampe wieder ins Haus und griff nach einem Eimer. Schnell zum Brunnen. Sie zog den Wasserkübel herauf, füllte ihren Eimer und schleppte ihn zum Schuppen. Das Feuer war innen, im rückwärtigen Teil des Schuppens. Sie würde hineingehen müssen, um es zu löschen. Die Tür war offen. Vielleicht war derjenige, der sie gewarnt hatte, schon dabei, das Feuer zu bekämpfen.

»Ist da jemand drin?« rief sie durch die Tür. Sie schaute hinein, konnte wegen des Rauches aber nicht viel erkennen. Sie ging in den Schuppen. Sie wollte das Wasser in die hintere Ecke des Schuppens schleudern und dann wieder hinauslaufen, um den Eimer erneut zu füllen. Aber da griff aus dem Dunkel eine Hand nach ihrem Kübel und warf ihn durch die Tür hinaus. »Idiot!« kreischte Lucie. Sie wischte sich über die Augen und starrte in das leichenblasse Gesicht des Erzdiakons. »Mit dem Wasser wollte ich den Brand löschen, Herr im Himmel!« Sie drehte sich um, um den Eimer aufzuheben und neues Wasser zu holen.

Er packte sie. »Verbrenne, du Teufelin. Sukkubus. Hure von Babylon. Verbrenne.« Er lachte, dann stieß er sie in die Flammen, eilte aus dem Schuppen und verriegelte die Tür hinter sich.

Lucie schrie und rollte sich von der Brandstelle weg. Ihr Schleier hatte schon Feuer gefangen. Sie erstickte es mit der Hand.

Als er sich wieder in seiner Kammer befand, legte Owen die Augenklappe ab und rieb die Narbe mit Salbe ein. Er legte sich auf das Bett, aber er wußte, daß er keinen Schlaf finden würde. Vielleicht sollte er ein bißchen spazierengehen. Er stand auf und schaute aus dem Fenster. Die Sterne leuchteten am klaren Nachthimmel. Das war die erste klare Nacht, die er in York erlebte. Er starrte die Sterne an und versuchte, sich zu erinnern, mit welchem Namen Gaspare sie bezeichnet hatte. Mit ihm hätte er sich jetzt gerne unterhalten. Gaspare verstand es, allem einen Sinn zu geben.

Eine Bewegung unten in Wiltons Garten erregte Owens Aufmerksamkeit. Jemand lief zur Küchentür, die offenstand, und von innen fiel das flackernde Licht einer Lampe auf den Garten. Wer war hier noch draußen im Garten? Konnte es Tildy sein? Die Gestalt lief zur Straße. Sie war zu groß für Tildy. Dann entdeckte er den Feuerschein. Gütiger Gott.

»Feuer!« brüllte Owen, während er die Treppe hinunterraste und aus der Taverne hinausrannte. Tom und mehrere Gäste schlossen sich ihm an. Tom rief jemanden zu, die Kübel aus dem Stall zu holen. Owen hatte schon den ersten vollgefüllten Eimer aus dem Brunnen gezogen, bis Tom und die anderen bei ihm ankamen. Die Männer stürzten zur Rückseite des Schuppens.

Aber wo war Lucie? Die Lampe und die offene Tür deuteten darauf hin, daß sie herausgekommen war, um das Feuer zu bekämpfen. Owen lief um den Schuppen herum zu dessen Eingang. Davor lag ein umgestürzter Eimer. Er rüttelte an der Tür. Sie ging nicht auf. Er rammte seine Schulter dagegen, und sie zersplitterte. Lucie lag am Boden und hustete schwach. Er hob sie auf und trug sie eilends in Haus.

An einer Hand hatte sie Brandblasen, ein Teil des Rockes war angesengt, und über ihre Wange zog sich ein langer Schnitt, wahrscheinlich war sie hingefallen. Bess kam mit einem Krug Branntwein. Owen hob Lucies Kopf an, und Bess schüttelte ein wenig von dem Wein in ihre ausgedörrte Kehle. Lucie hustete ihn aus und schob Bess beiseite, aber diese flößte ihr noch einmal etwas Wein ein, und diesmal blieb er unten.

»Nicht schlecht. Es wird ihr gleich wieder besser gehen«, sagte Bess erleichtert. Sie half Lucie, sich aufzusetzen.

»Wer war das, Lucie?« wollte Owen wissen. »Ich habe jemanden durch den Garten laufen sehen. Habt Ihr erkannt, wer es war?«

»Ich dachte, er . . .«

Ein Hustenanfall schüttelte sie. Sie nahm den Becher mit Wein, den Bess ihr reichte und trank ohne Widerrede. »Ich dachte, irgend jemand hätte das Feuer entdeckt und wäre gekommen, um mich zu warnen. Er hat Steine gegen das Haus geworfen. Das Feuer habe ich erst gesehen, als ich schon draußen war. Er war im Schuppen. Er hat mich niedergeschlagen und Verwünschungen ausgestoßen.«

»Wer?« fragte Owen.

»Der Erzdiakon.«

Bess und Owen tauschten Blicke aus. Die Blicke von Bess klagten ihn an, Lucie nicht beschützt zu haben.

Von oben hörte man ein Klopfen. Lucie stellte den Becher ab. »Das ist Nicholas. Ich muß zu ihm.«

»Nein, ich werde zu ihm gehen«, widersprach ihr Bess. »Dann werde ich mich darum kümmern, daß der Schuppen wieder saubergemacht wird. Ihr beide habt viel miteinander zu bereden, glaube ich.«

Owen bemerkte, wie schlecht es Lucie gehen mußte, da sie nicht widersprach, sondern einfach schlaff in den Sessel zurückfiel. Bess nickte und ging. Lucies Hand zitterte, als die den Becher anhob. »Er wollte mich töten«, flüsterte sie, als wolle sie diese Worte erst einmal ausprobieren. Ihr Kopf war gesenkt, ihre Augen starrten auf den Boden.

Owen verfluchte sich. Magda hatte gesagt, Lucie könnte in Gefahr sein, und jetzt wäre sie um ein Haar ums Leben gekommen. Er hätte das Haus beobachten sollen. Er war viel zu stark von seinem Verdacht gegen sie eingenommen gewesen – und hatte sich geirrt. Auf eine beinahe tödliche Weise. Er hatte keinen ernsthaften Versuch unternommen, sie zu schützen. »Es ist vorbei. Anselm wird morgen weggeschickt.«

Lucie blickte zu ihm auf. »Woher wißt Ihr ...« Ihre Augen weiteten sich. »Herr Jesus.«

Er hob seine Hand zum Gesicht und bemerkte, daß er vergessen hatte, die Klappe anzulegen. Verdammt. Er wendete sich ab.

»Nein«, sagte sie. »Bitte, verzeiht mir. Ich habe es noch nie unbedeckt gesehen.«

»Es tut mir leid, daß ich Euch erschreckt habe.«

»Nein. Ich habe schon viel Schlimmeres gesehen.« Er wagte es immer noch nicht, sie wieder anzusehen. »Bitte, Owen. Wendet Euch nicht ab. Nicholas hat sich heute abend schon von mir abgewendet. Wußte er, was der Erzdiakon plante?«

Die Verzweiflung, die in ihrer Stimme lag, berührte Owen. Er kniete vor ihr nieder und ergriff ihre Hände. »Ich kann nicht glauben, daß Master Nicholas es ertragen könnte, Euch zu verletzen.«

Sie berührte sanft das verrunzelte Augenlid, die Augenbraue und die Narbe unter dem Auge. »Bess sagt, ich kann Euch vertrauen. Und jetzt habt Ihr mir das Leben gerettet.« Sie schaute prüfend in sein Gesicht. »Ich brauche Eure Hilfe, Owen.«

Kapitel 20

Die ganze Wahrheit

Beide zuckten zusammen, als sie draußen im Laden ein Geräusch hörten. Owen stand auf, bedeutete Lucie, sich still zu verhalten, ging leise durch die Küche und spähte in den Laden hinaus. »Was tut Ihr denn hier?« fragte er. Lucie war erleichtert, daß seine Stimme zwar verblüfft, aber freundlich klang. Zu einem Eindringling hätte er anders gesprochen.

»Nicholas wollte, daß ich Lucie die Augenbadewanne und die Medizin bringe.« Die Stimme von Bess. »Hier sind die Sachen.« Sie kam herein und hielt die Gegenstände hoch, als sei sie stolz darauf, sie gefunden zu haben. Sie legte sie auf den Tisch neben Lucie. »Die sollst du jetzt benutzen.«

»Hast du Nicholas gesagt, wer das Feuer angezündet hat?« wollte Lucie wissen.

Bess straffte sich und legte die Hände auf die Hüften. Sie blickte Lucie ungeduldig an. »Nein, das habe ich nicht getan. Wenn du willst, daß er es erfährt, mußt du es ihm selber sagen. Er weiß nur, daß es im Schuppen gebrannt hat, daß du drinnen eingesperrt warst und Owen dich gerettet hat.«

Lucie war erleichtert. »Danke, Bess.«

»Aber er ist natürlich auch nicht auf den Kopf gefallen. Er weiß, daß du oben warst und daß ein Brand nicht von selber entsteht.« Bess zuckte mit den Schultern. »Er wollte nur wissen, wie es dir geht. Ob du verletzt bist.«

»Was ist mit ihm?«

»Er wollte, daß ich ihm einen Schlaftrunk gebe, damit er besser einschlafen kann. Den, den er immer am Abend nimmt.«

»Er ist sehr vernünftig.« Lucie bemerkte, daß Bess wieder jene Furchen um den Mund hatte, die sie immer bekam, wenn sie besorgt war. »Es geht mir schon wieder besser, Bess, nachdem ich weiß, daß du Nicholas nichts gesagt hast. Willst du etwas trinken?«

»Nein, ich muß gehen. Ein Brand läßt die Kunden immer besonders durstig werden. Tom wird schon alle Hände voll zu tun haben. Werdet Ihr die Nacht über hierbleiben und aufpassen, Owen?«

»Ja.«

Lucie sah, daß Bess und Owen eine Art stummer Mitteilung austauschten. »Ihr beide scheint euch gut zu verstehen.«

Bess lachte. »Das kommt daher, daß wir jeden Abend ein paar Becher Branntwein oder einen Humpen Bier miteinander trinken. Das solltet Ihr beide vielleicht auch mal probieren. Also dann. Lebt wohl.«

Owen stand in der Tür und kicherte, als Bess gegangen war. »Sie hat Pläne mit uns, glaube ich.«

Lucie verkrampfte sich. Fast schon hätte sie sich ihm anvertraut. Wie konnte sie nur ihren ersten Eindruck vergessen, den sie von ihm gehabt hatte? Er war eben doch ein Galgenvogel. »Ich habe nicht gemeint, daß ich Euch in dieser Weise brauche.«

Sein Lächeln verschwand ganz schnell wieder. »Ich wollte damit nicht sagen, daß ich das denke. Es ist Bess. Sie macht keinen Hehl daraus, daß sie gerne die ganze Welt miteinander verkuppeln möchte.«

Er fand alles komisch. Lucie war schon bereit gewesen, ihm zu sagen, daß ihr Ehemann jemanden ermordet hatte. Darüber hätte er vielleicht auch gelacht. »Ihr findet das zum Lachen?« Sie war so erzürnt über ihn, daß ihr zum Weinen zumute war, aber sie würde es sich verkneifen. Denn darüber würde er sich gewiß auch wieder amüsieren.

»Wodurch habe ich Euch verärgert?« Er setzte sich neben sie.

Das verrunzelte, rote Augenlid war hochgezogen, das verletzliche Gegenstück des gesunden Auges. Es fiel ihr auf, daß die Augenbraue darüber immer noch so lang, seidig und dunkel war wie über dem anderen Auge. Wie ansehnlich mußte er früher einmal gewesen sein. Es mußte sehr schmerzhaft für ihn sein, wenn er sich heute sah. »Vielleicht bin ich heute einfach zu aufgewühlt«, sagte sie und rieb sich die Augen. Sie war schon vor dem Brand erschöpft gewesen.

»Wascht Eure Augen. Unser Gespräch kann warten.«

»Ich bin wirklich nur müde, Owen. Ich bin in den letzten Tagen schon die ganze Zeit müde. Laßt uns reden, wenn wir uns erholt haben.«

»Eure Augen sind gerötet. Spült Euch die Augen aus, dann können wir uns unterhalten.«

Er nervte sie. »Warum müßt Ihr immer meinen Entscheidungen widersprechen?«

»Ich mache mir Sorgen um Euch.«

Sie konnte die Besorgnis in seinem Gesicht sehen und in seiner Stimme hören. »Es geht mir wieder gut, Owen. Ihr braucht mich nicht dazu zwingen, daß ich mich um mich selbst kümmere.«

»Zwingen? Ich bereite mir Sorgen um Euch, und Ihr sprecht von zwingen? Liegt es daran, daß ich Soldat war? Habe ich alle menschlichen Gefühlsregungen aufgegeben, als ich den Waffenrock des Königs anzog?«

Lucie ließ den Kopf in die Hände fallen. Es war unmöglich, so konnte sie nicht reden.

»Jetzt bin ich zu weit gegangen, nicht wahr?« seufzte Owen. »Können wir es noch einmal versuchen?«

Lucie hob ihren Kopf.

Er berührte ihre Hand. »Ich möchte helfen. Ich habe nicht vor, Euch zu irgend etwas zu zwingen. Sagt mir, was ich tun soll.«

»Ich würde Euch nicht damit belasten, aber ich habe Angst, Owen. Was heute nacht passiert ist, hängt mit etwas viel Größerem zusammen, das ich begreifen lernen muß, wenn ich nicht alles verlieren will. Obwohl ich wahrscheinlich sowieso alles verlieren werde. Die Apotheke, dieses Haus, die Achtung der Leute – alles. Das sind keine erfreulichen Neuigkeiten, ich weiß.«

»Ich sorge mich nicht um mich.«

»Das solltet Ihr aber. Ein Lehrling geht meist zusammen mit seinem Meister unter.«

»Warum solltet Ihr denn alles verlieren?«

»Das ist sehr kompliziert.« Sie wünschte, es wäre einfacher zu erklären. Sie war so müde. »Es begann an dem Tag, an dem Nicholas krank wurde. Bruder Wulfstan war an jenem Nachmittag wegen einer Medizin gekommen und hatte Nicholas von dem Patienten erzählt. Daraufhin war Nicholas kaum mehr wiederzuerkennen. Die Fragen, die er gestellt hat, hatten mit dem Fall eigentlich nichts zu tun. Und danach, als er im Laden gearbeitet hat, war er so verschlossen. So ist er seitdem immer. Es liegt nicht nur an der Krankheit. Ich kenne den Unterschied zwischen Melancholie und Verschlossenheit. In dieser Nacht hat Digby ihn heimgebracht. Am nächsten Tag besuchte ihn der Erzdiakon. Zwei Leute, die seit unserer Heirat noch niemals einen Fuß in unser Geschäft gesetzt hatten. Und Nicholas kann mir keine bessere Erklärung geben als die, daß der Ablaßkrämer zufällig im Kloster war und daß der Erzdiakon sich um ihn Sorgen bereitet.«

»Master Nicholas hat sich abgekapselt? Ist es das, was Euch beunruhigt?«

»Ich wünschte, es wäre nur das. Nicholas ist sehr gut zu mir gewesen. Ich verdanke ihm viel. Aber wenn er das getan hat, was ich befürchte . . .« Sie brachte es nicht fertig, die Worte auszusprechen. »Der Nicholas, den ich kenne, kann es nicht getan haben.«

»Was soll er denn getan haben, Lucie?«

Sie starrte hinunter auf ihren Becher und suchte nach Worten. »Ich glaube . . .« Sie holte tief Luft. »Ich glaube, daß Nicholas absichtlich Geoffrey Montaigne vergiftet hat, den Pilger, der im Kloster gestorben ist. Geoff, der der Geliebte meiner Mutter war, hat vor Jahren einmal versucht, Nicholas zu töten. Damals, als meine Mutter gestorben ist. Ich weiß nicht, warum. Ich weiß auch nicht, warum Nicholas jetzt, nach all den Jahren, zurückgeschlagen hat. Aber er hat es getan. Ihr seid bei einem Mörder angestellt.«

»Ihr sagt, daß er sehr verschlossen ist, aber das hat er Euch gestanden?«

»Nein. Das habe ich herausgefunden, indem ich an der Tür

gelauscht und in den alten Geschäftsbüchern nachgelesen habe.« Owen runzelte die Stirn und schaute sie an, als versuche er, in ihrem Gesicht zu lesen. Er schien aber nicht überrascht zu sein. »Ihr seid gar nicht schockiert?«

Er schüttelte den Kopf.

Sie umklammerte den Becher so fest mit ihrer von Blasen überzogenen Hand, daß ihre Handflächen schmerzten. Sie nahm einen Schluck und stellte den Becher wieder ab.

»Sagt doch irgend etwas.«

»Ich weiß, daß Nicholas Montaigne vergiftet hat.«

Das war das letzte, was sie zu hören erwartet hatte. Owen wußte es? Wie konnte er das, wenn er nicht selbst darin verwickelt war? Wie aber konnte er etwas damit zu tun haben, da Geoffrey schon vor Owens Ankunft in York gestorben war? »Weshalb habe ich das Gefühl, daß Ihr Euch mir gegenüber auch noch in einen Fremden verwandeln werdet?«

Owen antwortete nicht sofort. Er starrte einen Moment lang in das Feuer. An der Anspannung in seinem Gesicht, seinem ganzen Körper erkannte sie, daß er mit sich kämpfte.

»Fällt es Euch so schwer, mir die Wahrheit zu sagen?«

»Ihr nehmt bei mir immer das Schlimmste an. Nun gut, ich will Euch reinen Wein einschenken. Es ist zwar nicht unbedingt das Klügste in der jetzigen Situation, aber Ihr braucht meine Hilfe. Vielleicht werdet Ihr sie deswegen auch zurückweisen. Ich möchte Euch jedenfalls nicht länger anlügen.«

Was er sagte, löste in ihr kein Gefühl des Triumphes aus.

»Ich bin unter einem Vorwand hier, wie Ihr schon die ganze Zeit vermutet habt. Seine Gnaden, der Erzbischof, hat mich nach York geschickt, um den Tod seines Küsters Sir Oswald Fitzwilliam zu untersuchen.«

Der Schnitt seiner Kleider, die Kosten für eine Einzelkammer in der York Tavern, seine unglaubwürdige Selbsterniedrigung von einem Hauptmann der Bogenschützen zu einem Lehrling, dies alles paßte jetzt zusammen. »Um so besser für mich, daß mein erster Eindruck falsch war.« Lucie fühlte sich schrecklich allein.

Owen griff nach ihren Händen. Sie wendete sich ab.

»Ich wußte nichts über Euch, als ich den Auftrag annahm«, sagte er. »Seine Gnaden kannte Eure Lage und hat mir ein Empfehlungsschreiben für Camden Thorpe mitgegeben.«

»Warum? Warum bei uns?«

»Ihr brauchtet eine Hilfe, und es war eine Arbeit, in der ich mich schon auskannte. Ich mußte irgendeine Anstellung finden, also dachte man, ich könnte hier unterkommen, ohne Verdacht zu wecken.«

»War der Gildenmeister eingeweiht?«

»Nein. Man mußte ihm ein bißchen zureden.«

»Woher soll ich wissen, daß ich Euch glauben kann?«

»Ihr habt mein Wort.«

»Wieviel mag das wohl wert sein.« Sie griff nach ihrem Weinglas, änderte dann jedoch ihre Meinung. Wenn sie weiter trank, würde es nur noch schwerer werden, klar zu denken.

Owen machte einen schmerzerfüllten Eindruck. Weshalb, um alles in der Welt, mußte er sich grämen?

»Wie kommt Ihr dazu, anzunehmen, ich würde Euch nach allem, was geschehen ist, Glauben schenken können?«

»Ich wußte, daß es ein Risiko war, Euch heute abend alles zu erzählen. Ich wußte, daß Ihr mir vielleicht überhaupt nicht mehr über den Weg trauen würdet, wenn Ihr einmal erfahren hättet, warum ich hierhergekommen bin. Aber es wäre in Eurem Interesse, mir zu vertrauen, Lucie. Ich kann Euch beschützen.«

»Vor wem?«

»Zum Beispiel vor Erzdiakon Anselm.«

Wie sollte sie sich entscheiden? Was er sagte, klang aufrichtig, aber wollte sie ihm überhaupt glauben? Natürlich. Aber sie war sich immer noch unschlüssig. »Also habt Ihr eine Verbindung hergestellt zwischen dem Tod von Fitzwilliam und dem von Montaigne, und irgendwie habt Ihr herausgefunden, daß mein Ehemann Geoffrey vergiftet hat?«

»Ja. Digby hat mich auf diese Fährte gesetzt, obwohl ich ihm zuerst nicht geglaubt habe. Der Erzbischof war so sicher, daß

Fitzwilliam einem Anschlag seiner Feinde zum Opfer gefallen war.«

»Es wäre besser gewesen, wenn Ihr mir das alles früher schon gesagt hättet. Warum habt Ihr damit so lange gewartet?«

»Weil... Ich hätte es Euch gern früher gesagt. Ich wollte Euch nie anlügen, Lucie.«

»Und warum sagt Ihr es mir jetzt?«

Er zögerte. Lucie machte sich auf eine weitere unangenehme Enthüllung gefaßt. »Bis heute nacht habe ich es noch für möglich gehalten, daß Ihr Montaigne vergiftet habt.«

Sie empfand diese Worte wie einen Hieb. Das war auch eines von jenen Dingen, die Owen mit einem Lachen vorbringen konnte, doch diesmal lachte er nicht. Er lächelte nicht einmal. In seinem Blick lag Bedauern. Die ganze Zeit über hatte sie sich der Illusion hingegeben, daß Owen ihre Arbeit respektierte und sich sogar um sie kümmerte, und in Wirklichkeit hatte er sie für eine Mörderin gehalten. »Warum sollte ich ihn denn ermordet haben? Und wie hätte ich es tun können? Gestern abend erst habe ich erfahren, wer der Pilger war!«

»Wenn Ihr es früher gewußt hättet, was hättet Ihr dann getan?«

»Ich wäre zu ihm gegangen. Er war immer gut zu mir, Owen. Er hat meiner Mutter wieder Lebensfreude gegeben.« Sie kämpfte mit den Tränen, konnte sie schließlich nicht mehr zurückhalten und wischte sie barsch weg, verärgert darüber, daß ihr Körper ihre Gefühle verriet. »Eher würde ich Sir Robert umbringen.« Das war eine dumme Bemerkung. »Daß der Erzdiakon mich angegriffen hat, war also mein Glück? Es hat mich entlastet?«

»Lucie, bitte. Montaigne war der Geliebte Eurer Mutter. Er hatte Schande über Eure Familie gebracht. Ihr hättet ihn genausogut vergiften können wie Nicholas. Und nach meinem Dafürhalten auch mit einem stärkeren Motiv.«

Sie hatte sich nie überlegt, welchen Eindruck andere gewinnen mußten. Seine Argumente schienen schlüssig zu sein. Lucie konnte dagegen nicht angehen. Das erschreckte sie.

»Ich freue mich mehr, als Ihr Euch vorstellen könnt, daß Ihr unschuldig seid«, sagte Owen mit sanfter Stimme.

Lucie wollte nicht seine Gefühle zu ergründen versuchen. »Was habt Ihr also herausgefunden? Offensichtlich wißt Ihr noch nicht, warum Nicholas einen sterbenden Mann vergiftet hat, denn sonst hättet Ihr mich ja nicht bis jetzt verdächtigt.« Sie äußerte ihre schlimmsten Befürchtungen. »Waren Nicholas und meine Mutter ein Liebespaar?«

Owen war zumindest höflich genug, erstaunt dreinzublicken. »Ein Liebespaar? Ich glaube nicht, aber ich weiß es nicht sicher. Ich kann noch nicht alles überblicken.«

»Sagt mir einfach nur, was Ihr schon wißt.«

»Es ist eine unerfreuliche Geschichte, Lucie.«

»Ich denke nicht, daß Mord eine besonders erbauliche Sache ist.«

»Magda Digby glaubt, daß Nicholas es getan hat, um Montaigne zum Schweigen zu bringen, damit Ihr nicht Eure Position in der Gilde einbüßt, wenn Euer Ehemann einmal stirbt.«

»Weshalb zum Schweigen bringen?«

»Weil Nicholas Eurer Mutter das Abtreibungsmittel gegeben hat, das sie umgebracht hat. Er hat ihr zuviel auf einmal gegeben.«

Lucie fühlte sich elend. »Er hat ihr eine tödliche Dosis verabreicht?«

»Nein, sie hat von sich aus zuviel genommen.«

»Und er hätte es besser wissen müssen.«

»Ich glaube daher, daß Nicholas sich durch Euch wieder von dieser Schuld befreien wollte.«

»Soll das ein Trost für mich sein?«

»Nein. Das alles ist nicht sehr tröstlich.«

Lucie nahm einen kräftigen Schluck von dem Branntwein. »Erzählt mir auch noch den Rest.«

»Ich wünschte, ich könnte Euch das ersparen, aber nach all dem, was heute abend geschehen ist, glaube ich, sollte ich mit dem Verhältnis zwischen Nicholas und Anselm beginnen.«

Lucie hörte schweigend zu, als er ihr von der Beziehung zwischen ihrem Ehemann und Anselm in der Klosterschule erzählte.

»Das erklärt viel von Anselms Verhalten«, meinte sie, als er eine Pause einlegte. »Was habt Ihr noch herausgefunden?« Sie sah in Owens Auge, daß ihre gefaßte und ruhige Reaktion ihn sicherer werden ließ. Er entspannte sich und erzählte ihr von Digbys Vermutungen und von den Informationen, die Magda Digby ihm gegeben hatte. Als der Morgen graute, saßen sie immer noch zusammen.

»Deus juva me«, flüsterte sie, als er fertig war. »Mein Leben liegt in Trümmern.«

Owen erwiderte nichts.

»Meine Mutter . . .« Auch wenn die Flußfrau recht hatte, daß Nicholas nicht begriffen hatte, wie schwach ihre Mutter gewesen war, so traf ihn doch eine Schuld. »Mein liebender Ehemann hat meiner Mutter die Medikamente gegeben, mit denen sie sich umgebracht hat. Er hätte nie Apothekermeister werden dürfen. Wie hat man es verheimlicht?«

Owen schüttelte den Kopf. »Das weiß ich nicht. Vielleicht kann uns Eure Tante Phillippa hier weiterhelfen.«

»Tante Phillippa hat mich gedrängt, Nicholas zu heiraten. Sie hat mich richtig dazu getrieben.« Lucie stand auf, ging zur Gartentür und öffnete sie, so daß das fahle Licht des Mondes hineinfiel. »Ist sie meine Freundin oder meine Feindin?« flüsterte Lucie und schlang die Arme um sich. »Sie könnte vielleicht heute schon hier eintreffen. Ich muß als erstes ihr Bett richten.«

»Ihr solltet jetzt ein bißchen schlafen.«

Lucie schnellte herum. Er war so unsensibel. »Dort oben neben diesem Fremden liegen und darüber nachdenken, was Ihr mir erzählt habt? Ich würde verrückt werden. Ich weiß nicht, ob ich ihn bemitleiden oder hassen soll.«

»Ich werde mich bemühen, soviel für Euch herauszufinden, wie ich kann.«

»Ihr meint, für den Erzbischof.«

Owen stand auf, ging zu ihr und nahm ihre Hände in die seinen. »Ich meine für Euch, Lucie.« Sie mußte in sein ungeschütztes, verletzliches Gesicht blicken. Die Narbe hatte sich gerötet. Schatten lagen unter dem gesunden Auge. Er war genauso erschöpft wie sie. »Könnt Ihr mir verzeihen, Lucie? Könnt Ihr mir vertrauen?«

»Ich weiß es nicht. Helft mir, dieser Geschichte auf den Grund zu gehen, Owen, dann werden wir weitersehen. Aber Eure Zukunft liegt in den Händen Seiner Gnaden, nicht wahr? Ich werde mich nach einem neuen Lehrling umschauen müssen. Nun gut. Die Arbeit wird mich auf Trab halten.« Sie verließ den Raum.

Oben angekommen, schaute sie nach Nicholas. Reine Gewohnheit.

Seine Augen flackerten. »Lucie? Bist du verletzt?«

»Nichts Schlimmes.« Sie hatte sich zu ihm hinuntergebeugt, um zu prüfen, ob er Fieber hatte.

Er berührte ihr Gesicht.

Sie wich zurück.

»Lucie?«

Der Mörder ihrer Mutter. Sie wollte ihn verletzen. »Anselm hat das Feuer angesteckt, hast du das gewußt? Er hat mich eine Teufelin genannt. Sukkubus. Hure. Das Feuer war für mich bestimmt, Nicholas. Ich sollte darin verbrennen. Dann hätte er dich ganz für sich allein gehabt.«

»Er ist verrückt. Was hat er zu dir gesagt?«

»Du nennst ihn verrückt? Aber er ist doch dein Freund, Nicholas?«

»Das war vor langer Zeit, Lucie.«

»Wirklich? Bis vor kurzem war er noch ein willkommener Gast. Die ganze Zeit, seit du Geoffrey vergiftet hast.«

»Nein!« zischte Nicholas.

Lucie bewegte sich zum Fußende des Bettes. Er ekelte sie an mit seinen Lügen. »Sogar jetzt kannst du mir noch nicht die Wahrheit sagen.«

»Es ist nicht so, wie du denkst.«

»Du hast ihn vergiftet, Nicholas. Du hast die Fähigkeiten, die Gott dir gegeben hat, dazu benutzt, Geoffrey Montaigne zu ermorden. Er war ein guter Mensch. Er liebte meine Mutter. Hast du es getan? Warst du eifersüchtig auf ihn?«

»Lucie, bitte. Sie war mit mir befreundet, nicht mehr.«

»Und deshalb hast du sie dann getötet?«

»Ich habe es nicht getan . . . Ich habe getan, worum sie mich gebeten hat.«

»Hat sie dich auch darum gebeten, Geoffrey umzubringen?«

»Ich habe es für dich getan.«

»Für mich? Du hast dich für mich in die Verdammnis gestürzt? Du sagst das so, als würdest du erwarten, daß ich dir dafür dankbar bin. Ich habe niemals den Tod von Geoffrey herbeigewünscht. Nicht Geoffrey hat meine Mutter auf dem Gewissen.«

»Willst du mich dafür verantwortlich machen?«

»Ja.«

»Wer hat dir das erzählt?«

»Du hättest es mir sagen sollen, Nicholas, du.«

»Ich . . . Ich habe mir ein Fehlurteil zuschulden kommen lassen. Ich war damals noch sehr jung. Aber ich habe versucht, es an dir wieder gutzumachen. Die Apotheke. Du solltest Apothekermeisterin werden. Niemand konnte dir diesen Weg verbauen. Bis auf Montaigne. Wenn er jemandem erzählt hätte, was ich getan habe . . . Bitte, Lucie.«

Er war nicht einmal bereit, die Verantwortung zu übernehmen. »Schlaf, Nicholas. Laß mich allein.«

»Ich liebe dich, Lucie. Ich habe es dir zuliebe getan. Aber ich sage dir . . . ich konnte nicht . . .«

Ihr zuliebe. Er dachte wirklich, er hätte ihr mit diesem Mord geholfen. Sie zitterte am ganzen Körper, als sie die Kammer verließ.

Nebenan, in dem kleinen Raum, in dem Nicholas als kleiner Junge gelebt hatte und der später Martins Kammer werden sollte, machte sie ein Bett für ihre Tante Phillippa zurecht und eines für sich.

Kapitel 21
Das Geschenk

Anselms Sekretär sprang auf, als der Erzdiakon zurückkehrte, um noch etwas zu erledigen, bevor er die Messe las. »Seine Gnaden, der Erzbischof, möchte Euch sehen.«

»Seine Gnaden?«

»Er hat gesagt, Ihr sollt ihn sofort aufsuchen.«

»In seinem Haus oder in seinen Gemächern im Münster?«

»In seinen Gemächern.«

Anselm eilte davon. Es geschah in diesen Tagen nicht oft, daß man ihn zum Erzbischof rief. Er fragte sich, ob der Erzbischof schon etwas von dem Feuer erfahren haben konnte. Unwahrscheinlich. Die einzige Zeugin war tot. Und auch wenn der Erzbischof schon etwas davon wußte – würde er es denn nicht billigen? Sie waren schließlich die Hirten der Herde. Und er hatte eine Wölfin eliminiert, welche eines seiner liebsten Schäfchen bedrohte.

Johannes führte ihn in das Gemach des Erzbischofs.

John Thoresby erhob sich nicht, um Anselm zu begrüßen, sondern winkte ihn zu einem Stuhl vor dem Tisch, auf dem er einige Dokumente studierte.

»Euer Gnaden. Es ist mir eine Ehre . . .«

»Ich habe Euch nicht hergebeten, um Höflichkeiten auszutauschen. Ihr müßt für mich einen Auftrag erledigen.«

Also hatte es nichts mit dem Feuer zu tun. »Außerhalb der Stadt, Euer Gnaden?«

»In Durham.«

Es war eine Ehre, vom Erzbischof mit wichtigen Missionen betraut zu werden. Aber ausgerechnet nach Durham. Das war im Augenblick unmöglich. Er mußte in der Nähe von Nicholas sein, falls dieser ihn brauchte. »Verzeiht mir, Euer Gnaden. Ein guter Freund von mir ist schwer erkrankt. Er wird bald sterben, fürchte ich. Ich möchte ihn ungern jetzt verlassen.«

»Ihr meint damit Nicholas Wilton, nicht?«

Das überraschte Anselm. Und es schmeichelte ihm. Daß der Erzbischof sich die Mühe bereitet hatte, sich über ihn zu informieren. »Er ist mein ältester Freund. Und jetzt so allein.«

»Ich weiß von Eurer Freundschaft. Ich verstehe, daß es Euch im Augenblick sehr schwerfallen muß, nicht in seiner Nähe sein zu können. Aber er ist ja nicht ganz allein. Wilton ist in guten Händen, und ich brauche Euch in Durham. Sir John Dalwylie erwägt, das Münster mit einer Spende zu bedenken. Eine beträchtliche Summe. Wir müssen ihm die nötige Hochachtung erweisen und ihn ermutigen, indem wir ihm eine Auflistung von ähnlich großzügigen Spenden vorlegen. Ich betraue Euch mit dieser Aufgabe, Erzdiakon. Es ist eine Ehre. Und Ihr werdet mir doch keinen Anlaß geben, das Vertrauen, das ich in Euch gesetzt habe, zu bereuen?«

»Nein, Euer Gnaden. Es ist eine Ehre. Ich bin sehr dankbar. Aber kann es nicht ein wenig warten?«

»Nein. Ihr müßt heute noch aufbrechen. Sobald Ihr Euch fertiggemacht habt.«

»Ich lese eine Messe . . .«

»Dafür ist schon gesorgt.«

Anselm verbeugte sich. Er wußte, wann er mit seinen Entschuldigungen und Ausflüchten aufhören mußte. »Ich werde Euch nicht enttäuschen, Euer Gnaden.«

»Gut.« Thoresby erhob sich. »Ihr instruiert Euren Sekretär bezüglich aller Angelegenheiten, die in den nächsten fünf oder sechs Tagen anstehen. Johannes wird Euch über den Auftrag informieren und Euch mit Einführungsschreiben ausstatten.«

Als Anselm das Gemach des Erzbischofs verließ, unterhielt sich gerade Owen Archer mit Johannes. Sie sprachen zu leise, als daß Anselm etwas mithören hätte können, und sie unterbrachen ihr Gespräch sofort, als sie ihn bemerkten.

»Erzdiakon«, sagte Johannes. »Bitte setzt Euch, während ich

Hauptmann Archer bei Seiner Gnaden anmelde.« Johannes schlüpfte in den anderen Raum.

Anselm fühlte den verfluchten Blick des Mannes auf sich. »Ihr seid sehr zeitig hier, Anselm.«

»Ich hatte eine schlaflose Nacht.«

Anselm fiel auf, daß der Mann einen ausgesprochen bösen Ausdruck in seinem einen Auge hatte. Vielleicht hatte Gott ihn auf dem anderen Auge erblinden lassen, um ihn für diesen Blick zu bestrafen.

»Ihr habt nicht schlafen können? Habt Ihr Euch nicht wohl gefühlt?«

»Nein.«

Johannes kehrte zurück. »Seine Gnaden wird Euch sofort empfangen, Hauptmann Archer.«

Thoresby stand am Tisch, als Owen eintrat. »Johannes sagt mir, es hat gebrannt.«

»Euer Erzdiakon hatte es darauf angelegt, Mistress Wilton vor ihren Schöpfer zu schicken, Euer Gnaden. Hätte ich nicht am Fenster gestanden und die Tür des Schuppens eingetreten, dann wäre Anselm erfolgreich gewesen.«

»Seid Ihr sicher, daß er es war?«

»Mistress Wilton ist sicher.«

Thoresby nickte, blätterte seine Papiere durch, nahm eines heraus, las es durch und unterzeichnete es mit einem Schnörkel. »Ich habe soeben sein Todesurteil unterschrieben, Archer. Ihr braucht Euch wegen seiner Rückkehr keine Sorgen mehr zu bereiten.«

»Wann reist er ab?«

»Sofort.«

»Ich muß dann wieder zurück zur Apotheke. Um sicherzugehen, daß er nicht dort erscheint, um sich zu verabschieden.«

»Das wird er nicht tun, Archer.«

»Ich möchte mich gern vergewissern.«

In dem Augenblick, als sie in die Kammer kam, wußte Lucie, daß etwas nicht stimmte. Es hatte mit dem siechen Körper ihres Ehemannes zu tun. Sie öffnete die Fensterläden, um Licht hereinzulassen, und dabei verkrampften sich ihre Finger vor Angst. Schleim tröpfelte aus Nicholas' Mund. Sein Atem ging flach und unregelmäßig.

»Nicholas, hörst du mich?«

Er gab keine Antwort.

Sie fühlte seinen Puls. Er war schwach und ungleichmäßig. »Heiliger Jesus.« Ein neuer Anfall. Sie hatte ihm Schmerzen bereiten wollen. Aber nicht auf diese Art.

Als Bess erschien, um nachzusehen, wie Lucie die Schrecken der Nacht überstanden hatte, saß ihre Freundin am Fußende des Bettes und starrte Nicholas an.

»Was ist los, Lucie?«

»Nicholas hat einen weiteren Anfall gehabt. Er stirbt, Bess.«

»O Kind.« Bess setzte sich neben Lucie und strich ihr das Haar aus dem Gesicht. »Er liegt schon die ganze Zeit im Sterben. Es ist am besten, du akzeptierst das und kümmerst dich wieder um dich. Wir können nichts mehr tun, um ihn zu retten.« Lucies Haut war eiskalt. »Meine Güte, Kind.« Bess warf Lucie einen Schal über die Schultern und führte sie hinüber zum Tisch.

»Ich habe ihn umgebracht, Bess.«

»Und wie, um Himmels willen, hast du das angestellt?«

»Ich habe ihm erzählt, daß mich der Erzdiakon diese Nacht im Schuppen töten wollte. Ich habe ihm gesagt, wie er mich beschimpft hat. Und ich habe ihm erzählt, was ich dir auch schon gesagt habe, daß ich ihn verdächtige.« Lucie schaute auf zu Bess. Ihre Augen waren von der Aufregung und der schlaflos verbrachten Nacht gerötet. »Ich wollte ihn quälen. Damit habe ich den Anfall ausgelöst.«

»O ja, natürlich. Und was war mit dem Abend im Kloster? Hast du das auch erwähnt? Unsinn. Der Mann hat irgend etwas auf dem Gewissen, und das bringt ihn langsam um. Es hat nichts mir dir zu tun. Wie geht es deiner Hand? Laß mich sehen.« Lucie zuckte zusammen, als Bess sie auswickelte. »Du müßtest doch eigentlich wissen, daß man sie nicht so trocken werden lassen darf, Lucie. Was hilft dir deine ganze Ausbildung, wenn du versagst, sobald du selbst die Patientin bist?«

Lucie war mit den Gedanken woanders. »Du weißt, daß Owen nicht der war, als der er sich ausgegeben hat?«

Bess wollte schon ansetzen, es abzustreiten, doch dann besann sie sich eines Besseren. »Ich habe es erst an jenem Abend erfahren, an dem es in seiner Kammer gebrannt hat. Da war er es uns schuldig, zu sagen, warum jemand versucht hatte, ihn umzubringen.«

»Der Brand war kein Zufall?«

»Genausowenig wie der Brand gestern nacht, mein Kind.«

Bess hatte Lucie noch nie so niedergeschlagen, ihre Augen noch nie so leblos gesehen. »Hast du wenigstens ein bißchen geschlafen?«

Lucie schüttelte den Kopf.

»Hast du mit Owen geredet?«

»Ja. Ich nehme an, du weißt auch alles?«

»Ich bezweifle es. Aber macht nichts. Ich will dich nicht weiter dieser Tortur aussetzen, nur damit ich noch mehr erfahre.«

Unten ging die Türglocke.

»Ich muß in den Laden«, sagte Lucie müde und resigniert.

Bess umarmte sie. »Ich werde so lange auf Nicholas aufpassen – obwohl es wahrscheinlich nicht mehr viel nutzen wird.«

Dame Phillippa traf um die Mittagszeit ein. Sie war nicht jene gebeugte, weißhaarige alte Frau, die Owen erwartet hatte. Dame Phillippa war groß, aufrecht und noch gut zu Fuß. Ihre Augen lagen tief in den Höhlen und erweckten einen wissenden Eindruck. Sie trug einen schneeweißen Schleier und ein einfaches Kleid. Sie drückte Owen kräftig die Hand, blickte sich in der Küche um und legte die Stirn in Falten. »Wie ich es mir gedacht habe. Lucie hätte mich schon viel früher holen sollen, aber sie hat versucht, alles auf ihre eigenen Schultern zu laden.«

»Deshalb habe ich dich nicht hergebeten, Tante«, sagte Lucie von der Tür her. Sie zögerte, ging dann aber schnell hinüber und ergriff die Hände ihrer Tante. »Schön, daß du gekommen bist, Tante Phillippa.«

Phillippa umarmte sie, dann trat sie einen Schritt zurück und musterte ihre Nichte, die verbundene Hand, die roten Augen. »Es steckt also mehr dahinter als die Krankheit deines Mannes, wie ich sehe.«

»Ich zeige dir, wo du deine Sachen unterbringen kannst.«

Phillippa folgte Lucie die Treppe hinauf. Sie entdeckte das zweite Bett. »Ich habe keine Bedienstete mitgebracht.«

»Das ist für mich. Ich werde hier drinnen bei dir schlafen. Nicholas hat gestern wieder einen Anfall gehabt. Es steht sehr schlecht um ihn.«

»Liegt er im Sterben?«

Lucie nickte.

»Hast du mich deshalb kommen lassen?«

»Ja, auch deswegen. Wir müssen uns unterhalten, Tante Phillippa.«

Ihre Tante nickte. »Ich werde auf Nicholas aufpassen.« Sie legte ihren Umhang ab und hängte ihn an einen Pflock.

»Das wäre sehr freundlich. Bess Merchet sitzt jetzt bei ihm. Ich bin sicher, sie kann nicht den ganzen Tag hier bei uns verbringen.«

»Bess Merchet?«

»Die Besitzerin der York Tavern. Uns gegenüber.«

»Sie arbeitet für dich?«

»Nein, Tante Phillippa. Sie ist meine beste Freundin.«

Die Augenbrauen hoben sich leicht. »Hast du nie Schwierigkeiten gehabt? Du bist nicht geschaffen für dieses Leben.«

»Im Moment habe ich die größten Schwierigkeiten, Tante Phillippa, aber das hat nichts damit zu tun, daß ich dieses Leben gewählt habe. Wir können uns heute abend unterhalten.«

Lucie eilte davon, bevor sie sich in etwas hineinziehen ließ, wozu sie jetzt überhaupt keine Zeit hatte.

Die Nachricht, daß es letzte Nacht hier gebrannt hatte, führte mehr Kunden als gewöhnlich in die Apotheke. Sie hofften, Einzelheiten zu erfahren. Lucie und Owen arbeiteten im Laden, bis Tante Phillippa sie zum Abendessen rief.

Phillippa hatte eine Wildpastete und eine vorzügliche Suppe aus Wintergemüse und Gerste mitgebracht. Lucie und Owen aßen schweigend.

Als Owen sich vom Tisch erhob, schlug Lucie vor, sie könnten sich mit einem Becher Branntwein an das Feuer setzen. »Tante Phillippa kann uns etwas über Nicholas, Geoffrey Montaigne und meine Mutter erzählen.«

Dame Phillippa schien verwirrt. »Wozu?«

»Ich muß herausfinden, weshalb Nicholas zu Weihnachten Geoffrey Montaigne vergiftet hat.«

Phillippa schaute von einem zum anderen. »Heilige Maria Muttergottes«, flüsterte sie und bekreuzigte sich. »Wird es denn nie aufhören?«

Wulfstan blinzelte zur offenen Tür. Es war schwierig, aus der Entfernung Gesichter zu erkennen, wenn er sich längere Zeit mit etwas beschäftigt hatte, was nahe vor seinen Augen lag. Er bemerkte die graziöse Bewegung einer Hand an der Tür. »Bruder Michaelo. Schon wieder Kopfschmerzen?«

»Nein, mein Retter. Ich möchte etwas mit Euch teilen. Als Anerkennung für das, was Ihr für mich getan habt. Einen Kräuterlikör, für den meine Familie in der Normandie berühmt ist. Meine Mutter schickt mir immer nur ein paar Tropfen, weil sie Angst hat, der Bote könnte in Versuchung geraten. Ich kränke Euch doch nicht, wenn ich Euch Spirituosen anbiete?«

»Überhaupt nicht, Michaelo. Ein solches Getränk fördert

eine gute Verdauung, was besonders in meinem Alter sehr segensreich ist. Bitte, setzt Euch.«

Wulfstan holte zwei kleine Becher.

Michaelos dunkle Augen glänzten zufrieden, denn er stellte mit Genugtuung fest, daß Wulfstan nicht in der Lage war, zu erkennen, wann er wirklich Kopfschmerzen hatte. Seine Augen leuchteten wie mondbeschienene Teiche in seinem schlanken, dunklen Gesicht.

»Es ist erfreulich, wenn man seine Patienten auch einmal sieht, wenn es ihnen gutgeht.«

Michaelo lächelte, während er den Likör eingoß. Er goß Wulfstan doppelt soviel ein wie sich selber. Aber das war immer noch ziemlich wenig. Er hob seinen Becher. Wulfstan tat es ihm nach.

»Auf Bruder Wulfstan, in dessen Händen die heilende Gabe unseres Erlösers liegt.«

Welch ein netter junger Mann. Wulfstan errötete verlegen und nippte an seinem Becher. Eine ausgefallene Mischung von Aromen kitzelte seinen Gaumen.

»Meine Güte. Dazu braucht man wirklich Talent. So viele verschiedene Kräuter zusammenzumischen. Die Mönche in Pridiam machen etwas Ähnliches. Sechsundzwanzig Kräuter, glaube ich, verwenden sie dort.« Er nahm einen weiteren Schluck.

Michaelos Augen blitzten. »Ich wußte, dieser Likör würde Euch schmecken, da Ihr ja schließlich die Ingredienzen alle kennt.« Er berührte den Becher mit seinen Lippen.

Wulfstan bewegte die schwere Flüssigkeit mit der Zunge in seinem Mund hin und her, um alle Geschmacksnuancen auszukosten, die sie bot. Eine phantastische Mischung. Und doch war irgendeine falsche Note dabei. Etwas, das nicht hineinpaßte. Die Kräutermischung von Pridiam war ausgewogener. Die Familie von Michaelo mischte zuviel von den aggressiven Kräutern hinein. Das Ganze hatte einen seltsamen puderigen Geschmack.

»Behagt Euch etwas an dem Likör nicht?«

Michaelos dunkle Augen verschwammen vor Wulfstan. »Mir ist schwindlig.« Er sank gegen die Wand, die Hand auf sein Herz gepreßt, das langsam, aber heftig schlug. Schwindlig. Puderiger Geschmack. »Zuviel Fingerhut.« Er schüttelte den Kopf. Der Raum begann zu schwanken.

Die Glocken riefen zum Komplet. Henry wartete im Kreuzgang auf Bruder Wulfstan. Wenn es in der Krankenstation einen Patienten zu behandeln gab, war Wulfstan von der Messe befreit. Aber wenn sie keine Patienten hatten, besuchten sie gemeinsam den Gottesdienst. Komischerweise waren die Küchenarbeiter heute früher dran als Wulfstan. Der Doktor hatte den Tag über schon ein wenig zerstreut gewirkt. Vielleicht war ihm nicht gut. Das zu verbergen, würde ihm ähnlich sehen. Henry entschied sich, nach ihm zu sehen. Der alberne Michaelo schoß an ihm vorbei. Er kam aus der Richtung der Krankenstation.

Also hatte Michaelo Wulfstan wieder durch einen seiner Kopfschmerzanfälle aufgehalten. Henry steckte den Kopf in die Krankenstation, um zu sehen, ob er helfen konnte.

»Henry?« Die Stimme war so schwach und leise, daß er kaum seinen Namen verstehen konnte. Henry schaute umher. Heilige Muttergottes. Wulfstan lag auf einem Feldbett und preßte eine Hand auf die Herzgegend.

Henry fiel neben ihm auf die Knie und befühlte seine Stirn. Kalter Schweiß. »Was ist geschehen?«

Wulfstan hob den Kopf, um etwas zu sagen, würgte und beugte sich aus dem Bett, um zu erbrechen. Henry sprang auf, um ein Handtuch und eine Schüssel zu holen. Wulfstan legte sich wieder auf den Rücken, während Henry ihn säuberte. Dann half Henry ihm, sich ein wenig aufzusetzen.

»Wißt Ihr, was es ist?«

»Fingerhut. In einem Getränk.«

»Welcher Art Getränk?«

»Mich . . .« Wulfstan schloß die Augen, zitterte und krümmte sich dann zusammen. Henry roch den Durchfall.

Schwindelgefühl, langsamer, laut pochender Herzschlag, Erbrechen und Durchfall. Eine Fingerhut-Vergiftung.

»Michaelo hat Euch etwas zu trinken gegeben?«

Wulfstan nickte.

Es mußte sich um eine starke Dosis gehandelt haben. »Wo sind die Becher?«

Wulfstan zeigte mit einem zitternden Finger zu einem kleinen Tisch. Henry roch an dem kleinen Becher. Er war ausgespült worden. Henry schaute sich um, um festzustellen, wo das Wasser geblieben war. Er entdeckte einen feuchten Fleck vor der Gartentür. Bruder Wulfstan war nicht in der Verfassung gewesen, die Becher auszuspülen und das Wasser in den Garten zu schütten. Und der faule Bruder Michaelo war im allgemeinen nicht so pingelig.

Es sei denn, er wollte verhindern, daß jemand Beweise für die Vergiftung sicherstellen konnte.

Wulfstan begann wieder zu würgen, und Henry eilte zu ihm.

Herr im Himmel, was sollte er nur tun? Um Hilfe zu rufen, war sinnlos. Alle Brüder waren beim Abendgottesdienst. Wulfstan konnte ersticken, wenn Henry ihn allein ließ, um Hilfe zu holen. Und er mußte ihn abwaschen. Er durfte den armen Mann nicht in seinen eigenen Exkrementen liegenlassen.

Aber Michaelo konnte in der Zwischenzeit entkommen.

Kapitel 22
Amelie d'Arby

Dame Phillippa stand in der Küchentür und beobachtete den Eisregen, der in der Dunkelheit wie ein silberner Perlenvorhang wirkte. Die Luft war hier anders als in Freythorpe Hadden. An die Stelle des herben Duftes des Moores trat hier die feuchte Luft des Flusses. Vielleicht hatte sie einen Fehler gemacht, Lucie hierherziehen zu lassen. Nicht nur wegen der Luft. Nun, das war jetzt nicht von Belang, angesichts dessen, was Lucie und der Lehrling ihr erzählt hatten.

Nicholas Wilton hatte Geoffrey Montaigne ermordet. Das war kaum zu begreifen. Phillippa hätte sich niemals gedacht, daß Nicholas Wilton in der Lage war, einem anderen Menschen etwas anzutun. Daher war sie auch bereit gewesen, ihm zu vergeben, daß er den Tod von Amelie verschuldet hatte. Sie dachte an den schwachen Mann oben im Krankenzimmer. Seine Krankheit war der Schlüssel zum Verständnis des Ganzen. Was er getan hatte, brachte ihn jetzt um. Er war ein guter Mensch, der dazu getrieben worden war, eine Sünde zu begehen, mit der er nicht leben konnte. Phillippa konnte sich nichts anderes vorstellen. Und sie mußte Lucie davon überzeugen. Lucie mußte begreifen, daß Nicholas, wenn er tatsächlich einen Mord begangen hatte, dies nur getan hatte, um sich selbst zu retten. Oder um Lucie zu retten.

Phillippa wandte sich Lucie und Owen zu, die ruhig auf ihren Plätzen saßen und darauf warteten, daß sie sich wieder zu ihnen gesellte. Lucie streichelte die Katze, die sich in ihrem Schoß zusammengerollt hatte, als ob sie spüren würde, daß Lucie Trost brauchte. Bei der Heiligen Maria Muttergottes und allen Heiligen, ihr Mann lag im Sterben, und ihre Vergangenheit hatte sich als ein Bündel von Lügen und Halbwahrheiten entpuppt, da hatte das Kind wahrlich Trost nötig. Der beste Trost, den Phillippa Lucie momentan zu bieten hatte, war, ihr alles zu erzählen.

»Als du noch klein warst, hast du eine Katze gehabt, die ganz ähnlich aussah wie diese. Du hast sie Melisende genannt, die Königin von Jerusalem.«

»Die hier heißt auch Melisende«, erwiderte Lucie. »Sie ist genauso kratzbürstig und hübsch wie die Katze damals.«

Phillippa freute sich. »Also erinnerst du dich nicht nur an die schlimmen Dinge. Das ist gut.«

»Ich habe nur gute Erinnerungen an Freythorpe, bevor meine Mutter gestorben ist, Tante.«

Phillippa nickte. »Dann wird das, was ich dir sage, vielleicht doch etwas bewirken. Ich möchte, daß du Nicholas verstehst. Du darfst ihn nicht verurteilen, Lucie. Und auch deine Mutter nicht. Ich werde dir sagen, was du wissen mußt.« Phillippa setzte sich, goß sich reichlich Branntwein ein und nahm einen Schluck, bevor sie begann. »Zuerst mußt du Amelie verstehen. Sie war erst siebzehn. Man hatte sie zu einem Fremden gegeben, der sie weit wegbrachte von ihrer Familie, von ihrer Heimat.« Phillippa zuckte mit den Achseln. »Aber so sind die Gebräuche. Töchter gelten als bewegliches Gut. Und dann heißt es immer, wir weinen zuviel. Als ob wir dazu nicht Grund genug hätten.« Sie schaute Lucie an. »Ich habe mir geschworen, daß es dir nicht so ergehen sollte. Du mußt mir glauben, daß ich in diese Heirat nur eingewilligt habe, weil du ihr auch zugestimmt hast – oder, um es genauer zu sagen, sogar darauf aus zu sein schienst – und weil sie dir eine Möglichkeit geboten hat, deine eigene Herrin zu werden.«

Lucie schwieg.

Phillippa seufzte und nahm einen Schluck Wein. »Amelie war richtig glücklich, wenn ich mit ihr höfisches Französisch gesprochen habe. Bis auf Geoffrey Montaigne, einen jungen Spund aus der Gesellschaft meines Bruders, der sehr freundlich zu ihr war – mehr als freundlich, wie ich gesehen habe –, hatte sie niemanden, mit dem sie reden, dem sie sogar ihre Sorgen anvertrauen konnte. Ich brauche dir nicht zu sagen, Lucie, daß dein Vater ihr nicht viel Trost bieten konnte. Und deshalb hat er sich auch all die Jahre über gegrämt. Sie hätte niemals hierhergebracht werden dürfen, so weit von ihrem Zuhause entfernt. Eine Kriegsbeute, so nannte Robert Amelie. Kannst du dir das vorstellen?« Phillippa blickte zu Owen. »Ich bin sicher, Euch bereitet diese Vorstellung keine Schwierigkeiten, nachdem Ihr so lange Hauptmann von Lancasters Bogenschützen gewesen seid.«

»Er ist nicht wie Sir Robert«, erwiderte Lucie ruhig. »Laß ihn in Frieden.« Zu Owen gewandt, sagte Lucie: »Ihr dürft Tante Phillippa wegen ihrer Unhöflichkeit nicht böse sein. Sie hat von den Männern nicht viel Gutes erfahren.« Owen verbiß sich die Erwiderung, die er sich zurechtgelegt hatte.

Dame Phillippa zuckte mit den Achseln. »Ich möchte, daß du verstehst, wie unglücklich Amelie – Lady d'Arby – war. Mein Bruder war verärgert, als sie ihm nach einem Jahr Ehe immer noch keinen Sohn – oder keine Tochter – geboren hatte. Und er ließ sie seinen Ärger spüren. Die arme Amelie. Das Verhalten von Robert verschlimmerte alles nur noch. Ihre monatliche Blutung hatte aufgehört, wahrscheinlich wegen ihrer Angst und ihrer Einsamkeit und weil sie so unglücklich war. Ich sagte Robert, es läge alles an ihm, wenn sie immer in Angst vor ihm leben müsse, könne daraus nichts Gutes entstehen, aber er wollte mir natürlich nicht glauben. Die Männer sind so arrogant und hochfahrend. Amelie mußte schuld sein. Daran glaubte er. Und er überzeugte sie auch davon. Sie begann, darüber nachzugrübeln. Sie wünschte sich sehnlichst, ein Kind zu bekommen, ein Kind, das sie lieben konnte. Sie war jetzt bereit, allen möglichen Unsinn mitzumachen. In dieser Zeit hat ihre Magd sie dann zu Magda Digby gebracht.

Das arme Kind. Sie war voller Hoffnung, aber die Mixtur ist wieder ausgelaufen, und die monatliche Regel setzte immer noch nicht wieder ein. Amelie hat mich nach den Kräutern aus unserem Garten gefragt. Ich begann, sie ihr zu zeigen und zu erklären. Und ich fürchte, ich habe ihr auch von Nicholas' Garten erzählt, diesem Meisterwerk, aus dessen Kräutern man sowohl alltägliche als auch exotische Medikamente gewinnen kann. Ich habe nie gedacht, daß . . .« Phillippa schüttelte den Kopf.

»Vieles von dem, was ich dir jetzt erzähle, habe ich von Nicholas erfahren. Er ist zu mir gekommen und hat mir alles gesagt, bevor er um deine Hand angehalten hat. Ich dachte, er wollte zurückgewiesen werden. Er wollte bestraft werden.«

»Für ihren Tod?« fragte Lucie.

Phillippa wischte die Frage beiseite. »Aber ich mochte ihn. Jetzt, wenn ich dir all das erzählt habe, wirst du vielleicht sagen ›Dumme alte Närrin, wie konntest du ihn mögen, nach dem, was er getan hatte?‹ Und darauf antworte ich ›Wieso denn nicht?‹ Er hat alles nach seinem besten . . .«

»Tante Phillippa, bitte fahre fort!« warf Lucie ein.

»Nun gut.« Phillippa straffte sich. »Also.« Sie wischte ein unsichtbares Staubkörnchen von ihrem Rock. »Amelie kam her, wandte sich an Nicholas und sagte, sie möchte gerne den Garten anschauen. Nicholas war damals ein bezaubernder junger Mann. Gutaussehend, wenn auch nicht von kräftiger Statur. Aber diese rabenschwarzen Haare und die durchdringenden blauen Augen. Ähnlich wie die ihren, aber mit einem anderen Ausdruck. Es lag etwas Tragisches in ihren Augen.« Phillippa machte eine Pause, in Gedanken bei diesen Augen.

Owen warf einen Blick zu Lucie und bemerkte, daß auch sie von diesen traurigen Erinnerungen gefangengenommen war.

Phillippa seufzte und schüttelte sich. »Wußtest du, daß sie bis auf diesen einen Unterschied fast wie Bruder und Schwester wirkten? Aber der Unterschied war markant. Ich kann mich erinnern, wie ich die beiden einmal in diesem wunderschönen Garten gesehen habe. Sie standen vor dem Thymianbeet, und er erklärte ihr die Pflanzen. Sie beugte sich hinunter und liebkoste die Blüten und Knospen mit den Fingerspitzen, roch daran und lobte sie überschwenglich, während er einen roten Kopf bekam. Sie hatte diese französische Art an sich, die Männer entwaffnend finden. Er verehrte sie, das war offenkundig.«

Lucie errötete bei dieser Bemerkung. Owen gefiel die Richtung nicht, in die sich die Geschichte entwickelte. Nicht, daß er dies nicht auch für die natürlichste Sache der Welt gehalten hätte, aber was würde das für Lucie bedeuten? Was hatte

Nicholas dazu getrieben, die Tochter jener Frau zu heiraten, die er verehrt hatte?

»Bei diesem ersten Besuch hat Amelie Nicholas darum gebeten, ihr Ableger von Brustwurz, Flohkraut und Krapp mitzugeben. Er wollte wissen, wofür. Sie sagte ihm, sie möchte auch gerne einen Garten anlegen. Um Robert zu zeigen, daß sie gewillt war, die Herrin des Hauses zu spielen. Er schlug ihr vor, schönere Pflanzen zu nehmen – Lavendel, Santoline, Mohn, Thymian. Nein, nein, sie wollte genau die Pflanzen, nach denen sie gefragt hatte. Er wendete ein, Brustwurz sei eine unansehnliche Pflanze, mit einem großen Samenkranz und ohne Blüte. Da erzählte sie ihm, im Kloster St. Martin würden die Mönche Brustwurz auf den Boden streuen und dadurch vor den Heimsuchungen des Teufels verschont bleiben.

Da sah Nicholas eine Möglichkeit, ihr sein überlegenes Wissen zu demonstrieren. ›Ihr fürchtet, daß der Teufel Euch davon abhält, ein Kind zu empfangen?‹ Sie errötete, schaute ihm jedoch in die Augen und bedachte ihn mit jenem bewundernden Blick, den er erhofft hatte. Offenbar dachte sie, er könne ihre Gedanken lesen. Heilige Muttergottes, wahrscheinlich hatte ihre Magd ihr diese dummen Ideen in den Kopf gesetzt.« Phillippa blickte in das Feuer. »Oder vielleicht war ich nicht imstande zu erkennen, daß sie schon vom Teufel besessen war.« Sie schüttelte den Kopf und ließ ihre Augen zu Lucie zurück wandern.

»Nicholas erklärte ihr stolz, wie er das erraten hatte. Flohkraut und Krapp würden ihre monatliche Blutung wieder in Gang bringen, falls sie nicht vom Teufel unterbunden worden war. Er fragte, weshalb der Teufel ihr dies denn antun sollte. Amelie antwortete, sie verdiene es, verflucht zu werden. Sie liebe ihren Ehemann nicht, was eine schwere Sünde sei. ›Aber Ihr wollt doch sein Kind gebären?‹ ›O ja, das ist äußerst wichtig. Ich bin nichts mehr wert, wenn ich ihm kein Kind schenke. Wenn ich ihn enttäusche, wird er mich wegwerfen.‹

Der arme Jüngling. Er war erbost. Er mußte sie beschützen. Sie vor Sir Robert retten. Wie konnte er ihr da ihren Wunsch abschlagen? Es würde ziemlich lange dauern, bis die Pflanzen herangewachsen sein würden. Also hat er ihr die gewünschten Ableger gegeben, wohl wissend, daß er dazu eigentlich die Erlaubnis seines Vaters hätte einholen müssen. Nicholas hat geschworen, daß er ihr auch sorgfältige Anweisungen mitgegeben hat. Er hat mir gesagt, Amelies Augen hätten zu leuchten begonnen, als er ihr die Pflanzen brachte, und er selbst hätte sich wie ein König gefühlt.« Phillippa wandte sich Owen zu. »Ihr braucht Euch nur ihre Tochter anzusehen, um das zu verstehen. Lucie besitzt zwar eine andere Seele, aber sie hat mein Rückgrat. Amelie würde jetzt noch leben, wenn sie unser Blut in ihren Adern gehabt hätte.«

»Ist in deiner Familie noch nie jemand im Kindbett gestorben?« wollte Lucie wissen.

Ihre Tante schloß die Augen und versenkte sich in ihre Gedanken. »Deine Mutter hätte nicht sterben müssen«, sagte sie mit weicher Stimme. »Es war nicht Gottes Wille.«

»Ihr holt weit aus«, bemerkte Owen.

»Weil ich möchte, daß Ihr alles versteht. Der Garten hat Amelie verzaubert. Sie und Nicholas wurden Freunde. Weil sie jetzt glücklich war, wurde Amelie im Sommer schwanger.« Phillippa blickte auf und bemerkte in beiden Gesichtern Unbehagen. »Es war Sir Roberts Kind, wohlgemerkt. Zwischen Nicholas und Amelie ist nie etwas dergleichen gewesen.«

»Heilige Maria Muttergottes!« flüsterte Lucie und bekreuzigte sich.

Owen haßte es, dies alles mit anhören zu müssen. Das entsprach nicht seinem Naturell. Er sehnte sich nach einer praktischen Tätigkeit. Einer Schlacht. Das Abschlachten von irgendwelchen Fremden schien er besser vertragen zu können als dieses Herumschnüffeln. Arme Lucie. Was mußte sie alles durchmachen? Und diese schwatzhafte Alte zog es auch noch unnötig in die Länge.

»Es war eine schwierige Geburt. Magda Digby half dabei. Wir führten Amelie die ganze Nacht umher. Sie hatte enorme Schmerzen, ihre Haut konnte sogar den Geburtsstuhl nicht vertragen. Aber ein Zauber erhellte ihr Gesicht, nachdem sie schließlich von einem gesunden Mädchen entbunden worden war. Magda hat gemeint, es sei gut, daß Amelie sich über dich freute, denn sie bezweifelte, ob sie nach dieser schweren Geburt überhaupt noch einmal ein Kind würde haben können. Ich war nicht dieser Meinung.

Aber Sir Robert hatte von Magdas Vorhersage erfahren. Ein Bruder hört immer lieber auf jemand Fremden als auf seine eigene Schwester.« Phillippa schniefte, als sie Owens warnenden Blick bemerkte. Sie wollte allein das Tempo bestimmen. »Nach einigen Monaten kehrte mein Bruder nach London zurück, um wieder in die Dienste von König Edward zu treten. Mein Bruder, dieser alte Dummkopf.« Sie beugte sich hinüber und ergriff Lucies Hand. »Du weißt, ich hatte die Befürchtung, Sir Robert könnte dich ablehnen. Eine Tochter taugt nur dazu, den jüngeren Brüdern zu helfen, die nachfolgen, und man braucht sie, um durch Heiraten Bündnisse zu schmieden. Aber Sir Robert konnte dadurch, daß er in den Diensten von König Edward stand, mehr Einfluß gewinnen, als wenn er dich mit dem Sproß irgendeiner Adelsfamilie verheiratet hätte. Und Magda hatte ja gesagt, es würden keine jüngeren Geschwister mehr nachfolgen. Damals habe ich mir geschworen, über dich zu wachen. Und dafür zu sorgen, daß du eine Chance erhältst, glücklich zu werden.«

»Meine Mutter hätte doch gewiß auch auf mich aufgepaßt?«

Phillippa tätschelte Lucies Hand. »Wenn sie nicht selbst noch ein Kind gewesen wäre.« Sie seufzte.

Als Abt Campian bemerkte, daß Wulfstan und sein Gehilfe im Refektorium fehlten, schickte er Sebastian, um nachzusehen. Es sah Wulfstan ähnlich, daß er vergessen hatte, um Hilfe zu bitten. Campian war nicht überrascht, als er den Novizen Henry zurückkommen sah. Wahrscheinlich war er von Wulfstan geschickt worden, um wie üblich dessen Entschuldigung vorzubringen, dachte er.

Aber Henry kam nicht, um sich zu entschuldigen. Er war aufgeregt und stieß atemlos hervor: »Bruder Wulfstan ist vergiftet worden. Ich mußte bei ihm bleiben. Bruder Michaelo. Ihr müßt ihn zur Rede stellen. Er hat ihm etwas zu trinken gegeben, in dem eine hohe Dosis Fingerhut enthalten war.«

Sein alter Freund. Herr im Himmel, doch nicht sein alter Freund. »Wo ist Wulfstan jetzt?«

»In der Krankenstation. Ich habe Sebastian bei ihm gelassen und ihm gesagt, er soll niemanden hineinlassen außer Euch oder mich.«

»Gut, gut.« Der Abt kritzelte etwas auf ein Stück Pergament, ging zur Tür und rief seinen Sekretär, Bruder Anthony. »Bringt das zu Johannes, dem Sekretär des Erzbischofs. Er wird wissen, was zu tun ist. Wenn Ihr geht, sagt dem Pförtner, er soll nach Bruder Michaelo Ausschau halten. Er darf das Kloster nicht verlassen.«

Anthony trat wortlos ab.

Melisende sprang von Lucies Schoß, weil sie gesehen hatte, daß sich in der Ecke der Küche etwas bewegt hatte. Lucie stand auf, sah nach der Suppe für den morgigen Tag, die auf kleiner Flamme köchelte, und setzte sich dann wieder. »In meiner Hochzeitstruhe habe ich ein Pflanzenbuch mit dem Namen meiner Mutter gefunden. Ich konnte mich an das Buch nicht mehr erinnern. Oder daran, daß Mutter es mir gegeben hätte.«

Phillippa schüttelte den Kopf. »Nicholas hat es dir nie gezeigt? Er hat offenbar nicht erkannt, was es für dich bedeutet hätte. Amelie hat es Nicholas geschenkt, als er Geselle geworden war. Ihre Mutter hatte es ihr einst gegeben. Es war wundervoll illustriert und in weiches Leder gebunden. Sie hatte es ins Herz geschlossen und dachte, es würde ihm gefallen.«

»Es scheint, als hätten die beiden eine schöne Zeit gehabt«, warf Owen ein.

»Ja. Aber dann tauchten Probleme auf. Amelie veränderte sich. Ihre Füße streiften über den Boden, ihre Augen funkelten.

Sie hielt sich stundenlang im Irrgarten auf, ohne Nicholas. Lucie, damals sieben Jahre alt und sehr neugierig, erzählte mir eines Tages, ihre Mutter würde sich dort mit einem Freund treffen, mit einem blonden Prinzen.«

Lucie wirkte erschreckt. »Ich habe sie verraten.«

Phillippa rollte mit den Augen. »Unsinn. Du hast mich einfach nur besser verstanden als deine Mutter. Mein Bruder war ein Flegel. Aber wenn er Amelie hätte glücklich machen können, dann hätte ich an ihm nichts auszusetzen gehabt. Überhaupt nichts. Wenn dich das schockiert, nun gut, dann kann ich es auch nicht ändern.

Also, ich habe Amelie gesagt, daß ich den jungen Mann gern kennenlernen wollte. Das habe ich dann auch getan. Oh, er war wirklich ein stattlicher Jüngling. Blond, groß, vornehm. Ich konnte keinen Makel an ihm entdecken. Und er war wegen ihr gekommen. Er hatte in Mailand einen Herrn gefunden und wollte sie dorthin mitnehmen. Niemand sollte erfahren, daß sie nicht seine Ehefrau war.

Das hat mich in Panik versetzt. Mailand! Ich hatte schon davon gehört, daß sich viele Soldaten in die Dienste der italienischen Adeligen begeben hatten, die sich in endlosen Kriegen untereinander zerfleischen. Aber ein solcher Söldner bringt nicht Frau und Kind mit. Ich stritt mit ihnen. Aber sie hatten für alle meine Einwände eine Erwiderung parat. Lucie sollte dort in ein Kloster geschickt werden. Schließlich sei ja auch ihre Mutter in einem Kloster erzogen worden. Aber in Frankreich, erwiderte ich, wo ihre Sprache gesprochen wurde. Wo sie die Sitten und Gebräuche kannte. ›Oh, dort wird man auch Französisch sprechen. Alle gebildeten Leute sprechen Französisch.‹ Sie war solch ein Unschuldslamm. Ich erinnerte sie daran, daß es in Italien ganz anders ist als in Lucies Heimat. Sonnig und warm. Ein ganz anderer Menschenschlag. Ein Kind wird durch eine solche Veränderung in Verwirrung gestürzt. Und dann die Trennung von der Mutter. Was um Himmels willen sie sich denn dabei dachte?« Phillippa machte eine kurze Pause, um sich wieder zu beruhigen. »Aber sie war fest entschlossen. Und wenn Amelie sich einmal zu etwas entschlossen hatte, dann konnten weder Gott noch seine himmlischen Heerscharen sie davon wieder abbringen. Es war ihr Verderben.« Tränen glänzten in Phillippas Augen. Sie schaute Lucie an, aber es war offenkundig, daß sie Amelie dort vor dem Feuer sitzen sah.

Phillippa schüttelte sich. »Ich schweife ab. Wie du dir vorstellen kannst, sah Amelie Nicholas von nun an nur noch selten. Aber gegen Ende des Sommers reiste Geoffrey ab, um Vorbereitungen für seine Übersiedelung nach Mailand zu treffen, und Amelie suchte wieder die Gesellschaft von Nicholas. Sie war eifersüchtig auf die Zeit, die er in der Apotheke oder draußen im Garten verbrachte. Sein Vater hatte Nicholas ermutigt, von überall her Samen für exotische Züchtungen zusammenzukaufen. Der Jüngling war sich unschlüssig, ob er seinem Vater gefallen oder seine Zeit lieber mit Amelie verbringen sollte. Zu seiner Ehrenrettung muß gesagt werden, daß schließlich seine Arbeit den Sieg davontrug.

Dadurch wurde es für mich um einiges schwieriger. Amelie nahm mich in diesem Herbst und Winter ziemlich in Anspruch. Sie lief ständig in der Großen Halle umher, fuhr wegen der geringsten Kleinigkeit auf, stocherte lustlos in ihrem Essen herum und jammerte über alles mögliche.

Im Frühjahr schließlich kehrte Geoffrey zurück. Er bedankte sich bei Nicholas dafür, daß er sich wie ein Freund um Amelie gekümmert habe. Und er versicherte Nicholas und mir, daß er für Amelie ein Haus beschafft habe, doch Lucie sollte nach wie vor für eine gewisse Zeit in ein Kloster gesteckt werden. Oh, meine Liebe, mein Herz fühlte mit dir. Ein italienisches Kloster. Geoffrey schwor, die Schwestern würden Französisch sprechen und sehr gebildet sein. Er bat Nicholas und mich, uns noch eine Weile um Amelie zu kümmern. Er mußte noch seine Familie in Lincolnshire besuchen, um sich zu verabschieden und seine Angelegenheiten zu regeln. Das war die Ruhe vor dem Sturm.

Amelies Stimmung verdüsterte sich, aber nur so langsam und allmählich, daß sie schon völlig in ihrer Depression gefangen war, bis ich endlich merkte, was los war. Sie wurde immer verschlossener. Nicholas erzählte mir, daß sie eines Morgens zu ihm gekommen war, früher als gewöhnlich, allein und verängstigt. Sie trug ein Kind im Leib, und er sollte ihr helfen. Er verstand zuerst nicht. So lange hatte sie sich ein zweites Kind gewünscht. Sie aber sagte, Geoffrey würde sie nicht mitnehmen, wenn sie in anderen Umständen wäre.

Nicholas sprach sich gegen drastische Maßnahmen aus. Sie sollte es so lange wie möglich verheimlichen. Aber es war Juli, und man konnte bereits ihren dicker werdenden Bauch erkennen. Und Geoffrey hatte sich verspätet. Er konnte vor Michaeli nicht mehr aufbrechen. Zwei Monate. Sie sagte, sie hätte dieses Kind empfangen, weil sie wieder glücklich war. Also würde sie vielleicht noch einmal schwanger werden. Irgendwann später. Wenn eine Geburt jetzt nicht das Ende ihres Glücks bedeuten würde. Sie bat Nicholas, ihr etwas zu geben, was das Kind zum Verschwinden bringen würde. Nicholas bekam Angst. Er wußte, daß es eine Todsünde war und daß es für sie sehr gefährlich werden konnte. Sie hatte schließlich schon bei der Geburt von Lucie große Schwierigkeiten gehabt, und jetzt war sie verzweifelt, und ihre Körpersäfte befanden sich in Aufruhr. In einem derartigen Zustand, da sie ohnehin schon geschwächt war, konnte ein Medikament sich schnell in ein Gift verwandeln. Er weigerte sich.

Sie fiel vor ihm auf die Knie, bettelte ihn an und drohte damit, eine Überdosis Raute aus meinem Garten zu nehmen. Sie jammerte und heulte. Nicholas wußte nicht mehr ein noch aus. Er hat sie schließlich um ein wenig Bedenkzeit gebeten, um zu beten und zu einer Entscheidung zu gelangen.

Er fragte seinen alten Freund Anselm um Rat. Anselm sagte Nicholas, daß Amelie das, was sie wollte, auch von jemand anderem erhalten würde, wenn er es ihr nicht geben sollte, und wenn sie ihm etwas bedeute, dann solle er ihr eben ihren Wunsch erfüllen. Nicholas sei schließlich der beste Apotheker in Yorkshire. Eines Tages würde er, wie sein Vater, Apothekermeister werden.«

Lucie erkannte, worum es Anselm gegangen war. »Der Erzdiakon hoffte, das Mittel würde sie umbringen. Er war eifersüchtig auf sie. Und wenn Nicholas sich schuldig gemacht hätte, dann hätte er versucht, sie zu vergessen. Dann hätte Anselm wieder eine Chance bei ihm gehabt.«

Phillippa zuckte mit den Schultern. »Ich weiß nichts von ihrer Beziehung. Ich weiß nur, daß Nicholas Anselms Auffassung respektierte und ihm vertraute, daß er die Angelegenheit für sich behalten würde. Nicholas tat schließlich, was Anselm ihm empfohlen hatte. Er mischte für sie einen Trank aus Raute und Wacholder, Rainfarn, wobei er aber darauf achtete, daß die Dosierungen so gering bemessen waren, daß das Mittel nur langsam wirkte und sie nicht vergiften konnte. Soweit man dafür als gewöhnlicher Sterblicher Sorge tragen konnte. Er sagte mir jedenfalls, bei dem, was er ihr gegeben habe, habe es sich um eine absolut unschädliche Dosis gehandelt. Keine der Ingredienzien konnte allein bewirken, daß die Leibesfrucht abging, aber es war sehr unwahrscheinlich, daß die Kräutermischung überhaupt keine Wirkung zeigte. Ich hielt das für eine kluge Vorgehensweise, aber in meinem Herzen spürte ich Unbehagen. Ich beobachtete sie wie ein Habicht und paßte auf, daß sie jeden Morgen und jeden Abend nur die kleinstmögliche Dosis zu sich nahm. Sie war sehr vorsichtig. Anscheinend hatte Nicholas ihr klargemacht, wie wichtig es war, daß sie seine Anweisungen genau befolgte. In meinem Leichtsinn habe ich mich dann dazu verleiten lassen, meine Überwachung zu lockern.

Es wurde September, und Geoffrey war immer noch nicht zurückgekehrt. Amelie sah nicht besonders gut aus. Ihre Hände zitterten, wenn sie sprach, sie schreckte beim leisesten Geräusch auf, ihre Augen vergrößerten sich und waren von tiefen Schatten umgeben, als würde sie zuwenig schlafen.

Ich dachte, das würde an den Nachrichten aus Calais liegen. Robert hatte geschrieben, König Philipp habe eine große Armee herangeführt, um die Bevölkerung von Calais zu schützen, nach ein paar Tagen aber seine Truppen kampflos wieder abgezogen. Hinter den Mauern der Stadt war daraufhin ein großes Wehklagen ausgebrochen. Die Menschen waren ein Jahr lang belagert worden und fühlten sich jetzt verlassen. Für uns ein Anlaß zur Freude, nicht aber für Amelie. Es waren immer noch ihre Landsleute.«

»Ich habe auch mit Männern Dienst getan, die in Calais waren«, sagte Owen. »Eine fürchterliche Zeit. Als sie in die Stadt einrückten, fanden sie keine Hunde mehr vor, sondern nur noch ein paar Ziegen und Kühe zum Melken. Die anderen Tiere sind alle geschlachtet worden, um die hungrigen Mägen zu füllen. So viele Menschen sind gestorben. Es war eine öde, stille Stadt.«

Lucie wischte sich über die Augen. »Das Kloster, in dem Maman war, wurde von Edwards Truppen geplündert. Deshalb war sie auch zu Hause, als Sir Robert mit ihrem Vater kam und Lösegeld verlangte. Eine Schwester hatte sie in der Mehltruhe in der Speisekammer versteckt. Ein Soldat hat eine ihrer Schulkameradinnen dort hineingezerrt, sie vergewaltigt und ihr dann die Kehle durchgeschnitten, direkt vor den Augen von Maman. Sie konnte nicht schreien, sie konnte sich nicht bewegen, um sich die Augen zuzuhalten, weil sie Angst hatte, der Soldat würde sie entdecken. Sie mußte alles mitansehen.«

»Sie hat viel Schlimmes erlebt, das ist gewiß«, sagte Phillippa. »Und die Nachricht, daß Calais vor den Truppen König Edwards kapituliert hatte, löste bei ihr eine Hysterie aus. Mein Bruder hatte geschrieben, daß er nach Freythorpe zurückkehren würde, sobald die Stadt gefallen war. Was aber wäre gewesen, wenn er vor Geoffrey angekommen wäre? Heilige Muttergottes. Ich habe Amelie immer wieder gefragt, ob sie sicher sei, daß das Kind noch nicht abgegangen war. Sie war so dürr, daß ich bezweifelte, ob so wenig Fleisch überhaupt ein heranreifendes Kind ernähren konnte. Sie schwor, es sei noch nicht abgegangen. Ich ermahnte sie, sobald wie möglich mit der Einnahme der Medizin aufzuhören. Sie wurde von Tag zu Tag schwächer. Sie flatterte umher wie ein Vogel in einem Käfig, und ihre Augen hatten ständig einen gehetzten Ausdruck.

Und dann kehrte Robert zurück, stolzgeschwellt und mit sich selbst beschäftigt, blind für ihren Zustand. König Edward hatte ihn zur rechten Hand des Gouverneurs von Calais ernannt. Er hatte vor, Amelie zu sich zu holen. Er hoffte offenbar, die Rückkehr nach Frankreich würde sie wieder glücklich machen. Zumindest so zufrieden und glücklich, daß sie ihm endlich den ersehnten Sohn würde schenken können. Und da habe ich plötzlich erkannt, wie sehr er sie lieben mußte. Daß er die schwierige Überfahrt über den Kanal und eine sechs Tage dauernde Reise zu Pferd in Kauf genommen hatte, um sie zu sehen und mit zu sich zu nehmen. Er war kein junger Mann mehr. Und es stand außer Frage, daß er schnellstens wieder nach Calais zurück mußte. Der Gouverneur brauchte ihn dringend.

Und ich hatte ihr geholfen, ihn zu betrügen. Heilige Maria, ich hatte Amelie zu ihrer Untreue meinem eigenen Bruder gegenüber ermuntert, der sie liebte und ihr rechtmäßiger Ehemann war. Ich war in einem romantischen Traum befangen gewesen. Natürlich war er ein Flegel, er hatte keinen Anstand, kein Zartgefühl. Er war dazu erzogen worden zu kämpfen, später auch, andere Männer in den Kampf zu führen. Niemand hatte ihn je gelehrt, ein sorgender Ehemann zu sein. Aber er gab sich Mühe. Er versuchte, ihr das zu geben, wonach sie sich sehnte, jedenfalls seinem Empfinden nach. Ihr Heimatland. Ihre Landsleute.

Und dann spitzten sich die Ereignisse zu.« Phillippa fuhr sich mit zitternder Hand über die Stirn. Lucie preßte ihre Hände so fest zusammen, daß die Knöchel weiß durch die Haut schimmerten.

»Amelie sah sehr krank aus, als sie zum Abendessen herunterkam. Ich hatte ihr geraten, sie solle sich besser hinlegen, aber sie meinte, wenn sie bei Roberts Ankunft eine gute Figur machte, dann würde er nichts bemerken. Robert bat sie um Verzeihung dafür, daß er sie nach Yorkshire gebracht hatte. Er sagte, er hätte sich nicht vorstellen können, wie schlimm das für sie gewesen sein mußte. Sie saß aufrecht da und starrte abwechselnd auf ihren Teller und auf die Hände ihres Ehemannes. Ihre Stirn war an den Schläfen feucht. Sie war ganz grau im Gesicht. Robert ließ es sich schmecken. Er dachte, ihre Blässe, ihre zitternden Hände, das würde ihrem normalen Zustand entsprechen. Er freute sich schon darauf, daß sich dies alles durch die Reise nach Calais ändern würde.

Plötzlich schrie sie auf und stürzte mit ihrem Stuhl zu Boden. Robert und ich sprangen gleichzeitig auf. Sie preßte ihre Hände auf den Bauch. Er fing sie auf. Sie erbrach sich und spuckte Blut. Und du Lucie, meine Liebe, hast geschrien zwischen all dem Blut, das den Arm deines Vaters und die Kleider deiner Mutter bespritzte. Ich habe dich gepackt, dich sofort in die Kammer deiner Eltern hinaufgebracht und nach Cook gerufen, die auf dich aufpassen sollte.

Amelie hatte eine Überdosis genommen, denn sie hatte gedacht, sich auf diese Weise von dem Beweis ihrer Untreue befreien zu können, bevor Robert es bemerkte. Sie hatte sich vergiftet. Sie sagte, sie würde in ihren Händen und Armen nichts mehr fühlen. Sie seien wie Eis. Sie bekam schreckliche Angst. Ich glaube aber nicht, daß sie vorgehabt hatte, sich umzubringen.«

»Aber Nicholas hatte sie doch gewarnt«, warf Lucie ein. »Und du auch.«

»Die Überheblichkeit der Jugend. Sie dachte, es würde vielleicht eine schwache Frau umbringen, aber nicht sie. Ich glaube, wenn sie sich wirklich hätte umbringen wollen, dann hätte sie den gesamten Rest der Medizin genommen. Um sicherzugehen. Aber sie hatte noch viel übriggelassen.

Sie starb in Roberts Armen. Er wirkte so verloren und angsterfüllt. ›Was ist hier geschehen?‹ fragte er mich. Was hätte ich tun sollen? Ich habe es ihm erzählt.

Daß sie ihn hintergangen hatte, hat ihn schwer getroffen. Geoffrey war Roberts Schildknappe gewesen, als er Amelie nach York gebracht hatte. Er hatte sich während der Überfahrt um Amelie gekümmert. Robert erkannte nun, daß er selbst es gewesen war, der die beiden zusammengebracht hatte.

Er bat mich zu gehen. Er wollte nicht, daß ich ihn weinen

sah. Ich ging hinaus in den Garten. Dort traf ich auf Geoffrey. Er hatte seit Stunden im Irrgarten auf Amelie gewartet. Mein Gott, all die Abende hatte sie hier nachgesehen, ob er inzwischen vielleicht zurückgekehrt war. Und nun dies. Wenn sie nur vor dem Essen hinausgegangen wäre.« Phillippa verstummte. Sie starrte ins Feuer.

Lucie hielt immer noch ihre Hände fest zusammengepreßt. »Als Cook eingeschlafen war«, sagte Lucie, »habe ich die Leiter hinuntergeschaut, und dort habe ich Sir Robert gesehen, der Maman in den Armen hielt und weinte. Beide waren sie voller Blut. Mutters hübsches Abendkleid war blutdurchtränkt. Ich habe ihr Gesicht berührt. Es fühlte sich fremd an. Kalt. Wie bei einer Statue – nicht wie das Gesicht von Maman. Und auch ihre Hände waren kalt. Ich glaubte, es würde daran liegen, daß sie über dem kalten Fußboden baumelten. Ich habe versucht, ihre Hände zu wärmen. Sir Robert scheuchte mich weg. Wie einen Hund. Als ob ich kein Recht hätte, dort zu sein. Er hat mir nicht gesagt, daß sie tot war. Er hat mich einfach nur weggescheucht. Wegen all des Blutes wußte ich, daß jemand verletzt worden sein mußte. Ich dachte, er hätte sie erstochen. Ich glaubte, er hätte das mit Geoff herausgefunden und sie umgebracht, damit sie ihn niemals wieder treffen konnte. Ich haßte ihn.«

»Aber ich habe dir doch gesagt, daß Robert ihren Tod nicht verschuldet hat«, warf Phillippa ein.

»Du hast gesagt, das Kind hätte sie umgebracht. Und weil Sir Robert ihr Ehemann war, habe ich gedacht, es sei sein Kind gewesen. Auch als sie im Kloster miteinander flüsterten, war ich mir sicher, daß etwas zwischen ihnen nicht stimmte. Sir Robert haßte sie, und er hat sie durch sein Kind getötet.«

Lucies Tante seufzte. »Geoffrey hat Nicholas dafür verantwortlich gemacht. Er ist zu ihm gegangen, hat ihn mitten in der Nacht aufgeweckt, bewußtlos geschlagen und auf ihn eingestochen und ihn dann in dem Glauben liegen gelassen, er sei tot. Paul Wilton fand seinen Sohn auf der Treppe vor der Apotheke. Er wollte nicht, daß die Leute redeten. Daher ging er zu Magda

Digby, von der er wußte, daß sie Nicholas gesundpflegen würde, ohne das an die große Glocke zu hängen. Er ließ Erzdiakon Anselm die letzte Ölung vornehmen, denn er wußte, daß auch er Nicholas nicht verraten würde. Zusammen mit Anselm und Magda erfuhr Paul dann, was geschehen war.

Er und der Erzdiakon suchten uns auf Freythorpe auf und wollten wissen, was wir wegen Nicholas' Rolle beim Tod von Amelie zu unternehmen gedächten. Mein Bruder überraschte uns alle, indem er sich selbst die Schuld an dem gab, was passiert war. Er hatte bereits durch einen Boten dem König mitteilen lassen, daß er seinen neuen Posten nicht antreten würde. Er wollte sich auf eine Pilgerreise begeben, um seine Schuld zu sühnen. Er war ein gebrochener Mann. Nicholas auch. Geoffrey war verschwunden, weil er glaubte, er habe Nicholas umgebracht. Amelie war tot. Es war einfach alles schrecklich. Als Robert mir vorschlug, Lucie in ein Kloster zu geben, schien mir das auch das beste für sie zu sein. Sie mußte aus diesem verfluchten Haus weg.«

»Warum um alles in der Welt habt Ihr zugelassen, daß sie Nicholas heiratete?« fragte Owen.

»Habe ich das nicht klargemacht? Er hatte in seiner Jugend einen Fehler begangen. Ich konnte ihn deswegen nicht für den Rest seines Lebens verurteilen.«

»Aber Lucie erinnerte er immer an diese Vorgänge.«

»Nein«, widersprach Lucie. »Ich wußte nichts von der Rolle, die er dabei gespielt hatte. Für mich war er jemand aus der guten Zeit, als es Maman noch gutging, als ich geliebt wurde. Und er versprach, meinem Leben einen Sinn zu geben.« Sie stand auf, öffnete die Tür und atmete die frische Nachtluft ein. Phillippa und Owen beobachteten sie. Nach einer Weile schloß Lucie leise wieder die Tür und kehrte zu ihnen zurück. »Aber es war falsch, daß du mich getäuscht hast, Tante Phillippa. Und auch von ihm war es verkehrt.«

»Du hättest ihn niemals akzeptiert, wenn du Bescheid gewußt hättest.«

»Das wäre vielleicht auch besser gewesen.«

»Nein. Er konnte dir eine gesicherte Zukunft bieten. Ich wollte, daß du frei wärst von den Ängsten und Befürchtungen, die deine Mutter umgetrieben hatten. Jemanden aus deinem Stand zu heiraten, hätte dich zu demselben Leben verurteilt. Du hättest fürchten müssen, die Zuneigung deines Ehemannes zu verlieren, wenn du ihm keinen Sohn und Erben geschenkt hättest. Und dazu noch einen zweiten Sohn der Sicherheit halber. Du hättest fürchten müssen, alles zu verlieren, wenn dein Mann sich irgend etwas hätte zuschulden kommen lassen. Du hättest in der Befürchtung leben müssen, er könne früh sterben und würde dich mittellos zurücklassen, so wie ich zurückgelassen wurde, ohne Heim, ohne gesellschaftliche Stellung, immer von anderen abhängig. Und an wen hättest du dich denn um Hilfe wenden können? Wenn Robert eines Tages nicht mehr dagewesen wäre, hättest du kein Heim mehr gehabt. Du wärst ein Mündel unter Amtsvormundschaft geworden. Das Geld, das dir hinterlassen worden wäre, wäre schnell aufgebraucht worden, und man hätte dich an den Meistbietenden verkauft. So sieht es aus.« Phillippa erhob sich und stützte sich ab, denn sie schwankte vor Müdigkeit. »Ich betrachtete Nicholas als ein Geschenk des Himmels.« Sie führte eine zitternde Hand zu ihrer Stirn.

Lucie half ihrer Tante hinauf in die Bettkammer. Als Lucie gehen wollte, sagte Phillippa: »Verstehst du, Lucie? Nicholas ist ein guter Mensch.«

»Er ist immer noch ein Mörder, Tante Phillippa. Ein dreifacher Mörder.«

Kapitel 23

Obsession

Die Zügel waren so naß, daß sie sich in Anselms Fingern glitschig anfühlten. Aber dieses unangenehme Gefühl war nicht von Dauer. Der Regen und die Kälte stumpften seine Gliedmaßen ab, je weiter der Abend voranschritt. Mit jeder Bewegung spürte er die kalte Nässe. Er zitterte. Nur dort, wo seine Beine den schwitzenden Körper seines Pferdes berührten, empfand er Wärme. Sein Begleiter Brandon, ein stämmiger Novize aus dem Grenzgebiet, ritt voraus, offensichtlich unbeeindruckt davon, daß er bis auf die Knochen durchnäßt wurde.

Anselm interpretierte die Beschwerlichkeiten dieser Reise als eine Strafe für seine Hoffahrt, dafür, daß er sich angemaßt hatte, Gott zu spielen und zu entscheiden, wer leben durfte und wer sterben mußte. Sein Erzbischof brauchte ihn, und Thoresby war ein zu vornehmer Herr, als daß man ihm diese Reise hätte zumuten können. Anselm beklagte sich nicht.

In der Tat, sein Herr, der Erzbischof, erwies Anselm keine geringe Ehre dadurch, daß er ihm mit dieser Mission betraut hatte. Die Schenkung, über die er in Durham verhandeln sollte, würde dem Münster eine erkleckliche Summe einbringen. Die Verhandlungen mußten mit großer Sorgfalt geführt werden. Sir John Dalwylie konnte immer noch seine Meinung ändern und das Geld jemand anderem zukommen lassen, und das Münster würde dann leer ausgehen. Es war Anselms Aufgabe, ihm die Bedeutung der Kathedrale vor Augen zu führen, die Glaubenskraft und die Dankbarkeit, die sie verkörperte, und den Ablaß, dessen sich jene gewiß sein konnten, die etwas zu ihrer Fertigstellung beitrugen.

Sein Begleiter würde in einem nahe gelegenen Kloster untergebracht werden. Bei Brandon konnte man sich nicht darauf verlassen, daß er die richtigen Worte fand. Oder daß er den

Mund hielt. Er würde in dieser heiklen Angelegenheit nur eine Belastung darstellen.

Es hatte Anselm verwundert, daß Abt Campian Brandon als seinen Begleiter ausgewählt hatte anstatt Michaelo, der schlau und gewandt war. Anselm hatte um Michaelo gebeten. Er würde sich als nützlich erweisen können, der Zweitgeborene einer alteingesessenen Adelsfamilie. Er hatte das Gespür eines Aristokraten und würde daher mit Sir John gut zurechtkommen. Campian aber sagte, Michaelo habe nicht mitreisen wollen, sondern habe darum gebeten, wegen seiner empfindlichen Gesundheit in York bleiben zu dürfen.

Er war empfindlich. Wie Nicholas. Der geliebte Nicholas. Was würde Anselm nicht alles darum geben, ihn wieder so zu sehen, wie er einst gewesen war. Mit ihm im Garten zu stehen. Dies zu prüfen, jenes zwischen den Fingern zu zerreiben, den Duft zu riechen, die Farben zu betrachten. Verkörperte dieser Garten nicht Gottes Großzügigkeit? Konnte man die Größe seiner Schöpfung nicht in diesem Garten ermessen?

Der empfindliche, feinfühlige, seelenvolle Nicholas. Was wäre wohl aus ihm geworden, wäre er weiter in St. Mary geblieben, abgeschottet von der Welt? Er hätte den tatterigen Wulfstan verdrängt. Er hätte seinen wundervollen Garten innerhalb der Klostermauern geschaffen, sicher vor den Versuchungen der französischen Hure. All das Böse, mit dem sie Nicholas' Leben vergiftet hatte, wäre irgendwo anders hin geleitet worden. Er wäre niemals Amelie d'Arby begegnet. Ihr Kind hätte ihn niemals auf ihr Lager zu locken vermocht. Um ihn zu verführen, ihm all sein Leben, seine Anmut, seine Schönheit auszusaugen. Nun lag der arme Nicholas in dieser kleinen, stickigen Kammer wie eine Fliege, die sich in einem Netz verfangen hatte, ausgetrocknet war und auf den Mist geworfen werden sollte. Sukkubus. Elendes, verkommenes Weib. Anselm freute sich, daß er ihr gestern abend einen Vorgeschmack auf ihre Zukunft hatte bereiten können. Nun brannte sie im wirklich schrecklichen Feuer, im ewigen Feuer. Im Vergleich dazu war der Schuppen noch gar nichts gewesen.

Anselm. Sein Name wurde ihm ins Ohr geflüstert. Der süße Atem liebkoste seinen Nacken. Anselm drehte sich um, um seinen Liebsten anzusehen. Aber Nicholas war nicht hier bei ihm im Moor. Der Wind hatte ihm einen Streich gespielt. Anselm zog seinen vereisten, vom Regen schweren Umhang enger um seinen Hals. *Anselm. Anselm.* Ein klagendes Rufen. Ein tadelndes Rufen. *Warum bist du nicht hier? Wie konntest du mich verlassen, wo ich dich gerade jetzt so nötig brauche?*

Nicholas starb. Das wollten ihm diese geisterhaften Rufe wahrscheinlich sagen. Er starb, und Anselm war weit weg auf der Straße nach Durham. Anselm hatte seinen Liebsten im Stich gelassen. Er hatte ihn allein und voller Angst dem überlassen, was auf ihn zukommen würde. Er fürchtete sich vor der Hölle. Nicholas fürchtete, Gott würde nicht verstehen, was er hatte tun müssen, und er fürchtete, Gott würde ihm die Morde nicht vergeben, welche wegen Amelie d'Arby nötig gewesen waren. Sein geliebter Nicholas hatte Angst, weil diese Dirne ihm mit ihren süßen Worten und ihren niedergeschlagenen Augen seinen Seelenfrieden geraubt hatte. Sie hatte ihn verhext und auf den Pfad der Sünde geführt. Es war nicht Nicholas' Verschulden. Gott würde das verstehen.

Doch Anselm mußte bei ihm sein, um ihn daran zu erinnern. Nicholas durfte nicht voller Angst sterben. Voller Furcht.

Brandon blieb plötzlich stehen und bedeutete Anselm, ebenfalls anzuhalten. Anselm konnte im Mondlicht das Weiße in den Augen seines tölpelhaften Begleiters erkennen. »Hinter uns sind Reiter.«

Anselm lauschte, aber er hörte nur den Wind. »Unsinn. Du . . .«

Brandon zischte, um ihn zum Schweigen zu bringen.

Anselm schloß seine Augen und lauschte in den Wind. Und da vernahm er Pferdehufe. Es war weniger ein Geräusch, sondern mehr ein Gefühl, das die Erde ihm zutrug. Bei dem Reiter mußte es sich um einen Boten aus York handeln. Der ihnen nachritt, um ihnen mitzuteilen, daß Nicholas im Sterben lag und nach Anselm gefragt hatte, daß er nicht sterben konnte, ohne Anselm an seiner Seite zu haben, daß er die Absolution nur von ihm in Empfang nehmen würde.

»Kommt. Wir müssen fliehen!« rief Brandon.

»Nein. Es ist ein Bote, der uns zurückholt.«

»Das ist kein Bote. Nicht wenn es so viele Pferde sind. Sicher sind es Highlander. Unsere einzige Hoffnung ist, zu fliehen, bevor sie uns entdecken. Kommt endlich.« Brandon galoppierte davon.

Anselm schüttelte den Kopf. Dieser jugendliche Narr. Doch als der Hufschlag von Brandons Pferd verklang, hörte Anselm, daß sein Begleiter recht gehabt hatte. Es war mehr als ein Pferd. Und der Erzbischof würde Anselms Mission wahrscheinlich für wichtiger halten als die Absolution für seinen alten Freund. Hier handelte es sich nicht um einen Boten, der ihnen nachgeritten war. Anselm gab seinem Pferd die Sporen. Aber Nicholas starb, dessen war er sich gewiß. Je weiter sich Anselm entfernte, desto unmöglicher wurde es für ihn, an sein Sterbebett zu gelangen.

Und dann fielen die Highlander über ihn her. Die Hufe ihrer Pferde wirbelten den Boden neben Anselm auf. Ihre Waffen glänzten im Mondlicht. Ihre furchterregenden Schreie irritierten sein Pferd. Es wieherte und scheute, warf Anselm ab und versetzte ihm mit einem Huf einen Schlag gegen die Stirn. Um Anselm wurde alles dunkel.

Nicholas preßte seine Hand auf Anselms Kopf. *Wach auf, wach auf, Anselm.* Anselm versuchte, die Hand seines Freundes wegzuschieben. Die Schmerzen. Nicholas durfte seine Stärke nicht erkennen. Anselm versuchte angestrengt, seine Augen zu öffnen, doch Nicholas drückte auf seine Lider. »Warum?« jammerte Anselm. »Was habe ich getan, daß du mich so quälst?«

Ich hatte Angst. Der Schöpfer kam zu mir, und ich hatte Angst. Ich konnte dich nicht aufwecken.

Anselm versuchte verzweifelt, seine Augen zu öffnen. Es war Nacht. Der Wind heulte in seinen Ohren, der Regen kühlte seine hämmernde Stirn. Er erinnerte sich.

Er berührte mit seiner rechten Hand seine Stirn. Er dachte zumindest, er tue es. Aber seine Finger waren gefühllos, obwohl er in der Hand pochende Schmerzen verspürte. Er befühlte mit der anderen Hand seine Stirn. Sie war aufgerissen, zerkratzt und geschwollen. Er versuchte es erneut mit der rechten Hand. Die Finger reagierten nicht so, wie sie sollten. Er fühlte nichts. Er setzte sich mühsam auf, ignorierte die heißen, stechenden Schmerzen in seinem Bauch und ließ die nasse Dunkelheit um sich herum tanzen. Als der Wirbel sich legte, stand er auf. Er war unsicher auf den Beinen, aber sie schienen unverletzt zu sein. Er ging ein paar Schritte, stolperte über einen am Boden liegenden Klumpen und stürzte. Es war sein Pferd, blutbesudelt und tot. Anselm erbrach sich heftig.

Anselm.

Anselm hatte es vergessen. Nicholas starb. Er mußte zu ihm. Aber ohne sein Pferd, was konnte er da unternehmen? Er begann zu gehen.

Lucie saß vor dem Küchenherd, ihre Katze Melisende auf dem Schoß. Owen saß ihr gegenüber und schwieg. Sie war froh, daß er nichts sagte.

Sie versuchte, Nicholas zu verstehen. Er hatte geschworen, daß er sie liebte. Phillippa glaubte das jedenfalls. Sie glaubte, er habe alles, was er getan hatte, für Lucie getan. Um ihr eine gesicherte Zukunft zu ermöglichen. Um sicherzustellen, daß sie nicht mit der Angst leben mußte, die ihre Mutter geplagt und schließlich auch umgebracht hatte. Dame Phillippa verstand das alles. Sie hatte mit derselben Angst leben müssen. Ihren Platz in der Gesellschaft zu verlieren. Ein Niemand zu sein. Kein Heim mehr zu haben.

Es war diese Angst gewesen, die ihre Mutter dazu getrieben hatte, sich das Leben zu nehmen. Wenn Sir Robert entdeckt hätte, daß sie von einem anderen Mann ein Kind erwartete, hätte er sie hinausgeworfen.

Hätte er es wirklich getan? Lucie wußte es nicht. Sie kannte ihren Vater kaum. Es war ungewohnt für sie, anders als mit Haßgefühlen an ihren Vater zu denken.

Wenn also Nicholas keine Schuld traf und auch ihre Mutter nicht, wen dann? Irgend jemanden mußte man verantwortlich machen können. Gott hatte für ihre Mutter gewiß nicht ein solches Ende vorherbestimmt. Irgend jemand hatte ein Verbrechen begangen. Gegen das Gleichgewicht der Natur verstoßen.

Wie anders wäre Lucies Leben verlaufen, hätte ihre Mutter weitergelebt.

Wie anders auch hätte sich ihr Leben gestaltet ohne Nicholas. Er war gut zu ihr gewesen. Er hatte ihr nützliche Dinge beigebracht. Sie war in York anerkannt aufgrund ihres Könnens, nicht weil sie diesen Mann geheiratet hatte. Aber all dies würde ihr nun genommen werden.

Lucie blickte zu Owen hinüber. »Wenn Ihr das alles dem Erzbischof berichtet, was wird er dann tun?«

Melisende erwachte, fauchte, stellte die Ohren auf, zog ihre Hinterbeine an und sprang auf etwas zu, das über den Boden huschte.

Owen rieb sich die Narbe an seinem Kinn. »Ich weiß es nicht, Lucie. Ich denke hier schon die ganze Zeit darüber nach, wie ich eine Möglichkeit finden könnte, es ihm nicht erzählen zu müssen.«

»Ihr dürft die Schuld nicht noch verschlimmern. Ihr müßt es ihm erzählen, Owen. Das verlangt Eure Loyalität ihm gegenüber.« Lucie ging nach oben zu Nicholas.

Owen beobachtete Melisende, die mit einer Maus spielte, die sie in die Ecke getrieben hatte. Er fühlte sich genauso hilflos wie diese Maus. Wie konnte er es vermeiden, Thoresby zu berichten, was er alles erfahren hatte?

Anselm stolperte die Straße entlang, die im Mondlicht wie ein fahles Band erschien, und versicherte Nicholas, daß er auf dem Weg zu ihm sei. Die Schmerzen in seiner Stirn ließen beim Gehen nach. Es war die Hand, die ihm am meisten Sorgen bereitete. Er riß einen Stück Stoff von seinem zerfetzten Umhang ab, verband die Hand, so gut es ging, und schob sie dann in seinen linken Ärmel. Das half ein wenig. An die Möglichkeit, daß er es vielleicht doch nicht bis nach York schaffen würde, dachte er nicht.

Lucie fand Nicholas in einem bedauernswerten Zustand vor. Er jammerte und wimmerte. Sie kniete sich neben ihn, betete zu Gott, er möge seine Schmerzen lindern und Nicholas von seinem Leiden erlösen. Sie stellte sich vor, er träume davon, wie Gott ihn wegen ihrer Mutter, Montaigne und Fitzwilliam zur Rechenschaft ziehen würde.

Einmal schrie Nicholas auf und umklammerte fest ihre Hand. Lucie küßte ihn, flüsterte ihm tröstende Worte ins Ohr und hoffte, er würde sie hören. Danach begannen seine Augenlider zu flattern und öffneten sich schließlich.

»Ich vergebe dir, Nicholas«, sagte Lucie. »Ruhe in Frieden.«

Er schaute sie an und flüsterte ihren Namen. Dann erfaßte ihn ein heftiges Schütteln, und er starb.

Er war tot. Lucies Herzschlag setzte aus, sie konnte an nichts mehr denken. Ein Gefühl der Taubheit kroch von ihren Fingerspitzen aus ihre Arme hinauf. Sie schlang ihre Arme um ihren Körper. Nicholas war tot. Sie stand auf und ging zum Fenster. Das Gartenfenster. Sie stellte sich vor, wie er draußen im Garten gestanden hatte, mit seinem verbeulten Hut, Flecken im Gesicht. Im Sommer hatten immer Sommersprossen seine Wangen und seine Nase bedeckt. »Nein. Nie mehr«, flüsterte sie. »Er ist tot.«

Sie begann zu weinen. Der gute Nicholas. Sie kniete sich wieder neben ihn. Sie hatte ihn geliebt, er war gut zu ihr gewesen, er hatte sich um ihr Wohlergehen gekümmert, um ihr Glück. Die hellen, blauen Augen, die sie immer so liebevoll angeschaut hatten, starrten nun ins Nichts.

Sie zögerte damit, sie zu schließen, denn sie wußte, daß sie sie jetzt zum letzten Mal sah, diese seltsamen, schönen Augen.

Erinnerungen hielten sie daran fest, zogen sie hinunter in die blauen Tiefen. Ihre Mutter und sie zusammen in seinem Garten, sein erster Besuch im Kloster, sein gequälter, umständlicher Heiratsantrag, die geduldige Ausbildung, die er ihr hatte angedeihen lassen, wie er der Geburt ihres Sohnes entgegengefiebert und wie er nach Martins Tod geweint hatte. An all das, was sie zusammen geteilt hatten, würde sie sich nun allein erinnern müssen. Allein. Sie suchte die vertrauten Augen, doch die Seele war aus ihnen gewichen, das Flackern des Lebens war verschwunden. Sie schloß sie.

Sie sollte hinuntergehen, es Owen sagen und Tildy zu Bess schicken. Ein Priester war nicht nötig, denn Anselm hatte ihm bereits die letzte Ölung gegeben. Sie mußten nur noch den Leichnam zur Bestattung vorbereiten, ihn in ein Leichentuch einwickeln. Bess würde durch ihren Stallburschen bei Cutter einen Sarg besorgen lassen.

Lucie hätte Nicholas gern in seinem Garten beerdigt – hier war er schließlich am glücklichsten gewesen –, aber das war unmöglich. Er mußte auf geheiligtem Grund begraben werden. Sie mußte aufstehen, nach unten gehen, sich um alles kümmern, was zu erledigen war. Aber sie wollte noch bei ihm verweilen, obwohl sie seine Augen schon geschlossen hatte und die Seele seinen Körper verlassen hatte, denn sie wußte, sobald sie von Nicholas' Seite gewichen war, würde er endgültig ganz allein sein.

An diesem Abend waren die Gefühle, die sie für ihn empfand, durcheinandergeraten. Sie hatte sich verraten gefühlt. Ihre Mutter war von dem Mann vergiftet worden, in den Lucie all ihr Vertrauen gesetzt hatte. All ihre Hoffnungen für die Zukunft. Dem Vater ihres Kindes. Dieser kurzen, intensiven Freude, die sie hatte erleben dürfen. Nicholas hatte sich unverantwortlich verhalten und den Tod ihrer Mutter verursacht. Er hatte bei seinem früheren Geliebten Rat gesucht, bei einem Manne, der naturgemäß eifersüchtig sein mußte wegen der Gefühle, die Nicholas für Amelie d'Arby empfand.

Auf den Erzdiakon sollte Lucie ihren Haß richten. Sie hatte

Nicholas Vorwürfe gemacht, aber eigentlich war Anselm derjenige, den sie hassen sollte. Anselm.

Er würde bezahlen müssen für all das Leid, das er angerichtet hatte.

Owen fluchte, als die Glocke der Ladentür läutete. Er brauchte Zeit zum Nachdenken. Aber er konnte die Glocke nicht einfach ignorieren. Wenn jemand zu dieser späten Stunde zu ihnen kam, dann mußte es sich um einen Notfall handeln. Melisende hielt ihre Beute in Schach und beobachtete Owen, als er an ihr vorüberging.

»Gott sei mit Euch.« Ein junger Mönch mit rotem Gesicht und aufgeregten Augen trat ein. Er war ziemlich außer Atem. »Ich muß Mistress Wilton sprechen.« Bruder Sebastian aus der Abtei.

»Wir haben einen Kranken im Haus. Mistress Wilton kümmert sich um ihren Ehemann.«

Der junge Mönch verbeugte sich. »Mein Abt schickt mich, Euch zu warnen, denn Bruder Wulfstan wurde vergiftet.«

Owen war überrascht. Ein Anschlag auf Bruder Wulfstan, obwohl Anselm nicht mehr in der Stadt war? »Ist er tot?«

»Der Herr hat ihn errettet. Aber es geht ihm schlecht. Und der Abt befürchtet, daß auch Mistress Wilton in Gefahr schwebt. Er möchte, daß Ihr die Wiltons nach Freythorpe Hadden bringt. Bei Sir Robert und seinen Leuten sind sie sicher.«

»Ein seltsamer Vorschlag. Es wäre doch besser, sich auf vertrautem Terrain zu verteidigen. Warum nach Freythorpe Hadden?«

Bruder Sebastian zuckte mit den Schultern. »Ich bin nur der Bote.«

Solche Boten wußten oft viel mehr als die eigentlichen Akteure. »Denkt nach. Was könnte der Grund dafür sein?«

»Vielleicht glaubt er, daß es in York zu gefährlich ist. Überall können Feinde lauern. Einer unserer Mitbrüder hat unseren Doktor umzubringen versucht. Bruder Michaelo, der im Auftrag des Erzdiakons gehandelt hat. Vielleicht vermutet mein Abt, daß er noch weitere Komplizen hat.« Sebastian legte die Stirn in Falten, aus Angst, vielleicht schon zuviel gesagt zu haben. »Aber ich bin, wie gesagt, nur der Bote.«

»Und wo ist der Erzdiakon jetzt?«

»Unterwegs nach Durham.«

»Und wenn Anselm zurückkehrt«, sagte Lucie von der Tür her, »und uns nicht mehr hier vorfindet, kommt er vielleicht auf die Idee, uns im Haus meines Vaters zu suchen.«

Bruder Sebastian verbeugte sich vor ihr: »Gott sei mit Euch, Mistress Wilton. Mein Abt macht sich Sorgen um Euch. Er meint, Owen Archer und die Männer von Sir Robert könnten Euch auf Freythorpe Hadden besser beschützen.«

»Owen kann mich hier auch beschützen. Mein Mann ist gerade gestorben. Ich möchte ihn hier beerdigen, unter den Menschen, die ihn geliebt haben.«

»Nicholas ist tot?« fragte Owen und ging zu ihr.

Lucie hielt sich kerzengerade, als dürfe sie sich kein Anzeichen von Schwäche erlauben. Ihr Gesicht war blaß, wodurch ihre Augen in ihrem Gesicht sehr groß wirkten. »Richtet Abt Campian meinen Dank aus für seine Warnung und seine Besorgnis. Sagt ihm, daß wir uns vorsehen werden.« Lucie entschuldigte sich und ging wieder die Treppe hinauf.

Bruder Sebastian schaute Owen besorgt an. »Das wird mein Abt nicht gerne hören.«

Owen musterte ihn. »Hat Bruder Michaelo gesagt, daß der Erzdiakon vorhatte, Mistress Wilton umzubringen?«

»Das weiß ich nicht.«

»Ihr habt gesagt, daß der Erzdiakon nach Durham geschickt worden ist. Doch sicher nicht allein?«

»Brandon, ein Novize, begleitet ihn.«

»Und wer noch?«

»Nur Brandon.«

»Sonst niemand? Nur ein Novize?«

Sebastian wurde es unbehaglich. »Brandon ist ein kräftiger Bursche.«

Owen lachte ungläubig. Er war von Schwachköpfen umgeben. »Ein starker Mann allein kann nicht viel ausrichten gegen die Highlander auf den Straßen.«

Bruder Sebastian zuckte mit den Achseln.

Owen klopfte ihm auf die Schulter. »Ich weiß, daß dies alles nicht zu Eurer Aufgabe gehört. Ich möchte Euch damit nicht behelligen. Aber Ihr werdet einsehen, daß ich mit Mistress Wilton nicht in der Nacht streiten kann, in der ihr Ehemann gestorben ist. Ich fürchte, Ihr müßt Eurem Abt das ausrichten, was sie gesagt hat.«

Nachdem der Mönch abgezogen war, stieg auch Owen die Treppe hinauf. Lucie saß neben Nicholas und schaute ihn gedankenversunken an.

»Ich habe Bruder Sebastian weggeschickt.«

Lucie schüttelte sich und rieb sich über die Stirn. »Ich werde Nicholas nicht auf Freythorpe Hadden begraben«, sagte sie.

»Warum nicht?«

»Dieser Ort hat uns beiden nur Unglück gebracht. Ich wünschte, ich könnte ihn hier in unserem Garten beerdigen. Aber gewiß nicht auf Freythorpe. Sir Robert hat mich weggeschoben. Es gibt dort keine Liebe mehr, weder für mich noch für Nicholas.«

»Aber es war Euer Elternhaus.«

Sie blickte ihn seltsam an. »Ihr habt Euch doch auch entschieden, nicht an den Ort zurückzukehren, an dem Ihr als kleiner Junge gelebt habt. Vielleicht hattet Ihr recht.«

Owen fiel darauf keine Erwiderung ein. »Womit kann ich Euch helfen?«

»Tante Phillippa braucht ihren Schlaf. Bittet Bess, mir zu helfen, Nicholas für die Beerdigung herzurichten.«

Owen nahm ihre Hände in die seinen. »Eure Tante ist nicht die einzige, die ihren Schlaf braucht.«

»Ich kann nicht schlafen.«

»Lucie, denkt daran, was Ihr die letzten beiden Nächte durchgemacht habt. Zuerst das Feuer. Jetzt Nicholas.«

»Ich werde ihn vorbereiten. Und dann die Totenwache halten.«

»Laßt jemand anderen die Wache halten.«

»Nein. Ich werde es tun. Ich habe ihn umgebracht. Ich werde die Totenwache halten.«

Owens Herz gab es einen Stich. Ihn umgebracht? Hatte sich der Kreis geschlossen? War sie doch die Mörderin? War Nicholas ein langsam wirkendes Gift verabreicht worden, so daß er sich nie mehr so weit erholen konnte, um sich zu erinnern und sie zu beschuldigen?

Lucie lachte. Ein schrilles, durchdringendes Lachen. »Ihr seid schockiert darüber, daß ich meinen Ehemann getötet habe?«

»Ich bin verwirrt. Wie habt Ihr ihn umgebracht?«

Sogar in ihrem übermüdeten Zustand und in diesem ersten Stadium der Trauer konnte Lucie ihn immer noch so durchdringend ansehen, daß er das Gefühl bekam, sie könne ihm direkt in die Seele schauen. »Ich bin keine Giftmörderin, wenn Ihr das glaubt.« Sie sagte es ohne Zorn. Sie war einfach nur müde. »Ich habe ihm gesagt, daß sein Freund Anselm versucht hat, mich zu töten. Ich habe ihn für den Tod meiner Mutter verantwortlich gemacht. Als er versucht hat, mir zu erklären, daß er Montaigne um meiner willen umgebracht hatte, habe ich mich von ihm abgewandt. Und dann bin ich hinuntergegangen. Ich hätte bei ihm bleiben sollen.« Langsam strich sie eine graue Haarsträhne aus Nicholas' Stirn.

»Er lag schon im Sterben, Lucie.«

Sie hielt ihre Augen auf ihren Mann gerichtet. »Es war falsch, ihn zu beschuldigen. Das Ganze war das Ergebnis der unheiligen Liebe des Erzdiakons zu Nicholas, dieser falschen, erstickenden Liebe. Anselm wird in der Hölle schmoren, nicht mein Nicholas.«

»Denkt darüber bis morgen nach.«

Lucie hörte nicht. »Als ich kam, wimmerte Nicholas im Schlaf. Ich habe versucht, ihn zu trösten. Ich habe ihm gesagt, daß ich ihm vergebe. Aber ich weiß nicht, ob er es noch gehört hat.«

»Ich bin sicher.«

»Das sagt Ihr, weil Ihr mich beruhigen wollt. Dann könnt Ihr mich leichter dazu überreden, ihn nach Freythorpe zu bringen.«

»Das ist nicht wahr, Lucie.«

»Holt Bess her.«

Owen, der einsah, daß er sie nicht von ihrer Absicht abbringen konnte, ging, um Bess zu verständigen.

Kapitel 24

Konfrontationen

Ein rumpelnder und quietschender Karren näherte sich Anselm von hinten. Es war der Karren eines Bauern. Als er ihn eingeholt hatte, blieb er stehen. Der Bauer blickte zu Anselm hinüber, sah die Priesterkleidung und wie zerrissen sie war, und tippte an seine schmierige Mütze. »Was ist denn das? Haben die Wegelagerer auch schon vor den Herren der Geistlichkeit keinen Respekt mehr? Hat man Euch überfallen, Vater? Habt Ihr Euer Pferd verloren?«

Anselm schleppte sich zu dem Mann und lehnte sich gegen ein Rad. »Wir wurden angegriffen. Mein Begleiter ist tot. Ich muß zu Wiltons Apotheke in York, gleich neben dem Münster. Könnt Ihr mich dorthin bringen?«

»Das kann ich tun. Ich bin unterwegs zum Markt. Der Herr meint es gut mit mir, daß er mir Gelegenheit gibt, einem seiner Priester zu helfen. Ich bin ein armer Sünder, der einen kleinen Ablaß gut brauchen kann.«

Bald lag Anselm zwischen Körben und Säcken, erfüllt von Dankbarkeit ob dieses Zeichens göttlicher Gnade.

Bess scheuchte Lucie hinunter in die Küche, nachdem sie Nicholas' Leichnam für die Beerdigung vorbereitet hatten. Dann setzte sie ihrer Freundin ein Glas Branntwein vor und sagte: »Ich werde beim ersten Licht des Tages einen Stallburschen zu Vater William schicken.« Das war der Gemeindepfarrer.

Lucie nickte. Sie starrte in die Ferne. Bess und Owen tauschten Blicke aus.

Die Türglocke ertönte.

»Wer, um alles in der Welt, kann das sein?« fragte Bess und ging, um nachzusehen, kehrte aber gleich eilig mit gerötetem Gesicht wieder zurück. »Der Herr Erzbischof«, erklärte sie, während die Schleifchen auf ihrer Haube aufgeregt flatterten.

Thoresby trat in die Küche, während Bess noch sprach, und machte das Kreuzzeichen, um dieses Haus zu segnen.

»Mistress Wilton«, sagte er und ergriff Lucies Hand. »Euer Ehemann wurde in York sehr respektiert. Nicholas Wilton war ein hervorragender Apotheker. Wir werden ihn vermissen.«

»Danke, Euer Gnaden.«

»Ihr müßt mir verzeihen, daß ich Euch am frühen Morgen belästige. Aber die Umstände zwingen mich dazu. Es ist alles sehr unglücklich.« Er nickte Owen zu und warf einen Blick zu Bess. Sie entschuldigte sich, um bei Nicholas Wache zu halten.

Lucie nahm einen Schluck Branntwein. Ihre Hände zitterten. »Bitte setzt Euch, Euer Gnaden«, sagte sie ruhig.

»Ich werde nicht lange bleiben. Ich wollte Euch nur versichern, daß ich alles arrangiert habe. Zwei meiner Leute werden in Kürze mit einem Karren und einem Sarg vorbeikommen. Im Morgengrauen werden vier meiner Männer und ich Euch nach Freythorpe Hadden begleiten.«

»Ihr braucht Euch nicht um uns zu sorgen, Euer Gnaden. Die Wiltons haben ihre Pflicht und Schuldigkeit getan.«

»Wovon redet Ihr?«

»Ich weiß, daß Owen in Euren Diensten steht. Ich vermute, ich soll Euch dankbar dafür sein, daß ich eine Zeitlang seine Hilfe in Anspruch nehmen durfte.«

Der Erzbischof schwieg, aber nur einen Augenblick lang. »Mistress Wilton, jetzt ist nicht die Zeit für verletzten Stolz. Ich versuche zu verhindern, daß mein Erzdiakon oder seine jungen Männer Euch weiteren Schaden zufügen.«

Lucie stand auf. Ihr Gesicht war gerötet, und sie zitterte vor Wut. »Ich möchte nicht undankbar erscheinen, Lord Thoresby, aber ich kann Euer Geschenk nicht annehmen. Ich bin nicht bereit, meinen Ehemann auf Freythorpe Hadden zu beerdigen. Dort gehört er nicht hin.«

Thoresby stand ebenfalls auf. »Ich bin zu einer ungünstigen

Zeit erschienen, das sehe ich. Verzeiht mir, Mistress Wilton.« Er bedeutete Owen, ihm nach draußen zu folgen. Lucie warf Owen einen finsteren Blick zu, als er an ihr vorüberging.

Draußen in dem nassen Garten legte Thoresby seine Höflichkeit ab. »Dieses verdammte Frauenzimmer. Glaubt sie, hier handelt es sich um ein Spiel, Owen Archer? Weiß sie nicht, wie gefährlich ihre Lage ist?« Er zog sich seine Kapuze über den Kopf.

»Ich bin mir nicht sicher, was Mistress Wilton im Augenblick denkt, Euer Gnaden. Letzte Nacht hat Anselm sie in dem brennenden Schuppen eingesperrt. Diese Nacht hat sie ihren Mann verloren. Nun verlangt Ihr von ihr, ihren Ehemann an einem Ort zu beerdigen, an den sie bisher überhaupt nicht gedacht hatte. Und außerdem fragt sie sich, ob sie mir trauen kann. Ob sie auf mich zählen kann. Ihr dürft sie nicht danach beurteilen, was sie heute nacht tut oder sagt.«

Owen spürte, daß Thoresby ihn beobachtete. »Mistress Wilton ist für Euch mehr als eine Arbeitgeberin, das sehe ich Euch an. Was weiß sie von alldem?«

»Sie weiß alles.«

»Und was heißt ›alles‹?«

»Daß Montaigne damals Nicholas für den Tod von Amelie d'Arby verantwortlich gemacht hat. Montaigne war ihr Geliebter. Sie starb, als sie sein Kind durch eine Überdosis einer Medizin abtreiben wollte, die Nicholas ihr gegeben hatte. Montaigne versuchte, Nicholas in jener Nacht zu töten, in der sie starb. Er dachte, es sei ihm gelungen. Seine Rückkehr stellte für Nicholas eine Bedrohung dar. Er fürchtete, Montaigne würde erscheinen, daß er immer noch am Leben war, und erneut versuchen, ihn umzubringen – oder seinen Namen zu ruinieren, wodurch all das gefährdet worden wäre, was er für Lucie getan hatte. Also hat Nicholas ihn durch eine Medizin vergiftet, die später auch aus mangelnder Sorgfalt Fitzwilliam verabreicht wurde.«

»Ich hätte mir denken können, daß eine Frau mit im Spiel war. Wir lassen uns von ihnen so häufig zum Narren halten.«

Thoresby schwieg einen Moment. »War Mistress Wilton an der Tat beteiligt?«

»Nein. Sie wußte nicht einmal, wer der Pilger war, für den Nicholas das Medikament zubereitet hat. Und weil ihr Ehemann noch in jener Nacht, in der er die Tat beging, krank wurde, konnte sie das Gift nicht früh genug entdecken, um Fitzwilliam zu retten.« Owen bemerkte ein unangenehmes Grinsen in Thoresbys Gesicht. Er hatte dessen Frage zu eilfertig verneint.

»Ihr würdet es mir auch nicht sagen, wenn sie tatsächlich schuldig wäre.«

»Ich bin in erster Linie Euch verpflichtet, Euer Gnaden.«

Thoresby kicherte. »Das glaube ich nicht. Aber möglicherweise ist sie wirklich unschuldig. Also will ich Eure Erklärung akzeptieren.« Er schüttelte den Kopf. »Was der Herr damit bezweckt hat, gibt mir Rätsel auf. Fitzwilliam verdiente gewiß eine Strafe, aber nicht aus den Händen von demjenigen, der sie ihm hat zuteil werden lassen. Und nun scheint mein Erzdiakon vom Teufel höchstpersönlich besessen zu sein. Er hat Bruder Michaelo angesteckt. Und wen noch? Ich müßte Mistress Wilton dazu bringen, meinen Plan zu akzeptieren.«

»Sie ist nicht leicht zu beeinflussen.«

»Dann wird es Zeit, daß Ihr herausfindet, wie Ihr sie beeinflussen könnt.« In seinen Worten lag etwas Frostiges, Endgültiges. Thoresby ritt davon und hinterließ eine kalte Stille. Owen lauschte auf das Getrappel seines Pferdes, das ihn in die Nacht trug.

Bess blickte auf, als Lucie neben dem Schemel zu Boden sank. »Welchen Qualen möchte dich der Erzbischof denn jetzt schon wieder aussetzen, kurz nachdem du deinen Mann verloren hast?«

Lucie antwortete nicht gleich. Bess fielen die Schatten unter ihren Augen auf und die tiefen Furchen zwischen der Nase und dem Mund, Anzeichen von Übermüdung und großer Anspannung. »Männer wissen nie, wann sie schweigen sollen.«

Lucie seufzte. »Es wird hier noch viel Ärger geben. Sie möchten, daß ich im Morgengrauen abreise. Der Erzdiakon ist anscheinend verrückt geworden. Aber er ist auch sehr fürsorglich, Bess. Er schickt mir einen Leichenkarren und Männer, die mich nach Freythorpe Hadden begleiten sollen. Und er wird mit uns reisen, um die Totenmesse zu halten.«

»Nach Freythorpe? In deinem Zustand? Ohne geschlafen zu haben?«

»So früh am Tag schlagen die Highlander selten zu.«

»Aber du hast doch überhaupt nicht geschlafen, Mädchen.«

»Das werde ich später nachholen. Tante Phillippa wird schon dafür sorgen.«

»O ja, so wie sie sich auch in der Vergangenheit schon um dich gekümmert hat. Ich habe kein großes Zutrauen in ihre Fürsorglichkeit.«

»Ich könnte für unterwegs vielleicht ein bißchen was von deinem Branntwein brauchen.«

»Willst du mich loswerden?«

»Er würde mich aufwärmen, Bess. Und auch eines von den Tüchern, die du für deinen Karren benutzt.« Aber Lucie schaute Bess nicht an. Ihre Augen waren auf ihren Ehemann gerichtet, der ruhig und schon fast fremd im Bett lag, in Leichentücher eingehüllt.

Da sie selbst schon zweimal Witwe geworden war, sah Bess ein, daß Lucie jetzt Zeit brauchte, um für sich allein zu sein, bevor der ganze Rummel mit dem Begräbnis beginnen würde. »Ja, ein bißchen Aufwärmen könnte dir nicht schaden. Ich bring' dir alles, was du willst, wenn du dich eine Weile hier ans Fenster setzt und dich ausruhst.«

Lucie versprach es.

Bess zog ab. Als sie an der Durchgangstür zum Laden vorbeikam, hörte sie, wie Owen mit Tildy redete. Mit der Gewißheit, daß die beiden Lucie hören würden, falls sie irgend etwas brauchen sollte, eilte sie durch die Küchentür, um ein paar Sachen zusammenzusuchen, die Lucie helfen würden, die Beschwerlichkeiten der Reise besser zu meistern.

Lucies Kopf sank auf den Arm von Nicholas nieder. Sie hatte nicht geglaubt, daß sie neben ihrem gerade verstorbenen Ehemann würde einschlafen können. Daß sie so müde war, machte ihr angst. Es verwirrte den Geist und führte dazu, daß man Fehler beging. Sie schüttelte sich, ging zum Fenster und öffnete es weit, um die kühle, belebende Nachtluft hereinzulassen. Nicholas würde sich nicht darüber beklagen, daß es zog. Die frische Luft schlug ihr ins Gesicht und wirkte wie ein Klaps, der sie wieder in die rauhe Wirklichkeit zurückbrachte. Sie hatte ihren Ehemann verloren. Seine gütigen Augen waren nun für immer geschlossen.

Und schon begannen die Männer um sie herum, ihre Befugnisse einzuschränken. Sie versuchten ihr vorzuschreiben, wo sie ihren Mann beerdigen sollte. Welches Recht hatten sie denn, sich einzumischen? Sie behaupteten, es geschehe alles nur zu ihrem Schutz. Aber was lag denn dem Erzbischof von York und Lordkanzler von England an ihrer Sicherheit? Man konnte von ihm erwarten, daß er sie warnte. Oder daß er Vorschläge anbot, wie sie sich besser schützen konnte. Aber er hatte ihr keine Vorschriften zu machen. Oder alles schon für sie zu arrangieren.

Thoresby und Campian beschützten sich gegenseitig. Sie kannte Dinge, über welche die beiden gerne den Mantel des Schweigens gebreitet sehen wollten. Sie würde reden. Und die Leute von York würden ihr nur allzu gerne zuhören.

Aber dadurch konnte sie nichts gewinnen. Die Leute würden die Geschichte von Anselm, Nicholas und Amelie begierig aufnehmen. Sie würden sich gut dabei unterhalten. Sie würden die Geschichte zu Hause weitererzählen und sich an manchen kalten Winterabenden darüber unterhalten. Aber weshalb sollte sie sich selbst schaden? Sie würde dadurch nichts gewinnen, aber viel verlieren. Die Geschichte handelte von schlechtem Beurteilungsvermögen. Das würde auf sie zurückfallen. Eine Apothekerin mit schlechtem Beurteilungsvermögen würde nicht sonderlich vertrauenerweckend wirken.

Sie hatte keinen Grund, ihre Geschichte zu erzählen, und der

Erzbischof wußte das wahrscheinlich auch. Sie würde mit ihm reden. Morgen. Es mußte schon kurz vor der Morgendämmerung sein, aber wegen des Regens war der Himmel immer noch dunkel.

Während sie in die Nässe und die Dunkelheit hinausstarrte, öffnete sich die Tür hinter ihr. Sie dachte, es wäre Bess, die nach ihr schaute, weil sie sich Sorgen bereitete, und lächelte trotz ihrer Ängste. Bess würde gerne sehen, daß sie frische Luft schnappte. Verhaltene Schritte näherten sich dem Bett. Dann hörte sie ein Stöhnen.

»Bin ich zu spät? O Nicholas, du bist so grausam. Warum hast du nicht auf mich gewartet? Ich habe mich heute nacht durch die Hölle gekämpft, um zu dir zu kommen.«

Lucie fröstelte. Es war der Erzdiakon, der Urheber all ihren Kummers. Owen mußte schlafen gegangen sein. Und Bess auch. Lucie konnte sich auf niemanden mehr verlassen.

Der Atem des Mannes ging pfeifend und keuchend wie der eines Verwundeten oder Schwerkranken. »Ich habe dich gehört, Nicholas. Ich habe dich gehört. Sie haben versucht, mich aufzuhalten. Aber ich bin entkommen. Mein wunderschöner Nicholas. Sie haben dir deine Augen geschlossen. Sie wollten nicht, daß ich sie noch einmal sehe.«

Lucie schlich zu dem kleinen Tisch und hielt dabei den Atem an, aus Angst, sie könnte irgend etwas umstoßen, das im Weg lag. Sie tastete nach der kleinen Öllampe und drehte an dem Docht. Eine helle Flamme schoß empor.

Anselm keuchte auf, als er sich entdeckt sah, und legt seine aufgeschürfte, geschwollene Hand schützend vor das Gesicht. Nicholas lag in seinem Schoß, das Leichentuch war zurückgeschlagen. Der Erzdiakon sah furchterregend aus. Blut tropfte ihm von der Stirn. Er roch nach Blut und Fieberschweiß. Auf dem Leichentuch, das in seinem Schoß lag, hatte sich ein dunkelroter Fleck gebildet. Er nahm die Hand von den Augen, um Nicholas' nackten Körper noch fester zu umklammern. »Ich habe dich verbrannt. Wie hat sich dein Geist befreien können? Verschwinde, Teufelin!«

»Das ist mein Haus, du Ungeheuer. Und Nicholas war mein Ehemann.« Lucie kam näher.

Anselm bleckte die Zähne und fauchte sie an wie eine verwundete Katze, während er Nicholas an sich preßte.

Es war wie in einem Alptraum. Ein Toter und ein Mann, der vor Schmerzen und Kummer verrückt geworden war und auch schon fast wie eine Leiche aussah. Der Verrückte murmelte etwas auf Lateinisch, zog mit einem geschwollenen Finger Nicholas' rechtes Augenlid auf und beugte sich hinunter, um ihn auf den Mund zu küssen.

»Im Namen des Allmächtigen, laß ihn los!« Lucie bebte vor Wut.

Anselm hob seine Augen. »Des Allmächtigen? Was weißt du vom Allmächtigen, du Teufelin?« Er fuhr durch Nicholas' Haar, streichelte über seinen Bauch, seine Schenkel, wobei er Lucie beobachtete und sich an ihrem Entsetzen weidete.

»Hör auf damit!« zischte sie. Sie versuchte, sich zu beruhigen, und überlegte, was sie als Waffe benutzen könnte. Ihr fiel das Messer ein, das sie bei Verbänden verwendete. Es lag auf dem Tisch neben dem Bett.

»Ich habe ein Recht, mich von ihm zu verabschieden.« Anselm beugte sich abermals hinunter, um Nicholas zu küssen. »Er hat mich geliebt. Ich habe ihn beschützt.«

»Geliebt?« Lucie bewegte sich in Richtung des Tisches. »Nicholas hat dich gefürchtet. Er hat gesagt, du bist verrückt. Böse.«

Anselm kreischte und legte den Körper von Nicholas mit zitternden Armen nieder.

Lucie packte das Messer und hielt es hinter ihrem Rücken verborgen.

Anselm bäumte sich auf. »Du bist die Brut des Satans, der die Seele meines Nicholas vergiftet hat!« schrie er. »Nicholas hat mich geliebt. Es war eine reine, unschuldige Liebe. Und dann hat sie ihn mir genommen. Amelie d'Arby. Die französische Hure.«

»Und deshalb hast du Nicholas dazu angestiftet, sie umzubringen.«

Anselm grinste. »Es ist so geschehen, wie ich es in meinen Gebeten herbeigewünscht hatte.«

»Du Feigling. Du hast deinen Geliebten dazu angestiftet, für dich ein Verbrechen zu begehen. Also wird Nicholas dafür in der Hölle verbrennen. Nicht du.«

»Sie wird verbrennen. Nicht mein Nicholas. Ihr Tod muß grauenhaft gewesen sein. Sie hatte Krämpfe, hat sich immer wieder erbrochen und Blut gespuckt, sie hat ihr Leben förmlich ausgekotzt. Diese Schmerzen. Diese Angst. Und sie hatte die Beichte nicht abgelegt, hast du das gewußt? Sie hatte nicht gebeichtet. Sie schmort jetzt in der Hölle, meine kleine Wölfin. Kannst du dir vorstellen, wie es ihr dort ergeht? Wie sie sich im ewigen Feuer windet?«

Lucie stach ihm mit ihrem Messer ins Gesicht. Aber sie war ungeübt. Sie traf nur seine Wange, nicht sein Auge.

Anselm schrie auf und versuchte, nach dem Messer zu greifen.

Lucie trat nach ihm, aber ihre Röcke behinderten sie.

Er schlug ihr das Messer aus der Hand.

Sie packte einen Stuhl und rammte ihn Anselm in die Seite. Er schwankte ein wenig, ging dann aber sofort wieder auf sie los. Er blutete aus Wunden am Bauch, an der Wange und an der Stirn. Lucie wunderte sich, woher er die Kraft nahm, sich immer noch aufrechtzuhalten.

Er griff nach ihr und bekam ihren Hals zwischen seine Hände. Die eine Hand drückte zu, die andere blieb schlaff. Lucie drehte sich zu der verletzten Hand hin. Er schlug ihren Kopf gegen die Wand. Die Wucht des Aufpralls machte sie benommen, und ihre Knie gaben nach. Anselm riß sie wieder hoch und rammte ihren Kopf erneut gegen die Wand. Sie kreischte, als sie fühlte, daß ihre Knie unter ihr wegknickten. Er preßte sie an die Wand, seine gesunde Hand drückte auf ihren Hals.

Schritte dröhnten die Treppe herauf. *Lieber Gott, bitte gib mir die Kraft, ihn umzubringen. Für meine Mutter. Für meinen Mann,* betete Lucie. Sie vergrub ihre Fingernägel in Anselms

Hand. Er rammte seinen Kopf gegen den ihren. Ihre Ohren rauschten. Sie konnte seinen Schweiß und sein Blut riechen.

»Tretet zurück, Dame Phillippa!« rief Owen vor der Tür. »Geht aus dem Weg.« Die Tür flog krachend auf.

Anselm zischte und preßte Lucie an sich. Owen entriß sie der gebrochenen Hand des Erzdiakons. Lucie kroch zu der Stelle, wo das Messer lag.

Anselm, der vor Wut und Schmerzen heulte, stürzte auf Owen zu, der sich drehte, ihn mit seinem gesunden Arm packte und gegen die Wand schleuderte. Man hörte das Geräusch brechender Knochen, dann fiel Anselm zu Boden, und sein Kopf sank in einem unnatürlichen Winkel auf seine Schulter. Phillippa kreischte auf.

Owen eilte zu Lucie.

Sie kniete am Boden, das Messer in der Hand erhoben, und starrte den leblosen Körper des Erzdiakons an. »Ist er tot?« fragte sie atemlos. Sie konnte es nicht glauben. »Es wäre meine Aufgabe gewesen, ihn zu töten. Meine.«

Owen kniete sich neben sie, berührte sie am Kinn und zog ihr Gesicht sachte zu sich hin. »Ihr habt ihm einen guten Kampf geliefert, Lucie. Er ist tot. Er kann niemandem mehr schaden.«

Sie drehte den Kopf, um einen Blick auf Anselm zu werfen. »Er hat Nicholas ausgewickelt. Hat ihn geküßt und ...«

»Ich bringe Euch nach unten«, sagte Owen.

»Er ...« Lucie befreite sich von Owen und stand auf. »Er hat wie ein verwundetes Tier gezischt und gefaucht. Ich habe nicht ... Er war gar kein Mensch mehr. Und wie er Nicholas gehalten hat, ich ...« Sie trat auf Nicholas zu, dessen entblößter Leichnam auf dem Leichentuch lag, das von Anselms Blut besudelt war. »Wie er ihn gehalten hat. Wie er ihn berührt hat. Und mich verhöhnt hat. Ich ... Nicholas hatte bis zu seinem Tod Angst vor ihm. Und dann hat dieses Ungeheuer ihn in seine Arme gepreßt, als er sich nicht mehr wehren konnte.« Sie zitterte.

»Lucie?« Owen berührte sie am Arm.

Sie wich zurück und trat vor den Leichnam ihres Mannes, die

Ellbogen an den Körper gelegt und das Messer in der zitternden Hand. »Mein Gott. Sogar nachdem er gestorben war, hat er ihm nachgestellt. Was für eine schreckliche, erstickende Liebe. Mehr Haß als Liebe. Wie schwer muß mein Ehemann gesündigt haben, daß er so lange leiden mußte?« Sie hob das blutbefleckte Tuch auf. »Welches Recht hatte er dazu? Welches Recht?« Soviel Blut. Auch das Kleid ihrer Mutter war blutstarrend gewesen, so schwer, naß und kalt. Und ihre Haut so glatt und kalt.

Owen ging zu ihr hin. »Kommt mit mir hinunter in die Küche.«

Lucie schüttelte den Kopf. »Bess wird ein sauberes Laken haben.«

Unten ging die Tür auf. Jemand durchquerte die Küche, dann hörte man Schritte und murmelnde Stimmen auf der Treppe.

Bess trat durch die Tür. »Heilige Maria Muttergottes!« flüsterte sie, als sie Nicholas' nackten Körper auf dem blutbesudelten Laken erblickte. »Was ist passiert?« Ihre Augen schweiften durch die Kammer. Sie sah Lucies blutverschmiertes Gesicht, die Blutflecken auf Owens Hemd und entdeckte schließlich den leblosen Körper des Erzdiakons. »Heilige Maria Muttergottes!« stieß sie abermals hervor, beugte sich zu Anselm hinunter, wendete sich aber schnell wieder ab, als ihr sein Geruch in die Nase stieg. »Habt Ihr das alles angerichtet?« Sie schaute Owen in die Augen.

»Er war schon verwundet.«

Ihre Stimmen schienen Lucie wieder zur Besinnung zu bringen. Sie ließ das Messer fallen. Es schlug klirrend auf dem Boden auf.

»Lucie?« sagte Bess. Sie tauchte einen Finger in das Blut im Gesicht ihrer Freundin.

»Der Branntwein und das Tuch sind jetzt nicht mehr nötig«, sagte Lucie.

Bess warf einen Blick zu Owen. »Stammt das Blut auf dem Leichentuch vom Erzdiakon?« wollte Bess wissen.

Owen nickte. »Ja.«

Bess war einen Augenblick still. »Die Männer des Erzbischofs sind da mit dem Sarg. Phillippa und ich werden Anselm in seine eigenen Fetzen einwickeln und für Nicholas ein frisches Leichentuch besorgen.« Sie wandte sich um und wollte gehen. Dann aber schaute sie noch einmal zurück. »Und ihr beide müßt Euch um die Männer des Erzbischofs kümmern.«

Lucie hatte heftig zu zittern angefangen. Owen ergriff ihre Hände. Sie waren kalt wie Eis. Er hielt sie fest.

»Ich weiß nicht, was ich tun soll.« Lucie starrte auf ihre Hände, die in den seinen lagen, und ihre Augen zeigten jenen dumpfen Ausdruck, den Owen früher manchmal auch bei seinen Männern gesehen hatte, wenn diese zu lange auf einem Schlachtfeld gekämpft hatten, das von Toten übersät war und auf dem sie ständig in das Blut und die Gedärme ihrer Kameraden oder ihrer Feinde traten, bis ihnen dann plötzlich alles zuviel wurde und ihre Herzen und ihre Sinne darauf nicht mehr reagierten. »Ich weiß nicht, was ich tun soll«, flüsterte Lucie.

»Fürs erste müssen wir nach unten gehen«, sagte Owen und führte sie an der Hand.

Die Männer, die der Erzbischof geschickt hatte, standen auf, aber Owen bedeutete ihnen durch eine Handbewegung, sich wieder zu setzen. »Mistress Wilton braucht einen Branntwein. Und ich könnte auch einen vertragen.«

Kapitel 25
Nachwirkungen

Wulfstan nahm das Geräusch von Stiefeln und Sandalen auf dem Steinboden der Kapelle wahr. Sie blieben im Durchgang stehen und kamen dann näher. Goldketten rasselten dumpf. Wulfstan konzentrierte seine Aufmerksamkeit wieder auf das Kreuz und auf seine Meditation. Er lag mit ausgestreckten Armen auf dem Boden vor dem Altar. Das Kreuz, an das Jesus Christus angeschlagen war, der Erlöser der Menschheit. Nur weil er sich so selbstlos geopfert hatte, durfte der Mensch hoffen, errettet zu werden, wie schwerwiegend seine Sünden auch sein mochten.

Er bemühte sich, seine Gedanken auf das Kreuz zu konzentrieren, aber es war schwierig, bei der Sache zu bleiben. Seine Gedanken schweiften ab, umkreisten ihn, drohten, ihm zu entgleiten. Er ließ sich treiben. Er vergaß die Welt um sich herum. Es war ein angenehmes Gefühl, dessen Reiz er sich kaum zu entziehen vermochte. Aber er versuchte es. Er war in der Vorstellung gefangen, daß es für ihn keinen Trost geben durfte, denn er hatte etwas Unverzeihliches getan, wenngleich er sich im Augenblick gar nicht daran erinnern konnte. Wenn er es sich wieder ins Gedächtnis zurückzurufen versuchte, überkam ihn Angst, daher vermied er es.

»Bruder Wulfstan, könnt Ihr mich hören?«

Es war eine ruhige Stimme, tief und wohlklingend. Wulfstan gefiel diese Stimme. Aber er antwortete nicht. Damit hätte er nur die Blase zum Zerplatzen gebracht, die ihn umhüllte.

»Wulfstan, der Erzbischof ist hier, um mit Euch zu sprechen!«

Die Stimme seines Abtes. Eine hohe, angespannte Stimme. Eine unangenehme Stimme. Wulfstan zog die andere vor.

»Er möchte Euch einige Fragen zu Lucie Wilton stellen.«

Blaue Augen. Eine sanfte Berührung. Ein Lächeln. Lucie Wilton. Wulfstan fröstelte. Die Blase, in der er dahintrieb, geriet ins Schlingern, beruhigte sich dann aber wieder. Lucie Wilton rief eine unangenehme Erinnerung in ihm wach. Er wollte jetzt nicht an sie denken.

»Wulfstan?«

Warum gingen sie denn nicht weg?

»Nicholas Wilton ist tot, Wulfstan. Wir wissen, daß er Euren Freund Montaigne vergiftet hat. War Lucie Wilton daran beteiligt?«

Montaigne. Der demutsvolle Pilger. Dunkelheit. Heilige Maria Muttergottes, das war es. Das war die fürchterliche Tat, deretwegen er keine Erlösung finden konnte. Durch keine Buße war diese Schuld zu tilgen. Sein Fehler. Er hätte es wissen müssen. Es war seine Pflicht, es zu wissen. Er hatte seinen Freund umgebracht. Er hatte versagt. Diese Anmaßung. Und die liebe Lucie Wilton. Konnte sie etwas damit zu tun haben? War es möglich, daß sie davon gewußt und ihn nicht gewarnt hatte? Könnte sie kaltblütig zugeschaut haben, wie sein Freund vergiftet wurde?

»Nein!« Die Blase zerplatzte. Sein Herz vollführte einen Satz. Er stützte sich auf den Steinplatten ab und richtete sich langsam auf. Starke Hände griffen ihm unter die Arme. Wulfstan öffnete die Augen und stolperte, geblendet von dem flackernden Licht der Altarkerzen. Die starken Hände hielten ihn aufrecht.

»Kommt, setzt Euch auf diese Bank.« Es war der Erzbischof, dem die angenehme Stimme gehörte und der ihm so freundlich half. Thoresby höchstpersönlich. Die Amtskette des Lordkanzlers glänzte auf seiner Brust. Er roch stark nach parfümierten Ölen.

»Ich muß wissen, mit wem wir es bei Lucie Wilton zu tun haben. Ihr müßt mir etwas über sie erzählen.«

Michaelo roch auch manchmal so. Würzig, moschusartig, blumig, alles auf einmal. Ein eitler junger Mann. Aber harmlos, hatte Wulfstan bisher gedacht. Bis Michaelo versucht hatte, ihn zu vergiften. Und damit beinahe Erfolg gehabt hätte.

»Warum ich? Warum wollte er mich töten?« fragte sich Wulfstan laut.

»Wulfstan!« Abt Campian trat in sein Blickfeld. »Ihr seid durcheinander.« Zu Thoresby gewendet sagte Campian: »Er hat sich noch nicht völlig erholt. Aber er hat darum gebeten, in die Kapelle gehen zu dürfen, um Buße zu tun.«

»Buße tun? Für welche Sünde denn, Bruder Wulfstan?«

Wulfstan ließ den Kopf hängen. »Ich hätte erkennen müssen, worum es sich bei diesem Trank handelte. Ich hätte die Symptome einer Aconitum-Vergiftung erkennen sollen. Euer Küster wäre dann nicht umgekommen. Und auch Geoffrey nicht.« Er weinte.

Dame Phillippa und Bess hatten Lucie und Owen überredet, in das Gasthaus zu gehen und dort zu schlafen. Sie erklärten sich bereit, Nicholas zur Beerdigung fertig zu machen und bei ihm zu wachen. Einer der Männer des Erzbischofs stand Wache vor dem Wirtshaus, ein weiterer vor der Apotheke. Die beiden anderen hatten sich zu Thoresby begeben, um ihn vom Tod seines Erzdiakons zu unterrichten.

Owen schaute noch bei Lucie vorbei, bevor er in seine Kammer ging. Sie stand am Fenster, die Arme fest um sich geschlungen, als wolle sie sich gegen den nächsten Schlag wappnen.

»Ihr müßt versuchen zu schlafen.«

»Wenn ich meine Augen schließe, dann sehe ich Nicholas in Anselms Armen.« Ihre Stimme war tränenerstickt. »Ich kann es nicht ertragen.«

Owen blieb einen Moment stehen, denn er war sich unsicher, ob sie ihn sehen wollte oder nicht. Aber er durfte sie einfach nicht allein lassen. »Kommt, legt Euch hin. Ich werde mit Euch reden, bis Ihr eingeschlafen seid.«

Sie ließ sich von ihm zu ihrem Bett führen. »Erzählt mir, wie Ihr mit dem Erzbischof bekanntgeworden seid.«

»Nein. Das würde Euch nur am Einschlafen hindern.« Stattdessen erzählte er ihr von seinen Bogenschützen, nannte jeden mit Namen und beschrieb ihn ausführlich. Bald war Lucie eingeschlafen.

Owen nickte in dem Sessel neben ihr ein.

Lucie erwachte beim ersten Hahnenschrei, einen Augenblick lang ohne Orientierung. »Wo bin ich hier?«

Owen schreckte hoch.

»Wo bin ich hier?« wiederholte sie.

»Im besten Gastzimmer des York. Wir sind gestern nacht hier angekommen.«

»Der Erzdiakon«, flüsterte Lucie und berührte vorsichtig ihren Kopf. Im Gesicht und am Hals hatten sich Blutergüsse gebildet, aus denen Owen schloß, daß es zwischen den beiden doch zu einem heftigeren Kampf gekommen war, als er vermutet hatte.

Der Anblick der Blutergüsse erweckte in Owen das Gefühl, daß es nicht ausreichend gewesen war, Anselm einfach nur zu töten. Er mußte gegen dieses Gefühl angehen. »Liegt still.« Er drückte Lucie ein kaltes, feuchtes Tuch auf die Stirn. »Ihr habt Euch tapfer geschlagen.«

Sie blickte an Owen vorbei. »Ich wollte ihn töten«, sagte sie. »Ich war zornig auf Euch, daß Ihr mir die Gelegenheit genommen habt, ihn zu töten.«

»Jetzt ist alles vorbei.«

»Was soll ich tun?«

»Was Ihr tun sollt?«

»Ich habe alles verloren. Meinen Mann. Die Apotheke. Alles.«

»Ich habe dem Erzbischof gesagt, daß Ihr unschuldig seid.«

»Das wird nicht viel nutzen.«

»Ich werde mein Bestes tun.«

Lucie nahm das Tuch weg und setzte sich mühsam auf. »Werdet Ihr in den Diensten des Erzbischofs bleiben?«

»Vielleicht lande ich in seinem Verlies im Old Baile.«

»Warum? Ihr habt eingegriffen, um mich zu verteidigen. Warum sollte er Euch deswegen in den Kerker werfen?«

»Er wollte nicht, daß Anselm hier in der Stadt aus dem Weg

geräumt wird. Er wollte, daß es ohne Zeugen geschieht.« Und er hatte Owens Loyalität ja schon einmal in Frage gestellt.

»Dann hättet Ihr also zulassen sollen, daß Anselm mich tötete?«

»Natürlich nicht. Es ist einfach die Frage, ob Seine Gnaden mir Glauben schenkt.« Owen tränkte das Tuch und legte es Lucie wieder auf die Stirn. »Ich habe die Schnittwunde an Anselms Wange gesehen. Das erforderte Mut.«

»Ich mußte es tun. Ich wollte ihn blind machen und ihm dann das Messer ins Herz stechen. Ihr seht, wie gut mir das gelungen ist. Ich bin noch nie mit einem Messer auf jemanden losgegangen. Es war... Sein Schädel...« Sie hustete und krümmte sich. Er hielt ihren Kopf über eine Schüssel, während sie sich übergab.

John Thoresby legte seine Amtskette und seinen Umhang ab. Blut ließ sich nur schwer wieder auswaschen aus dem Pelz. Dann beugte er sich hinunter, um seinen Erzdiakon zu untersuchen. Das Genick war sauber gebrochen worden. Archer arbeitete flink und gründlich. Das registrierte der Erzbischof mit Zufriedenheit. Aber es gab auch einen Grund zur Beunruhigung. Er hatte gewollt, daß es so kommen sollte, ja. Aber nicht hier in York. Nicht so nahe beim Münster. Und wenn es schon in der Stadt geschehen mußte, dann in seinem Amtsbezirk, wo er die Rechtsprechung ausübte. Damit nichts nach draußen dringen konnte. Aber hier mitten in der Stadt. Irgend jemand, der in der Nacht nicht schlafen konnte, hatte vielleicht gesehen, wie der Erzdiakon das Haus betreten hatte. Hatte den Kampf mitbekommen. Und für wen hatte Owen Anselm eigentlich umgebracht? Für seinen Herrn oder für die hübsche Witwe?

Thoresby wußte, wie er mit der Witwe umzugehen hatte. Wulfstan hatte gesagt, sie hoffe darauf, bald zur Apothekermeisterin bestellt zu werden. Er hatte gemeint, es liege ihr sehr viel daran. Und Nicholas hatte das auch gewollt für sie. Das paßte Thoresby gut. Er bewunderte den Mut und die Tatkraft von Mistress Wilton. Sie hätte eine gute Äbtissin abgegeben. Er würde ihrer Bestellung zur Meisterin zustimmen, falls sie versprechen würde, über diese Angelegenheit Stillschweigen zu bewahren. Er zweifelte nicht daran, daß sie auf diesen Handel eingehen würde.

Aber da war noch Archer. Was sollte er mit ihm tun? Archer wußte über alles Bescheid, war an niemanden gebunden, und es gab keine Handhabe, ihn dazu zu bringen, daß er den Mund hielt. Es sei denn, die Witwe würde sich darum kümmern. Falls Archer den Erzdiakon der Witwe zuliebe ermordet hatte, dann gab es hier einen Ansatzpunkt. Thoresby entschloß sich, ihn zu beobachten.

Die beiden Totenmessen fanden in kleinem Rahmen statt und verliefen sehr ruhig. Sowohl Anselm als auch Nicholas wurden in geheiligter Erde beigesetzt. Im Falle des Apothekers segnete Thoresby eine Ecke von Wiltons Garten. Das war eigentlich nur eine kleine Geste, aber die Witwe zeigte sich außerordentlich dankbar dafür. Das half ihm sehr.

Thoresby beobachtete Archer am Grab. Wenn der Mann in die Witwe verliebt war, dann würde er erleichtert und glücklich wirken. Sie war jetzt frei, wenngleich natürlich anstandshalber noch die Trauerzeit eingehalten werden mußte. Aber Archer stand finster vor sich hinbrütend am Grab, neben Lucie Wilton, die er aber nicht berührte. Er schien nicht zu erkennen, welch ein Geschenk ihm hier dargeboten wurde.

Nach der Messe zog Thoresby Owen beiseite. »Was bedrückt Euch denn?«

Archer schaute ihn eigenartig an. »Das gefällt mir alles nicht. Man macht jetzt in York einen Märtyrer aus Anselm. Man spricht davon, daß er überfallen wurde, als er in die Stadt zurückkehrte, um seinem Freund die letzte Ölung zu verabreichen. Daß Gott seine Treue dadurch belohnte, daß er ihm die Kraft gegeben hat, noch lange genug zu leben, um seinen Freund ein letztes Mal zu sehen.«

»Das entspricht auch fast der Wahrheit.«

»Die Leute sollten aber die ganze Wahrheit erfahren. Sie sollten wissen, was Anselm getan hat.«

Thoresby blickte auf seinen Ring hinunter, unangenehm berührt durch das fanatische Glitzern in Owens Auge. »Ich selbst habe dafür gesorgt, daß diese Geschichte über das noble Sterben von Anselm unter die Leute gebracht wurde«, sagte Thoresby bedächtig. »Wenn ich sie berichtigen und den Leuten erzählen müßte, daß Anselm Digby getötet und versucht hat, auch Euch und Mistress Wilton umzubringen, dann würde es einen Skandal um das Münster geben. Die Leute spenden nicht gern für eine Kirche, die in Skandale verstrickt ist. Und der König möchte, daß York ein großes Münster erhält, weil hier sein Sohn, William of Hatfield, beerdigt ist, der noch im Kindesalter starb, weil er zu gut war für diese Welt. Edward erbaut sich an dieser Vorstellung. Die Hatfield-Kapelle muß in einer Kirche untergebracht werden, welche dieses kleinen Engels auch würdig ist. Unbefleckt von irgendwelchen Skandalen. Also, ich hoffe, Ihr versteht, daß nur diese romantische Geschichte von den beiden Freunden, die seit ihrer Kindheit unzertrennlich waren, unter das Volk gebracht werden darf.«

»Es ist eine Lüge.«

»Ihr seid ein Narr, Archer. Wem schadet es denn?«

»Seid ihr ein Mann der Kirche? Sollt Ihr uns nicht auf den Pfad der Rechtschaffenheit führen? Uns den Unterschied zwischen Gut und Böse aufzeigen?«

Thoresby unterdrückte ein Lächeln. Konnte Archer denn so naiv sein, nach all den Jahren, die er in den Diensten des alten Lancaster zugebracht hatte? »Ich bin Erzbischof von York und Lordkanzler von England. Gut und Böse muß ich im Lichte des Allgemeinwohls gegeneinander abwägen.«

Owen ging vor ihm hin und her. »Ihr habt Euren Erzdiakon nach Durham geschickt, in der Hoffnung, daß er überfallen werden würde.«

»Nicht in der Hoffnung. Ich hatte Euch gesagt, daß ich sein Todesurteil unterschrieben hatte. Was habe ich damit wohl gemeint? Die Männer, die ihn überfallen haben, waren meine Soldaten.«

»Und was war mit Brandon?«

»Ich mußte jemanden aus dem Kloster mitschicken, denn sonst wäre Anselm mißtrauisch geworden. Der junge Brandon wußte Bescheid. Er ist geflüchtet, obwohl es gar nicht notwendig gewesen wäre. Meine Männer hatten die Anweisung, ihn unbehelligt zu lassen.«

»Es war ziemlich finster draußen im Moor, Euer Gnaden. Wie konnten sie sichergehen, daß sie den Richtigen erwischten?«

»Der Bursche ist nicht auf den Kopf gefallen. Er hätte sich schon zu erkennen gegeben.«

»Und was wäre gewesen, wenn die Highlander sie vorher schon überfallen hätten?«

»Ich habe auf Gott vertraut. Brandon ist ein starker Bursche aus dem Grenzland. Er weiß sich schon zu verteidigen.«

»Gegen die Highlander? Was wißt Ihr denn davon, wie es ist, allein zu kämpfen? Ihr, die Ihr von der Wiege an verhätschelt worden seid? Und genauso ist es beim Kampf. Ihr hockt in Eurem farbenprächtigen Zelt, studiert Pläne und Schlachtordnungen und hetzt uns dann auf dem Feld umher nach irgendwelchen taktischen Vorgehensweisen, von denen Ihr in Büchern gelesen habt. Ihr findet das aufregend. Eine Herausforderung. Ihr schließt Wetten ab. Ein cleverer Taktiker, dieser Thoresby, hat nur fünfzig Mann verloren.«

»Als Soldat hättet Ihr einen solchen Mann zu schätzen gewußt.«

»Warum habt Ihr den Novizen mitgeschickt? Warum nicht Michaelo?

»Ich konnte nicht sicher sein, daß Michaelo nicht versuchen würde, Anselm im letzten Moment noch zu retten.«

»Ihr seid eiskalt.«

Thoresby kicherte. »Mir gefällt Eure moralische Empörung, Archer. Ich möchte Euch gern weiter in meinen Diensten behalten. Einen Mann wie Euch kann ich gut brauchen.«

»Warum wollt Ihr mich weiterbeschäftigen? Ich habe doch versagt.«

»Wieso denn? Ihr habt den Tod von Fitzwilliam aufgeklärt. Ich bin froh, daß sein Tod ein Unfall war. Der Fehlgriff, den ich mit ihm getan habe, lastet nicht mehr so schwer auf mir, nachdem ich weiß, daß er nicht so schlecht war, daß Gott ihn bestrafen wollte.«

»Ich verstehe Euch nicht.«

»Ihr begreift noch nicht, wie es zugeht in der Welt, Owen Archer. In der Schlacht scheinen die Fronten klar zu sein. Aber sie sind es nicht, das wißt Ihr. Draußen auf dem Schlachtfeld sieht man nicht, was hinter den Linien vor sich geht. Der Feind von heute kann der Verbündete von morgen sein. Manchmal sieht es schon hinter der nächsten Flußbiegung ganz anders aus. Ihr steht jetzt hinter den Linien und seht, wie kompliziert und verwickelt die Wahrheit ist. Nichts ist so eindeutig, wie Ihr dachtet. Ihr habt Eure Unschuld verloren.«

»Ich fürchte, ich habe meine Seele verloren. Ihr habt mir damals die Wahl gelassen zwischen Euch und Gaunt. Ich habe mich für Euch entschieden, weil ich Euch für ehrenwerter hielt.« Archer schien von sich selbst angewidert zu sein.

»Speist heute abend mit mir. Wir müssen reden.«

Thoresby nahm Owen zur vereinbarten Stunde in der Großen Halle in Empfang, wo dieser finster eine Gruppe von Soldaten beobachtete, die sich um ein Faß Bier geschart hatten, sich Geschichten erzählten und ihre Kameradschaft hochleben ließen.

»Ihr könnt wieder zu diesem Leben zurückkehren. Wollt Ihr das?«

Owen schüttelte den Kopf. »Die Gründe, warum ich damit aufgehört habe, sind immer noch dieselben. Mit nur einem Auge bin ich nicht mehr zuverlässig genug. Ich muß allein arbeiten. Auf diese Weise riskiere ich nur mein eigenes Leben.«

»Gut. Ich kann Euch in meinem Gefolge brauchen.«

»Ich würde gerne eine ehrenhafte Arbeit verrichten.«

»Eine ehrenhafte Arbeit. Ah. Woran denkt Ihr dabei?«

»Was wird aus Wiltons Apotheke?«

Thoresby neigte den Kopf zur Seite. »Interessiert Ihr Euch dafür? Aber Ihr seid ja nicht mehr als ein Lehrling.«

»Ich würde gerne meine Anstellung bei Mistress Wilton beibehalten.«

Thoresby hob eine Augenbraue. »Ich habe noch nicht darüber entschieden, ob sie die Apotheke behalten kann.«

»Ihr wärt ein Narr, wenn Ihr sie ihr nehmen würdet. Sie wird sich möglicherweise als begabter erweisen als ihr Ehemann.«

»Daher Euer Interesse an einer Anstellung bei ihr«, bemerkte Thoresby grinsend.

Owen warf Thoresby einen finsteren Blick zu. »Ihr denkt, ich möchte sie in mein Bett bekommen. Aber es ist das Leben, das mich interessiert. Es ist eine ehrenhafte Arbeit.«

»Ihr habt meinen Erzdiakon wegen ihr und nicht meinetwegen getötet, habe ich recht?«

»In jenem Augenblick spielte das überhaupt keine Rolle. Ich durfte einfach nicht zulassen, daß er ihr weh tat.«

Thoresby dachte an die Beerdigung zurück. Er hatte keine Anzeichen starker Zuneigung zwischen den beiden feststellen können. »Habt Ihr darüber schon mit Ihr gesprochen?«

»Nein.«

»Was ist, wenn sie sich weigert, Euch weiter zu beschäftigen?«

»Dann werde ich mich nach einer ähnlichen Position umsehen.«

»Ich verstehe. Wie auch immer, ich werde Euch verlieren. Schade. Ich hätte es lieber gesehen, Ihr hättet die Arbeit gehaßt. Dadurch bleibt ein Mann ehrenhaft.«

»Wann werdet Ihr über die Apotheke entscheiden?«

»Bald.«

»Ich beabsichtige, einige Tage in St. Mary zu verbringen.«

»Ehrbare Arbeit und Beten. Ich frage mich, ob Eure alten Kameraden Euch noch wiedererkennen würden.«

»Die ganze Zeit habt Ihr mir eingeredet, ich hätte die Lust am Soldatenleben verloren ...« Owen schüttelte den Kopf. »Ich verstehe es nicht. Aber ich kann mir wegen Digby nicht verzeihen.«

Thoresby legte eine Hand auf Owens Schulter. »Jene Verluste, die uns besonders schmerzen, können wir niemals vorhersehen. Kommt, laßt uns essen.«

Kapitel 26
Vergebung

Bess saß auf der Bank in Owens Kammer und beobachtete ihn, während er seine Habseligkeiten zusammensuchte, die er nach St. Mary mitnehmen wollte. »Ist eine gute Sache, beten und nachdenken, nach all dem, was passiert ist. Auf Euren breiten Schultern sitzt ein heller Kopf, Owen Archer.« Er hatte ihr alles erzählt. Auch von seinen Hoffnungen auf die Zukunft hatte er gesprochen. »Und wenn Ihr wieder zurückkommt, wird Lucie Euch in einem anderen Licht sehen.«

»Ich fürchte, das wird nicht so bald der Fall sein. Aber Ihr seid eine gute Freundin, daß Ihr das sagt.« Owen stellte sein Bündel neben Bess auf den Boden und umarmte sie fest.

»Ach, du liebe Zeit!« Bess trat einen Schritt zurück. »Wenn sie sich darauf nicht freut, dann müßte ich mich in meiner Freundin Lucie schwer getäuscht haben.«

»Paßt auf sie auf, Bess.« Owen schulterte sein Bündel.

»Die Kammer halte ich Euch frei!« rief Bess ihm nach. Aber sie fragte sich, ob auch Lucie Wilton seinen Platz freihalten würde. Die junge Frau hatte einen sturen Schädel und konnte manchmal sehr eigensinnig sein. Bess war sich nicht sicher, wie sie auf Owens Vorhaben reagieren würde.

Lucie erhob sich, um dem Erzbischof erhitzten Wein nachzugießen. Er bedeutete ihr durch einen Wink, sie solle sitzenbleiben. »Ich muß gehen. Seid Ihr zufrieden mit diesen Bedingungen?«

Sie studierte das Papier anscheinend außergewöhnlich sorgfältig, aber er fragte sich, wieviel davon nur Show war. Ihr bleiches, angespanntes Gesicht kündete von dem Schmerz, den sie durchlitten hatte. Die Blutergüsse zeichneten sich hinter ihrem Schleier als dunkle Flecke ab. So kurz nach dem Tod ihres Mannes und der Auseinandersetzung mit Anselm war es eigentlich noch zu früh, um über ihr künftiges Leben zu sprechen. Aber genau aus diesem Grund hatte er den Tag nach der Beerdigung dafür gewählt. Sie sollte keine Zeit finden, lange nachzugrübeln oder Fragen zu stellen. Sie sollte erhalten, was sie wollte, wenn sie gelobte, Stillschweigen zu bewahren. Mit diesem Ziel war er gekommen.

»Ich bin zufrieden damit. Was sagt Gildenmeister Thorpe?«

»Sein Plan war es, daß Ihr die Apotheke übernehmt. Er braucht nicht zu erfahren, daß dieser Plan gescheitert wäre, wenn Ihr Euch nicht kooperativ gezeigt hättet.«

Lucie musterte Thoresbys Gesicht länger, als es diesem angenehm war. »Ich glaube, ich kann Euch vertrauen«, sagte sie. »Ich hoffe, ich muß nicht irgendwann feststellen, daß ich eine Dummheit begangen habe.«

»So lange Ihr Euch an unsere Vereinbarungen haltet, ist alles in Ordnung.«

»Und was wird aus Owen Archer?«

»Er ist enttäuscht von der Kirche. Er beabsichtigt, sich eine ehrenhafte Arbeit zu suchen.«

»Wollt Ihr das zulassen?«

»Das hängt davon ab. Hat er irgend etwas zu Euch gesagt?«

Sie schüttelte den Kopf. »Wir werden uns unterhalten, wenn er aus dem Kloster zurückkommt.«

»Ah, ja. Er ist gerade dabei, in sich zu gehen.« Thoresby erhob sich.

Lucie stand ebenfalls auf. »Euer Gnaden, sein Auge. Könnte er denn mit nur einem Auge weiterhin Hauptmann der Bogenschützen sein?«

Eine seltsame Frage. »Gewiß. Ein Bogenschütze kneift ja immer ein Auge zu beim Zielen. Er sieht zwar nicht mehr so scharf, aber der alte Herzog hat gesagt, daß Archer seine alte Zielsicherheit wiedergewonnen hatte.«

»Warum wollte er dann dieses Leben an den Nagel hängen?«

»Er war sich seiner selbst nicht mehr sicher.«

»Das sagt er. Aber was glaubt Ihr, Euer Gnaden?«

Thoresby lächelte. Er mochte sie. »Ich glaube ihm. Ich

glaube, daß er das Töten nicht mehr ertragen konnte. Er hat sein Auge verloren, weil er versuchte, jemandem das Leben zu retten, dem sein Leben überhaupt nichts wert war. Archer ist ein Unschuldslamm. Oder war es. Ich glaube, daß er in meinen Diensten schon etwas dazugelernt hat.«

»Er hat mir das Leben gerettet.«

»Glücklicherweise hat Archer immer noch die Reflexe eines Soldaten, wenn vielleicht auch nicht mehr das Herz. Gott sei mit Euch, Mistress Wilton.«

»Ihr werdet ihn nicht dafür bestrafen, daß er Euren Erzdiakon getötet hat?«

Wieder eine solch seltsame Frage. »Ich bin nicht Erzbischof von York und Lordkanzler von England geworden, weil ich mich wie ein Einfaltspinsel verhalten habe, Mistress Wilton.«

Lucie blieb noch weit bis in die Nacht hinein sitzen. Melisende glitt herein, schlabberte ein wenig von dem Wasser und sprang auf Lucies Schoß. Tildy stellte Lucie etwas zu essen hin und nahm es wieder weg, nachdem es kalt geworden war. Bess schaute herein, entschloß sich aber, sie in Frieden zu lassen. Die Katze leistete Lucie Gesellschaft, bis sie sich schließlich, fröstelnd und mit klammen Gliedmaßen, in die Bettkammer hinaufschleppte, wo sie ihr Gesicht in den Kissen vergrub und weinte.

Owen wälzte sich auf seiner Pritsche hin und her und hielt sich die Ohren zu. Aber er hörte diese Glocken noch immer, fühlte, wie ihr Klang seinen Körper zum Vibrieren brachte. Diese verdammten Glocken.

Ein schüchternes Klopfen. »Pilger Archer. Es ist Zeit zur Abendandacht.«

Owen setzte sich auf und erkannte, weshalb die Glocken so laut geklungen hatten. Er war im Kloster St. Mary. Er griff nach seiner Augenklappe, legte sie an und öffnete die Tür seiner Zelle.

Ein Novize verbeugte sich vor ihm. »Folgt mir.«

Die Glocken hörten auf zu läuten. In der Stille, die nun eintrat, vernahm man das Geräusch sandalenbekleideter Füße, die über die schwach erleuchteten Steinkorridore eilten. Die Mönche in ihren schwarzen Kutten strömten in die von Kerzen erhellte Kapelle und verteilten sich in die Sitzreihen. Keiner sprach etwas, kaum einer blickte auf. Der Novize führte Owen zu seinem Platz. Er musterte seine Gefährten. Die meisten hatten ihre Kapuzen hochgeschlagen und die Köpfe gebeugt, keiner schien ungehalten zu sein, keiner versuchte, einen besseren Platz zu ergattern. All diese Männer bewegten sich demutsvoll und in stillem Gehorsam. Eine friedvolle Stimmung erfüllte Owen. Das faszinierte ihn am klösterlichen Leben. Als sie mit dem Gebetsgesang begannen, wurde ihm leicht ums Herz.

Bis sein Auge auf Bruder Wulfstan fiel. Der gute Wulfstan. Seit der versuchten Vergiftung stand in den Augen des alten Klosterdoktors ein leicht entrückter Ausdruck, als würden seine Gedanken schon im Jenseits weilen. Owen fragte sich, wie lange Michaelos Gift wohl in Wulfstans Körper verbleiben würde und ob der Novize Henry daran gedacht hatte, den alten Mönch zur Ader zu lassen.

Die friedvolle Stimmung, die Owen erfaßt hatte, war verflogen.

Nachdem er am nächsten Morgen sein Frühstück zu sich genommen hatte, ging Owen zur Krankenstation, um mit Henry zu sprechen. Aber er fand Wulfstan allein an seinem Arbeitstisch vor. Er war gerade damit beschäftigt, verschiedene Ölessenzen mit einem Salbenbrei zu vermischen. Jedesmal wenn ein Öl mit dem Brei in Berührung kam, gab es seinen intensiven Geruch ab. Owen wurde klar, weshalb der Mönch neben einem halb geöffneten Fenster stand.

»Können wir uns unterhalten?« fragte Owen. Er war sich nicht sicher, wie streng hier die Regeln des heiligen Benedikt befolgt wurden.

Wulfstan bedeutete Owen, sich neben ihn zu setzen. »Die Krankenstation bildet notwendigerweise eine Ausnahme... und wie unser Erlöser sehr wohl weiß, bin ich im Laufe der

Jahre sehr nachlässig geworden im Umgang mit meinem Schweigegelübde.«

An diesem Morgen wirkten die Augen des alten Mönchs wieder klar. »Ihr scheint Euch wieder gut erholt zu haben«, sagte Owen.

Wulfstan dachte einen Augenblick nach, dann nickte er. »Eine schlimme Angelegenheit. Wer hätte angenommen, daß Michaelo so etwas tun würde?« Er gab ein kurzes Lachen von sich. »Es ist mir immer noch ein Rätsel, wie er die Energie dafür aufbringen konnte.«

Das Lachen überraschte Owen. »Ihr habt ihm vergeben?«

Wulfstan zuckte mit den Schultern. »Er hat gebeichtet und Buße getan.« Er zwinkerte, während er sich wieder seinen Essenzen zuwandte. »Wenn er in seiner Seele aufrichtig bereut, dann wird ihm auch der Herr vergeben. Das ist das mindeste, was auch ich tun kann.«

»Und Nicholas Wilton. Vergebt Ihr ihm auch?«

Wulfstan seufzte, wischte sich seine Hände ab und ließ sich neben Owen niedersinken. »Das ist schwieriger. Er hat mich dazu benutzt, meinen Freund zu vergiften. Abt Campian hat mir erklärt, daß Nicholas es aus Angst vor Montaigne getan hat. Aber es wäre nicht notwendig gewesen, dessen bin ich gewiß. Geoffrey war hierher gekommen, um seinen Frieden mit Gott zu finden. Er hätte seine Seele nicht mehr in Gefahr gebracht. Er hätte nichts unternommen gegen die Wiltons.« Wulfstan wischte sich Tränen aus den Augen.

»Es tut mir leid, daß Ihr soviel erleiden mußtet.«

Der Doktor studierte Owens Gesicht. »Ich glaube Euch. Am Anfang mochte ich Euch nicht.«

»Ich weiß.«

»Ihr wußtet zuviel für einen Fremden. Habt zu viele Fragen gestellt.« Der alte Mönch schüttelte den Kopf. »Die arme Lucie. Werden die Leute von der Geschichte erfahren? Wird sie all das verlieren, was Nicholas ihr hinterlassen wollte?«

»Der Erzbischof hat kein Interesse an einem Skandal, in den sein verstorbener Erzdiakon verwickelt war. Aber ob er

Mistress Wilton die Apotheke weiterführen lassen wird, weiß ich nicht.«

»Ihr seid nicht einverstanden damit, daß der Erzbischof über die Angelegenheit Stillschweigen bewahren will?«

»Ich freue mich für Mistress Wilton. Und für Euch. Aber die Leute sind in die Irre geführt worden, was Anselm betrifft.«

Wulfstan zuckte mit den Schultern. »Er war eine von Gott verlassene Seele. Wie wir alle, mehr oder weniger. Lassen wir ihn in Frieden ruhen.«

Owen war still.

»Was wollt Ihr jetzt tun?« fragte Wulfstan.

»Ich möchte gerne weiterhin als Lehrling bei Mistress Wilton arbeiten.«

Wulfstan seufzte. »Ich verstehe.« Owen würde die Zeit und seinen Charme für sich arbeiten lassen und schließlich um ihre Hand anhalten. Und wer konnte ihm das verübeln?

Zwei Wochen nach der Beerdigung erwachte Lucie eines Morgens durch einen frischen Geruch, der sie an den Frühling erinnerte. Sie lächelte, als sie sich zum Gartenfenster wandte und ihr Blick auf die Quittenzweige fiel, die sie vor zwei Tagen hereingeholt hatte. Die Wärme in der Kammer hatte sie zum Blühen gebracht. Ein gutes Omen, nachdem sie zum ersten Mal allein in diesem Bett aufgewacht war. Sie hatte sich vor dieser ersten Nacht im alten Ehebett gefürchtet. Sie hatte es immer wieder verschoben, hatte zusammen mit Tante Phillippa in der kleineren Kammer geschlafen, während sie diesen Raum auslüften ließen und die Krankheit und den Tod hinausschrubbten.

Phillippa war am Vortag abgereist, hatte zuvor aber noch ihre Bedenken geäußert. »Ich sollte dich nicht so früh allein lassen. Du hast noch nicht eine Nacht in der Kammer verbracht, in der sie gestorben sind. Manche Leute ängstigen sich davor. Aber der Himmel weiß, daß in diesem Raum auch schon andere gestorben sind vor Nicholas und Anselm. Wenn man Nicholas hier in seinem Leichentuch gesehen hat . . .«

»Bitte, Tante Phillippa.« Ihr unablässiges Geschwätz würde Lucie noch in den Wahnsinn treiben. »Du bist hergekommen, als ich dich dringend gebraucht habe. Ich weiß, daß du dich um Sir Robert und Freythorpe sorgst. Vierzehn Tage sind eine lange Zeit.«

Phillippa seufzte. »Anscheinend hast du wieder alles im Griff.« Sie ließ ihren Blick zufrieden in der sauberen Küche umherschweifen.

Lucie lächelte. Phillippa und Tildy, nicht sie, hatten das ganze Haus gesäubert. »Ich bin sicher, daß Tilda jetzt die Kammer sauberhalten wird, nachdem du ihr gezeigt hast, wie man das anstellt.«

Phillippa setzte sich auf. »Tildy ist ein braves Mädchen. Der Gildenmeister hat dir damit einen großen Gefallen erwiesen.«

»Und der Erzbischof.«

»Es ist in seinem eigenen Interesse, daß die Sache nicht an die große Glocke gehängt wird. Ich würde ihm nicht allzuviel Dankbarkeit entgegenbringen, Kind.«

»Wirst du Sir Robert von Nicholas und Geoffrey erzählen?«

»Ich habe darüber nachgedacht. Ich fürchte, das könnte Robert zu einer neuen Pilgerfahrt treiben. Aber ich glaube schon, daß man es ihm sagen muß. Wer weiß? Wenn er erfährt, daß der Kreis sich geschlossen hat, vielleicht erwachen dann in ihm neue Lebensgeister? Vielleicht kommt er auch auf die Idee, seine Tochter sehen zu wollen.«

Lucie dachte an diesem Morgen darüber nach und wußte nicht recht, was sie davon halten sollte. Sie hatte Sir Robert in den vergangenen fünfzehn Jahren aus ihren Gedanken verbannt. Und davor war er ihr auch eher wie ein Untier denn wie ein Vater erschienen.

Doch der Gedanke daran, daß er und Tante Phillippa in Freythorpe Hadden an sie dachten, gab ihr das Gefühl, daß sie nicht ganz allein war.

Sie war noch nie ganz allein gewesen. Als Kind hatte sie bei ihrer Mutter oder ihrer Tante geschlafen. Im Kloster hatte sie mit anderen Mädchen in einem Raum gelebt. Später hatte sie mit Nicholas Tisch und Bett geteilt. Aber dann war er plötzlich von ihr gegangen. Für immer.

Trübselige Gedanken. Vielleicht war Phillippa doch zu früh abgereist. Aber heute würde ja Owen von St. Mary zurückkehren.

Owen. Der Gedanke an seine Rückkehr munterte sie auf. Töricht. Sie konnte wohl kaum erwarten, daß er weiterhin den Lehrling spielte. Vielleicht hatte ihm auch schon irgendein Pilger im Kloster eine Position angeboten. Vielleicht würde er gar nicht mehr vorbeikommen, um sich zu verabschieden.

Noch mehr trübselige Gedanken. Auch die Quittenblüten vermochten sie nicht zu vertreiben. Lucie zog Melisende vom Fuß des Bettes zu sich her und nahm sie in den Arm. Die Katze hatte ruhig geschlafen. Nun öffnete sie ein Auge, um zu sehen, wer sie aus ihrer Ruhe gerissen hatte.

»Ich habe gemeint, wenn ich die Apotheke habe, würde ich zufrieden sein«, flüsterte Lucie in Melisendes warmen Pelz, »aber ich habe nicht daran gedacht, wie es ist, ganz allein zu sein.« Sie stellte die Katze auf den Boden und stand auf. »Das beste Mittel gegen diese Stimmung ist harte Arbeit.«

Sie hatte gerade das Feuer wieder angefacht und ihr Frühstück zuzubereiten begonnen, als Owen mit einem Armvoll Holz eintrat.

Lucies Herz vollführte einen Sprung. »Ich habe Euch nicht so früh erwartet.« Sie wandte sich ab, um ihm die Erleichterung nicht zu zeigen, die ihr ins Gesicht geschrieben stand.

»Ich bin sicher, daß es hier eine Menge zu tun gibt.«

»Ich bin schon zurechtgekommen.«

Owen stapelte das Holz neben dem Herd auf, während Lucie Haferbrei zubereitete.

Sie aßen eine Weile schweigend. Lucie überlegte, ob sie Owen nach seinen weiteren Plänen fragen sollte und warum er hergekommen war.

Owen brach als erster das Schweigen. »Johannes wird neuer Erzdiakon von York.«

»Ist das gut?«

»Ich halte ihn für einen ausgezeichneten Mann.«

Lucie nickte, während sie in ihre Schale starrte.

»Und Michaelo wird die alte Position von Johannes übernehmen«, sagte Owen.

»Das scheint mir keine besonders weise Entscheidung zu sein.«

»Da würde ich Euch zustimmen. Der Erzbischof meint, daß Michaelo das Gefühl hat, eine zweite Chance erhalten zu haben und daß er sich deswegen loyal verhalten wird.« Owens Tonfall konnte sie entnehmen, daß er den Erzbischof für einen Narren hielt.

Lucie war überrascht. »Ihr haltet nicht viel vom Erzbischof.«

»Nein.« Owen blitzte sie zornig an. »Michaelos Familie hat ihn gekauft.«

Lucie war nicht bereit, das Vertrauen, das sie nun in den Erzbischof setzte, gleich wieder untergraben zu lassen, daher wechselte sie das Thema. »Habt Ihr Eure Zeit im Kloster mit Klatsch und Tratsch verbracht? Wart Ihr nicht dort, um über Euer künftiges Leben nachzudenken?«

Owen blickte argwöhnisch auf. »Hat der Erzbischof mit Euch gesprochen?«

»Ja. Ich darf die Apotheke behalten, wenn ich den Mund halte. Und Ihr? Hat er mit Euch geredet?«

»Sonst hat er Euch nichts gesagt?«

»Was hätte er mir sonst noch sagen sollen?«

»Irgend etwas über mich?«

»Er hat gesagt, Ihr wollt Euch eine ehrbare Arbeit suchen.«

»Das war alles?«

»Ja, Owen. Woran habt Ihr denn gedacht?«

»Ich möchte hier bleiben. Als Euer Lehrling.«

Ihre Augen weiteten sich, dann überzog ein Lächeln ihr Gesicht. »Ihr macht Witze.«

»Nein.«

»Ich kann mir nicht vorstellen, daß Ihr damit zufrieden sein würdet.«

»Ich schon.«

»Ihr lauft dem Leben davon.«

»Meinem alten Leben, ja.«

»Es wird Euch langweilig werden.«

»Dann kann ich in den Garten hinausgehen und arbeiten, bis ich richtig ins Schwitzen gerate. Holzhacken. Löcher graben. Bäume fällen.«

Lucie lachte.

Owen war enttäuscht. Es war dumm gewesen, sich Hoffnungen vorzugaukeln. Er hätte wissen sollen, daß sie nicht einverstanden sein würde. »Ihr haltet mich immer noch für einen Soldaten. Ihr habt mich für immer und ewig zu diesem Leben verurteilt.«

»Es tut mir leid.«

»Menschen können sich ändern, auch wenn Ihr es nicht glauben wollt. Wo wärt Ihr heute, wenn Nicholas der Meinung gewesen wäre, Ihr würdet nur als Dame eines herrschaftlichen Hauses glücklich werden? Hättet Ihr gern den Rest Eures Lebens im Kloster verbracht?«

Lucie errötete. »Jemand anderer hätte um meine Hand angehalten.«

Schon wieder fing er an, sie zu beleidigen. Herr Jesus, er konnte seine Zunge einfach nicht im Zaum halten. »Darum geht es nicht. Ich habe schon unzählige Male gesagt, daß ich mit dem Soldatenleben abgeschlossen habe. Warum wollt Ihr mir das nicht glauben?«

»Warum sollte ich überhaupt irgend etwas glauben, was Ihr sagt? Ihr habt Euch mit einer Lüge in mein Haus eingeschlichen. Ihr habt herumgeschnüffelt und mir Lügen aufgetischt, als ich wissen wollte, hinter was Ihr her seid. Oh, gewiß, jetzt sagt Ihr, Ihr wollt weiter als Lehrling bei mir arbeiten, aber wie soll ich wissen, daß Ihr nicht weiterhin in den Diensten des Erzbischofs steht? Vielleicht, um mich zu beobachten? Nur für den Fall, daß die Witwe von Nicholas Wilton sich vielleicht doch noch als Giftmörderin entpuppt?« Sie schrie ihn an, als wäre ihre Stimme eine Geißel, mit der sie ihm Peitschenhiebe versetzen konnte dafür, daß er sie verletzt hatte.

Owen stand auf. »Ich wollte Euch niemals belügen.«

»Aber Ihr habt es getan.«

»Ich habe Euch auch das Leben gerettet.«

Lucie biß sich auf die Zunge.

»Ich bin ein Dummkopf, daß ich immer noch versuche, Euch zu überzeugen, daß Ihr mir glaubt. Ihr habt mich vom ersten Augenblick an abgelehnt.« Owen ging zur Tür.

»Bitte setzt Euch, Owen. Ich möchte nicht, daß wir jedesmal in Streit geraten, wenn wir miteinander reden.«

Er drehte sich um. »Vielleicht ist das ein Hinweis darauf, daß es ein Fehler war, hier als Lehrling anzufangen.«

»Was wird der Erzbischof davon halten?«

Owen erkannte, daß sie ihn aufhalten wollte. Sie wollte nicht, daß er das Haus verließ. Nun gut. Er würde ja sehen, was sich daraus ergab. Er kehrte zum Tisch zurück. »Ich habe ihm von meinen Plänen erzählt. Er hatte nichts dagegen.«

»Mir hat er nichts davon gesagt.«

»Ich habe eigentlich gedacht, er würde es tun.«

Lucie räumte das Geschirr weg, wischte den Tisch ab und setzte sich dann wieder ihm gegenüber. »Tante Phillippa ist gestern abgereist. Ich könnte eine Hilfe gut brauchen. Zumindest so lange, bis der Gildenmeister einen neuen Lehrling für mich findet.«

»Versucht es mit mir.«

Sie seufzte. »Das muß ich wohl, oder? Ich habe einen Vertrag unterschrieben. Der Gildenmeister kann es bezeugen.«

»Dadurch, daß ich Euch belog, habe ich das Recht verwirkt, von Euch zu verlangen, daß Ihr Euch weiter an diesen Vertrag haltet.«

»Ihr wart bisher wesentlich hilfreicher als ein gewöhnlicher Lehrling.«

Und so arbeitete er weiter mit ihr zusammen, das ganze Frühjahr hindurch. Zuerst beobachtete Lucie ihn mißtrauisch und fragte sich, was ihn zum Bleiben bewogen hatte und ob ihn vielleicht der Erzbischof beauftragt hatte, sie zu überwachen. Aber Owen konzentrierte sich auf seine Arbeit, begleitete sie am Sonntag in die Messe und traf sich, nach Aussage von Bess, in der Schenke auch nicht mir irgendwelchen zwielichtigen Kumpanen. Owen hatte praktisch keine Zeit, noch für jemand anderen als für sie zu arbeiten. Lucie entspannte sich. Sie ließ ihn selbständiger arbeiten und akzeptierte seine Vorschläge, wenn sie mit ihnen übereinstimmte. Dann kam ein Abend – es wäre Nicholas' Geburtstag gewesen –, an dem Lucie, da es sie nach Gesellschaft verlangte, Owen bat, nach dem Abendessen noch zu bleiben und ihr wieder etwas vorzusingen. Wie schon damals, bewegte sie seine Stimme, heiterte sie auf. Sie erkannte, wie sehr sie sich schon an sein schiefes Grinsen gewöhnt hatte und daran, wie er nach Art eines Vogels den Kopf drehte, um mit seinem einen Auge alles zu sehen. Ja, sogar an die Art und Weise, wie er mit ihr stritt, wenn sie sich stur und bockig zeigte, hatte sie sich gewöhnt. Es gefiel ihr, am Ende des Tages zusammen mit ihm vor dem Ofen zu sitzen.

Aber Bess erzählte sie nichts von alldem.

Der bretonische Jongleur verfolgte Owen in seinen Träumen. Der Mann mit den irrsinnigen Augen schlich aus dem Schatten auf ihn zu. Seine Gespielin folgte dicht hinter ihm. Wieder und wieder packte Owen ihren Arm, während sie auf sein Auge zielte, und riß ihr den Arm auf den Rücken. Am Abend gratulierten ihm seine Kameraden vor der Leiche. Und er selbst war heil geblieben. Er war Hauptmann der Bogenschützen. Auf der anderen Seite des Kanals wartete seine Ehefrau im Bett auf ihn, träumte von ihm und sehnte sich nach seiner Rückkehr. Er konnte sie sehen, mit ihrer weißen Haut, ihrem seidigen Haar, das auf ihre nackten Brüste hinunterfiel . . .

Owen erwachte schweißgebadet, wie schon in so vielen Nächten in diesem Frühjahr. Er verließ die Herberge und ging spazieren. Er ging schnell. Ging, bis die Zärtlichkeit, die Freude, die er in seinem Traum empfunden hatte, von ihm abgefallen waren und sein Kopf sich wieder einigermaßen geklärt hatte. Es führte zu nichts, wenn er davon träumte, Lucie Wilton sei seine Frau. Sie hatte ihn bisher durch nichts zu einer derartigen Vorstellung ermutigt. Doch das Gefühl der Zärtlichkeit konnte er in dieser Nacht nicht mehr ganz verdrängen. Er kehrte um, immer noch ziemlich verwirrt. Er öffnete das Tor neben der Apotheke und ging in den Garten. Es mußte eine Kompostgrube ausgehoben werden. Er legte sein Hemd ab und begann, im Schein des Mondes zu arbeiten.

Lucie erwachte durch das Knarren des Tores. Sie bekam Angst. Für Owen oder Bess war es zu spät. Der Eindringling ging unter dem Fenster vorüber, dann herrschte Stille. Sie hielt den Atem an. Dann hörte sie jemanden schaufeln, weit hinten im Garten. Sie warf sich ein Tuch über und nahm den Gehstock mit, den Owen für Nicholas geschnitzt hatte.

Das Licht des Vollmondes erhellte den Garten. Lucie hielt sich im Schatten, während sie sich an den Eindringling heranpirschte. Aber es war kein Einbrecher. Es war schlimmer. Es war Owen, mit nacktem Oberkörper, der Schweiß glänzte auf seinem Rücken und seinen Armen. Seine Rückenmuskeln zogen sich zusammen und entspannten sich wieder, während er arbeitete. Geoff hatte ihr einmal erzählt, daß Bogenschützen sehr stark sein mußten, um den Bogen so abzuschießen, daß er sicher ins Ziel getragen wurde. Sie erinnerte sich daran, was sie empfunden hatte, als sie in Owens Armen gelegen hatte. Er war so ganz anders als Nicholas. Sie fragte sich, ob diese Muskeln heiß sein würden, wenn er so hart arbeitete. *Gott vergebe mir, daß ich solche Gedanken habe.* Sie sollte besser wieder ins Haus gehen. Aber sie konnte ihre Augen nicht mehr von Owen abwenden. Sie waren verrückt, beide. Er, weil er mitten in der Nacht ein Loch aushob, sie, weil sie ihn immerzu anstarren mußte. Sie fröstelte, obwohl ihr Körper unangenehm heiß war.

Owen spürte, daß ihn jemand beobachtete. Er drehte sich um und sah sie. Gütiger Gott, da hatte er versucht, sich durch Arbeit die Gedanken an sie aus dem Kopf zu schlagen, und da stand sie nun in ihrem Nachthemd, das offene Haar über ihre schmalen Schultern gebreitet. »Ihr solltet nicht in diesem Aufzug hier herauskommen.«

»Ich habe Euch für einen Einbrecher gehalten.«

»Dann erst recht nicht.«

»Was tut Ihr hier?« Sie trat näher. Er roch nach Schweiß und Erde.

Owen steckte den Spaten in den Erdhaufen und kletterte an der am weitesten von ihr entfernten Seite des Loches herauf. »Ich konnte nicht schlafen.«

»Macht Euch irgend etwas Sorgen?«

Er dachte daran, sie mit einer Lüge abzuspeisen, aber er konnte sich nicht mehr verstellen. Sie hatte ganz offensichtlich keine Ahnung, was er für sie empfand, wenn sie sich ihm so zeigte. »Lucie, unser Abkommen funktioniert nicht. Es war ausgesprochen dumm von mir zu glauben, ich könne so eng mit Euch zusammenarbeiten, ohne Euch zu begehren.« Er wischte sich mit dem Hemd ab.

»Habt Ihr von mir geträumt?«

»Ja. Ganz schön unverschämt, nicht?« Er hoffte, wenn er sich den Anschein gab, er würde es locker nehmen, dann würde sie nicht bemerken, wie er zitterte.

Lucie ging um die Grube herum zu ihm. Sie trat so nahe heran, daß er sah, wie der Mond sich in ihren Augen spiegelte, und er die Hitze ihres Körpers fühlen konnte. »Ihr zittert ja«, flüsterte sie und öffnete ihr Nachthemd, zog ihn an sich, wickelte sie beide darin ein und preßte ihn an ihren Körper. Es tat gut, sein Fleisch zu spüren. Und als er die Arme um sie legte, fühlte sie das Leben in ihm, die Wärme. Sie küßte ihn.

»Weißt du, was du tust, Lucie?«

»Ich habe auch schon einmal von dir geträumt. Es hat mich erschreckt.«

»Warum?«

»Ich weiß es nicht. Von Nicholas habe ich nie so geträumt.«

Ihre Körper preßten sich aneinander.

Er drückte sie an sich, überwältigt von ihrem Duft. »Ich habe mich nicht mehr in der Gewalt, Lucie.«

Und auch sie hatte sich nicht mehr in der Gewalt. Vielleicht war es falsch. Sie dachte daran, wegzulaufen, aber die leere Kammer und das kalte Bett wirkten nicht sehr einladend, und er war warm und lebendig, und er wollte sie. »Küß mich.«

Eng umschlungen sanken sie zu Boden und liebten sich. Lucie empfand eine Leidenschaft, die sie bei Nicholas nie gespürt hatte, und Owen fühlte eine Zärtlichkeit, die er noch niemals zuvor kennengelernt hatte.

Benetzt von dem kühlen Tau kamen sie wieder zu sich.

»Ich liebe dich, Lucie«, flüsterte Owen und küßte sie.

Sie stützte sich auf einem Arm ab und schaute ihn an. »Hast du wirklich geglaubt, ich hätte Geoff vergiftet, um die Ehre meiner Familie zu retten?«

»Warum fängst du jetzt damit an?«

»Ich will es wissen.«

»Du warst stark und stolz. Ich habe es für möglich gehalten.« Sie sah hinreißend aus mit ihren feuchten Haaren, die ihr ins Gesicht hingen.

»Bist du dir jetzt sicher, daß ich unschuldig bin?«

Er lächelte.

»Daß du in dieser Hinsicht unschuldig bist, ja. Aber du bist immer noch stark und stolz. Ich kann nicht sagen, daß ich dir das nicht zutrauen würde.«

»Soldaten bevorzugen eher duldsame und unterwürfige Frauen, nicht?«

Sie strich ihm das Haar aus der Stirn und berührte seine Wange zärtlich. »Ich glaube, ich könnte dich auch lieben, Owen.«

Könnte. Heilige Muttergottes. »Hättest du denn nicht einmal in dieser Situation lügen und sagen können, daß du mich liebst?«

Lucie schaute ihn mit ihrem verdammten kühlen Blick an. »Das wäre kein guter Anfang.«

Anstatt mit ihr zu streiten, zog er sie an sich und umarmte sie. Sie klammerte sich an ihn. Und er dachte, es war vielleicht doch nicht so verkehrt gewesen, daß er versucht hatte, den Jongleur zu retten. Vielleicht hatte ihm Gott durch die Erblindung des Auges den Weg zu Lucie zeigen wollen.

»Wir werden heiraten«, sagte Lucie beim Frühstück. »Und du wirst weiter mein Lehrling sein.«

»Hast du dich inzwischen entschieden, ob du mich liebst?«

Sie lächelte. »Ich glaube schon.«

»Ich glaube, ich werde mich anstrengen müssen, um dich davon zu überzeugen, daß das Leben schöner ist, wenn ich um dich herum bin.«

Ihre Augen wurden sanft. »Du hast schon einen guten Anfang gemacht.« Sie beugte sich zu Melisende hinunter.

Als Lucie sich wieder aufrichtete, griff Owen über den Tisch und nahm ihre Hand. »Ich werde es schon hinkriegen, daß du mich liebst.«

Lucie schaute Owen an, und sie spürte, daß sie sein vernarbtes Gesicht schon liebgewonnen hatte. »Ich glaube auch, daß du es schaffen wirst, Owen Archer.«

Bess traf die beiden im Laden an, wie sie Seite an Seite arbeiteten. Die Art, wie sie miteinander umgingen, sagte ihr, was geschehen war. Sie eilte zurück in die Schenke, um einen Krug mit dem Branntwein des Erzbischofs zu holen.

»Wofür ist denn das?« wollte Tom wissen. Es war erst Mittag.

»Für Lucie und Owen. Es ist so gekommen, wie ich gesagt habe.«

»Wirklich? Dann hast du also recht gehabt, Bess. Trotz Augenklappe und dem Ganzen.«

»Das Auge war nie wirklich sein Problem, Tom. Ich verstehe gar nicht, wie du so was denken konntest.«

ENDE

Nachwort der Autorin

England war unter der Regierung von Edward III. (1327–1377) ein aufregendes und gefährliches Land. Es war eine Zeit des Umbruchs, in der sich auf allen Gebieten tiefgreifende Veränderungen vollzogen. Im Parlament erhoben die ›Commons‹, die Vertreter des Kleinadels und des städtischen Bürgertums, vernehmlicher ihre Stimme und drängten auf mehr Einfluß, und in der Mode hielt, erstmals wieder seit Jahrhunderten, die Frivolität Einzug.

Edward, der stolze, ehrgeizige Sohn eines abgesetzten Königs und einer geltungssüchtigen Königin, verstrickte sein Land in einen Krieg mit Frankreich, der sich mit Unterbrechungen von 1337 bis 1453 hinzog. Zunächst ging es ihm nur darum, die Guyenne zu sichern, den verbliebenen Rest des Plantagenet-Reiches in Frankreich, später aber, nachdem er sich selbst zum ›König von England und Frankreich‹ ernannt hatte, wollte er dadurch seinen Anspruch auf den französischen Thron durchsetzen. Seine ständigen Forderungen an das Parlament, neue Geldmittel zur Finanzierung des Krieges zu bewilligen, ließen die ›Commons‹ erstarken, und der Wohlstand, der sich durch die Verteilung der Kriegsbeute ausbreitete, führte zur Frivolität der Mode.

In diesem Krieg verlor Owen Archer, meine Hauptfigur, sein Auge, als er französische Adelige verteidigte, die gefangengehalten wurden, um für sie ein hohes Lösegeld zu erpressen. Als Hauptmann der Bogenschützen in der Armee von Henry, Duke of Lancaster, stand Owen im Dienst des führenden Militärstrategen dieser Zeit und war geübt im Umgang mit jener Waffe, mit deren Hilfe die Engländer ihre spektakulären Siege bei Crécy und Poitiers errangen – dem walisischen Langbogen. Daß er dieses Leben aufgeben mußte, betrauerte Owen weit mehr als sein linkes Auge. Der Langbogen war die wichtigste waffentechnische Errungenschaft der Zeit. Edward profitierte davon, daß sein Großvater, Edward I., erkannt hatte, welche Vorteile es bieten würde, die alte Standardarmbrust durch die einfachere, aber tödlich wirkende walisische Waffe zu ersetzen. Ein guter Langbogenschütze konnte zehn bis zwölf Pfeile pro Minute abschießen, während es ein Armbrustschütze nur auf zwei brachte. Zwar hatte die Armbrust eine größere Reichweite, aber bis zur Mitte des 14. Jahrhunderts war der ein Meter achtzig lange und aus Eiben-, Ahorn- oder Eichenholz hergestellte Langbogen schon so weit entwickelt, daß die damit abgeschossenen Pfeile rund zweihundertfünfzig Meter weit fliegen und ein Kettenhemd durchbohren konnten, wenngleich ihre Durchschlagskraft nach einhundertfünfzig Metern etwas nachließ. Edward III. ließ die Kavallerie mit den Bogenschützen zusammenwirken: Nachdem die Bogenschützen mit ihrem Pfeilhagel buchstäblich den Himmel verdunkelt hatten, stießen die Reiter vor und machten sich das blutige Durcheinander in den Reihen der Feinde zunutze. Es war ein todbringendes Zusammenwirken. Nachdem sich die Bogenschützen als außerordentlich erfolgreich erwiesen hatten, wurde 1363 auf Anordnung von Edward III. das Fußballspielen an Sonn- und Feiertagen durch die Übung im Bogenschießen ersetzt.

Dieser ›Hundertjährige Krieg‹, wie man ihn später bezeichnete, wurde auf französischem Boden ausgetragen, vor allem im Norden des Landes. Im Buch ist Amelie d'Arby, Lucies Mutter, die Tochter eines normannischen Adeligen, dessen Ländereien von den kämpfenden Armeen so stark verwüstet wurden, daß er das Lösegeld für seine Freilassung nicht aufbringen konnte. Statt dessen bot er Sir Robert d'Arby seine Tochter an, die im heiratsfähigen Alter war. Sie wurde nach York gebracht, noch vollkommen von den Schrecken des Krieges erschüttert. Sie hatte den Kopf ihres Bruders auf einem Pfahl aufgespießt gesehen, hatte miterlebt, wie eine Schulkameradin von einem englischen Soldaten vergewaltigt und ermordet worden war, und wurde nun mit einem feindlichen Ritter verheiratet und in ein Land gebracht, in dem das Normannische immer mehr von der englischen Sprache verdrängt wurde. Heute scheinen York und die Normandie nicht sehr weit voneinander entfernt zu sein, doch damals waren sie durch eine lange und beschwerliche Reise getrennt, zwei unterschiedliche Kulturen, die noch nicht von den modernen, grenzüberschreitenden Massenmedien einander angeglichen waren. Ohne diesen Krieg und seine Folgen hätte es keine Amelie gegeben und keine Geschichte.

Aber auch in England selbst war man nicht sicher. Edward hatte immer wieder Auseinandersetzungen mit den Schotten, die sich mit Frankreich verbündet hatten und Edward beim Aufbau seines Königreiches behinderten. Auch in Yorkshire kam es gelegentlich zu einem Geplänkel mit den Schotten. Edward verlegte 1327 und dann noch einmal 1333–1338 den Sitz der Regierung nach York, um sich besser auf die Kämpfe im Grenzgebiet konzentrieren zu können. Er und Phillippa von Hainault wurden im Münster von York getraut. Wegen der Überfälle der Schotten wurden die Stadtmauern von York damals ausgebessert und verstärkt. Das Stadtzentrum liegt heute immer noch innerhalb dieser alten Mauern, aber die Stadt hat sich mittlerweile natürlich weit darüber hinaus ausgedehnt. Im 14. Jahrhundert lebten nur die Ausgestoßenen außerhalb der Stadtmauern. Im Wald von Galtres nördlich der Stadt versteckten sich die Diebe, auf den Straßen zogen Banden von Räubern und Wegelagerern umher, zu denen auch schottische Highlander gehörten, und im Mittelalter war es auch üblich, die ›Städte des Ungeziefers‹ und andere Elendsquartiere, die vor den Mauern der Stadt entstanden, niederzubrennen, wenn die Verteidigungsanlagen ausgebaut werden mußten. Auch wenn die Bevölkerung wuchs, so blieb die flächenmäßige Ausdehnung einer Stadt immer unverändert, was eine Überfüllung der Stadt zur Folge hatte und die sanitären Verhältnisse verschlimmerte. Durch die unvermeidlichen, in bestimmten Abständen auftretenden Brände wurde Platz geschaffen für neue Gebäude, wobei es sich meist um die Steinhäuser wohlhabender Kaufleute handelte.

York, an dem von den Gezeiten geprägten Fluß Ouse (heute aufgrund eines Dammes nicht mehr tideabhängig) und auf halbem Wege zwischen Edinborough und London gelegen, galt während des 14. und 15. Jahrhunderts als politische und finanzielle Kapitale des Nordens. Der Ort hatte bereits für die Römer eine wichtige Rolle gespielt, die ihn Eboracum nannten und dort eine Legion stationierten, für die Wikinger, die ihm den Namen Jorkvik gaben und dort siedelten, und für Wilhelm den Eroberer, der einen Großteil der Stadt niederbrannte, um den aufständischen Nordengländern klarzumachen, daß er wirklich König von England war. Er baute zwei Wachburgen am Fluß, York Castle am Ostufer und Old Baile am Westufer.

Da sich in York wichtige Straßen kreuzten, entwickelte sich die Stadt zu einem blühenden Markt- und Handelszentrum. Südlich der Stadtmauern vereinigen sich zwei Flüsse, die Ouse und die Foss. Die Ouse Bridge, an welcher das Rathaus, das Gefängnis, die Kapelle St. William, das Maison Dieu (das Armenkrankenhaus) und andere öffentliche Gebäude standen, war bis zum Meer die einzige Brücke über die Ouse, die breit genug war, um auch von Karren befahren zu werden. Weiter flußaufwärts, zwischen Lendal Tower und dem Turm, der heute North Street Tower heißt, war eine Kette über den Fluß gelegt, um Schiffe am Durchfahren zu hindern, die keinen Wegezoll entrichtet hatten. Im 14. Jahrhundert florierte an den Kais von York der Wollhandel, der das Geld einbrachte, das nötig war, um Edwards Krieg zu finanzieren.

York war außerdem auch ein geistliches Zentrum. Man darf die Macht, welche die Kirche im 14. Jahrhundert und im gesamten Mittelalter ausübte, nicht unterschätzen. Allein in York gab es neben der Kathedrale 47 Kirchen und 16 Kapellen. York war der Sitz des zweitmächtigsten Kirchenmannes des Landes, des Erzbischofs von York. England war damals in zwei Kirchenprovinzen unterteilt, Canterbury und York, welche jeweils wiederum nach Diözesen untergliedert waren (rund einundzwanzig). Die Erzbischöfe von Canterbury und von York saßen im House of Lords, das damals als Großer Rat bezeichnet wurde. Auch der Abt des Benediktinerklosters St. Mary in York hatte einen Sitz im Großen Rat. Wenn Abt Campian und Erzbischof Thoresby sich bei einem Krug Wein über Owens Ermittlungen unterhalten, dann sprechen zwei einflußreiche Herren miteinander, die jeweils eigene Interessen zu schützen haben.

Sie hatten beide weitreichende eigene Befugnisse in York. Es gab zwar einen Bürgermeister und zwei Stadträte, aber große Teile der Stadt, die reichsfreien Bezirke, standen unter Sonderrecht. Auch York Castle gehörte dazu. Abt Campian regierte über St. Mary und Erzbischof Thoresby über St. Peter oder York Münster. Diese Bezirke waren der königlichen Verwaltung entzogen und rechtlich eigenständig. Jeder dieser reichsfreien Bezirke hatte eine eigene Gerichtsbarkeit für die Verbrechen, die auf seinem Gebiet verübt wurden, und verfügte auch über ein eigenes Gefängnis und eine eigene Hinrichtungsstätte. Für die Todesfälle in der Abtei war daher Abt Campian rechtlich zuständig, und die Ermittlungen, die Thoresby in Auftrag gab, stellten eine Einmischung in dessen Angelegenheiten dar.

Doch Erzbischof Thoresby war wesentlich mächtiger und einflußreicher als Abt Campian, denn er hatte außerdem auch die Position des Lordkanzlers von England inne, das heißt, er war Chefminister des Königs und damit einer der wichtigsten Beamten des Landes. Diese Ämterverbindung war im Mittelalter nichts Ungewöhnliches. Da die Erzbischöfe und Bischöfe also auch politisch aktiv waren, mußten sie sich in der alltäglichen Verwaltungsarbeit auf ihre Erzdiakone verlassen können. Die Kirchenprovinz York war in fünf Erzdiözesen unterteilt: York, East Riding, Cleveland, Richmond und Nottingham.

Ein Autor, der einen historischen Kriminalroman schreibt, muß drei Personen unter einen Hut bringen: den Romancier, den Historiker und den Krimiautor. Der Romancier achtet auf die Integrität der Form, die Entwicklung der Charaktere, und ergeht sich darin, die Welt der handelnden Personen zu erschaffen, frei nach seiner Phantasie und Vorstellung. Aber der Historiker stöhnt über Anachronismen, zermartert sich den Kopf über Chronologien und korrigiert Beschreibungen entsprechend den Erkenntnissen der wissenschaftlichen Forschung, von den Stadtplänen bis zu den Körpergrößen der Menschen. Der Krimiautor dagegen möchte die historischen Beschreibungen soweit wie möglich verringern, um die Geschichte nicht mit unnötigem Ballast zu überfrachten; er muß einige der Enthüllungen, die der Romancier vorgesehen hat, auf später verschieben, um die Spannung aufrechtzuerhalten, und er neigt dazu, die Dinge zeitlich und örtlich umherzuschieben entsprechend den Erfordernissen des Krimis. Da muß man notgedrungen Kompromisse schließen, wenn man das Buch noch zu seinen Lebzeiten fertigstellen will.

Ich habe mich entschieden, mich nicht bei den schlimmen Wohnverhältnissen im York des 14. Jahrhunderts aufzuhalten, nicht lang und breit darüber zu schreiben, wie fürchterlich es in der Stadt gestunken hat, wie eng die Straßen waren und wie dunkel aufgrund der überhängenden oberen Stockwerke. Als Owen das erste Mal in die Stadt kommt, stellt er fest, daß es hier genauso stinkt wie in Calais oder London, und er fragt sich, wieso hier überhaupt jemand wohnen kann. Aber die anderen wichtigen Figuren stammen alle aus York und machen davon genauso wenig Aufhebens wie wir von den Lebensbedingungen in den Städten, in denen wir leben. Für den Bewohner einer mittelalterlichen Stadt waren der vieldiskutierte Schmutz und der Gestank genauso alltäglich wie für uns die moderne Umweltverschmutzung; sie gehörten einfach zum Leben in der Stadt.

Ich habe York aufgrund seiner vielfältigen Bedeutung in der damaligen Zeit als Schauplatz für meine Serie gewählt. Ich ließ

Owen einen Außenseiter sein, denn die besten Detektive waren immer Menschen, die außerhalb der etablierten Gesellschaft standen, die nie ganz dazugehörten, und auch weil seine Erfahrungen in der Vergangenheit und seine Verbindungen ihn flexibler machten. Ein walisischer Bogenschütze, der es in der Armee des Herzogs von Lancaster so weit gebracht hatte, mußte intelligent und einfallsreich sein. Und natürlich körperlich stark.

Auch Lucie Wilton wollte ich als eine isolierte und flexible Figur gestalten. Ich wollte, daß sie so unabhängig war, wie eine Frau im Mittelalter sein konnte, und sie sollte auch eine starke Frau sein, jedenfalls ganz anders als die Frauen bei Hofe und in den Lagern, die Owen bisher immer kennengelernt hatte, so daß er in seinen Erinnerungen bis zu seiner Mutter zurückgehen mußte, um eine Vorstellung davon zu entwickeln, wie es ihm gelingen könnte, ihr zu gefallen. Sie ist eine ehrgeizige Frau, ganz wie Elisabeth I., die in ihrer Jugend erfuhr, daß eine Frau lernen muß, auf sich selbst zu bauen. Unglücklicherweise konnten Apotheker in York erst ab dem 15. Jahrhundert reguläre Mitglieder der Gilde werden, jedenfalls tauchen sie erst zu dieser Zeit in der Rolle der Kaufmannsgilde auf. Die Entwicklung der Gilden war von Stadt zu Stadt verschieden. In Paris gehörten die Apotheker zur Brauergilde. Und im Paris des 14. Jahrhunderts hätte Lucie ohne weiteres das Geschäft nach dem Tode ihres Ehemannes übernehmen können. Also wendete der Romancier die Gilderegeln von Paris auch auf York an, aber der Historiker sorgte dafür, daß es sich um die historisch belegten, exakten Regeln handelte. Der Krimiautor machte aus Lucie eine Frau, die außerhalb der Hierarchien steht, Tochter eines Adeligen, aber Ehefrau eines Apothekermeisters, die eine bewegte Vergangenheit hinter sich hat, begabt und ehrgeizig ist und damit ausreichend verdächtig erscheint.

Die meisten meiner Figuren sind literarische Gestalten, aber Henry, der alte Herzog von Lancaster, war in der Tat ein bedeutender Militärstratege, der 1361 starb. John of Gaunt, dritter

Sohn von König Edward III., wurde nach Henrys Tod neuer Herzog von Lancaster. John Thoresby war sowohl Lordkanzler von England als auch Erzbischof von York, allerdings trat er 1363 von seinem Posten als Lordkanzler zurück. Ich habe seinen Rücktritt um einige Jahre verschoben, um die beiden Seiten einer solch schillernden Figur, die sowohl Staatsmann als auch Repräsentant der Kirche war, angemessen ausleuchten zu können. In diesem Buch ist er mit seiner Doppelrolle noch zufrieden, später aber wird sie ihm immer unerträglicher. Erzdiakon Anselm ist meine eigene Schöpfung. Eine solche, von Obsessionen gepeinigte Figur war für die Geschichte notwendig.

Und was ist mit den Digbys? Chaucer ließ in seinen *Canterbury Tales* einen heruntergekommenen, unsympathischen Ablaßkrämer auftreten. Wie muß jemand beschaffen sein, der eine Karriere als Schnüffler wählt? Owen sieht eine unangenehme Parallele zwischen seinem Auftrag und der Arbeit von Potter Digby. Aber für Digby stellte dieser Beruf eine legitime Möglichkeit dar, der ›Stadt des Ungeziefers‹ zu entfliehen, die sich am regelmäßig von Überschwemmungen heimgesuchten Flußufer unterhalb der Mauern des Klosters ausgebreitet hatte. Nach Winterstürmen in den Hochmooren überschwemmt die Ouse dieses Gebiet heute noch immer. Letztes Jahr im Dezember stellte ich eines Tages nach dem Erwachen fest, daß die am Fluß entlangführende Straße unter dem Haus, in dem ich wohnte, ein zugefrorener See war. Über Nacht war der Fluß beträchtlich gestiegen. Durch die morgendliche Kälte war das Wasser gefroren. Als das Wasser wieder abfloß, blieb gefrorener Schlamm zurück. Allmählich taute er dann zu schlammigen Pfützen auf. Wie muß das erst am 14. Jahrhundert gewesen sein, wenn das ganze Haus aus Schlamm und Reisig bestand?

Magda Digby, Potters Mutter, lebt in einer eigenen Welt. Ein altes Wikingerboot aus der Vergangenheit von York krönt ihr Haus. Sie ist noch in der alten Zeit verwurzelt. Magda ist eine reine Schöpfung des Romanciers, aber für mich vielleicht die am meisten reale Figur. Ähnlich wie in der Gegenüberstellung von heidnischem und christlichem England in *Beowulf* vereinigt Magda die Vergangenheit und die Gegenwart in sich. Sie ist zeitlos, wie die Stadt York, die immer noch etwas von der Römer- und der Wikingerzeit an sich hat, vom Mittelalter und vom viktorianischen Zeitalter und ebenso von einer modernen Touristenstadt des 20. Jahrhunderts. Und gerade das ist das Faszinierende daran.

Band 13 550

Claire Francis

Lügen

Deutsche Erstveröffentlichung

Harry hatte immer seine Geheimnisse. Doch nun, wo er auf See verschollen ist und offiziell als tot gilt, beginnt sich das Bild, das seine Frau Ellen immer von ihm hatte, allmählich zu wandeln. Ein kompliziertes Netz aus Lügen und Skandalen ersteht vor ihren fassungslosen Augen. Verzweifelt kämpft Ellen um ihren guten Ruf, vor allem ihrer beiden Kinder wegen. Einzig Richard Moreland, Ex-Kamerad von Harry, steht ihr bei. Doch je näher er ihrem Herzen kommt, je weiter die Ermittlungen voranschreiten, desto erbarmungsloser verdichtet sich ein grausamer Verdacht, der unausweichlich auf Ellen weist . . .

BASTEI LÜBBE

Sie erhalten diesen Band im Buchhandel, bei Ihrem Zeitschriftenhändler sowie im Bahnhofsbuchhandel.

Band 13 551

Reinhard Rohn (Hg.)

Wunderland

Originalausgabe

Die Faszination der Kindheit mit all ihren Ängsten und Beglückungen hat große Autoren seit jeher zu wunderbaren Geschichten inspiriert. Kenneth Grahame etwa öffnet noch einmal die Pforten zu dem Paradies, aus dem jeder Erwachsene unweigerlich vertrieben wird; einfühlsam erzählt er von einem großen spielerischen Abenteuer, wie nur Kinder es erleben können. Eindrucksvoll beschreibt Marlen Haushofer, wie Erwachsene einen hellen klaren Himmel buchstäblich verdunkeln. Oder Hermann Hesse zeigt, daß Kinderzeiten voller Widerstand gegen bürgerliche Enge sein können. *Wunderland* – das Buch für alle, die ihre Kinderphantasie noch nicht verloren haben.

BASTEI LÜBBE

Sie erhalten diesen Band im Buchhandel, bei Ihrem Zeitschriftenhändler sowie im Bahnhofsbuchhandel.